Buch
Gerade als der ehemalige Schiffsmogul und Archäologe Lawrence Stratford das Grab des alten ägyptischen Herrschers Ramses II. entdeckt, wird er von seinem neidischen und geldgierigen Neffen Henry ermordet. Henry raubt die Mumie und bringt sie in das Haus der Stratfords nach England. Was Henry nicht weiß, ist, daß Ramses vom Wasser des Lebens gekostet hat und seitdem dazu verdammt ist, auf Erden herumzuirren, immer gequält von einem unstillbaren Verlangen nach Essen, Wein und Frauen. Als Ramses wenig später miterleben muß, wie der skrupellose Henry auch noch Lawrence Stratfords schöne Tochter Julie ermorden will, erwacht er zu neuem Leben und rettet das Mädchen.
Ramses nimmt eine neue Identität an und wird als Dr. Ramsey zu einem der angesehendsten Ägyptologen in London. Während freilich Julie ihren Retter abgöttisch liebt, verzehrt dieser sich nur nach Kleopatra, die er vor Jahrtausenden schon begehrt hat. Doch als es ihm schließlich gelingt, auch Kleopatra zu neuem Leben zu erwecken, entpuppt diese sich als tödliches Monster...

Autorin
Anne Rice ist Autorin zahlreicher Romane und gilt als Königin des modernen Schauerromans. Berühmt wurde sie mit der »Chronik der Vampire«, die sie auf Anhieb zur »berühmtesten Horror-Autorin Amerikas« (Stern) gemacht hat. Anne Rice wurde 1941 als Tochter irischer Einwanderer in New Orleans geboren. Heute lebt sie dort mit ihrem Ehemann, dem Maler und Dichter Stan Rice, und ihrem Sohn Christopher in einem alten Landhaus.

Von Anne Rice sind im Goldmann Verlag außerdem erschienen:
Gespräche mit dem Vampir. Roman. Taschenbuch (41015)
(= Bd. 1 der Chronik der Vampire)
Der Fürst der Finsternis. Taschenbuch (9842)
(= Bd. 2 der Chronik der Vampire)
Die Königin der Verdammten. Taschenbuch (9843)
(= Bd. 3 der Chronik der Vampire)
Nachtmahr. Taschenbuch (43400)
(= Bd. 4 der Chronik der Vampire)
Falsetto. Taschenbuch (42562)
Hexenstunde. Taschenbuch (43193)
Tanz der Hexen. Gebunden (30654)
Die Mayfair-Hexen. Gebunden (30647)

Anne Rice
Die Mumie
oder
Ramses der Verdammte

Roman

Aus dem Amerikanischen
von Joachim Körber

GOLDMANN VERLAG

Die amerikanische Originalausgabe
erschien unter dem Titel »The Mummy or Ramses the Damned«
bei Ballantine Books, New York

Neuausgabe

Umwelthinweis:
Alle bedruckten Materialien dieses Taschenbuches
sind chlorfrei und umweltschonend.
Das Papier enthält bereits Recycling-Anteile.

Der Goldmann Verlag
ist ein Unternehmen der Verlagsgruppe Bertelsmann

Copyright © 1989 by Anne O'Brien Rice
Copyright © der deutschsprachigen Ausgabe 1992
by Wilhelm Goldmann Verlag, München
Umschlaggestaltung: Design Team München
Umschlagfoto: Thomas Lüttge
Satz: IBV Satz- und Datentechnik GmbH, Berlin
Druck: Elsnerdruck, Berlin
Verlagsnummer: 42247
Lektorat: Erna Tom
AK · Herstellung: sc
Made in Germany
ISBN 3-442-42247-7

5 7 9 10 8 6 4

Ich widme diesen Roman voller Liebe
Stan Rice
und
Christopher Rice

Und
Gita Mehta,
die mich sofort inspirierte

Und
Sir Arthur Conan Doyle
für seine hervorragenden
Mumien-Geschichten
»Lot No. 249« und »The Ring of Toth«

Und
H. Rider Haggard,
der die unsterbliche Sie erschuf

Und
allen, die »die Mumie«
zum Leben erweckt haben,
in Geschichten, Romanen und Filmen.

Und zuletzt
meinem Vater Howard O'Brien,
der mich mehr als einmal aus dem Kino
abgeholt hat, als mir »die Mumie« solche Angst
gemacht hatte, daß ich nicht einmal im
Vorraum bleiben konnte, während die
unheimliche Musik durch die Tür drang.

Mein ganz besonderer Dank gilt
Frank Konigsberg
und
Larry Sanitsky
für ihre enthusiastische Ermutigung
im Zusammenhang mit Die Mumie
und für ihre Hilfe
bei der Ausarbeitung der Geschichte.

TEIL 1

1

Das Blitzlicht der Kamera blendete ihn einen Moment. Wenn er nur die Fotografen hätte loswerden können.

Aber sie waren jetzt schon seit Monaten an seiner Seite – seit die ersten Kunstgegenstände hier in den kahlen Bergen südlich von Kairo gefunden worden waren. Es war, als hätten sie es ebenfalls gewußt. Daß etwas passieren würde. Nach all den Jahren war Lawrence Stratford einem bedeutenden Fund auf der Spur.

Daher waren sie mit den Kameras dabei, und mit den rauchenden Blitzlichtern. Sie warfen ihn fast um, als er sich in den schmalen, rauhen Durchgang zu den Schriftzeichen zwängte, die auf der halb freigelegten Marmortür zu sehen waren.

Plötzlich schien die Dämmerung dunkler zu werden. Er konnte die Schriftzeichen vage erkennen, aber er konnte sie nicht entziffern.

»Samir«, rief er. »Ich brauche Licht.«

»Ja, Lawrence.« Sofort leuchtete eine Fackel hinter ihm auf; in dem hellen gelben Licht war die Steinplatte wunderbar zu sehen. Ja, Hieroglyphen, tief eingeschnitten und kostbar vergoldet und in italienischem Marmor. Dieser Anblick war einmalig.

Er spürte die heiße, seidenweiche Berührung von Samirs Hand auf seiner, als er laut zu lesen anfing:

»›Diebe, die ihr die Toten bestehlt, wendet euch von diesem Grabe ab, damit ihr seinen Besitzer nicht weckt, dessen Zorn nicht Einhalt geboten werden kann. Ramses der Verdammte ist mein Name.‹«

Er sah Samir an. Was konnte das bedeuten?

»Weiter, Lawrence, übersetzen Sie, Sie sind viel schneller als ich«, sagte Samir.

»›Ramses der Verdammte ist mein Name. Einstmals Ramses der Große von Ober- und Unterägypten; Bezwinger der Hetiter, Erbauer von Tempeln; vom Volke geliebt; unsterblicher Wächter der Könige und Königinnen von Ägypten durch alle Zeiten. Im Jahr des Todes der großen Königin Kleopatra, während Ägypten zur römischen Provinz wurde, überantworte ich mich der immerwährenden Dunkelheit; mögen sich alle hüten, die die Strahlen der Sonne durch diese Tür einlassen wollen.‹«

»Aber das ergibt keinen Sinn«, flüsterte Samir. »Ramses der Große hat tausend Jahre vor Kleopatra geherrscht.«

»Ja, dies sind ohne Frage Hieroglyphen der neunzehnten Dynastie«, gab Lawrence zurück. Er scharrte ungeduldig loses Geröll beiseite. »Und sehen Sie, die Inschrift wird wiederholt – in Latein und Griechisch.« Er verstummte, dann las er rasch die letzten Zeilen in Latein.

»›Seid gewarnt: Ich schlafe, wie die Erde unter dem Nachthimmel oder dem Schnee des Winters schläft; werde ich geweckt, bin ich keines Menschen Diener.‹«

Einen Augenblick war Lawrence sprachlos und betrachtete die Worte, die er gerade gelesen hatte. Kaum daß er Samir sagen hörte:

»Das gefällt mir gar nicht. Was immer es bedeutet, es ist ein Fluch.«

Lawrence drehte sich widerwillig um und sah, daß aus Samirs Argwohn Angst geworden war.

»Der Leichnam von Ramses dem Großen befindet sich im Museum von Kairo«, sagte Samir ungeduldig.

»Nein«, antwortete Lawrence. Er spürte, wie sich ihm langsam die Nackenhaare sträubten. »Im Museum von Kairo ist *ein* Leichnam, aber nicht der von Ramses! Sehen Sie sich die Kartuschen an, das Siegel! Zur Zeit Kleopatras gab es niemanden, der die alten Hieroglyphen auch nur schreiben konnte. Und die hier sind perfekt – und wie das Lateinische und Griechische mit unendlicher Sorgfalt ausgeführt.«

Oh, wenn nur Julie hier wäre, dachte Lawrence wehmütig. Seine Tochter Julie hatte vor nichts Angst. Sie hätte die Bedeutung dieses Augenblicks sofort erkannt. Er stolperte fast, als er sich aus dem Durchgang zurückzog und die Fotografen aus dem Weg winkte. Wieder leuchteten die Blitzlichter rings um ihn herum auf. Einige Reporter begaben sich eilig zu der Marmortür.

»Das Grabungsteam soll sich wieder an die Arbeit machen«, rief Lawrence. »Ich möchte, daß der Durchgang bis zur Schwelle freigelegt wird. Ich betrete noch heute nacht diese Gruft.«

»Lawrence, Sie sollten sich Zeit lassen«, warnte Samir. »Wir haben es hier mit etwas zu tun, das sorgfältig überlegt sein will.«

»Samir, Sie verblüffen mich«, antwortete Lawrence. »Wir suchen seit zehn Jahren in diesen Bergen nach einer solchen Entdeckung. Und diese Tür hat niemand mehr angerührt, seit sie vor zweitausend Jahren versiegelt worden ist.«

Er drängte sich fast wütend zwischen den Reportern hindurch, die ihn gerade eingeholt hatten und ihm den Weg versperrten. Er brauchte Ruhe in seinem Zelt, bis die Tür freigelegt wurde; er brauchte sein Tagebuch, seinen einzigen angemessenen Vertrauten für die Aufregung, die er empfand. Plötzlich war ihm nach der Hitze des langen Tages schwindlig.

»Jetzt keine Fragen mehr, meine Damen und Herren«, sagte Samir höflich. Samir stellte sich wie immer zwischen Lawrence und die Wirklichkeit.

Lawrence hastete den unebenen Weg entlang, knickte sich schmerzhaft den Knöchel um, ging aber dennoch weiter und kniff die Augen zusammen, als er hinter den flackernden Fackeln die schwermütige Schönheit der hell erleuchteten Zelte unter dem violetten Abendhimmel sah.

Nur noch eines stellte sich zwischen ihn und die sichere Zone seines Klappstuhls und Schreibtisches: der Anblick seines Neffen Henry, der aus kurzer Entfernung alles müßig beobachtete. Henry, der in Ägypten so fehl am Platze wirkte und in seinem zerknitterten weißen Leinenanzug kläglich aussah. Henry, mit dem unvermeidlichen Glas Scotch in der Hand und der unvermeidlichen Kippe im Mund.

Zweifellos war die Bauchtänzerin bei ihm – Malenka, die Frau aus Kairo, die ihrem englischen Beschützer alles Geld gab, das sie verdiente.

Lawrence konnte Henry nie ganz vergessen, aber ihn jetzt in unmittelbarer Nähe zu haben, war mehr, als er ertragen konnte.

Lawrence betrachtete Henry als die einzige wirkliche Enttäuschung in seinem Leben – der Neffe, dem an nichts und niemand etwas lag, außer an Spieltischen und an der Flasche; der einzige männliche Erbe der Stratford-Millionen, dem man nicht einmal eine Ein-Pfund-Note guten Gewissens anvertrauen konnte.

Wieder verspürte er einen stechenden Schmerz, weil er Julie vermißte – seine geliebte Tochter, die hier bei ihm sein sollte und es auch wäre, wenn ihr junger Verlobter sie nicht überredet hätte, zu Hause zu bleiben.

Henry war des Geldes wegen nach Ägypten gekommen. Henry hatte Firmendokumente gebracht, die Lawrence unterschreiben sollte. Und Randolph, Henrys Vater, hatte ihn auf diese grimmige Mission geschickt, weil er wie immer verzweifelt bemüht war, die Schulden seines Sohns zu begleichen.

Ein feines Paar sind die beiden, dachte Lawrence unwillig – der Tunichtgut und der Aufsichtsratsvorsitzende von Stratford Shipping, der die Gewinne der Firma in den ständig leeren Geldbeutel seines Sohnes leitete.

Aber Lawrence konnte seinem Bruder Randolph tatsächlich alles vergeben. Lawrence hatte Randolph den Familienbetrieb nicht bloß übergeben. Er hatte ihn Randolph zusammen mit dem ganzen Druck und der Verantwortung förmlich aufgebürdet, damit er, Lawrence, die letzten Jahre seines Lebens in den Ruinen Ägyptens graben konnte, die er so sehr liebte.

Und um ganz ehrlich zu sein, Randolph hatte Stratford Shipping passabel geleitet. Das heißt so lange, bis sein Sohn zum Betrüger und Dieb geworden war. Randolph hätte selbst jetzt alles gestanden, hätte man ihn darauf angesprochen. Aber Lawrence war zu egoistisch, um ihn darauf anzusprechen. Er wollte Ägypten nie mehr verlassen und nie mehr in die stickigen Londoner Büros von Stratford Shipping zurückkehren. Nicht einmal Julie konnte ihn überreden, nach Hause zu kommen.

Und jetzt stand Henry da und wartete auf seinen Augenblick. Und Lawrence gönnte ihm den Augenblick nicht; er betrat das Zelt und zog eifrig den Stuhl an den Tisch. Er holte ein in Leder gebundenes Tagebuch heraus, in das er bisher nichts eingetragen hatte – möglicherweise für diese Entdeckung aufgehoben hatte. Er schrieb hastig auf, was er von der Inschrift auf der Tür noch wußte, ebenso die Fragen, die sie aufwarf.

»Ramses der Verdammte.« Er lehnte sich zurück und betrachtete den Namen. Und zum ersten Mal beschlichen ihn die Vorahnungen, welche Samir erschüttert hatten.

Was, um alles in der Welt, konnte das bedeuten?

Eine halbe Stunde nach Mitternacht. Träumte er? Die Marmortür der Gruft war vorsichtig entfernt, fotografiert und in seinem Zelt auf ein Gerüst gestellt worden. Nun waren sie soweit, sich Zugang zu verschaffen. Die Gruft! Endlich sein.

Er nickte Samir zu. Er spürte, wie ein Raunen durch die Menge ging. Blitzlichter leuchteten auf, als er sich die Hände auf die Ohren legte, dann wurden sie alle von der Sprengung überrascht. Er spürte sie in der Magengrube. Keine Zeit dafür. Er hatte die Fackel in der Hand und war entschlossen, hineinzugehen, obwohl Samir noch einmal versuchte, ihn aufzuhalten.

»Lawrence, es könnten Fallen darin sein, es könnten...«
»Gehen Sie mir aus dem Weg.«

Wegen des Staubs mußte er husten. Seine Augen tränten.

Er hielt die Fackel durch das klaffende Loch. Mit Hieroglyphen geschmückte Mauern – wieder ohne Frage der prunkvolle Stil der neunzehnten Dynastie.

Ohne zu zögern trat er ein. Wie ungewöhnlich kühl es hier war, und dann der Geruch, was war das nur, ein eigentümliches Parfum nach all den Jahrhunderten!

Sein Herz schlug zu schnell. Das Blut strömte in den Kopf, er mußte wieder husten, als die drängenden Reporter Staub im Durchgang aufwirbelten.

»Zurückbleiben!« brüllte er schroff. Die Blitzlichter flackerten wieder um ihn herum. Er konnte kaum die bemalte Decke mit ihren winzigen Sternen über sich sehen.

Und da, ein langer Tisch mit Alabastergefäßen und Kästchen. Berge von Papyrusrollen. Großer Gott, bereits das allein war eine sensationelle Entdeckung.

»Aber das ist keine Gruft«, flüsterte er.

Da stand ein Schreibtisch, mit einer dünnen Staubschicht bedeckt, der so aussah, als hätte ihn der Gelehrte gerade eben verlassen. Darauf lagen eine offene Papyrusrolle sowie gespitzte Stifte und eine Tuscheflasche. Und ein Kelch.

Aber die Büste – die Marmorbüste –, die war ohne Zweifel griechisch-römisch. Eine Frau, deren dichtes, lockiges Haar von einem metallenen Reif gehalten wurde, deren schläfrige Augen mit den halb geschlossenen Lidern wie blind wirkten und deren Name in den Sockel gemeißelt war:

KLEOPATRA

»Unmöglich«, hörte er Samir sagen. »Aber sehen Sie doch, Lawrence, der Sarkophag der Mumie!«

Lawrence hatte ihn schon gesehen. Er betrachtete sprachlos dieses Ding, das friedlich genau in der Mitte dieses rätselhaften Raums, dieses Arbeitszimmers, dieser Bibliothek mit ihren Schriftrollenstapeln und dem staubigen Schreibtisch stand.

Samir befahl den Fotografen noch einmal, zurückzubleiben. Die rauchenden Blitzlichter machten Lawrence wahnsinnig.

»Gehen Sie hinaus, alle, hinaus!« schrie Lawrence. Sie zogen sich murrend zurück und ließen die beiden Männer in fassungslosem Schweigen stehen.

Samir sprach als erster:

»Das ist römisches Mobiliar. Das ist Kleopatra. Und sehen Sie die Münzen auf dem Tisch, Lawrence. Mit ihrem Bild, frisch geprägt. Die allein sind so wertvoll...«

»Ich weiß. Aber da ruht ein uralter Pharao, mein Freund. Jedes Stückchen dieses Grabs ist so kostbar wie bei allen, die im Tal der Könige gefunden wurden.«

»Aber ohne Sarkophag«, sagte Samir.

»Warum?«

»Dies ist kein Grab«, antwortete Lawrence.

»Und der König hat beschlossen, sich hier begraben zu lassen!« Samir näherte sich dem Sarkophag, hob die Fackel hoch über das wunderschön bemalte Antlitz mit seinen dunkel umrandeten Augen und den fein modellierten Lippen.

»Ich könnte schwören, dies ist die Römerzeit«, sagte er.

»Aber der Stil...«

»Lawrence, sie ist zu lebensähnlich. Es handelt sich um einen römischen Künstler, der den Stil der neunzehnten Dynastie perfekt kopiert hat.«

»Und wie sollte das vor sich gehen, mein Freund?«

»Flüche«, flüsterte Samir, als hätte er die Frage nicht gehört. Er betrachtete die Reihen der Hieroglyphen um die bemalte Figur herum. Die griechischen Schriftzeichen begannen weiter unten, schließlich die lateinischen.

»›Berührt nicht die Überreste von Ramses dem Großen‹«, las Samir. »Dasselbe in allen drei Sprachen. Das sollte ausreichen, einen vernünftigen Menschen zum Nachdenken anzuregen.«

»Aber nicht diesen vernünftigen Menschen«, antwortete Lawrence. »Bringen Sie unverzüglich die Arbeiter herein, damit sie den Deckel heben.«

Der Staub hatte sich etwas gelegt. Die Fackeln in den alten Eisenhalterungen an den Wänden erzeugten viel zuviel Rauch, doch darum würde er sich später Gedanken machen.

Wichtig war momentan nur, den eingewickelten Körper aufzuschneiden, der an die Wand gelehnt worden war, und der dünne Holzdeckel des Sargs unmittelbar daneben.

Die Männer und Frauen, die sich am Eingang drängten und ihn und seinen Fund stumm betrachteten, hatte er längst vergessen.

Langsam hob er das Messer und schnitt durch die spröde Schicht aus trockenem Leinen, die auseinanderfiel und den Blick auf die fest eingemummte Gestalt darunter freigab.

Die Reporter stießen einen Seufzer aus. Unzählige Blitzlichter leuchteten auf. Lawrence konnte Samirs Schweigen fühlen. Beide Männer betrachteten das hagere Gesicht unter den vergilbten Leinenbandagen, die welken Arme, die so feierlich über der Brust gekreuzt waren.

Es schien, als begehrte noch ein Reporter Einlaß in die Kammer. Samir forderte wütend Ruhe. Aber diese Ablenkungen bekam Lawrence nur am Rande mit.

Er studierte ruhig die ausgemergelte Gestalt vor sich, deren Bandagen die Farbe von dunklem Wüstensand hatten. Ihm war, als könnte er einen Ausdruck der verhüllten Gesichtszüge erkennen. Er sah etwas, das Verzückung gleichkam, in der Form der schmalen Lippen.

Jede Mumie war ein Geheimnis. Jede ausgestrocknete, aber erhaltene Gestalt ein abscheuliches Bildnis vom Leben im Tod. Er bekam jedes Mal eine Gänsehaut, wenn er diese uralten ägyptischen Toten betrachtete. Aber er verspürte ein seltsames Sehnen, als er diese studierte – dieses geheimnisvolle Wesen, das sich Ramses der Verdammte nannte, Ramses der Große.

Tief im Innern spürte er etwas Warmes. Er trat wieder näher und schnitt an der äußeren Bandage. Hinter ihm befahl Samir den Fotografen, den Durchgang zu räumen. Es bestand die Gefahr, daß die Mumie verseucht war. *Ja, geht, alle, bitte.*

Plötzlich streckte er die Hand aus und berührte die Mumie; er berührte sie ehrfürchtig nur mit den Fingerspitzen. Sie war seltsam fest. Die dicken Stoffschichten hätten doch sicher mit der Zeit weich werden müssen.

Wieder betrachtete er das schmale Gesicht vor sich, die runden Lider, den ernsten Mund.

»Julie«, flüsterte er. »O mein Liebling, wenn du das nur sehen könntest...«

Der Botschaftsball. Dieselben alten Gesichter, dasselbe alte Orchester, derselbe alte heitere und doch dröhnende Walzer. Elliott Savarell fand die Lichter zu grell, und der Champagner war zu sauer für seinen Geschmack. Dennoch stürzte er das Glas verächtlich hinunter und winkte einen vorüberhuschenden Kellner herbei. Ja, noch einen. Und noch einen. Wenn es nur guter Brandy oder Whiskey wäre.

Aber sie wollten ihn hier haben, oder nicht? Ohne den Earl of Rutherford würde etwas fehlen. Der Earl of Rutherford war ein notwendiges Beiwerk, ebenso wie die üppigen Blumengestecke, die zahllosen Kerzen, der Kaviar und das Tafelsilber und die alten Musiker, die müde auf ihren Geigen sägten, während die jüngere Generation tanzte.

Alle hatten einen Gruß für den Earl of Rutherford übrig. Alle wollten, daß der Earl of Rutherford an der Hochzeit einer Tochter, einem Teenachmittag oder einem Ball wie diesem teilnahm. Niemand kümmerte sich darum, daß Elliott und seine Frau kaum noch Besuch empfingen, weder in ihrem Haus in London noch auf dem Landsitz in Yorkshire – oder daß Edith inzwischen den größten Teil ihrer Zeit bei einer verwitweten Schwester in Paris verbrachte. Der siebzehnte Earl of Rutherford war der gefragte Artikel. Der Stammbaum der Familie reichte auf jeden Fall bis zu Heinrich VIII. zurück.

Warum hatte er nicht schon vor langer Zeit alles ruiniert, fragte sich Elliott. Wie war es ihm nur gelungen, so viele Menschen für sich einzunehmen, für die er bestenfalls flüchtiges Interesse hatte?

Aber nein, das stimmte nicht ganz. Einige dieser Menschen hatte er gern, das mußte er zugeben. Er mochte seinen alten Freund Randolph Stratford und Randolphs Bruder Lawrence. Und er mochte Julie Stratford und sah sie gern mit seinem Sohn tanzen. Elliott war nur seines Sohnes wegen hier. Natürlich würde Julie Alex nicht heiraten. Jedenfalls nicht so bald. Aber sie war die einzige Hoffnung für Alex, an das Geld zu kommen, das er brauchte, um die Ländereien zu unterhalten, die er erben würde; der Reichtum, der angeblich zu einem alten Titel gehörte, war heutzutage leider die Ausnahme.

Das Traurige war, daß Alex Julie liebte. Das Geld bedeutete im Grunde genommen beiden nichts. Die ältere Generation übernahm das Planen und Ränkeschmieden, wie zu allen Zeiten.

Elliott lehnte sich an das vergoldete Geländer und sah hinab auf die jungen Paare, die sich unter ihm im Tanz drehten, und einen Augenblick versuchte er, den Lärm der Stimmen zu verdrängen und nur die lieblichen Klänge des Walzers zu hören.

Aber Randolph Stratford redete wieder. Randolph versicherte Elliott, daß Julie nur noch ein bißchen gutes Zureden brauchte. Wenn Lawrence seine Zustimmung geben würde, würde seine Tochter einwilligen.

»Gib Henry eine Chance«, sagte Randolph wieder. »Er ist erst seit einer Woche in Ägypten. Wenn Lawrence die Initiative ergreift...«

»Aber warum«, sagte Elliott, »sollte Lawrence das tun?«

Schweigen.

Elliott kannte Lawrence besser, als Randolph ihn kannte. Elliott und Lawrence. Niemand außer den beiden Männern selbst kannte die ganze Geschichte. Sie waren in Oxford, in einer sorglosen Welt, Liebende gewesen, und nach ihrem Abschluß hatten sie zusammen den Winter auf einem Hausboot südlich von Kairo auf dem Nil verbracht. Die Umstände hatten sie zwangsläufig getrennt. Elliott hatte Edith Christian geheiratet, eine reiche amerikanische Erbin. Lawrence hatte aus Stratford Shipping ein Imperium gemacht.

Aber ihre Freundschaft war geblieben. Sie hatten zahllose Ferien miteinander in Ägypten verbracht. Sie konnten immer noch ganze Nächte über Geschichte, Ruinen, archäologische Entdeckungen oder Dichtung diskutieren. Elliott war der einzige gewesen, der seinerzeit verstanden hatte, warum Lawrence sich von den Geschäften zurückgezogen hatte und nach Ägypten gegangen war. Elliott hatte Lawrence beneidet. Und zum ersten Mal war eine Bitterkeit zwischen ihnen gewesen. In den späten Stunden, wenn der Wein geflossen war, hatte Lawrence Elliott einen Feigling genannt, weil er seine letzten Jahre in London in einer Welt verbrachte, die er haßte und die ihm keine Freude bereitete. Elliott hatte Lawrence kritisiert, weil er seiner Meinung nach blind und dumm war. Schließlich war Lawrence reich, reicher als Elliott es sich in seinen wildesten Träumen vorstellen konnte, und Lawrence war Witwer und hatte eine kluge und unabhängige Tochter. Elliott hatte eine Frau und einen Sohn, die ihn brauchten, damit er ihr durch und durch ehrbares und konventionelles Leben steuerte.

»Ich will damit nur sagen«, bohrte Randolph weiter, »wenn Lawrence seinen Wunsch nach dieser Heirat zum Ausdruck bringen würde...«

»Und die Kleinigkeit von zwanzigtausend Pfund?« fragte Elliott plötzlich. Der Ton war höflich, doch die Frage war unverzeihlich unhöflich. Dennoch war er beharrlich. »Edith wird in einer Woche aus Frankreich zurückkehren, und sie wird ganz bestimmt merken, daß das Kollier fehlt. So etwas fällt ihr immer auf.«

Randolph antwortete nicht.

Elliott lachte leise, aber nicht über Randolph, nicht einmal über sich selbst. Und sicher nicht über Edith, die jetzt nur ein kleines bißchen mehr Geld besaß als Elliott, aber das meiste in Silber und Juwelen.

Vielleicht lachte Elliott, weil ihn die Musik schwindlig machte; vielleicht rührte auch der Anblick von Julie Stratford, die da unten mit Alex tanzte, an sein Herz. Oder vielleicht weil er in letzter Zeit die Fähigkeit verloren hatte, in Doppeldeutigkeiten und Halbwahrheiten zu sprechen. Er hatte sie zusammen mit seiner körperlichen Robustheit und dem Gefühl des Wohlbefindens verloren, derer er sich in seiner Jugend stets erfreut hatte.

Jetzt schmerzten seine Gelenke mit jedem verstreichenden Winter mehr, und er konnte keine Meile weit mehr spazierengehen, ohne stechende Schmerzen in der Brust zu verspüren. Es machte ihm nichts aus, daß er mit fünfundfünfzig weißes Haar hatte, möglicherweise weil er wußte, daß er recht gut damit aussah. Aber es schmerzte ihn innerlich zutiefst, daß er jetzt ständig am Stock gehen mußte. Doch das alles waren lediglich Vorboten dessen, was noch kommen würde.

Alter, Schwäche, Abhängigkeit. Er konnte nur beten, daß Alex glücklich mit den Stratford-Millionen verheiratet sein würde, und zwar bald!

Plötzlich verspürte er eine Rastlosigkeit, er fühlte sich unbefriedigt. Die sanfte, beschwingte Musik erboste ihn; eigentlich hatte er Strauß restlos satt. Aber es war etwas Tiefergehenderes.

Plötzlich wollte er Randolph erklären, daß er, Elliott, vor langer Zeit einen entscheidenden Fehler gemacht hatte. Es hatte etwas mit den langen Nächten in Ägypten zu tun, als er und Lawrence gemeinsam durch die Straßen von Kairo geschlendert waren oder betrunken in der kleinen Bar des Boots miteinander geplänkelt hatten. Lawrence war es irgendwie gelungen, sein Leben in heroischen Dimensionen zu leben; ihm waren Dinge gelungen, zu denen andere schlichtweg nicht fähig waren. Elliott hatte sich mit der Strömung treiben lassen. Lawrence war nach Ägypten geflohen, in die Wüste, zu den Tempeln, den sternenklaren Nächten.

Himmel, Lawrence fehlte ihm so sehr. In den letzten drei Jahren hatten sie sich nur eine Handvoll Briefe geschrieben, aber an dem alten Verständnis füreinander hatte sich nichts geändert.

»Henry hat ein paar Papiere mitgenommen«, sagte Randolph, »kleine Umschichtungen des Familienvermögens.« Er sah sich argwöhnisch um; zu argwöhnisch.

Elliott mußte wieder lachen.

»Wenn alles so läuft wie geplant«, fuhr Randolph fort, »werde ich dir alles zurückzahlen, was ich dir schulde, und die Hochzeit wird binnen sechs Wochen stattfinden. Mein Wort darauf.«

Elliott lächelte.

»Randolph, die Hochzeit findet vielleicht statt, vielleicht auch nicht; sie löst vielleicht alle Probleme für uns beide...«

»Sag das nicht, alter Junge.«

»Aber ich muß die zwanzigtausend Pfund wiederhaben, bevor Edith nach Hause kommt.«

»Gewiß, Elliott, gewiß.«

»Weißt du, du könntest ab und zu einmal nein zu deinem Sohn sagen.«

Randolph gab einen tiefen Seufzer von sich. Elliott bohrte nicht weiter. Er wußte wie alle, daß Henrys Niedergang nicht mehr lustig war; man konnte schon längst nicht mehr davon sprechen, daß er sich die Hörner abstieß oder ähnliches. Etwas durch und durch Verderbtes war in Henry Stratford, das schon immer da gewesen war. In Randolph war nur sehr wenig Verderbtes. Daher war es eine Tragödie, und Elliott, der seinen Sohn Alex über alle Maßen liebte, konnte diesbezüglich nur Mitleid für Randolph empfinden.

Weitere Beschwichtigungen; ein ganzer Schwall von Beschwichtigungen. Du wirst deine zwanzigtausend Pfund bekommen. Aber Elliott hörte nicht mehr zu. Er betrachtete wieder die Tänzer – seinen guten und sanftmütigen Sohn, der Julie leidenschaftlich ins Ohr flüsterte; ihr Gesicht nahm dabei einen Ausdruck der Entschlossenheit an, welcher ihr, aus Gründen, die Elliott nie richtig verstand, außerordentlich schmeichelte.

Manche Frauen mußten lächeln, um hübsch zu sein. Manche Frauen mußten weinen. Aber bei Julie zeigte sich die strahlende Schönheit nur, wenn sie ernst war – vielleicht weil ihre braunen Augen sonst zu sanft waren, ihr Mund zu unschuldig, die porzellanähnlichen Wangen zu glatt.

Aber in ihrer Entschlossenheit glich sie einer Vision. Und Alex schien trotz seiner Herkunft und trotz seiner dargebotenen Leidenschaft nicht mehr als »ein Partner« für sie zu sein; einer von tausend eleganten jungen Männern, die sie über die Tanzfläche hätten führen können.

Es war der »Morgenzeitungswalzer«, den Julie liebte und schon immer geliebt hatte. Sie erinnerte sich plötzlich daran, wie sie den »Morgenzeitungswalzer« einmal mit ihrem Vater getanzt hatte. Damals, als sie ihr erstes Grammophon nach Hause gebracht hatten, hatten sie durch das Ägyptische Zimmer und die Bibliothek und die Ankleidezimmer getanzt – sie und Vater –, bis Licht durch die Jalousien fiel und er sagte:

»Oh, mein Liebes, ich kann nicht mehr. Ich kann nicht mehr.«

Jetzt machte die Musik sie schläfrig und fast traurig. Und Alex redete unaufhörlich auf sie ein und erzählte ihr auf vielerlei Weise, daß er sie liebte; sie aber verspürte nur Panik; sie hatte Angst, kalte oder schroffe Worte auszusprechen.

»Und wenn du in Ägypten leben«, sagte Alex atemlos, »und mit deinem Vater nach Mumien graben möchtest, dann gehen wir eben nach Ägypten. Wir fahren gleich nach der Hochzeit. Und wenn du für das Frauenwahlrecht marschieren willst, nun, dann werde ich an deiner Seite marschieren.«

»Ja, ja«, antwortete Julie, »das sagst du jetzt, und ich weiß, es ist dir ernst damit, aber ich bin noch nicht so weit, Alex. Ich kann nicht.«

Sie ertrug es nicht, ihn so todernst zu sehen. Sie ertrug es nicht, ihn verletzt zu sehen. Wenn Alex nur ein bißchen Gemeinheit in sich gehabt hätte; nur ein klein wenig Böses, wie alle anderen auch. Ein wenig Gemeinheit hätte sein gutes Aussehen noch verbessert. Er war schlank, groß, braunhaarig und zu engelsgleich. Seine raschen, dunklen Augen offenbarten zu leicht seine ganze Seele. Mit fünfundzwanzig war er ein eifriger, unschuldiger Junge.

»Was möchtest du denn mit einer Suffragette als Frau?« fragte sie. »Mit einer Forscherin? Weißt du, ich könnte durchaus Forscherin oder Archäologin werden. Ich wünschte, ich wäre jetzt bei Vater in Ägypten.«

»Liebes, wir gehen dorthin. Laß uns vorher heiraten.«

Er beugte sich nach vorne, so als wollte er sie küssen, aber sie wich einen Schritt zurück; der Walzer wirbelte sie beide fast tollkühn schnell voran, und einen Augenblick fühlte sie sich beschwingt und fast so, als wäre sie wirklich verliebt.

»Was kann ich tun, um deine Zuneigung zu gewinnen, Julie?« flüsterte er ihr ins Ohr. »Ich bringe dir die Pyramiden nach London.«

»Alex, du hast meine Zuneigung schon längst gewonnen«, sagte sie lächelnd. Aber das war eine Lüge, oder nicht? Dieser Augenblick hatte etwas wahrhaft Schreckliches an sich – die Musik mit ihrem lieblichen, mitreißenden Rhythmus und der verzweifelte Gesichtsausdruck von Alex.

»Es ist schlicht und einfach so... ich will nicht heiraten. Noch nicht.« *Und vielleicht überhaupt nie?*

Er antwortete ihr nicht. Sie war zu unverblümt gewesen, viel zu deutlich. Sie kannte diese plötzliche Verschlossenheit. Es war nicht unmännlich, sondern im Gegenteil männlich. Sie hatte ihm weh getan, und wenn er sie jetzt anlächelte, lagen ein Liebreiz und eine Tapferkeit auf seinem Gesicht, die sie rührten und gleichzeitig traurig stimmten.

»Vater wird in ein paar Monaten zurück sein, Alex. Dann reden wir über alles. Über die Ehe, die Zukunft, die Rechte der Frauen, ob verheiratet oder unverheiratet, und darüber, daß du etwas viel Besseres verdient hast als eine moderne junge Frau wie mich, die dir wahrscheinlich schon im ersten Ehejahr graue Haare verschafft und dafür sorgt, daß du dich in die Arme einer altmodischen Geliebten stürzt.«

»Ich weiß, es gefällt dir, schockierend zu sein«, sagte er. »Und mir gefällt es, mich schockieren zu lassen.«

»Aber gefällt es dir denn wirklich, schockiert zu werden?«

Plötzlich küßte er sie. Sie waren mitten auf der Tanzfläche stehengeblieben, die anderen Paare wirbelten im Takt der Musik um sie herum. Er küßte sie, und sie ließ es zu, gab sich ihm rückhaltlos hin, als müßte sie ihn irgendwie lieben; ihm irgendwie auf halbem Weg entgegenkommen.

Es war einerlei, daß die anderen sie anstarrten. Es war einerlei, daß seine Hände zitterten, mit denen er sie hielt.

Wichtig war allein, daß ihre Liebe, obwohl sie ihn schrecklich liebte, nicht groß genug war.

Jetzt war es kühl. Draußen war es laut; Autos fuhren vor. Ein Esel iaahte; das schrille, hohe Lachen einer Frau, einer Amerikanerin, die den ganzen Weg von Kairo hierher gekommen war, sobald sie es erfahren hatte.

Lawrence und Samir saßen gemeinsam auf ihren Klappstühlen an dem uralten Schreibtisch und hatten die Papyrusrollen vor sich ausgebreitet.

Lawrence, der sorgsam darauf achtete, nicht sein ganzes Gewicht auf das zerbrechliche Möbelstück zu verlagern, kritzelte hastig seine Übersetzungen in ein ledergebundenes Buch.

Ab und zu sah er über die Schulter zu der Mumie, dem großen König, der für alle Welt aussah, als schliefe er nur. Ramses der Unsterbliche! Allein die Vorstellung beflügelte Lawrence. Er wußte, er würde bis zur Dämmerung in dieser seltsamen Kammer sein.

»Aber es muß eine Täuschung sein«, sagte Samir. »Ramses der Große, der seit tausend Jahren die königlichen Familien von Ägypten bewacht. Der Liebhaber der Kleopatra?«

»Ah, aber es ist doch auf hehre Weise logisch!« entgegnete Lawrence. Er legte den Federhalter einen Augenblick weg und betrachtete die Papyrusrollen. Seine Augen taten so weh. »Wenn es je eine Frau gegeben hat, die einen unsterblichen Mann dazu bewegen konnte, sich begraben zu lassen, dann kann nur Kleopatra diese Frau gewesen sein.«

Er betrachtete die Marmorbüste vor sich, strich zärtlich über die glatte weiße Wange von Kleopatra. Ja, Lawrence konnte es glauben. Kleopatra, Geliebte von Julius Cäsar und Geliebte von Markus Antonius; Kleopatra, die sich der römischen Eroberung Ägyptens länger widersetzt hatte, als es jeder für möglich gehalten hätte; Kleopatra, die letzte Herrscherin Ägyptens in der alten Welt. Aber die Geschichte – er mußte mit seiner Übersetzung fortfahren...

Samir stand auf und streckte sich unbehaglich. Lawrence beobachtete ihn, wie er zu der Mumie schritt. Was machte er? Untersuchte er die Bandagen über den Fingern, untersuchte er den gleißenden Skarabäusring, der an der rechten Hand leuchtete? Dabei handelte es sich um ein Schmuckstück der neunzehnten Dynastie, das konnte nun niemand bestreiten, dachte Lawrence.

Lawrence machte die Augen zu und massierte sich sanft die Lider. Dann schlug er die Augen auf und konzentrierte sich wieder auf die Schriftrolle vor sich.

»Samir, ich muß Ihnen sagen, der Bursche überzeugt mich. Ein derartiges Sprachtalent würde jeden betören. Und seine philosophischen Ansichten sind so modern wie meine eigenen.« Er griff nach dem älteren Dokument, das er zuvor studiert hatte. »Und ich möchte, Samir, daß Sie sich das hier ansehen. Es ist nichts anderes als ein Brief von Kleopatra an Ramses.«

»Ein Streich, Lawrence. Ein kleiner römischer Witz.«

»Nein, mein Freund, ganz und gar nicht. Sie hat diesen Brief aus Rom geschrieben, als Cäsar ermordet wurde! Sie hat Ramses mitgeteilt, daß sie zu ihm kommen würde, nach Ägypten.«

Er legte den Brief beiseite. Wenn Samir Zeit hatte, würde er selbst sehen, was in diesen Dokumenten stand. Alle Welt würde es sehen. Er wandte sich wieder der ursprünglichen Rolle zu.

»Aber hören Sie sich das an, Samir – Ramses letzte Gedanken: ›Man kann die Römer ob der Eroberung Ägyptens nicht verdammen, letztendlich wurden wir von der Zeit selbst erobert. Und alle Wunder dieses schönen neuen Zeitalters sollten mich aus meinem Kummer reißen, und dennoch vermag ich nicht, mein Herz zu heilen, und darum leidet auch der Verstand. Der Verstand schließt sich wie eine Blume ohne Sonne.‹«

Samir betrachtete immer noch die Mumie, betrachtete den Ring. »Wieder eine Anspielung auf die Sonne. Immer wieder die Sonne.« Er drehte sich zu Lawrence um. »Aber Sie glauben doch sicher nicht...!«

»Samir, wenn Sie an den Fluch glauben können, warum dann nicht auch an einen unsterblichen Mann?«

»Lawrence, Sie machen sich lustig über mich. Ich habe das Wirken zahlreicher Flüche gesehen, mein Freund. Aber einen unsterblichen Mann, der in Athen unter Perikles und in der Republik Roms und in Karthago unter Hannibal gelebt haben soll? Ein Mann, der Kleopatra die Geschichte Ägyptens gelehrt hat? Davon weiß ich überhaupt nichts.«

»Hören Sie doch einmal zu, Samir: ›Ihre Schönheit wird mich

auf ewig quälen, ebenso ihr Mut und ihre Frivolität und ihre Leidenschaft für das Leben, die in ihrem Eifer so unmenschlich wirkte und letztendlich doch nur menschlich war‹.«

Samir antwortete nicht. Er hatte den Blick wieder auf die Mumie gerichtet, als könnte er es nicht lassen, sie anzustarren. Lawrence hatte vollstes Verständnis dafür, eben darum hatte er dem Ding den Rücken zugekehrt und las den Papyrustext, um so die vordringliche Arbeit zu erledigen.

»Lawrence, diese Mumie ist so tot wie alle, die ich im Museum von Kairo gesehen habe. Ein Geschichtenerzähler, das war der Mann. Und doch, diese Ringe.«

»Ja, mein Freund, ich habe ihn vorhin gründlich untersucht; es handelt sich um die Kartusche von Ramses dem Großen, und damit haben wir nicht nur einen Geschichtenerzähler vor uns, sondern auch einen Antiquitätensammler. Möchten Sie, daß ich das glaube?«

Ja, was glaubte Lawrence eigentlich? Er lehnte sich gegen die schlaffe Leinwand des Klappstuhls und ließ den Blick über den Inhalt dieser seltsamen Kammer schweifen. Dann übersetzte er wieder von der Schriftrolle.

»›Und so ziehe ich mich in diese abgelegene Kammer zurück; nun soll meine Bibliothek meine Gruft werden. Meine Diener sollen meinen Leib salben und in Grabesleinen einschlagen, wie es der Brauch meiner jetzt so lange vergessenen Zeit war. Aber kein Messer soll mich berühren. Kein Einbalsamierer soll Herz und Hirn aus meinem unsterblichen Leib herausnehmen.‹«

Plötzlich kam eine Euphorie über Lawrence, oder handelte es sich um einen Tagtraum? Die Stimme – sie war plötzlich Wirklichkeit. Er spürte die Individualität wie sonst nie bei den alten Ägyptern. Aber natürlich war dieser Mann unsterblich...

Elliott betrank sich, aber niemand wußte es. Außer Elliott, der ganz nonchalant, wie sonst übrigens nie, am vergoldeten Geländer

27

des Zwischenstockabsatzes lehnte. Sonst hatten selbst die kleinsten seiner Gesten Stil, doch nun setzte er sich dreist darüber hinweg, wohl wissend, daß es niemand bemerken, daß sich niemand daran stören würde.

Ah, welch eine Welt, die fast ausschließlich aus Feinheiten bestand. Welch ein Grauen. Und er mußte an diese Hochzeit denken, mußte über diese Hochzeit reden, mußte etwas gegen den traurigen Anblick seines ganz eindeutig niedergeschlagenen Sohnes tun, der jetzt, nachdem er mit angesehen hatte, wie Julie mit einem anderen tanzte, die Marmortreppe heraufkam.

»Ich bitte dich, mir zu vertrauen«, sagte Randolph. »Ich garantiere diese Hochzeit. Es erfordert nur ein wenig Zeit.«

»Du denkst doch sicher nicht, daß es mir Spaß macht, Druck auf dich auszuüben«, antwortete Elliott. Schwere Zunge. Bereits betrunken. »Ich fühle mich wesentlich wohler in einer Traumwelt, Randolph, wo Geld ganz einfach nicht existiert. Tatsache ist leider, daß wir uns solche Tagträume nicht leisten können, wir beide nicht. Diese Heirat ist für uns beide lebenswichtig.«

»Dann werde ich Lawrence persönlich aufsuchen.«

Elliott drehte sich um und sah seinen Sohn, der etwas entfernt wie ein Schuljunge darauf wartete, daß die Erwachsenen ihn zur Kenntnis nahmen.

»Vater, ich brauche dringend Trost«, sagte Alex.

»Was du brauchst, ist Mut, junger Mann«, sagte Randolph gallig. »Sag mir nicht, daß du dich wieder hast abweisen lassen.«

Alex nahm dem vorbeihuschenden Kellner ein Glas Champagner ab.

»Sie liebt mich. Sie liebt mich nicht«, sagte er leise. »Tatsache ist, ich kann nicht ohne sie leben. Sie macht mich verrückt.«

»Selbstverständlich nicht.« Elliott lachte sanft. »Sieh hin. Dieser ungeschickte junge Mann da unten tritt ihr auf die Füße. Ich bin sicher, sie wäre dir sehr dankbar, wenn du sie unverzüglich erlösen würdest.«

Alex nickte und merkte kaum, daß sein Vater ihm das halbvolle Glas wegnahm und den Champagner hinunterstürzte. Er straffte die Schultern und ging zur Tanzfläche zurück. Ein perfekter Anblick.

»Das Verwirrende ist«, flüsterte Randolph, »sie liebt ihn. Sie hat ihn immer geliebt.«

»Ja, aber sie ist wie ihr Vater. Sie liebt ihre Freiheit. Und offen gesagt, ich kann es ihr nicht verdenken. In gewisser Weise ist sie zuviel für Alex. Aber er würde sie glücklich machen, das weiß ich.«

»Gewiß.«

»Und sie würde ihn überglücklich machen; was möglicherweise sonst niemand könnte.«

»Unsinn«, sagte Randolph. »Jede junge Frau in London würde alles dafür geben, Alex glücklich zu machen. Den achtzehnten Earl of Rutherford?«

»Ist das wirklich so wichtig? Unsere Titel, unser Geld, die endlose Instandhaltung unserer dekorativen und langweiligen kleinen Welt?« Elliott sah sich im Ballsaal um. Dies war das lichte und gefährliche Stadium des Trinkens, wenn alles zu glänzen anfing, wenn die Körnung des Marmors einen Sinn bekam, wenn man die beleidigendsten Ansprachen halten konnte. »Manchmal frage ich mich, ob ich bei Lawrence in Ägypten sein sollte. Und ob Alex seinen heißgeliebten Titel nicht einer anderen zu eigen machen sollte.«

Er konnte die Panik in Randolphs Augen sehen. Großer Gott, was besaß der Titel für diese Handelsfürsten, diese Geschäftsmänner, die außer dem Titel alles hatten, für eine Bedeutung? Es ging nicht nur darum, daß Alex Julie einmal besitzen würde, und damit auch die Millionen der Stratfords, und daß Alex selbst viel leichter zu manipulieren sein würde als Julie. Es war die Aussicht auf wahren Adel, auf Nichten und Neffen, die im Park des alten Anwesens der Rutherfords in Yorkshire spazierengehen würden, und darauf, daß der klägliche Henry Stratford in jeder abscheulichen Weise Kapital aus dieser Verbindung schlagen würde.

»Noch sind wir nicht geschlagen, Elliott«, sagte Randolph. »Und mir gefällt deine dekorative und langweilige kleine Welt. Was bleibt denn noch, wenn man sich die Sache genau überlegt?«

Elliott lächelte. Noch ein Schluck Champagner, und er würde Randolph erzählen, was sonst noch blieb. Vielleicht würde er es wirklich tun...

»Ich liebe dich, edler Engländer«, sagte Malenka zu ihm. Sie küßte ihn, dann half sie ihm mit der Krawatte, und als er ihre sanften Finger am Kinn spürte, richteten sich seine Nackenhaare auf.

Was waren Frauen doch für reizende Närrinnen, dachte Henry Stratford. Aber diese ägyptische Frau hatte ihm mehr Vergnügen bereitet als die meisten. Sie war dunkelhäutig und Tänzerin von Beruf – eine stille und üppige Schönheit, mit der er machen konnte, was er wollte. Diese Freiheit konnte man sich bei einer englischen Hure nicht herausnehmen.

Er konnte sich vorstellen, daß er sich eines Tages mit so einer Frau in einem Land des Ostens niederließ – frei von jeglicher britischer Ehrbarkeit. Aber erst, wenn er sein Vermögen am Spieltisch gemacht hatte – den einen großen Gewinn, der ihn dem Zugriff der Welt entzog.

Vorerst aber mußte er das erledigen, wozu er hergekommen war. Seit dem Abend hatte sich die Menschenmenge vor dem Grab verdoppelt. Es kam darauf an, daß er zu seinem Onkel Lawrence kam, bevor ihn die Museumsleute und Behörden vollkommen mit Beschlag belegten – daß er jetzt zu ihm kam, wo er wahrscheinlich in alles einwilligen würde, um in Ruhe gelassen zu werden.

»Geh, Liebste.« Er küßte Malenka noch einmal und sah zu, wie sie den dunklen Mantel um sich schlang und zu dem wartenden Automobil eilte. Wie dankbar sie für dieses bißchen Luxus des Westens war. Ja, so eine Frau. Lieber als Daisy, seine Geliebte in

London, ein verdorbenes und habgieriges Geschöpf, die ihn aber dennoch erregte – vielleicht weil sie so schwer zufriedenzustellen war.

Er trank den letzten Schluck Scotch, nahm die lederne Aktentasche und verließ das Zelt.

Die Menschenmassen waren ihm zuwider. Die ganze Nacht war er vom Dröhnen und Brummen der Automobile und hektischen Stimmen geweckt worden. Jetzt nahm die Hitze wieder zu, und er konnte bereits Sand in den Schuhen spüren.

Er verabscheute Ägypten. Er verabscheute diese Wüstenlager und die dreckigen, kamelreitenden Araber und die trägen, schmutzigen Diener. Er verabscheute die ganze Welt seines Onkels. Und da war Samir, der unverschämte, nervtötende Assistent, der sich als Lawrence gesellschaftlich ebenbürtig betrachtete und gerade versuchte, die dummen Reporter zum Schweigen zu bringen. Konnte das wirklich die Gruft von Ramses II. sein? Würde Lawrence ein Interview geben?

Das war Henry scheißegal. Er drängte sich an den Männern vorbei, die den Eingang zum Grab bewachten.

»Mr. Stratford, bitte«, rief Samir ihm nach. Eine Reporterin folgte ihm auf den Fersen. »Lassen Sie Ihren Onkel jetzt in Ruhe«, sagte Samir. »Lassen Sie ihn seinen Fund auskosten.«

»Einen Dreck werd' ich.«

Er sah den Wächter, der ihm den Weg versperrte, finster an. Der Mann wich zurück. Samir drehte sich um und hielt die Reporter zurück. Sie waren neugierig, wer da in das Grab ging.

»Dies ist eine Familienangelegenheit«, sagte er rasch und kalt zu der Reporterin, die ihm folgen wollte. Der Wächter verstellte ihr den Weg.

So wenig Zeit. Lawrence hörte auf zu schreiben, wischte sich gründlich die Stirn ab, legte das Taschentuch zusammen und schrieb eine letzte kurze Anmerkung:

»Brillant, das Elixier zwischen Giften aufzubewahren. Gibt es einen sichereren Platz für einen Trank, der Unsterblichkeit bringt, als zwischen Arzneien, die den Tod bringen? Und wenn man bedenkt, daß es ihre Gifte waren – diejenigen, die Kleopatra ausprobiert hat, bevor sie beschloß, sich mit dem Gift der Natter das Leben zu nehmen.«

Er hielt inne und wischte sich wieder die Stirn ab. Es war schon wieder so heiß hier drinnen. Und in wenigen Stunden würden sie zu ihm kommen und verlangen, daß er das Grab den Angestellten des Museums überließ. Ach, hätte er die Entdeckung doch ohne das Museum gemacht. Weiß Gott, er hatte es nicht gebraucht. Und jetzt würden sie ihm alles aus der Hand nehmen.

Sonnenlicht fiel in feinen Strahlen durch den herausgehauenen Eingang. Es fiel auf die Alabastergefäße vor ihm, und ihm war, als hörte er etwas – leise, gleich einem geflüsterten Atemzug.

Er drehte sich um und betrachtete die Mumie, die Gesichtszüge, die so deutlich unter den engen Bandagen abgezeichnet waren. Der Mann, der behauptete, Ramses zu sein, war groß gewesen und wahrscheinlich robust.

Kein alter Mann wie das Wesen, das im Museum von Kairo lag. Doch dieser Ramses hatte von sich behauptet, er wäre niemals alt geworden. Er sei unsterblich und schliefe lediglich in diesen Bandagen. Nichts könne ihn umbringen, nicht einmal die Gifte in dieser Kammer, die er in allen erdenklichen Mengen versucht hatte, als er halb wahnsinnig vor Trauer um Kleopatra gewesen war. Auf sein Geheiß hin hatten die Diener den bewußtlosen Leib bandagiert; sie hatten ihn lebendig in dem Sarkophag begraben, den er für sich vorbereitet hatte; er hatte alle Einzelheiten überwacht; dann hatten sie das Grab mit der Tür versiegelt, deren Inschrift er persönlich angefertigt hatte.

Aber was hatte ihn in Bewußtlosigkeit gehalten? Das war das Geheimnis. Ah, welch köstliche Geschichte. Und was, wenn...?

Er stellte fest, daß er die grimmige Kreatur in ihren gelben Leinenbandagen anstarrte. Glaubte er wirklich, daß da etwas am Leben war? Etwas, das sich bewegen und sprechen konnte?

Lawrence mußte lächeln.

Er drehte sich wieder zu den Gefäßen auf dem Tisch um. Die Sonne verwandelte die kleine Kammer in ein Inferno. Er nahm das Taschentuch und hob vorsichtig den Deckel des ersten Glases vor sich. Geruch von Bittermandel. Etwas so Tödliches wie Zyanid.

Und der unsterbliche Ramses behauptete, er hätte sich den halben Inhalt dieses Glases einverleibt, um sein verfluchtes Leben zu beenden.

Und wenn sich wirklich ein unsterbliches Wesen unter diesen Bandagen verbarg?

Da war das Geräusch wieder. Was war es? Kein Rascheln; nein, nicht so deutlich. Mehr wie ein Einatmen.

Er sah erneut zu der Mumie. Die Sonne schien mit langen, wunderschönen, staubigen Strahlen darauf – die Sonne, wie sie durch Kirchenfenster oder durch die Zweige alter Eichen in schattigen Waldlichtungen fiel.

Es schien, als könnte er den Staub von der uralten Gestalt emporsteigen sehen: ein blaßgoldener Nebel aus beweglichen Teilchen. Ah, er war zu müde!

Und das Ding sah auch nicht mehr so verschrumpelt aus; es hatte vielmehr die Konturen eines Menschen angenommen.

»Aber was warst du wirklich, mein vorgeschichtlicher Freund?« fragte Lawrence leise. »Verrückt? Irregeleitet? Oder nur das, was du zu sein vorgibst – Ramses der Große?«

Ihn schauderte, als er die Worte aussprach. Er stand auf und ging näher zu der Mumie.

Die Strahlen der Sonne überfluteten das Ding jetzt eindeutig. Zum ersten Mal fielen ihm die Konturen der Augenbrauen unter den Bandagen auf; das Gesicht schien einen deutlicheren Ausdruck zu haben – hart, entschlossen.

Lawrence lächelte. Er sprach es auf lateinisch an und formulierte die Sätze sorgfältig. »Weißt du, wie lange du geschlafen hast, unsterblicher Pharao? Der du behauptest, du hättest tausend Jahre gelebt?«

Verunglimpfte er die alte Sprache? Er hatte so viele Jahre Hieroglyphen übersetzt, daß ihm Cäsars Sprache nicht mehr so geläufig war. »Es ist doppelt soviel Zeit vergangen, Ramses, seit du dich in dieser Kammer eingeschlossen hast, seit Kleopatra sich die giftige Natter an die Brust gehalten hat.«

Er betrachtete die Gestalt einen Augenblick lang stumm. Gab es eine Mumie, die nicht eine tiefe, kalte Angst vor dem Tod weckte? Man konnte gern glauben, daß das Leben hier noch irgendwo ausharrte; daß die Seele in den Bandagen gefangen war und nur befreit werden konnte, wenn man das Ding zerstörte.

Ohne nachzudenken sprach er englisch weiter.

»Ach, wenn du nur unsterblich wärst. Wenn du nur die Augen in dieser modernen Welt aufschlagen könntest. Und wenn ich nur nicht auf die Erlaubnis warten müßte, diese kläglichen Bandagen abzunehmen und dich anzusehen... dein Gesicht!«

Das Gesicht. Hatte sich das Gesicht verändert? Nein; es lag nur am grellen Sonnenlicht, oder? Aber das Gesicht wirkte voller. Lawrence streckte ehrerbietig die Hand aus, um es zu berühren, tat es dann aber doch nicht, sondern verharrte mit regloser Hand.

Jetzt sprach er wieder lateinisch. »Wir schreiben das Jahr 1914, großer König. Und der Name Ramses der Große ist immer noch aller Welt bekannt; ebenso der Name deiner letzten Königin.«

Plötzlich hörte er ein Geräusch hinter sich. Es war Henry:

»Sprichst du lateinisch zu Ramses dem Großen, Onkel? Vielleicht beeinflußt der Fluch bereits dein Gehirn.«

»Ja, er versteht Lateinisch«, antwortete Lawrence, der die Mumie immer noch betrachtete. »Oder nicht, Ramses? Und Griechisch. Und Persisch und Etruskisch, Sprachen, die die Welt vergessen hat. Wer weiß? Vielleicht hast du sogar die Sprachen der vorgeschichtlichen nordischen Barbaren verstanden, die vor Jahrhunderten zu unserem Englisch wurde.« Er wechselte wieder ins Lateinische über. »Doch ah, es gibt so viele Wunder in der neuen Welt, großer Pharao. Ich könnte dir so viele Dinge zeigen...«

»Ich glaube nicht, daß er dich hören kann, Onkel«, sagte Henry kalt. Das leise Klirren von Glas auf Glas war zu hören. »Hoffen wir es jedenfalls nicht.«

Lawrence drehte sich unvermittelt um. Henry, der eine Aktentasche unter einem Arm stecken hatte, hielt den Deckel eines Glases in der rechten Hand.

»Rühr das nicht an!« sagte Lawrence schroff. »Es ist Gift, du Narr. In allen ist Gift. Ein Quentchen, und du bist so tot wie er. Das heißt, wenn er wirklich tot ist.« Schon der Anblick seines Neffen machte ihn wütend. Noch dazu in so einem Augenblick...

Lawrence drehte sich zu der Mumie um. Selbst die Hände schienen voller zu sein. Und einer der Ringe hatte sich fast durch die Bandage gebohrt. Erst vor Stunden...

»Gift?« fragte Henry hinter ihm.

»Ein ansehnliches Laboratorium voller Gifte«, antwortete Lawrence. »Genau die Gifte, welche Kleopatra vor ihrem Selbstmord an ihren hilflosen Sklaven erprobt hat!« Warum vergeudete er diese wertvolle Information an Henry?

»Das ist ja wahnsinnig aufregend«, antwortete sein Neffe. Zynisch, sarkastisch. »Ich dachte, sie wäre von einer Natter gebissen worden.«

»Du bist ein Idiot, Henry. Du weißt weniger von Geschichte als ein ägyptischer Kameltreiber. Kleopatra hat hundert Gifte ausprobiert, bevor sie sich für die Natter entschieden hat.«

Er drehte sich um und beobachtete kalt, wie sein Neffe die Marmorbüste von Kleopatra berührte und mit den Fingern grob über Nase und Augen fuhr.

»Nun, ich könnte mir denken, dies ist ein kleines Vermögen wert. Und diese Münzen. Du wirst diese Sachen dem Britischen Museum doch nicht schenken, oder?«

Lawrence setzte sich auf den Klappstuhl. Er tauchte den Federhalter ein. Wo hatte er mit seiner Übersetzung aufgehört? Mit diesen Störungen war es unmöglich, sich zu konzentrieren.

»Kannst du nur an Geld denken?« fragte er kalt. »Und was hast du je damit gemacht, außer es zu verspielen?« Er sah zu seinem Neffen auf. Wann war das jugendliche Feuer in diesem hübschen Gesicht erloschen? Wann hatte die Arroganz es hart gemacht, es altern und so sterbenslangweilig werden lassen? »Je mehr ich dir gebe, desto mehr verlierst du am Spieltisch. Kehr nach London zurück, um Himmels willen. Geh zurück zu deiner Geliebten und deinen Music Hall-Kumpels. Aber geh.«

Laute Geräusche waren von draußen zu hören – ein Auto knatterte, während es sich die Sandstraße herauf quälte. Plötzlich trat ein dunkelhäutiger Diener in schmutziger Kleidung mit einem Frühstückstablett ein. Samir folgte ihm.

»Ich kann sie nicht mehr lange zurückhalten, Lawrence«, sagte er. Mit einer knappen, anmutigen Geste bat er den Diener, das Frühstück auf dem Klapptisch abzustellen. »Die Männer von der britischen Botschaft sind ebenfalls hier, Lawrence. Und alle Reporter von Alexandria bis Kairo. Ich fürchte, es herrscht ein ziemlicher Tumult da draußen.«

Lawrence betrachtete die Silberteller, die Porzellantassen. Er wollte mit seinen Schätzen allein sein.

»Versuchen Sie, sie mir, so lange es geht, vom Leibe zu halten, Samir. Lassen Sie mich noch ein paar Stunden allein mit diesen Schriftrollen. Samir, diese Geschichte ist so traurig, so erschütternd.«

»Ich werde mein Bestes tun«, antwortete Samir. »Aber Sie sollten frühstücken, Lawrence, Sie sind erschöpft. Sie brauchen etwas zu essen und Ruhe.«

»Samir, ich habe mich nie besser gefühlt. Halten Sie sie mir bis Mittag vom Leib. Und nehmen Sie Henry mit. Henry, geh mit Samir. Er wird sich darum kümmern, daß du etwas zu essen bekommst.«

»Ja, kommen Sie mit mir, Sir, bitte«, sagte Samir rasch.

»Ich muß mit meinem Onkel allein sprechen.«

Lawrence sah wieder in sein Notizbuch. Und auf die Schriftrolle darüber. Ja, der König hatte von seiner Trauer danach geschrieben, und davon, daß er sich hierher in ein geheimes Studierzimmer fernab von Kleopatras Mausoleum in Alexandria, fernab vom Tal der Könige, zurückgezogen hatte.

»Onkel«, sagte Henry frostig, »ich kehre mit allergrößtem Vergnügen nach London zurück, wenn du dir nur einen Augenblick Zeit nimmst, um das zu unterschreiben...«

Lawrence sah nicht einmal von seiner Papyrusrolle auf. Vielleicht folgte noch ein Hinweis darauf, wo Kleopatras Mausoleum gestanden hatte.

»Wie oft muß ich es noch sagen?« murmelte er gleichgültig. »Nein. Ich unterschreibe keine Dokumente. Und jetzt nimm deine Aktentasche mit, und geh mir aus den Augen.«

»Onkel, der Earl erwartet eine Antwort wegen Julie und Alex. Er wird nicht ewig warten. Und was die Dokumente anbelangt, es sind doch nur ein paar Anteile.«

Der Earl... Alex und Julie. Es war entsetzlich. »Großer Gott, in so einem Augenblick.«

»Onkel, die Welt ist wegen deiner Entdeckung nicht stehengeblieben.« Welch ätzender Tonfall. »Und das Aktienkapital muß flüssig gemacht werden.«

Lawrence legte den Federhalter weg. »Nein, auf keinen Fall«, sagte er und sah Henry kalt an. »Und was die Hochzeit anbetrifft, die kann warten. So lange jedenfalls, bis Julie sich selbst entscheidet. Geh nach Hause und sag das meinem guten Freund, dem Earl of Rutherford! Und sag deinem Vater, ich werde keine weiteren Familienaktien mehr verkaufen. Und jetzt laß mich in Ruhe.«

Henry bewegte sich nicht. Er befingerte unbehaglich die Aktentasche und sah mit verkniffenem Gesicht auf seinen Onkel hinab.

»Onkel, du verstehst nicht...«

37

»Dann laß mich dir sagen, *was* ich verstehe«, sagte Lawrence, »daß du ein königliches Vermögen am Spieltisch verloren hast und dein Vater alles machen würde, um deine Schulden zu bezahlen. Nicht einmal Kleopatra und ihr trunkener Liebhaber Markus Antonius hätten das Vermögen verschleudern können, das durch deine Finger gegangen ist. Und wozu braucht Julie überhaupt den Rutherford-Titel? Alex braucht die Millionen der Stratfords, so sieht es aus. Alex ist ein Bettler mit Titel, genau wie Elliott. Gott verzeihe mir. Es ist die Wahrheit.«

»Onkel, Alex könnte sich mit diesem Titel jede Erbin in London kaufen.«

»Und warum macht er es dann nicht?«

»Ein Wort von dir, und Julie würde sich entscheiden...«

»Und Elliott würde dir seine Dankbarkeit erweisen, weil du alles so trefflich arrangiert hast, richtig? Und mit dem Geld meiner Tochter könnte er wahrhaftig großzügig sein.«

Henry war vor Zorn alle Farbe aus dem Gesicht gewichen.

»Was liegt dir schon an dieser Heirat?« fragte Lawrence verbittert. »Du erniedrigst dich, weil du das Geld brauchst...«

Er glaubte zu sehen, daß sich die Lippen seines Neffen zu einem Fluch bewegt hatten.

Er wandte sich der Mumie zu und versuchte, alles andere zu verdrängen – das Londoner Leben, das er hinter sich gelassen hatte, und das jetzt versuchte, ihn hier einzuholen.

Da, die ganze Gestalt sah jetzt voller aus! Und der Ring war jetzt deutlich zu sehen, als hätte der anschwellende Finger die Bandagen völlig durchstoßen. Lawrence bildete sich ein, daß er das sanfte Rosa gesunder Haut sehen konnte.

»Du bist nicht ganz bei Sinnen«, flüsterte er leise. Und das Geräusch, da war es wieder. Er versuchte, sich darauf zu konzentrieren, aber dadurch wurde ihm der ganze Lärm draußen nur noch deutlicher bewußt. Er ging näher an den Leichnam im Sarg heran. Großer Gott, sah er wirklich Haar unter den Bandagen?

»Du tust mir so leid, Henry«, flüsterte er plötzlich. »Daß du eine solche Entdeckung nicht schätzen kannst. Diesen alten König, dieses Geheimnis.« Wer sagte, daß er die sterblichen Überreste nicht berühren durfte? Vielleicht einen Zentimeter der brüchigen Bandagen entfernen?

Er holte das Taschenmesser heraus und hielt es unsicher in der Hand. Vor zwanzig Jahren hätte er das Ding vielleicht aufgeschnitten. Damals hätte er sich nicht mit irgendwelchen übereifrigen Bürokraten herumärgern müssen. Er hätte selbst sehen können, ob unter dem vielen Staub...

»Ich an deiner Stelle würde das nicht tun, Onkel«, unterbrach Henry. »Die Museumsleute in London werden in die Luft gehen.«

»Ich habe dir gesagt, du sollst gehen.«

Er hörte, wie sich Henry eine Tasse Kaffee einschenkte, als hätte er unendlich viel Zeit. Der Duft breitete sich in der engen kleinen Kammer aus.

Lawrence ging zum Klappstuhl zurück und drückte sich wieder das zusammengelegte Taschentuch auf die Stirn. Vierundzwanzig Stunden ohne Schlaf. Vielleicht sollte er sich ausruhen.

»Trink einen Kaffee, Onkel Lawrence«, sagte Henry zu ihm. »Ich habe ihn dir eingeschenkt.« Da stand sie, die volle Tasse. »Sie warten da draußen auf dich. Du bist erschöpft.«

»Du elender Narr«, flüsterte Lawrence. »Ich wünschte, du würdest gehen.«

Henry stellte die Tasse vor ihn hin, direkt neben das Notizbuch.

»Vorsicht, diese Rolle ist von unschätzbarem Wert.«

Der Kaffee duftete köstlich, auch wenn Henry ihn reichte. Er hob die Tasse, trank einen großen Schluck und machte die Augen zu.

Was hatte er gerade gesehen, als er die Tasse abstellte? Hatte sich die Mumie im Sonnenschein bewegt? Unmöglich. Plötzlich spürte er nur noch das Brennen im Hals. Ihm war, als würde sein Hals zugeschnürt! Er konnte weder atmen noch sprechen.

Er versuchte aufzustehen, er starrte Henry an, und plötzlich nahm er den Geruch wahr, der von der Tasse ausging, die er noch mit zitternden Händen hielt. Bittermandel. Das Gift. Die Tasse fiel ihm aus den Händen; er hörte sie weit entfernt zerschellen, als sie auf dem Boden aufschlug.

»Bei Gott! Du Dreckskerl!« Er fiel, und während er fiel, streckte er die Hände nach seinem Neffen aus, der blaß und grimmig dastand und ihn kalt ansah, als würde diese Katastrophe nicht passieren, als würde er nicht sterben.

Sein Körper zuckte. Er wandte sich gewaltsam ab. Das Letzte, was er sah, war die Mumie im grellen Sonnenschein; das Letzte, was er spürte, war der sandige Boden unter dem brennenden Gesicht.

Henry Stratford blieb eine ganze Weile regungslos stehen. Er sah auf den Leichnam seines Onkels hinab, als könnte er nicht glauben, was er sah. Nicht er hatte das getan. Ein anderer hatte seiner Frustration Luft gemacht und diese gräßliche Tat begangen. Ein anderer hatte den silbernen Kaffeelöffel in das Glas mit dem uralten Gift getaucht und dann in Lawrences Kaffeetasse selbst.

Nichts bewegte sich im staubigen Sonnenlicht. Die winzigen Staubteilchen schienen bewegungslos in der heißen Luft zu verharren. Nur ein leises Geräusch war in der Kammer zu hören: so etwas wie ein Herzschlag.

Einbildung. Jetzt galt es, logisch zu handeln. Jetzt galt es, dafür zu sorgen, daß seine Hände aufhörten zu zittern und daß ihm der Schrei nicht über die Lippen kam. Er fühlte ihn bereits – den Schrei, der niemals aufhören würde, sollte er ihn herauslassen.

Ich habe ihn umgebracht. Ich habe ihn vergiftet.

Und damit hat das große, böse und nachgiebige Hindernis für meine Pläne aufgehört zu existieren.

Bück dich; überzeuge dich. Ja, er ist tot. Mausetot.

Henry richtete sich auf, kämpfte gegen eine plötzliche Woge der

Übelkeit und nahm rasch mehrere Dokumente aus der Aktentasche. Er tauchte den Federhalter seines Onkels ein und schrieb den Namen Lawrence Stratford rasch und fein säuberlich darunter, wie er es bei unwichtigeren Dokumenten früher schon häufig getan hatte.

Seine Hand zitterte heftig, aber um so besser. Denn sein Onkel hatte gerade wieder einen Anfall gehabt. Als er fertig war, sah das Gekritzelte wirklich gut aus.

Er legte den Federhalter weg, machte die Augen zu und versuchte wieder, sich zu beruhigen. Er hatte jetzt nur einen Gedanken: Es ist vollbracht.

Doch dann glaubte er plötzlich, daß er alles ungeschehen machen konnte! Daß das Ganze nur ein Impuls gewesen war, daß er die Zeit zurückdrehen konnte, bis sein Onkel wieder lebte. Dies alles konnte unmöglich geschehen sein! Gift... Kaffee... und Lawrence tot!

Dann überkam ihn die Erinnerung, rein und still und höchst willkommen, an den Tag vor einundzwanzig Jahren, als seine Cousine Julie zur Welt kam. Sein Onkel und er hatten gemeinsam im Salon gesessen. Sein Onkel Lawrence, den er mehr liebte als seinen Vater.

»Aber du sollst wissen, daß du immer mein Neffe sein wirst, mein geliebter Neffe...«

Großer Gott, verlor er den Verstand? Einen Augenblick wußte er nicht einmal, wo er war. Er hätte schwören können, daß noch jemand mit ihm in dieser Kammer war. Aber wer?

Das Ding im Sarg. Sieh es nicht an. Wie ein Zeuge. Kümmere dich um das Nächstliegende.

Die Papiere sind unterschrieben, die Aktien können verkauft werden, und jetzt hat Julie nur noch mehr Grund, den dummen Tölpel Alex Savarell zu heiraten. Und Henrys Vater um so bessere Gründe, Stratford Shipping hundertprozentig zu übernehmen.

Ja. Ja. Aber was sollte er jetzt machen? Er sah wieder auf den

41

Tisch. Alles wie es war. Und die sechs funkelnden Kleopatra-Goldmünzen. Ah, ja, nimm eine. Rasch steckte er sich eine in die Tasche. Leichte Röte wärmte sein Gesicht. Ja, die Münze mußte ein Vermögen wert sein. Und er konnte sie in sein Zigarettenetui stecken; einfach zu schmuggeln. Gut.

Und jetzt so schnell wie möglich raus hier. Nein, er dachte überhaupt nichts. Sein Herz raste. Nach Samir rufen, das schien ihm angemessen. Etwas Schreckliches ist mit Lawrence geschehen. Gehirnschlag, Herzanfall, schwer zu sagen! Und diese Zelle ist wie ein Backofen. Ein Arzt muß kommen, sofort.

»Samir!« schrie er und richtete seinen Blick starr geradeaus wie ein Schauspieler im Augenblick des Schocks. Sein Blick fiel wieder direkt auf das grimmige, abscheuliche Ding in seinen Leinenbandagen. Sah es ihn etwa an? Hatte es unter den Bandagen die Augen offen? Lächerlich! Dennoch schlug die Einbildung eine schrille Note der Panik in ihm an, die seinem nächsten Hilferuf genau den richtigen Tonfall verlieh.

Der Angestellte las verstohlen die neueste Ausgabe des *London Herald*, die er sorgsam hinter dem dunkel gebeizten Schreibtisch verborgen hielt. Wegen der Aufsichtsratssitzung war es gerade still im Büro, das einzige Geräusch war das ferne Klappern einer Schreibmaschine.

FLUCH DER MUMIE WIRD
SCHIFFSMAGNAT STRATFORD ZUM VERHÄNGNIS
»RAMSES DER VERDAMMTE« HOLT ALLE,
DIE SEINEN SCHLAF STÖREN

Wie sehr doch die Tragödie die Phantasie der Öffentlichkeit angeregt hatte. Es war unmöglich, einen Schritt zu tun, ohne eine Schlagzeile auf der Titelseite zu sehen. Und wie die Boulevardblätter sie ausschmückten und hastig angefertigte Skizzen von Pyramiden und Kamelen und der Mumie in ihrem Holzsarg und dem unglücklichen Mr. Stratford anfertigten, der zu ihren Füßen lag.

Der arme Mr. Stratford, der so ein anständiger Arbeitgeber gewesen war und an den man sich jetzt wegen seines aufsehenerregenden und sensationellen Todes erinnerte.

Gerade als sich das Aufsehen etwas gelegt hatte, sorgten neue Schlagzeilen für erneute Aufregung:

ERBIN TROTZT DEM FLUCH DER MUMIE
»RAMSES DER VERDAMMTE« HÄLT EINZUG IN LONDON

Der Angestellte blätterte leise die Seite um und legte sie wieder auf die Breite einer Spalte zusammen. Schwer zu glauben, daß Miss Stratford alle Schätze nach Hause brachte, damit sie in ihrem eigenen Haus in Mayfair ausgestellt wurden. Aber ihr Vater hatte es auch immer so gemacht.

Der Angestellte hoffte, man würde ihn zu dem Empfang einladen, aber er wußte auch, daß dies praktisch ausgeschlossen war, obwohl er seit über dreißig Jahren für Stratford Shipping arbeitete.

Man stelle sich vor, eine Büste von Kleopatra, das einzig existierende authentische Porträt. Und frisch geprägte Münzen mit ihrem Abbild und Namen. Ah, wie gerne hätte er das alles in Mr. Stratfords Bibliothek gesehen. Aber er würde warten müssen, bis das Britische Museum die Sammlung für sich beanspruchte und für Lords und gewöhnliche Sterbliche gleichermaßen ausstellte.

Und er hätte Miss Stratford einziges erzählen können, hätte er Gelegenheit dazu gehabt; und vielleicht hätte der alte Mr. Lawrence ja auch gewollt, daß sie es erfuhr.

Zum Beispiel, daß Henry Stratford seit einem Jahr nicht mehr hinter seinem Schreibtisch gesessen hatte, aber dennoch ein volles Gehalt und Dividenden bezog und daß Mr. Randolph ihm Schecks auf die Firma ausstellte und hinterher die Bücher frisierte.

Aber vielleicht würde die junge Frau das alles selbst herausfinden. Das Testament hatte sie zur alleinigen Erbin der Firma ihres Vaters gemacht. Und genau deshalb befand sie sich gerade eben mit Alex Savarell, dem Viscount Summerfield, ihrem hübschen Verlobten, im Sitzungssaal.

Randolph konnte es nicht ertragen, sie so weinen zu sehen. Es war grausam, sie mit Dokumenten zu belästigen, die unterschrieben werden mußten. In ihrer schwarzen Trauerkleidung sah sie noch zerbrechlicher aus, ihr Gesicht war hager und glänzte, als hätte sie Fieber, in ihren Augen leuchtete das seltsame Licht wie damals, als sie ihm eröffnet hatte, daß ihr Vater tot war.

Die anderen Aufsichtsratsmitglieder saßen mit gesenkten Blicken am Tisch. Alex hielt sie zärtlich im Arm. Er sah leicht fassungslos aus, als könnte er den Tod nicht begreifen, aber eigentlich wollte er nur, daß sie nicht leiden mußte. Schlichtes Gemüt. Sie wirkten so fehl am Platze unter diesen Kaufleuten und Geschäftsmännern; der Aristokrat aus dem Elfenbeinturm und seine Erbin.

Warum müssen wir das durchmachen? Warum können wir nicht allein mit unserer Trauer sein?

Doch Randolph machte all das nur, weil es sein mußte, obwohl ihm die ganze Sache noch niemals so bedeutungslos erschienen war. Noch niemals war die Liebe zu seinem einzigen Sohn auf so schmerzliche Weise auf die Probe gestellt worden.

»Ich kann einfach noch keine Entscheidungen treffen, Onkel Randolph«, sagte sie höflich zu ihm.

»Selbstverständlich nicht, Liebes«, antwortete er. »Das erwartet auch niemand von dir. Wenn du nur diese Entwürfe für Notstandsmittel unterzeichnen und den Rest uns überlassen würdest.«

»Ich möchte alles durchgehen und mich um alles kümmern«, sagte sie. »Ich bin sicher, Vater hätte das so gewollt. Ich verstehe nicht, wie es bei den Warenhäusern in Indien zu so einer Krise kommen konnte.« Sie verstummte, wollte sich in nichts einmischen, weil sie vielleicht völlig unfähig war, und die Tränen flossen wieder stumm.

»Überlaß es mir, Julie«, sagte er erschöpft. »Ich kümmere mich seit Jahren um Krisen in Indien.«

Er schob ihr die Dokumente hin. Unterschreib, bitte unterschreib. Frag jetzt nicht nach Erklärungen. Verschlimmere das Leid nicht noch durch Demütigungen.

Denn das war das Überraschende; daß er seinen Bruder so sehr vermißte. Wir wissen nicht, was uns unsere Liebsten bedeuten, bis sie von uns genommen werden. Er hatte die ganze Nacht wach gelegen und sich an vieles erinnert... die Tage in Oxford, ihre ersten Reisen nach Ägypten – Randolph, Lawrence und Elliott Savarell. Die Nächte in Kairo. Er war früh aufgewacht und hatte alte Fotos und Briefe durchgesehen. So erstaunlich lebhafte Erinnerungen.

Und nun versuchte er ohne Überzeugung oder eigenen Willen, Lawrences Tochter zu betrügen. Er versuchte, zehn Jahre Lügen und Täuschungen zu vertuschen. Lawrence hatte Stratford Shipping zum Erfolg geführt, weil ihm im Grunde genommen überhaupt nichts an Geld lag. Er dachte an Risiken, die Lawrence eingegangen war. Und was hatte Randolph getan, seit er die Leitung der Firma übernommen hatte? Die Zügel gehalten und gestohlen.

Zu seiner Verblüffung nahm Julie den Federhalter und setzte ihren Namen rasch unter die verschiedenen Dokumente, ohne sie auch nur durchzulesen. Nun, damit war er wieder eine Weile sicher vor ihren unausweichlichen Fragen.

Es tut mir leid, Lawrence. Es war wie ein stummes Gebet. Vielleicht hättest du mich verstanden, wenn du die ganze Geschichte gekannt hättest.

»In ein paar Tagen, Randolph, möchte ich mich hinsetzen und alles mit dir durchgehen. Ich glaube, das wäre in Vaters Sinn gewesen. Aber ich bin so müde. Es wird wirklich Zeit für mich, nach Hause zu gehen.«

»Ja, ich bring dich nach Hause«, sagte Alex unverzüglich. Er half ihr beim Aufstehen.

Großer Gott, Alex. Warum kann mein Sohn nicht ein Fünkchen dieser Zuvorkommenheit haben? Die ganze Welt hätte ihm gehören können.

Randolph beeilte sich, die Doppeltür aufzumachen. Zu seinem Erstaunen warteten ein paar Männer vom Britischen Museum vor der Tür. Ein Ärgernis. Hätte er das gewußt, hätte er sie auf einem anderen Weg hinausbegleitet. Er konnte den selbstgefälligen Mr. Hancock nicht ausstehen, der sich aufführte, als gehörte alles, was Lawrence entdeckt hatte, dem Museum und der Welt.

»Miss Stratford«, sagte der Mann, als er auf Julie zukam. »Alles ist genehmigt. Die erste Ausstellung der Mumie wird, wie es der Wunsch Ihres Vaters gewesen wäre, in Ihrem Haus stattfinden. Wir werden selbstverständlich alles katalogisieren und die Sammlung, sobald Sie es wünschen, ins Museum bringen. Ich dachte mir, Sie möchten vielleicht meine persönliche Versicherung...«

»Gewiß«, antwortete Julie müde. Es war offensichtlich, daß sie daran ebenso wenig interessiert war wie an der Aufsichtsratssitzung. »Ich bin Ihnen sehr dankbar, Mr. Hancock. Sie wissen, was die Entdeckung meinem Vater bedeutet hat.« Wieder eine Pause, als würde sie anfangen zu weinen. Und warum auch nicht? »Ich wünschte nur, ich wäre in Ägypten bei ihm gewesen.«

»Darling, er ist gestorben, wo er am glücklichsten war«, wandte

Alex emotionslos ein. »Und inmitten all der Dinge, die er geliebt hat.«

Reizende Worte. Lawrence war betrogen worden. Er hatte seinen bedeutenden Fund nur ein paar Stunden für sich gehabt. Das begriff selbst Randolph.

Hancock nahm Julies Arm. Sie gingen gemeinsam zur Tür.

»Selbstverständlich ist es unmöglich, die Echtheit der Funde zu bestätigen, bevor gründliche Untersuchungen vorgenommen wurden. Die Münzen, die Büste, das sind Entdeckungen, wie sie es nie zuvor gegeben hat...«

»Wir stellen keine außergewöhnlichen Forderungen, Mr. Hancock. Ich möchte nur einen kleinen Empfang für die ältesten Freunde meines Vaters.«

Sie streckte ihm jetzt die Hand hin, womit sie ihn unmißverständlich verabschiedete. In solchen Dingen war sie so bestimmt wie ihr Vater. Wie der Earl of Rutherford, wenn man genauer darüber nachdachte. Ihr Gebaren war stets aristokratisch gewesen. Wenn nur die Hochzeit zustande käme...

»Auf bald, Onkel Randolph.«

Er bückte sich und küßte sie auf die Wange.

»Ich liebe dich, Darling«, flüsterte er. Das überraschte ihn. Ebenso das Lächeln auf ihrem Gesicht. Hatte sie verstanden, was er ihr hatte sagen wollen? Es tut mir so leid, Liebes. Alles.

Endlich war sie allein auf der Marmortreppe. Alle waren fort, bis auf Alex, und sie wünschte sich im Grunde ihres Herzens, auch ihn loszusein. Sie wollte nichts weiter als im stillen Inneren ihres Rolls-Royces, dessen Scheiben den Lärm der Welt von ihr fernhielten, allein zu sein.

»Hör zu, Julie, ich sage das nur einmal«, sagte Alex, während er ihr die Treppe hinunterhalf. »Aber es kommt aus tiefstem Herzen. Laß nicht zu, daß diese Tragödie unserer Hochzeit im Wege steht. Ich kenne deine Gefühle, aber du bist jetzt allein im Haus. Und ich möchte bei dir sein, mich um dich kümmern. Ich möchte, daß wir Mann und Frau sind.«

»Alex, ich würde dich belügen«, sagte sie, »wenn ich dir sagte, daß ich mich jetzt entscheiden kann. Ich brauche mehr Zeit denn je, um nachzudenken.«

Plötzlich konnte sie es nicht mehr ertragen, ihn anzusehen; er wirkte immer so jung. War sie jemals jung gewesen? Onkel Randolph hätte vielleicht über diese Frage gelächelt. Sie war einundzwanzig. Aber mit seinen fünfundzwanzig kam Alex ihr vor wie ein Knabe. Und es quälte sie so, daß sie ihn nicht so lieben konnte, wie er es verdient hatte.

Das Sonnenlicht schmerzte sie, als sie die Tür zur Straße aufmachte. Sie zog den Schleier von der Hutkrempe herunter. Keine Reporter, Gott sei Dank, keine Reporter, und das große schwarze Auto wartete mit offener Tür.

»Ich bin nicht allein, Alex«, sagte sie sanft. »Ich habe Rita und Oscar bei mir. Und Henry zieht wieder in sein altes Zimmer ein. Onkel Randolph hat darauf bestanden. Ich habe mehr Gesellschaft, als ich brauche.«

Henry. Er war der letzte Mensch auf der Welt, den sie sehen wollte. Welche Ironie, daß ausgerechnet er der letzte gewesen war, den sein Vater gesehen hatte, bevor der Tod ihm die Augen schloß.

Als er an Land kam, wurde Henry Stratford sofort von Reportern belagert. Hatte der Fluch der Mumie ihm angst gemacht? Hatte er etwas Übernatürliches in der kleinen Felskammer gespürt, in der Lawrence Stratford den Tod gefunden hatte? Henry kämpfte sich schweigend durch die Menge und achtete nicht auf das lärmende, qualmende Aufleuchten der Kameras. Die Beamten, die seine wenigen Koffer kontrollierten und ihn dann weiter winkten, beobachtete er mit eisiger Ungeduld.

Sein Herz dröhnte ihm in den Ohren. Er wollte einen Drink. Er sehnte sich nach seinem ruhigen Haus in Mayfair und nach Daisy Banker, seiner Geliebten. Er wollte alles, nur nicht die gräßliche Fahrt mit seinem Vater. Er wich Randolphs Blick aus, als er in den Rolls einstieg.

Als der schwerfällige Wagen sich durch den dichten Verkehr bewegte, konnte er einen Blick auf Samir Ibrahaim werfen, der eine Gruppe schwarzgekleideter Männer begrüßte – zweifellos Wichtigtuer vom Museum. Welch ein Glück, daß der Leichnam von Ramses dem Großen viel mehr Interesse hervorrief als der Leichnam von Lawrence Stratford, der, wie Lawrence es gewünscht hätte, ohne Zeremonie in Ägypten beigesetzt worden wäre.

Großer Gott, sein Vater sah gräßlich aus, so, als wäre er über Nacht um zehn Jahre gealtert. Er wirkte sogar ein wenig zerzaust.

»Hast du eine Zigarette?« fragte Henry schroff.

Ohne ihn anzusehen, holte sein Vater eine kleine, dünne Zigarre und ein Feuerzeug heraus.

»Die Hochzeit ist immer noch das Wichtigste«, murmelte Randolph. »Eine frischgebackene Braut hat schlicht und einfach keine Zeit, ans Geschäft zu denken. Und ich habe deshalb arrangiert, daß du zu ihr ziehst. Sie kann nicht allein bleiben.«

»Großer Gott, Vater, wir leben im zwanzigsten Jahrhundert! Verdammt, warum kann sie nicht allein bleiben!«

In dem Haus wohnen, noch dazu mit dieser abscheulichen Mumie in der Bibliothek? Der Gedanke war ihm zuwider. Er machte die Augen zu, genoß stumm die Zigarre und dachte an seine Geliebte. Eine Abfolge gestochen scharfer erotischer Bilder ging ihm rasch durch den Kopf.

»Du tust, was ich dir sage«, sagte sein Vater. Aber der Stimme mangelte es an Überzeugung. Randolph sah zum Fenster hinaus. »Du bleibst dort und behältst sie im Auge und siehst zu, daß sie so rasch wie möglich in die Heirat einwilligt. Sorge dafür, daß sie nicht von Alex getrennt wird. Ich glaube, Alex fängt an, ihr ein wenig auf die Nerven zu gehen.«

»Kein Wunder. Wenn Alex nur ein bißchen Grips hätte...«
»Die Heirat ist gut für sie. Sie ist für alle Beteiligten gut.«
»Schon gut, schon gut, lassen wir das!«

Schweigend fuhren sie weiter. Er hatte noch Zeit für ein Abendessen mit Daisy und Zeit, sich auszuruhen, bevor er sich bei Flint's an den Spieltisch setzte, vorausgesetzt natürlich, er konnte noch ein wenig Bargeld aus seinem Vater herausholen...

»Er hat doch nicht gelitten, oder?«

Henry zuckte leicht zusammen.

»Was? Wovon redest du?«

»Dein Onkel?« sagte sein Vater und drehte sich zum ersten Mal zu ihm um. »Der verstorbene Lawrence Stratford, der gerade in Ägypten ums Leben gekommen ist? Ob er leiden mußte, will ich wissen, oder ist er ruhig und friedlich gestorben?«

»In der einen Minute ging es ihm noch gut, und im nächsten Augenblick lag er auf dem Boden. Er war innerhalb von Sekunden tot. Wieso fragst du das?«

»Du bist wirklich ein sentimentaler junger Mann, das muß ich schon sagen.«

»Ich hätte nichts tun können!«

Einen Augenblick erinnerte er sich an die Atmosphäre in der kleinen Zelle, an den beißenden Geruch des Gifts. Und an das Ding, das Ding im Sarg, und die schreckliche Vorstellung, daß es ihn beobachtet hatte.

»Er war ein dickköpfiger alter Narr«, sagte Randolph fast flüsternd. »Aber ich habe ihn gern gehabt.«

»Wirklich?« Henry drehte sich unvermittelt um und sah seinem Vater ins Gesicht. »Er hat ihr alles vermacht, und du hast ihn gern gehabt!«

»Er hat uns beide schon vor langer Zeit ausreichend versorgt. Es hätte genug sein können, mehr als genug...«

»Verglichen mit dem, was sie geerbt hat, ist es ein Almosen!«

»Darüber will ich nicht diskutieren!«

Geduld, dachte Henry. Geduld. Er lehnte sich in die weichen grauen Polster zurück. Ich brauche mindestens hundert Pfund, und so werde ich sie nicht bekommen.

Daisy Banker beobachtete durch die Spitzenvorhänge, wie Henry unten aus dem Taxi ausstieg. Sie bewohnte eine schlauchartige Wohnung über der Music Hall, wo sie jeden Abend von zehn Uhr bis zwei Uhr morgens sang: sie war wie ein weicher, reifer Pfirsich, mit großen Schlafzimmeraugen und silberblondem Haar. Ihre Stimme war nichts Besonderes, das wußte sie, aber das Publikum mochte sie. Mochte sie wirklich.

Und sie mochte Henry Stratford, jedenfalls redete sie sich das ein. Er war sicher das Beste, was ihr je widerfahren war. Er hatte ihr den Job unten verschafft, obwohl sie nie genau herausbekommen hatte, wie, und er bezahlte die Wohnung – sollte er jedenfalls. Sie wußte, er war mit der Miete im Rückstand, aber schließlich war er gerade eben erst aus Ägypten zurückgekommen. Er würde alles regeln oder alle zum Schweigen bringen, die Fragen stellten. Das konnte er sehr gut.

Sie lief zum Spiegel, als sie seine Schritte auf der Treppe hörte. Sie zog den Federkragen ihres Hausmantels herunter und rückte die Perlen um ihren Hals zurecht. Sie kniff sich in die Wangen, um ein Erröten vorzutäuschen, als er gerade den Schlüssel im Schloß herumdrehte.

»Sieh an, ich hatte dich schon abgeschrieben, wirklich!« rief sie, als er das Zimmer betrat. Aber dieser Anblick! Der ließ sie nie ungerührt. Er sah so gut aus mit dem dunkelbraunen Haar und diesen Augen; und wie er sich gebärdete, so durch und durch ein Gentleman. Sie sah ihm bewundernd zu, als er jetzt den Mantel auszog und ihn achtlos über den Stuhl warf und sie dann in seine Arme winkte. Er war so lässig und so von sich überzeugt! Aber warum auch nicht?

»Und mein Auto? Du hast mir ein eigenes Auto versprochen,

bevor du weggegangen bist. Wo ist es! Das da unten war es nicht! Das war ein Taxi!«

Sein Lächeln hatte etwas so Kaltes. Als er sie küßte, taten ihr seine Lippen ein bißchen weh, und seine Finger gruben sich in ihre weichen Oberarme. Sie spürte, wie es sie kalt überlief und ihr Mund kribbelte. Sie küßte ihn noch einmal, und als er sie ins Schlafzimmer führte, sagte sie kein Wort.

»Ich bringe dir dein Auto«, flüsterte er ihr ins Ohr, als er ihren Hausmantel herunterriß und sie an sich drückte, so daß ihre Brustwarzen gegen das kratzige, gestärkte Hemd gepreßt wurden. Sie küßte seine Wange, dann sein Kinn, dann leckte sie die winzigen Bartstoppeln. Es war schön, ihn so atmen zu hören, seine Hände auf den Schultern zu spüren.

»Nicht zu grob, Sir«, flüsterte sie.

»Warum nicht?«

Das Telefon läutete. Sie hätte es aus der Wand reißen können. Sie knöpfte ihm das Hemd auf, während er abnahm.

»Ich habe Ihnen gesagt, Sie sollen nicht mehr anrufen, Sharples.«

Oh, dieser verfluchte Hurensohn, dachte sie kläglich. Sie wünschte, er wäre tot. Sie hatte für Sharples gearbeitet, bevor Henry Stratford sie gerettet hatte. Und Sharples war ein gemeiner Kerl, schlicht und einfach. Er hatte ihr sein Zeichen aufgedrückt, einen kleinen Halbmond am Nackenansatz.

»Ich habe Ihnen gesagt, ich bezahle, sobald ich zurück bin, oder nicht? Ich schlage vor, Sie lassen mir wenigstens Zeit, bis ich meinen Koffer ausgepackt habe!« Er knallte den Hörer auf die Gabel. Sie schob das Telefon auf dem Marmortisch außer Reichweite.

»Komm her, Geliebter«, sagte sie und setzte sich auf das Bett.

Aber ihr Blick trübte sich, als sie sah, wie er das Telefon betrachtete. Er war also immer noch pleite. Ja, total pleite.

Seltsam. Es hatte keine Totenwache für ihren Vater in diesem Haus stattgefunden. Und jetzt wurde der bemalte Sarkophag von Ramses dem Großen vorsichtig durch das Doppelzimmer des Salons getragen, und weiter in die Bibliothek, die ihr Vater immer das Ägyptische Zimmer genannt hatte. Eine Totenwache für die Mumie, und der Hauptleidtragende war nicht dabei.

Julie sah zu, wie Samir den Männern vom Museum Anweisung gab, den Sarg behutsam in der Südostecke abzustellen, links von der offenen Tür zum Wintergarten. Genau die richtige Stelle. Jeder, der das Haus betrat, würde ihn sofort sehen. Vom Salon hatte man ebenfalls einen ausgezeichneten Blick darauf. Alle, die kamen, ihr die Ehrerbietung zu erweisen, würden die Mumie im Auge behalten können, selbst wenn der Deckel des Sargs abgenommen wurde.

Die Schriftrollen und Alabastergläser sollten auf dem langen Marmortisch unter dem Spiegel links von dem aufrechten Sarg an der Ostwand aufgestellt werden. Die Büste von Kleopatra wurde bereits auf eine Säule mitten im Zimmer gestellt. Die Goldmünzen sollten in einen speziellen Schaukasten neben dem Marmortisch kommen. Die anderen diversen Funde konnten dann jederzeit so arrangiert werden, wie es Samir gefiel.

Weiches Nachmittagssonnenlicht fiel vom Wintergarten herein und warf sein zartes tanzendes Muster auf die goldene Gesichtsmaske des Königs und seine überkreuzten Arme.

Prunkvoll war er, und offensichtlich echt. Nur ein Narr konnte so einen Schatz in Frage stellen. Aber was hatte die ganze Geschichte zu bedeuten?

Wenn sie nur alle fort wären, dachte Julie, damit sie allein begutachten konnte. Aber die Männer würden ewig hier sein und den Fund untersuchen. Und Alex, was sollte sie mit Alex machen, der neben ihr stand und sie nicht einen Augenblick allein ließ?

So sehr sie sich gefreut hatte, Samir zu sehen, so sehr schmerzte es sie zu sehen, wie sehr er litt.

Und in seinem schwarzen Anzug und dem gestärkten Hemd sah er so steif und unbehaglich aus. In einem Seidengewand seiner Heimat war er ein Prinz mit dunklen Augen, fernab von der stumpfen Routine dieses lärmenden Jahrhunderts mit seinem hektischen Fortschrittswahn. Hier wirkte er fremd und fast unterwürfig, obwohl er die Arbeiter so herrisch herumkommandierte.

Alex betrachtete die Arbeiter und die Fundgegenstände mit dem seltsamsten Gesichtsausdruck. Warum wohl? Diese Sachen hatten nichts mit ihm zu tun, sondern mit einer anderen Welt. Aber fand er sie nicht wunderschön? Es fiel ihr sehr schwer, ihn zu verstehen.

»Ich frage mich, ob es einen Fluch gibt«, flüsterte er leise.

»Oh, bitte, mach dich nicht lächerlich«, antwortete Julie. »Sie werden hier noch eine Weile arbeiten. Warum gehen wir nicht in den Wintergarten zurück und trinken Tee?«

»Ja, das ist eine gute Idee«, sagte er. Sein Gesicht drückte doch Mißfallen aus, oder etwa nicht? Nicht Verwirrung. Er empfand nichts für diese Schätze. Sie waren ihm fremd und bedeuteten ihm nichts. Sie hätte vielleicht ebenso empfunden beim Anblick einer Maschine, die sie nicht verstand.

Es stimmte sie traurig. Aber momentan stimmte sie alles traurig – am meisten, daß ihr Vater so wenig Zeit mit diesen vielen Schätzen gehabt hatte, daß er am Tag seiner größten Entdeckung gestorben war. Und daß sie diejenige war, die jeden einzelnen Gegenstand, den er in diesem geheimnisvollen Grab entdeckt hatte, ansehen mußte.

Vielleicht würde Alex nach dem Tee verstehen, daß sie allein sein wollte. Sie führte ihn durch den Flur, an den Doppeltüren der Salons und den Türen der Bibliothek vorbei und durch den Marmoralkoven in den Glasbau mit Farnen und Blumen, der die gesamte Rückseite des Hauses säumte.

Das war Vaters Lieblingsplatz gewesen, wenn er sich nicht in der Bibliothek aufgehalten hatte. Es war kein Zufall, daß sich sein

Schreibtisch und seine Bücher nur ein paar Schritte hinter der Glastür befanden.

Sie setzten sich gemeinsam an den Korbtisch. Die Sonne spiegelte sich im Silberservice vor ihnen.

»Schenk du ein, mein Lieber«, sagte sie zu Alex. Sie tat den Kuchen auf die Teller. Nun hatte er etwas zu tun, das er verstand.

Hatte sie jemals einen Menschen gekannt, der alle Kleinigkeiten so gut erledigen konnte? Alex konnte reiten, tanzen, schießen, Tee eingießen, köstliche amerikanische Cocktails mixen und sich dem Protokoll des Buckingham-Palastes anpassen, ohne mit der Wimper zu zucken. Er konnte ein Gedicht mit soviel Gefühl vortragen, daß sie weinen mußte. Er konnte auch sehr gut küssen, und es bestand kein Zweifel daran, daß eine Ehe mit ihm viele sinnliche Augenblicke haben würde. Daran bestand kein Zweifel. Aber was hatte eine Ehe mit ihm sonst noch zu bieten?

Plötzlich kam sie sich egoistisch vor. Reichte das etwa noch nicht aus? Ihrem Vater, einem Geschäftsmann, dessen Manieren sich in nichts von denen seiner aristokratischen Freunde unterschieden, hatte es nicht gereicht. Es hatte ihm überhaupt nichts bedeutet.

»Trink, Darling, es wird dir guttun«, sagte Alex und hielt ihr den Tee hin, wie sie ihn gerne hatte. Ohne Milch, ohne Zucker. Nur mit einer dünnen Zitronenscheibe.

Es schien, als hätte sich das Licht um sie herum verändert; sie spürte einen Schatten. Sie sah auf und stellte fest, daß Samir leise den Raum betreten hatte.

»Samir. Setzen Sie sich. Leisten Sie uns Gesellschaft.«

Er bedeutete ihr zu bleiben, wo sie war. Er hielt ein ledergebundenes Buch in den Händen.

»Julie«, sagte er mit einem langsamen und bedeutenden Blick in Richtung des Ägyptischen Zimmers, »ich habe Ihnen das Notizbuch Ihres Vaters gebracht. Ich wollte es nicht den Leuten vom Museum geben.«

»Damit machen Sie mir eine große Freude. Bitte setzen Sie sich zu uns.«

»Nein, ich muß mich sofort wieder an die Arbeit machen. Ich muß dafür sorgen, daß alles ordentlich gemacht wird. Und Sie müssen das Notizbuch lesen, Julie. Die Zeitungen haben nur Bruchstücke der Geschichte gedruckt. Hier steht noch mehr...«

»Kommen Sie, setzen Sie sich«, drängte sie wieder. »Darum können wir uns später gemeinsam kümmern.«

Nach einem Augenblick des Zögerns gab er nach. Er nahm den Stuhl neben ihr und nickte Alex, dem er vorher vorgestellt worden war, knapp und höflich zu.

»Julie, Ihr Vater hatte erst mit der Übersetzung angefangen. Sie wissen ja, wie gut er die alten Sprachen beherrscht hat...«

»Ja, und ich kann es kaum erwarten, sie zu lesen. Aber was bekümmert Sie?« fragte sie ernst. »Was stimmt nicht?«

Samir überlegte und sagte dann schließlich: »Julie, die Entdeckung macht mir Sorgen. Und die Mumie und die Gifte in der Gruft machen mir Sorgen.«

»Waren es wirklich Kleopatras Gifte?« fragte Alex rasch. »Oder haben die Reporter das erfunden?«

»Das kann niemand sagen«, antwortete Samir höflich.

»Samir, alles ist sorgfältig etikettiert«, sagte Julie. »Die Dienerschaft wurde informiert.«

»Sie glauben doch nicht an den Fluch, oder?« fragte Alex.

Ein kurzes Lächeln überzog Samirs Gesicht. »Nein. Trotzdem«, sagte er und wandte sich wieder an Julie, »müssen Sie mir versprechen, daß Sie mich unverzüglich im Museum anrufen, wenn Sie etwas Ungewöhnliches sehen oder auch nur vermuten.«

»Aber Samir, ich hätte nie gedacht, daß Sie glauben...«

»Julie, Flüche sind selten in Ägypten«, sagte er rasch. »Und die Inschrift auf dem Sarkophag dieser Mumie ist überaus deutlich. Die Geschichte von der Unsterblichkeit dieses Wesens, aber dazu finden Sie mehr Einzelheiten in diesem kleinen Buch.«

»Aber Sie glauben doch nicht, daß Vater wirklich einem Fluch zum Opfer gefallen ist, Samir.«

»Nein. Aber für das, was in der Gruft gefunden wurde, gibt es keine Erklärung. Es sei denn, man glaubt... Aber das ist absurd. Ich bitte Sie nur, nichts als gegeben anzusehen. Und daß Sie mich sofort rufen, wenn Sie mich brauchen.«

Unvermittelt stand er auf und ging in die Bibliothek zurück. Sie konnte hören, wie er einen der Arbeiter auf arabisch ansprach. Sie beobachtete die beiden durch die offene Tür voller Unbehagen.

Trauer, dachte sie. Ein seltsames und mißverstandenes Gefühl. Er trauert wie ich um Vater, und darum ist ihm die ganze Entdeckung verdorben. Wie schwierig das alles sein muß.

Und er hätte sich an allem so freuen können, wenn nur... Nun, sie begriff. Bei ihr war es nicht so. Sie wollte nichts weiter als allein sein mit Ramses dem Großen und seiner Kleopatra. Aber sie hatte Verständnis. Und der Schmerz über den Verlust ihres Vaters würde immer da sein. Eigentlich wollte sie auch nicht, daß er verging. Sie sah Alex an, den armen, hilflosen Jungen, der sie so besorgt betrachtete.

»Ich liebe dich«, flüsterte er plötzlich.

»Aber was, um Himmels willen, ist denn in dich gefahren?« Sie lachte leise.

Er sah betroffen drein, kindlich. Plötzlich litt ihr hübscher Verlobter wirklich. Sie konnte es nicht ertragen.

»Ich weiß nicht«, sagte er. »Vielleicht habe ich eine Vorahnung. Hat er es nicht so genannt? Ich weiß nur, ich wollte dich daran erinnern – daß ich dich liebe.«

»Alex, Liebster.« Sie beugte sich nach vorne, küßte ihn und spürte, wie er plötzlich verzweifelt ihre Hand umklammerte.

Die bunte kleine Uhr auf Daisys Ankleidetisch schlug sechs.

Henry lehnte sich zurück, streckte sich, griff nach dem Champagner und füllte erst sein Glas, dann ihres.

Sie sah immer noch schläfrig aus, und der dünne Satinträger ihres Nachthemds war über einen rundlichen Oberarm heruntergerutscht.

»Trink, Darling«, sagte er.

»Ich nicht, Liebster. Ich singe heute abend«, sagte sie mit einer arroganten Kinnbewegung. »Ich kann nicht den ganzen Tag trinken, so wie jemand, den ich kenne.« Sie nahm sich ein Stück von dem Brathähnchen auf dem Teller und steckte es in den Mund. Wunderschöner Mund. »Aber deine Cousine! Sie hat keine Angst vor der verdammten Mumie! Stellt sie einfach in ihrem Haus zur Schau!«

Große dumme blaue Augen waren starr auf ihn fixiert; genau die Augen, die er mochte. Aber er vermißte Malenka, seine ägyptische Schönheit. Wirklich. Das Schöne an einer Frau aus dem Osten war, daß sie nicht unbedingt dumm sein mußte, sie konnte klug sein und dennoch leicht zu beherrschen. Bei einem Mädchen wie Daisy war Dummheit zwingend erforderlich, und dann mußte man mit ihr reden – und reden und reden.

»Um Himmels willen, weshalb sollte sie auch Angst vor der verdammten Mumie haben!« sagte er gereizt. »Dumm ist nur, daß sie den ganzen Plunder dem Museum übergibt. Meine Cousine weiß nicht, was Geld ist. Sie besitzt zuviel davon. Er hat meinen Treuhandanteil um einen Almosen erhöht und hinterläßt ihr ein Schiffsimperium. Er ist derjenige, der...«

Er verstummte. Die kleine Kammer, das Sonnenlicht, das auf das Ding fiel. Er sah es wieder. *Sah, was er getan hatte!* Nein. Das war falsch. Er ist an einem Herzanfall oder Schlag gestorben, so ist es – der Mann lag flach auf dem sandigen Boden. Ich habe es nicht getan. Und dieses Ding hatte nicht durch die Bandagen gesehen; das war absurd!

Er trank den Champagner zu schnell. Aber er war so gut. Er füllte sein Glas wieder nach.

»Aber eine elende Mumie dort bei ihr im Haus«, sagte Daisy.

Und plötzlich sah er diese Augen wieder, die ihn unter verrotteten Bandagen anstarrten. Hör auf, du Narr, du hast getan, was du tun mußtest! Hör auf, oder du verlierst den Verstand.

Er stand etwas ungeschickt vom Tisch auf, zog das Jackett an und rückte die Seidenkrawatte zurecht.

»Wohin gehst du?« fragte Daisy. »Wenn du mich fragst, bist du ein wenig zu betrunken zum Ausgehen.«

»Ich frage dich aber nicht«, antwortete er. Sie wußte, wohin er ging. Er hatte die hundert Pfund, die er aus Randolph herauspressen konnte, und das Kasino war offen. Es öffnete seine Pforten bei Einbruch der Dunkelheit.

Dort wollte er jetzt allein sein, damit er sich richtig konzentrieren konnte. Wenn er nur daran dachte, an den grünen Filz unter den Lampen und den Klang der Würfel und der Roulettescheibe, löste das eine tiefe Erregung in ihm aus. Ein großer Gewinn, und er würde aufhören, das versprach er sich. Und mit hundert Pfund als Startkapital. Nein, er konnte nicht warten...

Natürlich würde er Sharples über den Weg laufen, und er schuldete Sharples zuviel Geld, aber verdammt, wie sollte er das jemals zurückzahlen, wenn er nicht an den Spieltisch konnte, und obwohl er spürte, daß er heute abend kein Glück haben würde – nein, überhaupt kein Glück –, wollte er es zumindest versuchen.

»Warte noch, Sir. Setz dich einfach und warte, Sir«, sagte Daisy, die ihm folgte. »Trink noch ein Glas mit mir und mach ein Nickerchen. Es ist gerade erst sechs Uhr.«

»Laß mich in Ruhe«, sagte er. Er zog den Übermantel an und schlüpfte in die Lederhandschuhe. Sharples. Ein dummer Mann, dieser Sharples. Er tastete in der Manteltasche nach dem Messer, das er seit Jahren mit sich herumtrug. Ja, es war noch da. Jetzt zog er es heraus und begutachtete die dünne Stahlklinge.

»O nein, Sir«, stöhnte Daisy.

»Sei nicht albern«, sagte er betont lässig, klappte das Messer zu, steckte es wieder in die Tasche und ging zur Tür.

Abgesehen vom leisen Plätschern des Springbrunnens im Wintergarten war kein Laut zu hören. Die Dämmerung war längst vorüber, und das Ägyptische Zimmer wurde lediglich vom Schein einer Lampe mit grünem Schirm auf Lawrences Schreibtisch erhellt.

Julie saß mit dem Rücken zur Wand auf dem Ledersessel ihres Vaters, ihr seidener Hausmantel war weich und angenehm und überraschend warm, und sie hatte die Hand auf dem Tagebuch liegen, das sie noch nicht gelesen hatte.

Die funkelnde Maske mit den großen, mandelförmigen Augen von Ramses dem Großen war ein wenig furchteinflößend; die Kleopatra aus Marmor schien zu leuchten. Und wie schön waren die Münzen auf schwarzem Samt an der gegenüberliegenden Wand.

Sie hatte sie vorhin eingehend studiert. Dasselbe Profil wie die Büste, dasselbe wallende Haar unter der goldenen Tiara. Eine griechische Kleopatra, nicht die dumme ägyptische Version, die in Shakespeares Tragödie vorkam oder auf den Stichen in illustrierten Ausgaben von Plutarchs *Bioi paralleloi* oder in zahllosen populären Geschichtsbüchern zu sehen war. Das Profil einer wunderschönen, starken, nicht tragischen Frau. Stark, so stark, wie die Römer ihre Helden und Heldinnen gerne hatten.

Die dicken Pergament- und Papyrusrollen sahen allzu zerbrechlich aus, wie sie sich dort auf dem Marmortisch stapelten. Die anderen Gegenstände konnten ebenso leicht von groben Händen zerstört werden. Federkiele, Tintenfässer, ein kleiner Silberbrenner für Öl mit einem Ring, in den man eine Glasphiole einfügen konnte. Die Phiolen selbst lagen daneben – erlesene Beispiele früher Glaskunst, jede mit einem winzigen Silberdeckel. Selbstverständlich wurden diese kleinen Gegenstände, ebenso wie die Reihe der Alabastergefäße dahinter, von kleinen, fein säuberlich beschrifteten Schildern geschützt, auf denen stand: »Bitte nicht berühren.«

Dennoch machte sie sich Sorgen ob der vielen Menschen, die diese Gegenstände bewundern wollten.

»Vergeßt nicht, es ist Gift«, hatte Julie zu Rita, ihrer unersetzlichen Zofe und dem Butler Oscar gesagt. Damit hatte sie dafür gesorgt, daß die beiden das Zimmer nicht mehr betraten!

»Es ist eine Leiche, Miss«, hatte Rita gesagt. »Ein Toter! Auch wenn es sich um einen ägyptischen König handelt. Ich sage, die Toten soll man in Frieden ruhen lassen, Miss.«

Julie hatte leise in sich hinein gelacht. »Das Britische Museum ist voll von Leichen, Rita.«

Wenn doch die Toten nur wiederkehren könnten. Wenn nur der Geist ihres Vaters zu ihr kommen könnte. Man stelle sich so ein Wunder vor. Ihn wiederzuhaben, mit ihm zu sprechen, seine Stimme zu hören. *Was ist passiert, Vater? Mußtest du leiden? Hast du Angst gehabt?*

Ja, ihr hätte so ein Besuch nichts ausgemacht. Aber es würde niemals dazu kommen. Das war das Schreckliche. Von weltlichen Tragödien begleitet, gehen wir von der Wiege zum Grab. Die Pracht des Übernatürlichen war etwas für Geschichten und Gedichte und Dramen von Shakespeare.

Aber weshalb sich darüber Gedanken machen? Der Augenblick war gekommen, da sie mit den Schätzen ihres Vaters allein sein und die letzten Worte lesen konnte, die er geschrieben hatte.

Sie blätterte die Seiten zum Tag der Entdeckung um. Und als sie die ersten Worte las, füllten sich ihre Augen mit Tränen.

Muß Julie schreiben und ihr alles schildern. Hieroglyphen an der Tür praktisch fehlerfrei; müssen von jemand angebracht worden sein, der wußte, was er schrieb. Doch das Griechische stammt mit Sicherheit aus der ptolemäischen Periode. Und das Lateinische zeugt von Bildung. Unmöglich. Und doch ist es da. Samir ungewöhnlich ängstlich und abergläubisch. Muß ein paar Stunden schlafen. Gehe heute abend rein!

Es folgte eine hastige Tuscheskizze von der Tür zur Grabkammer mit den drei breiten Absätzen. Sie blätterte hastig weiter.

Neun Uhr abends nach meiner Uhr. Endlich in der Kammer. Scheint mehr eine Bibliothek als ein Grab zu sein. Der Mann wurde im Sarg eines Königs beigesetzt, daneben ein Schreibtisch, auf dem er etwa dreizehn Schriftrollen hinterlassen hat. Er schrieb ausschließlich Lateinisch, in erkennbarer Hast, aber ohne Schlampigkeit. Überall Tintenkleckse, doch der Text ist uneingeschränkt lesbar.

»Ramses der Verdammte ist mein Name. Einstmals Ramses der Große von Ober- und Unterägypten, Bezwinger der Hetiter. Vater vieler Söhne und Töchter, der vierundsechzig Jahre über Ägypten geherrscht hat. Meine Denkmäler stehen noch. Die Bildsäulen schildern meine Siege, obschon tausend Jahre vergangen sind, seit man mich als sterbliches Kind aus dem Schoße barg.

Oh, von der Zeit begrabener, garstiger Moment, da ich von einer Priesterin der Hetiter das verfluchte Elixier entgegennahm. Ihre Warnungen schlug ich in den Wind. Nach Unsterblichkeit stand mein Begehren. Und darum trank ich das Gebräu aus brodelnder Tasse. Und nun sind lange Jahrhunderte verstrichen – zwischen den Giften meiner verlorenen Königin verberge ich den Trank, den sie nicht von mir annehmen wollte – meine dem Untergang geweihte Kleopatra.«

Julie hielt inne. Das Elixier unter diesen Giften verborgen? Nun ging ihr auf, was Samir gemeint hatte. Die Zeitungen hatten diesen Teil des Geheimnisses nicht enthüllt. Faszinierend. Diese Gifte verbergen eine Formel, die das ewige Leben gewährt.

»Aber wer würde ein solches Hirngespinst in die Welt setzen!« flüsterte sie.

Sie stellte fest, daß sie die Marmorbüste der Kleopatra anstarrte. Unsterblichkeit. Warum wollte Kleopatra das Elixier nicht trinken? Also wirklich, jetzt fing sie doch tatsächlich an, es zu glauben! Sie lächelte.

Sie blätterte die Seite des Tagebuchs um. Die Übersetzung wurde unterbrochen. Ihr Vater hatte nur geschrieben:

Beschreibt weiter, wie Kleopatra ihn aus seinem traumgequälten Schlaf geweckt hat, wie er sie unterrichtete, liebte, mit ansehen mußte, wie sie die römischen Anführer einen nach dem anderen verführte...

»Ja«, flüsterte Julie, »Julius Cäsar zuerst, und dann Markus Antonius. Aber warum hat sie das Elixier nicht genommen?«

Es folgte noch ein Abschnitt der Übersetzung:

»Wie kann ich diese Bürde noch länger tragen? Wie kann ich die Einsamkeit aushalten? Doch ich kann nicht sterben. Ihre Gifte zeigen keine Wirkung. Sie verwahren mein Elixier sicher, damit ich von anderen Königinnen träumen kann, gerecht und weise, die die Jahrhunderte mit mir teilen. Aber sehe ich nicht ihr Gesicht? Höre ich nicht ihre Stimme? Kleopatra. Gestern. Morgen. Kleopatra.«

Es folgten mehrere gekritzelte Absätze in lateinisch, die Julie nicht lesen konnte. Sie hätte sie nicht einmal mit Hilfe des Wörterbuchs übersetzen können. Danach folgten einige Zeilen in Altägyptisch, die ebenso wenig zu entziffern waren wie das Lateinische. Dann nichts mehr.

Sie legte das Buch weg. Sie kämpfte gegen die unausweichlichen

Tränen. Es war fast, als spürte sie die Präsenz ihres Vaters in diesem Zimmer. Wie aufgeregt er gewesen sein mußte, sie konnte es an seiner Handschrift sehen.

Und wie faszinierend das ganze Geheimnis war.

Irgendwo inmitten dieser Gifte ein Elixier, welches das ewige Leben enthielt? Man mußte es nicht wörtlich nehmen, um es schön zu finden. Man mußte nur den kleinen silbernen Brenner mit der winzigen Phiole betrachten. Ramses der Verdammte hatte es geglaubt. Vielleicht hatte ihr Vater es auch geglaubt. Und im Augenblick glaubte sie es vielleicht auch.

Sie stand langsam auf und ging zu dem langen Marmortisch an der gegenüberliegenden Wand. Die Schriftrollen waren zu zerbrechlich. Überall waren winzige Stückchen Papyrus verstreut. Sie hatte selbst gesehen, wie diese Beschädigungen zustande gekommen waren, obwohl die Männer sie so behutsam aus den Kisten geholt hatten. Sie wagte nicht, sie zu berühren. Außerdem konnte sie sie sowieso nicht lesen.

Und die Gläser, die durfte sie auch nicht berühren. Was hätte nicht alles passieren können, wenn etwas von dem Gift verschüttet wurde oder in die Luft entwich.

Plötzlich betrachtete sie ihr eigenes Spiegelbild im Spiegel an der Wand. Sie ging zum Schreibtisch zurück und schlug die zusammengelegte Zeitung auf, die dort lag.

Shakespeares *Antonius und Kleopatra* erfreute sich einer langen Laufzeit in London. Sie hatten sich das Stück ansehen wollen, aber Alex schlief bei ernsten Stücken immer ein. Nur Gilbert und Sullivan vermochten Alex zu unterhalten, und selbst dabei schlief er in der Regel gegen Ende des dritten Akts tief und fest.

Sie studierte die kurze Ankündigung des Stückes. Sie stand auf und griff auf dem Regal über dem Schreibtisch nach Plutarch.

Wo war die Geschichte von Kleopatra? Plutarch hatte ihr keine eigene Biographie gewidmet. Nein, ihre Geschichte war natürlich in der von Markus Antonius aufgegangen.

Sie blätterte rasch zu den Seiten, an die sie sich nur noch vage erinnerte. Kleopatra war eine große Königin gewesen, und eine gute Politikerin. Sie hatte nicht nur Cäsar und Antonius verführt, sondern Ägypten jahrzehntelang vor römischer Eroberung bewahrt, bis sie sich schließlich selbst das Leben genommen hatte, als Antonius von eigener Hand starb und Oktavian die Tore gestürmt hatte. Es war unvermeidlich gewesen, daß Ägypten an Rom fiel, aber sie hätte das Blatt beinahe gewendet. Wäre Julius Cäsar nicht ermordet worden, hätte er Kleopatra vielleicht zu seiner Kaiserin gemacht. Wäre Markus Antonius nur ein wenig stärker gewesen, hätte Oktavian vielleicht aufgehalten werden können.

Doch selbst in ihren letzten Tagen war Kleopatra auf ihre eigene Weise siegreich gewesen. Oktavian wollte sie als königliche Gefangene nach Rom bringen. Sie hatte ihn betrogen. Sie hatte zahlreiche Gifte an verurteilten Gefangenen ausprobiert und sich dann für einen Schlangenbiß entschieden, um ihr Leben zu beenden. Die römischen Wachen hatten ihren Selbstmord nicht verhindert. Und so nahm Oktavian Ägypten in Besitz. Aber Kleopatra konnte er nicht haben.

Julie schlug das Buch fast ehrerbietig zu. Sie betrachtete die lange Reihe von Alabastergefäßen. Konnte es sich wirklich um jene Gifte handeln?

Sie verfiel, als sie den prunkvollen Sarg betrachtete, in eine seltsam nachdenkliche Stimmung. Hunderte davon hatte sie hier und in Kairo gesehen. Hunderte davon hatte sie untersucht, seit sie sich erinnern konnte. Aber dieser enthielt einen Mann, der behauptete, unsterblich zu sein. Der, als er begraben wurde, behauptet hatte, nicht in den Tod zu gehen, sondern in einen »Schlaf voller Träume«.

Was war das Geheimnis dieses Schlafs? Des Erwachens? Und des Elixiers!

»Ramses der Verdammte«, flüsterte sie. »Würdest du für mich erwachen, wie du für Kleopatra erwacht bist? Würdest du in einem neuen Jahrhundert voll unbeschreiblicher Wunder erwachen, obwohl deine Königin tot ist?«

Keine Antwort, nur Schweigen. Die großen, sanften Augen des goldenen Königs sahen sie an. Die Hände hatte er vor der Brust verschränkt.

»Das ist Diebstahl«, rief Henry, der seine Wut kaum im Zaum halten konnte. »Das Ding ist unbeschreiblich wertvoll.« Er sah den kleinen Mann im Hinterzimmer der Münzhandlung finster an. Elender kleiner Dieb in seiner stickigen Welt voller schmutziger Glasschaukästen und Geldstücken, die ausgestellt waren wie kostbare Juwelen.

»Wenn sie echt ist, ja«, antwortete der Mann langsam. »Und wenn sie echt ist, woher stammt sie? Eine solche Münze mit dem Abbild von Kleopatra? Sie werden wissen wollen, woher sie stammt! Und Sie haben mir Ihren Namen nicht gesagt.«

»Nein, das habe ich nicht.« Erbost entriß er dem Händler die Münze, steckte sie in die Tasche und wandte sich zum Gehen. Er verweilte gerade noch lange genug, sich die Handschuhe anzuziehen. Was besaß er noch? Fünfzig Pfund? Er war wütend. Er schlug die Tür hinter sich zu und trat in den bitterkalten Wind hinaus.

Der Händler saß eine ganze Weile reglos da. Er konnte die Münze noch spüren, die er buchstäblich aus den Händen hatte gleiten lassen. In all den Jahren hatte er noch niemals etwas Derartiges gesehen. Er wußte, daß sie echt war, und plötzlich kam er sich zum ersten Mal in seinem Leben wie ein richtiger Narr vor.

Er hätte sie kaufen sollen! Er hätte das Risiko eingehen sollen. Aber er wußte, daß sie gestohlen war, und er konnte nicht einmal für die Königin vom Nil zum Dieb werden.

Er stand von seinem Schreibtisch auf und ging hinter den staubigen Vorhang, der sein Geschäft von einem winzigen Zimmer trennte, wo er selbst während der Geschäftszeiten den größten

Teil seiner Zeit allein verbrachte. Seine Zeitung lag noch so neben dem Sessel, wie er sie verlassen hatte. Er blickte auf die Schlagzeile:

STRATFORDS MUMIE UND IHR FLUCH
KOMMEN NACH LONDON

Die Tuschezeichnung darunter zeigte einen schlanken jungen Mann, der zusammen mit der Mumie des verblichenen Ramses des Verdammten von Bord der P & O H. M. S. *Melpomine* ging. Darunter stand: Henry Stratford, Neffe des toten Archäologen. Ja, das war der Mann, der gerade sein Geschäft verlassen hatte. Hatte er die Münze aus dem Grab gestohlen, wo sein Onkel so plötzlich verstorben war? Und wie viele hatte er noch mitgehen lassen? Der Händler war verwirrt; einerseits war er erleichtert, andererseits voller Bedauern. Er sah das Telefon an.

Mittag. Es war still im Speisesaal des Clubs. Die wenigen Mitglieder nahmen ihre Mahlzeiten schweigend ein. Alles war genau so, wie Randolph es mochte. Dieser Ort war eine wahrhafte Zufluchtsstätte, die ihn von den lärmenden Straßen draußen und dem endlosen Druck und der Verwirrung seines Büros erlöste.

Er war nicht glücklich, als er seinen Sohn fünfzehn Meter entfernt in der Tür stehen sah. Hat höchstwahrscheinlich die ganze Nacht nicht geschlafen. Und doch war Henry rasiert und einwandfrei gekleidet, das mußte Randolph ihm lassen. Kleinigkeiten gerieten bei Henry niemals außer Kontrolle. Mit der großen Katastrophe kam er nicht zurecht – damit, daß er kein richtiges Leben mehr hatte. Daß er ein Spieler und Trinker ohne Seele war.

Randolph machte sich wieder über seine Suppe her.

Er sah nicht auf, als sein Sohn ihm gegenüber Platz nahm und beim Kellner unverzüglich einen Scotch mit Soda bestellte.

»Ich habe dir gesagt, du sollst gestern abend bei deiner Cousine

67

bleiben«, sagte Randolph düster. Dieses Gespräch war sinnlos.
»Ich habe dir den Schlüssel dagelassen.«

»Danke, ich habe den Schlüssel geholt. Und meiner Cousine geht es zweifellos auch ohne mich sehr gut. Sie hat ihre Mumie, die ihr Gesellschaft leistet.«

Der Kellner stellte das Glas hin, dessen Inhalt Henry sofort hinunterstürzte.

Randolph aß wieder langsam einen Löffel heiße Suppe.

»Verdammt, warum gehst du hier essen? So was ist seit einem Jahrzehnt aus der Mode. Wie eine Beerdigung.«

»Sei leise.«

»Warum denn? Alle Anwesenden sind stocktaub.«

Randolph lehnte sich auf dem Stuhl zurück. Er nickte dem Kellner knapp zu, damit dieser den Suppenteller abräumte. »Es ist mein Club, und mir gefällt es hier«, sagte er mürrisch. Sinnlos. Alle Unterhaltungen mit seinem Sohn waren sinnlos. Er hätte weinen können, wenn er nur darüber nachdachte. Er hätte weinen können, wenn er zu lange über die Tatsache nachdachte, daß Henrys Hände zitterten, daß sein Gesicht blaß und hager war und seine Augen ins Leere starrten – Augen eines Süchtigen, eines Trinkers.

»Bringen Sie die Flasche«, sagte Henry ohne aufzuschauen zu dem Kellner. Und zu seinem Vater: »Ich habe nur noch zwanzig Pfund.«

»Ich kann dir nichts mehr geben!« sagte Randolph müde. »So lange sie die Kontrolle hat, ist die Situation schlichtweg furchtbar. Das verstehst du nicht.«

»Du lügst mich an. Sie hat gestern die Papiere unterschrieben...«

»Du hast ein Jahresgehalt im voraus bekommen.«

»Vater, ich muß noch einmal hundert haben...«

»Wenn sie selbst die Bücher durchgeht, muß ich vielleicht alles gestehen und um eine neue Chance bitten.«

Es erfüllte ihn mit seltsamer Erleichterung, es wenigstens auszusprechen. Vielleicht wollte er es so. Plötzlich betrachtete er seinen Sohn mit etwas Abstand. Ja, er sollte seiner Nichte alles erzählen und sie...? Um ihre Hilfe bitten.

Henry reagierte voller Hohn.

»Uns ihrer Barmherzigkeit ausliefern. Das ist ja großartig.«

Randolph wandte sich ab und sah über die vielen weißgedeckten Tische. Jetzt war nur noch eine gebückte, grauhaarige Gestalt anwesend, die allein an einem Tisch in der gegenüberliegenden Ecke speiste. Der greise Visconte Stephenson – einer vom alten Landadel, der noch über das nötige Geld verfügte, um seine ausgedehnten Ländereien zu unterhalten. Iß in Frieden, mein Freund, dachte Randolph niedergeschlagen.

»Was bleibt uns anderes übrig?« sagte er jetzt leise zu seinem Sohn. »Du könntest morgen im Büro erscheinen. Dich wenigstens einmal sehen lassen...«

Hörte sein Sohn ihm überhaupt zu, sein Sohn, der schon immer ein Jammerlappen gewesen war, sein Sohn, der keine Zukunft hatte, keine Ambitionen, keine Pläne, keine Träume?

Plötzlich brach es ihm das Herz, der Gedanke an die langen Jahre, in denen sein Sohn immer nur verzweifelt gewesen war, verschlagen und verbittert. Es brach ihm das Herz, mitanzusehen, wie die Augen seines Sohnes argwöhnisch über die einfachen Gegenstände auf dem Tisch huschten – das schwere Silber, die Serviette, die er noch nicht auseinander gefaltet hatte. Das Glas und die Flasche Scotch.

»Also gut, ich gebe dir noch was vom Firmenkonto«, sagte er. Welche Rolle spielten schon weitere hundert Pfund? Es handelte sich um seinen Sohn. Seinen einzigen Sohn.

Ein ernster und doch unbestreitbar aufregender Anlaß. Als Elliott eintraf, war das Haus der Stratfords schon brechend voll. Dieses Haus mit seinen ungewöhnlich großen Zimmern und der breiten Treppe hatte ihm schon immer gefallen.

So viel dunkles Holz, so viel turmhohe Bücherregale, und dennoch besaß es durch das im Überfluß vorhandene elektrische Licht und die endlosen goldenen Tapeten eine fröhliche Atmosphäre. Doch als er in der Eingangsdiele stand, vermißte er Lawrence schmerzlich. Er spürte Lawrences Gegenwart, und alle vergeudeten Augenblicke ihrer Freundschaft fielen ihm plötzlich wieder ein. Und die längst vergangene Liebesbeziehung, die ihn immer noch quälte.

Nun, er hatte gewußt, daß es passieren würde. Aber heute abend wollte er nirgendwo sonst auf der Welt sein, nur in Lawrences Arbeitszimmer, wo die Mumie von Ramses dem Verdammten zum ersten Mal ausgestellt wurde. Lawrences Entdeckung. Er machte eine knappe, ablehnende Geste, um alle abzuhalten, die sofort auf ihn zugestürmt kamen, dann neigte er den Kopf und drängte sich sachte zwischen Fremden und alten Freunden hindurch, bis er das Ägyptische Zimmer erreicht hatte. Die Schmerzen in seinen Beinen waren heute nacht besonders schlimm – wegen der Feuchtigkeit, wie er immer sagte. Glücklicherweise würde er nicht lange stehen müssen. Und er besaß einen neuen Gehstock, der ihm gut gefiel. Es handelte sich um ein kostbares Ding mit Silberknauf.

»Danke, Oscar«, sagte er mit dem üblichen Lächeln, als er das erste Glas Weißwein entgegennahm.

»Keinen Augenblick zu früh, alter Junge«, sagte Randolph müde zu ihm. »Sie wollen das abscheuliche Ding gerade auspacken. Eigentlich könnte ich auch mitkommen.«

Elliott nickte. Randolph sah schrecklich aus, soviel stand fest. Lawrences Tod hatte ihn aller Kraft beraubt. Aber man sah auch, daß er sein Bestes tat.

Gemeinsam gingen sie zur vorderen Reihe, wo Elliott zum ersten Mal einen Blick auf den erstaunlich schönen Sarg der Mumie warf.

Der unschuldige, kindliche Gesichtsausdruck der Goldmaske

bezauberte ihn. Dann wanderte sein Blick weiter zu den Schriftbändern, die um den unteren Teil der Gestalt geschlungen waren. Lateinische und griechische Worte, die an ägyptische Hieroglyphen erinnerten.

Doch er wurde abgelenkt, als Hancock vom Britischen Museum mit einem Löffel laut an sein Kristallglas klopfte und so um Aufmerksamkeit bat. Neben Hancock stand Alex, einen Arm um Julie gelegt, die in ihrer schwarzen Trauerkleidung blendend aussah. Sie trug das Haar streng aus dem blassen Gesicht nach hinten gekämmt, wie um aller Welt zu zeigen, daß sie keine schicken Frisuren oder anderen Zierat nötig hatte.

Als ihre Blicke sich begegneten, schenkte Elliott Julie ein knappes, melancholisches Lächeln. Er sah, wie sie ihn unverzüglich wie immer anstrahlte. In gewisser Weise, dachte er, ist sie in mich mehr vernarrt als in meinen Sohn. Welche Ironie. Aber sein Sohn verfolgte die Geschehnisse, als wüßte er nicht das geringste damit anzufangen. Was vielleicht stimmte, und das war das Problem.

Samir Ibrahaim erschien plötzlich links neben Hancock. Auch ein alter Freund. Aber er sah Elliott nicht. Ein wenig nervös gab er zwei jungen Männern Anweisungen, den Deckel des Sargs der Mumie zu ergreifen und auf weitere Instruktionen zu warten. Sie hatten die Augen gesenkt, als wäre ihnen die Tat etwas peinlich, die nun von ihnen verlangt wurde. Plötzlich wurde es totenstill im Zimmer.

»Meine Damen und Herren«, begann Samir. Die beiden jungen Männer hoben den Deckel unverzüglich und stellten ihn beiseite. »Ich präsentiere Ihnen Ramses den Großen.«

Die Mumie war für alle sichtbar. Zu sehen war die hochgewachsene Gestalt eines Mannes mit vor der Brust verschränkten Armen, der unter den dicken, verblichenen Bandagen offenbar nackt war.

Die Menge stieß einen Seufzer aus. Im goldenen Licht der elektrischen Lüster und der wenigen Kerzenleuchter sah die Gestalt ein wenig furchteinflößend aus. Sie repräsentierte den erhaltenen und bewahrten Tod.

Vereinzelt wurde unbehaglicher Beifall laut. Schaudern, sogar unbehagliches Gelächter. Dann löste sich die dichtgedrängte Reihe der Zuschauer auf, manche gingen näher hin und wichen dann wie vor der Hitze eines Feuers zurück, andere kehrten dem Ding gänzlich den Rücken.

Randolph seufzte und schüttelte den Kopf.

»Dafür ist er gestorben, richtig? Wenn ich nur verstehen könnte, warum.«

»Werden Sie nicht morbid«, sagte der Mann neben ihm – jemand, den Elliott hätte kennen sollen, an den er sich aber nicht erinnerte. »Lawrence war glücklich...«

»Weil er getan hat, was er tun wollte«, flüsterte Elliott. Nur noch einmal, und er würde zu weinen anfangen.

Lawrence wäre glücklich gewesen, hätte er diesen Schatz erforschen können. Er wäre glücklich gewesen, hätte er diese Schriftrollen übersetzen können. Lawrences Tod war eine Tragödie. Wer etwas anderes daraus machte, war ein Narr.

Elliott drückte ganz sachte Randolphs Arm und ließ ihn stehen; er näherte sich langsam dem ehrwürdigen Leichnam von Ramses.

Es schien, als hätte die jüngere Generation, die sich um Alex und Julie drängte, gemeinsam beschlossen, sein Vorankommen zu verhindern. Elliott vernahm Stimmen und Bruchstücke von Unterhaltungen, als die Gespräche wieder ihr vorheriges, unbekümmertes Niveau erreichten.

»...bemerkenswerte Geschichte in den Papyri«, erklärte Julie. »Aber Vater hatte erst mit der Übersetzung angefangen. Ich wüßte gerne, was du denkst, Elliott.«

»Was meintest du, meine Liebe?« Er hatte gerade die Mumie erreicht, betrachtete deren Gesicht und staunte, wie leicht man einen Ausdruck unter den vielen Schichten brüchigen Stoffs ausmachen konnte. Er nahm Julies Hand, als diese an ihn herantrat. Andere drängten näher und versuchten, einen Blick zu erhaschen, aber Elliott wich keinen Millimeter.

»Deine Meinung, Elliott, zu dem ganzen Geheimnis«, sagte Julie. »Handelt es sich um einen Sarg der neunzehnten Dynastie? Wie kann er zur Zeit der Römer angefertigt worden sein? Weißt du, Vater hat mir einmal gesagt, du verstehst mehr von Ägyptologie als alle Männer im Museum.«

Er lachte leise in sich hinein. Sie sah sich nervös um und vergewisserte sich, daß Hancock nicht in der Nähe war. Gott sei Dank war er von vielen Menschen umgeben, denen er zweifellos etwas über die Schriftrollen und die Reihe erlesener Gefäße erklärte.

»Was meinst du?« bedrängte ihn Julie nochmals. War Ernsthaftigkeit jemals so verführerisch gewesen?

»Es kann unmöglich Ramses der Große sein, meine Liebe«, sagte er. »Aber das weißt du ja.« Er studierte noch einmal den bemalten Sargdeckel, dann den Leichnam, der in seine staubigen Bandagen eingemummt war. »Ausgezeichnete Arbeit, das muß ich sagen. Es wurden nicht viele Chemikalien benützt. Kein Bitumengeruch.«

»Überhaupt kein Bitumen«, sagte Samir plötzlich. Er hatte neben Elliott gestanden, und Elliott hatte ihn nicht einmal gesehen.

»Und was halten Sie davon?« fragte Elliott.

»Der König selbst hat uns die Erklärung gegeben«, sagte Samir. »Das jedenfalls hat Lawrence mir gesagt. Ramses hat sich mit allen gebührlichen Gebeten und Zeremonien bandagieren aber nicht einbalsamieren lassen. Er hat den Ort, wo er seine Geschichte aufgeschrieben hat, nie verlassen.«

»Was für eine erstaunliche Vorstellung!« sagte Elliott. »Und haben Sie die Inschrift selbst gelesen?« Er deutete auf das Lateinische und übersetzte: »›Laßt die Sonne nicht auf meine sterblichen Überreste scheinen, denn in Dunkelheit schlafe ich, jenseits von Leid, jenseits von Wissen...‹ Das ist schwerlich ägyptische Gefühlsduselei. Ich glaube, da stimmen Sie mir alle zu.«

Samirs Gesicht verdunkelte sich, als er die winzigen Buchstaben betrachtete. »Überall Flüche und Warnungen. Ich war ein neugieriger Mann, bis wir dieses seltsame Grab geöffnet haben.«

»Und jetzt haben Sie Angst?« Es war nicht gut, wenn ein Mann so etwas zu einem anderen sagte. Aber es stimmte. Und Julie war einfach begeistert.

»Elliott, ich möchte, daß du Vaters Unterlagen liest«, sagte sie, »bevor das Museum alles an sich reißt und in einer Gruft verschwinden läßt. Der Mann behauptet nicht nur, daß er Ramses ist. Es geht um wesentlich mehr.«

»Du meinst doch nicht den Unsinn in den Zeitungen«, fragte er sie. »Daß er unsterblich war und Kleopatra geliebt hat.«

Seltsam, wie sie ihn ansah. »Vater hat einen Teil davon übersetzt«, wiederholte sie. Sie sah zur Seite. »Ich habe das Notizbuch. Es liegt auf seinem Schreibtisch. Ich glaube, Samir wird mir zustimmen. Du wirst es interessant finden.«

Aber Samir wurde von Hancock und einem anderen Mann mit sprödem Lächeln weggezerrt. Und Lady Treadwell hatte sich an Julie herangemacht, bevor diese fortfahren konnte. Hatte Julie keine Angst vor dem Fluch der Mumie? Elliott spürte, wie ihre Hand aus seiner glitt. Der alte Winslow Baker wollte unbedingt sofort mit Elliott sprechen. Nein, geh weg. Eine große Frau mit eingefallenen Wangen und langen weißen Fingern stand vor dem Sarg und wollte wissen, ob die ganze Sache vielleicht ein Schabernack war.

»Gewiß nicht!« sagte Baker. »Lawrence hat immer nur echte Sachen ausgegraben. Darauf würde ich mein Leben setzen.«

Elliott lächelte. »Sobald das Museum die Bandagen entfernt hat«, sagte er, »wird man das Alter genauer bestimmen können. Selbstverständlich auch anhand innerer Spuren.«

»Lord Rutherford, ich habe Sie gar nicht erkannt«, sagte die Frau.

Großer Gott, sollte er sie etwa kennen? Jemand war vor sie getreten; alle wollten dieses Ding ansehen. Und er hätte weitergehen sollen, wollte das aber nicht.

»Ich ertrage den Gedanken nicht, daß sie ihn aufschneiden«, sagte Julie fast flüsternd. »Ich sehe ihn auch zum ersten Mal. Ich habe nicht gewagt, den Sarg allein zu öffnen.«

»Komm mit, Darling, ich möchte dich einem alten Freund vorstellen«, sagte Alex plötzlich. »Vater, hier steckst du! Gönn deinen Füßen Ruhe! Soll ich dich zu einem Stuhl führen?«

»Ich komme zurecht, Alex, geh nur«, entgegnete Elliott. Tatsache war, daß er an Schmerzen gewöhnt war. Sie waren wie winzige Messer in seinen Gelenken, und heute abend konnte er sie sogar in den Fingern spüren. Aber ab und zu konnte er sie völlig vergessen.

Und nun war er allein mit Ramses dem Großen. Jede Menge Rücken und Schultern wurden ihm zugewendet. Prima.

Er kniff die Augen zusammen und beugte sich ganz dicht über das Gesicht der Mumie. Erstaunlich wohlgeformt und überhaupt nicht ausgetrocknet. Und ganz sicher war das nicht das Gesicht eines alten Mannes, der Ramses am Ende seiner sechzigjährigen Regentschaft hätte sein müssen.

Der Mund war der Mund eines jungen Mannes, höchstens aber der eines Mannes in den besten Jahren. Und die Nase war schlank, nicht platt – aristokratisch nannten die Engländer das. Die Brauen waren vorstehend, die Augen selbst konnten nicht klein sein. Wahrscheinlich ein hübscher Mann. Eigentlich konnte daran kein Zweifel bestehen.

Irgend jemand sagte barsch, das Ding gehöre ins Museum. Ein anderer, es wäre richtig gruselig. Wenn man überlegte, daß das Lawrences Freunde waren? Hancock begutachtete die Goldmünzen, die in einem samtverkleideten Schaukasten ausgestellt waren. Samir stand neben ihm.

Es schien ihm, als machte Hancock viel Aufhebens um etwas. Elliott kannte den amtlichen Ton.

»Es waren fünf, wirklich nur fünf? Sind Sie sicher?« Und er sprach so laut, daß man hätte meinen können, Samir wäre taub.

»Es waren ganz sicher nur fünf, wie ich schon sagte«, erwiderte Samir mit einem Anflug von Gereiztheit. »Ich habe den gesamten Inhalt der Kammer persönlich katalogisiert.«

Jetzt wandte Hancock seinen Blick jemand anderem im Zimmer zu. Elliott stellte fest, daß es sich um Henry Stratford handelte, der in seinem taubengrauen Baumwollanzug und der schwarzen Seidenkrawatte wirklich prächtig aussah. Er lachte und unterhielt sich leicht nervös, wie es schien, mit Alex und Julie und anderen jungen Leuten, die er insgeheim verabscheute und ablehnte.

Gutaussehend wie immer, dachte Elliott. Gutaussehend wie als Zwanzigjähriger, doch das schmale, elegante Gesicht konnte sich blitzartig von trügerischer Verwundbarkeit zu beängstigender Heimtücke wandeln.

Aber warum sah Hancock ihn so an? Und was flüsterte er Samir jetzt ins Ohr? Samir sah Hancock lange an, dann zuckte er lässig mit den Schultern und ließ den Blick ebenfalls langsam über Henry schweifen.

Wie Samir dies alles zuwider sein mußte, dachte Elliott. Wie ihm dieser unbequeme westliche Anzug zuwider sein mußte; er möchte seine *gellebiyya* aus gewässerter Seide und seine Pantoffeln, und er sollte sie auch haben. Wir müssen ihm wie Barbaren vorkommen.

Elliott begab sich in eine entlegene Ecke und setzte sich in Lawrences Ledersessel, den er an die Wand schob. Die Menge verteilte sich und zeigte wieder Henry, der sich von den anderen entfernte und unbehaglich von rechts nach links sah. Er sah nicht aus wie ein Bühnenschurke, aber etwas führte er im Schilde, dessen war sich Elliott sicher.

Henry ging langsam an dem Marmortisch vorbei und hob die Hand, als wollte er die alten Schriftrollen berühren. Henry verschwand wieder in der Menge, aber Elliott wartete nur. Das kleine

Knäuel von Personen vor ihm löste sich endlich auf, und da stand Henry, nur wenige Meter entfernt, und betrachtete ein Kollier auf einem kleinen Glasregal. Das Kollier gehörte zu den vielen Kunstgegenständen, die Lawrence vor Jahren nach Hause gebracht hatte.

Sah jemand, wie Henry das Kollier in die Hand nahm und sehnsüchtig wie ein Antiquitätenhändler betrachtete? Sah jemand, wie er es in die Tasche gleiten ließ und mit leerem Gesichtsausdruck und verkniffenem Mund weiterging?

Dreckskerl.

Elliott lächelte nur. Er trank einen Schluck des gekühlten Weißweins und wünschte sich, es wäre Sherry. Er wünschte sich, er hätte den kleinen Diebstahl nicht gesehen. Er wünschte sich, er hätte Henry nicht gesehen.

Seine eigenen heimlichen Erinnerungen an Henry hatten nie ihren schmerzlichen Biß verloren, was möglicherweise daran lag, daß er niemals irgend jemandem erzählt hatte, was geschehen war. Nicht einmal Edith, obschon er ihr viele anrüchige Dinge über sich erzählt hatte, und auch nicht dem katholischen Priester, den er ab und an besuchte und mit dem er so leidenschaftlich über Himmel und Hölle reden konnte wie sonst mit niemandem.

Er glaubte, wenn er diese dunklen Zeiten nicht immer wieder durchleben würde, würde er sie vergessen. Aber sie waren ihm selbst jetzt, zehn Jahre danach, noch in allzu deutlicher Erinnerung.

Er hatte Henry Stratford einmal geliebt. Und Henry Stratford war der einzige Liebhaber, der versucht hatte, ihn zu erpressen.

Was selbstverständlich gründlich in die Hose gegangen war. Elliott hatte Henry ins Gesicht gelacht. Er hatte seinen Bluff auffliegen lassen. »Soll ich deinem Vater alles erzählen? Oder zuerst deinem Onkel Lawrence? Er wird wütend auf mich sein... etwa fünf Minuten lang. Aber dich, seinen Lieblingsneffen, wird er bis ins Grab verabscheuen, weil ich ihm alles sagen werde, weißt du, bis hin zu der Geldsumme, die du verlangt hast. Wieviel war es noch? Fünfhundert Pfund? Dafür, man stelle sich vor, hast du dich erniedrigt.«

Wie mürrisch und verletzt Henry gewesen war, am Boden zerstört.

Es hätte ein Triumph sein sollen, aber nichts nahm der Demütigung den Stachel. Henry mit zweiundzwanzig – eine Viper mit Engelsgesicht – wandte sich im gemeinsamen Hotel in Paris gegen Elliott, als wäre er ein gewöhnlicher Strichjunge aus der Gosse.

Und dann die kleinen Diebstähle. Eine Stunde, nachdem Henry gegangen war, hatte Elliott festgestellt, daß sein Zigarettenetui, die Geldklammer und sein gesamtes Bargeld verschwunden waren. Sein Morgenmantel war fort, ebenso die Manschettenknöpfe. Und alle möglichen Gegenstände, an die er sich nicht mehr erinnern konnte.

Er hatte es nie über sich bringen können, das ganze Desaster zu erzählen. Aber jetzt hätte er Henry gerne eingeheizt, sich hinter ihn geschlichen und ihn nach dem Kollier gefragt, das gerade den Weg in seine Tasche gefunden hatte. Hatte Henry vor, es zu dem goldenen Zigarettenetui, der wertvollen gravierten Geldklammer und den diamantenen Manschettenknöpfen zu legen? Oder würde er es in sein altes Pfandhaus bringen?

Im Grunde genommen war alles furchtbar traurig. Henry war ein begabter junger Mann gewesen, doch alles war schiefgegangen, trotz Bildung und Herkunft und zahlloser Möglichkeiten. Er hatte angefangen zu spielen, als er praktisch noch ein Knabe war. Mit fünfundzwanzig war er dem Alkohol verfallen, und jetzt, mit zweiunddreißig, umgab ihn ständig eine bedrohliche Aura, die zwar sein gutes Aussehen betonte und ihn dafür um so widerwärtiger machte. Und wer mußte dafür leiden? Selbstverständlich Randolph, der ungeachtet aller Beweise der Meinung war, Henrys Niedergang wäre seine Schuld.

Soll er doch zum Teufel gehen, dachte Elliott. Vielleicht hatte er bei Henry ein Fünkchen der Flamme gesucht, die er mit Lawrence erlebt hatte, und es war alles seine Schuld – den Onkel im Neffen zu sehen. Aber nein, es hatte von alleine angefangen. Und schließlich war Henry Stratford hinter ihm her gewesen. Ja, sollte Henry Stratford zum Teufel gehen.

Schließlich war Elliott gekommen, um die Mumie zu sehen. Und die Menge war gerade wieder ein wenig zurückgewichen. Er schnappte sich ein frisches Weinglas von einem vorüberhuschenden Tablett, stand auf, achtete nicht auf den stechenden Schmerz in der linken Hüfte und ging zu der feierlichen Gestalt im Sarg zurück.

Er betrachtete erneut das Gesicht, den grimmigen Mund und das markante Kinn. Wahrlich ein Mann im besten Alter. Und unter den straffen Bandagen war Haar auf dem wohlgeformten Schädel zu erkennen.

Er hob grüßend das Weinglas.

»Ramses«, flüsterte er und ging näher hin. Und dann sagte er auf lateinisch: »Willkommen in London. Weißt du, wo London ist?« Er lachte leise in sich hinein, weil er mit diesem Ding lateinisch redete. Dann zitierte er ein paar Sätze aus Cäsars Schilderung seiner Eroberung Britanniens. »Da bist du, großer König«, sagte er. Er unternahm einen halbherzigen Versuch, griechisch zu sprechen, doch das überstieg seine Fähigkeiten. Auf lateinisch sagte er: »Ich hoffe, dir gefällt die verdammte Stadt besser als mir.«

Plötzlich vernahm er ein leises Rascheln. Woher war es gekommen? Seltsam, daß er es so deutlich gehört hatte, wo doch der durch die Unterhaltungen verursachte Lärm ein echtes Ärgernis war. Aber es hatte sich angehört, als wäre es aus dem Sarg selbst gekommen, direkt vor ihm.

Er studierte nochmals das Gesicht. Dann Arme und Hände, die in dem brüchigen Leinen hingen, als würden sie jeden Moment herausfallen. Tatsächlich war ein deutlicher Riß in dem dunklen, schmutzigen Stoff zu sehen; dort, wo die Handgelenke überkreuzt waren, sah man ein Stück der Kleidung. Nicht gut. Das Ding verfiel vor seinen Augen. Oder es waren winzige Parasiten am Werk. Mußte man auf der Stelle unterbinden.

Er sah auf die Füße der Mumie. Erschreckend. Ein winziges Staubhäufchen bildete sich unter seinem Blick – es fiel, hatte es den Anschein, von der verdrehten rechten Hand, wo die Bandagen so schlimm beschädigt waren.

»Großer Gott, Julie muß sie unverzüglich ins Museum schicken«, flüsterte er. Und dann hörte er das Geräusch erneut. Rascheln? Nein, es war leiser. Ja, man mußte sich richtig um das Ding kümmern. Gott allein wußte, was die Londoner Feuchtigkeit anrichtete. Aber das wußte Samir doch sicherlich. Und Hancock.

Er sprach die Mumie wieder auf lateinisch an. »Ich kann die Feuchtigkeit auch nicht leiden, großer König. Sie verursacht mir Schmerzen. Und darum gehe ich jetzt nach Hause und überlasse dich deinen Bewunderern.«

Er wandte sich ab, stützte sich schwer auf den Gehstock und linderte so die Schmerzen in der Hüfte ein wenig. Er drehte sich nur einmal um. Und das Ding sah so robust aus. Fast, als hätte die ägyptische Hitze es überhaupt nicht ausgetrocknet.

Daisy betrachtete das kleine Kollier, als Henry es ihr umlegte. Ihre Garderobe war voll von Blumen, Rotweinflaschen, Champagner auf Eis und anderen Geschenken, aber keines von einem so hübschen Mann wie Henry Stratford.

»Ich finde, es sieht komisch aus«, sagte sie und legte den Kopf schief. Dünne Goldkette und ein kleiner Trinkbecher mit Farbe darauf, so sah es aus. »Woher hast du das nur?«

»Es ist mehr wert als der Plunder, den du abgelegt hast«, sagte Henry lächelnd. Er sprach nuschelnd. Er war wieder betrunken. Und das bedeutete, er würde gemein sein. Oder sehr, sehr lieb. »Und jetzt komm, Täubchen, wir gehen zu Flint's. Ich spüre, daß ich eine ungewöhnliche Glückssträhne habe. Beweg dich.«

»Willst du etwa sagen, daß deine irre Cousine allein im Haus ist und der Sarg der Mumie offen im Salon steht?«

»Wen interessiert das schon?« Er nahm die Silberfuchsstola, die er ihr geschenkt hatte, legte sie ihr um die Schultern und zog sie aus der Garderobe zum Bühneneingang.

Als sie ins Flint's kamen, war es dort brechend voll. Sie verabscheute den Qualm und den sauren Alkoholgeruch, aber es war immer schön, mit ihm hier zu sein, wenn er Geld hatte und aufgekratzt war; und jetzt küßte er sie sogar auf die Wange, während er sie zum Roulettetisch führte.

»Du kennst die Regeln. Du stehst links von mir, und nur links. Das hat mir immer Glück gebracht.«

Sie nickte. Seh sich einer die feinen Herren im Saal an, und die Frauen mit ihren Juwelen. Und sie mit diesem albernen Ding um den Hals. Es machte sie nervös.

Julie zuckte zusammen. Was war das für ein Geräusch? Sie stellte fest, daß sie auf unbestimmte Art verlegen war, als sie allein in der dunklen Bibliothek stand.

Es war niemand sonst hier, aber sie hätte schwören können, daß sie eine andere Person gehört hatte. Keine Schritte, nein. Nur die leisen kleinen Geräusche eines anderen, der ihr sehr nahe war.

Sie sah zu der Mumie hin, die in ihrem Sarg schlummerte. Im Halbdunkel sah es aus, als wäre sie von einer dünnen Ascheschicht bedeckt. Und was für einen ernsten, brütenden Gesichtsausdruck sie hatte. Das war ihr bis jetzt noch gar nicht aufgefallen. Es sah eher so aus, als würde der Pharao mit einem Alptraum ringen. Sie konnte beinahe die Runzeln in der Stirn sehen.

War sie jetzt froh, daß sie den Deckel nicht wieder aufgelegt hatten? Sie war sich nicht sicher. Aber es war zu spät. Sie hatte geschworen, die Sachen selbst nicht anzurühren. Außerdem mußte sie ins Bett, denn sie war erschöpfter als jemals zuvor. Die alten Freunde ihres Vaters waren ewig geblieben. Und dann waren die

Zeitungsleute hereingestürmt gekommen. Was für eine Frechheit! Dem Personal war es gelungen, sie hinauszuwerfen, doch zuvor hatten sie eine ganze Reihe Bilder von der Mumie gemacht.

Und jetzt schlug die Uhr eins. Und es war niemand mehr da. Warum also zitterte sie? Sie ging rasch zur Eingangstür und wollte schon den Riegel vorschieben, als ihr Henry einfiel. Er sollte ihre Anstandsdame und ihr Beschützer sein. Seltsam, daß er kein anständiges Wort mit ihr gewechselt hatte, seit er zurückgekehrt war. Und er war eindeutig nicht oben in seinem Zimmer gewesen. Dennoch... Sie verriegelte die Tür nicht.

Es war bitterkalt, als er auf die verlassene Straße trat. Er zog rasch die Handschuhe an.

Hätte sie nicht schlagen sollen, dachte er. Aber sie hätte sich nicht einmischen dürfen, verdammt. Er wußte, was er machte. Er hatte sein Geld zehnmal verdoppelt! Und nur der letzte Wurf! Und dann, als er gesagt hatte, er würde einen Schuldschein unterschreiben, hatte sie sich eingemischt! »Aber das darfst du nicht!«

Nervtötend, wie sie ihn angesehen hatte. Er kannte seine Schulden. Er wußte, was er machte. Und Sharples, dieser Abschaum. Als hätte er Angst vor Sharples.

Sharples war es, der jetzt aus einer Gasse vor ihn trat. Einen Augenblick war er nicht ganz sicher. Es war so dunkel. Nebel wallte dicht über dem Boden, aber im Lichtschein eines Fensters sah er dann das pockennarbige Gesicht des Mannes.

»Gehen Sie mir aus dem Weg«, sagte er.

»Wieder eine Pechsträhne, Sir?« Sharples hielt neben ihm Schritt. »Und die kleine Lady kostet Geld. Sie war schon immer teuer, Sir, auch als sie noch für mich gearbeitet hat. Und ich bin ein großzügiger Mann, das wissen Sie.«

»Lassen Sie mich in Ruhe, Sie verfluchter Narr.« Er schritt schneller aus. Die Straßenlampe vor ihnen brannte nicht. Und um diese Zeit würde er kein Taxi bekommen.

»Nicht ohne eine kleine Anzahlung auf die Schulden, Sir.«

Henry blieb stehen. Die Kleopatra-Münze. Würde der Dummkopf begreifen, was sie wert war? Plötzlich spürte er, wie sich die Finger des Mannes in seinen Arm gruben.

»Wagen Sie es!« Er riß sich los. Dann holte er langsam die Münze aus der Manteltasche, hielt sie ihm im spärlichen Licht hin und zog eine Braue hoch, als er den Mann ansah, der sie ihm unverzüglich aus der Hand riß.

»Ah, das ist aber eine Schönheit, Sir. Eine echte ar... kä... o... logische Schönheit!« Er drehte die Münze um, als würden ihm die Inschriften tatsächlich etwas sagen. »Die haben Sie geklaut, Sir, hab ich recht? Aus dem Schatz Ihres Onkels, oder nicht?«

»Nehmen Sie sie, oder lassen Sie es.«

Sharples ballte die Hand um die Münze zur Faust.

»Sie sind wirklich eiskalt, Sir, oder?« Er ließ die Münze in der Tasche verschwinden. »Lag er noch da und hat nach Luft gerungen, Sir, als Sie sie geklaut haben? Oder haben Sie gewartet, bis er seinen letzten Atemzug getan hatte?«

»Scheren Sie sich zum Teufel.«

»Dies deckt nicht alles ab, Sir. Nein, Sir, bei weitem nicht, Sir. Nicht das, was Sie mir und den Herren bei Flint's schulden.«

Henry machte auf dem Absatz kehrt. Er rückte den Zylinder im steifen Wind etwas zurecht und ging dann rasch auf die Ecke zu. Er konnte Sharples' Absätze auf dem Pflaster hinter sich schaben hören. Niemand war vor ihnen in der nebligen Dunkelheit, niemand hinter ihnen, und der schmale Lichtstreifen, der aus der Tür von Flint's gedrungen war, war auch nicht mehr zu sehen.

Er konnte hören, wie Sharples aufholte. Und er griff in die Manteltasche. Sein Messer. Langsam zog er es heraus, klappte die Klinge aus und hielt den Griff fest umklammert.

Plötzlich spürte er den Druck von Sharples im Rücken.

»Mir scheint, Sie brauchen eine kleine Lektion, wie man seine Schulden zurückzahlt, Sir«, sagte der Dreckskerl zu ihm.

Sharples legte ihm eine Hand auf die Schulter. Jetzt drehte sich Henry hastig um, rammte das Knie gegen Sharples und brachte ihn damit aus dem Gleichgewicht. Henry zielte auf die glänzende Seide der Weste, wo das Messer zwischen die Rippen ohne Hindernis eindringen konnte. Und zu seinem Erstaunen spürte er, wie es in die Brust des Mannes eindrang; er sah das Weiß von Sharples' Zähnen, als dieser den Mund zu einem tonlosen Schrei auftat.

»Verdammter Narr! Ich habe Ihnen gesagt, Sie sollen mich in Ruhe lassen!« Er zog das Messer heraus und stach noch einmal zu. Dieses Mal hörte er Seide reißen und trat, am ganzen Körper schlotternd, zurück.

Der andere wankte ein paar Schritte. Dann fiel er auf die Knie. Sanft kippte er nach vorne, krümmte die Schultern, sank langsam auf eine Seite und sackte dann auf dem Pflaster zusammen.

Henry konnte sein Gesicht in der Dunkelheit nicht sehen. Er sah nur die Gestalt, die jetzt reglos dalag. Die bittere Kälte der Nacht lähmte ihn. Das Herz pochte ihm so heftig in den Ohren wie in der Kammer in Ägypten, als er auf den toten Lawrence hinuntergesehen hatte.

Der Teufel soll ihn holen! Er hätte das nicht mit mir machen dürfen! Wut würgte ihn. Er konnte die rechte Hand nicht bewegen, so kalt war sie trotz des Handschuhs, der um das Messer gekrallt war. Er hob bchutsam die linke Hand, klappte das Messer zu und steckte es weg.

Er sah sich um. Dunkelheit, Stille. Nur das ferne Dröhnen eines Motorwagens auf einer abgelegenen Straße. Irgendwo tröpfelte Wasser wie aus einer kaputten Regenrinne. Und der Himmel über ihm wurde einen Hauch heller – hatte jetzt die Farbe von Schiefer.

Er kniete in der weichenden Dunkelheit nieder. Er griff wieder nach der glänzenden Seide, achtete aber darauf, daß er den dunklen, feuchten Fleck nicht berührte, der sich dort ausbreitete, und schob die Hand unter den Mantelkragen. Die Brieftasche des Mannes. Prall, voll mit Geld!

Er untersuchte den Inhalt nicht einmal. Statt dessen steckte er sie in dieselbe Tasche wie das Messer. Dann drehte er sich um, reckte das Kinn hoch und entfernte sich mit steifen, ausgreifenden Schritten. Er fing sogar an zu pfeifen.

Später, als er behaglich auf dem Rücksitz einer Droschke saß, holte er die Brieftasche heraus. Dreihundert Pfund. Nun, das war nicht schlecht. Aber als er das Bündel schmutziger Geldscheine betrachtete, überkam ihn Panik. Es schien, als könnte er weder sprechen noch sich bewegen, und als er zu dem kleinen Fenster der Droschke hinaussah, erblickte er nur den düsteren grauen Himmel über den Dächern trostloser Mietshäuser. Es schien ihm, als könne nichts, was er wollte oder wollen könnte oder jemals besitzen würde, die tiefe Hoffnungslosigkeit vertreiben, die er verspürte.

Dreihundert Pfund. Aber deswegen hatte er den Mann nicht umgebracht. Ha, wer konnte sagen, daß er überhaupt jemanden umgebracht hatte? Sein Onkel Lawrence war in Kairo an einem Herzschlag gestorben. Und was Sharples anbelangte, diesen verabscheuungswürdigen Geldverleiher, dessen Bekanntschaft er eines Abends im Flint's gemacht hatte, war es doch wohl so, daß ihn einer seiner Spießgesellen umgebracht hatte. Hatte sich in einer dunklen Straße an ihn herangeschlichen und ihm ein Messer zwischen die Rippen gestoßen. Natürlich, so war es gewesen. Wer würde ihn mit diesen üblen Machenschaften in Verbindung bringen?

Er war Henry Stratford, Aufsichtsratsvize von Stratford Shipping, Mitglied einer angesehenen Familie, die bald durch Heirat mit dem Earl of Rutherford verbunden sein würde. Niemand würde es wagen...

Und er würde bei seiner Cousine vorbeischauen. Ihr erklären, daß er ein wenig Pech gehabt hatte. Und sie würde sicher eine angenehme Summe bereitstellen, etwa dreimal soviel wie das, was er gerade besaß, weil sie verstehen würde, daß seine Verluste nur vorübergehend waren. Und es würde eine große Erleichterung sein, alles ins rechte Lot zu bringen.

Seine Cousine, seine einzige Schwester. Einst hatten sie sich geliebt, Julie und er. Geliebt, wie es nur Bruder und Schwester können. Er würde sie daran erinnern. Sie würde ihm keinen Ärger machen, und dann konnte er eine Weile ausruhen.

Das war in letzter Zeit das Schlimmste. Er fand keine Ruhe mehr.

Julie huschte die Treppe hinunter und hielt die Falten ihres Spitzenmorgenmantels gerafft, um nicht zu stolpern. Das braune Haar hing ihr offen über Schultern und Rücken.

Sie sah die Sonne, bevor sie etwas anderes sah, als sie die Bibliothek betrat – ein helles, blendendes Licht erfüllte den verglasten Wintergarten jenseits der offenen Türen, ein Gleißen zwischen den Farnen, im tanzenden Wasser des Springbrunnens und im dichten Gewirr der Blätter unter dem Glasdach.

Lange, schräge Strahlen fielen auf die Maske von Ramses dem Verdammten in seiner schattigen Ecke, auf die dunklen Farben des Orientteppichs und auf die Mumie selbst, die aufrecht in ihrem offenen Sarg stand, wo das straff bandagierte Gesicht und die Gliedmaßen golden erschienen, golden wie Wüstensand in der Mittagssonne.

Das Zimmer wurde vor Julies Augen heller und heller. Die Sonne explodierte plötzlich auf den Goldmünzen Kleopatras auf ihrer schwarzen Samtunterlage. Das Licht brach sich auf der glatten Marmorbüste der Kleopatra, deren halb geschlossene Lider verführerisch erschienen. Es spiegelte sich im durchscheinenden Alabaster der langen Reihe von Gefäßen. Es erhellte winzige Stücke Gold überall im Zimmer, und die goldenen Lettern zahlreicher ledergebundener Bücher. Es schien auf den tief geprägten Namen »Lawrence Stratford« auf dem in Samt gebundenen Tagebuch, das auf dem Schreibtisch lag.

Julie blieb stehen, sie spürte, wie die Wärme sie umhüllte. Der dunkle, stickige Geruch verzog sich. Und die Mumie schien sich ebenfalls im strahlenden Licht zu bewegen, als würde auch sie auf die Wärme ansprechen, wie eine Blüte, die sich öffnet. Welch faszinierende Illusion. Selbstverständlich hatte sie sich überhaupt nicht bewegt, und doch wirkte sie irgendwie praller, die kräftigen Schultern und Arme runder, die Finger gestreckt, als sei Leben in ihr.

»Ramses...« flüsterte Julie.

Da war das Geräusch wieder, das Geräusch, das sie in der vergangenen Nacht erschreckt hatte. Aber nein, es war kein Geräusch, kein echtes. Nur das Atmen dieses großen Hauses, das Atmen der Balken und des Mörtels in der Wärme des Morgens. Sie machte einen Moment die Augen zu. Und dann ertönten Ritas Schritte auf dem Flur. Natürlich war es die ganze Zeit Rita gewesen... das Geräusch eines anderen Menschen, der ganz nahe war – Herzschlag, Atem, das leise Rascheln von Kleidern.

»Nun, Miss, ich habe Ihnen gesagt, es gefällt mir nicht, daß dieses Ding im Haus ist«, sagte Rita. War das ihr Federmop, der langsam über die Möbel im Wohnzimmer strich?

Julie drehte sich nicht um, um nachzusehen. Sie betrachtete die Mumie. Dann ging sie näher hin und sah ihr ins Gesicht. Großer Gott, sie hatte gestern abend gar nicht richtig hingesehen. Nicht so, wie sie sie jetzt in diesem wunderbar warmen Leuchten sah. Es war ein lebender, atmender Mann gewesen, dieses Ding, das nun für ewig in sein Leichengewand gehüllt war.

»Ich kann Ihnen sagen, Miss, ich bekomme eine Gänsehaut.«

»Seien Sie nicht albern, Rita. Bringen Sie mir lieber etwas Kaffee.« Sie ging noch näher an das Ding heran. Schließlich war niemand da, der sie aufhalten konnte. Sie konnte es berühren, wenn sie wollte. Sie hörte, wie Rita sich entfernte. Hörte, wie die Küchentür auf und zu gemacht wurde. Dann streckte sie die Hand aus und berührte die Stoffbandagen über dem rechten Arm. Zu weich, zu empfindlich. Und heiß von der Sonne!

»Nein, das ist nicht gut für dich, oder?« fragte sie und sah dem Ding in die Augen, als wäre es unhöflich, etwas anderes zu tun. »Aber ich will nicht, daß sie dich wegbringen. Du wirst mir fehlen, wenn du nicht mehr hier bist. Aber ich werde nicht zulassen, daß sie dich aufschneiden. Soviel verspreche ich dir.«

Sah sie wirklich dunkelbraunes Haar unter den Bandagen? Es schien, als wäre es dicht und fest an den Schädel gedrückt, was den Eindruck von Kahlsein vermittelte. Aber es war die ganze Ausstrahlung, die es ihr antat und von den Einzelheiten ablenkte. Das Ding besaß eine wirkliche Persönlichkeit, wie eine kunstvolle Skulptur. Der große, breitschultrige Ramses mit dem gesenkten Kopf und den zu einer Geste der Resignation gefalteten Händen.

Die Worte in dem Tagebuch fielen ihr mit schmerzhafter Klarheit wieder ein.

»Du *bist* unsterblich, Geliebter«, sagte sie. »Mein Vater hat dafür gesorgt. Du magst uns verfluchen, weil wir dein Grab geöffnet haben, aber Tausende werden kommen, dich zu sehen, Tausende werden deinen Namen aussprechen. Du wirst ewig leben...«

So seltsam, daß sie den Tränen nahe war. Vater tot. Wie dieses Ding, das ihm soviel bedeutet hatte. Vater in einem unbeschrifteten Grab in Kairo, wie er es gewünscht hatte, und Ramses der Verdammte war das Stadtgespräch von London.

Plötzlich wurde sie durch Henrys Stimme aufgeschreckt.

»Du redest mit dem verdammten Ding. Genau wie dein Vater.«

»Großer Gott, ich habe nicht gewußt, daß du hier bist! Wo kommst du her?«

Er stand im Bogen zwischen den beiden Salons. Das lange Cape hing lose über einer Schulter. Unrasiert, sehr wahrscheinlich betrunken. Und sein Lächeln. Beängstigend.

»Ich soll auf dich aufpassen«, sagte er, »weißt du nicht mehr?«

»Ja, natürlich. Ich bin sicher, du bist hoch erfreut.«

»Wo ist der Schlüssel zur Hausbar? Die ist verschlossen, hast du das gewußt? Warum macht Oscar das?«

»Oscar ist bis morgen weg. Vielleicht solltest du sowieso lieber Kaffee trinken. Das würde dir guttun.«

»Wirklich, meine Teuerste?« Er nahm das Cape ab, während er mit arrogantem Gesichtsausdruck auf sie zukam und das Ägyptische Zimmer mit mißbilligenden Blicken bedachte. »Du läßt mich nie im Stich, richtig?« fragte er, wobei sich wieder dieses verbitterte Lächeln auf seinem Gesicht zeigte. »Meine Spielkameradin der Kindheit, meine Cousine, meine kleine Schwester! Ich hasse Kaffee. Ich möchte etwas Port oder Sherry.«

»So etwas habe ich nicht«, sagte sie. »Geh nach oben und schlaf dich aus, ja?«

Rita war zur Tür gekommen und wartete auf Anweisungen.

»Für Mr. Stratford bitte auch Kaffee, Rita«, sagte Julie, weil er sich nicht bewegt hatte. Es war eindeutig, daß er nicht die Absicht hatte, irgendwohin zu gehen. Tatsächlich sah er die Mumie an, als hätte sie ihn erschreckt. »Hat Vater wirklich mit ihr gesprochen?« fragte sie. »So wie ich?«

Er antwortete nicht gleich. Er wandte sich ab und begutachtete die Alabastergefäße, und selbst seine Haltung war arrogant.

»Ja, er hat damit gesprochen, als könnte sie antworten. Und ausgerechnet Latein. Wenn du mich fragst, war dein Vater schon eine Zeitlang nicht mehr normal. Zu viele Jahre in der Wüstenhitze, wo er Geld für Leichen und Statuen und Trinkgefäße und Plunder verplempert hat.«

Wie weh ihr seine Worte taten. So achtlos, und doch so voller Haß. Er verweilte vor einem Gefäß und drehte ihr den Rücken zu. Sie sah im Spiegel, wie er es stirnrunzelnd betrachtete.

»Es war *sein* Geld, oder nicht?« fragte sie. »Er hat genug für uns alle verdient. Hat er jedenfalls gedacht.«

Er drehte sich unvermittelt um.

»Was soll das heißen?«

»Nun, du hast deins nicht besonders gut verwaltet, hab ich recht?«

»Ich habe das Beste getan. Wer bist du, daß du über mich richtest?« fragte er. Als das Sonnenlicht plötzlich sein Gesicht beleuchtete, sah er unfaßbar gemein und tückisch aus.

»Und was ist mit den Aktionären von Stratford Shipping? Hast du für die auch das Beste getan? Oder steht mir auch darüber kein Urteil zu?«

»Sei vorsichtig, Mädchen«, sagte er. Er kam näher. Er warf der Mumie einen arroganten Seitenblick zu, als wäre sie ein weiterer Anwesender, eine Person. Dann drehte er die Schultern ein wenig zu ihr und betrachtete sie mit zusammengekniffenen Augen. »Vater und ich sind jetzt deine Familie. Du brauchst uns vielleicht mehr, als du denkst. Was verstehst du denn schon vom Geschäft und von Schiffen?«

Wie seltsam. Er hatte ein gutes Argument vorgebracht und es dann selbst ruiniert. Sie brauchte sie beide, aber das hatte nichts mit Geschäften und Schiffen zu tun. Sie brauchte sie, weil sie ihr Fleisch und Blut waren, und zum Teufel mit Geschäft und Schiffen.

Sie wollte nicht, daß er ihren Schmerz sah. Sie wandte sich ab und sah durch die beiden Salons zu den blassen Nordfenstern des Hauses hinüber, wo es noch nicht hell geworden war.

»Ich weiß, wieviel zwei und zwei ist, teuerster Cousin«, sagte sie. »Und das hat mich in eine sehr peinliche und schmerzliche Position gebracht.«

Sie sah erleichtert, daß Rita mit dem schweren Silbertablett hereintrat. Auf dem Mitteltisch im hinteren Salon stellte sie es, nur wenige Schritte von Julie entfernt, ab.

»Danke, Rita. Das ist momentan alles.«

Rita zog sich mit einem vielsagenden Blick auf das Ding im Sarg zurück. Und Julie war wieder allein in dieser überaus peinlichen Situation. Sie drehte sich langsam um und stellte fest, daß ihr Cousin direkt vor Ramses stand.

»Dann sollte ich gleich zur Sache kommen«, sagte er und drehte sich zu ihr um. Er lockerte die Seidenkrawatte, zog sie aus und stopfte sie in die Tasche. Sein Gang war fast schlurfend, als er auf sie zukam.

»Ich weiß, was du willst«, sagte sie. »Ich weiß, was du und Onkel Randolph wollt. Und noch wichtiger, ich weiß, was ihr beide braucht. Was Vater dir hinterlassen hat, deckt deine Schulden nicht einmal annähernd. Herrgott, was du für ein Schlamassel angerichtet hast.«

»Wie scheinheilig«, sagte Henry. Er war nur noch einen Schritt von ihr entfernt und hatte der strahlenden Sonne und der Mumie den Rücken zugekehrt. »Die Suffragette, die kleine Archäologin. Und jetzt versuchst du dich als Geschäftsfrau, stimmt's?«

»Ich versuche es«, sagte sie kalt. Sein Zorn entfachte den ihren. »Was bleibt mir anderes übrig?« fragte sie. »Alles deinem Vater durch die Hände rinnen lassen? Herrgott, du tust mir leid!«

»Was willst du damit sagen?« fragte er. Sein Atem stank nach Fusel, auf seinem Gesicht zeichneten sich rauhe Bartstoppeln ab. »Daß du um unseren Rücktritt bittest? Ist es das?«

»Das weiß ich noch nicht.« Sie drehte ihm den Rücken zu. Sie ging in den ersten Salon und öffnete den kleinen Sekretär. Sie nahm davor Platz und zog das Scheckbuch heraus. Und schraubte den Füller auf.

Sie hörte, wie er hinter ihr auf und ab schritt, während sie den Scheck ausstellte.

»Sag mir, Cousinchen, ist es schön, wenn man mehr hat, als man je ausgeben kann, mehr als man je zählen kann? Und wenn man nichts getan hat, um es zu verdienen?«

Mit gesenktem Blick drehte sie sich um und reichte ihm den Scheck. Sie stand auf und ging zum Fenster. Sie hob den Spitzenvorhang und sah auf die Straße hinaus. Bitte geh weg, Henry, dachte sie niedergeschlagen und traurig. Sie wollte ihrem Onkel nicht weh tun. Sie wollte niemandem weh tun. Aber was konnte sie machen? Sie wußte seit Jahren von Randolphs Unterschlagungen. Sie und ihr Vater hatten darüber gesprochen, als sie das letzte Mal in Kairo gewesen war. Natürlich hatte er vorgehabt, die Situation zu bereinigen, vorgehabt. Und nun lag es an ihr.

Sie drehte sich plötzlich um. Die Stille war ihr unbehaglich. Sie sah ihren Cousin im Ägyptischen Zimmer stehen. Er sah sie mit kalten und leblosen Augen an.

»Und wenn du Alex heiratest, wirst du uns dann auch enterben?«

»Um Himmels willen, Henry. Geh weg und laß mich in Ruhe.«

In seinem Gesichtsausdruck lag etwas Erstaunliches. Er war nicht mehr jung. Mit seiner Sucht und seinen Schuldgefühlen und seiner Selbsttäuschung sah er uralt aus. Hab Mitleid, sagte sie sich. Was kannst du tun, um ihm zu helfen? Gebt ihm ein Vermögen, und er wird es binnen vierzehn Tagen durchbringen. Sie drehte sich wieder um und sah auf die winterliche Londoner Straße hinaus.

Eine frühe Passantin. Die Krankenschwester von gegenüber mit den Zwillingen im Korbkinderwagen. Ein alter Mann, der mit einer Zeitung unter dem Arm dahin eilte. Und der Wachmann, der Wachmann vom Britischen Museum, der unter ihr träge auf der Treppe kauerte. Und weiter unten in der Straße, bei ihrem Onkel Randolph, schüttelte Sally, das Hausmädchen, einen Teppich vor der Eingangstür aus, weil sie sicher war, daß es so früh niemand sehen würde.

Warum war hinter ihr in dem Doppelzimmer kein Laut zu hören? Warum stürmte Henry nicht hinaus und schlug die Eingangstür zu? Vielleicht war er gegangen. Aber nein, plötzlich hörte sie ein leises Geräusch hinter sich, einen Löffel auf Porzellan. Der verdammte Kaffee.

»Ich verstehe nicht, wie es soweit kommen konnte«, sagte sie und sah weiterhin auf die Straße hinaus. »Treuhandfonds, Gehälter, Dividenden, ihr habt alles gehabt.«

»Nein, nicht alles, Teuerste«, sagte er. »Du hast alles.«

Sie hörte, wie der Kaffee eingeschenkt wurde. Um Himmels willen!

»Hör zu, altes Mädchen«, sagte er mit leiser, gepreßter Stimme. »Ich will diesen Streit ebenso wenig wie du. Komm her. Setz dich. Trinken wir eine Tasse Kaffee zusammen wie zivilisierte Menschen.«

Sie konnte sich nicht bewegen. Die Geste wirkte bedrohlicher als sein Zorn.

»Komm und trink eine Tasse Kaffee mit mir, Julie.«

Gab es einen Ausweg? Sie drehte sich mit gesenktem Blick um, ging auf den Tisch zu und sah erst auf, als es unvermeidbar war. Sie sah Henry vor sich, der eine dampfende Tasse in der ausgestreckten Hand hielt.

Es war unerklärlich seltsam, wie er ihr die Tasse hinstreckte, wie der leere Ausdruck in seinem Gesicht stand.

Aber sie verschwendete nicht mehr als eine Sekunde darauf. Denn das, was sie hinter ihm sah, bewirkte, daß sie wie angewurzelt stehenblieb. Die Vernunft sprach dagegen, aber ihre Sinne täuschten sie nicht.

Die Mumie bewegte sich. Der rechte Arm der Mumie war ausgestreckt, die zerrissenen Bandagen hingen herunter. Das Wesen trat aus seinem vergoldeten Sarg! Der Schrei blieb ihr im Halse stecken. Das Ding kam auf sie zu – besser gesagt, auf Henry, der ihm den Rücken zugedreht hatte –, es bewegte sich schlurfend und hielt dabei den Arm von sich gestreckt. Staub stieg von dem brüchigen Leinen auf, das daran herunterhing. Der durchdringende Geruch von Staub und Fäulnis erfüllte den Raum.

»Zum Teufel, was ist mit dir los?« wollte Henry wissen. Aber das Ding war jetzt direkt hinter ihm. Die ausgestreckte Hand schloß sich um Henrys Hals.

Ihr Schrei blieb ihr im Hals stecken. Versteinert hört sie nur einen stummen Schrei in sich, gleich den hilflosen Schreien in ihren schlimmsten Alpträumen.

Henry drehte sich um, hob schützend die Hände und ließ die Kaffeetasse scheppernd auf das silberne Tablett fallen. Ein leises Knurren kam ihm über die Lippen, während er gegen das Ding kämpfte, das ihn würgte. Seine Finger verkrallten sich in den schmutzigen Bandagen. Staub stieg in Schwaden empor, als das Ding den linken Arm aus den Bandagen riß und versuchte, sein Opfer mit beiden Händen zu ergreifen.

Mit einem markerschütternden Schrei schleuderte Henry die Kreatur von sich und ließ sich auf alle viere fallen. Einen Augenblick später war er wieder auf den Beinen. Er rannte durch das vordere Zimmer und über die Marmorfliesen der Eingangsdiele zur Tür.

Sprachlos und entsetzt starrte Julie die gräßliche Gestalt an, die neben dem Tisch in der Mitte kniete. Das Ding keuchte und rang nach Atem. Sie hörte kaum, wie die Eingangstür aufgerissen und zugeschlagen wurde.

In ihrem ganzen Leben war noch nie ein Augenblick so bar jeglicher Vernunft gewesen. Schlotternd wich sie vor dem zerlumpten Wesen zurück, diesem toten Ding, das zum Leben erwacht war und jetzt außerstande schien, wieder auf die Füße zu kommen.

Sah es sie an? Leuchteten da Augen zwischen den zerrissenen Bandagen? Blaue Augen? Es streckte die Hände nach ihr aus. Ihr Körper wurde von einem kalten, unwillkürlichen Beben geschüttelt. Eine Woge der Benommenheit spülte über sie hinweg. *Bloß nicht ohnmächtig werden. Was immer geschieht, bloß nicht ohnmächtig werden.*

Plötzlich wandte es sich ab. Es sah eindeutig zu seinem Sarg hin, oder galt sein Blick dem Wintergarten, wo das Licht durch das Dach einfiel? Erschöpft lag es auf dem Teppich, dann schien es die Hände nach der strahlenden Flut der Morgensonne auszustrecken.

Sie konnte es wieder atmen hören. Es lebte! Großer Gott, es lebte! Es bemühte sich, vorwärts zu kriechen, es hob den mächtigen Oberkörper nur ein wenig vom Teppich und schob sich mit unsicheren Bewegungen vorwärts.

Aus dem Schatten des Salons kroch es Zentimeter um Zentimeter von ihr weg, bis es die fernen Sonnenstrahlen erreichte, die in die Bibliothek fielen. Dort hielt es inne und atmete tief durch, als würde es nicht Luft einatmen, sondern Licht. Es stützte sich ein wenig höher auf die Ellbogen und kroch mit größerer Schnelligkeit weiter in Richtung Wintergarten. Leinenbandagen schleiften hinter seinen Füßen her. Ein staubiger Pfad blieb auf dem Teppich zurück. Die Bandagen um seine Arme zerfielen. Stoffetzen fielen ab und schienen im Licht zu verfallen.

Sie konnte nicht anders, als ihm zu folgen. In sicherer Distanz verfolgte sie, wie sich das Ding langsam dem Wintergarten näherte.

Es schleppte sich in die Sonne, und plötzlich verweilte es neben dem Springbrunnen und drehte sich auf den Rücken. Eine Hand streckte sich der Glasdecke entgegen, die andere sank schlaff auf die Brust.

Julie betrat lautlos den Wintergarten. Immer noch unbeherrscht schlotternd näherte sie sich, bis sie direkt auf das Ding hinunter sah.

Der Körper wurde im Sonnenlicht voller! Er wurde vor ihren Augen noch kräftiger! Sie konnte hören, wie die Bandagen ihn freigaben. Sie konnte sehen, wie regelmäßige Atemzüge die Brust hoben und senkten.

Und das Gesicht, mein Gott, das Gesicht. Sie sah große, strahlende blaue Augen unter den dünnen Bandagen. Ja, große und wunderschöne blaue Augen. Mit einer weiteren Bewegung riß es die Bandagen vom Kopf und gab den weichen Schopf braunen Haares frei.

Dann kam es einigermaßen anmutig auf die Knie, griff mit einer bandagierten Hand in den Springbrunnen und führte funkelndes Wasser zu den Lippen. Es trank das Wasser mit tiefen, seufzenden Zügen. Dann hörte es auf, drehte sich zu ihr um und wischte noch mehr der dicken aschefarbenen Stoffschichten vom Gesicht.

Ein Mann sah sie an! Ein intelligenter Mann mit blauen Augen sah sie an!

Der Schrei stieg wieder in ihr hoch und blieb erneut stecken. Nur ein leises Seufzen entwich ihr. Oder war es ein Stöhnen? Sie stellte fest, daß sie einen Schritt zurückgewichen war. Das Ding kam auf die Füße.

Es erhob sich nun zu voller Größe. Gelassen sah es sie an. Die Finger beseitigten die letzten brüchigen Bandagen vom Kopf, als wären es Spinnweben. Ja, volles dunkelbraunes, lockiges Haar. Es fiel gerade über die Ohren und sanft in die Stirn. Und die Augen waren faszinierend, als es sie ansah! Großer Gott, man stelle es sich vor! Faszinierend, als *es sie* ansah!

Sie würde ohnmächtig werden. Sie hatte davon gelesen. Sie wußte, worum es sich handelte, obschon es ihr selbst nie passiert war. Aber die Beine gaben buchstäblich unter ihr nach, und alles wurde düster. Nein. Aufhören! Sie konnte nicht ohnmächtig werden, während dieses Ding sie anstarrte.

Dies war eine zum Leben erwachte Mumie!

Zitternd zog sie sich ins Ägyptische Zimmer zurück. Ihr ganzer Körper war schweißgebadet, die Hände hatte sie in den Spitzenmorgenmantel gekrallt. Es beobachtete sie, als wäre es tatsächlich neugierig auf ihre Reaktion. Dann entfernte es noch mehr Bandagen von Hals und Schultern und Brust. Von der breiten, nackten Brust. Sie machte die Augen zu und dann langsam wieder auf. Es war immer noch da mit seinen kräftigen Armen. Staub fiel aus seinem üppigen braunen Haar.

Es kam einen Schritt auf sie zu. Sie wich zurück. Es kam noch einen Schritt näher. Sie wich weiter zurück. Sie wich durch die ganze Bibliothek zurück, und plötzlich spürte sie den Mitteltisch des zweiten Salons hinter sich. Ihre Hände ertasteten das silberne Tablett.

Es folgte ihr mit lautlosen, gleichmäßigen Schritten – dieses Ding, dieser wunderschöne Mann mit dem prachtvollen Körper und den großen, sanften blauen Augen.

Großer Gott, du verlierst den Verstand! Vergiß, daß es hübsch ist! Es hat gerade versucht, Henry zu ermorden! Sie schnellte rasch um den Tisch herum und tastete mit ausgestreckten Händen hinter sich, während sie auf die Tür des vorderen Salons zuging.

Es blieb stehen, als es beim Tisch angekommen war. Es sah auf die silberne Kaffeekanne und die umgestürzte Tasse hinunter. Es hob etwas von dem Tablett hoch. Was war es? Ein zusammengeknülltes Taschentuch. Hatte Henry es dort liegengelassen? Es deutete unzweifelhaft auf den verschütteten Kaffee, und dann sprach es mit sanfter, voller und eindeutig männlicher Stimme:

»Komm und trink eine Tasse Kaffee mit mir, Julie!« sagte es.

Perfekter britischer Akzent! Vertraute Worte! Julie spürte, wie ihr der Schreck in die Glieder fuhr. Dies war keine Einladung von dem Ding. Es ahmte Henry nach. Dieselbe präzise Intonation. Genau das gleiche hatte Henry gesagt!

Es hielt das Taschentuch hoch. Weißes glitzerndes Pulver, als wäre es voll winziger Kristalle. Es deutete auf die ferne Reihe der Alabastergefäße. Einem Gefäß fehlte der Deckel! Dann sprach es wieder mit diesem makellosen, steifen englischen Akzent:

»Trink deinen Kaffee, Onkel Lawrence.«

Ein Stöhnen entrang sich ihren Lippen. Der Sinn war unmißverständlich. Sie stand mit aufgerissenen Augen da, und die Worte hallten in ihrem Kopf. Henry hatte ihren Vater vergiftet, und diese Kreatur war Zeuge gewesen. Henry hatte versucht, sie zu vergiften. Sie versuchte inständig, es zu leugnen. Sie versuchte, einen

Grund zu finden, daß es nicht so sein konnte. Aber sie wußte, daß es so war. So sicher, wie sie wußte, daß dieses Ding vor ihr lebte und atmete und Raum einnahm, und daß es sich um den unsterblichen Ramses handelte, der in diesen zerlumpten Bandagen erwacht war und mit der Sonne im Rücken vor ihr im Salon stand.

Ihre Beine versagten. Sie konnte es nicht mehr verhindern. Dunkelheit umfing sie. Und als sie spürte, wie sie nach unten glitt, sah sie die hochgewachsene Gestalt auf sie zukommen und spürte, wie kräftige Arme sie auffingen und emporhoben und festhielten, so daß sie sich fast sicher fühlte.

Sie schlug die Augen auf und sah ihm ins Gesicht. In *sein* Gesicht. Sein wunderschönes Gesicht. Sie hörte Rita in der Diele schreien. Und die Dunkelheit hatte sie vollkommen eingehüllt.

»Himmel, was sagst du da!« Randolph war noch nicht ganz wach. Er wühlte sich aus dem Wirrwarr der Laken und griff nach seinem Morgenmantel aus Seide am Fußende des Bettes. »Willst du damit sagen, du hast deine Cousine allein mit diesem Ding im Haus gelassen?«

»Ich will dir sagen, daß es versucht hat, mich umzubringen!« brüllte Henry wie ein Irrer. »Das will ich dir sagen! Das verdammte Ding ist aus seinem Sarg gestiegen und hat versucht, mich mit der rechten Hand zu erwürgen!«

»Verdammt, wo sind meine Hausschuhe! Sie ist allein in dem Haus, du Narr!«

Er lief barfuß auf den Flur und die Treppe hinunter.

»Beeil dich, du Schwachkopf!« schrie er seinen Sohn an, der oben auf der Treppe stand.

Sie schlug die Augen auf. Sie saß auf dem Sofa, und Rita klammerte sich an sie. Rita tat ihr weh. Rita gab leise, wimmernde Laute von sich.

Und da war die Mumie, genau da stand sie. Julie hatte sich nichts eingebildet. Nicht die dunklen braunen Locken, die ihm in die glatte, hohe Stirn gefallen waren. Nicht die sanften blauen Augen. Er hatte noch mehr der brüchigen Bandagen weggerissen. Er war bis zur Taille nackt, ein Gott, so schien es in diesem Augenblick. Besonders mit diesem Lächeln. Diesem gütigen und gewinnenden Lächeln.

Sein Haar schien sich zu bewegen, als würde es vor ihren Augen wachsen. Es war dichter und üppiger als vorher. Aber was um Gottes willen ließ sie das Haar dieser Kreatur bewundern?

Er kam ein wenig näher. Seine nackten Füße waren von den hinderlichen Bandagen befreit.

»Julie«, sagte er leise.

»Ramses«, flüsterte sie zurück.

Die Kreatur nickte, das Lächeln wurde breiter. »Ramses!« sagte er mit Nachdruck und machte eine knappe Verbeugung vor ihr.

Großer Gott, dachte sie, er ist nicht bloß schön, er ist der allerschönste Mann, den ich jemals gesehen habe.

Immer noch benommen zwang sie sich, aufzustehen. Rita klammerte sich an sie, aber sie befreite sich von Rita. Und dann nahm die Mumie – der Mann – ihre Hand und stützte sie.

Die Finger waren warm, staubig. Sie stellte fest, daß sie ihm unverwandt ins Gesicht sah. Seine Haut war wie die Haut eines jeden anderen Menschen, nur glatter, möglicherweise weicher, und von kräftigerer Färbung – wie ein Mann, der einen Dauerlauf hinter sich hat; die Wangen leicht gerötet.

Er drehte unvermittelt den Kopf herum. Sie hörte es auch. Stimmen draußen. Streitende Stimmen. Ein Auto hatte vor dem Haus angehalten.

Rita stürzte linkisch ans Fenster, als könnte die Mumie sie aufhalten.

»Es ist Scotland Yard, Miss. Gott sei Dank.«

»Nein, unmöglich! Verriegeln Sie unverzüglich die Tür.«

»Aber Miss!«

»Verriegeln Sie sie. Sofort.«

Rita eilte und gehorchte. Julie nahm Ramses an der Hand.

»Komm mit mir nach oben«, sagte sie zu ihm. »Rita, schieben Sie den Deckel auf den Sarg. Er ist ganz leicht. Machen Sie ihn rasch zu, und kommen Sie dann.«

Kaum hatte Rita den Riegel vorgelegt, klopften sie und läuteten. Das schrille Scheppern der Klingel erschreckte Ramses. Sein Blick glitt an der Decke entlang zum hinteren Teil des Hauses, als hätte er gehört, wie das Geräusch zur Klingel in der Küche gewandert war.

Julie zog ihn sanft, aber drängend, und zu ihrer Überraschung folgte er ihr ohne Widerstand die Treppe hinauf.

Sie konnte hören, wie Rita leise Angstlaute von sich gab. Aber Rita tat, wie ihr befohlen worden war. Julie hörte, wie sie den Sargdeckel auflegte.

Und Ramses studierte die Tapete, die gerahmten Porträts, das Krimskramsregal in der Ecke oben an der Treppe. Er betrachtete das Buntglasfenster. Er sah auf den Wollteppich mit seinem Muster aus Federn und verzerrten Blättern hinab.

Das Pochen wurde unerträglich. Julie hörte, wie ihr Onkel Randolph nach ihr rief.

»Was soll ich tun, Miss?« fragte Rita.

»Unverzüglich heraufkommen.« Sie sah Ramses an, der sie mit einer seltsamen Mischung aus Geduld und Belustigung betrachtete. »Du siehst normal aus«, flüsterte sie. »Völlig normal. Wunderschön, aber normal.« Sie zog ihn den Flur entlang. »Das Bad, Rita!« rief sie, als Rita zitternd und unschlüssig hinter ihnen auftauchte. »Rasch! Lassen Sie ein Bad ein.«

Sie brachte ihn zum vorderen Teil des Hauses, als Rita an ihnen vorbei eilte. Das Pochen hatte aufgehört. Sie hörte, wie sich ein Schlüssel im Schloß drehte. Aber der Riegel, Gott sei Dank! Das Klopfen fing wieder an.

Ramses lächelte sie jetzt wahrhaftig an, als wollte er gleich anfangen zu lachen. Er sah in die Schlafzimmer, an denen sie vorbeigingen. Plötzlich sah er den elektrischen Lüster, der an seiner staubigen Kordel von der Decke hing. Im Tageslicht sahen die winzigen Glühbirnen trüb und milchig aus. Aber jetzt brannten sie, und er kniff die Augen zusammen, um sie zu studieren, und leistete zum ersten Mal zaghaften Widerstand.

»Die kannst du später ansehen!« sagte sie ungeduldig. Da Wasser lief in die Wanne. Dampf wallte zur Tür heraus.

Er nickte, wobei er die Brauen leicht hochzog, und folgte ihr ins Bad. Die glänzenden Kacheln schienen ihm zu gefallen. Er drehte sich langsam zum Fenster um und sah ins Sonnenlicht, das auf das milchige Glas fiel. Er untersuchte behutsam den Riegel, dann machte er das Fenster auf und schob die Flügel nach außen, bis er die Dächer vor sich liegen sah und den strahlenden Morgenhimmel darüber.

»Rita, Vaters Kleidung«, sagte Julie atemlos. Sie würden jeden Moment die Tür aufbrechen. »Beeilen Sie sich, holen Sie seinen Morgenmantel, Hausschuhe, ein Hemd. Machen Sie schnell.«

Ramses hob das Kinn und machte die Augen zu. Er nahm das Sonnenlicht in sich auf. Julie sah, wie sich sein Haar unmerklich bewegte, winzige Löckchen in seiner Stirn kräuselten sich. Das Haar schien dichter zu werden. Es *wurde* dichter.

Natürlich. Das war es, was ihn aus seinem von Träumen heimgesuchten Schlaf erweckt hatte. Die Sonne! Und er war zu schwach gewesen, um Henry zu überwältigen. Er hatte ins Sonnenlicht kriechen müssen, um seine ganze Kraft zu erlangen.

Unten rief jemand: »Polizei.« Rita kam mit einem Paar Hausschuhe in der Hand und einem Bündel Kleidern angerannt.

»Draußen sind Reporter, Miss; eine ganze Meute, und Scotland Yard und Ihr Onkel Randolph...«

»Ja, ich weiß. Gehen Sie jetzt runter, und sagen Sie ihnen, wir werden gleich zur Stelle sein, aber schieben Sie den Riegel nicht zurück!«

Julie nahm den seidenen Morgenmantel und das Hemd und hing alles an einen Haken. Sie berührte Ramses an der Schulter.

»Britannien«, sagte er leise, und seine Augen glitten von rechts nach links, als wollten sie die Stelle festhalten, wo sie standen.

»Ja, Britannien!« sagte sie. Plötzlich wurde sie von einer herrlichen Beschwingtheit erfaßt. Sie deutete auf das Bad. »*Lavare!*« sagte sie. Hieß das nicht waschen?

Er nickte und sah alles um sich herum genau an – die Messinghähne, den Dampf, der aus der tiefen Wanne aufstieg. Er betrachtete die Kleidungsstücke.

»Für dich!« sagte sie und deutete auf die Kleidung und dann auf Ramses. Ach, wenn sie sich nur an das lateinische Wort hätte erinnern können. »Kleider«, sagte sie verzweifelt.

Und dann lachte er. Sanft, leise, nachsichtig. Und wieder war sie versteinert. Sie sah ihn an, die glatte, leuchtende Schönheit seines Gesichts. Herrlich ebenmäßige weiße Zähne hatte er, makellose Haut und so ein seltsam befehlsgewohntes Gebaren, als er sie ansah. Aber schließlich war er Ramses der Große, oder nicht? Wenn sie nicht damit aufhörte, würde sie wieder in Ohnmacht fallen.

Sie ging zur Tür hinaus.

»*Reste!*« sagte sie. »*Lavare.*« Sie machte mit beiden Händen eine flehentliche Geste. Dann wollte sie gehen, aber urplötzlich umklammerte seine kräftige rechte Hand ihr Gelenk.

Ihr Herz setzte aus.

»Henry!« sagte er leise. Sein Gesicht nahm einen bedrohlichen Ausdruck an, der aber nicht gegen sie gerichtet schien.

Langsam erholte sie sich wieder. Sie konnte Rita hören, die den Männern draußen schreiend befahl, mit dem Pochen aufzuhören. Jemand brüllte von der Straße zurück.

»Nein, mach dir keine Sorgen wegen Henry. Jetzt nicht. Ich kümmere mich um Henry.« Aber er verstand ja gar nicht. Wieder bat sie gestikulierend um seine Geduld, seine Nachricht, und nahm dann behutsam seine Hand von ihrem Arm. Er nickte und ließ sie gehen. Sie ging hinaus, schloß die Tür hinter sich und rannte den Flur entlang und die Treppe hinunter.

»Lassen Sie mich rein, Rita!« brüllte Randolph.

Fast wäre Julie auf der untersten Treppe gestolpert. Sie hastete in den Salon. Der Deckel war auf dem Sarg! Konnten sie die schwache Staubspur auf dem Boden sehen? Aber niemand würde es glauben! Sie hätte es selbst nicht geglaubt!

Sie blieb stehen, machte die Augen zu, holte tief Luft. Dann befahl sie Rita, die Tür aufzumachen.

Als sie sich mit einem gezierten Gesichtsausdruck umdrehte, sah sie ihren Onkel Randolph, der zerzaust und barfuß und nur mit Morgenmantel bekleidet zur Tür hereinkam. Der Wachmann des Museums war dicht hinter ihm sowie zwei Herren, bei denen es sich um Polizisten in Zivil zu handeln schien, obwohl sie nicht genau wußte, warum.

»Was um alles in der Welt ist denn los?« fragte sie. »Du hast mich aus dem Schlaf gerissen. Wie spät ist es?« Sie sah sich verwirrt um. »Rita, was geht hier vor?«

»So wahr ich hier stehe, ich weiß es nicht!« schrie Rita fast. Julie bedeutete ihr, still zu sein.

»Meine Teuerste, ich hatte Angst um dich«, antwortete Randolph. »Henry hat gesagt...«

»Was hat Henry gesagt?«

Die beiden Herren in den grauen Mänteln bemerkten den verschütteten Kaffee. Einer starrte auf das Taschentuch mit dem weißen Pulver auf dem Boden. Im Sonnenlicht sah es fast wie Zucker aus. Und plötzlich lungerte Henry unter der Flurtür.

Einen Augenblick lang sah sie ihn an. *Er hat meinen Vater ermordet!* Aber darüber konnte sie jetzt nicht nachdenken. Sie konnte den Gedanken nicht ertragen. Sie sah ihn wieder vor sich, wie er ihr die Kaffeetasse hinhielt. Sie sah seine hölzerne Miene, sein blasses Gesicht.

»Was ist denn nur los mit dir, Henry?« fragte sie kalt und unterdrückte das Zittern in ihrer Stimme. »Du bist vor einer halben Stunde hier rausgestürmt, als hättest du ein Gespenst gesehen.«

»Du weißt verdammt gut, was passiert ist«, flüsterte er. Er war blaß und schwitzte. Er hatte ein Taschentuch herausgeholt und wischte sich die Oberlippe ab, seine Hand zitterte so sehr, daß selbst sie es sehen konnte.

»Nimm dich zusammen«, sagte Randolph und drehte sich zu seinem Sohn um. »Und nun, zum Teufel, was hast du gesehen?«

»Die Frage ist, Miss«, sagte der kleinere der beiden Männer von Scotland Yard, »ist ein Einbrecher hier im Haus gewesen?«

Stimme und Benehmen eines Gentleman. Die Angst wich von ihr. Sie spürte, daß ihre Selbstsicherheit zurückkehrte. »Wahrlich nicht, Sir. Hat mein Cousin einen Einbrecher gesehen? Henry, du mußt ein schlechtes Gewissen haben. Du siehst Gespenster. Ich habe niemanden hier gesehen.«

Randolph sah Henry wütend an. Die Männer von Scotland Yard schienen verwirrt.

Henry schien wütend. Er sah sie an, als wollte er sie mit den bloßen Händen erwürgen. Und sie erwiderte seinen Blick und dachte kalt: Du hast meinen Vater ermordet. Du hättest mich ermordet.

Wir wissen nicht, was wir in solchen Augenblicken empfinden sollen. Wir können es nicht wissen, dachte sie. Ich weiß nur, daß ich dich hasse, und ich habe in meinem ganzen Leben noch niemanden gehaßt.

»Der Sarg der Mumie!« brach es plötzlich aus Henry heraus. Er hielt sich an der Tür fest, als wagte er nicht, das Zimmer zu betreten. »Ich verlange, daß der Sarg unverzüglich geöffnet wird.«

»Du stellst unsere Geduld wirklich auf eine harte Probe. Niemand darf den Sarg der Mumie berühren. Er enthält einen wertvollen Schatz, der dem Britischen Museum gehört und auf gar keinen Fall der Luft ausgesetzt werden darf.«

»Was denkst du dir nur, so etwas zu sagen!« brüllte er. Er wurde hysterisch.

»Sei still«, sagte Randolph zu ihm. »Ich habe genug gehört!«

Lärm ertönte von draußen; Stimmen. Jemand war die Treppe heraufgekommen und sah zur Tür herein.

»Henry, ich dulde dieses Durcheinander in meinem Haus nicht«, sagte Julie knapp.

Die Männer von Scotland Yard sahen Henry kalt an.

»Sir, wenn die Lady nicht wünscht, daß das Haus durchsucht wird...«

»Nein, gewiß nicht«, antwortete Julie. »Ich finde, es ist schon genügend Ihrer kostbaren Zeit vergeudet worden. Wie Sie sehen können, ist hier nichts Außergewöhnliches vorgefallen.«

Natürlich lag die Kaffeetasse umgekippt auf dem Tablett und das Taschentuch auf dem Boden, aber sie blieb kalt stehen und sah von Henry zu dem Beamten. Und dann zu dem anderen Beamten, der sie ein wenig zu eindringlich musterte, auch wenn er kein Wort sagte.

Keiner sah, was sie sah – Ramses, der langsam die Treppe herunterkam. Sie sahen nicht, wie er durch die Diele kam und lautlos das Zimmer betrat. Sie sahen ihn erst, als Julie den Blick nicht von ihm abwenden konnte und die anderen es merkten und sich nach dem Grund umdrehten – dem großen, braunhaarigen Mann im burgunderfarbenen Seidenmorgenmantel, der unter der Tür stand.

Es verschlug ihr den Atem, wenn sie ihn ansah. Majestätisch. So sollten alle Könige sein. Und doch sah er übermenschlich aus, als wäre sein Hof ein Ort der Supermenschen. Männer mit ungewöhnlicher Kraft und fürstlichem Gebaren, mit lebhaften und stechenden Augen.

Selbst der Morgenmantel mit den Satinaufschlägen sah ungewöhnlich an ihm aus. Die Hausschuhe glichen denen aus einer uralten Gruft. Das weiße Hemd, das er trug, war nicht zugeknöpft; doch auch das sah seltsam »normal« aus, möglicherweise weil seine Haut diese gesunde Färbung hatte und er die Brust ein wenig nach vorne reckte und die Füße fest auf den Boden gestemmt hatte. Dies war eine Geste, die Unterwerfung verlangte, aber sein Ausdruck hatte nichts Arrogantes an sich. Er sah lediglich sie an und dann Henry, der bis zu den Wurzeln seines dunklen Haars rot geworden war.

Henry starrte das offene Hemd an. Und den Skarabäusring, den Ramses an der rechten Hand trug. Beide Beamten sahen ihn an. Und Randolph schien völlig verwirrt. Erkannte er den Morgenmantel, den er seinem Bruder geschenkt hatte? Rita war zur Wand zurückgewichen und hielt die Hand vor den Mund.

»Onkel Randolph«, sagte Julie und trat vor. »Dies ist ein guter Freund von Vater, der gerade aus Ägypten eingetroffen ist. Ein Ägyptologe, den Vater gut gekannt hat. Äh... Mr. Ramsey, Reginald Ramsey, ich möchte, daß du meinen Onkel kennenlernst, Randolph Stratford, und das ist sein Sohn Henry...«

Ramses sah Randolph an und dann wieder Henry. Henry erwiderte Ramses' Blick dümmlich. Julie bat Ramses mit einer knappen Geste um Geduld.

»Ich glaube, dies ist nicht der richtige Zeitpunkt für eine lange Unterhaltung«, sagte sie verlegen. »Wirklich, ich bin ziemlich müde, und dies alles ist so unerwartet über mich gekommen...«

»Nun, Miss Stratford, vielleicht hat Ihr Cousin diesen Herrn gesehen«, sagte der freundliche Beamte.

»Oh, das wäre durchaus denkbar«, antwortete sie. »Aber ich muß mich jetzt um meinen Gast kümmern. Er hat noch nicht gefrühstückt. Ich muß...«

Henry wußte es! Sie sah es ihm an. Sie bemühte sich, etwas Belangloses zu sagen. Daß es nach acht Uhr war. Daß sie Hunger hatte. Henry wich in die Ecke zurück. Und Ramses sah Henry an, während er hinter die beiden Männer von Scotland Yard trat, zu dem Taschentuch, das er mit einer anmutigen raschen Geste vom Boden aufhob. Nur Julie und Henry sahen es, sonst niemand. Ramses sah Henry vielsagend an und steckte das Taschentuch in die Tasche seines Morgenmantels.

Randolph blickte vollkommen verwirrt drein. Einer der Männer von Scotland Yard schien absolut gelangweilt.

»Dir geht es gut, meine Liebste!« sagte Randolph. »Du bist sicher.«

»O ja, das bin ich.« Sie ging zu ihm hin, nahm seinen Arm und führte ihn zur Tür. Die Männer von Scotland Yard folgten.

»Ich bin Inspektor Trent, Madam«, sagte der Gesprächige. »Und das ist Sergeant Galton, mein Partner. Rufen Sie uns, wenn Sie uns brauchen.«

»Ja, gewiß«, sagte sie. Henry schien kurz davor zu explodieren. Plötzlich stürmte er los. Er hätte sie beinahe umgerempelt, als er zur offenen Tür hinausstürmte in die Menge, die sich auf den Stufen versammelt hatte.

»War es die Mumie, Sir?« rief jemand. »Lebt die Mumie?«

»War es der Fluch?«

»Miss Stratford, sind Sie unverletzt?«

Die Männer vom Scotland Yard gingen hinaus. Inspektor Trent befahl der Menge weiterzugehen.

»Herrje, was ist nur in ihn gefahren!« murmelte Randolph. »Ich begreife das alles nicht.«

Julie hielt seinen Arm fest umklammert. Nein, er konnte unmöglich wissen, was Henry getan hatte. Er hätte nie etwas getan, um Vater zu schaden, gewiß nicht. Aber wie konnte sie so sicher sein? Ganz impulsiv küßte sie ihn. Sie küßte ihn auf die Wange.

»Keine Bange, Onkel Randolph«, sagte sie den Tränen nahe.

Randolph schüttelte den Kopf. Er war gedemütigt worden, hatte sogar ein wenig Angst. Er tat ihr leid, als sie ihm nachsah. Er dauerte sie mehr als sie jemals irgend jemand gedauert hatte. Sie dachte erst daran, daß er barfuß war, als er schon ein Stück gegangen war. Die Reporter folgten ihm. Als die Männer von Scotland Yard wegfuhren, kamen einige der Reporter zurück. Sie schlug hastig die Tür zu. Durch die Glasscheibe sah sie, wie ihr Onkel die Treppe seines eigenen Hauses hinaufging.

Dann drehte sie sich langsam um und ging wieder in das vordere Zimmer.

Stille. Der leise Singsang des Springbrunnens im Wintergarten. Draußen auf der Straße hörte sie ein Pferd in raschem Trab. Rita stand zitternd in einer Ecke, ihre Schürze hatte sie mit fiebrig werkelnden Händen zu einem Knoten zusammengeknüllt.

Und Ramses reglos in der Mitte des Zimmers. Er stand mit verschränkten Armen da und sah sie an. Mit leicht gespreizten Beinen, genau wie vorher. Die Sonne schien auf seinen Rücken, sein Gesicht lag im Schatten. Das tiefe Leuchten seiner Augen war fast ebenso irritierend wie der Glanz seines dichten Haars.

Zum ersten Mal begriff sie die wahre Bedeutung des Wortes *königlich*. Und noch ein Wort fiel ihr ein, ungebräuchlich zwar, wenn auch passend. Er war anmutig. Und sie überlegte sich, daß sein Gesichtsausdruck nicht wenig zu seiner Schönheit beitrug. Er wirkte klug und neugierig und gleichzeitig beherrscht. Überirdisch, und doch völlig normal. Erhabener als ein Mensch und trotzdem menschlich.

Er sah sie nur an. Die tiefen Falten des langen, schweren Satinmorgenmantels bewegten sich fast unmerklich in der Luft.

»Rita, lassen Sie uns allein«, flüsterte sie.

»Aber Miss...«

»Gehen Sie.«

Wieder Stille. Dann kam er auf sie zu. Keine Spur von einem Lächeln, nur sanfter Ernst. Die Augen wurden ein wenig größer, als er ihr Gesicht studierte, ihr Haar, ihr Kleid.

Wie mußte dieser luftige Spitzenmorgenmantel auf ihn wirken? fragte sie sich plötzlich. Großer Gott, dachte er etwa, daß die Frauen heutzutage so etwas im Haus und auf der Straße tragen? Aber er hatte keinen Blick für die Spitzen. Er bewunderte die Form ihrer Brüste unter der weiten Seide, die Umrisse ihrer Hüften. Er sah ihr wieder ins Gesicht, und sein Ausdruck ließ keine Mißdeutung zu. Leidenschaft stand in seinen Augen. Er kam näher und griff nach ihren Schultern, sie spürte seine warmen Finger auf ihrer Haut.

»Nein«, sagte sie.

Sie schüttelte nachdrücklich den Kopf und wich zurück. Sie reckte die Schultern und versuchte, sich weder ihre Furcht noch das plötzliche köstliche Kribbeln einzugestehen, das ihr über den Rücken und die Arme lief. »Nein«, sagte sie noch einmal mit einem leichten Unterton von Mißfallen.

Sie hatte Angst. Die Wärme in ihren Brüsten überraschte sie. Jetzt nickte er und wich zurück und lächelte. Seine Hände formten sich zu einer kleinen offenen Geste. Er sprach leise auf lateinisch. Sie hörte ihren Namen, das Wort *regina* und das Wort, das, wie sie wußte, Haus bedeutete. Julie ist Königin in ihrem Haus.

Sie nickte.

Ihren Seufzer der Erleichterung konnte sie unmöglich unterdrücken. Sie zitterte wieder am ganzen Körper. Konnte er es sehen? Selbstverständlich.

Er machte eine bittende Geste:

»*Panis*, Julie«, flüsterte er. »*Vinum. Panis.*« Er kniff die Augen zusammen, als suchte er nach dem richtigen Wort. »*Edere*«, flüsterte er und deutete anmutig auf seine Lippen.

»Oh! Ich weiß, was du sagst. Essen, du willst essen. Du willst Wein und Brot.« Sie ging zur Tür. »Rita«, rief sie. »Er hat Hunger. Rita, wir müssen ihm sofort etwas zu essen machen.«

Sie drehte sich um und stellte fest, daß er ihr wieder zulächelte, mit derselben Güte und Zuneigung, die sie oben schon bemerkt hatte. Er sah sie gerne an. Wenn er nur wüßte, daß sie ihn fast unwiderstehlich fand, daß sie beinahe die Arme um ihn geschlungen hätte – am besten war jedoch, gar nicht daran denken.

4

Elliott lehnte sich in dem Sessel zurück und richtete den Blick auf die Flammen. Er saß ganz nahe am Kamin und hatte die Füße in Pantoffeln auf das Gitter gestellt. Die Wärme linderte die Schmerzen in Füßen und Händen. Er hörte Henry zu und schwankte zwischen Ungeduld und einer unerwarteten Faszination. Gottes Rache an Henry wog seine Sünden fast vollständig auf. Es war eine Schande.

»Du mußt es dir eingebildet haben!« sagte Alex.

»Aber ich sage euch, das verdammte Ding ist aus dem Sarg gestiegen und auf mich zu gekommen. Es hat mich gewürgt. Ich habe seine Hand auf mir gespürt; und in sein dreckiges bandagiertes Gesicht gesehen.«

»Eindeutig Einbildung«, sagte Alex.

»Von wegen Einbildung!«

Elliott sah zu den beiden jungen Männern am Ende des Kaminsimses zu seiner Rechten. Henry unrasiert, zitternd, ein Glas Scotch in der Hand. Und Alex, makellos, mit Händen so sauber wie die einer Nonne.

»Und dieser Ägyptologe, sagst du, ist identisch mit der Mumie? Henry, du bist die ganze Nacht unterwegs gewesen, richtig? Du hast mit diesem Mädchen aus der Music Hall getrunken. Du hast...«

»Verdammt, wo soll der Dreckskerl denn hergekommen sein, wenn er nicht die Mumie ist!«

Elliott lachte leise. Er stieß mit der Spitze seines silbernen Gehstocks in das Feuer.

Henry fuhr ungerührt fort.

»Er war gestern abend noch nicht da! Er ist in Onkel Lawrences Morgenmantel die Treppe heruntergekommen! Und ihr habt diesen Mann nicht gesehen! Er ist kein gewöhnlicher Mann. Wer ihn ansieht, erkennt sofort, daß er nicht gewöhnlich ist.«

»Ist er jetzt alleine dort? Mit Julie?«

Alex brauchte so lange, um zwei und zwei zusammenzuzählen. Die arglose Seele.

»Das versuche ich ja, dir zu erklären! Mein Gott! Gibt es denn niemanden in London, der mir zuhört?« Henry kippte den Scotch hinunter, ging zum Sideboard und füllte sein Glas erneut. »Und Julie beschützt ihn. Julie weiß, was passiert ist. Sie hat gesehen, wie das Ding auf mich losgegangen ist!«

»Du erweist dir keinen guten Dienst mit dieser Geschichte«, sagte Alex freundlich. »Niemand wird dir glauben...«

»Ihr wißt doch von diesen Schriftrollen«, stotterte Henry. »Sie berichten von einem unsterblichen Etwas. Lawrence hat mit diesem Samir darüber gesprochen, etwas über Ramses den Zweiten, der tausend Jahre gewandert ist...«

»Ich dachte, es wäre Ramses der Große«, unterbrach ihn Alex.

»Das ist ein und derselbe, Schwachkopf. Ramses der Zweite, Ramses der Große, Ramses der Verdammte. Ich sage euch, es steht alles in diesen Schriftrollen – über Kleopatra und diesen Ramses. Habt ihr es nicht in den Zeitungen gelesen? Ich habe geglaubt, die Hitze hätte Onkel Lawrence überschnappen lassen.«

»Ich glaube, du brauchst Ruhe. Vielleicht in einem Sanatorium. Diese Gerede von Flüchen...«

»Verdammt, verstehst du mich denn nicht! Es ist schlimmer als ein Fluch! Das Ding hat versucht, mich umzubringen. Es bewegt sich, sage ich euch. Es lebt.«

Alex betrachtete Henry mit einem kaum verhohlenen Ausdruck von Ekel. Derselbe Ausdruck, mit dem er Zeitungen bedenkt, dachte Elliott düster.

»Ich gehe zu Julie. Vater, wenn du mich bitte entschuldigst...«

»Natürlich, genau das solltest du tun.« Elliott sah wieder ins Feuer. »Frag nach diesem Ägyptologen. Woher er kommt. Sie sollte nicht allein mit einem Fremden im Haus sein. Das ist unmöglich.«

»Sie ist allein im Haus mit der verfluchten Mumie!« knurrte Henry.

»Henry, warum gehst du nicht heim und schläfst dich aus?« fragte Alex. »Wir sehen uns später, Vater.«

»Du verdammter Dummkopf!«

Alex achtete nicht auf die Beleidigung. Sie war erstaunlich leicht zu überhören. Henry trank das Glas wieder leer und ging erneut zum Sideboard.

Elliott hörte das Glas klirren. »Und dieser Mann, dieser geheimnisvolle Ägyptologe, hast du seinen Namen mitbekommen?« fragte er.

»Reginald Ramsey, hör dir das doch nur an. Ich könnte schwören, sie hat ihn aus dem Stegreif erfunden.« Er kam mit einem vollen Glas Scotch zum Kaminsims zurück, legte den Arm darauf und trank langsam und genüßlich. Argwöhnisch sah er Elliott an, als dieser aufsah. »Er hat kein Wort Englisch gesprochen, und ihr hättet den Ausdruck in seinen Augen sehen sollen. Ich sage euch – ihr *müßt* etwas unternehmen!«

»Ja, aber was?«

»Woher soll ich das wissen? Fangt das verdammte Ding!«

Elliott lachte kurz auf. »Wenn dieses Ding oder diese Person oder was auch immer versucht hat, dich zu erwürgen, warum beschützt Julie es dann? Warum hat es sie nicht erwürgt?«

Henry sah einen Moment lang verblüfft aus. Dann nahm er wieder einen großen Schluck aus dem Glas. Elliott sah ihn kalt an. Nicht verrückt. Nein. Hysterisch, aber nicht verrückt.

»Ich habe gefragt«, sagte Elliott leise, »warum es versucht hat, dir etwas anzutun?«

»Bei allen Teufeln, es ist eine Mumie, oder nicht? Ich war derjenige, der sich da unten in der verdammten Gruft aufgehalten hat! Nicht Julie. Ich fand Lawrence tot in dieser verdammten Gruft...«

Henry verstummte, als wäre ihm gerade etwas eingefallen. Er hatte nicht mehr nur einen leeren Gesichtsausdruck, er war sichtlich im Schockzustand.

Sie sahen einander in die Augen, aber nur einen Bruchteil einer Sekunde. Elliott sah wieder ins Feuer. Das ist der junge Mann, der mir einst so viel bedeutet hat, dachte er, den ich einst voll Zärtlichkeit und Begierde liebkost habe, den ich einmal geliebt habe. Und jetzt ist er am Ende, wirklich am Ende. Und Rache soll süß sein, aber das ist sie nicht.

»Hör zu«, sagte Henry. Er stotterte fast. »Es muß einen Dreh dabei geben, eine Erklärung. Aber das Ding, was immer es ist, muß aufgehalten werden. Es könnte Julie mit einer Art Zauber belegt haben.«

»Ich verstehe.«

»Nein, du verstehst nicht. Du hältst mich für verrückt. Und du verabscheust mich. Das hast du schon immer.«

»Nein, nicht immer.«

Sie sahen einander wieder an. Henrys Gesicht war jetzt schweißnaß. Seine Lippen bebten ein wenig, als er sich abwandte.

Völlig verzweifelt, dachte Elliott. Er kann sich nicht einmal mehr vor sich selbst verstecken, und das ist das Entscheidende.

»Was immer du auch denken magst«, sagte Henry, »ich werde nicht noch eine Nacht in diesem Haus verbringen. Ich lasse meine Sachen in den Club schicken.«

»Du kannst sie nicht allein dort lassen. Das gehört sich nicht. Und da kein formelles Bündnis zwischen Alex und Julie besteht, kann ich mich nicht einmischen.«

»Und ob du kannst. Und ich werde hingehen, wohin ich will. Ich habe dir gesagt, daß ich dort nicht bleibe.«

Er hörte, wie sich Henry umdrehte. Er hörte, wie das Glas auf die Marmorplatte des Sideboards gestellt wurde. Er hörte die stapfenden Schritte, die sich entfernten und ihn allein ließen.

Elliott lehnte sich an den Damaststoff. Ein dumpfes, lautes Pochen war zu hören, das bedeutete, daß die Eingangstür zugeschlagen worden war.

Er versuchte, den ganzen Vorfall im richtigen Licht zu sehen – Henry war zu ihm gekommen, weil Randolph ihm nicht glaubte. Eine seltsame Geschichte, die sich eigentlich niemand ausdenken konnte, nicht einmal jemand, der so verrückt und verzweifelt war wie Henry. Sie ergab überhaupt keinen Sinn.

»Liebhaber Kleopatras«, flüsterte er, »Wächter des Königshauses von Ägypten. Ramses der Unsterbliche. Ramses der Verdammte.«

Plötzlich wollte er Samir wiedersehen. Mit ihm reden. Natürlich war die Geschichte lächerlich, aber... Nein. Es war nur so, daß Henrys Verfall schneller voranschritt, als man gedacht hatte. Trotzdem wollte er Samir davon in Kenntnis setzen.

Er holte die Taschenuhr heraus. Nun, es war immer noch früh. Er hatte genügend Zeit bis zu seiner Verabredung am Nachmittag. Wenn er es nur fertig brächte, aus diesem Sessel aufzustehen.

Er hatte den Stock fest auf die Kaminfliesen vor sich gestützt, als er die leisen Schritte seiner Frau an der Tür hörte. Er sank wieder zurück und war erleichtert, daß er die unerträglichen Schmerzen noch eine Zeitlang hinausschieben konnte. Dann sah er auf und blickte sie an.

Er hatte seine Frau immer gern gehabt, aber erst jetzt, in der Mitte des Lebens, hatte er festgestellt, daß er sie liebte. Eine gepflegte und charmante Frau, seine Frau, die in seinen Augen nie gealtert war – vielleicht weil er sich körperlich nicht zu ihr hingezogen fühlte. Aber er wußte, sie war zwölf Jahre älter als er, und damit alt. Das bekümmerte ihn, weil er selbst das Alter fürchtete und außerdem Angst davor hatte, sie zu verlieren.

Er hatte sie stets bewundert und ihre Gesellschaft geschätzt. Und er war auf ihr Geld angewiesen. Das hatte sie nie gestört. Sie schätzte seinen Charme, seine gesellschaftlichen Verbindungen, und sie verzieh ihm seine heimlichen Eskapaden.

Sie hatte immer gewußt, daß etwas mit ihm nicht stimmte, daß er »das schwarze Schaf in der Herde« war, der keine Sympathie für seine Kollegen und Freunde und Feinde gleichermaßen hatte. Aber sie hatte nie viel Aufhebens davon gemacht. Es schien, als hinge ihr Glück nicht von seinem Glück ab. Sie war ihm außerdem ewig dankbar, daß er sich an das gesellschaftliche Leben angepaßt und sich nicht wie Lawrence Stratford nach Ägypten zurückgezogen hatte.

Die Arthritis hatte ihn inzwischen zum Krüppel gemacht, so daß er ihr nicht mehr untreu sein konnte. Er fragte sich manchmal, ob das eine Erleichterung für sie war oder ob es sie traurig stimmte. Er konnte sich nicht entscheiden. Sie teilten immer noch das Ehebett, und das würde sich wahrscheinlich auch nie ändern, obwohl es niemals ein Drängen oder ein aufrichtiges Bedürfnis gegeben hatte, sah man davon ab, daß er in letzter Zeit eingesehen hatte, wie sehr er sie brauchte und wirklich liebte.

Er war froh, daß sie zu Hause war. Es linderte den Schmerz um Lawrences Tod. Aber natürlich würde er ihr Diamantkollier sehr bald wiederbringen müssen, und daß Randolph ihm versprochen hatte, das Geld morgen zurückzuzahlen, für das er das Ding verpfändet hatte, war eine große Erleichterung für ihn.

In ihrem neuen Pariser Hosenanzug aus grüner Wolle sah Edith besonders hübsch aus. Sie legte Wert auf ein gepflegtes Äußeres, abgesehen von ihrem silbernen Haarschopf, der mit der schlichten Kleidung und ohne Schmuck um so lieblicher aussah. Die Diamanten, die er beliehen hatte, trug sie nur zu Bällen. Er war stolz darauf, daß sie auch im Alter eine hübsche Frau war, und so beeindruckend wie ehedem. Die Leute mochten sie mehr als ihn, und so sollte es auch sein.

»Ich gehe eine Weile aus«, sagte er zu ihr. »Kleiner Spaziergang. Du wirst mich nicht vermissen. Ich bin rechtzeitig zum Essen wieder da.«

Sie antwortete nicht. Sie setzte sich neben ihn auf die Ottomane und legte die Hand auf seine. Wie leicht sie war. Ihre Hände waren das einzige an ihr, das ihr Alter ohne Zweifel verriet.

»Elliott, du hast wieder mein Kollier verpfändet«, sagte sie.

Er schämte sich. Er sagte nichts.

»Ich weiß, du hast es für Randolph getan. Wieder Henrys Schulden. Immer dasselbe.«

Er sah in die Kohlen vor sich. Er antwortete nicht. Was konnte er schon sagen? Sie wußte, es befand sich wohlbehalten in den Händen eines Juweliers, dem sie beide vertrauten, und daß die Geldsumme vergleichsweise bescheiden war – sie konnte sie problemlos auslösen, auch wenn Randolph das Geld nicht rechtzeitig brachte.

»Warum bist du nicht zu mir gekommen und hast gesagt, daß du Geld brauchst?« fragte sie ihn.

»Es war nie leicht, dich um Geld zu bitten, meine Liebe. Außerdem hat Henry Randolph in eine schwierige Lage gebracht.«

»Ich weiß. Und ich weiß, daß du es gut gemeint hast, wie immer.«

»So gemein es sich auch anhören mag, ein Diamantkollier ist ein kleiner Preis für die Millionen der Stratfords. Und genau das haben wir vor, meine Liebe, wir versuchen, für unseren Sohn eine gute Partie zu bekommen, wie man so sagt.«

»Randolph kann seine Nichte nicht überzeugen, Alex zu heiraten. Er hat überhaupt keinen Einfluß auf sie. Du hast ihm das Geld geliehen, weil Randolph dir leid getan hat. Weil er ein alter Freund ist.«

»Vielleicht stimmt das.«

Er seufzte. Er konnte ihr nicht in die Augen sehen. »Vielleicht fühle ich mich in gewisser Weise verantwortlich«, sagte er.

»Wie könntest du verantwortlich sein? Was hast du mit Henry und mit dem, was aus ihm geworden ist, zu tun?« fragte sie.

Er antwortete nicht. Er dachte an das Hotelzimmer in Paris und Henrys kläglichen Gesichtsausdruck, als sein Erpressungsversuch fehlgeschlagen war. Seltsam, wie deutlich er sich an alles erinnerte, bis hin zum Mobiliar des Zimmers. Später, als er den Diebstahl des Zigarettenetuis und Geldes festgestellt hatte, war er dagesessen und hatte gedacht: Daran muß ich mich erinnern; ich muß mich an alles erinnern. So etwas darf mir nicht noch einmal passieren.

»Das mit dem Kollier tut mir leid«, flüsterte er und dachte plötzlich betroffen, daß er seine Frau bestohlen hatte, so wie Henry ihn. Er lächelte sie an und zwinkerte, flirtete sogar ein bißchen, wie immer. Er zuckte mit den Schultern.

Dies alles nahm sie mit einem spöttischen kleinen Lächeln zur Kenntnis. Vor Jahren hätte sie zu ihm gesagt: Spiel nicht den bösen Buben. Die Tatsache, daß sie es nicht mehr sagte, bedeutete nicht, daß sie ihn nicht mehr charmant fand.

»Randolph hat das Geld, das ich ihm geliehen habe«, sagte er jetzt etwas ernster.

»Nicht unbedingt«, flüsterte sie. »Überlaß es mir.« Und dann stand sie langsam auf und wartete. Sie wußte, er konnte beim Aufstehen ihre Hilfe brauchen. Und so sehr es ihn demütigte, er wußte es auch.

»Wohin gehst du?« fragte sie, als sie ihm die Hand entgegenstreckte.

»Zu Samir Ibrahaim ins Museum.«

»Schon wieder diese Mumie.«

»Henry hat eine überaus merkwürdige Geschichte erzählt...«

»Alex, Liebling«, sagte sie und nahm seine beiden Hände in ihre. »Mr. Ramsey war ein guter Freund von Vater.«

»Aber du bist allein...« Er sah ihren weißen Morgenmantel mißbilligend an; und wenn schon.

»Alex, ich bin ein modernes Mädchen. Zweifle nicht an mir! Und jetzt geh und laß mich für meinen Gast sorgen. In ein paar Tagen essen wir zusammen, dann erkläre ich alles...«

»Julie, ein paar Tage!«

Sie küßte ihn rasch auf die Lippen und drängte ihn zur Eingangstür. Er warf noch einmal einen vielsagenden Blick durch die Diele in Richtung Wintergarten.

»Alex, geh jetzt. Der Mann kommt aus Ägypten; ich soll ihm London zeigen. Und ich bin in Eile. Bitte, liebster Schatz, tu, was ich dir sage.«

Sie schob ihn förmlich zur Tür hinaus. Er war zu sehr Gentleman, um weitere Einwände zu erheben. Er warf ihr diesen unschuldigen, fassungslosen Blick zu, und sagte dann leise, daß er sie am Abend anrufen würde, wenn er durfte.

»Aber natürlich«, sagte sie. »Du bist ein Schatz.« Sie warf ihm mit den Fingerspitzen einen Kuß zu und schloß sofort die Tür.

Sie drehte sich um, lehnte einen Augenblick an der Wand und sah selbst durch die Diele zur Glastür. Sie sah Rita vorübereilen. Sie hörte das Geräusch des Kessels in der Küche. Ein herrlicher Duft drang aus der Küche.

Ihr Herz schlug wieder heftig. Alle möglichen Gedanken schossen ihr durch den Kopf, ohne jedoch eine unmittelbare emotionale Wirkung zu hinterlassen. Im Augenblick, in diesem außergewöhnlichen Augenblick, zählte nur, daß Ramses da war. Der unsterbliche Mann war da. Er befand sich im Wintergarten.

Sie ging durch die Diele, blieb in der Tür stehen und sah ihn an. Er trug immer noch Vaters Morgenmantel, aber das Hemd hatte er mit einem mißbilligenden Blick auf den steifen, gestärkten Stoff ausgezogen. Und sein Haar war jetzt gänzlich voll, eine dichte, glänzende Mähne aus sanften Locken, die ihm gerade bis unter die Ohrläppchen hingen. Eine dicke Locke fiel ihm immer wieder in die Stirn.

Auf dem weißen Weidentisch standen Schüsseln mit dampfendem Essen. Während er die Ausgabe des *Punch* las, die er vor seinem Teller aufgestützt hatte, nahm er mit der rechten Hand abwechselnd vom Fleisch, vom Obst, vom Brot zu seiner linken und vom Brathähnchen vor sich. Es grenzte fast an ein Wunder, wie wählerisch er war, wie er aß, ohne Messer und Gabel anzurühren, obwohl die kostbaren Verzierungen des alten Silbers ihm gefallen hatten.

Er hatte die vergangenen zwei Stunden unaufhörlich gegessen und gelesen. Er hatte Mengen verschlungen, die sie sich in ihren kühnsten Träumen nicht hätte vorstellen können. Es schien, als tankte er auf. Er hatte vier Flaschen Wein getrunken, zwei Flaschen Mineralwasser, die ganze Milch, und jetzt trank er Brandy.

Er war nicht betrunken, im Gegenteil, er wirkte außergewöhnlich nüchtern. Er hatte ihr Englisch/Ägyptisches Wörterbuch so schnell überflogen, daß ihr fast schwindlig geworden war, wenn sie ihm beim Umblättern der Seiten zugesehen hatte. Für das Englisch/Lateinische Wörterbuch hatte er auch nicht mehr Zeit gebraucht. Die arabischen und römischen Ziffern hatte er offenbar binnen Minuten gelernt. Den Begriff Null hatte sie ihm zwar nicht erklären, aber dafür demonstrieren können. Dann hatte er das *Oxford English Dictionary* durchgesehen, hatte vor- und zurückgeblättert und war mit den Fingern an den Spalten entlanggefahren.

Selbstverständlich las er nicht jedes Wort. Er nahm das Wesentliche auf, die Wurzeln, das Grundlegende der Sprache. Sie begriff es, als er sie bat, jeden sichtbaren Gegenstand zu benennen, worauf er die Worte rasch und mit perfekter Betonung wiederholte. Er hatte den Namen jeder Pflanze im Zimmer gelernt – Farne, Bananenbäume, Orchideen, Begonien, Gänseblümchen, Bougainvillea. Sie war ganz aufgeregt, als er alles im Raum Befindliche fehlerfrei wiederholte: Springbrunnen, Tisch, Teller, Porzellanteller, Silber, Bodenkacheln, Rita!

Nun arbeitete er sich durch rein englische Texte durch und las den *Punch* zu Ende. Zwei Ausgaben der Zeitschriften *Strand* und *Harper's Weekly* aus Amerika und alle verfügbaren Ausgaben der *Times* hatte er bereits verschlungen.

Er las mit großer Sorgfalt, strich mit den Fingern über Worte, Bilder und sogar Muster, als wäre er blind und könne irgendwie auf wundersame Weise durch Berührung sehen. Mit derselben liebevollen Sorgfalt berührte er das Porzellan von Wedgwood und die Kristallgläser von Waterford.

Als Rita ihm ein Glas Bier brachte, sah er aufgeregt hoch.

»Sonst habe ich nichts, Miss«, sagte sie achselzuckend und blieb ihm, so gut es ging, fern, während sie ihm das Glas hinhielt.

Er nahm es ihr aus der Hand und trank es in einem Zug leer. Er nickte ihr zu und lächelte.

»Ägypter lieben Bier, Rita. Holen Sie noch mehr, rasch.«

Wenn sie Rita auf Trab hielt, verlor diese nicht den Verstand.

Julie ging zwischen Farnen und Topfpflanzen durch und nahm gegenüber von Ramses am Tisch Platz. Er sah auf, dann deutete er auf ein Bild des »Gibson-Mädchens« vor ihm. Julie nickte.

»Amerikanerin«, sagte sie.

»Vereinigte Staaten«, antwortete er.

Sie war erstaunt. »Ja«, sagte sie.

Er verschlang hastig eine ganze Wurst, legte eine dünne Scheibe Brot zusammen und aß diese mit zwei Bissen, während er mit der linken Hand die Seite umblätterte und das Bild eines Mannes mit Fahrrad betrachtete. Da mußte er laut lachen.

»Fahrrad«, sagte sie.

»Ja!« sagte er genau so, wie sie es vor einem Augenblick gesagt hatte. Dann sagte er etwas Leises auf lateinisch.

Oh, sie mußte mit ihm ausgehen, ihm alles zeigen.

Plötzlich klingelte das Telefon. Ein schriller Laut drang von Vaters Schreibtisch im Ägyptischen Zimmer zu ihnen. Er war sofort auf den Beinen und folgte ihr ins Ägyptische Zimmer. Er stand dicht neben ihr und sah auf sie hinab, als sie abnahm.

»Hallo? Ja, hier spricht Julie Stratford.« Sie hielt die Sprechmuschel zu. »Telefon«, flüsterte sie. »Sprechmaschine.« Sie hielt den Hörer so, daß er die Stimme am anderen Ende auch hören konnte. Jemand aus Henrys Club. Man wollte kommen, um Henrys Truhe abzuholen. Ob sie sie fertigmachen könnte?

»Sie ist schon fertig. Aber Sie werden zwei Männer brauchen, fürchte ich. Bitte beeilen Sie sich.«

Sie nahm das Kabel und zeigte es Ramses. »Die Stimme kommt durch das Kabel«, flüsterte sie. Sie hing den Hörer ein und sah sich um. Sie nahm seine Hand, führte ihn in den Wintergarten und deutete auf die Kabel draußen, die vom Haus zum Telegrafenmast am anderen Ende des Gartens führten.

Mit großer Sorgfalt studierte er alles. Dann nahm sie ein leeres Glas vom Tisch und ging zu der Wand, die den Wintergarten von der Küche trennte. Sie hielt den Rand des Glases an die Wand, hielt das Ohr ans untere Ende und lauschte. Es verstärkte die Geräusche, die Rita in der Küche machte. Dann forderte sie ihn auf, es ihr gleichzutun.

Er sah sie nachdenklich, aufgeregt, erstaunt an.

»Das Telefonkabel leitet Schwingungen und damit Töne«, sagte sie. »Es ist eine mechanische Erfindung.« Das mußte sie machen, ihm zeigen, was Maschinen waren! Ihm den großen Sprung vorwärts begreiflich machen, den die Maschinen bewirkt hatten, ebenso wie sie die völlige Veränderung des Denkens bewirkt hatten.

»Leitet Töne«, wiederholte er nachdenklich. Er ging zum Tisch und hob die Zeitschrift, die er gelesen hatte. Er machte eine Geste, als wollte er sagen: Lies laut. Rasch las sie einen Kommentar zur Innenpolitik. Zu viele Abstraktionen, aber er lauschte lediglich dem Klang der Silben. Er nahm ihr die Zeitschrift ungeduldig weg und antwortete: »Danke.«

»Ausgezeichnet«, sagte sie. »Du lernst verblüffend schnell.«

Dann machte er eine Reihe von eigentümlichen Gesten. Er griff sich an die Schläfe, die Stirn, als wollte er auf sein Gehirn hindeuten. Und dann berührte er sein Haar und seine Haut. Was versuchte er ihr zu sagen? Daß sein Gehirn so schnell reagierte wie Haar und Körper auf das Sonnenlicht?

Er drehte sich zum Tisch um. »Wurst«, sagte er. »Rindfleisch. Brathähnchen. Bier. Milch. Wein. Gabel. Messer. Serviette. Bier. Mehr Bier.«

»Ja«, sagte sie. »Rita, bringen Sie ihm noch mehr Bier. Er mag Bier.« Sie hob eine Falte ihres Morgenmantels. »Spitzen«, sagte sie. »Seide.«

Er gab ein leises Summen von sich.

»Bienen!« sagte sie. »Genau. Oh, du bist so klug.«

Er lachte. »Wiederholen«, sagte er.

»Klug.« Jetzt deutete sie auf ihren Kopf, tok, tok, tok. Das Gehirn, Denken.

Er nickte. Er deutete auf das Schälmesser mit seinem silbernen Griff. Er nahm es, als würde er um Erlaubnis bitten, dann steckte er es in die Tasche. Danach bat er sie, ihm ins Ägyptische Zimmer zu folgen. Er studierte die alte, verblaßte Weltkarte in ihrem schweren Rahmen und deutete auf England.

»Ja, England. Britannien«, sagte sie. Sie deutete auf Amerika. »Die Vereinigten Staaten«, sagte sie. Dann benannte sie Kontinente, Meere. Zuletzt auch Ägypten und den Nil, eine dünne Linie auf dieser kleinen Karte. »Ramses, König von Ägypten«, sagte sie. Sie deutete auf ihn.

Er nickte. Aber er wollte noch etwas wissen. Er artikulierte seine Frage sehr genau:

»Zwanzigstes Jahrhundert. Was bedeutet Anno Domini?«

Sie sah ihn sprachlos an. Er hatte die Geburt Christi verschlafen! Er konnte natürlich unmöglich wissen, wie lange dieser Schlaf gedauert hatte. Daß er ein Heide war, störte sie nicht, sondern faszinierte sie eher. Aber sie fürchtete den Schock, den sie ihm zufügen mußte, wenn sie seine Frage beantwortete.

Römische Zahlen, wo war das Buch? Sie nahm Plutarchs *Bioi Paralleloi* vom Regal ihres Vaters und fand das Erscheinungsdatum in römischen Ziffern. Perfekt.

Sie nahm ein Blatt Papier vom Schreibtisch ihres Vaters, tauchte den Federhalter ein und schrieb hastig die korrekte Jahreszahl darauf. Aber wie sollte sie ihm den Anfang des Systems begreiflich machen?

Kleopatra war nahe dran, aber aus offensichtlichen Gründen fürchtete sie, Kleopatras Namen zu benützen. Dann fiel ihr die einfachste Erklärung ein.

Sie schrieb in Großbuchstaben den Namen Oktavius Cäsar. Er nickte. Darunter schrieb sie eine römische Eins. Dann zog sie eine lange horizontale Linie zum rechten Rand der Seite und schrieb ihren eigenen Namen, Julie, und die Jahreszahl in römischen Buchstaben. Und danach das lateinische Wort: *annum*.

Er erbleichte. Er betrachtete das Blatt Papier lange Zeit, und dann kehrte die Farbe in seine Wangen zurück. Kein Zweifel, daß er sie verstanden hatte. Seine Miene wurde ernst, dann seltsam nachdenklich. Er schien über den Schock nachzusinnen, statt ihn zu verarbeiten. Sie schrieb das Wort *Jahrhundert*, dann die römische Zahl für einhundert, dann das Wort *annus*. Er nickte ein wenig ungeduldig, ja, ja, er hatte verstanden.

Dann verschränkte er die Arme und ging langsam im Zimmer herum. Sie konnte nicht einmal ahnen, was er dachte.

»Eine lange Zeit«, flüsterte sie. »Tempus... tempus fugit!« Sie wurde ein wenig verlegen. Die Zeit vergeht wie im Flug? Aber mehr Latein fiel ihr nicht ein. Er lächelte ihr zu. Hatte man das etwa schon vor zweitausend Jahren gesagt?

Er kam zum Schreibtisch, nahm ihr den Federhalter aus der Hand und zeichnete sorgfältig die ägyptischen Schriftzeichen für seinen Namen, Ramses der Große. Dann zog auch er eine horizontale Linie fast bis zum Rand des Blatts, wo er Kleopatra schrieb. In die Mitte dieser Linie schrieb er die römische Ziffer M, die tausend Jahre bedeutete; und dann die arabische Zahl, die sie ihm erst vor einer Stunde beigebracht hatte.

Er ließ ihr einen Augenblick Zeit, das zu lesen. Und dann schrieb er unter seinen Namen in arabischen Ziffern 3000.

»Ramses ist dreitausend Jahre alt«, sagte sie und deutete auf ihn. »Und Ramses weiß es.«

Er nickte wieder und lächelte. Wie war sein Gesichtsausdruck? Traurig, resigniert, oder bloß nachdenklich? Ein großer, dunkler Schmerz war in seinen Augen zu sehen. Trotz seines Lächelns sah sie den Schmerz, und sie sah auch ein unmerkliches Zucken der Lider, als er darüber nachdachte und offenbar versuchte, sich emotional davon zu distanzieren. Jetzt schaute er sich im Zimmer um, als sähe er es zum ersten Mal. Er betrachtete die Decke, dann den Boden, dann die Büste der Kleopatra. Seine Augen waren so groß wie zuvor, sein Lächeln sanft und einnehmend, aber etwas war aus seinem Gesicht verschwunden. Die Lebhaftigkeit. Die war völlig verschwunden.

Als er sie wieder ansah, sah sie, daß seine Augen feucht waren. Sie konnte es nicht ertragen. Sie ergriff seine linke Hand. Seine Finger legten sich um ihre und drückten sie zärtlich.

»Sehr viele Jahre, Julie«, sagte er. »Sehr viele Jahre. Die Welt von mir nicht gesehen. Spreche ich verständlich?«

»O ja, durchaus«, sagte sie.

Er sah sie an und flüsterte leise, fast ehrfürchtig: »Sehr, sehr viele Jahre, Julie.« Und dann lächelte er. Und sein Lächeln wurde breiter. Und seine Schultern fingen an zu beben. Und ihr wurde klar, daß er lachte. »Zweitausend Jahre, Julie.« Er lachte lauthals. Und der Ausdruck unbändiger Erregung stellte sich wieder ein, der Ausdruck übersteigerter Vitalität. Sein Blick glitt langsam zur Büste der Kleopatra. Er betrachtete sie lange, dann sah er Julie an, und Neugier und Optimismus waren wieder da. Denn darum handelte es sich, um einen unerschöpflichen, unerschütterlichen Optimismus.

Sie wollte ihn küssen. Der Drang war so übermächtig, daß er sie selbst in Erstaunen setzte. Es lag nicht nur an der Schönheit seines Gesichts, es lag am tiefen Klang seiner Stimme, dem Ausdruck des Leids in seinen Augen und der Art, wie er ihr zulächelte und die Hände ausstreckte und ihr so ehrfürchtig übers Haar strich. Schauer liefen ihr den Rücken hinab.

»Ramses ist unsterblich«, sagte sie. »Ramses besitzt *vitam eternam*.«

Er lächelte zustimmend. Ein Nicken. »Ja«, sagte er. »*Vitam eternam.*«

War es Liebe, was sie für diesen Mann empfand? Oder war es lediglich eine so überwältigende Zuneigung, daß diese jedes andere Gefühl aus ihrem Denken verdrängte? Selbst Henry und das, was er getan hatte, daß er der Mörder ihres Vaters war?

Henry mußte warten. Die Gerechtigkeit mußte warten. Es sei denn, sie hätte Henry selbst getötet, und das war undenkbar. Nur dieser Mann, der vor ihr saß, zählte. Ihr Haß auf Henry mußte warten. Henry war Gottes Gerechtigkeit näher als jeder andere Mensch, den sie kannte.

Und sie stand da, sah in diese strahlenden blauen Augen, spürte die Wärme der Hand, die die ihre hielt, und fühlte sich wie durch ein Wunder in die Zukunft dieses Mannes hineingezogen.

Von der Straße ertönte Lärm. Es konnte nur ein Auto gewesen sein. Er hatte es gehört, kein Zweifel, aber er wandte den Blick nur sehr langsam von ihr ab und sah zum vorderen Fenster. Dann legte er ihr überaus behutsam den Arm auf die Schultern und führte sie in den vorderen Teil des Hauses.

Was für ein Gentleman; was für ein seltsam galantes Wesen. Er sah durch die Spitzenvorhänge und mußte ein für ihn sicherlich erschreckendes Schauspiel erblicken – ein italienischer Roadster mit laufendem Motor, zwei junge Männer auf dem Vordersitz, die beide einer jungen Dame zuwinkten, die auf dem gegenüberliegenden Gehweg ging. Der Fahrer drückte auf die Hupe, auf ein garstig lautes Ding, das Ramses zutiefst erschreckte. Aber er sah weiter auf das knarrende, fehlzündende, offene Automobil – nicht ängstlich, sondern voller Neugier. Als sich das Ding in Bewegung setzte und dann die Straße entlang fuhr, wich seine Neugier völliger Fassungslosigkeit.

»Automobil«, sagte sie. »Fährt mit Benzin. Eine Maschine. Eine Erfindung.«

»Automobil!« Er ging unverzüglich zur Eingangstür und riß sie auf.

»Nein, du mußt mitkommen und dich richtig ankleiden«, sagte sie. »Kleidung, angemessene Kleidung.«

»Hemd, Krawatte, Hose, Schuhe«, sagte er.

Sie lachte. Er bedeutete ihr mit einer Geste zu warten. Sie sah, wie er ins Ägyptische Zimmer ging und die lange Reihe der Alabastergefäße betrachtete. Er nahm eines in die Hand, drehte es um und öffnete ein kleines Geheimfach am Boden. Daraus entnahm er mehrere Goldmünzen. Diese brachte er ihr.

»Kleidung«, sagte er.

Sie warf einen kurzen Blick darauf. Es waren weitere makellose Münzen mit dem Bildnis der Kleopatra.

»O nein«, sagte sie, »die sind so wertvoll, daß wir sie nicht weggeben dürfen. Steck sie weg. Du bist mein Gast. Ich werde mich um alles kümmern.«

Sie nahm ihn an der Hand und führte ihn die Treppe hinauf. Wieder sah er alles um sich herum genau an. Nur blieb er dieses

Mal stehen und studierte den Porzellanfirlefanz auf dem Sims. Unter dem Porträt ihres Vaters in der oberen Diele blieb er stehen.

»Lawrence«, sagte er. Dann sah er sie mit stechendem Blick an: »Henry? Wo ist Henry?«

»Ich kümmere mich um Henry«, sagte sie. »Die Zeit und die Gerichte... *judicium*... die Gerichtsbarkeit wird sich um Henry kümmern.«

Er deutete an, daß er mit dieser Antwort nicht zufrieden war. Er holte das Schälmesser aus der Tasse und strich mit dem Daumen über die Klinge. »Ich, Ramses, werde Henry töten.«

»Nein!« Sie schlug die Hände vor die Lippen. »Nein. Gerichtsbarkeit. Gesetz!« sagte sie. »Wir sind Menschen mit Gesetzen und Gerichten. Wenn die Zeit gekommen ist...« Aber sie verstummte. Sie konnte nicht mehr sagen. Tränen traten ihr in die Augen. Alles kam wieder in ihr hoch. Henry hatte Vater diesen Triumph, dieses Geheimnis, diesen Augenblick gestohlen. »Nein«, sagte sie, als er versuchte, sie zu trösten.

Er legte eine Hand auf die Brust. »Ich, Ramses, bin die Gerechtigkeit«, sagte er. »König, Gericht, Gerechtigkeit.«

Sie schniefte und versuchte, den Tränen Einhalt zu gebieten. Sie wischte sich die Lippen mit dem Handrücken ab.

»Du lernst die Worte schnell«, sagte sie, »aber du kannst Henry nicht töten. Ich könnte nicht leben, wenn du Henry töten würdest.«

Plötzlich nahm er ihr Gesicht zwischen die Hände, zog sie zu sich und küßte sie. Es war ein kurzer und dennoch atemberaubender Kuß. Sie wirbelte herum und drehte ihm den Rücken zu.

Rasch ging sie zum Ende des Flurs und machte die Tür zum Zimmer ihres Vaters auf. Sie drehte sich nicht um, während sie Kleidungsstücke aus dem Schrank holte. Sie legte Hemd, Hosen und Gürtel zurecht. Socken und Schuhe. Sie deutete auf die Bilder an der Wand, die alten Fotografien, die ihr Vater in so hohen Ehren gehalten hatte. Bilder von sich und Elliott und Randolph und anderen Freunden aus der Zeit in Oxford bis in die Gegenwart. Der Mantel, sie hatte den Mantel vergessen. Sie holte auch diesen heraus und legte ihn auf das Bett.

Dann, und erst dann sah sie auf. Er stand in der Tür und beobachtete sie. Sein Morgenmantel war jetzt bis zur Taille offen. Die Art, wie er dastand, hatte eindeutig etwas Primitives an sich – Arme verschränkt, Beine gespreizt, und doch schien dies im Augenblick der Gipfel der Kultiviertheit.

Jetzt kam er ins Zimmer und sah sich mit derselben Neugier um, mit der er alles in sich aufnahm. Er sah die Fotografien ihres Vaters mit Randolph und Elliott in Oxford. Er drehte sich um und bewunderte die Kleidung auf dem Bett. Er verglich die Kleidungsstücke eindeutig mit denen der Männer auf den Bildern.

»Ja«, sagte sie, »so solltest du dich kleiden.«

Sein Blick fiel auf das *Archaeology Journal* auf der Kommode. Er hob es auf, blätterte es durch und hielt bei einem ganzseitigen Stich der großen Pyramide von Gizeh inne, der auch das Hotel Mena zeigte. Was, um alles in der Welt, dachte er? Er schlug es zu.

»RRRR... ke... ologie«, sagte er. Er lächelte mit der ganzen Unschuld eines Kindes.

Seine Augen funkelten eindeutig, als er sie ansah. Seine breite Brust war leicht behaart. Sie mußte auf der Stelle hier raus.

»Zieh dich an, Ramses. Wie auf den Bildern. Ich helfe dir später, wenn du nicht zurecht kommst.«

»Danke, Julie Stratford«, sagte er mit diesem perfekten britischen Akzent. »Ich kleide mich alleine an. Das habe ich schon früher getan.«

Natürlich. Sklaven. Er hatte immer welche gehabt, oder nicht? Wahrscheinlich Dutzende. Nun, da konnte man nichts machen. Sie konnte ihm diesen Morgenmantel nicht selbst ausziehen. Ihre Wangen brannten. Sie konnte es fühlen. Sie eilte hinaus und machte leise die Tür zu.

Henry war so betrunken wie noch nie in seinem Leben. Er hatte die Flasche Scotch geleert, die er ohne Erlaubnis von Elliott mitgenommen hatte, und der Brandy war wie Wasser durch die Kehle gelaufen. Aber er hatte nicht geholfen.

Er rauchte einen ägyptischen Glimmstengel nach dem anderen und schwängerte Daisys Wohnung mit dem durchdringenden Geruch, an den er sich in Kairo so gewöhnt hatte. Und dabei mußte er nur an Malenka denken und wünschte sich, bei ihr zu sein, obwohl er gleichzeitig wünschte, er hätte nie einen Fuß auf ägyptischen Boden gesetzt, hätte nie die Kammer im Berghang betreten, wo sein Onkel Lawrence über einem Haufen Schriftrollen gebrütet hatte.

Das Ding war am Leben gewesen! Das Ding hatte gesehen, wie er das Gift in Lawrences Tasse geschüttet hatte. Jetzt konnte kein Zweifel mehr an den offenen Augen des Dings unter den Bandagen bestehen, kein Zweifel, daß das Ding in Julies Haus aus seinem Sarg gestiegen und die schmutzige Hand um seinen Hals gelegt hatte.

Keiner begriff die Gefahr, in der er schwebte. Niemand begriff sie, weil niemand die Motive des Dings kannte! Die Gründe für seine schäbige Existenz waren unwichtig! Das Ding wußte, was er getan hatte. Und diesen Reginald Ramsey konnte er zwar nicht wirklich mit der schmutzigen Kreatur in Verbindung bringen, die ihn erwürgen wollte, aber er wußte einfach, daß sie ein und derselbe waren. Würde der Mann sich wieder in die dreckigen Stoffbandagen wickeln, wenn er kam, um ihn zu holen?

Herrgott! Er zitterte am ganzen Leib. Er hörte, wie Daisy etwas sagte, und als er aufsah, stand sie am Kaminsims und posierte regelrecht in ihrem Korsett, den Seidenstrümpfen und mit den Brüsten, die über die Spitzenkörbchen des Korsetts quollen, und ihren blonden Löckchen, die auf die Schultern fielen. Wunderbar anzuschauen, anzufassen. Momentan bedeutete ihm das jedoch nicht das geringste.

»Und du willst mir sagen, die verfluchte Mumie ist aus ihrem Mumiensarg gestiegen und hat ihre verfluchten Hände um deinen Hals gelegt! Und du willst mir weismachen, sie hat einen verfluchten Morgenmantel an und Hausschuhe und läuft in dem verfluchten Haus herum!«

Geh weg, Daisy. Vor seinem geistigen Auge sah er, wie er das Messer aus der Tasche holte, das Messer, mit dem er Sharples getötet hatte, und er sah, wie er damit auf Daisy einstach, in den Hals.

Es läutete. Sie wollte in dieser Aufmachung doch nicht zur Tür gehen, oder? Blöder Idiot! Was lag ihm schon daran! Die Tür. Er drückte sich tiefer in den Sessel und kramte in der Tasche nach dem Messer.

Blumen. Sie kam mit einem großen Blumenstrauß zurück und stammelte etwas von einem Bewunderer. Er entspannte sich wieder auf dem Sessel. Was sollte das? Warum starrte sie ihn so an?

»Ich brauche eine Pistole«, sagte er. »Einer deiner feinen Freunde kann mir doch sicher eine Pistole besorgen?«

»Damit will ich nichts zu tun haben!«

»Du gehorchst mir!« sagte er. Wenn sie nur wüßte, daß er zwei Menschen getötet hatte. Und fast eine Frau. Fast. Und das Schreckliche war, es hätte ihm Spaß gemacht, Daisy weh zu tun, er hätte gerne ihren Gesichtsausdruck gesehen, wenn ihr das Messer in den Hals eindrang. »Geh ans Telefon«, sagte er. »Ruf deinen nutzlosen Bruder an. Ich brauche eine Pistole, die klein genug ist, daß ich sie unter dem Mantel tragen kann.«

War sie im Begriff zu weinen?

»Tu, was ich dir sage«, befahl er. »Ich gehe jetzt in meinen Club und hole mir was zum Anziehen. Wenn jemand hier nach mir fragt, mußt du sagen, daß ich dort bleibe, hast du verstanden?«

»Du bist nicht in der Lage auszugehen!«

Er kämpfte sich aus dem Sessel und zur Tür. Der Boden bewegte sich. Er stützte sich am Türrahmen. Eine ganze Weile drückte er die Stirn dagegen. Er konnte sich nicht erinnern, wann er das letzte Mal nicht müde, verzweifelt, wütend gewesen war. Er sah sie an.

»Wenn ich zurückkomme und du hast nicht getan, was ich dir aufgetragen habe...«

»Ich mache es«, wimmerte sie. Sie warf die Blumen auf den Boden, verschränkte die Arme, drehte ihm den Rücken zu und neigte den Kopf.

Ein Instinkt, auf den er sich immer ohne zu fragen verlassen hatte, sagte ihm jetzt, sich zurückzuhalten. Dies war der Augenblick, sanft, ja fast zärtlich zu sein, obschon ihn allein der Anblick ihres gekrümmten Rückens in Wut versetzte und er mit den Zähnen knirschte ob ihres Schluchzens.

»Dir gefällt diese Wohnung doch gut, Liebling, oder nicht?« sagte er. »Und du magst den Champagner, den du trinkst, und die Pelze, die du trägst. Und das Automobil wird dir auch gefallen, sobald ich es habe. Aber im Augenblick brauche ich ein wenig Hilfe und Zeit.«

Er sah, wie sie nickte. Sie drehte sich um und ging auf ihn zu. Doch er ging schon den Flur entlang und zur Tür hinaus.

Henrys Truhe war gerade abgeholt worden.

Julie stand am Fenster und sah zu, wie das schwerfällige, lärmende deutsche Automobil die Straße hinunterfuhr. Im Grunde ihres Herzens wußte sie nicht, was sie in Sachen Henry unternehmen sollte.

Es war undenkbar, die Behörden zu verständigen. Nicht nur, daß es keinen vorzeigbaren Zeugen dafür gab, was Henry getan hatte, sondern auch der Gedanke, Randolph weh zu tun, war mehr, als Julie ertragen konnte.

Randolph war unschuldig. Das wußte sie instinktiv. Und sie

wußte auch, daß das Wissen um Henrys Schuld der letzte Schlag für Randolph sein würde. Sie würde ihren Onkel verlieren, wie sie ihren Vater verloren hatte. Und obwohl ihr Onkel nie ein Mann wie ihr Vater gewesen war, war er doch von ihrem Fleisch und Blut und sie hatte ihn sehr lieb.

Sie mußte an Henrys Worte von heute morgen denken. »Du hast nur noch uns.« Sie war gelähmt vor Schmerz und wieder den Tränen nahe.

Ein Geräusch auf der Treppe schreckte sie auf. Sie drehte sich um. Und dann sah sie den Menschen, der die Last von ihr nehmen konnte, und sei es nur für eine kurze Weile.

Sie hatte sich sehr sorgfältig für diesen Augenblick gekleidet. Sie hatte sich gesagt, daß ihr ganzes Tun eine Art Ausbildung für ihren verehrten Gast war, und hatte daher das beste Kostüm angezogen, das sie besaß, dazu ihren besten schwarzkrempigen Hut mit den Seidenblumen und natürlich Handschuhe – alles, um ihn mit der gegenwärtigen Mode vertraut zu machen.

Aber sie wollte auch schön aussehen für ihn. Und sie wußte, daß ihr der burgunderfarbene Wollstoff gut stand. Ihr Herz raste wieder, als sie ihn die Treppe herunterkommen sah.

Tatsächlich schwanden ihr fast die Sinne, als er die Eingangsdiele betrat, auf sie heruntersah und ihr dabei gefährlich nahe kam, so als wollte er sie küssen.

Sie wich nicht zurück.

Die Kleider ihres Vaters standen ihm gut. Dunkle Socken und Schuhe perfekt. Hemd richtig geknöpft. Seidenkrawatte exzentrisch geknotet, aber wunderschön. Sogar die Manschettenknöpfe hatte er richtig angelegt. Mit dem seidenen Gehrock, dem schwarzen Übermantel und den grauen Flanellhosen sah er sogar beängstigend stattlich aus. Nur der Kaschmirschal saß völlig falsch. Er hatte ihn sich wie ein Soldat als Schärpe um die Taille gebunden.

»Darf ich?« fragte sie, nahm ihn ab, legte ihn ihm um den Hals und steckte ihn in den Mantel. Sie strich den Schal sorgfältig glatt und bemühte sich, ruhig zu bleiben, während er sie mit seinen blauen Augen und dem seltsam weisen Lächeln eindringlich ansah.

Jetzt kam das große Abenteuer. Sie gingen gemeinsam aus. Sie würde Ramses dem Großen das zwanzigste Jahrhundert zeigen. Dies war der aufregendste Augenblick ihres Lebens.

Er nahm ihre Hand, als sie die Tür aufmachte. Er zog sie rasch an sich. Wieder schien es, als wollte er sie küssen, und ihre Aufregung verwandelte sich plötzlich in Furcht.

Er spürte es und hielt inne, hielt ihre Hand nicht mehr ganz so fest, ein wenig zärtlicher. Dann beugte er sich hinunter und küßte ergeben ihre Hand. Und schenkte ihr ein überaus schalkhaftes kleines Lächeln.

Wie, in Gottes Namen, sollte sie ihm widerstehen können!

»Komm, gehen wir. Die Welt wartet!« sagte sie. Eine Droschke fuhr vorbei. Sie winkte rasch, dann gab sie ihm einen kleinen Schubs.

Er war stehengeblieben und sah die breite Straße entlang, betrachtete die vielen Häuser mit ihren schmiedeeisernen Gittern und massiven Türen und Spitzenvorhängen und den rauchenden Kaminen. Wie lebendig, wie leidenschaftlich, wie wißbegierig er schien. Er folgte ihr beschwingten Schrittes und stieg auf den Rücksitz der kleinen Droschke.

Sie mußte daran denken, daß sie in ihrem ganzen Leben nicht einmal ein Fünkchen dieser Leidenschaft in ihrem geliebten Alex gesehen hatte. Das stimmte sie einen Augenblick lang traurig, aber nicht, weil sie tatsächlich an Alex dachte, sondern weil sie zum ersten Mal ahnte, wie ihre alte Welt verblaßte und nichts mehr so sein würde wie früher.

Samirs Büro im Britischen Museum war klein und vollgestopft mit Büchern. Der große Schreibtisch und die beiden Ledersessel waren viel zu wuchtig. Aber Elliott fand es dennoch gemütlich. Und Gott sei Dank brannte Feuer im Kamin.

»Nun, ich bin nicht sicher, ob ich Ihnen viel sagen kann«, sagte Samir. »Lawrence hatte nur einen Teil übersetzt: der Pharao behauptet, unsterblich zu sein. Er hat, so scheint es, nach dem Ende seiner offiziellen Regentschaft die Welt durchstreift. Er besuchte Völker, von deren Existenz die alten Ägypter nicht einmal etwas gewußt haben. Er behauptet, er sei zwei Jahrhunderte in Athen gewesen und habe auch in Rom gelebt. Schließlich zog er sich in eine Gruft zurück, aus der ihn lediglich die königlichen Familien Ägyptens rufen konnten. Gewisse Priester kannten das Geheimnis. Zur Zeit Kleopatras war er bereits zur Legende geworden. Aber die junge Königin hat offensichtlich daran geglaubt.«

»Und sie hat das getan, was zu tun war, um ihn zu wecken.«

»So hat er geschrieben. Und er hat sich unsterblich in sie verliebt. Ihre Verbindung mit Cäsar hat er im Namen von Notwendigkeit und Erfahrung gutgeheißen, aber nicht die mit Markus Antonius. Die hat ihn aufgebracht, sagte Lawrence. Nichts stand im Widerspruch zu unserer Geschichtsschreibung. Er verurteilte Antonius und Kleopatra ob ihrer Exzesse und Fehlurteile, genau wie wir.«

»Hat Lawrence die Geschichte geglaubt? Hatte er eine Theorie...«

»Lawrence fand das Geheimnis überwältigend. Diese unerklärliche Ansammlung von Kunstgegenständen. Lawrence hätte den Rest seines Lebens damit zugebracht, das Geheimnis zu lüften. Ich weiß nicht, was er wirklich geglaubt hat.«

Elliott überlegte. »Die Mumie, Samir. Sie haben sie untersucht. Sie waren bei Lawrence, als er den Sarg zum ersten Mal geöffnet hat.«

»Ja.«

»Haben Sie etwas Außergewöhnliches bemerkt?«

»Mylord, Sie haben Tausende solcher Mumien gesehen. Erstaunlich waren die Inschrift, die verschiedenen Sprachen und selbstverständlich der Sarkophag der Mumie.«

»Nun, ich muß Ihnen eine kleine Geschichte erzählen«, sagte Elliott. »Laut Angaben unseres gemeinsamen Freundes und Bekannten Henry Stratford ist die Mumie am Leben. Sie soll heute morgen aus ihrem Sarg gestiegen und durch Lawrences Bibliothek gegangen sein. Des weiteren soll sie versucht haben, Henry zu erwürgen. Henry hat Glück gehabt, daß er mit dem Leben davongekommen ist.«

Einen Augenblick lang schwieg Samir. Es war, als hätte er nicht gehört. Dann, leise: »Erlauben Sie sich einen Scherz mit mir, Lord Rutherford?«

Elliott lachte. »Nein, ich mache keine Scherze, Mr. Ibrahaim. Und ich gehe jede Wette ein, daß Henry Stratford auch nicht gescherzt hat, als er die Geschichte heute morgen erzählt hat. Er war ziemlich durcheinander, fast hysterisch. Aber kein Scherz, nein.«

Schweigen. Das also bedeutet es, sprachlos zu sein, dachte Elliott, während er Samir ansah.

»Sie haben nicht zufällig eine Zigarette, Samir?« fragte er.

Ohne einen Blick von Elliott zu nehmen, machte Samir ein kleines, fein geschnitztes Elfenbeinkästchen auf. Ägyptische Zigaretten. Köstlich. Samir reichte Elliott das goldene Feuerzeug.

»Danke. Ich möchte hinzufügen... denn ich nehme an, Sie haben sich auch schon gefragt... daß diese Mumie Julie kein Haar gekrümmt hat. Sie ist sogar zu ihrem geschätzten Gast geworden.«

»Lord Rutherford...«

»Es ist mein Ernst. Mein Sohn Alex hat sich unverzüglich zu ihr begeben. Wie sich herausstellte, war die Polizei schon vor ihm am Schauplatz. Es scheint, als würde sich ein Ägyptologe im Haus der Stratfords aufhalten, ein Mr. Reginald Ramsey, und Julie scheint nachdrücklich darauf zu bestehen, ihrem Gast London zu zeigen. Sie hat keine Zeit, über Henrys irre Halluzinationen zu sprechen. Und Henry, der diesen Ägyptologen gesehen hat, behauptet steif und fest, daß es sich um die Mumie handelt, die in den Kleidern von Lawrence herumspaziert.«

Elliott zündete die Zigarette an und zog den Rauch tief ein.

»Sie werden sehr bald von anderen davon hören«, sagte er beiläufig. »Die Reporter haben das Haus belagert. ›Mumie wandelt in Mayfair.‹« Er zuckte mit den Schultern.

Samir war sichtlich mehr verblüfft als erheitert. Er machte einen beunruhigten Eindruck.

»Sie müssen mir verzeihen«, sagte er, »aber ich halte nicht viel von Lawrences Neffen Henry.«

»Natürlich nicht, wie könnten Sie auch?«

»Dieser Ägyptologe. Sie sagten, sein Name sei Reginald Ramsey. Ich habe noch nie von ihm gehört.«

»Freilich nicht. Und Sie kennen alle Ägyptologen, richtig? Von Kairo bis London, Manchester, Berlin und New York.«

»Ich glaube ja.«

»Demnach scheint das alles nicht mit rechten Dingen vor sich zu gehen.«

»Nicht im geringsten.«

»Es sei denn, wir gehen für den Augenblick einmal davon aus, daß diese Mumie wirklich unsterblich ist. Dann fügt sich alles zusammen.«

»Aber Sie glauben doch nicht...« Samir verstummte. Die Beunruhigung war wieder da. Sie war sogar noch schlimmer geworden.

»Ja?«

»Das ist doch lächerlich«, murmelte Samir. »Lawrence ist in dieser Gruft an einem Herzanfall gestorben. Das Ding hat ihn nicht getötet! Es ist Wahnsinn.«

»Gab es auch nur den geringsten Beweis für Gewaltanwendung?«

»Beweis? Nein. Aber dieses Grab hatte so eine Aura, und der Fluch stand auf dem Sarkophag der Mumie geschrieben. Das Ding wollte in Ruhe gelassen werden. Die Sonne. Es wollte keine Sonne. Es hat verlangt, in Frieden ruhen zu dürfen. Das verlangen die Toten immer.«

»Wirklich?« fragte Elliott. »Wenn ich tot wäre, ich bin nicht sicher, ob ich dann in Frieden gelassen werden wollte. Das heißt, wenn es hieße, wirklich nur tot zu sein.«

»Unsere Phantasie geht mit uns durch, Lord Rutherford. Außerdem... Henry Stratford war in der Gruft, als Lawrence gestorben ist!«

»Hmmmmmm. Das stimmt. Und Henry hat erst heute morgen gesehen, wie sich unser zerlumpter, ausgetrockneter Freund bewegt hat und gewandelt ist.«

»Diese Geschichte gefällt mir nicht. Ganz und gar nicht. Es gefällt mir auch nicht, daß Miss Stratford mit diesen Dingen allein im Haus ist.«

»Vielleicht sollte das Museum der Sache weiter nachgehen«, sagte Elliott. »Die Mumie untersuchen. Immerhin ist das Ding furchtbar wertvoll.«

Samir antwortete nicht. Er war wieder in diesen sprachlosen Zustand versunken und starrte auf den Schreibtisch vor sich.

Elliott umklammerte den Gehstock fest und stand auf. Es gelang ihm immer besser, die Schmerzen, die mit diesem einfachen Vorgang verbunden waren, zu verbergen. Aber er mußte einige Augenblicke reglos stehenbleiben und darauf warten, daß die Schmerzen nachließen. Er drückte langsam die Zigarette aus.

»Danke, Samir. Es war eine überaus interessante Unterhaltung.«

Samir sah auf, als würde er aus einem Traum erwachen.

»Was zum Teufel geht hier vor, Lord Rutherford!« Er stand ebenfalls langsam auf.

»Möchten Sie meine ehrliche Meinung hören?«

»Ja, selbstverständlich.«

»Ramses der Zweite ist unsterblich. Er hat in grauer Vorzeit ein Geheimnis entdeckt, ein Elixier, das ihn unsterblich machte. Und er geht in eben diesem Augenblick mit Julie in London spazieren.«

»Das ist nicht Ihr Ernst.«

»O doch«, sagte Elliott. »Aber ich glaube auch an Gespenster und Geister und Pech. Ich werfe mir Salz über die Schulter und klopfe ständig auf Holz. Sehen Sie, es würde mich überraschen – nein, begeistern –, wenn sich dies alles als wahr erweisen würde. Ich glaube, daß es wahr ist. Im Augenblick bin ich davon überzeugt. Und ich will Ihnen auch den Grund dafür nennen. Es ist die einzige Erklärung für alles, die wirklich einen Sinn ergibt.«

Wieder Sprachlosigkeit.

Elliott lächelte. Er zog die Handschuhe an, ergriff den Gehstock und verließ das Büro, als würde ihm nicht jeder Schritt Schmerzen bereiten.

Dies war das größte Abenteuer ihres Lebens. Es gab nichts Vergleichbares, dessen war sie sich sicher. Und wie faszinierend, daß es in London geschah, zur Mittagszeit, während sie durch die lärmenden, überfüllten Straßen fuhr, die sie schon ihr ganzes Leben lang kannte.

Die große, rußige Stadt hatte noch niemals zuvor einen magischen Eindruck auf sie gemacht. Aber jetzt schon. Und wie sah *er* sie, diese riesige Metropole mit ihren hohen Backsteingebäuden, den dröhnenden Straßenbahnen und rülpsenden Automobilen und Horden dunkler Pferdedroschken und Taxen, die jede Straße verstopften? Was hielt er von den Reklameschildern, den Plakaten jedweder Größe, auf denen Waren, Dienstleistungen, Anweisungen, Ratschläge angeboten wurden? Fand er die düsteren Geschäfte mit ihren Kleiderstapeln häßlich? Was hielt er von den kleinen Läden, wo den ganzen Tag elektrisches Licht brannte, weil die Straßen selbst so dunkel und rußig waren, daß das natürliche Tageslicht nicht bis zu ihnen vordrang?

Er liebte es. Er fand Gefallen daran. Nichts machte ihm angst oder stieß ihn ab. Er sprang vom Bordstein und legte eine Hand auf Autos. Er stieg die Wendeltreppen der Omnibusse hinauf, damit er eine bessere Aussicht hatte. Er stürzte ins Telegrafenamt und betrachtete die junge Sekretärin an der Schreibmaschine. Und sie, auf der Stelle bezaubert von diesem blauäugigen Hünen, lehnte sich zurück und ließ ihn mit seinen kräftigen Fingern selbst auf die Tasten drücken. Er schrieb Sätze auf lateinisch, die ihn so sehr zum Lachen brachten, daß er nicht mehr weitermachen konnte.

Julie geleitete ihn in die Büros der *Times*. Er mußte die riesigen Druckerpressen sehen, die schwarze Tinte riechen, den ohrenbetäubenden Lärm hören, der die riesigen Hallen erfüllte. Er mußte eine Verbindung zwischen all den Erfindungen herstellen. Er mußte begreifen, wie einfach alles war.

Sie konnte sehen, wie er die Menschen bezauberte, wohin sie auch gingen. Männer und Frauen machten ihm Platz, als wüßten sie instinktiv, daß er ein König war. Mit seinem Gebaren, seinen ausgreifenden Schritten, seinem strahlenden Lächeln bannte er diejenigen, die er ansah, denen er rasch die Hand schüttelte, deren Unterhaltungen er lauschte, als enthielten sie eine geheime Botschaft, die er nicht mißverstehen durfte.

Sicher gab es weise Worte, um diesen Zustand des Daseins zu beschreiben, aber sie fielen Julie nicht ein. Sie wußte nur, daß er Freude an allem hatte, daß Bagger und Dampfwalze ihm keine Angst einflößten, weil er mit Schocks und Überraschungen rechnete und nur verstehen wollte.

So viele Fragen mußte sie ihm stellen. So viele Begriffe und Ideen mußte sie erklären. Das war am allerschwierigsten.

Aber abstrakte Gespräche wurden mit jeder Stunde einfacher. Er lernte mit schwindelerregender Schnelligkeit Englisch.

»Namen!« sagte er zu ihr, wenn ihre endlosen Kommentare auch nur eine Minute versiegten. »Sprache besteht aus Namen, Julie. Namen für Menschen, für Gegenstände, für Gefühle.« Er klopfte sich auf die Brust, während er letzteres sagte. Am frühen Nachmittag waren die lateinischen Wörter *quare, quid, quo, qui* völlig aus seiner Sprache verschwunden.

»Englisch ist alt, Julie. Sprache der Barbaren meiner Zeit, die heute mit lateinischen Wörtern durchsetzt ist. Hörst du das Lateinische heraus, Julie? Was ist das, Julie! Erkläre es mir!«

»Aber ich folge keinem bestimmten System«, sagte sie. Sie wollte ihm das Drucken erklären und dann die Verbindung zum Prägen von Münzen herstellen.

»Ich mache mir mein eigenes System«, versicherte er ihr. Er war damit beschäftigt, sich durch die Hintertüren von Bäckereien und Suppenküchen, in die Geschäfte von Schuhmachern und Hutmachern zu zwängen, die Abfälle zu studieren, die auf die Gassen geworfen wurden, und die Papiertüten zu beäugen, welche die Leute herumtrugen, und die Kleidung der Frauen zu bewundern.

Er starrte den Frauen geradezu nach.

Wenn das keine Lust ist, bin ich eine schlechte Menschenkennerin, dachte Julie. Er hätte den Frauen angst gemacht, wäre er nicht so teuer gekleidet gewesen und so seltsam selbstgefällig. Die ganze Art, wie er da stand, gestikulierte und sprach, übte eine große Anziehungskraft aus. Er ist ein König, dachte sie, an fremdem Ort in fremder Zeit, aber nichtsdestotrotz ein König.

Sie führte ihn in eine Buchhandlung. Sie deutete auf die alten Namen: Aristoteles, Plato, Euripides, Cicero. Er betrachtete die Drucke von Aubrey Beardsley an den Wänden.

Fotografien versetzten ihn buchstäblich in Verzückung. Julie ging mit ihm in ein kleines Atelier, um ein Foto machen zu lassen. Seine Freude hatte fast etwas Kindliches. Das Wunderbarste für ihn war, daß selbst die Armen der Stadt derlei Bilder von sich machen lassen konnten.

Doch als er die beweglichen Bilder sah, war er über alle Maßen betroffen. In dem überfüllten kleinen Kino keuchte er und hielt Julies Hand fest umklammert, während sich die riesigen, erleuchteten Gestalten vor ihnen auf der Leinwand bewegten. Er folgte dem Projektionsstrahl mit den Augen, begab sich unverzüglich zu dem kleinen Raum hinten und riß ohne zu zögern die Tür auf. Der alte Vorführer erlag wie alle anderen seinem Charme und erklärte ihm schon bald den gesamten Mechanismus in allen Einzelheiten.

Als sie schlußendlich die dunkle Victoria Station betraten, blieb er wie angewurzelt stehen, als er der mächtigen, schnaubenden Lokomotiven gewahr wurde. Doch selbst diesen näherte er sich furchtlos. Er berührte das kalte, schwarze Eisen und stellte sich gefährlich nahe an die gewaltigen Räder. Als er den Fuß hinter dem abfahrenden Zug auf die Schiene stellte, spürte er die Vibration. Benommen betrachtete er die Menschenmengen.

»Tausende von Menschen werden von einem Ende Europas zum anderen befördert«, rief sie ihm trotz des Lärms zu. »Reisen, die einst Monate dauerten, dauern heutzutage nur wenige Tage.«

»Europa«, flüsterte er. »Italien bis Britannien.«

»Die Züge werden auf Schiffen über das Wasser transportiert. Die Armen vom Land können in die Städte kommen. Alle Menschen kennen die Städte, verstehst du?«

Er nickte ernst. Er drückte ihre Hand. »Keine Eile, Julie. Mit der Zeit werde ich alles begreifen.« Wieder sein strahlendes Lächeln, das eine herzliche Zuneigung ausdrückte, angesichts derer sie errötete und sich abwandte.

»Tempel, Julie. Die Häuser des *deus... di*.«

»Götter. Aber es gibt heute nur noch einen. Einen Gott.«

Bestürzung. Einen Gott?

Westminster Abbey. Sie gingen zusammen unter den hohen Bögen dahin. Welcher Prunk. Sie zeigte ihm das Ehrengrabmal Shakespeares.

»Nicht das Haus Gottes«, sagte sie. »Aber ein Ort, wo wir zusammenkommen, um mit ihm zu sprechen.« Wie sollte sie ihm das Christentum erklären? »Brüderliche Liebe«, sagte sie. »Das ist die Grundlage.«

Er sah sie verwirrt an. »Brüderliche Liebe?« Er studierte die Menschen ringsum mit stechendem Blick.

»Glauben sie an diese Religion?« fragte er. »Oder ist sie reine Gewohnheit?«

Am späten Nachmittag sprach er zusammenhängend und in ganzen Sätzen. Die englische Sprache gefiel ihm. Er hielt sie für eine gute Sprache zum Denken. Ebenso wie Griechisch und Latein. Aber nicht Ägyptisch. Mit jeder neuen Sprache, die er sich in der Frühzeit seiner Existenz angeeignet hatte, war sein Begriffsvermögen besser geworden. Sprachen vermittelten Denkweisen. Er konnte es nicht fassen, daß die gewöhnlichen Menschen dieser Zeit Zeitungen lasen, Zeitungen voll mit Worten! Wie groß mußte das Denkvermögen des gewöhnlichen Menschen sein!

»Bist du kein bißchen müde?« fragte Julie schließlich.

»Nein, niemals müde«, sagte er, »außer im Herzen und in der Seele. Hungrig. Essen, Julie. Ich brauche viel Essen.«

Sie betraten den stillen Hyde Park, und trotz seiner Beteuerungen schien ihn die plötzliche Ruhe unter den uralten Bäumen ringsum zu erleichtern, ebenso wie der Himmel zwischen den Bäumen, der nicht anders war als irgendwo anders auf der Welt.

Sie fanden eine kleine Bank am Wegesrand. Er verstummte und beobachtete die Passanten. Und wie sie ihn bestaunten – diesen Mann mit dem kräftigen Körper und dem übermütigen Gesichtsausdruck. Wußte er, wie schön er war, fragte sie sich. Wußte er, daß allein die Berührung seiner Hand einen Schauer durch sie jagte, den sie zu ignorieren versuchte?

Ja, sie mußte ihm so vieles zeigen! Sie führte ihn in die Büros von Stratford Shipping, betete, daß niemand sie erkennen würde, führte ihn in den schmiedeeisernen Lift und drückte den Knopf, um zum Dach zu gelangen.

»Kabel und Seilrollen«, erklärte sie.

»Britannien«, flüsterte er, als sie über die Dächer von London blickten. Sie lauschten dem Heulen der Fabriksirenen und dem Klingeln der Straßenbahnglocken weit unten. »Amerika, Julie.« Er drehte sich aufgeregt zu ihr um und umklammerte ihre Schultern, seine Finger waren erstaunlich sanft. »Wie viele Tage mit dem mechanischen Schiff nach Amerika?«

»Zehn Tage, glaube ich. Nach Ägypten kommt man schneller. Eine Fahrt nach Alexandria dauert sechs Tage.«

Warum hatte sie das gesagt? Sein Gesicht wurde unmerklich finsterer. »Alexandria«, flüsterte er und sprach es so aus wie sie. »Alexandria existiert noch?«

Sie führte ihn zum Fahrstuhl. Es gab noch soviel zu sehen. Sie erklärte ihm, daß es immer noch ein Athen gab, immer noch ein Damaskus, immer noch ein Antiochia. Und Rom, natürlich gab es Rom noch.

Sie hatte einen verwegenen Einfall. Nachdem sie eine Droschke gerufen hatte, sagte sie zum Kutscher: »Zu Madame Tussaud.«

Die kostümierten Figuren im Wachsfigurenkabinett. Sie erklärte ihm hastig, worum es sich handelte: um einen Streifzug durch die Geschichte. Sie konnte ihm amerikanische Indianer zeigen, Dschingis Khan oder Attila den Hunnen – Männer, die Europa nach dem Untergang Roms in Angst und Schrecken versetzt hatten.

Sie konnte sich keine Vorstellung machen von dem Mosaik von Fakten, das für ihn entstand. Seine Auffassungsgabe verblüffte sie immer mehr.

Doch bereits nach wenigen Augenblicken bei Madame Tussaud erkannte sie ihren Fehler. Er verlor die Fassung, als er die ersten römischen Soldaten sah. Er erkannte Julius Cäsar sofort. Und dann betrachtete er ungläubig die Ägypterin Kleopatra, eine Wachspuppe, die keinerlei Ähnlichkeit mit der Büste hatte, welche ihm so teuer war, oder den Münzen, die er noch in seinem Besitz hatte. Aber es war unmißverständlich, daß sie es war, die auf ihrer Ottomane lag und die Natter in der Hand hielt, deren Zähne sich dicht unterhalb der nackten Brust befanden. Markus Antonius stand steif hinter ihr, ein charakterloser Mann mit militärischem Gewand der Römer. Ramses Gesicht bekam Farbe. Seine Augen hatten etwas Wildes, als er sich zu Julie umdrehte und dann wieder die Schilder in Druckbuchstaben unter der Gruppe las.

Warum hatte sie nicht daran gedacht, daß diese Figuren hier sein würden? Als er von der Glasscheibe zurückwich, ergriff sie seine Hand. Er drehte sich um und prallte fast mit einem Paar zusammen, das ihm den Weg versperrte. Der Mann sagte etwas Drohendes, aber Ramses schien ihn nicht zu hören. Er eilte zum Ausgang. Julie lief ihm hinterher.

Als sie die Straße erreichten, schien er wieder ruhiger zu werden. Er sah auf den vorbeifließenden Verkehr. Er griff nach ihrer Hand, ohne sie anzusehen, dann schlenderten sie gemeinsam weiter, bis sie zu einer Baustelle kamen. Der große Betonmischer drehte sich. Hammerschläge hallten gegen ferne Hauswände.

Ein schwaches, bitteres Lächeln huschte über seine Züge. Julie winkte eine vorbeifahrende Droschke herbei.

»Wohin sollen wir fahren?« sagte sie. »Sag mir, was du sehen möchtest?«

Er betrachtete eine Bettlerin, eine zerlumpte Gestalt in zerschlissenen Schuhen, die die Hand ausstreckte, als sie vorbeigingen.

»Die Armen«, sagte er und sah die Frau an. »Warum sind die Armen immer noch da?«

Sie fuhren schweigend durch Kopfsteinpflasterstraßen. Wäschestücke auf der Leine verbargen den grauen, naßkalten Himmel. Der Geruch von offenen Feuerstellen stieg in den Gassen auf. Barfüßige Kinder mit schmutzigen Gesichtern sahen ihnen nach.

»Aber kann all der Wohlstand diesen Menschen nicht helfen? Sie sind so arm wie die Bauern in meinem Land.«

»Manche Dinge ändern sich nie«, sagte Julie.

»Und dein Vater? War er ein reicher Mann?«

Sie nickte. »Er hat eine große Schiffahrtsgesellschaft aufgebaut – Schiffe, die Handelswaren von Indien und Ägypten nach England und Amerika transportieren. Schiffe, die um die Welt segeln.«

»Wegen dieses Reichtums wollte Henry dich töten, so wie er deinen Vater im Grab getötet hat.«

Julie sah starr geradeaus. Es schien, als könnten die Worte ihr auch noch den letzten Rest Selbstbeherrschung rauben. Dieser Tag, dieses Abenteuer, hatte sie in ungeahnte Höhen getragen, und jetzt spürte sie, wie sie wieder nach unten sank. *Henry hat Vater ermordet.* Es war ihr unmöglich zu sprechen.

Ramses nahm ihre Hand in die seine.

»Es hätte für uns alle gereicht«, sagte sie mit gequälter Stimme. »Für mich und für Henry und für Henrys Vater.«

»Und doch hat dein Vater in Ägypten nach Schätzen gegraben.«

»Aber nicht um reich zu werden!« Sie sah ihn scharf an. »Er hat Ausgrabungen gemacht, um Spuren der Vergangenheit zu finden. Deine Aufzeichnungen haben ihm mehr bedeutet als die Ringe an deinen Fingern. Die Geschichte, die du erzählt hast, die war sein Schatz. Sie und der bemalte Sarg, der aus deiner Zeit stammte.«

»Archäologie«, sagte Ramses.

»Ja.« Sie mußte unwillkürlich lächeln. »Mein Vater war kein Grabräuber.«

»Ich verstehe dich. Werd nicht wütend.«

»Er war ein Gelehrter«, sagte sie etwas freundlicher. »Er hatte genügend Geld. Wenn er einen Fehler gemacht hat, dann den, daß er seine Firma seinem Bruder und seinem Neffen überlassen hat, aber er hat sie fürstlich bezahlt.«

Sie verstummte. Plötzlich fühlte sie sich niedergeschlagen. Trotz der Euphorie wußte sie, was geschehen war. Der Schmerz hatte gerade erst angefangen.

»Etwas ist schiefgegangen«, flüsterte sie.

»Habgier«, sagte er. »Bei Habgier geht immer etwas schief.«

Er sah zum Fenster hinaus zu den trüben, zerbrochenen Scheiben über ihnen. Üble Gerüche stiegen aus Pfützen und Torbögen auf. Der Gestank von Urin und Fäulnis.

Sie selbst war noch nie in diesem Teil von London gewesen. Der Anblick stimmte sie traurig und verschlimmerte ihren Schmerz.

»Diesem Henry müßte Einhalt geboten werden«, sagte Ramses mit Nachdruck, »bevor er wieder versucht, dir etwas zuleide zu tun. Und du möchtest doch bestimmt, daß der Tod deines Vaters gerächt wird.«

»Onkel Randolph wird es nicht überleben, wenn er erfährt, was passiert ist. Das heißt, falls er es nicht schon weiß.«

»Der Onkel – der heute morgen so besorgt zu dir gekommen ist... er ist unschuldig und fürchtet um seinen Sohn. Aber Cousin Henry ist böse. Und das Böse ist außer Kontrolle geraten.«

Sie zitterte. Tränen standen ihr in den Augen.

»Ich kann jetzt nichts machen. Er ist mein Cousin. Er und sein Vater sind meine einzige Familie. Und wenn etwas getan wird, dann vor einem ordentlichen Gericht.«

»Du schwebst in Gefahr, Julie Stratford«, sagte er zu ihr.

»Ramses, ich bin hier keine Königin. Ich kann nicht ohne die anderen entscheiden.«

»Aber ich bin ein König und werde es immer sein. Mein Gewissen kann diese Last ertragen. Laß mich handeln, wenn ich es für richtig halte.«

»Nein!« flüsterte sie. Sie sah flehend zu ihm auf. Er drückte sanft den Arm an sie, als wollte er sie umarmen. Sie hielt still. »Versprich mir, daß du nichts unternehmen wirst. Wenn du etwas tust, wird es auch mein Gewissen belasten.«

»Er hat deinen Vater getötet.«

»Wenn du ihn tötest, tötest du auch die Tochter meines Vaters«, sagte sie.

Es herrschte einen Augenblick Stille, während er sie lediglich verwundert ansah, so schien es ihr. Sie spürte seinen Arm auf dem ihren. Dann zog er sie dicht an sich, ihre Brüste berührten seine Brust, und küßte sie. Eine alles verzehrende Hitzewelle erfaßte sie. Sie hob die Hände, um ihn wegzustoßen, und stellte fest, daß sich ihre Finger in seinem Haar vergraben hatten. Zärtlich liebkoste sie seinen Kopf. Fassungslos wich sie zurück.

Einen Augenblick lang konnte sie nicht sprechen. Ihr Gesicht war gerötet, ihr Körper weich und verletzlich. Sie machte die Augen zu. Sie wußte, wenn er sie wieder anfaßte, war sie in seiner Hand. Wenn sie nichts unternahm... würde sie hier in der Droschke mit ihm schlafen.

»Was hast du gedacht, was ich bin, Julie?« fragte er. »Ein Geist? Ich bin ein unsterblicher *Mann*.«

Als er sie wieder küssen wollte, wich sie zurück und hob die Hand.

»Sollen wir wieder von Henry sprechen?« fragte er. Er nahm ihre Hand, hielt sie fest, küßte ihre Finger. »Henry weiß, was ich bin. Er hat gesehen, wie ich mich bewegt habe, weil ich dir das Leben retten wollte, Julie. Er hat mich gesehen. Und es besteht kein Grund, ihn mit diesem Wissen leben zu lassen. Er ist böse und hat den Tod verdient.«

Er wußte, daß sie sich kaum auf die Worte konzentrieren konnte, die er sprach. Plötzlich machte es sie wütend – seine Lippen, die über ihre Finger strichen, seine blauen Augen, die wie Lichter in der düsteren Droschke blitzten.

»Henry hat sich mit dieser Geschichte zum Narren gemacht«, sagte sie. »Und er wird nicht noch einmal versuchen, mir etwas anzutun.« Sie entzog ihm die Hand und sah zum Fenster hinaus. Sie ließen das traurige, elende Armenviertel hinter sich. Gott sei Dank.

Langsam und nachdenklich hob er die Schultern.

»Henry ist ein Feigling«, sagte sie. Sie hatte sich wieder unter

Kontrolle. »Ein schrecklicher Feigling. Wie er Vater ermordet hat, so ein Feigling.«

»Feiglinge können gefährlicher sein als tapfere Männer, Julie«, sagte er.

»Tu ihm nichts!« flüsterte sie. Sie drehte sich um und sah ihn an. »Um meinetwillen, überlaß ihn Gott. Ich kann nicht sein Richter und Henker sein!«

»Wie eine Königin«, sagte er. »Und weiser als die meisten Königinnen.«

Er senkte langsam den Kopf, um sie wieder zu küssen. Sie wußte, daß sie sich hätte abwenden sollen, aber sie tat es nicht. Wieder strömte die Wärme durch sie hindurch und machte sie vollkommen hilflos. Als sie sich abwandte, wollte er sie festhalten, aber ihr Widerstand siegte.

»Ein Gast an deinem Hofe«, sagte er mit einer knappen Gebärde des Verstehens, »meine Königin.«

Es bereitete Elliott keine großen Schwierigkeiten, Rita zu überreden. Noch während sie ihn anflehte, doch zu verstehen, daß ihre Herrin nicht zu Hause war und er ein andermal wiederkommen mußte, ging er an ihr vorbei ins Ägyptische Zimmer.

»Ja, diese wunderbaren Schätze. Alle Zeit der Welt würde nicht ausreichen, sie zu bewundern. Bringen Sie mir ein Glas Sherry, Rita. Ich bin müde, habe ich festgestellt. Ich werde mich einen Moment ausruhen, bevor ich wieder nach Hause fahre.«

»Ja, Sir, aber...«

»Sherry, Rita.«

»Ja, Sir.«

Wie ängstlich und blaß sie aussah. Und welch ein Durcheinander die Bibliothek bot. Überall lagen Bücher verstreut. Er betrachtete den Tisch im Wintergarten. Von hier aus konnte er sehen, daß Wörterbücher auf dem Korbtisch gestapelt waren und Zeitungen und Zeitschriften um die Stühle herum.

Lawrences Tagebuch lag, wie er gehofft hatte, hier auf dem Schreibtisch. Er schlug es auf, um sich zu vergewissern, daß er das richtige in Händen hielt, und schob es unter den Mantel.

Er betrachtete den Sarg der Mumie, als Rita mit einem Glas Sherry auf einem kleinen silbernen Tablett hereinkam.

Er stützte sich schwer auf den Stock, hob das Glas und nahm nur einen kleinen Schluck. »Sie würden mich wohl nicht einen Blick auf die Mumie werfen lassen, oder?« fragte er.

»Großer Gott, nein, Sir! Bitte fassen Sie sie nicht an!« sagte Rita. Ihr Blick war panisch, als sie den Sarg der Mumie ansah. »Er ist sehr schwer, Sir. Wir sollten nicht versuchen, ihn zu öffnen.«

»Aber, aber. Sie wissen so gut wie ich, daß es sich um ein dünnes Holzgehäuse handelt, das überhaupt nicht schwer ist.«

Das Mädchen litt Todesqualen.

Er lächelte. Er holte einen Sovereign aus der Tasche und gab ihn ihr. Sie war verblüfft. Sie schüttelte den Kopf.

»Nein, nehmen Sie ihn, meine Teuerste. Kaufen Sie sich etwas Hübsches.«

Und ehe sie sich überlegt hatte, was sie sagen wollte, ging er an ihr vorbei zur Eingangstür. Sie beeilte sich, damit sie ihm aufmachen konnte. Erst auf der untersten Stufe blieb er stehen. Warum hatte er nicht darauf bestanden? Warum hatte er nicht in den Sarg gesehen?

Sein Diener Walter eilte herbei, um ihm zu helfen. Der gute alte Walter, der seit seiner Kindheit bei ihm war. Er ließ sich von Walter in das stehende Auto helfen, wo er sich in die Polster zurücklehnte. Die Schmerzen in seiner Hüfte wurden fast unerträglich, als er die Beine ausstreckte.

Wäre er überrascht gewesen, wenn der Sarg leer gewesen wäre und er festgestellt hätte, daß dies ein kleines Spiel war? Im Gegenteil. Plötzlich wurde ihm klar, daß er davon überzeugt war, daß der Sarg leer war. Und er hatte Angst gehabt, die Wahrheit mit eigenen Augen zu sehen.

Mr. Hancock vom Britischen Museum war kein geduldiger Mann. Schon immer hatte er aufgrund seiner Liebe für ägyptische Kunstgegenstände geglaubt, Unhöflichkeit und regelrechte Grausamkeit gegenüber anderen rechtfertigen zu können. Dieser Zug gehörte ebenso zu seinem Wesen wie die aufrichtige Liebe für die Kunstgegenstände und Schriftrollen, die er sein ganzes Leben lang studiert hatte.

Er las den drei anderen Herren im Zimmer die Schlagzeile laut vor.

»›Mumie wandelt in Mayfair.‹« Er legte die Zeitung zusammen. »Dies ist nichts als abscheulich. Hat der junge Stratford den Verstand verloren?«

Der ältere Herr, der ihm unmittelbar gegenüber auf der anderen Seite des Schreibtischs saß, lächelte nur.

»Henry Stratford ist ein Trinker und Spieler. Die Mumie ist tatsächlich aus ihrem Sarg gestiegen!«

»Es geht doch darum«, sagte Hancock, »daß wir eine kostbare Sammlung von Antiquitäten einem Privathaushalt überlassen haben, und jetzt haben wir diesen Skandal! Scotland Yard kommt und geht, und die Reporter der Regenbogenpresse drängen sich vor dem Eingang.«

»Bitte verzeihen Sie«, gab der ältere Herr zurück. »Aber die Sache mit der gestohlenen Münze ist weitaus ernster.«

»Ja«, sagte Samir Ibrahaim leise. »Aber ich versichere Ihnen, es waren nur fünf, als ich die Bestände katalogisiert habe, und keiner von uns hat diese sogenannte gestohlene Münze zu Gesicht bekommen.«

»Dennoch«, sagte Hancock, »ist Mr. Taylor ein angesehener Münzhändler. Er ist sich sicher, daß die Münze echt war. Und daß es Henry Stratford war, der sie ihm zum Verkauf angeboten hat.«

»Stratford könnte sie in Ägypten gestohlen haben«, sagte der ältere Herr. Zustimmendes Nicken aus dem Kreis.

»Die Sammlung sollte im Museum sein«, sagte Hancock. »Wir

sollten die Mumie von Ramses unverzüglich untersuchen. Das Museum in Kairo ist ziemlich wütend. Und jetzt diese Münze...«

»Aber meine Herren«, warf Samir ein. »Wir können sicher keine Entscheidung über die Sicherheit der Sammlung treffen, ohne zuvor mit Miss Stratford gesprochen zu haben.«

»Miss Stratford ist sehr jung«, sagte Hancock brüsk. »Und sie ist in Trauer, was ihrem Urteilsvermögen nicht zuträglich ist.«

»Ja«, sagte der ältere Herr. »Aber alle Anwesenden wissen doch sicher, daß Lawrence Stratford dem Museum Millionen hat zukommen lassen. Nein, ich finde, Samir hat recht. Wir können ihr die Sammlung nicht wegnehmen, ehe sie ihre Erlaubnis dazu gegeben hat.«

Hancock sah wieder auf die Zeitungen. »›Ramses, von den Toten auferstanden‹«, las er vor. »Ich sage Ihnen, das gefällt mir ganz und gar nicht.«

»Vielleicht sollten wir noch eine Wache aufstellen«, sagte Samir. »Vielleicht zwei.«

Der ältere Herr nickte. »Guter Vorschlag. Aber auch hier sollte man auf die Gefühle von Miss Stratford Rücksicht nehmen.«

»Vielleicht sollten Sie sie besuchen!« sagte Hancock und sah Samir böse an. »Sie waren ein Freund ihres Vaters.«

»Gerne, Sir«, antwortete Samir mit leiser Stimme. »Das werde ich mit Vergnügen tun.«

Früher Abend: Hotel Victoria. Ramses speiste seit vier Uhr, als die Sonne noch schräg durch das Bleiglas auf die weißgedeckten Tische gefallen war. Jetzt war es dunkel. Überall brannten Kerzen. Die Ventilatoren an der Decke drehten sich ganz langsam und bewegten kaum die Wedel der eleganten, dunkelgrünen Palmen in ihren Messingtöpfen.

Livrierte Kellner brachten kommentarlos einen Teller nach dem anderen und zogen lediglich die Brauen hoch, wenn sie eine neue Flasche italienischen Rotwein aufmachten.

Julie war schon vor Stunden mit ihrer kargen Mahlzeit fertig gewesen. Sie unterhielten sich angeregt, und das Englische kam Ramses immer leichter über die Zunge.

Sie hatte Ramses beigebracht, wie man das schwere Tafelsilber benützte, aber er machte keinen Gebrauch davon. Zu seiner Zeit hätte sich nur ein Barbar Essen in den Mund geschaufelt.

Eigentlich, so hatte er nach kurzem Nachdenken bemerkt, hatte sich überhaupt niemand Essen in den Mund geschaufelt. Irgendwann wollte Julie ihm erklären, warum Menschen Besteck benutzten. Im Moment mußte sie zugeben, daß er sehr, sehr... anspruchsvoll war. Elegant, kultiviert und geschickt darin, Brot und Fleisch zu zerkleinern und auf der Zunge zu plazieren, ohne daß die Finger die Lippen berührten.

Sie steckte mitten in ihrer Erklärung über die industrielle Revolution. »Die ersten Maschinen waren einfach – zum Weben und zum Pflügen der Felder. Aber die Idee von der Maschine hat die Phantasie beflügelt.«

»Ja.«

»Wenn man eine Maschine baut, die das eine macht, dann kann man auch eine Maschine bauen, um etwas anderes...«

»Ich habe verstanden.«

»Und dann kamen die Dampfmaschine, das Automobil, das Telefon, das Flugzeug.«

»Ja, fliegen würde ich gern.«

»Das wirst du auch. Aber begreifst du die Idee, die Veränderung des Denkens?«

»Gewiß. Ich stamme nicht aus der neunzehnten Dynastie Ägyptens, ich stamme aus den Anfangstagen des römischen Imperiums. Mein Verstand ist, wie sagt man, flexibel und anpassungsfähig. In mir findet ununterbrochen eine, wie sagt man, Veränderung statt.«

Irgend etwas erschreckte ihn. Sie wußte zuerst nicht, was es war. Das Orchester hatte angefangen, sehr leise zu spielen, so daß sie es über das Murmeln der Unterhaltung hinweg kaum hören konnte. Er stand auf und ließ die Serviette fallen. Er deutete zur anderen Seite des überfüllten Raums.

Die leisen Klänge des Walzers »Die lustige Witwe« tönten deutlich über das Murmeln der Unterhaltungen. Julie drehte sich um und sah das kleine Streichorchester, das auf der anderen Seite der polierten Tanzfläche Platz genommen hatte.

Ramses stand auf und ging darauf zu.

»Ramses, warte«, sagte Julie. Aber er hörte sie nicht. Sie eilte ihm nach. Bestimmt starrte inzwischen jeder den großen Mann an, der über die Tanzfläche ging und vor den Musikern stehenblieb, als wäre er der Dirigent persönlich.

Finster starrte er auf die Violinen und das Cello. Erst als er die große goldene Harfe sah, lächelte er wieder, und zwar so eindeutig hinreißend, daß die Violinistin zurücklächelte und sogar der alte, grauhaarige Cellist gerührt schien.

Sie mußten ihn für einen Taubstummen gehalten haben, als er hinaufging und die Finger auf das Cello legte, die er jedoch angesichts der starken Vibrationen schnell wieder wegzog, doch nur, um es erneut zu berühren.

»Oooh, Julie«, flüsterte er laut.

Alle sahen ihn an. Selbst die Kellner schienen verwirrt. Aber niemand wagte es, dem stattlichen Mann in Lawrences bestem Anzug mit der Seidenschärpe entgegenzutreten, nicht einmal dann, als er am ganzen Körper zitterte und die Hände an die Schläfen preßte.

Sie zupfte an ihm. Er rührte sich nicht. »Julie, welche Klänge!« flüsterte er.

»Dann tanz mit mir, Ramses«, sagte sie.

Niemand tanzte, aber spielte das eine Rolle? Da war die Tanzfläche, und ihr war nach Tanzen zumute. Mehr als alles auf der Welt war ihr nach Tanzen zumute.

Er sah sie baff erstaunt an. Er ließ zu, daß sie ihn umdrehte und seine Hand ergriff, während sie ihm gleichzeitig einen Arm um die Taille legte.

»So führt der Mann die Frau«, sagte sie. Im Walzerschritt zog sie ihn behutsam mit sich. »Meine Hand sollte eigentlich auf deiner Schulter liegen. Ich werde mich bewegen, und du... genau. Aber laß mich führen.«

Sie drehten sich immer schneller. Ramses ließ sich führen und sah nur ab und zu auf seine Füße hinab. Ein weiteres Paar kam auf die Tanzfläche und dann noch eins. Aber Julie sah sie nicht. Sie sah nur das verzückte Gesicht von Ramses und seinen Blick, der über die gewöhnlichen Schätze des Raums huschte. Plötzlich wurde alles zum Wirbel, die Kerzen, die vergoldeten Ventilatorblätter über ihnen, die üppigen Blumen auf den Tischen, das funkelnde Silber und die Musik, die sie einhüllte, die sie immer schneller davontrug.

Plötzlich lachte er laut. »Julie, wie Musik, die man aus einem Kelch gießt. Wie Musik, die zu Wein geworden ist.«

Sie drehte ihn rasch in engen Kreisen.

»Veränderungen!« rief er aus.

Sie warf den Kopf zurück und lachte.

Plötzlich war es vorbei. Die Musik hatte aufgehört. Doch sie wußte nur, daß es vorbei war, und daß er im Begriff war, sie zu küssen, und daß sie geküßt werden wollte. Aber er zögerte. Er merkte, daß die anderen Paare die Tanzfläche verließen. Er nahm ihre Hand.

»Ja, wir müssen gehen«, sagte sie.

Draußen war es kalt und neblig. Sie gab dem Türsteher ein paar Münzen. Sie verlangte nach einer Droschke.

Ramses ging auf und ab und betrachtete die Passanten, die aus Automobilen und Droschken ausstiegen. Ein Zeitungsjunge kam mit der neuesten Ausgabe auf sie zugerannt.

»Fluch der Mumie in Mayfair!« rief der Junge schrill. »Mumie ist von den Toten auferstanden!«

Bevor sie eingreifen konnte, hatte Ramses dem Jungen die Zeitung entrissen. Verlegen gab sie dem Knaben eine Münze.

Und da stand er wahrhaftig, der ganze alberne Skandal. Eine Tuscheskizze von Henry, wie er die Treppe ihres Hauses hinunterrannte.

»Dein Cousin«, sagte Ramses düster. »›Fluch der Mumie schlägt wieder zu...‹« las er langsam.

»Das glaubt niemand! Es ist ein Witz!«

Er las weiter: »›Mitarbeitern des Britischen Museums zufolge ist die Ramses-Sammlung in Sicherheit und wird schon bald ins Museum überführt.‹« Er machte eine Pause. »Museum«, sagte er. »Erkläre mir das Wort *Museum*. Was ist ein Museum, ein Grab?«

Dem armen Mädchen ging es gar nicht gut, das konnte Samir sehen. Er mußte gehen. Aber er mußte auch Julie sprechen. Und daher wartete er im Salon, wo er steif auf der Kante des Sofas saß und zum dritten Mal Ritas Angebot, ihm Kaffee, Tee oder Wein zu bringen, ablehnte.

Hin und wieder sah er auf und erblickte den glänzenden ägyptischen Sarg. Wenn nur Rita nicht da stehen würde, aber sie hatte eindeutig nicht die Absicht, ihn allein zu lassen.

Das Museum hatte schon seit Stunden geschlossen, aber sie wollte, daß er es sah. Sie ließ die Droschke weiterfahren und folgte ihm zum schmiedeeisernen Zaun. Er umklammerte die Stäbe, während er zur Tür und den hohen Fenstern hinauf sah. Die Straße war dunkel und verlassen. Ein leichter Nieselregen hatte eingesetzt.

»Da drinnen sind viele Mumien«, sagte sie. »Deine Mumie wäre schließlich auch dort gelandet. Vater hat für das Britische Museum gearbeitet, obwohl er kein Geld dafür bekommen hat.«

»Mumien von Königen und Königinnen aus Ägypten?«

»Die meisten sind in Ägypten. Eine Mumie von Ramses dem Zweiten steht hier seit Jahren in einem Schaukasten aus Glas.«

Er lachte kurz und verbittert, als er sie ansah. »Hast du sie gesehen?« Er sah wieder zum Museum. »Der arme Narr. Er hat nie erfahren, daß er im Grab des Ramses beigesetzt wurde.«

»Aber wer war er?« Ihr Herz schlug schneller. Zu viele Fragen lagen ihr auf der Zunge.

»Das habe ich nie erfahren«, sagte er leise, ließ den Blick dabei aber weiterhin über das ganze Gebäude schweifen, als wollte er es sich einprägen. »Ich habe meine Soldaten ausgeschickt, einen Sterbenden zu finden, einen Ungeliebten, um den sich niemand kümmern würde. Sie haben ihn nachts in den Palast gebracht. Und so habe ich... wie sagt man? Meinen eigenen Tod inszeniert. Und dann bekam Meneptah, mein Sohn, das, was er wollte, die Krone.« Er überlegte einen Augenblick. Dann sprach er mit tiefer Stimme weiter. »Und nun sagst du mir, dieser Leichnam sei zusammen mit anderen Königen und Königinnen in einem Museum?«

»Im Museum von Kairo«, sagte sie leise. »Bei Saqqara und den Pyramiden. Dort gibt es eine große Stadt.«

Sie sah, wie sehr ihn diese Nachricht mitnahm. Sie sprach ganz leise weiter, wußte aber nicht zu sagen, ob er sie hörte:

»Vor langer Zeit wurde das Tal der Könige geplündert. Grabräuber sind fast in jede Gruft eingebrochen. Der Leichnam von Ramses dem Großen wurde mit Dutzenden anderen in einem Massengrab gefunden, das die Priester ausgehoben hatten.«

Er drehte sich um und sah sie nachdenklich an. Selbst jetzt wirkte sein Gesicht offen, seine Augen suchend.

»Sag mir eines, Julie. Königin Kleopatra die Sechste, die zur Zeit des Julius Cäsar regiert hat. Liegt ihr Leichnam auch im Museum von Kairo? Oder hier?« Er drehte sich wieder zu dem dunklen Gebäude um. Die subtilen Veränderungen, die dunkle Farbe seines Gesichts entgingen ihr nicht.

»Nein, Ramses. Niemand weiß, was aus den sterblichen Überresten von Kleopatra geworden ist.«

»Aber ihr kennt diese Königin, deren Marmorbüste sich in meinem Grab befand.«

»Ja, Ramses, jedes Schulkind kennt den Namen Kleopatra. Alle Welt kennt ihn. Aber ihr Grab wurde vor langer Zeit zerstört.«

»Ich verstehe mehr, als ich sagen kann, Julie. Fahr fort.«

»Niemand weiß, wo sich ihr Grab befand. Niemand weiß, was aus ihrem Leichnam geworden ist. Die Zeit der Mumien war vorbei.«

»Nein!« flüsterte er. »Sie wurde auf alte ägyptische Weise begraben, zwar ohne den Zauber und das Einbalsamieren, aber sie wurde in Leinen gewickelt, wie es sich ziemte, und zu ihrem Grab am Meer gebracht.«

Er verstummte. Er legte die Hände an die Schläfen. Und dann preßte er den Kopf gegen den Eisenzaun. Es regnete jetzt stärker. Plötzlich war ihr kalt.

»Aber dieses Mausoleum«, sagte er, während er sich langsam wieder sammelte. Er verschränkte die Arme. »Es war ein prunkvolles Bauwerk. Es war groß und wunderschön und mit Marmor verkleidet.«

»Das wissen wir von den alten Geschichtsschreibern. Aber es ist verschwunden. In Alexandria finden sich keine Spuren mehr. Niemand weiß, wo es gestanden hat.«

Er sah sie nachdenklich an. »Aber ich weiß es«, sagte er.

Er ging ein Stück zur Seite. Unter einer Straßenlaterne blieb er stehen und sah in das trübe gelbe Licht. Sie folgte ihm zögernd. Schließlich drehte er sich zu ihr um, streckte die Hand nach ihr aus und zog sie zu sich heran.

»Du fühlst meinen Schmerz«, sagte er ruhig. »Und doch weißt du so wenig von mir. Was bin ich für dich?«

Sie überlegte. »Ein Mann«, sagte sie. »Ein wunderschöner starker Mann. Ein Mann, der leidet, wie wir alle leiden. Und ich weiß manches... weil du es selbst aufgeschrieben und die Schriftrollen hinterlassen hast.«

Unmöglich zu sagen, ob ihm das gefiel.

»Und dein Vater hat es auch gelesen«, sagte er.

»Ja. Er hat einige Übersetzungen angefertigt.«

»Ich habe ihn dabei beobachtet«, flüsterte er.

»Ist es wahr, was du geschrieben hast?«

»Warum sollte ich lügen?«

Plötzlich wollte er sie küssen, aber sie wich wieder zurück.

»Du suchst dir die seltsamsten Augenblicke für deine Avancen aus«, sagte sie atemlos. »Wir haben von... von Tragödien gesprochen, stimmt's?«

»Von Einsamkeit vielleicht, und Narretei. Und den Taten, zu denen uns der Kummer verleitet.«

Sein Ausdruck wurde sanfter. Sein Lächeln hatte wieder etwas Verspieltes an sich.

»Deine Tempel sind in Ägypten«, sagte sie. »Sie stehen noch. Das Ramsesseum in Luxor. Abu Simbel. Das sind jedoch nicht die Namen, die zu deiner Zeit benutzt wurden. Die riesigen Statuen! Statuen, die die ganze Welt gesehen hat. Englische Dichter haben darüber geschrieben. Große Feldherrn haben sie besucht. Ich habe sie berührt. Ich stand in den uralten Hallen.«

Er lächelte immer noch. »Und nun gehe ich mit dir durch diese modernen Straßen.«

»Und es macht dir Freude.«

»Ja, das ist wahr. Meine Tempel waren schon alt, bevor ich die Augen zugemacht habe. Aber das Mausoleum von Kleopatra wurde gerade erst gebaut.« Er verstummte und ließ ihre Hand los. »Verstehst du, mir kommt es vor, als wäre es gestern gewesen. Und dennoch ist es wie ein Traum und unendlich fern. Irgendwie habe ich im Schlaf das Dahingehen der Jahrhunderte gespürt. Meine Seele ist gewachsen, während ich schlief.«

Sie dachte an die Worte in der Übersetzung ihres Vaters.

»Was hast du geträumt, Ramses?«

»Nichts, meine Teuerste, das sich mit den Wundern dieses Jahrhunderts messen könnte!« Er hielt inne. »Wenn wir müde sind, sprechen wir sehnsüchtig von Träumen, als würden sie unsere wahren Begierden verkörpern – was wir haben *könnten*, wenn das, was wir *haben*, uns so gründlich enttäuscht. Aber für diesen Wanderer ist die konkrete Welt schon immer das wahre Objekt der Begierde gewesen. Müdigkeit und Resignation machen sich nur dann breit, wenn diese Welt wie ein Traum erscheint.«

Er starrte in den Regen. Sie ließ seine Worte auf sich wirken und versuchte vergebens, ihre volle Bedeutung zu begreifen. In ihrem kurzen Leben hatte sie schon soviel Schmerz erfahren, daß sie das, was sie besaß, zu schätzen wußte. Nach dem Tod ihrer Mutter hatte sie sich noch enger an ihren Vater geklammert. Sie hatte versucht, Alex Savarell zu lieben, weil er es so wollte. Ihrem Vater war es einerlei gewesen. Aber in Wahrheit liebte sie wie ihr Vater Ideen und Objekte. Meinte er das? Sie war nicht sicher.

»Möchtest du nicht nach Ägypten, möchtest du die alte Welt nicht mit eigenen Augen sehen?« fragte sie.

»Ich bin hin und her gerissen«, flüsterte er.

Ein Windstoß fegte über den verlassenen Gehweg, trockene Blätter wurden an dem schmiedeeisernen Zaun entlang geweht. Von einer elektrischen Leitung über ihnen ertönte ein leises Surren. Ramses drehte sich um und betrachtete sie.

»Echter als ein Traum«, flüsterte er und sah wieder ins gelbe Licht der Lampe. »Ich will diese Zeit, liebster Darling«, sagte er. »Vergibst du mir, wenn ich dich so nenne? Mein liebster Darling? Wie du deinen Freund Alex genannt hast.«

»Du darfst mich so nennen«, sagte sie.

Denn ich liebe dich mehr, als ich ihn je geliebt habe!

Er schenkte ihr sein gütiges, großherziges Lächeln. Er kam mit ausgebreiteten Armen auf sie zu und riß sie unvermittelt von den Füßen.

»Leichte kleine Königin«, sagte er.

»Laß mich runter, großer König«, flüsterte sie.

»Warum sollte ich?«

»Weil ich es dir befehle.«

Er gehorchte. Er setzte sie behutsam ab und verbeugte sich tief vor ihr.

»Und wohin gehen wir nun, meine Königin? In den Palast von Stratford in der Region Mayfair im Lande London, England, dereinst als Britannien bekannt?«

»Ja, genau das machen wir, weil ich hundemüde bin.«

»Ja, und ich muß in der Bibliothek deines Vaters studieren, wenn du gestattest. Ich muß die Bücher lesen, um alles, was du mir gezeigt hast, wie du selbst sagst, ›zu ordnen‹.«

Kein Laut war im Haus zu hören. Wohin war das Mädchen gegangen? Der Kaffee, den Samir schlußendlich doch getrunken hatte, war inzwischen kalt geworden. Er konnte dieses wäßrige Gebräu nicht mehr trinken. Er hatte es von Anfang an nicht gewollt.

Er hatte den Sarg der Mumie über eine Stunde lang angestarrt, so kam es ihm jedenfalls vor, denn die Uhr in der Diele hatte zweimal geläutet. Ab und zu hatten Scheinwerfer durch die Spitzenvorhänge geschienen, waren durchs Zimmer gehuscht und hatten das goldene Antlitz der Mumie einen unheimlichen Augenblick lang mit Leben erfüllt.

Plötzlich stand er auf. Er konnte die Bodendielen unter dem Teppich quietschen hören. Er ging langsam auf den Sarg zu. Heb den Deckel hoch. Dann wirst du es wissen. Heb ihn hoch. Angenommen, er war leer, was dann?

Er streckte den Arm nach dem vergoldeten Holz aus. Seine Hand verweilte zitternd.

»Das würde ich nicht tun, Sir!«

Aha, das Mädchen. Das Mädchen in der Diele, mit ineinander verschlungenen Händen, das Mädchen mit der großen Angst. Aber wovor hatte sie Angst?

»Miss Julie wäre sehr böse.«

Ihm fiel darauf nichts ein. Er nickte verlegen und ging zum Sofa zurück.

»Vielleicht sollten Sie morgen wiederkommen«, sagte sie.

»Nein. Ich muß sie heute abend noch sprechen.«

»Aber Sir, es ist schon so spät.«

Das Klappern von Hufen draußen, das leise Quietschen der Droschkenreifen. Er hörte ein leises Lachen und wußte sofort, daß es Julie war.

Rita eilte zur Tür und schob den Riegel zurück. Staunend ruhte sein Blick auf dem Paar, das jetzt das Zimmer betrat; die strahlende Julie, in deren Haar funkelnde Regentropfen hingen, und ein Mann, ein großer, stattlicher Mann mit dunkelbraunem Haar und leuchtend blauen Augen. Julie sprach mit ihm, nannte seinen Namen. Der Name sagte ihm gar nichts.

Samir konnte den Blick nicht von diesem Mann nehmen. Die Haut war blaß und makellos. Und die Züge ebenmäßig geformt. Aber die Ausstrahlung des Mannes war das Überwältigende. Der Mann besaß eine Aura der Stärke, die fast beängstigend war.

»Ich wollte nur... nur nach Ihnen sehen«, sagte er zu Julie, ohne sie dabei anzusehen. »Mich vergewissern, daß es Ihnen gut geht. Ich mache mir Sorgen um Sie...«

Er verstummte.

»Ich weiß, wer Sie sind«, sagte der Mann plötzlich mit einem reinen britischen Akzent. »Sie sind der Freund von Lawrence, richtig? Ihr Name ist Samir.«

»Haben wir uns schon kennengelernt?« sagte Samir. »Ich kann mich nicht erinnern.«

Seine Augen glitten zögernd über die Gestalt, die jetzt auf ihn zu kam, und plötzlich sah er starr auf die ausgestreckte Hand, auf den Rubinring und auf den Ring mit dem Schriftzeichen von Ramses dem Großen. Ihm schien, als wäre das Zimmer unwirklich geworden, als ergäben die Stimmen, die zu ihm sprachen, keinen Sinn. Es bestand keine Notwendigkeit zu antworten.

Der Ring, den er unter den Bandagen der Mumie gesehen hatte! Ein Irrtum war ausgeschlossen. Einen solchen Irrtum konnte er nicht machen. Und nichts von dem, was Julie sagte, konnte jetzt noch eine Rolle spielen. So höflich gesprochene Worte, aber lauter Lügen, und dieses Wesen sah ihn an und war sich sichtlich bewußt, daß er den Ring kannte, wußte auch, daß Worte einfach keine Rolle mehr spielten.

»Ich hoffe, Henry ist mit seinem Unsinn nicht zu Ihnen gelaufen gekommen...« Ja, das war der Sinn.

Aber es war gar kein Unsinn. Und langsam wandte er den Blick ab und zwang sich, mit eigenen Augen zu sehen, daß sie sicher und gesund und geistig normal war. Dann machte er die Augen zu, und als er sie wieder aufschlug, sah er nicht mehr den Ring an, sondern sah dem König ins Gesicht, in die gelassenen blauen Augen.

Als er wieder zu ihr sprach, waren seine Worte nur ein sinnloses Gemurmel.

»Ihr Vater hätte nicht gewollt, daß Sie ungeschützt sind. Ihr Vater hätte gewollt, daß ich komme...«

»Aber Samir, Freund von Lawrence«, sagte der andere, »Julie Stratford ist nicht in Gefahr.« Und plötzlich wechselte er ins alte Ägyptisch über und sprach mit einem Akzent, wie Samir ihn noch nie gehört hatte: »Diese Frau wird von mir geliebt, ihr wird kein Leid geschehen.«

Erstaunlich, dieser Klang. Er wich zurück. Julie redete wieder. Und wieder hörte er nicht zu. Er war zum Kaminsims gegangen und hielt sich daran fest, als hätte er Angst zu stürzen.

»Sicher kennen Sie die alte Sprache der Pharaonen, mein Freund«, sagte der große, blauäugige Mann. »Sie sind Ägypter, stimmt's? Sie haben sie Ihr Leben lang studiert. Sie können sie so gut lesen wie Latein oder Griechisch.«

Diese wohlklingende Stimme, die versuchte, jegliche Angst zu vertreiben. Kultiviert, höflich. Was konnte sich Samir mehr wünschen?

»Ja, Sir, Sie haben recht«, sagte Samir. »Aber ich habe sie noch nie gesprochen gehört, und der Akzent war mir bisher unbekannt. Aber Sie müssen mir sagen...« Er zwang sich, den Mann wieder direkt anzusehen. »Sie sind Ägyptologe, hat man mir gesagt. Glauben Sie, es war der Fluch des Grabes, der meinen Freund Lawrence getötet hat? Oder ist er auf natürliche Weise gestorben?«

Der Mann schien die Antwort sorgfältig zu überlegen. Julie Stratford wurde blaß, senkte den Blick und wandte sich ein wenig von den beiden Männern ab.

»Flüche sind Worte, mein Freund«, sagte der Mann. »Warnungen, um die Unwissenden und Furchtsamen zu vertreiben. Es ist Gift oder eine andere grobe Waffe erforderlich, um das Leben eines Menschen auf unnatürliche Weise zu beenden.«

»Gift!« flüsterte Samir.

»Samir, es ist sehr spät«, sagte Julie. Ihre Stimme klang rauh, gepreßt. »Wir sollten jetzt nicht darüber sprechen, sonst muß ich wieder weinen, und dann komme ich mir albern vor. Wir sollten nur darüber sprechen, wenn wir wirklich ins Detail gehen wollen.« Sie kam zu ihm und nahm seine beiden Hände. »Ich möchte, daß Sie an einem anderen Abend wiederkommen, wenn wir uns alle gemeinsam zusammensetzen können.«

»Ja, Julie Stratford ist sehr müde. Julie Stratford war eine ausgezeichnete Lehrerin. Und ich wünsche Ihnen eine gute Nacht, mein Freund. Sie sind doch mein Freund, nicht wahr? Möglicherweise haben wir beide einander viel zu erzählen. Aber vorerst, glaube ich, sollte ich Julie Stratford vor allem und jedem beschützen, der ihr etwas zuleide tun könnte.«

Samir ging langsam zur Tür.

»Wenn Sie mich brauchen«, sagte er und drehte sich um, »müssen Sie nach mir schicken lassen.« Er griff in seine Manteltasche, holte seine Karte heraus und betrachtete sie einen Moment lang fassungslos. Dann gab er sie dem Mann. Als der Mann sie nahm, sah er den Ring im Licht funkeln.

»Ich bin jeden Abend bis spät in meinem Büro im Britischen Museum. Ich schlendere durch die Flure, wenn alle schon gegangen sind. Wenn Sie zur Seitentür kommen, finden Sie mich.«

Aber warum sagte er das alles? Was wollte er damit ausdrücken? Plötzlich wünschte er sich, die Kreatur würde wieder die alte Sprache sprechen. Er konnte sich die seltsame Mischung von Freude und Schmerz nicht erklären, die er empfand. Und auch nicht die seltsame Verdunkelung der Welt und die Wertschätzung des Lichts, die er dadurch verspürt hatte.

Er drehte sich um und eilte die Granitstufen hinunter an den uniformierten Wachen vorbei, ohne sie auch nur eines Blickes zu würdigen. Rasch schritt er durch die naßkalten Straßen. Er achtete nicht auf die Droschken, die langsamer fuhren. Er wollte nur allein sein. Er sah immerzu den Ring, hörte diese uralten ägyptischen Worte laut gesprochen, wie er sie noch niemals gehört hatte. Er wollte weinen. Ein Wunder war geschehen, doch irgendwie bedrohte es alles Wunderbare um ihn herum.

»Lawrence, steh mir bei«, flüsterte er.

Julie machte die Tür zu und schob den Riegel vor.

Sie drehte sich zu Ramses um. Sie konnte Ritas Schritte einen Stock höher hören. Sie waren allein. Rita konnte sie nicht hören.

»Du möchtest ihm dein Geheimnis doch nicht anvertrauen!« fragte sie.

»Der Schaden ist angerichtet«, sagte er leise. »Er kennt die Wahrheit. Und dein Cousin Henry wird es anderen erzählen. Und auch andere werden es glauben.«

»Nein, das ist unmöglich. Du hast selbst gesehen, was mit der Polizei passiert ist. Samir weiß es, weil er den Ring gesehen hat, er hat ihn wiedererkannt. Und er ist gekommen, um sich zu vergewissern und zu überzeugen. Bei anderen wird das nicht so sein. Und irgendwie...«

»Irgendwie?«

»Du hast gewollt, daß er es weiß. Darum hast du ihn mit seinem Namen angesprochen. Du hast ihm gesagt, wer du bist.«

»Wirklich?«

»Ja, ich glaube, das hast du.«

Er dachte darüber nach. Er fand die Vorstellung nicht besonders ansprechend. Aber es stimmte, das hätte sie beschwören können.

»Wenn zwei glauben, können sie auch einen dritten überzeugen«, sagte er, als hätte sie nicht schon darauf hingewiesen.

»Sie können es nicht beweisen. Du bist echt, ja, und der Ring ist echt. Aber was verbindet dich wirklich mit der Vergangenheit! Du verstehst unsere Zeit nicht, wenn du glaubst, daß so wenig ausreicht, die Menschen davon zu überzeugen, daß du auferstanden bist. Wir leben im Zeitalter der Wissenschaft, nicht im Zeitalter der Religion.«

Er sammelte sich, neigte den Kopf und verschränkte die Arme und ging auf dem Teppich hin und her. Plötzlich blieb er stehen:

»Oh, mein liebster Darling, wenn du nur verstehen könntest«, sagte er. Keine Dringlichkeit schwang in seiner Stimme mit, dafür aber tiefe Gefühle. Und es schien, als wäre der Tonfall inzwischen auf fast vertraute Weise englisch. »Ich habe diese Wahrheit fast tausend Jahre lang gehütet«, sagte er, »und selbst vor denen verborgen, die ich geliebt und denen ich gedient habe. Sie haben nie erfahren, woher ich kam, wie lange ich gelebt hatte oder was über mich gekommen war. Und nun bin ich in deine Zeit gestolpert und habe die Wahrheit während eines Mondes mehr Sterblichen verraten als allen zusammen, seit Ramses über Ägypten geherrscht hat.«

»Ich verstehe«, sagte sie. Aber sie dachte etwas anderes, etwas ganz anderes. *Du hast die Geschichte auf den Schriftrollen festgehalten. Du hast sie dort liegen lassen. Und zwar, weil du dieses Geheimnis nicht mehr alleine tragen konntest.* »Du verstehst diese Zeit nicht«, sagte sie wieder. »Man glaubt nicht mehr an Wunder, nicht einmal die glauben daran, denen sie widerfahren.«

»Wie seltsam, so etwas zu sagen!«

»Würde ich es von den Dächern schreien, würde es niemand glauben. Dein Elixier ist sicher, mit oder ohne Gifte.«

Ein tiefer Schmerz erfaßte ihn. Sie sah es. Sie spürte es. Sie bedauerte ihre Worte. Welch ein Wahnsinn zu glauben, daß dieses Wesen allmächtig war, daß sein unbekümmertes Lächeln nicht eine Verwundbarkeit verbarg, die ebenso groß war wie seine Stärke. Sie war ratlos. Sie wartete. Und dann wurde sie wieder von seinem Lächeln gerettet.

»Was bleibt uns anderes übrig als abzuwarten, Julie Stratford?«

Er seufzte. Er zog den Gehrock aus und begab sich ins Ägyptische Zimmer. Er betrachtete den Sarg, seinen Sarg, und dann die Reihe der Gefäße. Er griff nach unten und schaltete vorsichtig die elektrische Lampe an, wie er es bei ihr gesehen hatte. Dann sah er zu den Büchern empor, die über Lawrences Schreibtisch an der Wand standen.

»Du bist wahrscheinlich müde und willst schlafen«, sagte sie. »Ich bringe dich nach oben in Vaters Zimmer.«

»Nein, mein liebster Darling, ich schlafe nicht, es sei denn, ich beschließe, dem Leben eine Zeitlang den Rücken zu kehren.«

»Du meinst... du brauchst überhaupt keinen Schlaf!«

»Ganz richtig«, antwortete er und strahlte sie erneut an. »Und ich will dir noch ein böses kleines Geheimnis verraten. Ich brauche die Speisen und Getränke gar nicht, die ich zu mir nehme. Ich verspüre einfach nur Verlangen danach. Und meinem Körper gefällt es.« Er lachte leise über ihre Betroffenheit. »Aber nun werde ich, wenn du gestattest, in den Büchern deines Vaters lesen.«

»Selbstverständlich, dafür mußt du mich nicht um Erlaubnis bitten«, sagte sie. »Nimm dir, was du brauchst und was du willst. Zieh seinen Morgenmantel an. Ich möchte, daß du es dir bequem machst.« Sie lachte. »Ich fange schon an, so zu sprechen wie du.«

Sie sahen einander an. Nur wenige Schritte trennten sie voneinander, aber dafür war sie dankbar.

»Ich werde dich jetzt allein lassen«, sagte sie, doch er nahm unverzüglich ihre Hand, schlang die Arme um sie und küßte sie wieder. Dann ließ er sie fast grob los.

»Julie ist die Königin in ihrem Reich«, sagte er fast entschuldigend.

»Und deine Worte an Samir, wir wollen sie nicht vergessen. ›Aber vorerst, glaube ich, sollte ich Julie Stratford vor allem und jedem beschützen, der ihr etwas zuleide tun könnte.‹«

»Ich habe nicht gelogen. Ich würde gerne an deiner Seite liegen. Damit ich dich besser beschützen kann.«

Sie lachte leise. Sie wußte, daß sie jetzt hätte fliehen sollen, so lange es ihr noch möglich war. »Aber da ist noch etwas«, sagte sie. Sie ging zum nördlichen Ende des Zimmers und klappte den Grammophonkasten auf. Sie zog das Ding auf und überflog die Platten von RCA Victor. Verdis *Aida*. »Ja, genau das«, sagte sie. Und kein abstoßendes Bild auf der Hülle, das ihn hätte vor den Kopf stoßen können. Sie legte die schwere, zerbrechliche schwarze Scheibe auf den samtverkleideten Plattenteller. Sie legte den Tonarm auf. Dann drehte sie sich um und sah ihn an, als der Triumphmarsch der Oper begann, ein leiser, ferner Chor liebreizender Stimmen.

»Das ist Zauberei! Die Maschine macht Musik!«

»Nur aufziehen und abspielen. Und ich werde schlafen wie alle sterblichen Frauen, und träumen, gleichwohl meine Träume schon Wahrheit geworden sind.«

Sie drehte sich noch einmal um und sah, wie er sich zur Musik wiegte, die Arme verschränkt, den Kopf gesenkt. Er sang mit, ganz leise, fast hauchend. Und allein der Anblick des weißen Hemds, das sich straff über seinem breiten Rücken und den kräftigen Armen spannte, reichte aus, ihr einen Schauer über den Rücken zu jagen.

Als es Mitternacht schlug, klappte Elliott das Tagebuch zu. Er hatte den Abend damit verbracht, Lawrences Übersetzungen immer wieder zu lesen und in seinen eingestaubten alten Biographien des Königs namens Ramses der Große und der Königin Kleopatra zu blättern. In diesen historischen Schwarten fand sich nichts, das sich nicht in Einklang mit der unglaublichen Geschichte der Mumie hätte bringen lassen. Ein Mann, der sechzig Jahre lang über Ägypten geherrscht hatte, konnte verdammt gut unsterblich sein. Und die Herrschaft von Kleopatra VI. war in jeder Hinsicht mehr als bemerkenswert gewesen.

Mehr als alles andere faszinierte ihn aber der Absatz, den Lawrence auf lateinisch und ägyptisch geschrieben hatte – die allerletzte Eintragung. Er hatte keine Mühe, es zu lesen. In Oxford hatte er sein Tagebuch in Latein geführt. Ägyptisch hatte er jahrelang zusammen mit Lawrence und dann allein studiert.

Es handelte sich nicht um eine Übertragung der Schriftrollen. Dieser Abschnitt enthielt Lawrences eigene Anmerkungen zu dem Gelesenen.

»Behauptet, er habe dieses Elixier einmal, und nur einmal genommen. Mehr war nicht erforderlich. Hat die Mixtur für Kleopatra gemacht, hielt es aber nicht für sicher, sie wegzuschütten. Hatte Angst, sie an sich selbst auszuprobieren. Man müßte sämtliche Chemikalien in diesem Grab genau untersuchen. Vielleicht befindet sich tatsächlich ein Stoff darunter, der eine verjüngende Wirkung auf den menschlichen Körper hat und das Leben drastisch verlängert.«

Die beiden Zeilen in Ägyptisch waren ohne Zusammenhang. Sie enthielten etwas von Magie, Geheimnissen und natürlichen Ingredienzen, die auf völlig neue Weise gemischt wurden.

168

Das also hatte Lawrence geglaubt. Und er hatte sich die Mühe gemacht, es in den alten Sprachen zu verstecken. Und was glaubte Elliott? Besonders im Lichte von Henrys Geschichte, wonach die Mumie zum Leben erwacht war?

Er mußte wieder daran denken, daß er ein sehr dramatisches kleines Spiel spielte, daß Glaube ein Wort ist, das wir selten gründlich überdenken. Er, zum Beispiel, hatte sein ganzes Leben lang an die Lehre der Kirche von England »geglaubt«. Aber er dachte nicht einmal im Traum daran, nach seinem Ableben in den christlichen Himmel zu kommen, und ganz sicher nicht in die christliche Hölle. Er hätte nicht einen roten Heller auf die Existenz von Himmel und Hölle gesetzt.

Eines jedenfalls stand fest. Wenn er wirklich gesehen hatte, wie die Mumie aus dem Sarg gestiegen war, wie Henry behauptete, würde er sich nicht benehmen wie Henry. Ein Mann ohne Phantasie, das war Henry. Vielleicht war seine mangelnde Phantasie auch seine Tragik. Er kam zu dem Schluß, daß Henry ein Mann war, dem sich die *Bedeutung* der Dinge nicht erschloß.

Elliott floh nicht vor dem Geheimnis, wie Henry es gemacht hatte, sondern verfiel ihm geradezu. Wäre er doch nur länger im Haus der Stratfords geblieben, wäre er doch nur ein wenig schlauer gewesen. Er hätte die Alabastergefäße untersuchen können, hätte eine der Schriftrollen mitnehmen können. Die arme kleine Rita hätte sich mit schlichtweg jeder Erklärung zufriedengegeben.

Er wünschte, er hätte es versucht.

Er wünschte sich auch, sein Sohn Alex müßte weniger leiden. Denn dies war bislang der einzige unerfreuliche Aspekt der ganzen geheimnisvollen Angelegenheit.

Alex hatte den ganzen Tag versucht, Julie anzurufen. Er war mehr als beunruhigt über den Gast in Julies Haus, den er nur flüchtig durch die Tür des Wintergartens gesehen hatte – »ein Schrank von einem Mann, nun, jedenfalls ziemlich groß, mit blauen Augen.

Ein recht... recht gutaussehender Bursche, aber auf jeden Fall zu alt, Julie den Hof zu machen!«

Um acht Uhr hatte dann einer jener Freunde angerufen, die es ja so gut meinen und deshalb rund um die Uhr Gerüchte verbreiten. Man hatte Julie im Hotel Victoria mit einem hübschen und eindrucksvollen Fremden tanzen sehen. Waren Alex und Julie nicht verlobt? Alex war außer sich vor Sorge. Obwohl er den ganzen Nachmittag stündlich versucht hatte, Julie anzurufen, hatte sie nicht zurückgerufen. Schließlich hatte er seinen Vater angefleht, etwas zu unternehmen. Konnte Elliott der Sache nicht auf den Grund gehen?

Ja. Elliott war entschlossen, der Sache auf den Grund zu gehen. Tatsächlich weckte die Angelegenheit erneut Elliotts Lebensgeister. Er fühlte sich, wenn er seinen Tagträumen über Ramses den Großen und das Elixier nachhing, das zwischen den Giften versteckt war, fast wieder jung.

Jetzt stand er von seinem gemütlichen Sessel am Kamin auf, achtete nicht auf die vertrauten Schmerzen und ging zum Schreibtisch, um einen Brief zu schreiben.

> *Liebste Julie,*
> *man hat mir zugetragen, daß Du einen Gast beherbergst. Einen Freund Deines Vaters, so heißt es. Es wäre mir ein großes Vergnügen, diesen Mann kennenzulernen. Vielleicht kann ich ihm während seines Aufenthalts zu Diensten sein, und ich möchte mir die Gelegenheit auf gar keinen Fall entgehen lassen.*
> *Ich bitte Dich, ihn morgen abend zum gemeinsamen Dinner mitzubringen...*

Er steckte den fertigen Brief in einen Umschlag, klebte ihn zu und trug ihn in die Diele, wo er ihn auf ein silbernes Tablett legte, damit sein Diener Walter ihn am Morgen zustellen konnte. Dann hielt er inne. Natürlich wollte Alex, daß er das tat. Aber er tat es nicht für Alex, das wußte er. Und er wußte, wenn dieses Essen zustande kam, mußte Alex vielleicht noch mehr leiden, als er ohnehin schon litt. Andererseits, je früher Alex klar wurde... Er hörte auf. Er wußte nicht genau, was Alex klarwerden sollte. Er wußte nur, daß er selbst völlig in den Bann des Geheimnisses geraten war, das sich langsam vor ihm entfaltete.

Er hinkte linkisch zum Haken hinter der Treppe, nahm den schweren Sergemantel und ging zur Seitentür des Hauses hinaus auf die Straße. Vier Autos parkten dort.

Aber der Lancia Theta mit dem elektrischen Anlasser war der einzige, mit dem er fuhr. Und es war ein ganzes Jahr vergangen, seit er sich dieses außergewöhnliche Vergnügen zum letzten Mal gegönnt hatte.

Der Gedanke, daß er ganz allein mit dem Ding fahren konnte, ohne einen Diener, einen Kutscher oder einen Chaffeur zu fragen, versetzte ihn in Entzücken. Welch wunderbare Entwicklung, daß eine derart komplexe Erfindung zur Einfachheit zurückführte.

Am schlimmsten war, auf dem Fahrersitz Platz zu nehmen, aber er schaffte es. Dann drückte er auf den Anlasser, ließ das Benzin ein, und wenig später war er zu Pferde, so frei wie zuletzt als junger Mann, und raste im gestreckten Galopp Richtung Mayfair.

Julie ließ Ramses unten, eilte die Treppe hinauf in ihr Zimmer und machte die Tür hinter sich zu. Eine ganze Weile lehnte sie mit geschlossenen Augen an der Tür. Sie konnte Rita herumgehen hören. Sie konnte das duftende Wachs der Kerzen riechen, die Rita immer neben ihrem Bett anzündete. Eine romantische kleine Geste, die Julie aus ihrer Kindheit übernommen hatte, als es noch kein elektrisches Licht gab, und der Geruch von Petroleum sie immer ein bißchen krank gemacht hatte.

Sie dachte nur an das, was vorgefallen war, für echte Reflexion fehlte ihr jetzt der Sinn. Das Gefühl, mitten in einem alles vereinnahmenden Abenteuer zu sein, war die einzige Empfindung, die sie wahrnehmen konnte. Außer natürlich einem körperlichen Verlangen nach Ramses, das wirklich schmerzhaft war.

Nein, nicht nur körperlich. Sie war dabei, sich mit Haut und Haaren zu verlieben.

Als sie die Augen wieder aufschlug, sah sie das Foto von Alex auf der Kommode. Und Rita, die gerade das Nachthemd auf das Spitzendeckchen der Kommode gelegt hatte. Jetzt stellte sie fest, daß überall Blumen standen. Blumensträuße in Glasvasen auf der Kommode, auf dem Nachttischchen, auf ihrem Schreibtisch in der Ecke.

»Vom Vicomte, Miss«, sagte Rita. »Alle Sträuße. Ich weiß nicht, Miss, was er davon halten wird, von diesen seltsamen Vorkommnissen. Ich weiß selbst nicht, was ich davon halten soll, Miss…«

»Freilich nicht, Rita«, sagte Julie, »aber, Rita, Sie dürfen keiner Menschenseele etwas davon sagen, das wissen Sie.«

»Wer würde mir schon glauben, Miss!« sagte Rita. »Aber ich verstehe es nicht, Miss. Wie konnte er sich in dem Sarg verstecken? Warum ißt er soviel?«

Einen Augenblick konnte Julie nicht antworten. Was, um alles in der Welt, dachte Rita?

»Rita, Sie müssen sich keine Sorgen machen«, sagte sie nachdrücklich. Sie nahm Ritas Hände in ihre. »Bitte glauben Sie mir, wenn ich sage, daß er ein guter Mann ist und es für alles eine gute Erklärung gibt!«

Rita sah Julie verständnislos an. Plötzlich wurden ihre kleinen blauen Augen groß. »Aber, Miss Julie!« flüsterte sie. »Wenn er ein guter Mann ist, wieso mußte er sich dann auf diese Weise nach London stehlen? Und warum ist er unter diesen Bandagen nicht erstickt?«

Julie dachte einen Moment nach.

»Rita, mein Vater hat von dem Plan gewußt«, sagte sie ernst. »Er hat ihn gebilligt.«

Werden wir wirklich in der Hölle schmoren, wenn wir Lügen erzählen? fragte sich Julie. Zumal wenn es Lügen sind, die andere Menschen sofort beruhigen?

»Ich möchte sogar hinzufügen«, führte Julie weiter aus, »daß der Mann hier einen wichtigen Auftrag hat. Und nur wenige Leute in der Regierung wissen davon.«

»Ohhh...« Rita war bestürzt.

»Natürlich sind auch einige sehr wichtige Leute bei Stratford Shipping eingeweiht, aber Sie dürfen kein Wort sagen. Besonders nicht zu Henry, Onkel Randolph, Lord Rutherford oder sonst jemand, sehen Sie...«

Rita nickte. »Gut, Miss. Ich hatte ja keine Ahnung.«

Nachdem die Tür ins Schloß gefallen war, fing Julie an zu lachen und hielt die Hand vor den Mund wie ein Schulmädchen. In Wahrheit schien es so weitaus logischer zu sein. Denn was Rita glaubte, so verrückt es auch schien, war wesentlich einleuchtender als das, was tatsächlich geschehen war.

Was tatsächlich geschehen war. Sie setzte sich vor den Spiegel und zog fast müßig die Haarnadeln aus dem Haar. Ihr Blick verschwamm, als sie sich im Spiegel betrachtete. Sie sah das Zimmer wie durch einen Schleier, sah die Blumen, sah die weißen Spitzenvorhänge ihres Bettes, sah ihre Welt weit entfernt und nicht mehr wichtig.

Fast wie in Trance bürstete sie ihr Haar, stand auf, streifte das Nachthemd über und schlüpfte unter die Decke. Die Kerzen brannten noch. Ein anheimelndes Leuchten durchflutete das Zimmer. Die Blumen verströmten einen schwachen Duft.

Morgen würde sie mit ihm die Museen besuchen, wenn er wollte. Vielleicht würden sie mit dem Zug aufs Land fahren. Zum Tower von London konnten sie gehen. Es gab so viele Möglichkeiten, so viele, viele Möglichkeiten...

Und dann kam dieses große, wunderbare Ende aller Gedanken. Sie sah ihn. Sie sah ihn und sich vereint.

Samir saß schon über eine Stunde an seinem Schreibtisch. Er hatte eine halbe Flasche Pernod getrunken, einen Likör, den er gerne trank, seit er ihn in einem französischen Café in Kairo entdeckt hatte. Aber er war nicht betrunken, er hatte lediglich die kribbelnde Erregung gedämpft, die ihn ergriffen hatte, nachdem er das Haus der Stratfords verlassen hatte. Aber immer, wenn er versuchte, über das Geschehene nachzudenken, stellte sich diese Erregung unverzüglich wieder ein.

Plötzlich erschreckte ihn ein Klopfen am Fenster. Sein Büro lag im hinteren Teil des Museums. Und das einzige Licht im ganzen Gebäude war sein Licht.

Er konnte die Gestalt draußen nicht sehen. Aber er wußte, wer es war. Und er war schon aufgesprungen, bevor es ein zweites Mal klopfte. Er ging auf den hinteren Flur und zu einer Seitentür, die zu einer Gasse führte.

Ramses der Große stand im nassen Regenmantel und mit bis auf die Brust offenem Hemd vor ihm und wartete. Samir trat in die Dunkelheit hinaus. Der Regen hatte einen feuchten Glanz auf den Steinmauern und dem Pflaster hinterlassen. Aber nichts schien so zu strahlen wie diese große, befehlsgewohnte Gestalt vor ihm.

»Was kann ich für Sie tun, Sire?« fragte Samir. »Welche Dienste kann ich Ihnen anbieten?«

»Ich möchte eintreten, Aufrichtiger«, sagte Ramses. »Wenn du gestattest, möchte ich gerne die anderen Relikte meiner Vorfahren und meiner Kinder sehen.«

Bei diesen Worten lief ein wohliger Schauer durch Samir. Er spürte, wie ihm Tränen in die Augen traten. Er hätte dieses bittersüße Glücksgefühl niemandem erklären können.

»Mit Vergnügen, Sire«, sagte er. »Ich will Ihr Führer sein. Es ist mir eine große Ehre.«

Elliott sah das Licht in Randolphs Bibliothek. Er parkte das Auto am Bordstein, direkt neben dem alten Stallgebäude, stieg aus und schaffte es irgendwie, die Treppe hinaufzugehen und zu läuten. Randolph selbst machte ihm in Hemdsärmeln und mit schalem Weingeruch im Atem die Tür auf.

»Großer Gott, hast du eine Ahnung, wie spät es ist?« fragte er. Er drehte sich um und gestattete Elliott, ihm in die Bibliothek zu folgen. Was für ein stattliches Zimmer, in dem sich alles befand, was man für Geld kaufen konnte, einschließlich Stichen von Hunden und Pferden und Landkarten, die nie jemand ansah.

»Ich will dir gleich die Wahrheit sagen. Für alles andere bin ich zu müde«, sagte Randolph. »Du bist zum richtigen Zeitpunkt gekommen, mir eine sehr wichtige Frage zu beantworten.«

»Und die wäre?« sagte Elliott. Er sah zu, wie Randolph sich an seinem Schreibtisch niederließ, einem gewaltigen, monströsen Ding aus Mahagoni mit klobigen Schnitzereien. Überall auf der Tischplatte lagen Dokumente und Rechnungsbücher. Stapelweise Rechnungen. Und ein großes, häßliches Telefon, und Lederkästchen für Büroklammern, Federhalter, Notizpapier.

»Die alten Römer«, sagte Randolph. Er lehnte sich zurück und nahm einen Schluck Wein, ohne daran zu denken, Elliott welchen anzubieten. »Was haben die gemacht, wenn sie entehrt waren, Elliott? Sie haben sich die Pulsadern aufgeschnitten, stimmt's? Und sind ehrenvoll verblutet.«

Elliott betrachtete den Mann, seine blutunterlaufenen Augen, die zitternden Hände. Dann stand er mit Hilfe des Gehstocks wieder auf. Er ging zum Schreibtisch und schenkte sich ein Glas Wein aus der Karaffe ein. Er füllte Randolphs Glas nach und ging dann wieder zu seinem Sessel.

Randolph beobachtete das alles vollkommen teilnahmslos. Er stützte die Ellbogen auf den Schreibtisch und strich sich mit den runzligen Fingern durch das graue Haar, während er den Stapel Unterlagen vor sich betrachtete.

»Wenn ich mich recht erinnere«, sagte Elliott, »hat sich Brutus in sein eigenes Schwert gestürzt. Markus Antonius hat später dasselbe versucht, was aber gründlich danebengegangen ist. Dann ist er an einem Seil in Kleopatras Schlafgemach geklettert. Dort ist es ihm dann irgendwie gelungen, sich noch einmal zu töten oder endlich zu sterben. Sie hat sich für das Gift einer Schlange entschieden. Aber um deine Frage zu beantworten, ja, die Römer haben sich von Zeit zu Zeit die Pulsadern aufgeschlitzt, das stimmt. Aber du wirst mir die Feststellung erlauben, daß keine noch so große Geldsumme ein Menschenleben wert ist. Und du mußt aufhören, daran zu denken.«

Randolph lächelte. Elliott kostete den Wein. Ausgezeichnet. Die Stratfords tranken immer guten Wein. Tagein, tagaus tranken sie Rebensaft, den andere Leute für festliche Gelegenheiten aufbewahrten.

»Wirklich?« sagte Randolph. »Keine Geldsumme. Und woher soll ich das Geld bekommen, mit dem ich verhindern könnte, daß meine Nichte das wahre Ausmaß meiner Unterschlagungen erfährt?«

Der Earl schüttelte den Kopf. »Wenn du dir das Leben nimmst, wird sie ganz zweifellos alles herausfinden.«

»Ja, aber ich werde nicht mehr da sein und Fragen beantworten müssen.«

»Eine Kleinigkeit, die deine verbleibenden Jahre nicht aufwiegt. Du redest Unsinn.«

»Wirklich? Sie wird Alex nicht heiraten. Das weißt du auch. Und selbst wenn, würde sie Stratford Shipping nicht den Rücken kehren. Nichts steht zwischen mir und der endgültigen Katastrophe.«

»O doch.«

»Und was?«

»Wart ein paar Tage ab, dann siehst du, ob ich nicht recht habe. Deine Nichte hat einen neuen Zeitvertreib gefunden. Ihren Gast aus Kairo, Mr. Reginald Ramsey. Alex ist deswegen natürlich am Boden zerstört, aber er wird es verschmerzen. Und dieser Reginald Ramsey könnte Julie nicht nur von meinem Sohn, sondern auch von Stratford Shipping wegholen. Und deine Probleme könnten eine einfache Lösung finden. Vielleicht verzeiht sie dir alles.«

»Ich habe diesen Burschen gesehen!« sagte Randolph. »Ich habe ihn heute morgen gesehen, als Henry diese peinliche Szene gemacht hat. Du willst mir doch nicht sagen...«

»Ich habe da so eine Ahnung. Julie und dieser Mann...«

»Henry müßte in dem Haus sein!«

»Vergiß es. Es ist einerlei, was du sagst.«

»Tja, ich muß sagen, du klingst regelrecht fröhlich! Ich hätte gedacht, daß dich das Ganze mehr aus der Fassung bringen würde als mich.«

»Es ist unwichtig.«

»Seit wann?«

»Seit ich angefangen habe, darüber nachzudenken, wirklich darüber nachzudenken, woraus unser Leben eigentlich besteht. Alter und Tod erwarten uns alle. Und da wir dieser simplen Tatsache nicht ins Gesicht sehen können, suchen wir nach endlosen Ablenkungen.«

»Großer Gott, Elliott! Du redest nicht mit Lawrence, du redest mit Randolph! Ich wünschte, ich könnte deinen Standpunkt teilen. Im Moment allerdings würde ich meine Seele für hunderttausend Pfund verkaufen. Wie viele andere Männer auch.«

»Ich nicht«, sagte Elliott. »Und ich habe keine hunderttausend Pfund und werde sie nie haben. Hätte ich sie, würde ich sie dir geben.«

»Wirklich?«

»Ja, ich glaube schon. Aber laß uns doch über eine andere Möglichkeit nachdenken. Julie möchte vielleicht den Fragen über ihren Freund Mr. Ramsey aus dem Weg gehen. Sie möchte vielleicht eine gewisse Zeit allein verbringen, wirklich unabhängig sein. Und dann hättest du alles wieder im Griff.«

»Ist das dein Ernst?«

»Ja, und jetzt gehe ich nach Hause, Randolph. Ich bin müde. Schneid dir nicht die Pulsadern auf. Trink soviel du willst, aber tu uns allen nicht so etwas Schreckliches an. Komm morgen abend zu mir zum Essen. Ich habe Julie und diesen geheimnisvollen Mann eingeladen. Laß mich nicht im Stich. Und wenn alles überstanden ist, sind wir vielleicht in bezug auf die aktuelle Situation um einiges klüger. Du bekommst vielleicht alles, was du willst. Und ich finde die Lösung eines Rätsels. Kann ich damit rechnen, daß du morgen abend kommst?«

»Morgen abend?« sagte Randolph. »Du kommst um ein Uhr nachts hierher, um mich einzuladen?«

Elliott lachte. Er stellte das Glas hin und stand auf.

»Nein«, sagte er. »Ich bin gekommen, um dir das Leben zu retten. Glaub mir, wegen hunderttausend Pfund, das lohnt sich nicht. Nur am Leben zu sein... keine Schmerzen zu haben... aber warum sollte ich dir das erklären?«

»Ja, überanstreng dich nicht.«

»Gute Nacht, mein Freund. Und nicht vergessen. Morgen abend. Ich finde allein raus. Und jetzt sei ein braver Mann und geh ins Bett, bitte.«

Mit einer elektrischen Fackel führte Samir Ramses rasch durch die ganze Sammlung. Was der König empfand, gab er nicht preis. Er betrachtete nacheinander jedes einzelne Objekt – Mumie, Sarkophag, Statue –, der Vielzahl kleiner Gegenstände in den unzähligen Schaukästen widmete er jedoch kaum Aufmerksamkeit.

Ihre Schritte hallten auf dem Steinboden. Der Nachtwächter, der sich längst an Samirs nächtliche Wanderungen gewöhnt hatte, störte sie nicht.

»Die wahren Schätze befinden sich in Ägypten«, sagte Samir. »Die Gebeine der Könige. Dies hier ist nur ein Bruchteil dessen, was vor Plünderung und Verwesung gerettet wurde.«

Ramses blieb stehen. Er betrachtete einen ptolemäischen Sarkophag, einen jener eigentümlichen Zwitter, die aus einem ägyptischen Sarg bestanden, auf den ein griechisches Antlitz und nicht die stilisierte Maske früherer Jahrhunderte aufgemalt war. Dies war der Sarg einer Frau.

»Ägypten«, flüsterte Ramses. »Plötzlich kann ich wegen der Vergangenheit die Gegenwart nicht mehr sehen. Ich bin nicht wirklich in diesem Zeitalter, bevor ich mich nicht endgültig von dem anderen verabschiedet habe.«

Samir zitterte in der Dunkelheit. Die süße Traurigkeit wich wieder der Furcht, diesem tiefen stummen Grauen ob dieses unnatürlichen Dings, von dessen Aufrichtigkeit er nun überzeugt war. Es war kein Irrtum möglich.

Der König drehte den ägyptischen Sälen den Rücken zu. »Bring mich hinaus, mein Freund«, sagte er. »Ich habe mich in diesem Labyrinth verirrt. Die Idee eines Museums gefällt mir nicht.«

Samir schritt rasch an seiner Seite dahin und ließ den Lichtkegel der Lampe vor ihnen über den Boden huschen.

»Sire, wenn Sie nach Ägypten gehen wollen, tun Sie es gleich. Dies ist mein Rat, obwohl ich weiß, daß Sie ihn nicht verlangt haben. Nehmen Sie, wenn Sie wollen, Julie Stratford mit. Aber verlassen Sie England.«

»Warum sagst du das?«

»Die Behörden wissen, daß Münzen aus der Sammlung gestohlen worden sind! Sie verlangen die Mumie von Ramses dem Großen. Es wird viel geredet und geargwöhnt.«

Samir sah den bedrohlichen Gesichtsausdruck von Ramses. »Wieder der verfluchte Henry Stratford«, sagte er leise und ging ein klein wenig schneller. »Er hat seinen Onkel vergiftet, einen klugen und weisen Mann. Sein eigen Fleisch und Blut. Und er hat ihm eine Goldmünze gestohlen, während dieser noch im Sterben lag.«

Samir blieb stehen. Der Schock war mehr, als er ertragen

konnte. Er wußte sofort, daß es die Wahrheit war. Als er den Leichnam seines Freundes gefunden hatte, hatte er gleich gewußt, daß etwas durch und durch faul war. Es war kein natürlicher Tod gewesen. Aber er hatte Henry Stratford geglaubt, einem Feigling. Er holte ganz langsam Luft. Er betrachtete die hochgewachsene Gestalt, die neben ihm im Dunkeln stand.

»Das also wollten Sie mir im Haus der Stratfords sagen«, flüsterte er. »Und ich wollte es nicht glauben.«

»Ich habe es gesehen, mein geliebter Untertan«, sagte der König. »Mit eigenen Augen. So wie ich gesehen habe, wie du an den Leichnam deines Freundes Lawrence herangetreten bist und geweint hast. Das alles hat sich mit meinen Träumen vermischt, doch ich kann mich in aller Deutlichkeit daran erinnern.«

»Aber die Tat darf nicht ungesühnt bleiben«, sagte Samir zitternd.

Ramses legte ihm eine Hand auf die Schulter. Langsam gingen sie weiter.

»Und dieser Henry Stratford kennt mein Geheimnis«, sagte Ramses. »Seine Geschichte entsprach der Wahrheit. Denn als er auf dieselbe Weise versuchte, seiner Cousine das Leben zu nehmen, bin ich aus meinem Sarg gestiegen, um es zu verhindern. Hätte ich nur schon meine volle Stärke besessen, dann hätte ich ihm schon da ein Ende bereitet. Ich hätte ihn persönlich balsamiert und bandagiert und in den bemalten Sarg gestellt, damit alle Welt ihn für Ramses hält.«

Samir lächelte bitter. »Eine gerechte Strafe«, sagte er atemlos. Er spürte, wie die Tränen über sein Gesicht liefen, aber er spürte nicht die Erleichterung, die Tränen sonst mit sich bringen. »Und was werden Sie nun machen, Sire?«

»Ihn töten. Für Julie und für mich. Es gibt keine andere Möglichkeit.«

»Sie warten auf eine Gelegenheit?«

»Ich warte auf die Erlaubnis. Julie Stratford besitzt das empfindliche Gewissen eines Menschen, der nicht an Blutvergießen gewöhnt ist. Sie liebt ihren Onkel und scheut vor Gewaltanwendung zurück. Ich verstehe ihre Gründe, aber ich werde ungeduldig. Und wütend. Ich möchte nicht, daß dieser Henry uns weiter bedroht.«

»Und was ist mit mir? Ich kenne Ihr Geheimnis auch, Sire. Werden Sie mich töten, um es zu bewahren?«

Ramses blieb wie angewurzelt stehen. »Ich erbitte keine Gefälligkeiten von denen, die ich töten will. Aber sage mir, bei deiner Ehre, wer kennt die Wahrheit sonst noch?«

»Lord Rutherford, der Vater des jungen Mannes, der Julie den Hof macht...«

»Ah, Alex mit den sanften Augen.«

»Ja, Sire. Der Vater ist ein Mann, mit dem man rechnen sollte. Er ahnt es. Aber er könnte schon bald davon überzeugt sein.«

»Dieses Wissen ist Gift! So tödlich wie die Gifte in meinem Grab. Zuerst kommt Faszination, dann Habgier und zuletzt Verzweiflung.«

Sie waren bei der Seitentür angelangt. Es regnete in Strömen. Samir konnte den Regen durch das dicke Glas zwar sehen, aber nicht hören.

»Sag mir, warum dieses Wissen für dich kein Gift ist«, bat Ramses.

»Ich will nicht ewig leben, Sire.«

Schweigen.

»Ich weiß. Das verstehe ich. Aber im Grunde meines Herzens verstehe ich es nicht.«

»Seltsam, Sire, daß ich Ihnen Erklärungen geben muß. Ihnen, der Sie Dinge wissen müssen, die ich selbst niemals erfahren werde.«

»Ich bin dir dankbar für die Erklärung.«

»Mir fällt das Leben jetzt schon schwer genug. Ich habe meinen Freund sehr gern gehabt und fürchte um seine Tochter. Ich fürchte um Sie. Ich fürchte, Wissen zu erlangen, das letztendlich niemandem nützen wird.«

Wieder eine Pause.

»Du bist ein weiser Mann«, sagte Ramses. »Aber hab keine Angst um Julie. Ich werde Julie beschützen, auch vor mir selbst.«

»Nehmen Sie meinen Rat an und gehen Sie. Wilde Gerüchte machen die Runde. Und man wird feststellen, daß der Sarg leer ist. Wenn Sie weg sind, wird Gras über die Sache wachsen. Es muß Gras darüber wachsen. Der menschliche Verstand funktioniert immer so.«

»Ja. Ich werde gehen. Ich muß Ägypten wiedersehen. Ich muß die moderne Stadt Alexandria sehen, die auf den Palästen und Straßen, die ich gekannt habe, errichtet worden ist. Ich muß Ägypten wiedersehen, um meinen Frieden damit zu machen, damit ich mich der modernen Welt stellen kann. Aber wann, das ist die Frage.«

»Sie brauchen Papiere, um zu reisen, Sire. In der heutigen Zeit muß man sich ausweisen können. Ich kann Ihnen die Papiere besorgen.«

Ramses überlegte. Dann: »Sag mir, wo ich Henry Stratford finden kann.«

»Das weiß ich nicht, Sire. Wüßte ich es, würde ich ihn vielleicht selbst töten. Er wohnt gelegentlich bei seinem Vater. Und er hält sich eine Geliebte. Doch ich flehe Sie an, kehren Sie England den Rücken, und verschieben Sie die Rache auf einen späteren Zeitpunkt. Ich besorge Ihnen die Papiere, die Sie brauchen.«

Ramses nickte, aber es war kein zustimmendes Nicken. Er bedankte sich lediglich für den gutgemeinten Rat, das wußte Samir.

»Wie soll ich dir deine Loyalität belohnen, Samir?« fragte er. »Gibt es etwas, das ich dir geben kann?«

»Ich möchte in Ihrer Nähe sein, Sire. Sie kennenlernen. Ab und zu ein kleines Körnchen Ihrer Weisheit hören. Sie überschatten die Geheimnisse, die mich fasziniert haben. Das Geheimnis sind jetzt Sie. Aber ich verlange eigentlich nichts, nur daß Sie im Interesse Ihrer eigenen Sicherheit abreisen. Und daß Sie Julie Stratford beschützen.«

Ramses lächelte wohlwollend.

»Besorg mir die Reisepapiere«, sagte er.

Er griff in die Tasche und holte eine Goldmünze heraus, die Samir auf der Stelle erkannte. Er mußte die Prägung nicht ansehen.

»Nein, Sire, ich kann nicht. Dies ist keine Münze mehr. Es ist mehr...«

»Nimm sie, mein Freund. Wo sie herkommt, gibt es noch viel mehr davon. In Ägypten habe ich Reichtümer versteckt, die ich selbst nicht mehr schätzen kann.«

Samir nahm die Münze, ohne zu wissen, was er damit anfangen sollte.

»Ich kann für Sie beschaffen, was Sie wollen.«

»Und dir selbst? Was brauchst du, damit du mit uns reisen kannst?«

Samir spürte, wie sein Herz schneller schlug. Er sah ins Gesicht des Königs, das jedoch im grauen Licht, das von der Tür drang, kaum auszumachen war.

»Ja, Sire, wenn Sie es wünschen. Ich werde Sie mit Freuden begleiten.«

Ramses machte eine knappe Geste der Höflichkeit. Samir öffnete unverzüglich die Tür, Ramses deutete eine Verbeugung an und ging schweigend in den Regen hinaus.

Samir blieb lange Zeit reglos stehen. Obwohl ihm der kalte Regen ins Gesicht schlug, bewegte er sich nicht. Schließlich machte er die Tür zu und schloß ab. Er ging durch die dunklen Säle des Museums, bis er die Eingangshalle erreicht hatte.

Dort stand die große Statue von Ramses dem Großen, die schon seit vielen Jahren alle begrüßte, die das Museum betraten.

Dem König hatte sie nur ein flüchtiges Lächeln entlockt. Aber Samir starrte sie an und wußte, daß er sie anbetete.

Inspektor Trent saß an seinem Schreibtisch und dachte nach. Es war nach zwei, Sergeant Galton war schon lange nach Hause gegangen. Er selbst war müde. Trotzdem konnte er nicht aufhören, an diesen merkwürdigen Fall zu denken, zu dem nun auch ein Mord gehörte.

Er hatte sich nie daran gewöhnt, Leichen zu untersuchen. Und doch hatte er sich den Leichnam von Tommy Sharples aus einem wichtigen Grund in der Leichenhalle angesehen. Eine seltene griechische Münze war in Sharples' Tasche gefunden worden, eine Münze, die mit den »Kleopatra-Münzen« in der Stratford-Sammlung identisch war. Zudem hatte Sharples ein kleines Adreßbuch bei sich gehabt, in dem auch Name und Anschrift von Henry Stratford standen.

Henry Stratford, der heute morgen schreiend aus dem Haus seiner Cousine geflohen war und behaupte hatte, eine Mumie wäre aus ihrem Sarg gestiegen.

Ein Rätsel.

Daß Henry Stratford eine seltene Münze der Kleopatra besaß, hätte niemanden überrascht. Erst vor zwei Tagen hatte er versucht, eine solche Münze zu verkaufen, das war fast sicher. Aber warum sollte er versucht haben, seine Schulden mit einem solch wertvollen Stück zu bezahlen? Und warum hatte der Dieb, der Sharples ermordet hatte, sie nicht gestohlen?

Trent hatte vor, am nächsten Morgen als erstes das Britische Museum wegen der Münze anzurufen. Das hieß, nachdem er Stratford aus dem Bett geworfen und wegen des Mordes an Sharples verhört hatte.

Aber trotzdem ergab die ganze Angelegenheit keinen Sinn. Und dann war da der Mord selbst. Henry Stratford hatte ihn sicher nicht begangen. Ein Gentleman wie er konnte seine Gläubiger monatelang hinhalten. Außerdem war er nicht der Typ, um einem Mann ein Messer in die Brust zu stoßen, dessen war sich Trent sicher.

Aber er war auch nicht der Typ, der kreischend aus dem Haus seiner Cousine lief und behauptete, eine Mumie habe versucht, ihn zu erwürgen.

Und dann war da noch etwas. Etwas überaus Beunruhigendes. Die Art, wie Miss Stratford reagiert hatte, als sie von der verrückten Geschichte, die ihr Cousin erzählte, erfuhr. Sie hatte nicht betroffen reagiert, sondern kalt und ungehalten. Die Geschichte schien sie nicht im mindesten zu überraschen. Und dann war da dieser Fremde, der sich in ihrem Haus aufhielt, und die seltsame Art, wie Stratford ihn angesehen hatte. Die junge Frau hatte etwas verheimlicht, das war klar. Vielleicht war es das beste, wenn er selbst vorbeischaute und sich in dem Haus umsah und mit dem Wachmann sprach.

Wie es aussah, würde er heute nacht sowieso keinen Schlaf mehr finden.

Die frühen Morgenstunden. Ramses stand in der Diele von Julies palastähnlichem Haus und beobachtete, wie die kunstvoll gewirkten Zeiger der Großvateruhr weiterrückten. Als der große Zeiger schließlich die römische Ziffer zwölf teilte, der kleine Zeiger die römische Nummer vier, ertönte ein tiefes, wohlklingendes Schlagen.

Römische Ziffern. Wo er hinsah, erblickte er sie: an Straßenecken, auf Buchseiten, an Gebäudefassaden. Die Kunst, die Sprache und die Seele von Rom zogen sich durch diese ganze Kultur und verwurzelten sie fest in der Vergangenheit. Selbst die Idee der Gerechtigkeit, die Julie Stratford so nachhaltig beeinflußte, stammte nicht von den Barbaren, die diesem Land einst ihr grausames Gesetz der Blutrache aufgedrückt hatten, sondern von den Gerichten und Richtern Roms, die mit Vernunft regiert hatten.

Die großen Banken erinnerten an römische Tempel. Große Marmorstatuen in römischer Kleidung standen auf öffentlichen Plätzen. Die seltsam unschönen Häuser in dieser Straße waren mit kleinen römischen Säulen und Säulengängen über den Türen verziert.

Er drehte sich um, ging in die Bibliothek von Lawrence Stratford zurück und nahm erneut im gemütlichen Ledersessel Platz. Er hatte überall in dem Zimmer brennende Kerzen aufgestellt, denn er liebte das anheimelnde und gedämpfte Licht. Selbstverständlich würde das kleine Dienstmädchen morgen früh vor Schreck ohnmächtig werden, wenn sie überall das getropfte Wachs sah, aber das machte nichts. Sie würde es gewiß entfernen.

Ihm gefiel dieses Zimmer von Lawrence Stratford – Lawrence Stratfords Bücher und sein Schreibtisch. Lawrence Stratfords Grammophon, das »Beethoven« spielte, ein Medley piepsiger kleiner Blasinstrumente, das sich irgendwie wie ein Katzenchor anhörte.

Wie seltsam, daß er soviel von dem, was diesem weißhaarigen Engländer gehört hatte, der die Tür zu seinem Grab aufgebrochen hatte, in Besitz nahm.

Den ganzen Tag hatte er Lawrence Stratfords steife und schwere offizielle Kleidung getragen. Und jetzt machte er es sich in Lawrence Stratfords seidenem »Pyjama« und dem Morgenmantel aus Satin bequem. Der verwirrendste Teil moderner Bekleidung waren aber eindeutig die Lederschuhe des Mannes gewesen. Menschliche Füße waren gewiß nicht dafür vorgesehen, sich in solche Hüllen hineinzuzwängen. Sie boten mehr Schutz, als ein Soldat in der Hitze des Gefechts brauchte. Und doch trugen selbst die Armen diese kleinen Folterkammern, obschon einige das

Glück hatten, daß das Leder Löcher hatte, wodurch eine Art Sandalen entstanden, in denen die Füße atmen konnten.

Er lachte über sich selbst. Nach allem, was er heute gesehen hatte, dachte er über Schuhe nach. Seine Füße taten nicht mehr weh. Warum dachte er also immer noch darüber nach?

Schmerzen waren meistens von kurzer Dauer; ebenso Freude. Zum Beispiel rauchte er gerade eine von Lawrence Stratfords köstlichen Zigarren und inhalierte den Rauch so langsam, daß ihm schwindlig wurde. Aber das Schwindelgefühl verschwand sofort wieder. So war es auch mit dem Brandy. Er erlebte Trunkenheit nur einen Augenblick, dann, wenn er den Alkohol schluckte und die köstliche Wärme noch in der Brust spürte.

Sein Körper reagierte auf solche Sachen einfach nicht. Und doch konnte er schmecken und riechen und fühlen. Und die seltsam blecherne Musik aus dem Grammophon erfüllte ihn mit solcher Freude, daß er glaubte, er müsse wieder anfangen zu weinen.

Es gab soviel zu genießen. Soviel zu lernen! Seit er vom Museum zurückgekehrt war, hatte er fünf oder sechs Bücher aus der Bibliothek von Lawrence Stratford überflogen. Er hatte komplexe und erheiternde Ansichten über die »Industrielle Revolution« gelesen. Er hatte sich ein wenig um die Theorien von Karl Marx gekümmert, die, soweit er das beurteilen konnte, reiner Unsinn waren. Ein reicher Mann, schien es, der über arme Menschen geschrieben hatte, ohne viel über ihre Denkweisen zu wissen. Er hatte den Globus studiert und sich die Namen von Kontinenten und Ländern eingeprägt. Rußland, das war ein interessantes Land. Und dieses Amerika war das größte Geheimnis überhaupt.

Dann hatte er Plutarch gelesen, diesen Lügner! Wie konnte dieses Aas es wagen und behaupten, Kleopatra habe versucht, Oktavian zu verführen, ihren letzten Eroberer. Was für eine abscheuliche Vorstellung! Plutarch hatte eine Art, die ihn an alte Männer denken ließ, die sich zum Tratsch auf öffentlichen Parkbänken versammelten.

Aber genug. Warum darüber nachdenken! Er war plötzlich verwirrt. Was bekümmerte ihn, was machte ihn auf einmal ein klein wenig ängstlich?

Nicht die vielen Wunder, die er seit heute morgen in diesem zwanzigsten Jahrhundert gesehen hatte, auch nicht die primitive, simple englische Sprache, die er schon am Nachmittag fließend beherrscht hatte, und nicht die lange Zeit, die vergangen war, seit er die Augen zugemacht hatte. Was ihn beschäftigte, war die Frage, wie sein Körper sich unablässig erneuern konnte: wie Wunden heilen und verkrampfte Füße entspannen konnten, wie es möglich war, daß Brandy wenig bis gar keine Wirkung zeigte.

Es bekümmerte ihn, weil er sich zum ersten Mal in seiner langen Existenz fragte, ob sein Herz und sein Denken nicht ebenfalls Opfer einer unkontrollierbaren Erneuerung waren. Fielen seelische Qualen ebenso mühelos von ihm ab wie körperliche Qualen?

Unmöglich. Doch wenn dem nicht so war, warum hatte er dann während seines kurzen Ausflugs ins Britische Museum nicht vor Schmerzen aufgeschrien? Taub und schweigend war er zwischen Mumien und Sarkophagen und Schriftrollen durchgegangen, die aus allen Dynastien Ägyptens stammten, ja, selbst aus der Zeit, in der er sich aus Alexandria in sein letztes Grab in den Bergen von Ägypten zurückgezogen hatte. Samir war derjenige gewesen, der gelitten hatte, der wunderschöne Samir mit der goldenen Haut, dessen Augen so schwarz waren wie einstmals die von Ramses. Große ägyptische Augen, das waren sie, sie hatten sich in all den Jahrhunderten nicht verändert. Samir, sein Kind.

Nicht, daß seine Erinnerungen nicht lebhaft gewesen wären. Das waren sie. Ihm war, als hätte er erst gestern gesehen, wie der Sarg der Kleopatra aus dem Mausoleum und zum Römerfriedhof am Meer getragen wurde. Wenn er wollte, konnte er das Meer riechen. Er konnte das Weinen um sich herum hören. Er konnte die Steine unter den dünnen Ledersohlen der Sandalen spüren, genau wie damals.

Sie hatte verlangt, neben Markus Antonius begraben zu werden, und so war es geschehen. Er stand in der Menge, ein gewöhnlicher Mann im groben Mantel und lauschte dem Wehklagen der Trauernden. »Unsere große Königin ist tot.«

Seine Trauer war eine Qual gewesen. Warum also weinte er nicht? Er saß in diesem Zimmer und betrachtete ihre Marmorbüste, aber der Schmerz war unfaßbar.

»Kleopatra«, flüsterte er. Er stellte sie sich vor, nicht als die Frau auf dem Totenbett, sondern als junges, verspieltes Mädchen, das ihn geweckt hatte: *Steh auf, Ramses der Große. Eine Königin von Ägypten ruft dich. Erwache aus deinem tiefen Schlaf und sei mein Ratgeber in dieser Zeit der Not.*

Nein, er empfand weder die Freude noch den Schmerz.

Bedeutete das, daß auch seine Leidensfähigkeit unter dem wirksamen Elixier gelitten hatte, das unablässig in seinen Adern rann? Oder lag es daran, daß er, während er schlief, irgendwie *wußte*, daß die Zeit verging? Irgendwie entfernte er sich sogar im Unterbewußtsein von den Dingen, die ihm weh getan hatten, und seine Träume waren lediglich ein Beweis für die Gedanken, die sich in Dunkelheit und Stille formten. Noch ehe das Sonnenlicht auf seinen Körper gefallen, hatte er gewußt, daß Jahrhunderte verstrichen waren.

Vielleicht hatte ihn alles, was er im zwanzigsten Jahrhundert gesehen hatte, so sehr schockiert, daß die Erinnerungen die Gefühlsebene noch nicht wirklich erreicht hatten. Aber der Schmerz würde unvermittelt wiederkehren, und er selbst würde halb von Sinnen sein – außerstande, die ganze Schönheit, die er erblickte, in sich aufzunehmen.

Tatsächlich hatte es im Wachsmuseum, als er die vulgäre Nachbildung der Kleopatra neben dem lächerlich ausdruckslosen Antonius sah, einen Augenblick gegeben, in dem er so etwas wie Panik verspürte. Er war erst wieder ruhiger geworden, als er auf die lärmenden, geschäftigen Straßen von London zurückkehrte. Er hatte sie in seiner Erinnerung rufen hören: »Ramses! Antonius stirbt! Gib ihm das Elixier! Ramses!« Es schien eine Stimme zu sein, die außerhalb seiner Person erklang, über die er deshalb keine Macht hatte und die er nicht zum Schweigen bringen konnte. Es störte ihn, daß man sie so derb dargestellt hatte. Sein Herz hatte wie wild gehämmert. Gehämmert. Aber das war kein Schmerz.

Doch welche Rolle spielte es, daß die Wachsfigur ihre Schönheit nicht wiedergab? Seine Statuen hatten auch keinerlei Ähnlichkeit mit ihm, und er war in der heißen Sonne gestanden und hatte mit den Arbeitern gesprochen, die sie geschaffen hatten! Niemand ging davon aus, daß Volkskunst viel mit dem lebenden Modell aus Fleisch und Blut gemein hatte. Das hatte sich erst geändert, als die Römer angefangen hatten, ihre Gärten mit detailgetreuen Nachbildungen ihrer selbst zu füllen.

Doch Kleopatra war keine Römerin gewesen. Kleopatra war Griechin und Ägypterin. Und das Schreckliche war, daß Kleopatra für diese Menschen des zwanzigsten Jahrhunderts etwas verkörperte, was sie niemals gewesen war. Sie war zu einem Symbol der Liederlichkeit geworden, wo sie doch in Wahrheit eine Vielzahl erstaunlicher Begabungen besessen hatte. Man hatte sie schließlich für einen Fehler bestraft und alles andere vergessen.

Genau das hatte ihn im Wachsmuseum schockiert. Man gedachte ihrer, aber nicht als das, was sie gewesen war. Sie war eine angemalte Hure, die auf einem seidenen Diwan lag.

Schweigen. Sein Herz hämmerte wieder. Er lauschte. Er hörte das Ticken der Uhr.

Ein Tablett mit köstlichem Gebäck stand vor ihm. Daneben stand der Brandy, und Orangen und Birnen lagen auf einem Porzellanteller. Er hätte essen und trinken sollen, denn das beruhigte ihn immer, so tun sollen, als wäre er am Verhungern, obwohl er gar nicht am Verhungern war.

Und er wollte die Qualen nicht noch einmal durchstehen, oder?

Ja, er hatte Angst. Weil er seinen unermeßlichen Schatz menschlicher Erfahrungen nicht verlieren wollte, denn das wäre dem Sterben gleichgekommen!

Er betrachtete wieder ihr wunderschönes in Marmor gemeißeltes Gesicht, das die wahre Kleopatra zeigte und mit dem Zerrbild im Wachsmuseum nichts gemeinsam hatte. Irgend etwas in seinem Inneren bedrohte die seltsame Ruhe seines Geistes. Er sah Bilder ohne Sinn. Er preßte die Hände an den Kopf und seufzte.

Dachte er dagegen an Julie Stratford, waren sein Herz und sein Verstand auf der Stelle vereint. Er lachte leise, als er eines der Gebäckstücke nahm – klebrig und süß. Er verschlang es. Er wollte Julie Stratford verschlingen. Diese Frau, diese großartige Frau, diese feingliedrige moderne Königin, die kein Land zum Regieren brauchte, um königlich zu sein. So herrlich klug und verblüffend stark. Aber er wußte, daß er besser nicht zu sehr an sie dachte, denn sonst würde er hinaufgehen und an ihre Tür klopfen.

Er stellte sich vor, in ihr Schlafzimmer einzudringen. Die arme Dienerin wacht unter dem Dach auf und fängt an zu kreischen. Na und? Und Julie Stratford erhebt sich in dem Spitzennachthemd, das er vorhin vom Flur aus gesehen hatte. Er stürzt sich auf sie, reißt ihr die spärliche Kleidung vom Leib, liebkost ihre heißen, zarten Glieder und nimmt sie, bevor sie Einwände erheben kann.

Nein. Das kannst du nicht machen. Wenn du das tust, zerstörst du das, was du begehrst. Julie Stratford ist viel Demut und viel Geduld wert. Das hatte er schon gewußt, als er sie in dem seltsam gelähmten Stadium des Erwachens gesehen hatte, als sie in der Bibliothek auf und ab gegangen war und ihn in seinem Sarg angesprochen hatte, ohne zu ahnen, daß er sie hören konnte.

Julie Stratford war zu einem großen Geheimnis von Körper, Seele und Willen geworden.

Er nahm wieder einen großen Schluck Brandy. Köstlich. Ein weiterer langer Zug an der Zigarre. Er schnitt die Orange mit dem Messer durch und aß das süße, feuchte Fruchtfleisch.

Die Zigarre erfüllte den Raum mit einem Geruch, der köstlicher war als jeder Weihrauch. Türkischer Tabak, hatte Julie ihm gesagt. Als sie es gesagt hatte, hatte er nicht gewußt, was das bedeutete, aber jetzt wußte er es. Er hatte ein schmales Bändchen mit dem Titel *Die Geschichte unserer Welt* durchgeblättert und alles über die Türken und ihre Eroberungen gelesen. Eigentlich hätte er überhaupt mit dünnen Büchern mit Zusammenfassungen und Verallgemeinerungen anfangen sollen: »Binnen eineinhalb Jahrhunderten war ganz Europa an die Barbarenhorden gefallen.« Die feinen Unterschiede würden später folgen, wenn er in der Lage war, sämtliche Bücher in allen Sprachen zu studieren. Wenn er nur daran dachte, mußte er lächeln.

Das Grammophon verstummte. Er stand auf, ging zu der Maschine und wählte eine andere schwarze Scheibe aus. Diese hatte den eigentümlichen Titel »Nur ein Vogel im goldenen Käfig«. Aus unerfindlichen Gründen mußte er dabei wieder an Julie denken; er wollte sie mit Küssen bedecken. Er legte die Scheibe auf den Plattenteller und kurbelte. Eine dünne Frauenstimme fing an zu säuseln. Er lachte. Er füllte sein Glas wieder mit Brandy und bewegte sich leise zur Musik, ohne dabei die Füße zu heben.

Aber es wurde Zeit zu arbeiten. Draußen wurde es bereits hell. Und trotz des Lärms der Stadt hörte er das ferne Zwitschern der Vögel.

Er ging in die dunkle, kalte Küche des Hauses und suchte »ein Glas«, wie sie es nannten, diesen wunderschönen Gegenstand, den er sodann mit Wasser aus dem wundersamen kleinen Kupferhahn füllte.

Dann begab er sich wieder in die Bibliothek und betrachtete die lange Reihe der Alabastergefäße unter dem Spiegel. Alle schienen unversehrt zu sein. Nirgendwo Risse. Nichts fehlte. Und da war auch der kleine Brenner und die leeren Glasphiolen. Er brauchte nur ein wenig Öl. Oder eine der Kerzen, die mittlerweile zu handlichen Stummeln heruntergebrannt waren.

Er schob die Schriftrollen unachtsam beiseite und stellte den kleinen Brenner richtig hin. Er rückte die Kerze zurecht und blies die Flamme aus.

Dann studierte er erneut die Gefäße. Seine Hand griff zu, bevor der Geist eine Entscheidung gefällt hatte. Und als er das feine weiße Pulver sah, da wußte er, daß seine Hand richtig gewählt hatte.

Ach, hätte Henry Stratford seinen Löffel nur in dieses Gefäß statt in das andere getaucht! Was für einen Schock hätte er erlebt. Sein Onkel, ein brüllender Löwe, hätte ihm womöglich den Kopf abgerissen.

Plötzlich fiel ihm ein, daß die Gifte den Menschen seiner Zeit angst gemacht hätten, daß sie aber den Wissenschaftler dieser Zeit nicht abschreckten. Ein Mensch mit einem Fünkchen Glauben hätte ohne weiteres alle Behälter mitnehmen und ihren Inhalt an Versuchstieren ausprobieren können, um auf diese Weise das Elixier zu finden. Nichts leichter als das.

Bisher wußten nur Julie Stratford und Samir Ibrahaim von dem Elixier. Und sie würden das Geheimnis niemals preisgeben. Aber Lawrence Stratford hatte die Geschichte teilweise übersetzt. Und sein Tagebuch lag irgendwo herum – Ramses hatte es nicht finden können –, und jeder konnte es lesen. Und dann waren da selbstverständlich die Schriftrollen.

Wie auch immer, diese Situation konnte nicht ewig andauern. Er mußte das Elixier bei sich tragen. Selbstverständlich bestand auch die Möglichkeit, daß es seine Wirkung verloren hatte. Immerhin befand sich das Pulver seit zweitausend Jahren in dem Gefäß.

In dieser Zeit hätte sich Wein in Essig oder gar in eine völlig ungenießbare Flüssigkeit verwandelt. Und Mehl hätte sich in eine Substanz verwandelt, die ebenso wenig genießbar war wie Sand.

Als er jetzt das ganze grobkörnige Granulat in den Metalltiegel des Brenners schüttete, zitterten seine Hände. Er klopfte gegen das Gefäß, damit auch kein Körnchen übrigblieb. Dann verrührte er es behutsam mit dem Finger und fügte etwas Wasser aus dem Glas hinzu.

Dann zündete er die Kerze wieder an. Während die Flüssigkeit kochte, holte er die Glasphiolen und legte sie nebeneinander – die, die auf dem Tisch gelegen hatten, und zwei, die in einem Ebenholzkästchen geblieben oder übersehen worden waren.

Vier große Phiolen mit silbernen Deckeln.

Innerhalb von Sekunden hatte die Verwandlung stattgefunden. Die einzelnen Bestandteile, die schon einzeln äußerst wirksam waren, hatten sich in eine blubbernde Flüssigkeit verwandelt, die von einem schwachen phosphoreszierenden Leuchten erfüllt war. Wie geheimnisvoll sie aussah, als würde sie jedem, der davon trank, die Haut vom Mund ätzen! Aber das stimmte nicht. Auch damals war nichts passiert, als er den Inhalt der vollen Tasse ohne zu zögern getrunken hatte und bereit gewesen war, für die Unsterblichkeit zu leiden! Er hatte überhaupt keine Schmerzen verspürt. Er lächelte. Überhaupt keine Schmerzen. Er hob den Tiegel vorsichtig hoch und goß die dampfende Flüssigkeit in eine Phiole nach der anderen, bis alle vier Glasbehälter voll waren. Dann wartete er, bis der Tiegel abgekühlt war und leckte ihn sauber, denn das war die einzige sichere Möglichkeit. Dann verschloß er die Phiolen. Dann nahm er die Kerze und ließ Wachs auf die Deckel tropfen, bis alle, außer einem, dicht versiegelt waren.

Drei Phiolen verstaute er in der Tasche des Morgenmantels. Die vierte, die er nicht versiegelt hatte, trug er mit sich in den Wintergarten. Dort blieb er in der Dunkelheit stehen und betrachtete die Farne und Ranken, die scheinbar den ganzen Raum einnahmen.

Die Glaswände verloren ihre milchige Trübe. Er konnte sein eigenes Spiegelbild noch deutlich sehen, eine hochgewachsene Gestalt in weinrotem Morgenmantel, ein gemütliches Zimmer dahinter – aber auch die fahlen Gegenstände draußen wurden langsam sichtbar.

Er ging auf das nächste Farn zu, ein Ding mit großen dunkelgrünen Blättern. Er goß ein wenig von dem Elixier auf die feuchte Erde in den Topf. Dann wandte er sich der Bougainvillea zu, die nur wenige dunkelrote Blüten zwischen dunklem Laub aufwies. Er schüttete auch in diesen Topf etliche Tropfen des Elixiers.

Er vernahm ein leises Geräusch, einen knirschenden Laut. Mehr zu benützen wäre Wahnsinn. Doch er ging von Topf zu Topf und gab in jeden ein paar Tropfen des Elixiers. Schließlich war die Phiole nur noch halb voll. Und er hatte genügend Schaden angerichtet, oder nicht? Wenn der Zauber nicht mehr funktionierte, würde er es binnen weniger Augenblicke wissen. Er sah zur Glasdecke hoch. Der erste Schein der Sonne war zu sehen. Der Gott Ra sandte seine ersten warmen Strahlen.

Die Wedel der Farne raschelten, wurden länger, die ersten zarten Triebe zeigten sich. Die Bougainvillea bebte und wurde an ihrem Rankgitter buschiger, winzige Luftwurzeln klammerten sich um das schmiedeeiserne Gitter, kleine Blüten öffneten sich plötzlich so blutrot wie Wunden. Im ganzen Wintergarten wuchsen und gediehen die Pflanzen. Ein tiefes Schaudern durchfuhr ihn.

Wie hatte er bloß glauben können, daß das Elixier seine Wirkung verloren hatte? Es war so stark wie eh und je. Ein kräftiger Schluck hatte ihn für alle Zeiten unsterblich gemacht. Warum glaubte er, die einmal geschaffene Substanz könnte weniger unsterblich sein als er?

Er steckte die Phiole in die Tasche. Er entriegelte die Hintertür des Hauses und ging in die trübe Dämmerung hinaus.

Henrys Kopfschmerzen waren so schlimm, daß er die beiden Polizisten nicht einmal deutlich sehen konnte. Er hatte, als sie ihn geweckt hatten, von diesem Ding geträumt, dieser Mumie. Von kaltem Grausen erfüllt hatte er nach seiner Pistole gefaßt, hatte sie gespannt und in die Tasche gesteckt, dann war er zur Tür gegangen. Wenn sie ihn jetzt durchsuchten...

»Jeder hat Tommy Sharples gekannt!« sagte er und verbarg seine Angst hinter Wut. »Alle haben ihm Geld geschuldet. Deswegen wecken Sie mich vor Morgengrauen?«

Er blinzelte den, der Galton hieß und gerade die Kleopatra-Münze hochhielt, albern an. Wie hatte er nur so dumm sein können! Wegzugehen und die Münze in Sharples' Tasche zu lassen. Aber bei allen Heiligen, er hatte nicht die Absicht gehabt, Sharples abzustechen! Wie konnten sie davon ausgehen, daß er an so etwas auch nur gedacht hatte?

»Haben Sie die schon mal gesehen, Sir?«

Ruhig. Sie können keine Beweise haben. Spiel den Gekränkten, das wird dich schützen, wie immer.

»Gewiß, sie stammt aus der Sammlung meines Onkels. Der Ramses-Sammlung. Wie haben Sie die bekommen? Sie müßte unter Verschluß sein.«

»Die Frage ist«, sagte derjenige, der Trent hieß, »wie hat Mr. Sharples sie bekommen? Und warum hat er sie bei sich gehabt, als er getötet wurde?«

Henry strich sich mit einer Hand durchs Haar. Wenn nur die Schmerzen aufhören würden. Wenn er sich nur einen Moment entschuldigen, einen kräftigen Schluck trinken und ein Weilchen nachdenken könnte.

»Reginald Ramsey!« sagte er und sah Trent in die Augen. »So heißt der Bursche doch, oder? Der Ägyptologe! Der bei meiner Cousine wohnt. Großer Gott, was geht in diesem Haus vor!«

»Mr. Ramsey?«

»Sie haben ihn doch verhört, oder etwa nicht? Woher kommt dieser Mann?« Sein Gesicht lief dunkel an, während die beiden Männer ihn stumm ansahen. »Muß ich Ihre Arbeit für Sie machen? Woher, zum Teufel, kommt dieser Kerl? Und was macht er mit den kostbaren Schätzen im Haus meiner Cousine?«

Eine Stunde lang ging Ramses spazieren. Der Morgen war kalt und trüb. Die eindrucksvollen Häuser von Mayfair machten allmählich den armseligen Behausungen der Armen Platz. Er ging durch schmale, ungepflasterte Straßen, die den Gassen einer alten Stadt glichen – Jericho oder Rom. Hier waren die Spuren der Pferdekarren zu sehen, und es roch nach feuchtem Dung.

Ab und zu sah ein armer Passant ihn an. Er hätte besser nicht in diesem Morgenmantel aus Satin spazierengehen sollen. Aber das spielte keine Rolle. Er war wieder Ramses der Wanderer. Ramses der Verdammte, der nun im zwanzigsten Jahrhundert lebte. Das Elixier war immer noch wirksam. Und die Wissenschaftler dieses Jahrhunderts wollten sich ebenso wenig darauf einlassen wie die Wissenschaftler vergangener Jahrhunderte.

Man mußte nur dieses Elend betrachten, die Bettler, die am Rande der Straße schliefen. Den Gestank dieses Hauses einatmen, der aus der Tür drang.

Ein Bettler kam auf ihn zu. »Einen Sixpence, Sir, ich habe seit zwei Tagen nichts gegessen. Bitte, Sir.«

Ramses ging an ihm vorbei. Seine Pantoffel waren naß und schmutzig, weil er in so viele Pfützen getreten war.

Und jetzt kommt eine junge Frau, sieh sie dir an. Hör dir den rasselnden Husten an.

»Möchten Sie ein bißchen Spaß haben, Sir? Ich habe ein hübsches warmes Zimmer, Sir.«

O ja, er wollte ihre Dienste so sehr, daß er auf der Stelle spürte, wie sein Glied steif wurde. Und das Fieber machte sie um so anziehender. Sie streckte ihren kleinen Busen anmutig vor, während sie sich trotz ihrer Schmerzen zu einem Lächeln zwang.

»Nicht jetzt, meine Schöne«, flüsterte er.

Es schien, als hätte ihn die Straße, so es denn überhaupt eine Straße war, in ein großes Ruinental geführt. Ausgebrannte Gebäude rochen nach Rauch, die Fenster hatten weder Rahmen noch Scheiben.

Doch selbst hier hausten die Armen in Alkoven und Torbögen. Er hörte das jämmerliche Schreien eines Babys.

Er ging weiter. Er hörte, wie die Stadt um ihn herum erwachte. Nicht die menschlichen Stimmen hörte er, die hatte er die ganze Zeit gehört. Es waren die Maschinen, die jetzt erwachten, während der dunkelgraue Himmel sich aufhellte und fast silbern wurde. Von irgendwoher drang das tiefe Pfeifen eines Zuges an sein Ohr. Er blieb stehen. Er konnte die dumpfe Vibration des großen eisernen Monsters selbst durch den feuchten Erdboden spüren. Welch einen einlullenden Rhythmus die Räder hatten, wenn sie auf den Stahlschienen rollten. Plötzlich versetzte ihn ein schriller Laut in Panik. Er drehte sich um und sah ein Automobil auf sich zukommen, in dem ein junger Mann auf dem Sitz hüpfte. Er drückte sich an die Steinmauer hinter sich, während das Ding über die Spurrillen im Schlamm und Lehm an ihm vorbei holperte.

Er war erschüttert, wütend. Einer der seltenen Augenblicke, da er sich hilflos und entblößt fühlte.

Benommen stellte er fest, daß er auf eine graue Taube starrte, die tot auf der Straße lag. Einer dieser fetten, trägen Vögel, die er überall in London auf Fenstersimsen und Dachfirsten sah. Dieser war von einem Automobil überfahren worden, ein Flügel war teilweise vom Reifen zerquetscht worden.

Als jetzt der Wind darüber hinwegstrich, hätte man glauben können, es wäre noch Leben in dem Tier.

Plötzlich überkam ihn eine Erinnerung, eine der ältesten und deutlichsten, die ihn grausam aus der Gegenwart riß und in eine andere Zeit, an einen anderen Ort trug.

Er stand in der Höhle der hetitischen Priesterin. Er selbst trug Kampfeskleidung und hatte die Hand am Griff des Bronzeschwerts, während er zu den weißen Tauben emporsah, die unter dem hohen Kamin im Sonnenschein kreisten.

»Sind sie unsterblich?« fragte er. Er sprach in der rauhen, kehligen Sprache der Hetiter.

Sie hatte furchtbar gelacht. »Sie fressen, aber sie müssen nicht fressen. Sie trinken, aber sie müssen nicht trinken. Die Sonne hält sie stark. Nehmt ihnen die Sonne, und sie schlafen, aber sie sterben nicht, mein König.«

Er hatte ihr ins Gesicht gesehen, das alt und von tiefen Runzeln durchzogen war. Das Lachen hatte ihn erbost.

»Wo ist das Elixier?« hatte er barsch gefragt.

»Willst du es haben?« Wie ihre Augen gefunkelt hatten, als sie sich ihm genähert, ihn verspottet hatte. »Und wenn die ganze Welt voll Menschen wäre, die nicht sterben können? Und deren Kindern. Und deren Kindeskindern? Ich sage dir, diese Höhle birgt ein schreckliches Geheimnis. *Das Geheimnis vom Ende der Welt!*«

Er hatte sein Schwert gezückt. »Gib es mir!« hatte er gebrüllt.

Sie hatte keine Angst gehabt, sie hatte nur gelächelt.

»Und wenn es dich tötet, mein tollkühner Ägypter? Kein Mensch hat es je getrunken. Kein Mann, keine Frau, kein Kind.«

Aber er hatte den Altar schon gesehen, und ebenso die Tasse mit der weißen Flüssigkeit. Und er hatte die Tafel dahinter gesehen, die mit winzigen, runenähnlichen Zeichen übersät war.

Er trat an den Altar. Er las die Worte. Konnte dies tatsächlich die Formel für das Elixier des ewigen Lebens sein? Gewöhnliche Zutaten, die er selbst auf den Feldern und an den Flußufern seines Heimatlandes hätte sammeln können? Er prägte sich die Worte ein, ohne zu wissen, daß er sie niemals wieder würde vergessen können.

Und die Flüssigkeit selbst, ihr Götter, seht sie euch an. Er hob das Gefäß mit beiden Händen und trank es leer. Irgendwo in weiter Ferne hörte er ihr Lachen, das durch die endlosen Kammern der Höhle hallte.

Dann hatte er sich umgedreht und sich die Lippen mit dem Handrücken abgewischt. Plötzlich weiteten sich seine Pupillen, ein Schmerz fuhr durch seinen Körper, sein Gesicht pulsierte, sein ganzer Körper versteifte sich, als stünde er im Streitwagen kurz vor der Schlacht und dem Befehl zum Angriff. Die Priesterin war einen Schritt zurückgewichen. Was hatte sie gesehen? Sein Haar wogte, die grauen Haare fielen aus, und kräftige braune wuchsen nach. Seine schwarzen Augen verblaßten und nahmen die Farbe von Saphiren an – eine erstaunliche Veränderung fand statt, die er später, als er in den Spiegel sah, mit eigenen Augen sehen konnte.

»Nun, wir werden sehen«, hatte er mit heftig pochendem Herzen und zitternden Muskeln geschrien. Ah, wie leicht und kräftig er sich doch fühlte. Er hätte fliegen können. »Werde ich leben oder sterben, Priesterin?«

Fassungslos betrachtete er die Londoner Straße vor sich. Als wäre es erst Stunden her! Er hörte immer noch das Flattern der Flügel unter dem Rauchabzug. Siebenhundert Jahre waren zwischen dem Augenblick und der Nacht vergangen, da er sich zum ersten Mal zu seinem langen Schlaf in die Gruft begeben hatte. Und zweitausend, seit er geweckt worden war, nur um wenige Jahre danach wieder ins Grab zu steigen.

Und dies ist jetzt London, dies ist das zwanzigste Jahrhundert. Plötzlich zitterte er heftig. Wieder zerzauste der feuchte, rauchige Wind die Federn der grauen Taube, die tot auf der Straße lag. Er ging durch den Schlamm darauf zu, kniete neben dem toten Vogel nieder und hob ihn hoch. Ein zerbrechliches Ding. Eben noch so voller Leben, und jetzt nicht mehr als Abfall, auch wenn der weiße Flaum auf der warmen, schmalen Brust noch bebte.

Wie der kalte Wind ihm weh tat. Wie der Anblick des toten Vogels ihn tief im Herzen schmerzte.

Er hielt ihn in der rechten Hand und zog mit der linken die halbvolle Phiole heraus. Er machte den Deckel mit dem Daumen auf und tröpfelte einen Tropfen nach dem anderen in den offenen Schnabel.

Keine Sekunde verging, da regte sich das Tier auch schon. Die winzigen runden Augen wurden aufgeschlagen. Der Vogel versuchte sich zu drehen und schlug heftig mit den Flügeln. Ramses ließ ihn los. Er flog davon und strebte kreisend dem verhangenen Himmel zu.

Er sah ihm nach, bis er nicht mehr zu sehen war. Unsterblich. Er sollte niemals aufhören zu fliegen.

Dann kam wieder eine Erinnerung, lautlos und geschwind wie ein Attentäter. Das Mausoleum. Die Marmorsäle, die Säulen, die schlanke Gestalt von Kleopatra, die neben ihm herlief, während er sich vom Leichnam von Markus Antonius entfernte, der auf der vergoldeten Ottomane lag.

»Du kannst ihn zurückholen!« schrie sie. »Das weißt du auch! Es ist nicht zu spät, Ramses! Gib es uns beiden, Markus Antonius und mir! Ramses, wende dich nicht von mir ab.« Ihre langen Fingernägel hatten seinen Arm zerkratzt.

Er hatte sich wütend umgedreht und sie geschlagen, so daß sie stürzte. Verblüfft hatte sie ihn angesehen und war dann in Schluchzen ausgebrochen. Wie zierlich sie gewesen war, fast hager, mit dunklen Ringen unter den Augen.

Der Vogel war über den Dächern von London verschwunden. Die Sonne wurde heller, ein grelles weißes Licht hinter den ziehenden Wolken.

Sein Blick verschwamm. Sein Herz schlug heftig in der Brust. Er weinte, weinte hilflos. Ihr Götter, wie konnte er nur gedacht haben, die Schmerzen würden ausbleiben?

Nach Jahrhunderten war er in einer wohligen Taubheit erwacht. Jetzt begann die Taubheit zu weichen, und bald schon würde er sowohl Liebe wie Trauer in ihrer ganzen Intensität spüren. Dies war nur der erste Vorgeschmack der Qualen. Worin lag nun der Segen, daß er wieder mit Herz und Seele am Leben war?

Er betrachtete die Phiole in seiner Hand. Er war versucht, sie zu zerschmettern und den Inhalt auf diese faulige, verdreckte Straße fließen zu lassen. Und die anderen Phiolen konnte er weit weg bringen, dahin, wo das Gras bestimmt hoch wuchs und nur die wilden Blumen Zeugen waren. Dort konnte er die gesamte Flüssigkeit auf ein Feld schütten.

Aber waren das nicht Hirngespinste? *Er wußte, wie man es herstellte.* Er hatte sich die Worte auf der Tafel eingeprägt. Er konnte nicht vergessen, was für alle Zeit im Geiste eingraviert war.

Samir stieg aus der Droschke aus und ging die restlichen fünfzig Meter zu seinem Ziel zu Fuß, die Hände tief in den Taschen und den Kragen gegen den heulenden Wind hochgestellt. Als er das Haus an der Ecke erreichte, ging er die Steinstufen hinauf und klopfte an die Tür.

Eine ganz in schwarze Wollsachen gekleidete Frau machte die Tür einen Spalt weit auf. Sie ließ ihn ein. Leise betrat er ein mit Möbeln und anderem vollgestelltes Zimmer, in dem zwei Ägypter saßen, die die Morgenzeitung lasen und rauchten. Auf Regalen und Tischchen standen allerlei ägyptische Gegenstände. Auf einer Seite des großen Tischs lagen eine Papyrusrolle und eine Leselupe.

Samir betrachtete die Papyrusrolle. Nichts Wichtiges. Er warf einen Blick auf die lange, gelbliche Mumie, deren Bandagen noch einigermaßen gut erhalten waren und die achtlos, wie es schien, auf einem Regalfach in der Nähe lag.

»Ah, Samir, mach dir keine Sorgen«, sagte der größere der beiden Männer namens Abdel. »Sind nur Fälschungen auf dem Markt. Zakis Arbeiten, wie du selbst weißt. Abgesehen von diesem Burschen...« Der Mann deutete auf die Mumie. »Der ist echt, lohnt aber deine kostbare Zeit nicht.«

Dennoch betrachtete Samir die Mumie jetzt genauer.

»Der Rest aus einer Privatsammlung«, sagte Abdel. »Nicht in deiner Klasse.«

Samir nickte und wandte sich wieder Abdel zu.

»Ich habe aber gehört, daß einige seltene Münzen mit dem Bildnis der Kleopatra aufgetaucht sind«, sagte Abdel. »Wenn ich so eine in die Finger bekommen könnte.«

»Ich brauche einen Paß, Abdel«, sagte Samir. »Reisedokumente. Und ich brauche sie schnell.«

Abdel antwortete nicht gleich. Er beobachtete interessiert, wie Samir in die Tasche griff.

»Und Geld, Geld brauche ich auch.«

Samir hielt die glänzende Kleopatra-Münze hoch.

Abdel griff danach, noch ehe er richtig von seinem Stuhl aufgestanden war. Samir betrachtete ausdruckslos, wie er sie untersuchte.

»Diskretion, mein Freund«, sagte Samir. »Eile und Diskretion. Unterhalten wir uns über die Einzelheiten.«

Oscar war wieder da. Das könnte ein Problem werden, dachte Julie, aber nur, wenn Rita etwas Dummes sagte, andererseits hörte Oscar nie hin, wenn Rita etwas sagte. Er hielt Rita für eine dumme Pute.

Als Julie die Treppe herunterkam, machte ihr Butler gerade die Tür zu. Er hielt einen Rosenstrauß im Arm. Er gab ihr den Brief, der dabei gewesen war.

»Ist gerade eingetroffen, Miss«, sagte er.

»Ja, ich weiß.«

Sie stellte erleichtert fest, daß der Strauß von Elliott kam, und nicht von Alex. Hastig überflog sie den Brief, während Oscar wartete.

»Rufen Sie den Earl of Rutherford an, Oscar. Sagen Sie ihm, daß ich heute abend unmöglich kommen kann. Ich werde später selbst anrufen und ihm alles erklären.«

Er wollte gerade gehen, als sie eine Rose aus dem Strauß zog. »Stellen Sie sie ins Eßzimmer, Oscar«, sagte sie. Sie liebte den Duft. Sie nahm die zarten Blütenblätter zwischen die Finger. Was sollte sie wegen Alex unternehmen? Es war gewiß zu früh, etwas zu tun, aber jeder Tag, der verstrich, machte alles nur noch schlimmer.

Ramses. Wo war er? Das war in der Tat das Wichtigste. Die Tür zum Zimmer ihres Vaters stand offen, das Bett war unberührt.

Sie eilte durch die Diele in den Wintergarten zurück. Noch bevor sie die Tür erreicht hatte, sah sie die prachtvolle Bougainvillea in ihrer roten Blütenpracht.

Daß ihr diese wunderschönen Blüten gestern gar nicht aufgefallen waren. Und diese Farne, wunderbar. Und die Lilien, die schon so früh blühten.

»Welch ein Wunder«, sagte sie.

Sie sah Ramses, der in einem Korbsessel saß und sie beobachtete. Und er war bereits für die Abenteuer des Tages gekleidet. Diesesmal hatte er keine Fehler gemacht. Wie wohl und schön er im hellen Sonnenlicht aussah: das Haar voller und dichter, die großen blauen Augen ernst und melancholisch, als er sie ansah – das heißt, bevor er anfing zu strahlen und ihr dieses unwiderstehliche Lächeln schenkte.

Einen Moment lang spürte sie, wie sich Angst ihrer bemächtigte. Er schien den Tränen nahe zu sein. Er stand vom Sessel auf, kam zu ihr und strich ihr sanft mit den Fingern über das Gesicht.

»Welch ein Wunder *du* bist!« sagte er.

Sie sahen einander an. Sie wollte die Arme um seinen Hals schlingen. Aber sie sah ihn lediglich an und spürte seine Nähe. Dann streckte sie die Hand aus und berührte auch sein Gesicht.

Sie hätte aufhören sollen, das wußte sie. Jetzt überraschte er sie. Er wich zurück, küßte sie fast unterwürfig auf die Stirn und sagte:

»Ich möchte nach Ägypten, Julie. Früher oder später muß ich nach Ägypten. Laß es gleich geschehen.«

Wie niedergeschlagen und gequält er sich anhörte. In die Sanftheit von gestern mischte sich nun Traurigkeit. Seine Augen schienen dunkler und größer zu sein. Und sie hatte recht gehabt – er war den Tränen nahe, und das erfüllte ihre Seele wieder mit Furcht.

Großer Gott, wie groß mußte seine Leidensfähigkeit sein.

»Gewiß«, sagte sie. »Wir reisen nach Ägypten, du und ich gemeinsam...«

»Ich habe gehofft, daß du das sagst«, sagte er. »Julie, dieses Zeitalter kann niemals mir gehören, wenn ich Ägypten nicht Lebewohl sage, denn Ägypten ist meine Vergangenheit.«

»Ich verstehe.«

»Ich will die Zukunft!« sagte er mit einer flüsternden Stimme. »Ich will...« Er verstummte, da er eindeutig außerstande war, weiter zu sprechen. Verlegen wandte er sich von ihr ab, griff in die Tasche und holte eine Handvoll Goldmünzen heraus.

»Können wir damit ein Schiff kaufen, Julie, das uns übers Meer bringt?«

»Überlaß alles mir«, sagte sie. »Wir fahren. Und nun setz dich und iß dein Frühstück. Ich weiß, wie hungrig du bist. Das mußt du mir nicht sagen.«

Jetzt mußte er doch lachen.

»Und ich werde mich unverzüglich um alles kümmern.«

Sie ging in die Küche. Oscar richtete gerade das Frühstückstablett für sie. In der Küche roch es angenehm nach Kaffee und Zimt und frisch gebackenen Hörnchen.

»Oscar, rufen Sie unverzüglich für mich bei Thomas Cook an. Buchen Sie eine Überfahrt für Mr. Ramsey und mich nach Alexandria. Sehen Sie zu, daß wir bald reisen können. Wenn möglich brechen wir heute noch auf. Beeilen Sie sich und überlassen Sie das mir.«

Er staunte nicht schlecht.

»Aber, Miss Julie, was ist mit...«

»Sputen Sie sich, Oscar. Rufen Sie unverzüglich an. Rasch. Es ist keine Zeit zu verlieren.«

Als sie mit dem schweren Tablett in den Sonnenschein hinaustrat, staunte sie wieder über die großen, wunderschönen Blumen. Die purpurnen Orchideen und die gelben Gänseblümchen waren gleichermaßen herrlich.

»Nun sieh dir das an«, flüsterte sie. »Wenn ich bedenke, daß mir das alles bisher kaum aufgefallen ist. Alles blüht. Wie schön...«

Er stand an der Hintertür und betrachtete sie mit demselben traurigen und wunderbaren Gesichtsausdruck. »Ja, sehr schön«, sagte er.

Alles im Haus befand sich in Aufruhr. Rita hatte völlig den Verstand verloren, als sie erfahren hatte, daß Julie nach Ägypten wollte. Oscar, der zurückblieb, um das Haus zu hüten, hatte den Fahrern geholfen, die großen Koffer und Truhen nach unten zu tragen.

Randolph und Alex versuchten wütend, Julie die Reise auszureden.

Und der rätselhafte Mr. Reginald Ramsey saß im Korbsessel im Wintergarten und verschlang ein üppiges Mahl, das er mit reichlich Wein hinunterspülte. Und dabei las er Zeitungen, zwei gleichzeitig, wenn Elliott sich nicht irrte. Und ab und zu hob er ein Buch vom Boden auf und blätterte darin, so, als suchte er ein schrecklich wichtiges Kapitel. Wenn er es gefunden hatte, ließ er das Buch achtlos fallen.

Elliott saß auf Lawrences Sessel im Ägyptischen Zimmer und beobachtete die Geschehnisse im Haus. Hin und wieder sah er zu Julie im Salon hinüber, dann wieder zu Mr. Ramsey, der mit Sicherheit wußte, daß er beobachtet wurde, dem das aber nichts auszumachen schien.

Der andere schweigende und einsame Beobachter war Samir-

Ibrahaim, der ganz hinten im Wintergarten stand. In der ungewöhnlich üppigen Frühlingsvegetation wirkte er seltsam verloren. Er stand da und blickte an dem gleichgültigen Mr. Ramsey vorbei in die schattigen vorderen Zimmer.

Julie hatte Elliott vor über drei Stunden angerufen. Dieser hatte unverzüglich gehandelt. Während das kleine Drama im Salon seinen Lauf nahm, wußte er mehr oder weniger schon, wie es weiterging.

»Aber du kannst nicht einfach mit einem Mann, von dem du nichts weißt, nach Ägypten gehen«, sagte Randolph und bemühte sich, nicht mit erhobener Stimme zu sprechen. »So eine Reise kannst du nicht ohne richtige Anstandsdame unternehmen.«

»Julie, das dulde ich nicht«, sagte Alex blaß vor Verzweiflung. »Ich lasse nicht zu, daß du das alleine machst.«

»Jetzt hört aber beide auf«, antwortete Julie. »Ich bin eine erwachsene Frau. Ich gehe. Und ich kann auf mich selbst aufpassen. Außerdem ist Rita ständig bei mir. Und Samir, Vaters engster Freund. Einen besseren Beschützer als Samir kann ich mir nicht vorstellen.«

»Julie, keiner ist ein angemessener Reisebegleiter, das weißt du. Das Ganze grenzt an einen Skandal.«

»Onkel Randolph, das Schiff läuft um vier Uhr aus. Wir müssen jetzt gehen. Wir sollten uns lieber um das kümmern, was es hier noch zu tun gibt, meinst du nicht? Ich habe eine Vollmacht ausstellen lassen, damit du freie Hand über Stratford Shipping hast.«

Schweigen. Aha, jetzt kommen wir endlich zum Kern der Sache, dachte Elliott kalt. Er hörte, wie Randolph sich räusperte.

»Nun, das ist wohl notwendig, meine Liebe«, sagte er mit schwacher Stimme.

Alex wollte sich einmischen, aber Julie überging ihn höflich. Gab es noch Papiere, die sie für Randolph unterschreiben mußte? Er konnte sie jederzeit nach Alexandria senden. Sie würde sie unterschreiben und von dort zurückschicken.

Als Elliott sich sicher sein konnte, daß Julie wie geplant abreisen würde, stand er auf und schlenderte gemächlichen Schrittes in den Wintergarten.

Ramsey aß immer noch. Gerade nahm er eine von drei angezündeten Zigarren und zog daran, um sich dann wieder über Roastbeef und Butterbrot herzumachen. Vor ihm lag ein Buch über die neuere Geschichte Ägyptens. Das Kapitel, das er aufgeschlagen hatte, trug den Titel »Das Massaker an den Mamelucken«. Der Mann schien es nur zu überfliegen, so rasch glitt sein Finger über die Zeilen.

Erst jetzt sah Elliott das Grün um sich herum. Die Größe des Farns an seiner Seite erstaunte ihn, ebenso sehr wie die dichte, buschige Bougainvillea, die seine Schulter streifte und teilweise die Tür versperrte. Großer Gott, was war hier geschehen? Lilien, wohin er sah, die Gänseblümchen sprengten fast ihre Töpfe, das Efeu bedeckte bereits das ganze Dach.

Er verbarg seine Überraschung, obwohl er nicht sicher war, vor wem, da weder Ramsey noch Samir von ihm Notiz zu nehmen schienen. Er riß eine der blauweißen Winden ab, die über seinem Kopf hing.

Er betrachtete die makellose, trompetenförmige Blüte. Welcher Duft. Dann sah er auf, und seine Augen trafen die von Ramsey.

Plötzlich riß sich Samir aus seiner scheinbaren Meditation.

»Lord Rutherford, bitte gestatten Sie, daß ich...« Dann verstummte er, als fehlten ihm die Worte.

Ramsey stand auf und wischte sich die Finger langsam an der Serviette ab.

Der Earl steckte die Windenblüte geistesabwesend in die Tasche und streckte die Hand aus.

»Reginald Ramsey«, sagte er, »es ist mir ein großes Vergnügen. Ich bin ein alter Freund der Familie Stratford. Und selbst eine Art Ägyptologe. Mein Sohn Alex ist mit Julie verlobt und soll sie heiraten. Vielleicht wissen Sie es.«

Der Mann hatte es nicht gewußt. Oder er verstand es nicht. Er errötete.

»Mit Julie verheiratet?« sagte er fast flüsternd. Und dann mit unnatürlicher Fröhlichkeit: »Ein glücklicher Mann, Ihr Sohn.«

Der Earl konnte seinen Blick nicht von dem überladenen Tisch und der Blütenpracht abwenden, die förmlich die Sonne verdeckte. Er sah den Mann vor sich, der eindeutig einer der schönsten Menschen war, den er je gesehen hatte, ruhig an. Wunderschön, wenn man genau darüber nachdachte. Die großen, leidenschaftlichen blauen Augen, die Frauen verrückt machten. Dazu das gewinnende Lächeln. Beides zusammen ergab eine fatale Kombination.

Das Schweigen wurde peinlich.

»Ah, das Tagebuch«, sagte Elliott. Er griff in den Mantel. Samir erkannte es sofort, das war deutlich zu sehen.

»Dieses Tagebuch«, sagte Elliott, »gehörte Lawrence. Es enthält wertvolle Informationen über das Grab von Ramses. Offenbar Notizen zu den Papyri, die der Mann hinterlassen hat. Ich habe es gestern abend mitgenommen. Ich muß es zurückbringen.«

Plötzlich war Ramseys Gesicht kalt.

Elliott drehte sich um, stützte sich auf seinen Stock und machte ein paar schmerzhafte Schritte auf Lawrences Schreibtisch zu.

Ramsey kam ihm nach.

»Die Schmerzen in Ihren Gelenken«, fragte Ramsey, »haben Sie eine moderne Medizin dagegen? Es gab ein altes ägyptisches Heilmittel. Die Rinde der Weide. Man mußte sie kochen.«

»Ja«, sagte Elliott und sah wieder in diese fesselnden blauen Augen. »Heute nennen wir das Aspirin, richtig?« Er lächelte. Es lief besser, als er sich vorzustellen gewagt hätte. Er hoffte, daß sein Erröten nicht so sichtbar war wie bei Ramsey. »Wo waren Sie all die Jahre, daß Sie nichts von Aspirin gehört haben, guter Mann? Wir stellen es synthetisch her, und Sie sind selbstverständlich mit dem Wort vertraut.«

Ramsey behielt die Fassung, kniff aber ein klein wenig die Augen zusammen, als wollte er den Earl wissen lassen, daß er verstimmt war.

»Ich bin kein Mann der Wissenschaft, Lord Rutherford«, entgegnete er. »Ich bin mehr ein Beobachter, ein Philosoph. Sie nennen es also Aspirin. Es freut mich, das zu wissen. Vielleicht habe ich zuviel Zeit in fernen Ländern verbracht.« Er zog eine Braue hoch.

»Aber selbstverständlich hatten die alten Ägypter bessere Arzneimittel als Weidenrinde, oder nicht?« bohrte Elliott weiter. Er sah zu der Reihe Alabastergefäße auf dem Tisch auf der anderen Seite des Zimmers. »Wirksame Arzneien – Elixiere, sozusagen –, die schlimmere Leiden heilen konnten als die Schmerzen in meinen Knochen.«

»Jede wirksame Arznei hat ihren Preis«, antwortete Ramsey gelassen. »Oder sollte ich sagen, ihre Gefahren. Sie sind ein ungewöhnlicher Mann, Lord Rutherford. Sie glauben doch sicher nicht, was Sie im Tagebuch Ihres Freundes Lawrence gelesen haben.«

»Aber gewiß glaube ich es. Denn sehen Sie, ich bin auch kein Mann der Wissenschaft. Vielleicht sind wir beide Philosophen, Sie und ich. Und ich betrachte mich ein klein wenig als Dichter, da so viele meiner Reisen einzig in meinen Träumen stattgefunden haben.«

Die beiden Männer sahen einander einen Augenblick lang schweigend an.

»Ein Dichter«, sagte Ramsey und ließ den Blick fast unhöflich lange über Elliott gleiten. »Ich verstehe Sie. Aber Sie sagen die ungewöhnlichsten Sachen.«

Elliott bemühte sich, dem Blick standzuhalten. Er spürte, wie ihm unter dem Hemd der Schweiß ausbrach. Das Gesicht des Mannes war so unerwartet offen und fast herausfordernd.

»Ich würde Sie gerne kennenlernen«, gestand Elliott plötzlich. »Ich... ich würde gern... von Ihnen lernen.« Er zögerte. Wieder fixierten ihn die blauen Augen. »Vielleicht finden wir in Kairo oder Alexandria Zeit, miteinander zu reden. Vielleicht kommen wir uns aber auch schon an Bord des Schiffes näher.«

»Sie reisen nach Ägypten?« fragte Ramsey.

»Ja.« Er ging höflich an Ramsey vorbei in den Salon. Er stellte sich neben Julie, die gerade noch eine Bankvollmacht für ihren Onkel unterschrieben hatte, die sie ihm nun in die Hand drückte.

»Ja«, sagte Elliott. Während er sich zu Ramsey umdrehte, fuhr er so laut fort, daß die anderen es hören konnten. »Alex und ich fahren beide. Ich habe gleich nach Julies Anruf eine Überfahrt auf demselben Schiff gebucht. Wir würden nicht im Traum daran denken, sie allein reisen zu lassen, nicht wahr, Alex?«

»Elliott, ich hatte nein gesagt«, meinte Julie.

»Vater, ich habe gar nicht gewußt...«

»Ja, Teuerste«, sagte Elliott zu Julie, »aber nein lasse ich als Antwort nicht gelten. Außerdem könnte dies die letzte Gelegenheit für mich sein, Ägypten noch einmal zu sehen. Und Alex ist noch nie dort gewesen. Du wirst uns doch sicher die Freude nicht nehmen. Gibt es einen Grund dafür, weshalb wir nicht alle reisen sollten?«

»Ja, ich glaube, ich sollte es einmal sehen«, sagte Alex, der inzwischen vollkommen verwirrt war.

»Nun, deine Truhe ist gepackt und auf dem Weg«, sagte Elliott. »Komm jetzt, sonst verpassen wir sozusagen alle den Anschluß.«

Julie sah ihn voll stummer Wut an.

Ramsey lachte leise hinter ihm.

»Also reisen wir alle nach Ägypten«, sagte er. »Das finde ich überaus interessant. Wir werden uns an Bord unterhalten, Lord Rutherford, wie Sie vorgeschlagen haben.«

Randolph sah auf, nachdem er die Bankvollmacht in die Manteltasche gesteckt hatte.

»Nun, damit ist ja alles geklärt, oder nicht? Angenehme Reise, Darling.« Er küßte seine Nichte zärtlich auf die Wange.

Wieder der Traum, aber er konnte nicht aufwachen. Er drehte sich in Daisys Bett herum und vergrub sich im kratzigen Spitzenkissen mit seinem erstickenden Parfüm. »Nur ein Traum«, sagte er sich, »das muß aufhören.« Aber er sah die Mumie auf sich zukommen, lange Stoffbandagen schleiften an ihren Füßen. Er spürte, wie sich die Finger um seinen Hals legten.

Er wollte schreien, konnte aber nicht. Er erstickte, der Geruch der schmutzigen Bandagen würgte ihn.

Er wälzte sich herum, schlug nach der Bettdecke und spürte plötzlich, wie sich eiserne Finger um seine Faust schlossen.

Als er die Augen aufschlug, sah er das Gesicht seines Vaters.

»O Gott«, flüsterte er. Er sank auf das Kissen zurück. Noch einmal umfing ihn der Traum, aber er erzitterte und betrachtete dann wieder seinen Vater, der am Bett stand.

»Vater«, stöhnte er. »Was machst du hier?«

»Dasselbe könnte ich dich fragen. Steh auf und zieh dich an. Deine Truhe wartet unten mit einem Taxi, das dich zu den Docks von P und O bringen wird. Du fährst nach Ägypten.«

»Von wegen!« War dies bereits ein neuer Alptraum?

Sein Vater nahm den Hut ab und setzte sich auf den Stuhl neben dem Bett. Als Henry nach Zigarre und Streichhölzern griff, schlug sein Vater sie ihm aus der Hand.

»Hol dich der Teufel«, flüsterte Henry.

»Hör mir jetzt gut zu. Ich habe alles wieder in der Hand, und so soll es auch bleiben. Deine Cousine Julie und ihr geheimnisvoller ägyptischer Freund brechen heute nachmittag nach Alexandria auf. Elliott und Alex begleiten die beiden. Du wirst ebenfalls an Bord dieses Schiffes sein, hast du verstanden? Du bist Julies Cousin und daher der einzige standesgemäße Begleiter. Und du wirst dafür sorgen, daß alles rechtens bleibt und Julies Hochzeit mit Alex Savarell nicht gefährdet wird. Und du wirst darauf achten... du wirst darauf achten, daß dieser Mann, wer immer er auch sein mag, dem einzigen Kind meines Bruders nichts antut.«

»Dieser Mann! Du mußt von Sinnen sein, wenn du denkst, daß...«

»Und du bist enterbt und mittellos, wenn du nicht gehorchst!« Randolph senkte die Stimme und beugte sich nach vorne. »Es ist mein Ernst, Henry. Ich habe dir dein ganzes Leben lang gegeben, was du gewollt hast. Aber wenn du dich jetzt nicht zusammenreißt und diese verdammte Sache bis zum Ende durchstehst, werde ich dich aus dem Aufsichtsrat von Stratford Shipping entfernen lassen. Ich werde dein Gehalt und auch sonst alles streichen. Du wirst an Bord dieses Schiffes gehen. Und du wirst deine Cousine im Auge behalten und darauf achten, daß sie sich nicht mit diesem erschreckend gutaussehenden Ägypter einläßt! Und du wirst mich über alles auf dem laufenden halten.«

Randolph holte einen schmalen weißen Umschlag aus der Brusttasche. Er legte ihn auf den Nachttisch. In dem Umschlag befand sich ein dickes Geldbündel. Soviel konnte Henry erkennen. Sein Vater stand auf, um zu gehen.

»Und kable mir nicht aus Kairo, daß du pleite bist. Halt dich von Spieltischen und Bauchtänzerinnen fern. Ich erwarte binnen einer Woche einen Brief oder ein Telegramm.«

Hancock war außer sich.

»Nach Ägypten abgereist!« bellte er ins Telefon. »Aber die gesamte Sammlung befindet sich noch in dem Haus! Wie konnte sie das nur tun!«

Mit einer Geste brachte er den Angestellten zum Schweigen, der ihn stören wollte. Dann knallte er den Hörer auf die Gabel zurück.

»Sir, die Reporter sind wieder hier wegen der Mumie.«

»Der Teufel soll die Mumie holen. Diese Frau ist verreist und hat den Schatz in ihrem Wohnzimmer zurückgelassen wie eine Puppensammlung!«

Elliott stand neben Julie und Ramsey an der Reling und sah, wie Alex weit unten an der Gangway seine Mutter zum Abschied küßte.

»Aber ich bin doch nicht hier, um dich zu bewachen«, sagte Elliott zu Julie. Alex umarmte seine Mutter noch einmal, dann eilte er an Bord. »Ich möchte nur in der Nähe sein, falls du mich brauchst. Bitte sei nicht so böse.«

Herrgott, es war ihm ernst. Es tat ihm weh, ihren Gesichtsausdruck zu sehen.

»Aber Henry, warum, um alles in der Welt, ist Henry mitgekommen? Ich will Henry nicht bei uns haben.«

Henry war erst vor einem Augenblick ohne ein anständiges Wort zu irgend jemandem an Bord gekommen. Er hatte blaß und verkatert und ebenso elend ausgesehen wie am Tag zuvor.

»Ja, ich weiß«, seufzte Elliott. »Aber, meine Liebste, er ist dein nächster Verwandter, und...«

»Laß mir Platz zum Atmen, Elliott. Du weißt, ich liebe Alex. Ich habe ihn immer geliebt. Aber eine Ehe mit mir ist vielleicht nicht zu seinem Besten. Daraus habe ich nie einen Hehl gemacht.«

»Ich weiß, Julie, ich weiß, glaub mir. Aber dein Freund...« Er deutete auf Ramsey, der sämtliche Geschehnisse im Hafen sichtlich aufgeregt verfolgte. »Wie sollen wir uns keine Sorgen machen? Was sollen wir tun?«

Sie konnte ihm nicht widerstehen. Das war schon immer so gewesen. Eines Nachts vor mehreren Monaten, als sie zuviel Champagner getrunken und zuviel getanzt hatte, hatte sie Elliott gestanden, daß sie mehr in ihn als in Alex verliebt war. Wäre er frei gewesen und hätte um ihre Hand angehalten, hätte sie ja gesagt. Alex hatte das Ganze selbstverständlich für einen Scherz gehalten. Aber in ihren Augen war ein seltsamer Ausdruck gewesen, der Elliott über alle Maßen geschmeichelt hatte. Und nun lag in ihren Augen wieder dieser Ausdruck. Was für ein Lügner er doch war. Was für ein gottverdammter Lügner.

»Na gut, Elliott«, sagte sie. Sie küßte ihn auf die Wange. »Ich will Alex nicht weh tun«, flüsterte sie.

»Natürlich nicht, Darling«, sagte er. »Natürlich nicht.«

Die Schiffssirene gab ein lautes Heulen von sich. Der letzte Aufruf für die Passagiere, an Bord zu gehen. In den Kabinen wurden letzte Küsse ausgetauscht, ein unablässiger Strom von Gästen ging an Land.

Plötzlich kam Ramsey auf sie zugestapft. Er wirbelte Julie herum, als wäre er sich seiner Kräfte gar nicht bewußt. Verblüfft sah sie ihn an.

»Spürst du sie, Julie, die Vibrationen. Ich muß diese Motoren sehen.«

Ihr Gesicht wurde auf der Stelle sanfter. Es war, als wäre seine Aufregung ansteckend.

»Aber gewiß doch. Elliott, bitte entschuldige mich. Ich muß Ramse... ich meine Mr. Ramsey... in den Maschinenraum bringen, falls das erlaubt ist.«

»Wenn du mir gestattest«, sagte Elliott liebenswürdig und winkte einen jungen Offizier in gestärkter weißer Uniform herbei, der gerade an Deck gekommen war.

Alex war bereits am Auspacken, als Elliott den kleinen Salon zwischen ihren Kabinen betrat. Zwei Überseetruhen standen offen im Raum. Walter ging mit verschiedenen Kleidungsstücken hin und her.

»Ist das nicht schön?« fragte Elliott, der jetzt die kleine Couch, die Sessel, das Bullauge betrachtete. Es war wenig Zeit gewesen, für angemessene Unterbringung zu sorgen, und zuletzt hatte Edith selbst eingegriffen und sich um alles gekümmert.

»Du siehst müde aus, Vater. Ich bestelle uns Tee.«

Der Earl ließ sich auf dem kleinen vergoldeten Sessel nieder. Tee hörte sich nicht schlecht an. Was war das für ein Duft? Hatten sie Blumen in ihrer Kabine? Er sah keine. Nur den Champagner in dem glänzenden Eiskübel und die Gläser, die auf einem silbernen Tablett daneben standen.

Dann fiel es ihm wieder ein. Die Wicke, die er in der Tasche zerdrückt hatte. Sie verströmte immer noch ihren zarten Duft.

»Tee hört sich gut an, Alex, aber es besteht kein Grund zur Eile«, murmelte er. Er griff in die Tasche, fand die zerdrückte kleine Blüte, zog sie heraus und hielt sie an die Nase.

Wirklich ein sehr angenehmer Duft. Und dann mußte er wieder an den Wintergarten denken, in dem es grünte und blühte wie nie zuvor. Er betrachtete die Wicke. Jetzt glättete sich die Blüte vor seinen Augen. Sie öffnete sich und war innerhalb von Sekunden wieder zu einer perfekten Blüte geworden.

Alex redete mit ihm, aber Elliott hörte ihn nicht. Er betrachtete nur benommen die Blüte. Dann preßte er sie noch einmal fest zusammen. Langsam sah er auf und stellte fest, daß Alex gerade den Telefonhörer weglegte.

»Tee in fünfzehn Minuten«, sagte Alex. »Was ist denn los, Vater? Du bist ja weiß wie...«

»Nichts. Nein. Nichts weiter. Ich möchte jetzt ausruhen. Ruf mich, wenn der Tee kommt.«

Er stand auf, die Blüte immer noch fest in der Hand.

Als er die Tür seiner Kabine zugemacht hatte, lehnte er sich dagegen. Er spürte, wie ihm der Schweiß den Rücken hinabrann. Er öffnete die Hand. Wieder verwandelte sich das zerquetschte Etwas in eine perfekte Blüte.

Er konnte gar nicht mehr aufhören, sie anzustarren. Das winzige grüne Blättchen an ihrem Ansatz krümmte sich vor seinen Augen. Dann stellte er fest, daß er sich selbst im Spiegel sah. Er sah einen grauhaarigen, leicht verkrüppelten Mann, der mit fünfundfünfzig immer noch eine stattliche Erscheinung war, auch wenn ihm jeder Schritt Schmerzen bereitete. Er ließ den Gehstock los, achtete nicht darauf, daß dieser umfiel, und tastete mit der linken Hand nach seinem grauen Haar.

Er hörte, wie Alex ihn rief. Der Tee war schon da. Vorsichtig holte er die Brieftasche heraus, zerdrückte die Blüte von neuem und steckte sie zwischen die Lederlaschen. Dann bückte er sich ganz langsam und hob den Gehstock auf.

Ihm schien, als sei sein Sohn, der ihm Tee einschenkte, weit, weit weg.

»Weißt du, Vater«, sagte Alex, »ich fange an zu glauben, daß doch alles gut wird. Ich konnte mir diesen Ramsey genauer ansehen. Er ist ein gutaussehender Bursche, aber er ist zu alt für sie, glaubst du nicht auch?«

Es machte ihm ja soviel Spaß, dieser große schwimmende Palast aus Eisen mit den kleinen Geschäften an Bord, einem großen Ballsaal und einer Tanzfläche, auf der man später tanzen konnte.

Und sein Quartier! Niemals, nicht einmal als König, hatte er ein so prunkvolles Quartier an Bord eines Schiffes gehabt. Sein Lachen klang fast albern, während die Stewards den letzten Rest von Lawrence Stratfords Kleidung auspackten.

Nachdem sie gegangen waren, machte Samir die Tür zu, drehte sich um und holte ein dickes Bündel Geldscheine aus der Tasche.

»Dies wird lange reichen, Sire, aber Sie dürfen nicht alles auf einmal zeigen.«

»Ja, mein treuer Diener. Das wußte man schon, als ich mich als Knabe aus dem Palast geschlichen habe.« Wieder lachte er übermütig. Er konnte nicht anders. Das Schiff verfügte sogar über eine Bibliothek und ein kleines Kino. Und dann die vielen Wunder unter Deck. Und die zuvorkommenden eleganten Bediensteten hatten ihm gesagt, er könne sich frei bewegen, ganz wie er wolle.

»Ihre Münze war sehr viel mehr wert, Sire, aber ich hatte die schlechteren Karten.«

»Wie sagt man doch heutzutage, Samir: Laß dir keine grauen

Haare wachsen. Und deine Einschätzung von Lord Rutherford war korrekt. Er glaubt es. Man könnte sogar sagen, er weiß es.«

»Aber nur von Henry Stratford droht Gefahr. Wäre ein Sturz von Deck bei schwerem Seegang gerecht?«

»Unklug. Es würde Julies Seelenfrieden zunichte machen. Je mehr ich über dieses Zeitalter erfahre, desto mehr begreife ich, wie komplex es ist und wie sehr die Idee der Gerechtigkeit alles prägt. Sie sind Römer, aber sie sind mehr. Wir werden Mr. Henry Stratford im Auge behalten. Wenn seine Anwesenheit eine Qual für Julie wird, ist sein Tod vielleicht das kleinere Übel. Aber darum mußt du dir keine Gedanken machen. Ich kümmere mich darum.«

»Ja, Sire. Aber falls Sie diese Aufgabe aus irgendwelchen Gründen nicht übernehmen wollen, werde ich diesen Mann mit dem größten Vergnügen selbst töten.«

Ramses lachte leise. Wie sehr er diesen Mann mochte. So listig, und doch aufrichtig, geduldig, und dabei doch überaus scharfsinnig.

»Vielleicht sollten wir ihn gemeinsam töten, Samir«, sagte er. »Aber wie auch immer, ich habe einen Bärenhunger. Wann wollen wir diese üppige Mahlzeit gemeinsam einnehmen, auf rosa Tischtüchern zwischen Palmen?«

»Schon bald, Sire, und bitte... seien Sie vorsichtig.«

»Samir, mach dir keine Sorgen«, erwiderte Ramses. Er nahm Samirs Hand. »Ich habe meine Anweisungen schon von Königin Julie erhalten. Ich darf nur ein Stück Fisch, ein Stück Geflügel, ein Stück Fleisch essen, und nicht alles gleichzeitig.«

Nun war es an Samir, leise zu lachen.

»Bist du immer noch unglücklich?« fragte Ramses.

»Nein, Sire. Ich bin sehr glücklich. Lassen Sie sich nie von meinem ernsten Gesichtsausdruck täuschen. Ich habe bis jetzt mehr gesehen, als ich mir in meinem Leben je hätte träumen lassen. Wenn Henry Stratford tot ist, werde ich nichts weiter verlangen.«

Ramses nickte. Bei diesem hier war sein Geheimnis vorerst sicher, das wußte er, auch wenn er diese Art von Weisheit und Resignation nicht ganz begreifen konnte. Er hatte es als Sterblicher nicht gekannt. Und jetzt kannte er es auch nicht.

Der Speisesaal der ersten Klasse war prunkvoll. Zahlreiche Herren mit weißen Fliegen und Fräcken und Damen mit tief ausgeschnittenen Kleidern hatten sich eingefunden. Als Julie an den Tisch kam und Platz nahm, eilte Alex ihr zu Hilfe. Auch Henry und Elliott erhoben sich. Julie nickte Elliott zu, brachte es jedoch nicht über sich, ihren Cousin auch nur anzusehen.

Sie drehte sich zu Alex um und legte ihre Hand auf seine. Bedauerlicherweise konnte sie nicht überhören, wie Henry Elliott wütend ins Ohr flüsterte. Sie hörte ihn sagen, was für ein Narr Alex doch war, daß er Julies Reise nicht hatte verhindern können.

Alex schien ziemlich ratlos zu sein. War dies der richtige Ort für die Wahrheit? Sie hatte das Gefühl, Alex gegenüber ehrlich sein zu müssen, andernfalls würde es nur noch schlimmer für Alex werden, und das mußte sie verhindern.

»Alex«, sagte sie mit gedämpfter Stimme, »ich bleibe vielleicht in Ägypten. Ich weiß selbst noch nicht, wie es weitergehen wird. Weißt du, mein Darling, manchmal glaube ich, du brauchtest jemanden, der ebenso gut ist wie du selbst.«

Ihre Worte überraschten ihn nicht. Er dachte nur einen Augenblick nach, bevor er antwortete. »Aber wie könnte ich eine Bessere als dich wollen? Ich folge dir in den Dschungel Afrikas, wenn du dorthin möchtest.«

219

»Du weißt nicht, was du sagst.«

Er beugte sich nach vorne und senkte die Stimme zu einem Flüstern. »Ich liebe dich, Julie. Alles in meinem Leben erscheint mir selbstverständlich. Aber du nicht. Und du bist mir teurer als der ganze Rest zusammengenommen. Julie, ich habe vor, um dich zu kämpfen, wenn es dazu kommen sollte.«

Was konnte sie nur sagen, ohne ihn zu verletzen? Sie sah plötzlich auf. Ramses und Samir waren da.

Einen Augenblick lang war sie sprachlos. Im weißen gestärkten Hemd und dem Frack ihres Vaters glich Ramses einer Vision. Als er sich setzte, schien seine kleinste Geste anmutiger und faszinierender als die aller anderen Anwesenden. Er strahlte förmlich vor Lebenskraft und Wohlbefinden. Sein blitzendes Lächeln war wie ein Licht.

Doch dann geschah etwas. Er starrte Julies bloße Schultern an, den tiefen Ausschnitt ihres Kleides. Ganz besonders den winzigen Schatten zwischen ihren halbnackten Brüsten. Und Alex sah Ramses voll höflicher Entrüstung an. Und auch Samir, der sich links neben den Earl setzte, schien alarmiert.

Sie mußte etwas tun. Ramses, der sie immer noch anstarrte, als hätte er noch nie eine Frau gesehen, nahm den Stuhl links neben ihr.

Sie faltete ihm rasch die Serviette auf und flüsterte:

»Hier, auf den Schoß. Und hör auf, mich so anzustarren. Das ist ein Ballkleid, durchaus angemessen!« Dann wandte sie sich sofort Samir zu. »Samir, ich bin so froh, daß Sie diese Reise mit uns machen können.«

»Ja, und nun sind wir hier«, fügte Elliott sogleich hinzu, um kein Schweigen aufkommen zu lassen. »Wir nehmen das Dinner zusammen ein, genau wie ich es geplant hatte. Ist das nicht herrlich! Scheint sich doch alles nach meinen Vorstellungen zu entwickeln.«

»So ist es.« Julie lachte. Plötzlich war sie froh, daß Elliott da war. Er würde ihr über peinliche Augenblicke hinweghelfen, das machte er instinktiv. Wahrscheinlich konnte er gar nicht anders. Es lag an seinem unwiderstehlichen Charme, daß man ihn mochte.

Sie wagte nicht, Henry direkt anzusehen, merkte aber, daß ihm furchtbar unwohl zumute war. Er trank schon wieder. Sein Glas war halb voll.

Jetzt brachten die Kellner Sherry und Suppe. Ramses hatte bereits nach dem Brot gegriffen, ein großes Stück von dem kleinen Laib abgerissen und gegessen.

»Sagen Sie mir, Mr. Ramsey«, fuhr Elliott fort, »wie hat Ihnen Ihr Aufenthalt in London gefallen? Sie waren ja nicht lange bei uns.«

Warum, zum Teufel, lächelte Ramses?

»Ich fand London faszinierend«, sagte er mit unverhohlener Begeisterung. »Eine seltsame Mischung aus unvorstellbarem Reichtum und unerklärlicher Armut. Ich kann nicht verstehen, wie so viele Maschinen soviel für so wenige produzieren können, und so wenig für so viele...«

»Sir, Sie stellen die gesamte Industrielle Revolution in Frage«, sagte Alex mit nervösem Lächeln, das bei ihm eindeutig ein Zeichen für Unbehagen war. »Sagen Sie mir nicht, Sie sind Marxist. Es kommt recht selten vor, daß wir in unseren Kreisen einen... Radikalen treffen.«

»Was ist ein Marxist! Ich bin Ägypter«, sagte Ramses.

»Das sind Sie selbstverständlich, Mr. Ramsey«, sagte Elliott schnell. »Und Sie sind kein Marxist. Wie lächerlich. Haben Sie unseren Lawrence in Kairo kennengelernt?«

»Unseren Lawrence. Ich kannte ihn nicht lang.« Ramses starrte Henry an. Julie hob hastig den Suppenlöffel, stieß Ramses kurz mit dem Ellbogen an und führte ihm vor, wie die Suppe gegessen wurde. Er sah sie nicht einmal an. Er griff nach seinem Brot, nahm es, tunkte es in die Suppe und fing an zu essen. Henry sah er weiterhin finster an.

»Lawrences Tod war, wie sicher für uns alle, auch für mich ein furchtbarer Schock«, sagte er und tunkte wieder ein großes Stück Brot in die Suppe. »Ist ein Marxist eine Art Philosoph? Ich erinnere mich an einen Karl Marx. Ich bin in Lawrences Bibliothek auf diesen Namen gestoßen. Ein Narr.«

Henry hatte seine Suppe nicht angerührt. Er nahm noch einen großen Schluck Scotch und winkte dann den Kellner heran.

»Das ist unwichtig«, sagte Julie hastig.

»Ja, Lawrences Tod war ein schrecklicher Schock«, sagte Elliott ernst. »Ich hätte ihm gut und gerne noch zehn Jahre gegeben. Vielleicht sogar zwanzig.«

Ramses tunkte wieder ein gewaltiges Stück Brot in die Suppe. Henry, der ihn mittlerweile mit Entsetzen ansah, wich seinem Blick aus. Alle Augen waren mehr oder weniger auf Ramses gerichtet, der gerade den letzten Rest Suppe mit einem Stück Brot auftunkte, dann den Sherry hinunterstürzte, den Mund mit einer Serviette abwischte und sich zurücklehnte.

»Mehr Essen«, flüsterte er. »Kommt noch mehr?«

»Ja, natürlich, aber mach langsam«, flüsterte Julie.

»Sie waren ein guter Freund von Lawrence?« fragte jetzt Ramses, zu Elliott gewandt.

»Ja«, antwortete Elliott.

»Tja, wenn er hier wäre, würde er von seiner heißgeliebten Mumie sprechen«, sagte Alex mit nervösem Lachen. »Übrigens, warum machst du diese Reise überhaupt, Julie? Warum fährst du nach Ägypten, wenn die Mumie hier in London liegt. Weißt du, ich verstehe wirklich nicht...«

»Die Sammlung hat verschiedene Möglichkeiten der Forschung aufgezeigt«, sagte Julie. »Wir wollen nach Alexandria, dann vielleicht nach Kairo...«

»Ja, natürlich«, sagte Elliott. Er beobachtete Ramses, als der Kellner den Fisch vor ihn auf den Tisch stellte, eine kleine Portion in delikater Rahmsoße. »Kleopatra«, fuhr er fort, »dein geheimnisvoller Ramses der Zweite behauptet, daß er sie geliebt und verloren hat. Und das geschah in Alexandria, stimmt's?«

Das hatte Julie nicht erwartet. Auch Ramses nicht, der jetzt das Brot weglegte und den Earl anstarrte. Auf seiner glatten Haut zeigten sich rote Pünktchen.

»Ja, nun, das ist ein Faktum«, mühte sich Julie ab. »Und dann reisen wir nach Luxor, und nach Abu Simbel. Ich hoffe, ihr seid alle für die anstrengende Reise gerüstet. Wenn ihr natürlich nicht weiter mitkommen wollt...«

»Abu Simbel«, sagte Alex. »Befinden sich dort nicht die riesigen Statuen von Ramses dem Zweiten?«

Ramses brach den Fisch mit den Fingern in zwei Teile und aß den einen. Dann aß er die zweite Hälfte. Auf Elliotts Gesicht zeigte sich ein seltsames Lächeln, das aber Ramses nicht sah. Er sah wieder zu Henry hinüber. Julie würde gleich zu schreien anfangen.

»Eigentlich stehen überall Statuen von Ramses dem Großen«, sagte Elliott. Er sah, wie Ramses die Soße mit Brot auftunkte. »Ramses hat mehr Denkmäler hinterlassen als jeder andere Pharao.«

»Ach, der ist das«, sagte Alex. »Der Egoist der ägyptischen Geschichte. Jetzt erinnere ich mich wieder daran.«

»Egoist!« sagte Ramses mit verzerrtem Gesicht. »Mehr Brot!« sagte er zum Kellner. Dann zu Alex: »Was ist ein Egoist? Wenn Sie gestatten?«

»Aspirin, Marxismus, Egomanie«, sagte Elliott. »Ist das alles neu für Sie?«

Henry wurde auffallend zappelig. Er hatte den zweiten Scotch getrunken und sich auf dem Stuhl zurückgelehnt. Er starrte lediglich auf die Hände von Ramses, während dieser aß.

»Ach, Sie wissen schon«, sagte Alex unbekümmert. »Der Mann war ein großer Prahlhans. Hat überall Statuen von sich aufstellen lassen. Er hat ununterbrochen mit seinen Siegen geprahlt, seinen

Frauen und seinen Söhnen! Das also ist die Mumie, und ich habe es die ganze Zeit nicht gewußt!«

»Wovon, um alles in der Welt, redest du?« fragte Julie plötzlich.

»Gibt es einen anderen ägyptischen König, der so viele Schlachten gewonnen hat«, sagte Ramses erbost, »so viele Frauen beglückt, so viele Söhne gezeugt hat? Und Ihnen ist doch sicher bewußt, daß der Pharao, indem er so viele Statuen von sich aufstellen ließ, seinem Volk genau das gegeben hat, was es wollte?«

»Das ist ja ein ganz neuer Aspekt!« sagte Alex sarkastisch. »Sie wollen mir doch nicht sagen, daß es den Sklaven gefallen hat, in der sengenden Sonne zu Tode gepeitscht zu werden und die vielen Statuen und Tempel zu bauen?«

»Sklaven, die in der sengenden Sonne zu Tode gepeitscht wurden?« fragte Ramses. »Was sagen Sie da! Das hat es niemals gegeben!« Er wandte sich an Julie.

»Alex, das ist lediglich eine Vermutung«, sagte sie. »Niemand weiß mit Sicherheit...«

»Aber ich weiß es«, sagte Ramses.

»Jeder hat seine eigene Theorie!« sagte Julie mit leicht erhobener Stimme und sah Ramses bitterböse an.

»Um Gottes willen«, sagte Alex, »der Mann hat riesige Denkmäler von sich überall in Ägypten bauen lassen. Niemand kann mir sagen, daß die Menschen nicht viel glücklicher gewesen wären, hätten sie ihre Blumenbeete hegen können...«

»Junger Mann, Sie sind ausgesprochen merkwürdig!« sagte Ramses. »Was wissen Sie von den Menschen im alten Ägypten? Sklaven, Sie sprechen von Sklaven, wo doch Ihre Elendsviertel voll von hungernden Kindern sind. Die Menschen wollten die Bauten. Sie waren stolz auf ihre Tempel. Wenn der Nil über die Ufer trat, konnte niemand auf den Feldern arbeiten. Die Denkmäler begeisterten alle. Niemand wurde zur Arbeit gezwungen. Das war gar nicht nötig. Der Pharao war wie ein Gott, er mußte tun, was sein Volk von ihm erwartete.«

»Sie beschönigen doch sicher ein klein wenig«, sagte Elliott, aber er war eindeutig fasziniert.

Henry war leichenblaß geworden. Er rührte sich überhaupt nicht mehr. Der dritte Scotch stand unberührt vor ihm.

»Nicht im geringsten«, widersprach Ramses. »Das Volk von Ägypten war stolz auf Ramses den Großen. Er hat die Feinde zurückgeschlagen, er hat die Hetiter erobert, er hat in den vierundsechzig Jahren seiner Regentschaft den Frieden in Ober- und Unterägypten gesichert! Welcher andere Pharao hatte je einen solchen Frieden ins Land des großen Stroms gebracht! Sie wissen, was danach geschehen ist, oder etwa nicht?«

»Reginald«, sagte Julie mit leiser Stimme, »ist das wirklich alles so wichtig?«

»Nun, für den Freund deines Vaters offenbar schon«, sagte Elliott. »Ich persönlich glaube, daß die alten Könige Ägyptens perfekte Tyrannen waren. Ich glaube, daß sie ihre Untertanen zu Tode geprügelt haben, wenn sie nicht an diesen absurden Bauten gearbeitet haben. Die Pyramiden, zum Beispiel...«

»So dumm sind Sie nicht, Lord Rutherford«, sagte Ramses. »Sie... wie sagt man doch gleich... wollen mich aus der Reserve locken. Wurden Engländer auf den Straßen ausgepeitscht, als St. Pauls oder Westminster Abbey erbaut wurden? Der Tower von London, ist er das Werk von Sklaven?«

»Das kann niemand beantworten«, sagte Samir beschwichtigend. »Vielleicht sollten wir versuchen...«

»In dem, was Sie sagen, liegt viel Wahrheit«, sagte Elliott, ohne auf Samir zu achten. »Aber was den großen Ramses betrifft, so müssen Sie zugeben, daß er ein ausgesprochen unbescheidener Herrscher war. Die Bildsäulen, die von seinen Ruhmestaten prahlen, sind lächerlich.«

»Sir, bitte«, sagte Samir.

»Das sind sie ganz und gar nicht«, sagte Ramses. »Sie entsprachen dem Stil der Zeit, und das Volk wollte es so. Begreifen Sie nicht? Der Herrscher war das Volk. Wenn das Volk groß sein wollte, mußte der Herrscher groß sein! Wenn es um die Wünsche, die Bedürfnisse und das Wohlergehen des Volkes ging, war der Herrscher sein Sklave.«

»Ach, Sie wollen uns doch hoffentlich nicht einreden, daß der alte Bursche ein Märtyrer war!« spottete Alex. Niemals hatte Julie ihn so aggressiv gesehen.

»Vielleicht hat ein moderner Mensch Schwierigkeiten, die Denkweise eines Menschen aus früherer Zeit nachzuvollziehen«, wandte Elliott ein. »Ich frage mich, ob es nicht umgekehrt genauso ist. Ob nicht ein Mann aus alter Zeit ebenfalls Schwierigkeiten hätte, unsere Wertvorstellungen zu begreifen?«

»So schwer ist das gar nicht«, sagte Ramses. »Die Menschen haben gelernt, sich auszudrücken, so daß nichts verschleiert oder geheimnisvoll bleibt. In Ihren Zeitungen und Büchern steht alles. Und dennoch unterscheiden Sie sich nicht wirklich von Ihren ältesten Vorfahren. Sie suchen Liebe, Sie suchen Trost, Sie suchen Gerechtigkeit. Das wollte auch der ägyptische Bauer, wenn er hinauszog, um sein Feld zu bestellen. Und die Arbeiter von London wollen nichts anderes. Und wie immer hüten die Reichen ihren Besitz. Und Habgier führt zu Verbrechen, wie zu allen Zeiten.«

Bei diesen Worten richtete er den Blick auf Henry, der ihn mittlerweile ebenfalls ansah. Julie blickte verzweifelt zu Samir.

»Mann, Sie sprechen von unserer Zeit, als hätten Sie nichts damit zu tun!« sagte Alex.

»Sie wollen also sagen«, meinte Elliott, »daß wir nicht besser und nicht schlechter sind als die alten Ägypter.«

Henry griff nach seinem Drink und stieß ihn plötzlich um. Dann griff er nach dem Wein und stürzte ihn hinunter. Sein weißes Gesicht war jetzt feucht. Seine Unterlippe zitterte. Er sah zweifellos wie ein Mann aus, der ernsthaft krank war.

»Nein, das habe ich nicht gesagt«, antwortete Ramses nachdenklich. »Sie sind besser. In tausenderlei Hinsicht besser. Und doch sind Sie immer noch Menschen. Sie haben noch nicht alle Antworten gefunden. Elektrizität, Telefone, das alles ist wunderbare Magie. Aber die Armen müssen Hunger leiden. Männer töten für das, was sie durch eigene Arbeit nicht erreichen können. Es geht nach wie vor darum, wie man die Magie, den Reichtum und die Geheimnisse gerecht verteilt.«

»Aha, da haben wir's ja. Marxismus, ich habe es ja gesagt«, trumpfte Alex auf. »Nun, in Oxford haben sie uns beigebracht, daß Ramses der Zweite ein verdammter Tyrann war.«

»Sei still, Alex«, sagte Elliott nachdrücklich. Er wandte sich an Ramses. »Warum beschäftigen Sie sich mit Habgier und Macht?«

»Oxford? Was ist Oxford?« fragte Ramses und sah zu Alex. Dann sah er wieder Henry an. Henry schob unvermittelt den Stuhl zurück. Er hielt sich am Tisch fest, um nicht zu stürzen. Mittlerweile hatten die Kellner die Teller abgeräumt und Brathuhn mit Kartoffeln serviert. Irgend jemand schenkte Henry noch einen Drink ein, den dieser sofort hinunterkippte.

»Dir wird schlecht werden«, fauchte Elliott ihn an.

»Nein, was ist es?« fragte Ramses.

»Oxford, Egomanie, Aspirin, Marxismus«, sagte Elliott. »Sie stecken mit dem Kopf in den Wolken, Mr. Ramsey.«

»Ja, wie eine riesige Statue!« Ramses lächelte.

»Aber Sie sind trotzdem ein Marxist«, sagte Alex.

»Alex, Mr. Ramsey ist kein Marxist!« sagte Julie, die ihre Wut jetzt nicht mehr verbergen konnte. »Und soweit ich mich erinnern kann, war dein Lieblingsfach in Oxford Sport, oder nicht? Ruderboot und Football? Du hast nie Marxismus oder ägyptische Geschichte studiert, hab ich recht?«

»Ja, Darling. Ich weiß nichts über das alte Ägypten«, gab er ein wenig betroffen zu. »Aber es gibt da ein Gedicht, Mr. Ramsey, dieses Gedicht über Ramses den Großen von Shelley. Sie haben davon gehört, oder nicht? Mal sehen, ein alter Lehrer hat mich einmal gezwungen, es auswendig zu lernen.«

»Vielleicht sollten wir zu unserem ursprünglichen Thema zurückkehren, zur Reise«, sagte Samir. »Es wird sehr heiß in Luxor. Vielleicht wollen Sie nur bis...«

»Ja, die Gründe für die Reise«, sagte Elliott. »Wollen Sie den Behauptungen nachgehen, die ›die Mumie‹ gemacht hat?«

»Welche Behauptungen?« fragte Julie argwöhnisch. »Ich weiß nicht, was du meinst.«

»Du weißt es. Du hast es mir selbst erzählt«, antwortete Elliott. »Und dann war da das Tagebuch deines Vaters, das ich auf deine Bitte hin gelesen habe. Die Behauptung der Mumie, unsterblich zu sein und Kleopatra geliebt zu haben.«

Ramses sah auf seinen Teller hinab. Er brach ein Hühnerbein ab und verschlang die Hälfte davon mit zwei gezierten Bissen.

»Das Museum wird diese Texte untersuchen müssen«, sagte Samir. »Es ist zu früh, Schlüsse zu ziehen.«

»Ist das Museum einverstanden damit, daß du die ganze Sammlung in Mayfair eingeschlossen hast?« fragte Elliott.

»Offen gesagt«, meinte Alex, »für mich hat sich die ganze Sache völlig absurd angehört. Romantischer Quatsch. Ein unsterbliches Wesen, das tausend Jahre lebt und sich dann unglücklich in Kleopatra verliebt. Kleopatra!«

»Ich bitte um Vergebung«, sagte Ramses. Er verschlang den Rest des Huhns und wischte sich wieder die Finger ab. »In Ihrem berühmten Oxford haben sie auch Negatives über Kleopatra gesagt.«

Alex lachte unverblümt und fröhlich.

»Man muß nicht nach Oxford gehen, um Negatives über Kleopatra zu hören. Herrje, sie war die Hure der Antike, eine Verschwenderin, Verführerin und eine hysterische Frau.«

»Alex, ich will nichts mehr von diesem Pennälergeschichtswissen hören!« sagte Julie.

»Sie sind sehr vielseitig, junger Mann«, sagte Ramses mit einem kalten Lächeln. »Wofür interessieren Sie sich jetzt?«

Es herrschte Schweigen. Julie kam nicht umhin, Elliotts eigentümlichen Gesichtsausdruck zu bemerken.

»Nun«, sagte Alex, »wenn Sie ein Unsterblicher wären – ein Unsterblicher und ehemals ein großer König, hätten Sie sich dann in eine Frau wie Kleopatra verliebt?«

»Beantworte die Frage, Alex«, sagte Julie. »Was interessiert dich? Sicherlich nicht Geschichte, auch nicht Ägyptologie und nicht Politik. Warum glaubst du, möchtest du morgens aufwachen?« Sie konnte spüren, wie ihr das Blut ins Gesicht stieg.

»Ja, ich hätte mich in Kleopatra verliebt«, sagte Ramses. »Sie hätte einen Gott bezaubern können. Lesen Sie zwischen den Zeilen Ihres Plutarch. Dort steht die Wahrheit.«

»Und was ist die Wahrheit?« fragte Elliott.

»Daß sie eine brillante Denkerin war. Sie besaß eine Begabung für Sprachen und für das Regieren, das jeglicher Vernunft trotzte. Die größten Männer der Zeit erwiesen ihr die Ehre. Sie war in jedem Sinne des Wortes eine königliche Seele. Was glauben Sie, weshalb Ihr Shakespeare über sie geschrieben hat? Warum nennen Ihre Schulkinder ihren Namen?«

»Ach, jetzt machen Sie aber halblang. Göttliches Recht?« sagte Alex. »Sie machen eine viel bessere Figur, wenn Sie sich über die marxistische Theorie auslassen.«

»Und die wäre?«

»Alex«, sagte Julie schneidend. »Du würdest einen Marxisten nicht erkennen, wenn er dir ins Gesicht schlagen würde.«

»Sie müssen verstehen, Mylord«, sagte Samir zu Alex, »daß wir Ägypter unsere Geschichte sehr ernst nehmen. Kleopatra war in jeder Hinsicht eine bemerkenswerte Königin.«

»Ja, gut gesprochen«, sagte Ramses. »Und Ägypten könnte jetzt wieder eine Kleopatra brauchen, um die britische Herrschaft abzuschütteln. Sie würde Ihre Soldaten davonjagen, dessen können Sie sicher sein.«

»Aha, sieh an, ein Revolutionär. Und was ist mit dem Suezkanal? Ich nehme an, dazu würde sie ›Nein, danke‹ sagen? Sie wissen doch, was der Suezkanal ist, oder nicht! Nun, britisches Geld hat dieses kleine Wunder ermöglicht, mein Freund. Ich hoffe, Sie begreifen das.«

»O ja, der kleine Graben, den Sie zwischen dem Roten Meer und dem Mittelmeer gegraben haben. Haben Sie die Sklaven in der heißen Sonne ausgepeitscht, um diesen Graben auszuheben? Sagen Sie es mir?«

»Touché, alter Junge, touché. Ich muß gestehen, ich habe nicht die leiseste Ahnung.« Alex lehnte sich zurück und lächelte Henry zu. »Das war ein überaus anstrengendes Dinner.«

Henry starrte ihn mit denselben ausdruckslosen glasigen Augen an, mit denen er alles um sich herum betrachtete.

»Sagen Sie mir, Mr. Ramsey«, sagte Elliott. »Ganz ehrlich. Ist diese Mumie wirklich Ramses der Große? Ein Unsterblicher, der bis zu Kleopatras Zeit gelebt hat?«

Alex lachte leise. Wieder sah er zu Henry, und dieses Mal schokkierte ihn Henrys Zustand. Er wollte gerade etwas sagen, als Ramses antwortete.

»Und was glauben *Sie*, Lord Rutherford?« fragte Ramses. »Sie haben die Aufzeichnungen Ihres Freundes Lawrence gelesen. Befindet sich tatsächlich ein unsterblicher Mann in dem Mumiensarg in Julies Haus in Mayfair?«

Elliott lächelte. »Nein«, sagte er.

Julie starrte auf ihren Teller. Dann schaute sie langsam auf zu Samir.

»Natürlich nicht!« sagte Alex. »Und es wird Zeit, daß es jemand ausspricht. Wenn sie ihn ins Museum bringen und aufschnippeln, werden sie herausfinden, daß er ein Schreiberling war, der nichts als eine lebhafte Phantasie besaß.«

»Verzeiht mir«, sagte Julie, »aber ich habe das alles so satt. Wir werden früh genug bei den Mumien und Denkmälern in Ägypten sein. Muß das so weitergehen?«

»Tut mir leid, Teuerste«, sagte Elliott, hob die Gabel und nahm ein winziges Stückchen Huhn. »Mir hat unsere Unterhaltung sehr gefallen, Mr. Ramsey. Ich finde Ihre Ansichten über das alte Ägypten absolut faszinierend.«

»Ja? In letzter Zeit fasziniert mich selbst die Gegenwart, Lord Rutherford. Engländer wie Sie interessieren mich. Und dazu kommt, daß Sie ein guter Freund von Lawrence waren, stimmt's?«

Julie bemerkte die Veränderung an Henry, bevor sie merkte, daß Ramses ihn wieder direkt ansah. Henry wandte sich um, hob das leere Glas mit der Hand, stellte fest, daß es leer war, sah es an, als wüßte er nicht, was er damit anfangen sollte, und starrte dann nur dümmlich den Kellner an, der es ihm wegnahm und ihm ein volles Glas hinstellte.

Falls Elliott das alles bemerkte, ließ er es sich nicht anmerken.

»Wir waren nicht immer einer Meinung, Lawrence und ich«, antwortete er, »aber wir waren sehr gute Freunde, ja. Und wir waren uns in einem einig. Wir haben beide gehofft, daß unsere Kinder bald glücklich verheiratet sein würden.«

Julie war fassungslos. »Elliott, bitte.«

»Aber darüber müssen wir beide uns nicht unterhalten«, fügte er hastig hinzu. Offenbar fiel es ihm schwer, unhöflich zu sein. »Ich würde mich gerne über andere Dinge mit Ihnen unterhalten. Woher Sie kommen, wer Sie sind. Dieselben Fragen, die ich mir stelle, wenn...«

Obwohl Ramses lachte, war er wütend. Julie konnte es spüren.

»Wahrscheinlich werden Sie meine Antworten kurz und enttäuschend finden. Und was die Hochzeit mit Ihrem Sohn betrifft, so war Lawrence der Meinung, daß Julie selbst die Entscheidung treffen sollte. Mal sehen, wie hat er sich ausgedrückt?« Er richtete den Blick wieder auf Henry. »Die englische Sprache ist mir noch etwas fremd, aber mein Gedächtnis ist sehr gut. Ah, ja. ›Julies Hochzeit kann warten.‹ Waren das nicht seine Worte, lieber Henry?«

Henry bewegte stumm den Mund, brachte aber nur ein Stöhnen über die Lippen. Alex wurde rot. Er war verletzt und sah Ramses an. Julie mußte etwas tun, um die Situation zu entschärfen, aber was?

»Nun, Sie scheinen wahrhaftig ein enger Freund von Julies Vater gewesen zu sein«, sagte Alex fast traurig. »Vielleicht enger, als wir gedacht haben. Hat Ihnen Lawrence sonst noch etwas gesagt, bevor er gestorben ist?«

Armer, armer Alex! Aber das alles galt Henry. Noch einen Augenblick, und die Situation würde explodieren.

»Ja«, sagte Ramses. Julie ergriff seine Hand und drückte sie, doch er nahm es nicht zur Kenntnis. »Ja, daß er der Meinung war, sein Neffe wäre ein verkommenes Subjekt.« Er sah Henry wieder böse an. »Habe ich recht? ›Du Dreckskerl.‹ Waren das nicht seine letzten Worte?«

Henry stand vom Stuhl auf und stieß ihn dabei um. Er sprang zurück, als der Stuhl mit einem Poltern auf den Teppich fiel. Er sah Ramses mit offenem Mund an und gab ein leises Geräusch von sich, halb Stöhnen, halb Knurren.

»Großer Gott«, sagte Alex. »Mr. Ramsey, Sie gehen zu weit.«

»Wirklich?« sagte Ramses, der Henry nicht aus den Augen ließ.

»Henry, alter Junge, du bist betrunken«, sagte Alex. »Ich helfe dir in deine Kabine.«

»Bitte nicht«, flüsterte Julie. Elliott beobachtete sie beide. Er hatte Henry, der gerade kehrtmachte und zur Tür stolperte, keines Blickes gewürdigt.

Alex sah auf seinen Teller, sein Gesicht wurde immer röter.

»Mr. Ramsey, ich glaube, Sie müssen etwas wissen«, sagte Alex.

»Und das wäre, junger Mann?«

»Julies Vater nahm bei allen, die er gern hatte, kein Blatt vor den Mund.« Dann dämmerte es ihm. »Aber... Sie waren nicht dabei, als er gestorben ist, oder? Ich dachte, Henry wäre allein mit ihm in dem Grab gewesen.«

Elliott sagte nichts.

»Herrje, das wird eine ziemlich interessante Reise werden«, sagte Alex halbherzig. »Ich muß gestehen...«

»Sie wird eine Katastrophe werden!« sagte Julie. Sie konnte es nicht mehr ertragen. »Und nun hört mir zu. Alle. Ich will nichts mehr von Hochzeit und dem Tod meines Vaters hören. Ich habe von beidem genug.« Sie stand auf. »Ihr müßt mir verzeihen, aber ich lasse euch jetzt allein. Ich bin in meiner Kabine, falls ihr mich braucht.« Sie sah auf Ramses hinunter. »Und kein Wort mehr davon, ist das klar?«

Sie nahm ihr kleines Abendtäschchen, ging langsam durch den Speisesaal und achtete nicht auf die, die ihr nachstarrten.

»O wie gräßlich«, hörte sie Alex hinter sich sagen. Und dann war er an ihrer Seite. »Es tut mir leid, Darling, wirklich! Ich weiß, ich bin zu weit gegangen.«

»Ich habe dir gesagt, ich möchte in meine Kabine«, sagte sie und ging schneller.

Alptraum. Du wirst daheim in London aufwachen, in Sicherheit, und feststellen, daß überhaupt nichts passiert ist. Du hast getan, was du tun mußtest. Diese Kreatur ist ein Ungeheuer und muß vernichtet werden.

Er stand an der Bar und wartete auf einen Scotch, der scheinbar ewig brauchte. Dann sah er auf und erblickte ihn – dieses Ding, dieses Ding, das nicht menschlich war und das jetzt in der Tür stand.

»Egal«, knurrte er fauchend. Er drehte sich herum und eilte durch den kleinen Flur an Deck. Die Tür schlug hinter ihm zu. Das Ding folgte ihm. Er drehte sich um, spürte den schneidenden Wind im Gesicht und wäre auf den schmalen Metallstufen fast gefallen. Das Ding war nur wenige Schritte hinter ihm, die großen, glasigen blauen Augen starrten ihn an. Er rannte die Stufen hinauf und kämpfte sich gegen den Wind über das verlassene Deck.

Wohin sollte er gehen? Wie konnte er ihm entfliehen? Er stieß eine Tür auf. Zahlen, die er nicht kannte, auf den polierten Türen der Kabinen. Er blickte über die Schulter nach hinten. Das Ding war ihm gefolgt und kam immer näher.

»Hol dich der Teufel.« Seine Stimme war nur mehr ein Wimmern. Wieder an Deck, und dieses Mal war der Wind feucht wie Regen. Er konnte nicht sehen, wohin er ging. Er klammerte sich am Geländer fest und sah in die brodelnde See hinab.

Nein! Geh weg vom Geländer! Er hastete weiter, bis er wieder eine Tür sah, dann duckte er sich und war drinnen. Er spürte das Ding direkt hinter sich, hörte es atmen. Seine Pistole, zum Teufel, wo war seine Pistole?

Während er in seiner Tasche danach suchte, drehte er sich um. Das Ding bekam ihn zu fassen. Großer Gott! Er spürte, wie sich eine große, warme Hand auf ihn legte. Die Pistole wurde ihm aus den Fingern gewunden. Er sackte stöhnend gegen die Wand, aber das Ding hielt ihn am Revers hoch und sah ihm ins Gesicht. Ein häßliches Licht blitzte durch das Bullauge der Tür und fiel auf das Ding.

»Eine Pistole, habe ich recht?« sagte das Ding zu ihm. »Ich habe davon gelesen, dabei hätte ich wohl besser über Oxford, Egoismus, Aspirin und Marxismus gelesen. Man kann damit ein kleines Geschoß aus Metall mit hoher Geschwindigkeit abfeuern, weil in der Kammer hinter dem Geschoß eine explosionsartige Verbrennung stattfindet. Sehr interessant und nutzlos, wenn du es mit mir zu tun hast. Und wenn du doch schießen würdest, würden die Menschen zusammenlaufen und fragen, warum du es getan hast.«

»Ich weiß, was du bist! Ich weiß, woher du gekommen bist.«

»Wirklich? Dann muß dir auch klar sein, daß ich weiß, was du bist. Und was du im Schilde geführt hast! Und ich habe nicht die geringsten Skrupel, dich zu den Kohleöfen hinunterzuschleppen, die dieses wunderbare Schiff betreiben, und dich dort den Flammen zu übergeben.«

Henrys Körper zuckte. Er versuchte mit aller Kraft, sich zu befreien, konnte aber die Hand, die sich jetzt um seine Schulter krallte und nach und nach den Knochen zerquetschte, nicht abschütteln.

»Hör mir zu, Närrischer.« Das Ding kam noch näher. Er konnte seinen Atem im Gesicht spüren. »Tu Julie etwas an, und ich tue es! Tu Julie weh, und ich tue es! Wenn du Julie nur dazu bringst, die *Stirn zu runzeln*, bist du tot! Du lebst nur, damit Julie ihren Seelenfrieden hat. Mehr nicht. Vergiß nicht, was ich dir gesagt habe.«

Die Hand ließ ihn los. Seine Knie gaben nach, doch er fing sich gerade noch, bevor er fiel. Er machte die Augen zu. Jetzt spürte er die klebrige Wärme in der Hose und roch seine eigenen Exkremente. Seine Gedärme hatten versagt.

Das Ding stand nur da. Sein Gesicht lag im Dunkeln, während es die Pistole studierte, die es ins graue Licht des Bullauges in der Tür hielt. Dann steckte es die Waffe ein, machte auf dem Absatz kehrt und ließ ihn stehen.

Eine Woge der Übelkeit stieg in ihm auf. Dunkelheit umfing ihn.

Als er erwachte, kauerte er in der Ecke des Korridors. Es schien, als wäre niemand vorbeigekommen. Zitternd und benommen richtete er sich auf und begab sich in seine Kabine. Dort stand er über der kleinen Toilette und erbrach alles, was er im Magen hatte. Erst dann zog er die besudelte Kleidung aus.

Sie weinte, als er eintrat. Sie hatte Rita mit den anderen Dienern zum Abendessen geschickt. Er klopfte nicht einmal. Er machte die Tür auf und kam herein. Sie sah ihn nicht an. Sie drückte das Taschentuch auf die Augen, konnte aber nicht aufhören zu weinen.

»Es tut mir leid, meine Königin. Meine sanfte Königin. Bitte glaub mir.«

Als sie aufsah, sah sie die Traurigkeit in seinem Gesicht. Hilflos stand er vor ihr, und das Licht der Lampe hinter ihm tauchte seine Haarspitzen in ein ungleichmäßiges goldenes Licht.

»Laß es gut sein, Ramses«, sagte sie verzweifelt. »Ich kann es nicht ertragen, das Wissen, daß er es getan hat. Laß es gut sein, ich flehe dich an. Ich möchte nur, daß wir in Ägypten zusammen sind.«

Er nahm auf der Sitzbank neben ihr Platz. Er drehte sie zärtlich zu sich um, und als er sie küßte, war ihr, als schmelze sie dahin. Ein Zauber umfing sie und seine Glut sprang auf sie über. Sie küßte sein Gesicht, seine Wangen, dort wo sich die Haut straff über den Knochen spannte, und dann seine Lider. Sie spürte, wie sich seine Hände um ihre nackten Schultern legten und merkte, daß er ihr Ballkleid über die Brüste hinunterschieben wollte.

Beschämt wich sie zurück. Sie hatte ihn ganz ungewollt dazu aufgefordert.

»Ich will es nicht«, sagte sie. Die Tränen flossen erneut.

Sie sah ihn nicht an, als sie die Ärmel des Kleides wieder nach oben schob. Als sich ihre Blicke schließlich begegneten, sah sie nur Geduld und dieses seltsame Lächeln, in dem sich dieselbe Traurigkeit zeigte wie zu Anfang.

Als er die Hände nach ihr ausstreckte, erstarrte sie. Aber er rückte lediglich die Ärmel des Kleides für sie zurecht. Und richtete die Perlen um ihren Hals. Dann küßte er ihre Hände.

»Komm hinaus mit mir«, sagte er mit leiser, sanfter Stimme und küßte sie zärtlich auf die Schulter. »Der Wind ist kühl und frisch. Und in den Sälen spielen sie Musik. Laß uns zu der Musik tanzen. Dieser schwimmende Palast. Er ist ein Paradies. Komm mit mir, meine Königin.«

»Aber Alex«, sagte sie, »wenn nun Alex...«

Er küßte ihren Hals. Er küßte erneut ihre Hand. Er drehte ihre Hand herum und drückte die Lippen auf die Innenfläche. Wieder wurde ihr ganz heiß. Es wäre Narretei gewesen, in diesem Zimmer zu bleiben, es sei denn. Aber nein. Sie durfte es nicht zulassen, bis sie es wirklich von ganzer Seele wollte.

Aber sie wußte, daß sie ihre Seele verlieren konnte. Der Gedanke war schrecklich. Wieder hatte sie das unbestimmte Gefühl, als würde ihre Welt zerstört.

»Dann laß uns gehen«, sagte sie schläfrig.

Er half ihr auf die Füße. Er nahm ihr das Taschentuch ab und wischte ihre Tränen weg, als wäre sie ein Kind. Dann nahm er den weißen Pelz von der Stuhllehne und zog ihn ihr über die Schultern.

Gemeinsam gingen sie über das windige Deck und durch den Korridor zum großen Ballsaal – eine faszinierende Mischung aus vergoldetem Holz und satinbespannten Wänden, überhängenden Palmen und Buntglasfenstern.

Er stöhnte, als er das ferne Orchester sah. »Oooh, Julie, die Musik«, flüsterte er. »Sie macht mich zum Sklaven.«

Wieder spielte das Orchester einen Walzer von Strauß. Die Musik klang lauter und voller und schien den ganzen großen Saal auszufüllen.

Gott sei Dank keine Spur von Alex. Sie drehte sich zu ihm um und ließ sich von ihm an der Hand nehmen.

Als er den Walzer mit ihr mit einer ausholenden Drehung begann und sie anstrahlte, da schien ihr alles andere nicht mehr wichtig. Es gab keinen Alex, keinen Henry, ihr Vater war keines schrecklichen Todes gestorben, der gerächt werden mußte.

Es existierte nur dieser Augenblick mit ihm im weichen Schein der Lüster. Die anderen Tänzer schienen gefährlich nahe bei ihnen zu sein, aber Ramses' Schritte waren bei aller Größe und Beschwingtheit perfekt.

War es nicht genug, daß er ein Geheimnis war, dachte sie verzweifelt. War es nicht genug, daß er den Schleier vollkommen weggezogen hatte? Mußte er auch noch unwiderstehlich sein? Hatte sie sich so unsterblich verlieben müssen?

Elliott hielt sich im dunklen Schatten der holzgetäfelten Bar auf und sah ihnen beim Tanzen zu. Sie tanzten ihren dritten Walzer, und Julie lachte, als Ramsey sie übermütig herumschwenkte und die anderen aus ihrem Weg trieb.

Niemand schien sich daran zu stören. Liebende haben überall Narrenfreiheit.

Elliott trank seinen Whiskey leer, stand auf und ging.

Als er Henrys Tür erreichte, klopfte er einmal und trat ein. Henry saß zusammengekauert auf einem kleinen Sofa. Er hatte einen dünnen grünen Morgenmantel um sich geschlungen, seine Beine darunter waren nackt und haarig, die Füße bloß. Er schien zu zittern, als wäre ihm schrecklich kalt.

Elliott war plötzlich selbst erstaunt über die Wut, die aus ihm herausbrach. Seine Stimme klang heiser und unvertraut.

»Was hat unser ägyptischer König gesehen?« herrschte er Henry an. »Was ist in der Gruft geschehen, bevor Lawrence gestorben ist?«

»Ich habe versucht, das zu bekommen, was du wolltest!« flüsterte Henry. Seine Augen lagen tief in den Höhlen. Er hatte einen großen Bluterguß am Hals. »Ich wollte... ihn dazu bringen, Julie gut zuzureden, Alex zu heiraten.«

»Lüg mich nicht an!« sagte Elliott. Er umklammerte mit der linken Hand den silbernen Gehstock und war bereit, ihn wie eine Keule zu heben.

»Ich weiß nicht, was passiert ist«, winselte Henry. »Oder was ich gesehen habe! Es lag eingewickelt in diesem verdammten Mumiensarg. Verdammt, was hätte ich sehen können! Onkel Lawrence hat mit mir gestritten. Er war außer sich. Die Hitze... ich weiß nicht, was passiert ist. Plötzlich lag er auf dem Boden.«

Er sackte nach vorne, stützte die Ellbogen auf die Knie und den Kopf in die Hände. »Ich wollte ihm nicht weh tun«, schluchzte er. »O Gott, ich wollte ihm nicht weh tun! Ich habe nur getan, was ich tun mußte.« Er neigte den Kopf und vergrub die Finger in seinem dunklen Haar.

Elliott sah auf ihn hinab. Wäre dies sein Sohn, hätte das Leben

keinen Sinn gehabt. Und wenn diese erbärmliche Kreatur log...
Aber das wußte er nicht. Er konnte es einfach nicht sagen.

»Na gut«, sagte er. »Hast du mir alles gesagt?«

»Ja!« sagte Henry. »Herrgott, ich muß runter von diesem Schiff! Ich muß fort von ihm!«

»Aber weshalb verachtet er dich so? Warum hat er versucht, dich zu töten, und warum demütigt er dich ständig?«

Einen Augenblick herrschte Schweigen. Nur Henrys verzweifeltes Schluchzen war zu hören. Dann hob er wieder das hagere weiße Gesicht. Die dunklen Augen blickten stechend.

»Ich habe gesehen, wie es zum Leben erwacht ist«, sagte Henry. »Ich bin der einzige außer Julie, der wirklich weiß, was es ist. Du weißt es, aber ich habe es gesehen. Es will mich umbringen!« Er verstummte, als befürchtete er, die Beherrschung zu verlieren. Seine Augen flackerten, als er den Teppich betrachtete. »Ich will dir noch was sagen«, sagte er, während er wieder auf das Sofa zurücksank. »Es verfügt über unnatürliche Kräfte, dieses Ding. Es könnte einen Menschen mit bloßen Händen töten. Ich habe keine Ahnung, warum es mich nicht beim ersten Versuch getötet hat. Aber es könnte ihm gelingen, falls es noch einen Versuch unternimmt.«

Der Earl antwortete nicht.

Er drehte sich um und verließ die Kabine. Er ging an Deck. Der Himmel über dem Meer war schwarz, die Sterne wie immer in wolkenloser Nacht über dem Meer gestochen klar.

Er lehnte lange Zeit über der Reling, dann zog er eine Zigarre heraus und zündete sie an. Er versuchte, in Ruhe zu überdenken.

Samir Ibrahaim wußte, daß dieses Ding ein Unsterblicher war. Er reiste mit ihm. Julie wußte es. Julie war überwältigt. Und weil er selbst so besessen von dem Geheimnis war, hatte er Ramsey nun zu erkennen gegeben, daß er es auch wußte.

Ramsey empfand eindeutig Zuneigung für Samir Ibrahaim. Er empfand auch etwas für Julie Stratford, aber was es war, konnte er nicht sagen. Aber was empfand Ramsey für ihn? Vielleicht würde er sich irgendwann gegen ihn wenden wie gegen Henry, den »einzigen Zeugen«.

Aber irgendwie ergab das alles keinen Sinn. Und wenn, machte es Elliott keine Angst. Es faszinierte ihn nur. Und die ganze Sache mit Henry verwirrte ihn und stieß ihn ab. Henry war ein überzeugender Lügner. Aber Henry sagte nicht die ganze Wahrheit.

Er wußte, daß er nichts anderes tun konnte als warten. Und daß er alles versuchen mußte, um Alex zu beschützen, den armen, verwundbaren Alex, der beim Dinner so kläglich versagt hatte, seine zunehmende Qual zu verbergen. Er mußte Alex helfen und ihm klarmachen, daß er seine Jugendliebe verlieren würde, denn daran bestand nicht mehr der geringste Zweifel.

Aber ihm selbst machte all das großen Spaß. Es faszinierte ihn. Die Wahrheit war, daß er sich ob dieses Geheimnisses verjüngt fühlte. Es ging ihm so gut wie schon seit vielen Jahren nicht mehr.

Wenn er an die glücklichen Zeiten seines Lebens zurückdachte, gab es nur eine Zeit, in der einfach nur am Leben zu sein wunderbar gewesen war. Damals in Oxford. Er war zwanzig Jahre alt gewesen und in Lawrence Stratford verliebt, und Lawrence Stratford war in ihn verliebt.

Der Gedanke an Lawrence machte alles zunichte. Es war, als hätte der eisige Wind des Meeres sein Herz zu Eis erstarren lassen. Irgend etwas war an diesem Grab geschehen, das Henry ihm nicht zu beichten wagte. Und Ramsey wußte es. Doch gleichgültig, was in diesem gefährlichen kleinen Abenteuer sonst noch passieren würde, Elliott hatte vor, die Wahrheit zu ergründen.

Am vierten Tag begriff Elliott, daß Julie nicht mehr im öffentlichen Speisesaal essen würde, sondern von nun an sämtliche Mahlzeiten zusammen mit Ramsey in ihrer Kabine einnehmen würde.

Auch Henry war von der Bildfläche verschwunden. Mürrisch und betrunken blieb er rund um die Uhr in seiner Kabine, wo er selten etwas anderes als Hosen, Hemd und Smokingjacke trug. Das hinderte ihn freilich nicht daran, vergleichsweise regelmäßig mit den Mannschaftsmitgliedern Karten zu spielen, die nicht eben erpicht darauf waren, beim Spielen mit einem Passagier der Ersten Klasse erwischt zu werden. Man munkelte, daß Henry ziemlich viel gewann. Aber das hatte man bei Henry immer gemunkelt. Früher oder später würde er verlieren, und zwar alles, was er gewonnen hatte. Das war von Anfang an der Gang seines Niedergangs gewesen.

Elliott konnte auch sehen, daß Julie sich größte Mühe gab, nett zu Alex zu sein. Sie und Alex machten ihren nachmittäglichen Spaziergang an Deck bei Regen und bei Sonnenschein. Ab und zu tanzten Alex und sie nach dem Essen im Ballsaal. Ramsey war jedesmal dabei und beobachtete alles mit erstaunlicher Gelassenheit, aber auch jederzeit dazu aufgelegt, abzuklatschen und selbst mit Julie zu tanzen. Offenbar hatte man sich jedoch darauf geeinigt, daß Julie Alex nicht aus dem Weg gehen sollte.

Die kurzen Ausflüge an Land, bei denen Elliott nicht mitmachen konnte, unternahmen Julie, Samir, Ramsey und Alex stets gemeinsam. Alex kam jedes Mal ein wenig verstimmt zurück. Er mochte Ausländer nicht besonders. Julie und Samir waren stets bester Laune und Ramsey war begeistert von all den Dingen, die er sah, besonders wenn es ihm gelang, ein Kino oder eine Buchhandlung mit englischsprachigen Büchern zu finden.

Elliott war dankbar, daß Julie Alex gegenüber so freundlich war. Schließlich war dieses Schiff nicht der geeignete Ort, an dem Alex die ganze Wahrheit erfahren mußte, und das wußte auch Julie. Andererseits war es möglich, daß Alex spürte, daß er die erste große Schlacht seines Lebens verloren hatte. Außerdem war Alex zu gut erzogen, als daß er seine Gefühle vor anderen gezeigt hätte. Wahrscheinlich kannte er sie selbst nicht ganz genau, überlegte Elliott.

Für Elliott bestand das wahre Abenteuer der Reise darin, Ramsey besser kennenzulernen, Ramsey aus der Ferne zu beobachten und Dinge an ihm zu entdecken, die andere offenbar übersahen. Von Vorteil war, daß es sich bei Ramsey um einen so überaus geselligen Menschen handelte.

Ramsey, Elliott, Samir und Alex spielten stundenlang Billard zusammen, währenddessen Ramsey viel redete und viele Fragen stellte.

Besonders die moderne Wissenschaft hatte es ihm angetan, und Elliott mußte stundenlang von Zellen, vom Kreislaufsystem, von Viren und anderen Krankheitserregern sprechen. Und die Idee der Impfung faszinierte Ramsey.

Ramsey saß fast jede Nacht in der Bibliothek und brütete über Darwin und Malthus oder populärwissenschaftlichen Darstellungen von Elektrizität, Telegrafie, über das Automobil und die Astronomie.

Auch die moderne Kunst fand sein Interesse. Er war beeindruckt von den Pointilisten und Impressionisten und fasziniert von den Romanen der Russen Tolstoi und Dostojewski, die gerade erst ins Englische übersetzt worden waren. Die Schnelligkeit, mit der er las und etwas aufnahm, grenzte an ein Wunder.

Am sechsten Tag der Reise beschaffte sich Ramsey eine Schreibmaschine. Er lieh sie sich mit Erlaubnis des Kapitäns aus dem Schiffsbüro aus. Von Stund an hielt er all das fest, was er tun wollte. Manchmal gelang es Elliott, einen Blick auf die Liste zu werfen, wenn er Ramsey in seiner Kabine besuchte. Darauf stand dann: »Das Prado in Madrid besuchen. Schnellstmöglich mit einem Flugzeug fliegen.«

Elliott wurde schließlich eines klar. Der Mann schlief nie. Er brauchte keinen Schlaf. Wenn er nicht im Kino oder der Bibliothek war oder in seiner Kabine tippte, dann war er im Navigations- oder Funkraum bei der Mannschaft. Sie waren noch keine zwei Tage an Bord gewesen, da hatte Ramsey schon jedes Mannschaftsmitglied mit Namen angeredet. Seine Fähigkeit, die Menschen zu manipulieren, durfte nicht unterschätzt werden.

An einem besonders trüben Morgen betrat Elliott den Ballsaal. Er sah eine Handvoll Musiker, die für Ramsey spielten, der ganz allein tanzte, und zwar einen seltsam langsamen und primitiven Tanz, wie ihn griechische Männer in ihren Tavernen am Meer tanzten. Die Gestalt des einsamen tanzenden Mannes, der das weiße langärmlige Hemd bis zur Taille aufgeknöpft hatte, zerriß Elliott fast das Herz. Es schien ihm plötzlich unrecht, einen Menschen zu beobachten, der etwas mit soviel Hingabe tat. Elliott drehte sich um, ging an Deck und rauchte.

Die große Überraschung war, daß Ramsey so zugänglich war. Aber das Seltsamste an der ganzen aufregenden Angelegenheit war, wie sehr Elliott dieses geheimnisvolle Geschöpf mochte.

Jedes Mal, wenn er darüber nachdachte, verspürte er regelrechte Schmerzen. Er mußte oft an seine überstürzt hervorgebrachten Worte zurückdenken. – »Ich möchte Sie kennenlernen.« Wie wahr. Wie aufregend das alles war und wie wunderbar befriedigend.

Und dann die Qual und die Angst: *Etwas zu erleben, das jenseits aller Vorstellungskraft lag!* Elliott wollte daran teilhaben.

Und wie bemerkenswert, daß sein Sohn Alex Ramsey lediglich eigentümlich und »komisch« fand, aber nicht im geringsten faszinierend. Doch was fand Alex schon faszinierend? Er hatte sich relativ schnell mit etlichen Passagieren angefreundet. Er schien wie

243

immer seinen Spaß zu haben, unabhängig davon, was um ihn herum passierte. Und das wird sein Segen sein, dachte Elliott. Daß er nicht wirklich tief empfindet.

Samir war von Natur aus schweigsam. Er hielt immer still, auch wenn die Wellen zwischen Elliott und Ramsey hoch schlugen. Sein Verhalten gegenüber Ramsey hatte beinahe etwas Religiöses. Er war der ergebene Diener des Mannes geworden, soviel stand fest. Er wurde nur aufgeregt, wenn Elliott Ramsey nach geschichtlichen Details fragte. Ebenso Julie.

»Erklären Sie mir, was Sie damit meinen«, bat Elliott, als Ramsey sagte, das Lateinische habe eine völlig neue Art des Denkens möglich gemacht. »Sicher kamen doch zuerst die Ideen und dann erst die Sprache, die Ideen auszudrücken.«

»Nein, das stimmt nicht. Selbst in Italien, wo die Sprache ihren Anfang nahm, machte sie eine Weiterentwicklung von Ideen möglich, die sonst unmöglich gewesen wäre. Und zweifellos gab es auch im Griechischen diesen Zusammenhang von Sprache und Ideen.

Aber ich will Ihnen etwas Seltsames über Italien erzählen. Eine Kultur konnte sich dort nur deshalb entwickeln, weil das Klima so angenehm ist. Normalerweise braucht eine Kultur den Wandel der Jahreszeiten, um sich weiterzuentwickeln. Nehmen Sie die Menschen im Dschungel oder aus dem fernen Norden als Beispiel: völlig begrenzt. Es gibt keinen Jahreszeitenwechsel...«

Ständig unterbrach Julie diesen Vortrag. Elliott konnte es kaum ertragen.

Auch Julie und Samir wurde immer unbehaglich zumute, da Ramsey voller Freude Dinge sagte wie: »Julie, wir müssen so schnell wir können mit der Vergangenheit abschließen. Es gibt soviel zu entdecken. Röntgenstrahlen, Julie, weißt du, was das sind! Und wir müssen mit einem Flugzeug zum Nordpol fliegen.«

Andere fanden solche Bemerkungen äußerst amüsant. Tatsächlich schienen die anderen Passagiere, die allesamt bezaubert waren, Ramsey nicht für ein hochintelligentes Wesen zu halten, sondern eher für ein leicht zurückgebliebenes. Trotz ihrer Bildung errieten sie nie den Grund seiner seltsamen Bemerkungen und behandelten ihn daher freundlich und zuvorkommend, ohne sich allerdings die Mühe zu machen, das, was er bereitwillig zum Besten gab, wirklich zu verstehen.

Nicht so Elliott, der ihn unablässig bedrängte.

»Die Schlachten in der Antike. Wie waren sie wirklich? Ich meine, wir haben die großen Reliefs im Tempel von Ramses dem Dritten gesehen...«

»Ja, ein kluger Mann, ein würdiger Namensvetter...«

»Was haben Sie gesagt?«

»Ein würdiger Namensvetter Ramses des Zweiten, mehr nicht, fahren Sie fort.«

»Aber hat der Pharao selbst auch gekämpft?«

»Aber selbstverständlich. Er führte seine Truppen an, er war das Vorbild. Der Pharao konnte in einer Schlacht zweihundert Schädel mit seiner Streitaxt spalten, und er konnte über das Schlachtfeld gehen und die Verwundeten und Sterbenden auf dieselbe Weise hinrichten. Wenn er sich in sein Zelt zurückzog, waren seine Arme bis zu den Ellbogen in Blut getränkt. Aber vergessen Sie nicht, genau das erwartete man von ihm. Wenn der Pharao fiel... nun, dann war die Schlacht zu Ende.«

Schweigen.

Ramsey fuhr fort: »Das interessiert Sie doch nicht wirklich? Doch die moderne Kriegsführung ist abscheulich. Der letzte Krieg in Afrika, bei dem Menschen von Kanonen zerfetzt wurden. Und der Bürgerkrieg in den Vereinigten Staaten – welch ein Grauen. Die Zeiten ändern sich, aber sie ändern sich nicht notwendigerweise zum...«

»Genau. Könnten Sie selbst so etwas tun? Einen Schädel nach dem anderen einschlagen?«

Ramses lächelte. »Sie sind ein tapferer Mann, hab ich recht,

Lord Elliott, Earl of Rutherford. Ja, ich könnte es. Und Sie könnten es auch, wenn Sie Pharao wären. Dann könnten Sie es auch.«

Das Schiff bewegte sich weiter durch das graue Meer. Die Küste von Afrika war bereits in Sichtweite. Die Party war fast vorbei.

Es war ein gelungener Abend gewesen. Alex hatte sich früh zurückgezogen. Julie und Ramses tanzten noch die halbe Nacht. Sie hatte ein wenig zuviel Wein getrunken.

Als sie jetzt im niederen Korridor vor ihrer Kabine standen, verspürte sie wie immer die Sehnsucht, die Versuchung und die Verzweiflung, denen sie nicht nachgeben durfte.

Sie war vollkommen unvorbereitet, als Ramses sie herumwirbelte, an die Brust zog und fordernder als sonst küßte. Der Kuß hatte etwas schmerzlich Drängendes. Sie merkte, daß sie kämpfte, dann wich sie, den Tränen nahe, zurück und hob die Hand, um ihn zu schlagen. Sie tat es nicht.

»Warum versuchst du, mich zu zwingen?« sagte sie.

Der Blick in seinen Augen machte ihr Angst.

»Ich bin ausgehungert«, sagte er, und alle Höflichkeit war dahin, »ausgehungert nach dir, nach allem. Nach Essen und Trinken und Sonnenschein und dem Leben selbst. Aber am meisten nach dir. Es ist ein Schmerz in mir! Und ich bin seiner überdrüssig.«

»Großer Gott!« flüsterte sie. Sie bedeckte ihr Gesicht mit den Händen. Warum leistete sie Widerstand? Einen Augenblick wußte sie es selbst nicht.

»Das macht das Elixier in meinen Adern«, sagte er. »Ich brauche nichts, und doch bringt mir nichts die Erfüllung. Nur die Liebe, vielleicht. Und darum warte ich.« Seine Stimme wurde leiser. »Ich kann darauf warten, daß du mich liebst. Wenn du es so willst.«

Sie lachte plötzlich. Wie klar alles war.

»Aber trotz deiner Weisheit verdrehst du etwas«, sagte sie. »Es ist notwendig, daß du *mich* liebst.«

Sein Gesicht wurde ausdruckslos. Dann nickte er langsam. Er sah sie nur an. Sie konnte sich nicht vorstellen, was er dachte.

Sie machte rasch die Tür auf, ging hinein und setzte sich auf das Sofa. Sie barg das Gesicht in den Händen. Wie kindisch sich das angehört hatte. Und doch stimmte es auf herzzerreißende Weise. Da fing sie leise an zu weinen und hoffte, Rita würde sie nicht hören.

Laut Steuermann waren es noch vierundzwanzig Stunden bis Alexandria.

Er lehnte an der Reling und starrte in den dichten Nebel hinaus, der über dem Wasser lag.

Es war vier Uhr. Nicht einmal der Earl of Rutherford war wach. Auch Samir hatte fest geschlafen, als Ramses zum letzten Mal in ihren Kabinen gewesen war. Er war ganz allein an Deck.

Er freute sich. Ihm gefiel das dumpfe Dröhnen der Maschinen, das durch die große Stahlhülle drang. Ihm gefiel die Kraft des Schiffes. Trotzdem stand der Mensch des zwanzigsten Jahrhunderts im Widerspruch zu seinen großen Maschinen und Erfindungen, denn er war immer noch dieselbe zweibeinige Kreatur, die er immer gewesen war. Und doch brachten seine Erfindungen stets neue Erfindungen hervor.

Er zog eine Zigarre heraus – eine milde, die ihm der Earl of Rutherford gegeben hatte, und schützte das Streichholz beim Anzünden sorgsam mit der hohlen Hand. Das Ding schmeckte göttlich. Er machte die Augen zu, spürte den Wind auf seiner Haut und dachte wieder an Julie Stratford, die, wie er wußte, wohlbehalten in ihrem kleinen Schlafgemach weilte.

Aber das Bild von Julie Stratford verblaßte. Er sah Kleopatra.
Noch vierundzwanzig Stunden bis Alexandria.

Er sah den Versammlungsraum im einstigen Palast, den langen Marmortisch und sie, die junge Königin – so jung wie Julie Stratford jetzt war –, die sich mit ihren Botschaftern und Beratern unterhielt.

Er befand sich in einem Nebenzimmer. Er war lange Zeit unterwegs gewesen, weit im Norden und Osten, in Königreichen, die ihm in früheren Jahrhunderten überhaupt nicht bekannt gewesen waren. Als er in der Nacht zurückgekommen war, hatte er sich sofort in ihr Schlafgemach begeben.

Bei geöffneten Fenstern hatten sie sich die ganze Nacht geliebt. Sie wollte ihn so sehr wie er sie, denn obschon er in den vorangegangenen Monaten Hunderte von Frauen gehabt hatte, liebte er nur Kleopatra. Sie waren beide so erregt gewesen, daß er ihr zuletzt beinahe weh getan hatte, und trotzdem hatte sie ihn aufgefordert, weiter zu machen, hatte ihn mit den Armen fest umklammert und ihn immer und immer wieder in sich aufgenommen.

Die Audienz war zu Ende. Er sah, wie sie ihre Höflinge entließ. Er sah, wie sie von ihrem Stuhl aufstand und auf ihn zu kam – eine große Frau mit einem herrlichen Körper und einem langen, wunderbar entblößten Hals. Ihr pechschwarzes Haar war auf römische Weise aus dem Gesicht gekämmt und am Hinterkopf zu einem Kreis geflochten.

Sie sah ihn herausfordernd an. Das hocherhobene Kinn vermittelte den Eindruck von Kraft und Stärke.

Erst als sie die Vorhänge zugezogen hatte, wandte sie sich ihm zu. Sie lächelte, und ihre dunklen Augen leuchteten.

Es hatte eine Zeit in seinem Leben gegeben, als er ausschließlich dunkeläugige Wesen gekannt hatte. Er war der einzige mit blauen Augen gewesen, weil er das Elixier getrunken hatte. Dann hatte er ferne Länder bereist, Länder, von denen die Ägypter nichts wußten, und er hatte Männer und Frauen mit hellen Augen kennengelernt. Doch so bestechend sie waren, für ihn blieben braune Augen stets die wahren Augen, die Augen, die er auf der Stelle ergründen konnte.

Julie Stratfords Augen waren dunkelbraun und groß und voll unbekümmerter Zuneigung, so wie Kleopatras Augen an jenem Tag, als sie ihn in die Arme geschlossen hatte.

»Was sind meine Lektionen für heute nachmittag?« hatte sie auf griechisch gefragt, der einzigen Sprache, die sie untereinander gebrauchten, und etwas in ihrem Blick kündete von der langen Liebesnacht.

»Einfach«, sagte er. »Verkleide dich und komm mit mir und begib dich unter dein Volk. Damit du siehst, was keine Königin je sehen kann. Das verlange ich von dir.«

Alexandria. Wie würde es morgen aussehen? Damals war die Stadt griechisch gewesen, mit gepflasterten Straßen und weißgetünchten Wänden. Händler hatten von dort aus mit der ganzen Welt Handel betrieben. Im Hafen tummelten sich Weber, Juweliere, Glasbläser und Papyrushersteller. Sie arbeiteten und bevölkerten die tausend Marktbuden über dem überfüllten Hafen.

Gemeinsam waren sie über den Basar gegangen, beide in die schlichten Gewänder gehüllt, die alle Frauen und Männer trugen, die nicht erkannt werden wollten. Zwei Reisende durch die Zeit. Und er hatte von so vielem zu ihr gesprochen – von seinen Reisen nach Gallien, von seiner langen Reise nach Indien. Er war auf Elefanten geritten und hatte den großen Tiger mit eigenen Augen gesehen. Er war nach Athen zurückgekehrt, um den Philosophen zu lauschen.

Und was hatte er erfahren? Daß Julius Cäsar, der römische Feldherr, die Welt erobern würde, daß er auch Ägypten einnehmen würde, wenn Kleopatra ihn nicht daran hinderte.

Was hatte sie an jenem Tag gedacht? Hatte sie ihn einfach nur reden lassen, ohne auf seinen dringenden Rat zu hören? Hatte sie die gewöhnlichen Menschen um sich herum wirklich gesehen? Hatte sie die Frauen und Kinder, die an den Waschzubern und Webstühlen arbeiteten, besser verstanden? Die Seeleute aus aller Herren Länder, die die Bordelle suchten?

Zur großen Universität waren sie gegangen, um in der Säulenhalle den Gelehrten zuzuhören.

Schließlich hatten sie in einem gestampften Innenhof Rast gemacht. Aus dem gewöhnlichen Brunnen hatte Kleopatra getrunken, aus dem gewöhnlichen Eimer am Seil.

»Schmeckt genau gleich«, hatte sie mit verspieltem Lächeln erklärt.

Er erinnerte sich ganz deutlich an den Eimer, der ins kühle Wasser hinuntergelassen wurde. An das Geräusch, das die Steinmauern heraufhallte, an das Hämmern von den Docks und an die schmale Straße zu seiner Rechten, die den Blick auf Schiffsmasten freigab, an einen Wald ohne Laub.

»Was verlangst du von mir, Ramses?« hatte sie gefragt.

»Daß du Ägypten eine gute und weise Königin bist. Das habe ich dir bereits gesagt.«

»Du möchtest mehr als das. Du bereitest mich auf etwas viel Wichtigeres vor.«

»Nein«, hatte er gesagt, aber das war eine Lüge gewesen, die erste Lüge, die er ihr gegenüber ausgesprochen hatte. Der Schmerz in ihm war fast unerträglich gewesen. *Ich bin einsam, meine Geliebte. Ich bin einsamer, als es ein Sterblicher ertragen kann.* Aber das sagte er ihr nicht. Er stand nur da und wußte, daß er, der unsterbliche Mann, nicht ohne sie leben konnte.

Was war danach geschehen? Eine weitere Liebesnacht, während derer das Meer sich langsam verfärbte, bis es schließlich schwarz unter dem runden Vollmond lag. Und um sie herum vergoldete Möbel, Hängelampen und der Duft von wohlriechenden Ölen und irgendwo, in einem Alkoven, ein junger Knabe, der die Harfe spielte und ein trauriges altes ägyptisches Lied sang, der dem Jungen selbst nichts sagte, den Ramses aber genau verstand.

Erinnerungen über Erinnerungen. Sein Palast in Thebes, als er noch ein Sterblicher war und Angst vor dem Tod, Angst vor der Demütigung hatte. Als er allein einen Harem mit einhundert Frauen besessen hatte, der ihm irgendwie eine Last war.

»Hast du viele Liebhaber gehabt, seit ich weggegangen bin?« hatte er Kleopatra gefragt.

»Ja, viele Männer«, hatte sie mit tiefer Stimme geantwortet. »Aber keiner war ein Liebhaber.«

Die Liebhaber sollten noch kommen: Julius Cäsar sollte kommen und dann derjenige, der sie von allem abbrachte, was er, Ramses, sie gelehrt hatte. »Für Ägypten«, weinte sie. Aber es war nicht für Ägypten. Ägypten war damals Kleopatra. Und Kleopatra lebte für Antonius.

Es wurde hell. Der Nebel über dem Meer hatte sich gelichtet, jetzt konnte er die funkelnde Oberfläche des dunkelblauen Wassers sehen. Hoch über ihm kam die fahle Sonne durch die Wolken. Und er spürte augenblicklich, wie ihn neue Kraft durchströmte.

Seine Zigarre war schon lange ausgegangen. Er warf sie ins Wasser, nahm das goldene Etui aus der Tasche und holte eine neue heraus.

Plötzlich hörte er Schritte auf dem stählernen Deck hinter sich.

»Nur noch ein paar Stunden, Sire.«

Ein brennendes Streichholz wurde ihm hingehalten.

»Ja, mein Getreuer«, sagte er und inhalierte den Rauch. »Wir erwachen auf diesem Schiff wie aus einem Traum. Und was sollen wir bei Tageslicht mit den beiden machen, die mein Geheimnis kennen, dem jungen Schurken und dem alten Philosophen, der mit seinem Wissen die größte aller Bedrohungen darstellen könnte?«

»Sind Philosophen so gefährlich, Sire?«

»Lord Rutherford verfügt über einen unerschütterlichen Glauben an das Unsichtbare, Samir. Und er ist kein Feigling. Er will das Geheimnis des ewigen Lebens ergründen. Er weiß, was es bedeutet, Samir.«

Keine Antwort. Nur derselbe distanzierte und melancholische Gesichtsausdruck.

»Und ich will dir noch ein kleines Geheimnis verraten, mein Freund«, fuhr er fort. »Inzwischen kann ich den Mann sehr gut leiden.«

»Es ist mir nicht entgangen, Sire.«

»Er ist ein interessanter Mann«, sagte Ramses. Und zu seiner Überraschung hörte er seine Stimme brechen. Es fiel ihm schwer, den Satz zu beenden. Schließlich sagte er: »Und ich unterhalte mich gern mit ihm.«

Hancock saß an seinem Schreibtisch im Büro des Museums und sah auf zu Inspektor Trent von Scotland Yard.

»Nun, soweit ich sehe, haben wir keine andere Wahl. Wir besorgen uns einen Durchsuchungsbefehl für das Haus, damit wir die Sammlung untersuchen können. Wenn natürlich alles so ist, wie es sein sollte, und keine Münzen fehlen...«

»Sir, mit den beiden, die wir jetzt haben, ist das so gut wie ausgeschlossen.«

TEIL 2

Das Grand Colonial Hotel war eine ausgedehnte rosa Anlage mit maurischen Bögen, Mosaikböden, lackierten Trennwänden und pfauenförmigen Korbsesseln. Von den breiten Veranden hatte man einen wunderbaren Ausblick auf den glitzernden Sand und das endlose Blau des Mittelmeers.

Weißgekleidete reiche Amerikaner und Europäer bevölkerten die riesigen Hallen. Ein Orchester spielte in einer davon Wiener Musik. In der Bar spielte ein junger amerikanischer Pianist Ragtime. Die verzierten Messingfahrstühle direkt neben der gewundenen Treppe schienen unablässig in Bewegung zu sein.

Hätte sich dieses Hotel an einem anderen Ort befunden, hätte es Ramsey gewiß gefallen. Aber Elliott sah schon in der ersten Stunde nach ihrer Ankunft, daß Alexandria ihm einen gehörigen Schock versetzte.

Die Stadt schien ihm alle Lebenskraft zu rauben. Beim Tee war er schweigsam. Er entschuldigte sich, weil er spazierengehen wollte.

Als am Abend Henrys abrupter Aufbruch nach Kairo zur Sprache kam, war er kurz angebunden.

»Julie Stratford ist eine erwachsene Frau«, sagte er und sah sie an. »Es wäre lächerlich anzunehmen, daß sie die Begleitung eines betrunkenen, verkommenen Subjekts wie Henry braucht. Sind wir denn nicht alle, wie Sie sagen, Gentlemen?«

»Doch schon«, antwortete Alex mit vorhersehbarer Fröhlichkeit. »Dennoch ist er ihr Cousin und es ist der Wunsch ihres Onkels...«

»Ihr Onkel kennt ihren Cousin nicht!« verkündete Ramsey.

Julie unterbrach die Unterhaltung. »Ich bin froh, daß Henry nicht da ist. Wir werden ihn in Kairo noch früh genug wiedersehen. Und Henry in Kairo stelle ich mir schrecklich vor. Und der Gedanke an Henry im Tal der Könige ist mir unerträglich.«

»Ganz recht«, seufzte Elliott. »Julie, jetzt bin ich dein Aufpasser. Offiziell.«

»Elliott, die Reise ist viel zu anstrengend für dich. Du solltest auch nach Kairo reisen und dort auf uns warten.«

Alex wollte schon Einwände erheben, als Elliott um Schweigen bat. »Das kommt jetzt nicht in Frage, wie du selbst sehr gut weißt. Außerdem möchte ich Luxor wiedersehen, und Abu Simbel, denn es ist vielleicht das letzte Mal.«

Sie sah ihn nachdenklich an. Sie wußte, daß er die Wahrheit gesagt hatte. Er konnte sie nicht allein mit Ramsey reisen lassen, so sehr sie sich das auch wünschte. Und er wollte die Pyramiden wiedersehen. Aber sie spürte auch, daß er persönliche Gründe hatte.

»Und wann gehen wir an Bord des Nildampfers?« fragte Alex. »Wieviel Zeit brauchen Sie in dieser Stadt, alter Junge?« fragte er Ramsey.

»Nicht sehr viel«, sagte Ramsey mißfällig. »Von der alten Römerzeit, die ich sehen wollte, ist bedauerlicherweise wenig erhalten geblieben.«

Nachdem er auch den dritten Gang beendet hatte, ohne einmal Messer und Gabel anzurühren, entschuldigte er sich, bevor die anderen fertig waren.

Am folgenden Nachmittag war klar, daß er sich in mißliebiger Stimmung befand. Er sprach fast nichts, weigerte sich, Billard zu spielen und ging wieder spazieren. Bald ging er nur noch spazieren und überließ Julie vorläufig voll und ganz Alex. Anscheinend vertraute er sich nicht einmal Samir an.

Er war ein Mann, der einen einsamen Kampf führte.

Elliott, der Zeuge all dieser Ereignisse war, traf eine Entscheidung. Er ließ seinen Diener Walter einen jungen Ägypter dafür bezahlen, daß dieser rund um die Uhr den roten Teppich der Treppe fegte, um auf diese Weise Ramses zu beobachten. Es war ein nicht unerhebliches Risiko. Und Elliott schämte sich. Aber seine Besessenheit verzehrte ihn.

Er saß stundenlang in einem bequemen Korbsessel in der Halle, las alle englischen Zeitungen und betrachtete das Kommen und Gehen. Wenn er sich unbeobachtet fühlte, ließ er sich von dem Jungen, der hinreichend Englisch sprach, berichten.

Ramsey ging spazieren. Ramsey starrte stundenlang aufs Meer hinaus. Ramsey erkundete die weiten Felder hinter der Stadt. Ramsey saß in europäischen Cafés, starrte ins Leere und trank süßen ägyptischen Kaffee. Darüber hinaus hatte Ramsey ein Bordell besucht und den schmierigen alten Betreiber dadurch in Erstaunen versetzt, daß er zwischen Sonnenuntergang und Sonnenaufgang jede Frau im Haus genommen hatte. Insgesamt zwölf. So etwas hatte der alte Zuhälter noch nie gesehen.

Elliott lächelte. Er befriedigt also dieses Bedürfnis auf dieselbe Weise wie alle anderen auch, dachte er. Und das bedeutete, daß Julie ihn noch nicht in ihr Allerheiligstes eingelassen hatte. Oder doch?

Schmale Gäßchen, die Altstadt, so nannten sie diesen Bezirk. Aber er war nicht mehr als ein paar hundert Jahre alt, und niemand wußte, daß die große Bibliothek einst hier gestanden hatte. Daß unten auf dem Hügel die Universität gewesen war, wo die Gelehrten zu Hunderten und Aberhunderten gesprochen hatten.

Die Akademie der antiken Welt, diese Stadt. Und heute war sie nichts weiter als ein Ferienort am Meer. Und dieses Hotel stand genau an der Stelle, wo der Palast gestanden hatte, wo er sie in die Arme genommen und angefleht hatte, ihrer wahnsinnigen Leidenschaft für Markus Antonius zu entsagen.

»Der Mann wird scheitern, siehst du das denn nicht?« hatte er gefleht. »Wäre Julius Cäsar nicht niedergestochen worden, wärst du Kaiserin von Rom geworden. Aber dieser Mann wird dir das niemals gewähren. Er ist schwach, korrupt. Es mangelt ihm an Mut.«

Aber da hatte er zum ersten Mal die wilde, selbstzerstörerische Leidenschaft in ihren Augen gesehen. Sie liebte Markus Antonius. Es war ihr einerlei! Ägypten, Rom, wen kümmerte das schon! Wann hatte sie aufgehört, Königin zu sein? Wann war sie zur gewöhnlichen Sterblichen geworden? Er wußte es nicht. Er wußte nur, daß seine großen Träume und Pläne im Nichts zerrannen.

»Was liegt dir schon an Ägypten!« hatte sie wissen wollen. »Was kümmert es dich, ob ich Kaiserin von Rom werde? Nicht das willst du von mir. Du möchtest, daß ich dein Elixier trinke, das mich angeblich unsterblich macht, genau wie dich. Und zur Hölle mit meinem sterblichen Leib! Du würdest meinen sterblichen Körper und meine sterbliche Liebe zerstören, gib es zu! Nun, ich kann nicht für dich sterben!«

»Du weißt nicht, was du sagst!«

Haltet ein, Stimmen der Vergangenheit. Hör nur das Meer, das unten ans Ufer brandet. Geh dorthin, wo sich einst der alte Römerfriedhof befunden hat, wo sie sie neben Markus Antonius zur Ruhe gebettet haben.

Vor seinem geistigen Auge sah er die Prozession. Er hörte das Weinen. Und am schlimmsten, er sah sie wieder in den letzten Stunden. »Geh fort mit deinen Versprechungen. Antonius ruft mich aus dem Grab. Ich möchte bei ihm sein.«

Und heute gab es nichts mehr, was an sie erinnerte, abgesehen von dem, was er noch in sich trug. Und was die Legenden überlieferten. Wieder hörte er die Menge, die die schmalen Straßen versperrte und den grasbewachsenen Hang hinabströmte, um einen Blick auf ihren Sarg zu werfen, der in der Marmorgruft aufgebahrt war.

»Unsere Königin ist als freier Mensch gestorben.«

»Sie hat Oktavian überlistet.«
»Sie war keine Sklavin Roms.«
Ja, aber sie hätte unsterblich sein können!

Die Katakomben. Der Ort, den er noch nicht aufgesucht hatte. Und warum hatte er Julie gebeten, ihn zu begleiten? Wie schwach er geworden war, daß er sie dort brauchte. Und die Tatsache, daß er ihr nichts erzählt hatte.

Er konnte die Besorgnis in ihrem Gesicht sehen. In ihrem langen, spitzenbesetzten gelben Kleid sah sie so reizend aus. Anfangs waren ihm diese modernen Frauen alle übertrieben herausstaffiert vorgekommen, aber jetzt begriff er, wie verführerisch ihre Kleidung war – die bauschigen Ärmel, die an den Handgelenken zu engen Manschetten wurden, die eingeschnürten Taillen und die wallenden Röcke. Allmählich gewöhnte er sich daran.

Und plötzlich wünschte er sich, weit weg zu sein. In England oder auf dem Weg nach Amerika. Aber die Katakomben, er mußte die Katakomben sehen, ehe sie weiterreisten. Und daher schlenderten sie hinter den anderen Touristen her und lauschten der Stimme des Führers, der von Christen sprach, die hier Zuflucht gesucht hatten und von uralten Ritualen, die lange davor in diesen Felskammern ausgeführt worden waren.

»Du warst schon einmal hier«, flüsterte Julie. »Es ist wichtig für dich.«

»Ja«, antwortete er leise und hielt ihre Hand fest. Wenn sie Ägypten nur jetzt und für immer verlassen könnten. Welchen Sinn hatte es, diese Qualen auf sich zu nehmen?

Die Gruppe schwatzender, flüsternder Touristen blieb stehen. Sein Blick glitt ängstlich an den Wänden entlang. Jetzt sah er ihn, den kleinen Durchgang. Die anderen gingen weiter, nachdem der Führer sie erneut ermahnt hatte, dicht bei ihm zu bleiben. Er aber hielt Julie zurück, und als sich die anderen langsam entfernten, schaltete er die elektrische Fackel an und betrat den Durchgang.

War es derselbe? Er konnte es nicht sagen. Er konnte sich nur an das erinnern, was geschehen war.

Derselbe Geruch nach feuchtem Fels. Lateinische Worte an den Wänden.

Sie kamen in eine große Kammer.

»Sieh doch«, sagte sie. »Da oben ist ein Fenster in den Fels geschnitten! Und Haken an den Wänden, siehst du sie!«

Ihm kam es so vor, als wäre ihre Stimme weit entfernt. Er wollte antworten, aber es war ihm nicht möglich.

Er starrte ins Dunkel zu dem großen rechteckigen Stein, auf den sie jetzt deutete. Sie sagte etwas von einem Altar.

Nein, kein Altar. Ein Bett. Ein Bett, wo er dreihundert Jahre gelegen hatte, bis die Luke über ihm geöffnet worden war. Die uralten Ketten hatten die dichte Klappe aus Holz hochgezogen, und die Sonne hatte hereingeschienen und war auf seine Lider gefallen.

Er hörte Kleopatras mädchenhafte Stimme:

»Bei den Göttern, es ist wahr! Er lebt!« Ihr Schrei hallte von den Wänden wider. Die Sonne schien auf ihn.

»Ramses, steh auf!« rief sie. »Eine Königin von Ägypten ruft dich.«

Er hatte das Kribbeln in den Gliedern gespürt, das plötzliche Ziehen in Haaren und Haut. Noch halb schlafend hatte er sich aufgerichtet und die junge Frau vor sich gesehen, deren lockiges schwarzes Haar offen über ihre Schulter fiel. Und den alten Priester, der schlotternd und murmelnd die Hände zum Gebet gefaltet hatte und sich vor ihm verneigte.

»Ramses der Große«, hatte sie gesagt. »Eine Königin von Ägypten braucht deinen Rat.«

Sanfte, staubige Sonnenstrahlen fielen in die große Kammer. Und das Dröhnen der Automobile auf den Boulevards der modernen Stadt Alexandria drangen ebenfalls herein.

»Ramses!«

Er drehte sich um. Julie Stratford sah zu ihm auf.

»Meine Schöne«, flüsterte er. Er nahm sie zärtlich in die Arme. Keine Leidenschaft, sondern Liebe. Ja, Liebe. »Meine wunderschöne Julie«, flüsterte er.

Er nahm den Tee in der Halle ein. Das ganze Ritual brachte ihn zum Lachen. Wie konnte man Gebäck, Eier und Gurkensandwiches essen und das Ganze nicht eine Mahlzeit nennen? Aber warum sollte er sich beschweren? Er konnte dreimal soviel essen wie alle anderen und trotzdem am Abend wieder hungrig sein.

Er genoß die Zeit, die er mit ihr allein verbringen konnte. Er freute sich, daß Alex und Samir und Elliott nicht zugegen waren.

Er saß da und bewunderte die vorbeirauschenden breitkrempigen Hüte und Stockschirme. Und die großen, glänzenden offenen Automobile, die ebenso zum Seiteneingang fuhren wie die offenen Lederdroschken.

Dies waren nicht mehr die Menschen seiner Zeit. Dies war eine andere Rasse. Sie erklärte ihm, daß es in Griechenland genauso war. So viele Länder, die er noch besuchen wollte! Empfand er Erleichterung?

»Du warst so geduldig mit mir«, sagte er lächelnd. »Du verlangst nicht von mir, daß ich etwas erkläre.«

Sie sah wunderbar aus in ihrem hellen Seidenkleid mit dem Blumenmuster und den Spitzen an den Handgelenken. Und diese winzigen Perlmuttknöpfe, die ihm so gut gefielen. Gott sei Dank hatte sie seit dem ersten Abend auf See kein offenes Kleid mehr getragen. Der Anblick von soviel Haut hatte ihn beinahe um den Verstand gebracht.

»Du wirst mir alles sagen, wenn du es mir sagen willst«, entgegnete sie. »Das Einzige, was ich nicht ertragen kann, ist, dich leiden zu sehen.«

»Es ist alles, wie du gesagt hast«, murmelte er. Er trank den Tee, ein Getränk, das er nicht besonders mochte. »Alles verschwunden. Das Mausoleum, die Bibliothek, der Leuchtturm. Alles, was Alexander gebaut hat, was Kleopatra gebaut hat. Sag mir, warum stehen die Pyramiden von Gizeh noch? Warum steht mein Tempel in Luxor noch?«

»Möchtest du sie sehen?« Sie streckte den Arm aus und ergriff seine Hand. »Bist du bereit, schon jetzt aufzubrechen?«

»Ja, es wird Zeit, meinst du nicht auch? Und dann, wenn wir alles gesehen haben, können wir dieses Land verlassen. Du und ich... Das heißt, wenn du bei mir bleiben willst.«

So hübsche braune Augen, die von langen braunen Wimpern umrandet wurden, und ihr liebreizender Mund. In diesem Augenblick entstieg der Earl zusammen mit seinem charmanten kohlköpfigen Sohn und Samir dem Lift.

»Ich folge dir bis ans Ende der Welt«, flüsterte sie.

Er hielt ihrem Blick lange Zeit stand. Wußte sie, was sie da sagte? Nein. Die Frage war, wußte er, was sie da sagte? Daß sie ihn liebte, ja. Aber die andere, die andere große Frage war nie gestellt worden, oder?

Fast den ganzen Nachmittag waren sie schon auf dem Nil unterwegs. Die Sonne brannte auf die gestreiften Baldachine des kleinen, eleganten Dampfers herunter. Das glückliche Zusammentreffen von Julies Geldbörse und Elliotts befehlsgewohnter Stimme hatte ihnen jeden nur erdenklichen Luxus verschafft. Die Kabinen des kleinen Bootes waren so schön wie die an Bord des Ozeanriesen von P & O, der sie übers Meer gebracht hatte. Salon und Speisesaal waren mehr als luxuriös ausgestattet. Der Koch war Europäer, die Diener, ausgenommen natürlich Walter und Rita, Ägypter.

Aber der größte Luxus war, daß es ihr Schiff war. Sie mußten es mit niemandem teilen. Und sie waren zu Julies Überraschung eine recht verträgliche Reisegruppe geworden. Das heißt, seit Henry fort war. Dafür konnte sie gar nicht dankbar genug sein.

Kaum hatten sie in Alexandria angelegt, war er wie ein Feigling geflohen. Und das unter dem lächerlichen Vorwand, daß er in Kairo alles für sie vorbereiten würde. Dabei würde das Shepheard Hotel in Kairo alles für sie vorbereiten. Noch bevor sie zur Reise in den Süden nach Abu Simbel aufgebrochen waren, hatten sie telegraphiert. Sie konnten kein genaues Ankunftsdatum mitteilen, aber das Shepheard Hotel, die Stütze der Briten in Ägypten, war jederzeit bereit, sie zu empfangen.

Man hatte darauf hingewiesen, daß die Opernsaison anfing. Sollte man Logenplätze für sie reservieren? Julie hatte ja gesagt, obwohl auch sie nicht wußte, wann sie in Kairo eintreffen würden.

Sie wußte nur, daß Ramses bester Laune war und daß er sich freute, auf dem Nil zu sein, daß er stundenlang vom Deck aus die Palmen und die goldene Wüste auf beiden Seiten des breiten, glitzernden braunen Wassers betrachtete.

Niemand mußte Julie erzählen, daß es sich hier um dieselben Palmen handelte, die die Wände alter ägyptischer Grabmäler zierten. Oder daß die Bauern mit ihren dunklen Gesichtern das Wasser auf dieselbe primitive Weise aus dem Fluß holten wie seit Jahrtausenden. Niemand mußte ihr sagen, daß sich die zahlreichen Boote der Eingeborenen, an denen sie vorbeifuhren, seit den Tagen von Ramses dem Großen kaum verändert hatten.

Und Wind und Sonne veränderten sich überhaupt nie.

Aber etwas mußte sie erledigen, und das duldete keinen Aufschub mehr. Sie saß zufrieden im Salon und sah Elliott und Samir beim Schachspielen zu. Als Alex von seiner Partie Solitaire aufstand und allein an Deck ging, folgte sie ihm.

Es war fast Abend. Zum ersten Mal wehte eine frische Brise. Der Himmel war tiefblau, fast violett.

»Du bist ein Schatz«, sagte sie. »Und ich möchte dir nicht weh tun. Aber ich will dich auch nicht heiraten.«

»Ich weiß«, sagte er. »Ich weiß es schon lange. Aber ich werde auch weiterhin so tun, als wäre es nicht so. Wie ich es immer getan habe.«

»Alex, nicht...«

»Nein, Darling, gib mir keinen Rat. Laß es mich machen, wie ich will. Schließlich ist es das Vorrecht der Frau, ihre Meinung zu ändern. Und vielleicht änderst du deine, und dann bin ich zur Stelle. Nein, bitte sag nichts mehr. Du bist frei. Eigentlich bist du immer frei gewesen.«

Sie holte tief Luft. Ein großer Schmerz bemächtigte sich ihrer. Sie spürte ihn im Herzen und im Bauch. Sie wollte weinen, aber dies war nicht der richtige Ort dafür. Sie küßte ihn rasch und ging dann unter Deck in ihre Kabine.

Gott sei Dank war Rita nicht da. Sie legte sich auf das kleine Bett und weinte leise in das Kissen. Bevor sie erschöpft einschlief, dachte sie: Ich hoffe, er erfährt nie, daß ich ihn nie geliebt habe. Soll er denken, daß es ein anderer Mann war, der mir den Kopf verdreht hat. Das kann er verstehen, das andere nicht.

Als sie die Augen wieder aufschlug, war es dunkel draußen. In der Kabine brannte eine kleine Lampe. Sie sah, daß Ramses in der Kabine stand und sie ansah.

Sie verspürte keinen Zorn, und schon gar keine Angst.

Und plötzlich wurde ihr klar, daß sie immer noch träumte. Erst jetzt erwachte sie und fand das Zimmer hell erleuchtet und verlassen vor. Ach, wäre er doch nur da gewesen. Ihr Körper verlangte nach ihm. Ihr lag nichts mehr an Vergangenheit oder Zukunft. Ihr lag nur noch an ihm. Das mußte er doch wissen.

Als sie den Speisesaal betrat, war er in eine angeregte Unterhaltung verwickelt. Auf dem Tisch standen allerlei exotische Gerichte.

»Hätten wir dich wecken sollen, meine Liebe?« fragte Elliott, während er aufstand und ihr den Stuhl zurechtrückte.

»Julie«, sagte Ramses, »diese einheimischen Gerichte sind einfach köstlich.« Er schöpfte sich Hammelkebab und Weinblätter auf den Teller, deren Namen sie nicht kannte, und dabei bewegte er die Finger wie immer mit großem Feingefühl.

»Augenblick mal«, sagte Alex. »Wollen Sie damit sagen, Sie haben das vorher noch nie gegessen?«

»Aber nein, in diesem verrückten rosa Hotel haben wir Fleisch und Kartoffeln gegessen, wenn ich mich recht erinnere«, sagte Ramses. »Und dieses Huhn mit Zimt schmeckt mir wirklich.«

»Aber«, fragte Alex, »sind Sie nicht Ägypter?«

»Alex, bitte, ich glaube, Mr. Ramsey macht gern ein Geheimnis aus seiner Herkunft«, sagte Julie.

Ramses lachte. Er trank sein Glas leer. »Das stimmt, wie ich gestehen muß. Aber wenn Sie es unbedingt wissen wollen, ich bin... Ägypter, ja.«

»Und wo um alles in der Welt...?«

»Alex, bitte«, sagte Julie.

Alex zuckte die Achseln. »Sie sind und bleiben ein Rätsel, Ramsey!«

»Aber ich habe Sie doch nicht beleidigt, hoffe ich!«

»Wenn Sie mich noch einmal so nennen, dann fordere ich Sie heraus«, sagte Alex.

»Was heißt das?«

»Nichts«, sagte Elliott. Er tätschelte die Hand seines Sohns.

Aber Alex war nicht böse. Und er war sicher nicht beleidigt. Er sah Julie über den Tisch hinweg an und schenkte ihr ein kurzes, trauriges, heimliches Lächeln und sie wußte, sie würde ihm dafür immer dankbar sein.

In Luxor brannte die Mittagssonne auf das Schiff herunter. Sie warteten bis zum Spätnachmittag, bevor sie an Land gingen und den Spaziergang durch den riesigen Tempelkomplex machten. Ramses durfte nicht allein sein, das wußte sie. Er wandelte zwischen den Säulen dahin, hob hin und wieder den Blick, hing aber weitestgehend seinen eigenen Gedanken nach.

Elliott wollte diesen Teil der Reise auf gar keinen Fall versäumen, so anstrengend er auch immer sein mochte. Alex ging ganz langsam, damit sein Vater sich auf seinen Arm stützen konnte. Und Samir ging ebenfalls neben dem Earl. Sie schienen in eine angeregte Unterhaltung verstrickt.

»Der Schmerz läßt nach, stimmt's?« fragte Julie.

»Wenn ich dich ansehe, spüre ich ihn gar nicht mehr«, antwortete Ramses. »Julie ist in Ägypten so wunderschön wie in London.«

»Waren hier schon Ruinen, als du zum letzten Mal hier warst?«

»Ja, und die Ruinen waren so tief im Sand versunken, daß nur die oberen Enden der Säulen sichtbar waren. Die Straße der Sphinxe war völlig mit Sand bedeckt. Tausend Jahre waren vergangen, seit ich als sterblicher Mann an diesem Ort gewandelt war, als Narr, der Ägypten für den Nabel der Welt hielt und der glaubte, außerhalb seiner Grenzen existiere keine Wahrheit.« Er blieb stehen, drehte sich zu ihr um und küßte sie rasch auf die Stirn. Dann folgte ein schuldbewußter Blick zu der Gruppe hinter ihnen. Nein, nicht schuldbewußt, nur bedauernd.

Sie nahm seine Hand. Sie gingen weiter.

»Eines Tages werde ich dir alles erzählen«, sagte er. »Ich werde dir soviel erzählen, daß du des Zuhörens müde wirst. Ich werde dir erzählen, wie wir uns gekleidet und miteinander gesprochen haben, wie wir gespeist und getanzt haben, wie diese Tempel und Paläste aussahen, als die Farbe noch an den Wänden glänzte und wie ich morgens und mittags und bei Sonnenuntergang herausgekommen bin, um den Gott zu begrüßen und die Gebete zu sprechen, die das Volk hören wollte. Aber komm, es wird Zeit, daß wir den Fluß überqueren und zum Tempel von Ramses dem Dritten reiten. Ich möchte ihn so gerne sehen.«

Er gab einem der Ägypter in der Nähe ein Zeichen. Er wollte, daß man sie mit einer Sänfte zur Anlegestelle brachte. Sie war froh, daß sie den anderen ein Weilchen entrinnen konnte.

Als sie den Fluß überquert und den gewaltigen unüberdachten Tempel mit seinem Säulenhof erreicht hatten, wurde er seltsam still. Er betrachtete die Reliefs des großen Kriegers und Königs in der Schlacht.

»Das war mein erster Schüler«, sagte er. »Zu dem ich nach Jahrhunderten der Wanderschaft gekommen war. Ich war nach Ägypten heimgekehrt, um zu sterben, doch nichts vermochte mich zu töten. Und dann begriff ich, was ich tun mußte. Zum Königshaus gehen und Lehrmeister werden. Er glaubte mir, der hier, mein Namensvetter, mein Nachkomme. Er hörte mir zu, wenn ich ihm von der Vergangenheit und von fernen Ländern erzählte.«

»Und das Elixier, hat er das nicht gewollt?«

Sie standen allein in den Ruinen des großes Saals und befanden sich inmitten der behauenen Säulen. Der Wüstenwind war jetzt kalt. Er zerzauste Julies Haar. Ramses legte die Arme um sie.

»Ich habe ihm nie gesagt, daß ich einmal ein sterblicher Mensch war«, sagte er. »Weißt du, das habe ich niemandem verraten. Ich wußte aus den letzten Jahren meines Lebens als Sterblicher, was das Geheimnis anrichten konnte. Ich hatte mitansehen müssen, wie Meneptah, mein Sohn, dadurch zum Verräter wurde. Selbstverständlich scheiterte sein Bemühen, mich gefangen zu nehmen und mir das Geheimnis zu entlocken. Ich übergab ihm das Königreich und kehrte Ägypten für Jahrhunderte den Rücken. Aber ich wußte, was das Wissen anrichten konnte. Erst Jahrhunderte später habe ich Kleopatra davon erzählt.«

Er blieb stehen. Sie verstand, daß er nicht weitergehen wollte. Die Schmerzen, die er in Alexandria erfahren hatte, waren wieder da. Das Licht in seinen Augen war erloschen. Schweigend gingen sie zur Sänfte zurück.

»Julie, laß uns diese Reise schnell beenden«, sagte er. »Morgen das Tal der Könige, und dann segeln wir wieder nach Süden.«

Sie brachen am frühen Morgen auf, ehe die Sonne auf sie niederbrannte.

Julie nahm Elliotts Arm. Ramses redete wieder und beantwortete alle Fragen, die Elliott ihm stellte. Sie schlenderten gemächlich zwischen entweihten Gräbern hindurch, wo sich Touristen, Fotografen und lautschreiende Händler in schmutzigen *gellebiyyas* in Massen tummelten.

Julie litt bereits unter der Hitze. Ihr großer, breiter Strohhut nützte nicht viel, sie mußte Pause machen und tief Luft holen. Der Geruch von Kameldung und Urin raubte ihr fast die Sinne.

Ein Händler kam dicht heran, und als sie auf ihn hinabsah, erblickte sie eine schwarze Hand, deren Finger an die Beine einer Spinne erinnerten.

Sie schrie auf.

»Scher dich fort!« sagte Alex grob. »Diese Eingeborenen sind unerträglich.«

»Mumienhand!« kreischte der Händler. »Mumienhand, sehr alt!«

»Aber sicher«, lachte Elliott. »Stammt wahrscheinlich aus einer Mumienfabrik in Kairo.«

Aber Ramses starrte wie gebannt auf den Händler und die Hand. Plötzlich erstarrte der Händler, in seinem Gesicht spiegelte sich Entsetzen. Ramses griff nach der verdorrten Hand, der Händler ließ sie los, sank auf die Knie und kroch dann rückwärts aus dem Weg.

»Was soll das?« sagte Alex. »Sie wollen doch dieses Ding nicht etwa kaufen?«

Ramses betrachtete die Hand, an der noch kleine Stoffetzen hafteten.

Julie wußte nicht zu sagen, was los war. War er erbost über den Frevel? Oder übte das Ding eine andere Faszination auf ihn aus? Eine Erinnerung überkam sie: die Mumie im Sarg in der Bibliothek ihres Vaters. Und dieses lebende Geschöpf, das sie liebte, war diese Mumie gewesen. Es schien, als wären Jahrhunderte seitdem vergangen.

Elliott verfolgte aufmerksam die Geschehnisse.

»Was ist es, Sire?« fragte Samir leise. Hatte Elliott ihn gehört?

Ramses holte mehrere Münzen heraus und warf sie für den Händler in den Sand. Der Mann sammelte sie ein und rannte davon. Jetzt holte Ramses ein Taschentuch heraus, wickelte die Hand fein säuberlich darin ein und steckte beides in die Tasche.

»Was haben Sie gesagt?« fragte Elliott höflich, so als wäre nichts geschehen. »Ich glaube, Sie sagten, das beherrschende Thema unserer Zeit sei die Veränderung?«

»Ja«, sagte Ramses mit einem Seufzen. Er schien das Tal in einer völlig neuen Perspektive zu sehen. Er betrachtete die offenen Gräber und die Hunde, die in der Sonne dösten.

Elliott fuhr fort: »Und das beherrschende Thema der Antike war, daß alles bleibt, wie es ist.«

Nur Julie sah die feine Veränderung des Gesichtsausdrucks, die Verzweiflung. Doch während sie weitergingen, antwortete er Elliott gelassen.

»Ja, damals wurde überhaupt nicht von Fortschritt gesprochen. Aber damals hatte man auch eine andere Vorstellung von Zeit. Mit der Geburt eines jeden Königs begann eine neue Zeitrechnung. Das wissen Sie natürlich. Man zählte keine Jahrhunderte. Ich bin nicht sicher, ob der einfache Ägypter überhaupt eine genaue Vorstellung hatte... von Jahrhunderten.«

Abu Simbel. Endlich hatten sie den größten von Ramses' Tempeln erreicht. Der Landausflug war wegen der Hitze kurz gewesen. Jetzt wehte der kalte Nachtwind über die Wüste.

Julie und Ramses stiegen heimlich über die Strickleiter in das Beiboot hinab. Julie hatte den Schal fest um die Schultern geschlungen. Der Mond hing tief über dem glitzernden Wasser.

Mit Hilfe eines eingeborenen Dieners stiegen sie auf die Kamele, die auf sie warteten, und ritten zum großen Tempel, wo die größte Statue von Ramses dem Großen stand.

Es war aufregend, dieses verrückte, furchteinflößende Tier zu reiten. Julie lachte in den Wind. Sie wagte nicht, auf den Boden zu sehen, der sich ungleichmäßig unter ihr bewegte. Sie war froh, als sie am Ziel waren und Ramses ihr herunterhalf.

Der Diener führte die Tiere weg. Jetzt standen sie beide allein unter dem Sternenhimmel im leise heulenden Wüstenwind. In weiter Ferne sah sie das erleuchtete Zelt ihres kleinen Lagers, das auf sie wartete. Sie sah das Licht der Laterne hinter dem halbdurchlässigen Leinen. Das winzige Lagerfeuer tanzte im Wind, flackerte, um dann wieder aufzulodern.

Sie betraten den Tempel, indem sie an den riesigen Beinen des Gottkönigs vorbeigingen. Falls Ramses Tränen in den Augen hatte, trug der Wind sie fort, aber sein Seufzen war deutlich zu hören. Sie spürte auch das leise Zittern seiner warmen Hand, als sie sich an ihn klammerte.

Hand in Hand gingen sie weiter, während ihre Blicke über die großen Statuen schweiften.

»Wohin bist du gegangen«, flüsterte sie, »als du nicht mehr regiert hast? Du hast Meneptah den Thron überlassen und bist fortgegangen...«

»In die Welt hinaus. So weit, wie ich den Mut hatte zu gehen. So weit sich je ein sterblicher Mensch gewagt hatte. Damals sah ich die dichten Wälder von Britannien. Die Menschen trugen Felle und versteckten sich in den Bäumen, wo sie ihre Holzpfeile abschossen. Ich ging in den Fernen Osten und entdeckte Städte, die heute verschwunden sind. Mir wurde gerade klar, daß das Elixier mein Gehirn ebenso beeinflußte wie meinen Körper. Sprachen konnte ich innerhalb von Tagen lernen. Ich konnte mich... wie sagt man... anpassen. Aber unweigerlich kam es zu... Verwirrungen.«

»Wie meinst du das?« fragte sie. Sie waren stehengeblieben. Sie standen auf festgestampftem Sand. Das sanfte Licht der Sterne beleuchtete sein Gesicht, als er auf sie herabsah.

»Ich war nicht mehr Ramses. Ich war kein König mehr. Ich hatte kein Reich.«

»Ich verstehe.«

»Ich sagte mir, daß die Welt selbst alles war. Was brauchte ich mehr, als zu wandern, zu sehen? Aber das stimmte nicht. Ich mußte nach Ägypten zurückkehren.«

»Und da wolltest du sterben.«

»Ich begab mich zum Pharao, zu Ramses dem Dritten, und sagte ihm, ich wäre ihm als Schutzpatron gesandt worden. Das war, nachdem ich erfahren hatte, daß kein Gift mich töten konnte. Nicht einmal Feuer könnte mich töten. Es konnte mir unerträgliche Schmerzen bereiten, aber nicht töten. Ich war unsterblich. Das war die Macht des Elixiers. Unsterblich!«

»Wie grausam«, seufzte sie. Aber es gab vieles, das sie immer noch nicht verstand, und sie wagte nicht, ihn zu fragen. Sie wartete geduldig darauf, daß er es ihr sagen würde.

»Nach meinem tapferen Ramses dem Dritten gab es viele andere. Große Königinnen und Könige. Ich kam, wenn es mir gefiel. Damals war ich eine Legende – das menschliche Phantom, das nur zu den Herrschern Ägyptens sprach. Wenn ich auftauchte, betrachtete man das als großen Segen. Und ich hatte selbstverständlich mein geheimes Leben. Ich durchstreifte die Straßen von Theben als gewöhnlicher Mann, suchte mir Gefährten, Frauen.«

»Aber niemand kannte dich oder dein Geheimnis?« Sie schüttelte den Kopf. »Ich verstehe nicht, wie du es ertragen konntest.«

»Nun, ich konnte es nicht mehr ertragen«, sagte er niedergeschlagen. »Daher habe ich es schließlich in den Schriftrollen niedergeschrieben, die dein Vater in meinem geheimen Arbeitszimmer gefunden hat. Aber damals war ich ein tapferer Mann. Und ich wurde geliebt, Julie. Das darfst du nicht vergessen.«

Er verstummte, als lauschte er dem Wind.

»Ich wurde verehrt«, fuhr er fort. »Es war, als *wäre* ich gestorben und zu dem geworden, was ich vorgab zu sein. Hüter des königlichen Hauses. Beschützer des Herrschers, Richter der Bösen. Zum Wohle des Königreichs.«

»Werden nicht auch Götter einsam?«

Er lachte leise.

»Du kennst die Antwort. Aber du verkennst die Macht des Elixiers, das mich zu dem gemacht hat, was ich bin. Auch ich verstehe sie nicht völlig. Wenn ich an den Wahn der ersten Jahre denke, als ich wie ein Arzt damit experimentierte.« Sein Gesicht zeigte Bitterkeit. »Diese Welt zu begreifen, das ist unsere Aufgabe, oder nicht? Und selbst die einfachsten Dinge entziehen sich unserem Verständnis.«

»Ja, ich widerspreche dir nicht«, flüsterte sie.

»In den schlimmsten Augenblicken vertraute ich auf die Veränderung. Ich verstand sie, auch wenn die anderen um mich herum sie nicht verstanden. ›Alles ist vergänglich‹, das alte Sprichwort. Aber schließlich war ich so... erschöpft. So müde.«

Er legte den Arm um sie und zog sie zärtlich an sich. Dann machten sie kehrt und verließen den Tempel. Der Wind hatte sich gelegt. Er wärmte sie. Nur ab und zu mußte sie die Augen vor winzigen Sandkörnchen in der Luft schützen. Er sprach jetzt leise und langsam:

»Die Griechen waren in unser Land gekommen. Alexander, Erbauer von Städten und Schöpfer neuer Götter. Ich wollte nur den todesähnlichen Schlaf. Und doch hatte ich Angst wie jeder Sterbliche.«

»Ich weiß«, flüsterte sie. Ein Schaudern durchlief sie.

»Schließlich handelte ich wie ein Feigling. Ich begab mich ins Grab, in die Dunkelheit, in der ich, wie ich inzwischen wußte, allmählich schwächer werden und schließlich in einen tiefen Schlaf versinken würde, aus dem ich nicht erwachen konnte. Aber die Priester des königlichen Hauses wußten, wo ich ruhte, und sie wußten auch, daß das Sonnenlicht mich wieder erwecken konnte. Sie gaben das Geheimnis an jeden neuen Herrscher in Ägypten weiter und ließen ihn gleichzeitig wissen, daß ich nach Erwachen nur dem Wohle Ägyptens dienen würde. Und wehe dem, der dreist genug war, mich aus reiner Neugier zu wecken, oder mit bösen Absichten. Dann würde ich Rache nehmen.«

Sie traten aus der Tempelanlage heraus. Sie blieben stehen, als er sich umdrehte und an der kolossalen sitzenden Statue hinaufsah. Das Gesicht des Königs hoch droben wurde vom Mond beschienen.

»Warst du überhaupt bei Bewußtsein, während du geschlafen hast?«

»Ich weiß nicht. Diese Frage stelle ich mir selbst! Hin und wieder war ich dem Wachsein ziemlich nahe, dessen bin ich mir sicher. Und ich habe geträumt, und wie ich geträumt habe. Doch was ich wußte, wußte ich wie in einem Traum. Es bestand keine Dringlichkeit, keine Notwendigkeit. Und weißt du, ich konnte mich nicht aufwecken. Ich hatte nicht die Kraft, an der Kette zu ziehen, damit Sonnenlicht durch das Holztor über mir fiel. Vielleicht wußte ich, was in der Welt draußen vor sich ging. Es überraschte mich jedenfalls nicht, als ich es später erfahren habe. Ich war zur Legende geworden – Ramses der Verdammte, Ramses der Unsterbliche, der in seiner Höhle schlief und darauf wartete, daß ein tapferer König oder eine Königin von Ägypten ihn weckte. Ich denke, sie haben es eigentlich nicht mehr geglaubt. Bis...«

»Sie gekommen ist.«

»Sie war die letzte Königin, die über Ägypten geherrscht hat. Und die einzige, der ich je die ganze Wahrheit gesagt habe.«

»Und hat sie das Elixier wirklich verweigert?«

Er zögerte. Es schien, als wollte er nicht antworten. Dann sagte er:

»Sie hat es auf ihre Weise verweigert. Weißt du, letztendlich konnte sie nicht begreifen, was es war, dieses Elixier. Später hat sie mich angefleht, es Markus Antonius zu geben.«

»Ich verstehe. Ein Wunder, daß ich nicht selbst draufgekommen bin.«

»Markus Antonius hatte nicht nur sein Leben zerstört, sondern auch ihres. Aber sie wußte nicht, was sie verlangte. Sie begriff es nicht. Sie wußte nicht, was es bedeutet hätte – ein egoistisches Königspaar mit dieser Macht. Und die Formel, die hätten sie auch gewollt. Irgendwann hätte Antonius auch eine unsterbliche Armee gewollt!«

»Großer Gott!« flüsterte sie.

Ramses verstummte und entfernte sich von ihr. Sie waren ein Stück weit gegangen, als er sich erneut umdrehte und noch einmal die gigantischen sitzenden Statuen betrachtete.

»Aber warum hast du die Geschichte in den Schriftrollen festgehalten?« fragte sie. Sie konnte nicht anders.

»Feigheit, meine Liebe. Feigheit und der Wunsch, jemand möge kommen und mich und meine seltsame Geschichte finden und damit die Last des Geheimnisses von meinen Schultern nehmen! Ich hatte versagt, meine Liebste. Meine Kräfte waren verbraucht. Und daher versank ich in meine Träume und ließ die Geschichte zurück... wie ein Opfer an das Schicksal. Ich konnte nicht mehr stark sein.«

Sie machte einen Schritt auf ihn zu und schlang die Arme um ihn. Er sah sie nicht an. Er sah immer noch die Statuen an. Tränen standen ihm in den Augen.

»Vielleicht träumte ich, eines Tages in einer neuen Welt geweckt zu werden. Von neuen und weisen Wesen. Vielleicht habe ich von jemandem geträumt, der... die Herausforderung annehmen würde.« Seine Stimme brach. »Damit ich nicht mehr der einsame Wanderer sein müßte. Ramses der Verdammte würde wieder zu Ramses dem Unsterblichen werden.«

Es schien, als hätten ihn seine eigenen Worte überrascht. Dann sah er sie an, schloß die Hände fest um ihre Schultern und küßte sie.

Sie ließ es geschehen. Sie spürte, wie seine Arme sie hochhoben. Sie lehnte sich an seine Brust, als er sie zum Zelt und dem flackernden Feuer trug. Die Sterne leuchteten über den fernen, schattigen

Bergen. Die Wüste glich einem großen, stillen Meer, das sich von der Wärmequelle, der sie sich näherten, nach allen Richtungen hin ausbreitete.

Weihrauch, der Geruch von Wachskerzen. Er legte sie auf die Kissen aus Seide, auf einen Teppich aus dunklen, gewobenen Blumen. Sie schloß die Augen ob der tanzenden Flammen der Kerzen. Parfum stieg von der Seide unter ihr auf. Eine Liegestatt, die er für sie gemacht hatte, für sich, für diesen Augenblick.

»Ich liebe dich, Julie Stratford«, flüsterte er ihr ins Ohr. »Meine englische Königin. Meine zeitlose Schönheit.«

Seine Küsse nahmen ihr den Atem. Sie lag da mit geschlossenen Augen und ließ zu, daß er ihre enge Spitzenbluse aufknöpfte und die Haken ihres Rockes löste. Vollkommen willenlos ließ sie zu, daß er Leibchen und Korsett und die lange Spitzenunterwäsche auszog. Sie lag nackt da und sah zu ihm auf, während er sich selbst auszog.

Er wirkte königlich, seine Brust glänzte im Licht, sein Geschlecht war hart. Dann spürte sie sein Gewicht, mit dem er sich auf sie senkte, sie zermalmte. Tränen standen ihr in den Augen; Tränen der Erlösung. Ein leises Stöhnen kam über ihre Lippen.

»Öffne das Tor«, flüsterte sie. »Das jungfräuliche Tor. Ich bin für immer dein.«

Er durchstieß das Siegel. Schmerz, ein kurzer, stechender Schmerz, der in ihrer wachsenden Leidenschaft unterging. Sie küßte ihn voll Begierde, küßte Salz und Schweiß von seinem Hals, seinem Gesicht, seinen Schultern. Er stieß heftig in sie hinein, immer und immer wieder, und sie reckte sich ihm entgegen.

Als die erste Welle über ihr zusammenschlug, schrie sie auf, als würde sie wahrhaftig sterben. Sie hörte ein tiefes Knurren in seinem Hals, als er den Gipfel erreichte. Aber das war erst der Anfang.

Elliott hatte beobachtet, wie das Beiboot abgelegt hatte. Durch das Fernglas sah er das winzige Licht des Lagerfeuers weit draußen hinter den flachen, festgestampften Dünen. Er sah die winzige Gestalt des Dieners und der Kamele.

Dann eilte er unter Deck, ohne den Gehstock zu benützen, weil er fürchtete, zuviel Lärm zu machen, und öffnete Ramses Tür.

Sie war unverschlossen. Er betrat die dunkle Kabine.

Dieses Ding hat mich zu einem Heimlichtuer und Dieb gemacht, dachte er. Aber er hielt nicht inne. Er wußte nicht, wieviel Zeit er hatte. Er hatte nur das Licht des Mondes, das durch das Bullauge schien, um den Schrank voll ordentlich aufgehängter Kleidungsstücke, die Schubladenkommode mit Hemden und anderen Dingen und die Truhe zu durchsuchen. Keine Geheimformel in diesem Zimmer. Es sei denn, sie war gut versteckt.

Schließlich gab er auf. Er stand über dem Schreibtisch und sah auf die aufgeschlagenen Biologiebücher hinunter. Und dann sah er etwas Schwarzes und Häßliches, das ihm einen Schrecken einjagte. Aber es war nur die Hand der Mumie, die da auf dem Schreibtisch lag.

Wie töricht er sich vorkam. Und wie er sich schämte. Und doch stand er da, betrachtete das Ding, und das Herz klopfte laut in seiner Brust, und dann spürte er den brennenden Schmerz, der stets auf solche Schrecken folgte, und ein taubes Gefühl im Arm. Er blieb reglos stehen und atmete ganz ruhig und langsam.

Schließlich ging er hinaus und machte die Tür hinter sich zu.

Ein Heimlichtuer und Dieb, dachte er. Er stützte sich auf seinen silbernen Gehstock und ging langsam in den Salon zurück.

Die Morgendämmerung nahte. Sie hatten das warme Zelt vor Stunden verlassen und waren nur in weite Seidentücher gehüllt hierher in den Tempel gekommen. Sie hatten sich immer wieder im Sand geliebt. Und dann hatte er im Sand gelegen und zu den Sternen aufgeschaut, der König, der dieses Haus erbaut hatte.

Keine Worte mehr. Nur die Wärme seines nackten Körpers an ihrem, während sie in seinem linken Arm ruhte. Sie hatte nur das glatte Tuch eng um sich geschlungen.

Kurz vor Sonnenaufgang schlief Elliott im Sessel ein. Er hörte, wie das kleine Boot anlegte, hörte das Plätschern, das Knirschen von Seilen, als die beiden Liebenden wieder an Bord kamen. Er hörte ihre raschen, verstohlenen Schritte an Deck. Dann wieder Stille.

Als er die Augen aufschlug, stand sein Sohn im Schatten vor ihm. Zerzaust, als hätte er sich für die Nacht gar nicht ausgezogen, das Gesicht unrasiert. Er sah zu, wie sein Sohn eine Zigarette aus dem Elfenbeinetui auf dem Tisch nahm und sie anzündete.

Jetzt erst sah Alex Elliott. Einen Moment lang sagten beide kein Wort, dann lächelte Alex sein altbekanntes herziges Lächeln.

»Nun, Vater«, sagte er langsam, »ich freue mich schon auf Kairo und die Zivilisation.«

»Du bist ein guter Junge, mein Sohn«, sagte Elliott leise.

Wahrscheinlich wußten alle Bescheid. Sie lag unter der warmen Decke neben Ramses, während der kleine Dampfer wieder nach Norden, Richtung Kairo fuhr.

Doch sie ließen sich nichts anmerken. Er kam und ging nur, wenn niemand in der Nähe war. Sie tauschten keine Zärtlichkeiten vor den anderen aus. Und doch genossen sie die Freiheit, die sie gestohlen hatten. Sie liebten sich bis zum Morgen, küßten sich, liebkosten sich, paarten sich in der Dunkelheit, während die Schiffsmotoren sie immer weiter trugen.

Mehr konnten sie nicht verlangen. Und doch wollte sie mehr. Sie wollte alle los sein, außer ihn. Sie wollte seine Frau sein, oder unter Menschen, die keine Fragen stellen. Sie wußte, daß sie in Kairo ihre Entscheidung treffen würde. Und sie wußte, sie würde England erst dann wiedersehen, wenn Ramses es wünschte.

Vier Uhr. Ramses stand neben dem Bett. Im Schlaf war sie unbeschreiblich schön, das braune Haar ausgebreitet auf dem weißen Kopfkissen. Behutsam deckte er sie zu.

Er zog den Geldgürtel unter Mantel und Hose hervor, faßte nach den vier Phiolen, die dort sicher verwahrt waren, legte ihn wieder um die Taille, knöpfte ihn zu und zog sich rasch an.

Niemand an Deck. Aber im Salon brannte Licht. Als er durch die Ritzen der Holzläden sah, sah er Elliott, der im ledernen Ohrensessel schlief, ein offenes Buch auf den Knien und ein halbvolles Glas Wein neben sich.

Sonst sah er niemanden.

Er ging in seine Kabine, schloß die Tür ab und verriegelte die schmalen Holzläden. Dann begab er sich an seinen Schreibtisch, schaltete die Lampe mit dem grünen Schirm ein, setzte sich auf den Holzstuhl und betrachtete die Mumienhand, die vor ihm lag. Die Finger waren fast bis zur Handfläche gekrümmt und die Fingernägel erinnerten an gelbes Elfenbein.

Hatte er genügend Mut für sein Vorhaben? Hatte er in der Vergangenheit nicht genügend dieser gräßlichen Experimente durchgeführt? Aber er mußte es wissen. Er mußte wissen, wie wirksam es war. Er sagte sich, daß er auf Laboratorien und auf Ausrüstung warten mußte, daß er damit warten mußte, bis er die Chemielehrbücher gelesen und sich Fachwissen angeeignet hatte.

Aber er wollte es jetzt wissen. Im Tal der Könige hatte sich der Gedanke seiner bemächtigt, als er die Hand gesehen hatte, die ledrige, verschrumpelte Hand. Keine Fälschung. Das wußte er. Er hatte es sofort gewußt, als er das Stück Knochen untersucht hatte, das aus dem abgetrennten Handgelenk herausragte, sofort, als er das schwarze Fleisch gesehen hatte, das daran haftete.

So uralt wie er.

Er schob die Biologiebücher beiseite und legte das Ding direkt unter die Lampe. Dann wickelte er die Bandagen langsam auf. Da konnte er ganz schwach das Zeichen des Einbalsamierers sehen –

ägyptische Zeichen, die ihm verrieten, daß das Ding aus einer Dynastie vor seiner Zeit stammte. Die arme tote Seele, die an die Götter und die Hersteller von Leinenbandagen geglaubt hatte.

Tu es nicht. Und doch griff er in sein Hemd, griff in den Gürtel, holte die halbvolle Phiole heraus und machte ganz automatisch die Verschlußkappe mit dem Daumen auf.

Er goß das Elixier über das schwarze Ding. Goß es in die Handfläche und auf die steifen Finger.

Nichts.

War er erleichtert? Oder enttäuscht? Einen Augenblick lang wußte er keine Antwort. Er sah zum Fenster, wo die fahle Dämmerung hinter den Läden sichtbar wurde und schmale helle Fugen erzeugte. Vielleicht wirkte das Elixier nur in Verbindung mit dem Sonnenlicht. Dem war jedoch nicht so gewesen, als er mit der Priesterin in der Höhle gestanden hatte. Er hatte die Macht der Alchemie verspürt, bevor die Sonnenstrahlen auf ihn gefallen waren. Natürlich hatten diese die Wirkung verstärkt. Und ohne sie wäre er innerhalb weniger Tage in tiefen Schlaf versunken. Aber ganz am Anfang hatte er sie nicht gebraucht.

Er dankte den Göttern, daß es bei einem uralten toten Ding nicht wirkte. Dankte, daß das gräßliche Elixier seine Grenzen hatte.

Er zog eine Zigarre heraus und zündete sie an und sog den Rauch ein. Er goß ein wenig Brandy in ein Glas und nippte daran.

Langsam wurde das Zimmer um ihn herum hell. Er wollte wieder in Julies Armen sein. Aber bei Tage ging das nicht, das wußte er. Und tatsächlich mochte er den jungen Savarell so sehr, daß er ihm nicht absichtlich wehtun wollte. Und Elliott wollte er unter gar keinen Umständen vor den Kopf stoßen. Mit Elliott verband ihn inzwischen fast eine Freundschaft.

Als er die ersten Geräusche der anderen an Deck hörte, machte er die Phiole zu und steckte sie wieder in seinen Geldgürtel. Er stand auf und zog sich um. Dann erschreckte ihn ein Geräusch.

Die Kabine war inzwischen in rötliches Morgenlicht getaucht. Einen Augenblick wagte er nicht, sich umzudrehen. Dann hörte er es wieder, dieses Geräusch! *Ein Kratzen.*

Er spürte, wie das Blut in seinen Schläfen pochte. Schließlich wirbelte er herum und sah auf das Ding hinab. Die Hand lebte! Sie bewegte sich. Sie lag auf dem Handrücken, dann spannte sie sich, krümmte sich, wippte auf dem Tisch und kippte schließlich um wie ein großer Skarabäus auf fünf Beinen und kratzte auf der Schreibtischunterlage.

Voller Grauen wich er zurück. Sie bewegte sich auf dem Schreibtisch, tastete sich suchend vorwärts, fiel über die Kante und landete vor seinen Füßen auf dem Boden.

Ein Gebet kam ihm über die Lippen. Götter der Unterwelt, vergebt mir meine Blasphemie! Heftig zitternd beschloß er, sie aufzuheben, brachte es aber nicht über sich.

Wie ein Wahnsinniger sah er sich in der Kabine um. Das Tablett, das Tablett mit dem Essen, das immer für ihn bereit stand. Darauf lag ein Messer. Er fand es rasch, ein scharfes Tranchiermesser, packte es, durchbohrte die Hand und legte sie auf den Schreibtisch zurück. Sie wand sich und zuckte, als wollte sie selbst nach der Klinge greifen.

Mit der linken Hand drückte er sie nieder und stach immer wieder darauf ein, bis er das ledrige Fleisch und die Knochen in Stücke geschnitten hatte. Sie blutete. Bei den Göttern, die Stücke bewegten sich immer noch. Sie wurden rosa, nahmen die Farbe von gesundem Fleisch an – im immer helleren Licht des Tages.

Er eilte in das kleine Bad, holte ein Handtuch, kam zurück und sammelte alle blutigen Fetzen ein. Dann band er das Handtuch zu und bearbeitete es zuerst mit dem Messergriff und dann mit dem Fuß der Tischlampe, deren Kordel er aus der Steckdose gerissen hatte. Er spürte, wie die blutige Masse sich immer noch bewegte.

Er stand da und weinte. O Ramses, du Narr! Kennt deine Torheit keine Grenzen! Dann nahm er das Bündel an sich, wobei er nicht auf die Wärme achtete, die er durch den Stoff spürte, begab sich an Deck und schüttelte das Handtuch über dem dunklen Fluß aus.

Die blutigen kleinen Stücke waren im Handumdrehen verschwunden. Er stand schweißgebadet da und hielt das blutige Handtuch in der Linken, bis er auch dieses den dunklen Fluten überantwortete. Dann lehnte er sich an die Wand und sah zum fernen Ufer mit dem goldenen Sand und den Hügeln, die im Morgenlicht immer noch blaßviolett aussahen.

Die Jahre verrannen. Er hörte das Weinen im Palast. Er hörte seinen Hofmarschall schreien, bevor er die Tür des Thronsaals erreichte und sie aufstieß.

»Es bringt sie um, mein König. Sie würgen und erbrechen, sie erbrechen Blut.«

»Sammle alles ein, verbrenne es!« schrie er. »Jeden Baum, jede Getreideähre! Wirf alles in den Fluß.«

Torheit. Unglück.

Aber schließlich war er nur ein Mann seiner Zeit gewesen. Was hatten die Magier von Zellen und Mikroskopen und echter Arznei gewußt?

Doch er hörte immer noch die Schreie, die Schreie von Hunderten, die aus ihren Häusern stolperten und zum Versammlungsplatz vor dem Palast stürmten.

»Sie sterben, mein König. Es liegt am Fleisch. Es vergiftet sie.«

»Schlachte die restlichen Tiere.«

»Aber mein König...«

»Zerhacke sie in Stücke, hast du verstanden? Wirf sie in den Fluß!«

Jetzt sah er in die Wassertiefen hinab. Irgendwo stromaufwärts lebten die winzigen Fetzen und Stückchen der Hand immer noch. Irgendwo tief im Schlamm und Sand lebte das Getreide noch. Lebten die Fetzen der uralten Tiere noch!

Ich sage dir, es ist ein schreckliches Geheimnis. Ein Geheimnis, das das Ende der Welt bedeuten könnte.

Er ging in seine Kabine zurück, verriegelte die Tür, sank auf einen Stuhl und weinte bitterlich.

Es war Mittag, als er an Deck kam. Julie saß auf ihrem Lieblingssessel und las in dem Geschichtsbuch, das so voller Fehler war, daß er lachen mußte. Sie schrieb eine Frage an den Rand, die sie ihm selbstverständlich stellen und die er beantworten würde.

»Endlich bist du wach«, sagte sie. Als sie seinen Gesichtsausdruck sah, fragte sie: »Was ist los mit dir?«

»Ich möchte nicht mehr länger hierbleiben. Ich möchte die Pyramiden sehen und das Museum. Und dann möchte ich fort von hier.«

»Ja, ich verstehe.« Sie bedeutete ihm, sich auf den Sessel neben ihr zu setzen. »Ich möchte auch fort«, sagte sie. Sie gab ihm einen schnellen, sanften Kuß auf den Mund.

»Schön, bitte noch einmal«, sagte er. »Es tröstet mich.«

Sie küßte ihn zweimal und legte dann die warmen Finger um seinen Hals.

»Wir werden nicht länger als ein paar Tage in Kairo bleiben, das verspreche ich.«

»Ein paar Tage! Können wir nicht ein Automobil nehmen, oder noch besser, einfach mit dem Zug zur Küste fahren?«

Sie senkte den Blick und seufzte. »Ramses«, sagte sie. »Du mußt mir verzeihen. Aber Alex möchte so gern die Oper in Kairo sehen. Und Elliott auch. Ich habe ihnen mehr oder weniger versprochen, wir würden...«

Jetzt seufzte er.

»Und weißt du, ich möchte ihnen dort auf Wiedersehen sagen. Ihnen sagen, daß ich nicht nach England zurückkehre. Und..., ich brauche die Zeit.« Sie sah ihm ins Gesicht. »Bitte.«

»Gewiß«, sagte er. »Diese Oper. Ist das etwas Neues? Das ich auch sehen sollte?«

»Ja!« sagte sie. »Die Geschichte spielt in Ägypten. Aber geschrieben wurde sie vor fünfzig Jahren von einem Italiener, für das Britische Opernhaus in Kairo. Ich glaube, sie wird dir gefallen.«

»Viele Instrumente.«

»Ja.« Sie lachte. »Und viele Stimmen!«

»Gut, ich füge mich.« Er beugte sich vor und küßte sie auf die Wange, dann auf den Hals. »Und dann gehörst du mir, meine Schöne – mir allein?«

»Ja, dir allein«, flüsterte sie.

Als er es an diesem Abend vorzog, an Bord zu bleiben, anstatt in Luxor nochmals an Land zu gehen, fragte ihn der Earl nach dem Erfolg seiner Reise nach Ägypten. Ob er gefunden hatte, was er gesucht hatte.

»Ich glaube schon«, sagte er, ohne von seinem Buch aufzusehen. »Ich glaube, ich habe die Zukunft gefunden.«

Dies war ein Mameluckenhaus gewesen, eine Art Palast. Er gefiel Henry, auch er wenn nicht ganz sicher war, wer die Mamelucken genau waren, er wußte nur, daß sie einmal Herrscher Ägyptens gewesen waren.

Ihm war das egal. Im Augenblick ließ er es sich gutgehen. Seit Tagen wohnte er in diesem kleinen gemütlichen Haus, wo er so ziemlich alles hatte, was er brauchte.

Malenka bereitete ihm köstliche Speisen, nach denen ihn aus unerfindlichen Gründen gelüstete, wenn er einen Kater hatte. Sie schmeckten ihm sogar dann, wenn er sturzbetrunken war und alle anderen Speisen ihn ekelten.

Und sie versorgte ihn mit Alkohol. Sie brachte seine Gewinne in die Stadt und kam mit seinem Lieblingsgin, Scotch und Brandy zurück.

Und gewonnen hatte er in den letzten zehn Tagen, an denen er von Mittag bis zum späten Abend gespielt hatte, reichlich. Es war so einfach, diese Amerikaner zu bluffen, die alle Engländer für Memmen hielten. Auf den Franzosen mußte er aufpassen, der Hurensohn war hinterlistig. Aber er war kein Betrüger. Und er bezahlte seine Schulden, auch wenn Henry sich nicht vorstellen konnte, wo ein so übel beleumundeter Mann sein Geld her bekam.

Bei Nacht liebten sie sich in dem großen viktorianischen Bett. Sie fand es erstklassig, dieses Bett mit dem hohen Mahagonikopfteil und dem großen Moskitonetz. Sollte sie ruhig ihre kleinen Träume haben. Im Augenblick liebte er sie. Es war ihm einerlei, ob er Daisy Banker jemals wieder sah oder nicht. Tatsächlich hatte er sich mehr oder weniger entschieden, nicht nach England zurückzukehren.

Sobald Julie und ihre Eskorte eintrafen, wollte er nach Amerika. Er war sich fast sicher, daß selbst sein Vater Gefallen an der Idee finden würde, und daß er ihn dafür, daß er drüben in New York blieb oder gar in Kalifornien, belohnen würde.

San Francisco, das war eine Stadt, die ihn reizte. Man hatte sie nach dem Erdbeben fast vollständig wieder aufgebaut. Und er hatte das Gefühl, daß er dort sein Glück machen konnte, fernab von allem, was er in England verabscheute. Wenn er Malenka mitnehmen konnte, um so besser. Und da drüben in Kalifornien, wer würde sich da schon drum kümmern, ob ihre Haut dunkler war als seine?

Ihre Haut. Er liebte Malenkas Haut. Die rauchige, heiße Malenka. Er hatte dieses kleine Haus einige Male verlassen, um sie im Europäischen Club tanzen zu sehen. Gefiel ihm. Wer weiß? Vielleicht würde sie in Kalifornien berühmt werden. Selbstverständlich würde er ihr Manager sein. Das würde ein wenig Geld in die Kasse bringen, und welche Frau würde nicht gerne dieses stinkende Dreckloch von einer Stadt verlassen, um nach Amerika zu gehen? Mit Hilfe von Schallplatten, die sie selbst im britischen Sektor gekauft hatte, lernte sie bereits Englisch.

Es brachte ihn zum Lachen, wenn sie diese albernen Sätze wiederholte: »Darf ich Ihnen etwas Zucker anbieten? Darf ich Ihnen etwas Sahne anbieten?« Sie sprach auch so gut genug. Und sie konnte mit Geld umgehen. Andernfalls wäre es ihr nicht gelungen, dieses Haus zu behalten, nachdem ihr Bruder ausgezogen war.

Wichtig war nur, daß er seinen Vater überzeugte. Er mußte geschickt vorgehen. Nur darum hatte er Kairo nicht schon wieder verlassen. Sein Vater sollte glauben, er wäre immer noch bei Julie, würde sich um sie kümmern und den ganzen Rotz. Er hatte seinem Vater vor Tagen ein Telegramm mit der lächerlichen Nachricht geschickt, daß mit Julie alles in Ordnung war, und gleichzeitig um mehr Geld gebeten. Aber er würde sie doch sicher nicht nach London zurück begleiten müssen. Das war lächerlich. Er mußte sich etwas einfallen lassen. Eigentlich bestand kein Grund von hier wegzugehen. Auch am elften Tag lief alles prächtig.

Es war einige Zeit her, seit er zum letzten Mal einen Fuß vor die Tür gesetzt hatte, außer natürlich, um im Innenhof das Frühstück einzunehmen. Er mochte den Innenhof und es gefiel ihm, die Welt draußen zu vergessen. Er mochte den kleinen Teich und die Fliesen, und sogar Malenkas kreischender Papagei – ein grauer Afrikaner – war nicht ohne.

Das ganze Haus hatte etwas Üppiges und Ausladendes, das ihn ansprach. Manchmal wachte er spät in der Nacht auf, weil er am Verdursten war. Dann suchte er sich eine Flasche und setzte sich im Salon auf die Kissen und lauschte den Klängen von *Aida* auf dem Grammophon. Wenn er dann die Augen zusammenkniff, verschwammen die Farben vor seinen Augen.

So mochte er das Leben. Spielen, trinken, völlige Abgeschiedenheit. Und eine warme, weiche Frau, die sich auszog, wenn er nur mit den Fingern schnippte.

Er ließ sie auch im Haus ihr Tanzkostüm tragen. Er mochte ihren glänzenden flachen Bauch und die drallen Brüste über dem leuchtend purpurnen Satin. Er mochte die großen billigen Ohrringe, die sie trug, und ihr feines, ach so feines Haar. Er mochte es, wenn es ihr offen auf den Rücken hing, damit er eine Strähne packen und sie sanft zu sich herziehen konnte.

Sie war die perfekte Frau für ihn. Sie ließ seine Hemden waschen und seine Wäsche plätten und sorgte dafür, daß ihm der Tabak nie ausging. Sie brachte ihm Zeitungen und Zeitschriften, wenn er sie darum bat.

Aber daran lag ihm nicht mehr sehr viel. Die Außenwelt existierte nicht. Abgesehen von den Träumen von San Francisco.

Darum war er auch so erbost, als ein Telegramm überbracht wurde. Er hätte seine Adresse nicht im Shepheard Hotel hinterlassen sollen. Aber er hatte keine andere Wahl gehabt. Wie hätte er sonst das Geld bekommen sollen, das sein Vater telegrafisch hatte anweisen lassen? Oder die anderen Telegramme, die sein Vater geschickt hatte? Es war wichtig, seinen Vater nicht zu verärgern, bevor man zu einer Art Übereinkunft gelangt war.

Mit einem kalten, gemeinen Gesichtsausdruck wartete der Franzose, während Henry den Umschlag aufriß. Er stellte fest, daß das Telegramm nicht von seinem Vater kam. Es kam von Elliott.

»Verdammt«, flüsterte er. »Sie sind auf dem Weg hierher.« Er reichte es Malenka. »Laß meinen Anzug aufbügeln. Ich muß ins Hotel zurück.«

»Sie können jetzt nicht aussteigen«, sagte der Franzose.

Der Deutsche machte einen langen Zug an seiner stinkenden Zigarre. Er war noch dümmer als der Franzose.

»Wer hat gesagt, daß ich aussteigen will?« sagte Henry. Er erhöhte den Einsatz und bluffte so lange, bis keiner mehr übrig war.

Später wollte er ins Shepheard Hotel gehen und sich um ihre Zimmer kümmern. Aber schlafen wollte er dort nicht. Das konnten sie nicht von ihm verlangen.

»Mir reicht's«, sagte der Deutsche und fletschte die gelben Zähne.

Der Franzose würde noch gut und gerne bis zehn oder elf bleiben.

Kairo. Wo jetzt Kairo stand, war zur Zeit von Ramses nichts als Wüste gewesen. Irgendwo im Süden lag Saqquara; dort war er hingepilgert, um die Pyramide des ersten Königs Ägyptens anzubeten. Und selbstverständlich hatte er die großen Pyramiden der großen Vorfahren besucht.

Und heute war Kairo eine Weltstadt, die sogar noch größer war als Alexandria. Dieser britische Sektor sah in jeder Hinsicht wie ein Stadtteil von London aus; nur daß es hier heißer war als in London. Gepflasterte Straßen, fein säuberlich geschnittene Bäume. Automobile im Überfluß, die mit ihren Motoren und Hupen den Kamelen Angst machten, ebenso den Eseln und den Menschen. Das Shepheard Hotel – auch ein »tropischer« Palast mit breiten Veranden, Korbstühlen, Jalousien und ägyptischen Kunstgegenständen, die zwischen den englischen Möbeln Platz gefunden hatten. Dazwischen drängten sich dieselben reichen Touristen, die er überall gesehen hatte.

Auf einem großen Plakat vor den beiden schmiedeeisernen Fahrstühlen wurde die Oper angekündigt. *Aida*. Ein grelles, vulgäres Bild der alten Ägypter, die einander vor Palmen und Pyramiden in den Armen lagen. Und im Vordergrund ein Mann und eine Frau beim Tanz.

OPERNBALL – ERÖFFNUNG HEUTE ABEND
SHEPHEARD HOTEL

Nun, wenn es Julies Wunsch war. Er mußte gestehen, er wollte ein großes Theater sehen und ein gewaltiges Orchester hören. Es gab so vieles zu sehen! Er hatte sogar von Filmen gehört.

Aber er durfte sich in diesen letzten Tagen auf heimatlichem Boden nicht beklagen. Elliott hatte gesagt, daß es hier eine gute Bibliothek gab. Er wollte sich wissenschaftliche Bücher ausleihen und studieren, und nachts wollte er sich fortschleichen, sich vor die Sphinx stellen und zu den Seelen seiner Vorfahren sprechen.

Er glaubte nicht, daß sie wirklich da waren. Nein. Das glaubte er nicht. Selbst in alten Zeiten hatte er nie richtig an die Götter geglaubt. Das lag vielleicht daran, daß die Menschen ihn einen Gott nannten und daß soviel von seiner Lebenskraft durch Rituale verlorengegangen war. Er hatte gewußt, daß er kein Gott war.

Hätte ein Gott die Priesterin mit einem einzigen gewaltigen Hieb seiner Bronzeaxt niedergestreckt, nachdem er das Elixier getrunken hatte? Aber er war nicht mehr der Mann, der das getan hatte. Nein, denn das Leben hatte ihn immerhin gelehrt, was Grausamkeit war.

Heute betete er die moderne Wissenschaft an. Er träumte von einem Laboratorium an einem abgelegenen und sicheren Platz, wo er das Elixier in seine chemischen Bestandteile zerlegen konnte. Die Bestandteile selbst kannte er. Und er wußte auch, daß er sie heute ebenso mühelos finden konnte wie vor Jahrhunderten. Er hatte den richtigen Fisch auf dem Markt in Luxor gesehen. Er hatte die Frösche in den Marschen am Nil hüpfen sehen. Und die Pflanzen wuchsen immer noch wild in diesen Marschen.

Unglaublich fast, daß eine solche chemische Verbindung mit solch einfachen Dingen herzustellen war. Aber wer hätte das Geheimnis wissen können, wenn nicht eine alte Hexe, die die Zutaten in ihren großen Topf warf und köchelte.

Das Laboratorium mußte warten. Er und Julie mußten zuerst noch reisen. Und bevor sie reisen konnten, mußte sie Abschied nehmen. Wenn er sich vorstellte, daß sie ihrer reichen und wunderschönen Welt Lebewohl sagte, durchlief ihn ein Schauer. Doch ungeachtet seiner Ängste begehrte er sie so sehr, daß er nichts gegen die Ängste unternehmen wollte.

Dann war da noch Henry, Henry, der seit ihrer Rückkehr nicht gewagt hatte, sich zu zeigen – Henry, der das Haus einer Bauchtänzerin in der Altstadt von Kairo in eine Spielhölle verwandelt hatte.

Die Hotelangestellten hatten diese Auskunft mehr als bereitwillig gegeben. Es schien, als hätte der junge Mr. Stratford ihnen sehr wenig dafür bezahlt, daß sie nichts von seinen Ausschweifungen preisgaben.

Was aber sollte Ramses mit dieser Information anfangen, wenn Julie ihn nicht handeln ließ? Der Mann durfte auf keinen Fall am Leben bleiben. Aber er wußte nicht, wie er es anstellen sollte, damit Julie nicht noch mehr leiden mußte?

Elliott saß auf dem Bett und lehnte mit dem Rücken am geschnitzten Kopfteil. Das Moskitonetz hatte er auf beiden Seiten zurückgeschoben. Es tat gut, in einer Suite im Shepheard zu wohnen.

Die Schmerzen in seiner Hüfte waren fast unerträglich. Die langen Spaziergänge in Luxor und Abu Simbel hatten ihn viel Kraft gekostet. Er hatte Probleme beim Atmen, und sein Herz schlug schon seit Tagen ein wenig zu schnell.

Er beobachtete, wie Henry in seinem zerknitterten Leinenanzug in dem komischen Schlafzimmer im »Kolonialstil« mit seinen altmodischen, klobigen viktorianischen Möbelstücken, ägyptischen Wandbehängen und unvermeidlichen Korbstühlen auf und ab ging.

Henry hatte jetzt das Aussehen eines echten Säufers: blasse und wächserne Haut und Hände, die nicht zitterten, weil er mittlerweile ständig volltrunken war.

Jetzt war sein Glas leer, aber Elliott sah nicht die geringste Veranlassung, Walter zu bitten, nachzuschenken. Elliott ließ keinen

Zweifel mehr an seiner Abneigung. Das nuschelnde, unverständliche Gerede des Mannes stieß ihn ab.

»...keinen Grund auf der Welt, weshalb ich sie auf der Rückreise begleiten sollte. Sie kann gut auf sich allein aufpassen. Und ich habe auch nicht die Absicht, hier im Shepheard zu bleiben...«

»Warum erzählst du mir das alles?« fragte Elliott schließlich. »Schreib deinem Vater.«

»Das habe ich bereits. Ich wollte dir nur den Rat geben, ihm nicht zu sagen, daß ich hier in Kairo geblieben bin, während ihr diese dumme Reise in den Süden unternommen habt. Ich gebe dir den Rat, mir zu helfen.«

»Und warum?«

»Weil ich weiß, was du vorhast.« Henry wirbelte plötzlich herum, seine Augen funkelten. »Ich weiß, warum du hierher gekommen bist. Es hat nichts mit Julie zu tun! Du weißt, daß das Ding ein Monster ist. Es ist dir während der Reise klar geworden. Du weißt, es stimmt, was ich gesagt habe, daß es aus dem Sarg geklettert ist...«

»Deine Dummheit ist unglaublich.«

»Was sagst du da?« Henry lehnte sich über das Fußteil, als wollte er Elliott einschüchtern.

»Du hast gesehen, wie ein unsterblicher Mann aus dem Grab auferstanden ist. Warum läufst du mit eingeklemmtem Schwanz davon, du nichtswürdiger Narr?«

»Du bist der Narr, Elliott. Es ist unnatürlich. Es ist... entsetzlich. Und wenn es versucht, in meine Nähe zu kommen, werde ich erzählen, was ich weiß. Über es und über dich.«

»Du verlierst nicht nur den Verstand, sondern auch die Erinnerung. Du hast es bereits gesagt. Du warst vierundzwanzig Stunden lang das Gespött von ganz London. Das war wahrscheinlich die einzige gesellschaftliche Anerkennung, die dir jemals zuteil werden wird.«

»Du hältst dich für klug, du schäbiger adliger Bettler. Du wagst es, über mich zu spotten. Hast du unser kleines Wochenende in Paris vergessen?« Er lächelte mit verzerrtem Gesicht, hob das Glas und sah, daß es leer war. »Du hast deinen Titel für ein amerikanisches Vermögen verkauft. Du hast den Titel deines Sohnes für das Geld der Stratfords verkauft. Und jetzt jagst du diesem widerlichen Ding hinterher! Du glaubst an diese verrückte, dumme Idee vom Elixier?«

»Und du nicht?«

»Natürlich nicht.«

»Wie erklärst du dir dann, was du gesehen hast?«

Henry hielt inne. Seine Augen irrten wie im Fieber durch den Raum. »Es ist ein Trick dabei. Es gibt keinen verdammten Stoff, der Menschen unsterblich macht. Das ist Wahnsinn.«

Elliott lachte schnaubend. »Vielleicht wurde es mit Spiegeln gemacht.«

»Was?«

»Daß das Ding aus dem Sarg gekommen ist und versucht hat, dich zu erwürgen«, sagte Elliott.

Die Verachtung in Henrys Augen verwandelte sich in Haß.

»Vielleicht sollte ich meiner Cousine erzählen, daß du ihr nachspionierst, daß du das Elixier willst. Vielleicht sollte ich es dem Ding erzählen.«

»Sie weiß es. Er auch.«

Henry starrte völlig niedergeschlagen in das leere Glas.

»Geh weg«, sagte Elliott. »Geh hin, wohin du willst.«

»Sollte mein Vater mit dir Verbindung aufnehmen, hinterlaß mir eine Nachricht an der Rezeption.«

»So? Ich denke, ich soll nicht wissen, daß du bei dieser Tänzerin Malenka wohnst! Alle wissen es. Der neueste Skandal, unser Henry in Kairo, mit seinem Kartenspiel und seiner Tänzerin.«

Henry schnaubte höhnisch.

Elliott sah zu den Fenstern. Helles, weiches Sonnenlicht. Er drehte sich erst wieder um, als er hörte, wie die Tür ins Schloß fiel.

Er wartete einen Moment, dann griff er zum Telefon und wählte die Rezeption.

»Haben Sie die Adresse von Henry Stratford?«

»Er hat gebeten, daß wir sie keinem Fremden geben sollen, Sir.«

»Nun, ich bin der Earl of Rutherford und ein Freund der Familie. Bitte geben Sie sie mir.«

Er prägte sie sich ein, dankte dem Portier und legte auf. Er kannte die Straße in der Altstadt von Kairo. Sie war nur wenige Schritte vom Babylon entfernt, dem französischen Nachtclub, in dem die Tänzerin Malenka arbeitete. Er und Lawrence waren oft stundenlang in dem Club gesessen und hatten sich unterhalten, als dort noch Knaben getanzt hatten.

Er bekräftigte seinen Schwur: Bevor sie Abschied nahmen, würde er von Ramsey erfahren, was sich in dem Grab mit Lawrence zugetragen hatte.

Nichts konnte ihn davon abbringen, keine Feigheit und keine Träume von dem Elixier. Er mußte wissen, was Henry getan hatte.

Die Tür ging leise auf. Das mußte sein Diener Walter sein, der einzige, der ohne anzuklopfen eintreten würde.

»Hübsche Zimmer, Mylord?« Zu höflich. Er hatte den Streit mitgehört. Er machte sich nützlich, staubte den Nachttisch ab, rückte den Lampenschirm zurecht.

»Ja, sie sind schön, Walter. Und mein Sohn, wo ist er?«

»Unten, Mylord, und dürfte ich Ihnen ein kleines Geheimnis anvertrauen?«

Walter beugte sich über das Bett und hielt die Hand an den Mund, als befänden sie sich mitten unter Menschen und nicht in einem verlassenen Schlafzimmer, an das ein ebenso verlassener Salon grenzte.

»Er hat unten ein nettes Mädchen kennengelernt, eine Amerikanerin. Heißt Barrington, Mylord. Reiche Familie aus New York. Der Vater ist im Eisenbahngeschäft.«

Elliott lächelte. »Und woher wissen Sie das alles?«

Walter lachte. Er entfernte die Kippe aus dem Aschenbecher, die ausgegangen war, weil Elliott so schlimme Lungenschmerzen hatte, daß er sie nicht rauchen konnte.

»Rita hat es mir gesagt, Mylord. Sie hat ihn keine Stunde nach unserer Ankunft gesehen. Und er ist jetzt gerade bei Miss Barrington und macht mit ihr einen kleinen Spaziergang durch den Hotelgarten.«

»Also, wäre das nicht reizend, Walter«, sagte Elliott kopfschüttelnd, »wenn unser Alex eine amerikanische Erbin heiraten würde.«

»Ja, Mylord, das wäre gewiß reizend«, sagte Walter. »Was den anderen betrifft, möchten Sie dieselben Vorkehrungen wie bisher?« Walter legte erneut ein höchst verschwörerisches Gebaren an den Tag. »Daß jemand ihm folgt?«

Er meinte natürlich Ramses. Er spielte darauf an, daß Elliott in Alexandria einen Jungen bezahlt hatte, der Ramses beobachtete.

»Wenn es sich unauffällig machen läßt«, sagte Elliott. »Er muß Tag und Nacht beobachtet werden und man soll mir melden, wohin er geht und was er macht.«

Er gab Walter ein Bündel Banknoten, die Walter unverzüglich in die Tasche steckte. Dann ging er hinaus und machte die Tür hinter sich zu.

Elliott versuchte, tief Luft zu holen, aber die Schmerzen in seiner Brust ließen es nicht zu. Leise machte er einen flachen Atemzug nach dem anderen. Er sah zu den weißen Vorhängen, die sich am offenen Fenster bauschten. Er konnte das Treiben und den Lärm der Stadt draußen hören. Er dachte darüber nach, wie sinnlos alles war – Ramses in der Hoffnung zu folgen, irgend etwas über das Elixier zu erfahren.

Wirklich absurd. Ein bißchen Mantel-und-Degen-Mentalität, die Elliotts Besessenheit nur noch weiter anstachelte. Es bestand jetzt kein Zweifel mehr daran, wer Ramses war. Falls er das Elixier mit sich führte, trug er es ohne Zweifel am Leibe.

Elliott schämte sich. Aber das war unwichtig. Wichtiger war nur das Geheimnis, zu dem er keinen Zugang hatte. Er konnte ebenso gut zu dem Mann gehen und ihn darum bitten. Er dachte daran, Walter zurückzurufen und ihm zu sagen, daß alles Narretei war. Aber im Grunde seines Herzens wußte er, er würde noch einmal versuchen Ramses Zimmer zu durchsuchen. Außerdem konnte ihm vielleicht der Junge, der ihm folgte, einiges über die Gewohnheiten von Ramses sagen.

Immerhin lenkten ihn diese Gedanken von seinen Schmerzen in Brust und Hüfte ab. Er machte die Augen zu und sah wieder die gewaltigen Statuen von Abu Simbel. Plötzlich schien ihm, als wäre dies das letzte große Abenteuer seines Lebens und ihm wurde klar, daß er nichts bedauerte, daß allein dieses Abenteuer schon eine unschätzbar kostbare Gabe war.

Und wer weiß, lachte er leise in sich hinein. Vielleicht findet Alex eine amerikanische Erbin.

Wie reizend sie war, und wie sehr ihm ihre Stimme und das göttliche Funkeln in den Augen gefielen, denn göttlich war es. Und wie sie ihn leicht mit dem Finger berührte, wenn sie lachte. Und was für einen hübschen Namen sie hatte, Miss Charlotte Whitney Barrington.

»Und dann wollten wir eigentlich nach London reisen, aber man hat uns gesagt, dort sei es um diese Jahreszeit schrecklich kalt und so düster mit dem Tower von London und so, wo sie Anne Boleyn den Kopf abgeschlagen haben.«

»Wenn ich es Ihnen zeigen würde, wäre es das nicht!« sagte er.

»Wann fahren Sie denn nach Hause? Sie bleiben zur Oper, oder nicht? Man hat den Eindruck, alle hier sprechen nur noch davon. Eigentlich komisch, wissen Sie, bis nach Ägypten zu reisen, um eine Oper zu sehen.«

»Aber es ist *Aida*, meine Teuerste.«

»Ich weiß, ich weiß...«

»Ja, wir gehen hin, es ist schon alles arrangiert. Sie sind doch sicherlich auch dort. Und was ist mit dem Ball danach?«

Welch ein bewundernswertes Lächeln. »Ja, wissen Sie, bei dem Ball war ich mir nicht sicher. Ich wollte eigentlich nicht mit Vater und Mutter gehen...«

»Vielleicht gehen Sie dann mit mir.«

Was für hübsche weiße Zähne sie hatte.

»Es wäre mir ein Vergnügen, Lord Rutherford.«

»Bitte nennen Sie mich Alex, Miss Barrington. Lord Rutherford ist mein Vater.«

»Aber Sie sind selbst ein Vicomte«, sagte sie mit verblüffender amerikanischer Offenheit und demselben spitzbübischen Lächeln. »Das hat man mir gesagt.«

»Ja, das stimmt. Genauer gesagt, Vicomte Summerfield...«

»Was *ist* denn ein Vicomte?« fragte sie.

So hübsche Augen, und wie sie lachte, wenn sie ihn ansah. Plötzlich war er nicht mehr wütend auf Henry, weil dieser sich bei dieser Tänzerin Malenka eingenistet hatte. Es war besser, daß Henry völlig von der Bildfläche verschwunden war, mit seinem Spielen und Trinken, statt in den öffentlichen Sälen des Hotels herumzuhängen. Er war gespannt, was Julie von Miss Barrington halten würde. Was er von ihr hielt, das wußte er.

Mittag. Der Speisesaal. Ramses lehnte sich lachend zurück.

»Nein, ich bestehe darauf. Nimm Messer und Gabel«, sagte Julie. »Versuch es.«

»Julie, es ist nicht so, daß ich es nicht könnte! Es erscheint mir nur barbarisch, sich das Essen mit Silberzeug in den Mund zu schaufeln!«

»Ja, leider weißt du, wie schön du bist und daß du alle bezaubern kannst.«

»Ich habe im Laufe der Jahrhunderte ein wenig Takt gelernt.« Er hob die Gabel auf und hielt den Griff absichtlich mit der Faust.

»Bitte hör damit auf«, flüsterte sie.

Er lachte. Er legte die Gabel weg und nahm wieder ein Stückchen Huhn mit den Fingern. Sie hielt seine Hand fest.

»Ramses, bitte iß anständig.«

»Liebster Darling«, sagte er, »ich esse so wie schon Adam und Eva, Osiris und Isis, Moses, Aristoteles und Alexander gegessen haben.«

Sie brach in heftiges Lachen aus. Er stahl ihr rasch einen Kuß. Doch dann wurde sein Gesicht finster.

»Was ist mit deinem Cousin?« flüsterte er.

Darauf war sie nicht vorbereitet. »Müssen wir von ihm sprechen?«

»Sollen wir ihn hier in Kairo zurücklassen? Soll der Mord an deinem Vater ungerächt bleiben?«

Tränen traten ihr wieder in die Augen. Sie kramte wütend in der Handtasche nach dem Taschentuch. Sie hatte Henry seit ihrer Rückkehr nicht gesehen, und sie wollte ihn auch nicht sehen. In ihrem Brief an Randolph hatte sie ihn nicht erwähnt. Und es war vornehmlich der Gedanke an ihren Onkel, der sie jetzt zum Weinen brachte.

»Laß mich diese Last tragen«, flüsterte Ramses. »Ich trage sie mühelos. Laß der Gerechtigkeit ihren Lauf.«

Plötzlich legte sie ihm eine Hand auf die Lippen.

»Nicht mehr«, sagte sie. »Jetzt nicht.«

Er sah über ihre Schulter. Er seufzte und drückte ihre Hand. »Es scheint, als wäre die Museumsgruppe hier«, sagte er. »Und wir sollten Elliott nicht zu lange stehen lassen.«

Plötzlich war Alex neben ihr und gab ihr einen leichten Schmatz auf die Wange. Wie keusch. Sie wischte sich rasch die Nase und wandte sich ab, damit er ihr gerötetes Gesicht nicht sah.

»Nun, sind wir alle bereit?« fragte Alex. »Unser privater Führer trifft sich in fünfzehn Minuten im Museum mit uns. Ach, und ehe ich's vergesse, für die Oper ist alles arrangiert. Logenplätze und selbstverständlich Karten für den Ball danach. Und Ramsey, alter Freund, wenn ich das sagen darf, ich werde an diesem Abend nicht mit Ihnen um Julies Gunst buhlen.«

Julie nickte. »Schon verliebt«, sagte sie spöttisch flüsternd. Sie ließ sich von Alex hoch helfen. »Eine Miss Barrington.«

»Bitte, Darling, sag mir deine Meinung. Sie begleitet uns ins Museum.«

»Sputen wir uns«, sagte Ramses. »Ihrem Vater geht es nicht gut. Es überrascht mich, daß er nicht hier bleibt.«

»Großer Gott, wissen Sie nicht, was das Museum von Kairo den Menschen bedeutet?« sagte Alex. »Und dabei ist es der staubigste, schmutzigste Ort, den ich jemals...«

»Alex, bitte, wir werden gleich die größte Sammlung ägyptischer Kunstschätze sehen.«

»Die letzte Prüfung«, sagte Ramses und nahm Julies Arm. »Und alle Könige befinden sich in einem Raum? Das hast du mir doch gesagt?«

»Bei allen guten Geistern, man sollte meinen, daß Sie schon einmal dort gewesen sind«, sagte Alex. »Sie sind so ein Rätsel, guter Mann...«

»Geben Sie es auf«, flüsterte Ramses.

Aber Alex hörte ihn kaum. Er bat Julie flüsternd, ihm ihre ehrliche Meinung über Miss Barrington zu sagen. Und Miss Barrington war die blonde Frau mit den rosigen Wangen, die bei Elliott und Samir in der Halle stand. Offensichtlich ein hübsches Ding.

»Wie kommt das«, flüsterte Julie, »daß du meine Zustimmung brauchst?«

»Pssst, da ist sie. Bei Vater. Sie kommen prima miteinander aus.«

»Alex, sie ist wirklich bezaubernd.«

Sie schlenderten durch die weiten, staubigen Säle im ersten Stock des Museums und lauschten dem Führer, der trotz seines starken ägyptischen Akzents ziemlich schnell sprach. Wertvolle Schätze im Überfluß, daran bestand kein Zweifel. Alles Beutestücke aus den Gräbern, Gegenstände, von denen er zu seiner Zeit nicht einmal zu träumen gewagt hätte. Und hier konnte alle Welt sie sehen, zwar unter staubigem Glas und in trübem Licht, aber dennoch vor der Zeit und dem Verfall geschützt.

Er betrachtete die Statue des glücklichen Schreibers – eine kleine Gestalt im Schneidersitz, mit einem Papyrus auf dem Schoß, deren Augen erwartungsvoll nach oben gerichtet waren. Sie hätte ihn zu Tränen rühren müssen, aber er verspürte lediglich eine unbestimmte Freude darüber, daß er gekommen war und bald wieder gehen konnte.

Schließlich gingen sie die breite Treppe hinauf. Der Saal der Könige, die Prüfung, vor der ihm graute. Er spürte Samir an seiner Seite.

»Weshalb ersparen Sie sich dies grausige Vergnügen nicht, Sire? Denn sie sind alle gräßlich anzusehen.«

»Nein, Samir, laß mich alles bis zum Ende sehen.«

Er lachte fast, als ihm klar wurde, worum es sich handelte – eine große Kammer mit Glaskästen wie die Schaukästen in den Warenhäusern, wo Waren vor tastenden Fingern geschützt wurden.

Dennoch versetzten ihm die schwarzen, grinsenden Leichen einen dumpfen Schock. Ihm schien, als wäre der Führer weit weg, und doch waren die Worte deutlich:

»Die Mumie von Ramses dem Verdammten, die sich jetzt in England befindet, ist immer noch ein umstrittener Fund. Sehr umstritten. Dies hier ist der wahre Ramses der Zweite, unmittelbar vor Ihnen, auch als Ramses der Große bekannt.«

Er ging näher hin und betrachtete das hagere, gräßliche Ding, das seinen Namen trug.

»...Ramses der Zweite, größter aller ägyptischen Pharaos.«

Er lächelte fast, während er die ausgetrockneten Gliedmaßen betrachtete, doch dann fiel ihm die Wahrheit ein, die sich wie ein körperlicher Druck auf seine Brust legte: Wäre er nicht mit der bösen alten Priesterin in die Höhle gegangen, läge er jetzt wahrhaftig in diesem Kasten. Oder das, was von ihm übrig wäre. Und der Gedanke, daß er gestorben wäre, ohne soviel zu wissen, ohne sich je darüber klar geworden zu sein...

Lärm. Julie hatte etwas gesagt, aber er hatte es nicht gehört. Ein dumpfes Dröhnen war in seinem Kopf. Plötzlich sah er sie alle, diese gräßlichen Leichen gleich verbrannten Dingen aus einem Ofen. Er sah das schmutzige Glas, sah die Touristen, die hierher und dorthin drängten.

Er hörte Kleopatras Stimme. *Als du ihn sterben ließest, ließest du mich sterben! Ich will bei ihm sein. Nimm es weg, ich werde es nicht trinken.*

Setzten sie sich wieder in Bewegung? Hatte Samir gesagt, es wäre Zeit zu gehen? Er wandte den Blick langsam von dem furchtbaren, eingefallenen Gesicht ab und bemerkte Elliott, der ihn mit einem seltsamen Gesichtsausdruck musterte. Was war es? Verstehen.

Aber wie kannst du verstehen? Ich verstehe es selbst kaum.

»Gehen wir, Sire.«

Er ließ zu, daß Samir seine Hand ergriff und ihn in Richtung Tür führte. Ihm schien, als hätte Miss Barrington über etwas gelacht, das Alex ihr ins Ohr geflüstert hatte. Und das Geplapper der französischen Touristen in der Nähe war fürchterlich. Was für eine häßliche Sprache.

Er drehte sich um und betrachtete nochmals die Glaskästen. Ja, geh fort von hier. Warum nehmen wir diesen Korridor zum hinteren Teil des Gebäudes? Wir haben doch sicher schon alles gesehen. Die Träume und die Leidenschaft eines Volkes, begraben in einem großen und staubigen Mausoleum, wo junge Mädchen lachen, und das zurecht.

Der Führer war am Ende des Saals stehengeblieben. Was jetzt? Noch ein Leichnam unter Glas, aber wie sollte den jemand in der

Dunkelheit erkennen können? Nur trübes Sonnenlicht fiel durch die staubigen Fenster oben ein.

»Diese unbekannte Frau... ein eigentümliches Beispiel natürlicher Erhaltung.«

»Wir können hier nicht rauchen, oder?« flüsterte er Samir zu.

»Nein, Sire, aber wir können uns sicher davonschleichen. Wir können draußen auf die anderen warten, wenn Sie es wünschen...«

»...zusammengewirkt, um den Leichnam dieser unbekannten Frau auf natürliche Weise zu erhalten.«

»Gehen wir«, sagte er. Er legte Samir eine Hand auf die Schulter. Aber er mußte es Julie sagen, damit sie nicht erschrak. Er ging nach vorne, zupfte sie sacht am Ärmel und betrachtete dabei den Leichnam im Glaskasten.

Sein Herz setzte aus.

»...obwohl die meisten Bandagen vor langer Zeit weggerissen worden sind – zweifellos auf der Suche nach Wertgegenständen –, wurde der Körper der jungen Frau vom Schlamm des Deltas perfekt erhalten, genau wie bei Leichen, die in den nördlichen Mooren gefunden wurden...«

Lockiges Haar, langer, schlanker Hals, sanft gekrümmte Schultern! Und das Gesicht, das Gesicht! Einen Augenblick traute er seinen Augen nicht!

Die Stimme dröhnte in seinem Kopf: »Unbekannte Frau... ptolemäische Periode... griechisch-romanisch. Aber beachten Sie das ägyptische Profil. Die wohlgeformten Lippen...«

Miss Barringtons schrilles Lachen traf ihn wie ein Messer.

Er stapfte nach vorne. Er hatte Miss Barringtons Arm gestreift. Alex sagte etwas zu ihm und nannte dabei seinen Namen. Der Führer sah auf.

Er sah durch das Glas. *Ihr Gesicht! Sie* war es – die weichen Bandagen hatten sich um ihr Fleisch gelegt, ihre nackten Hände waren anmutig gefaltet, die Füße bloß, die Stoffetzen lose an den Knöcheln. Alles schwarz, schwarz wie der Schlamm des Deltas, der sie umhüllt hatte, sie erhalten hatte.

»Ramses, was ist denn!«

»Sir, ist Ihnen schlecht?«

Sie sprachen von allen Seiten auf ihn ein. Sie hatten ihn umzingelt. Plötzlich zog ihn jemand weg, und er drehte sich wütend um.

»Nein, laßt mich los.«

Er hörte, wie das Glas neben ihm zerbrach. Eine Sirene erklang, die an eine kreischende Frau erinnerte.

Sieh ihre geschlossenen Augen an. Sie ist es! Sie ist es. Er brauchte keine Ringe, keinen Schmuck, keinen Namen, um das zu wissen. Sie ist es.

Bewaffnete Männer waren gekommen. Julie flehte. Miss Barrington hatte Angst. Alex versuchte, sich Gehör zu verschaffen.

»Ich kann euch jetzt nicht hören. Ich kann überhaupt nichts hören. Sie ist es. Anonyme Frau.« Sie, die letzte Königin von Ägypten.

Wieder schüttelte er die Hand auf seinem Arm ab. Er kauerte über dem schmutzigen Glas. Er wollte es zertrümmern. Ihre Beine kaum mehr als Knochen, die Finger der rechten Hand fast zum Skelett vertrocknet. Aber das Gesicht, das wunderschöne Gesicht. Meine Kleopatra.

Schließlich ließ er sich wegführen. Julie hatte ihm Fragen gestellt. Er hatte keine Antwort gegeben. Sie hatte den Schaden am Kasten bezahlt, ein kleiner Schaukasten mit Juwelen, der umgestürzt war. Er wollte sagen, daß es ihm leid tat.

Er konnte sich an nichts sonst erinnern. Nur an sie, an ihr Gesicht und an ihren Körper – ein aus der schwarzen Erde geschaffenes Ding, das auf das nackte, polierte Holz des Schaukastens gelegt worden war, die Leinenbandagen zerknittert. Und ihr Haar, ihr dichtes, lockiges Haar. Herrje, die ganze Gestalt hatte im trüben Licht fast geglänzt.

Julie sprach zu ihm. Das Licht im Zimmer im Shepheard Hotel war gedämpft. Er wollte antworten, konnte aber nicht. Und dann kam diese andere Erinnerung. Der seltsame Augenblick, als er sich in der Verwirrung und dem Durcheinander umgedreht und Elliott gesehen hatte, der ihn mit diesen traurigen grauen Augen ansah.

Oscar eilte Mr. Hancock und den beiden Herrn von Scotland Yard hinterher, die schnurstracks durch die beiden Salons ins Ägyptische Zimmer gingen. Er hätte sie gar nicht erst ins Haus einlassen dürfen. Sie hatten kein Recht, in dieses Haus zu kommen. Und jetzt marschierten sie geradewegs auf den Sarg der Mumie zu.

»Aber Miss Julie wird wütend sein, Sir. Dies ist ihr Haus, Sir. Und Sie dürfen das nicht berühren, Sir, denn es ist Mr. Lawrences Fund.«

Hancock betrachtete die fünf Kleopatra-Goldmünzen in ihrem Schaukasten.

»Aber die Münzen hätten in Kairo gestohlen worden sein können, Sir. Bevor die Sammlung katalogisiert wurde.«

»Ja, natürlich, Sie haben völlig recht«, sagte Hancock. Er drehte sich um und sah den Sarg an.

Julie füllte sein Glas mit Wein. Er sah ihn nur an.

»Möchtest du nicht versuchen, es zu erklären?« flüsterte sie. »Du hast sie erkannt. Du kanntest sie. Das muß es sein.«

Stundenlang hatte er schweigend dagesessen. Die spätnachmittägliche Sonne brannte durch die Vorhänge. Der Ventilator an der Decke drehte sich langsam und gleichmäßig und gab ein dumpfes Summen von sich.

Sie wollte nicht wieder weinen.

»Aber es kann nicht sein...« Nein. Sie brachte es nicht fertig, es auch nur anzudeuten. Und doch mußte sie wieder an die Frau denken, an die goldene Tiara auf ihrem Haar, die jetzt schwarz und glänzend war wie alles an ihr. »Es ist unmöglich, daß sie es ist.«

Langsam drehte sich Ramses um und sah sie an. Seine funkelnden blauen Augen waren hart.

»Unmöglich!« Seine Stimme klang leise, heiser, war kaum mehr als ein gequältes Flüstern. »Unmöglich! Ihr habt Tausende der ägyptischen Toten ausgegraben. Ihr habt ihre Pyramiden geplündert, ihre Wüstengräber, ihre Katakomben. Was ist unmöglich!«

»O mein Gott.« Tränen flossen ihre Wangen hinab.

»Mumien gestohlen, verkauft, Handel getrieben«, sagte er. »Wurde in diesem Land je ein Mann, eine Frau, ein Kind begraben, deren Leichnam nicht entweiht wurden, wenn nicht gar zur Schau gestellt oder verstümmelt? Was ist unmöglich!«

Einen Augenblick schien es, als würde er die Beherrschung verlieren, aber dann verstummte er und sah sie schweigend an. Und dann wurden seine Augen trüb, als nähme er sie gar nicht wahr. Er lehnte sich auf dem kleinen Sessel zurück.

»Wir müssen nicht mehr lange in Kairo bleiben, wenn du nicht willst...«

Wieder drehte er sich langsam um und sah sie an. Es war, als würde er aus einer Benommenheit erwachen, als hätte er nicht gerade eben mit ihr gesprochen.

»Nein!« sagte er. »Wir können nicht aufbrechen. Nicht jetzt. Ich will nicht fort...«

Und dann versagte seine Stimme, als wäre ihm soeben klar geworden, was er gesagt hatte. Er stand auf, ging langsam aus dem Zimmer, ohne sie auch nur anzusehen.

Die Tür fiel hinter ihm ins Schloß. Als sie seine Schritte auf dem Flur hörte, fing sie wieder an zu weinen.

Was sollte sie tun? Wie konnte sie ihn trösten? Wenn sie ihren ganzen Einfluß geltend machte, konnte sie dann erreichen, daß der Leichnam im Museum nicht mehr zur Schau gestellt wurde und ordentlich beerdigt wurde? Unwahrscheinlich. Man würde ihre Bitte für launisch und albern halten. Schließlich waren zahllose königliche Mumien ausgestellt!

Und selbst wenn sie so etwas fertig brächte, würde es doch jetzt nicht mehr helfen. Allein der Anblick des Dings, nicht seine Entweihung, hatte ihn so sehr mitgenommen.

Die beiden Beamten von Scotland Yard beobachteten den Mann vom Britischen Museum voller Unbehagen.

»Wir sollten jetzt gehen, Sir. Wir haben keinen Auftrag, den Sarg der Mumie zu öffnen. Wir sind hergekommen, um die Münzen zu überprüfen, und das haben wir getan.«

»Unsinn«, sagte Hancock. »Wir sollten, da wir einen Durchsuchungsbefehl haben, alles überprüfen. Wir wollten uns vergewissern, daß die Sammlung unversehrt ist. Ich möchte mich vergewissern, daß die Mumie in Ordnung ist.«

»Aber Sir«, mischte sich Oscar ein.

»Bitte kein Wort mehr, guter Mann. Ihre Herrin ist nach Kairo verschwunden und hat diesen wertvollen Schatz hier zurückgelassen. Sie haben auch keine Erlaubnis von uns.« Er wandte sich den beiden Gesetzeshütern zu. »Machen Sie das Ding auf«, sagte er scharf.

»Das gefällt mir nicht, Sir. Wirklich nicht«, sagte Trent.

Hancock drängte sich an ihm vorbei und hob den Deckel selbst hoch, noch ehe die beiden anderen Männer ihn daran hindern konnten. Galton versuchte, seiner habhaft zu werden, ehe der Deckel auf den Boden fiel. Oscar stöhnte.

Drinnen stand die Mumie, verschrumpelt, schwarz.

»Was, zum Teufel, geht hier vor!« tobte Hancock.

»Was meinen Sie, Sir?« wollte Trent wissen.

»Alles kommt sofort ins Museum.«

»Aber Sir.«

»Das ist nicht dieselbe Mumie, Sie Narr. Die stammt aus einem Antiquitätengeschäft in London! Ich habe sie selbst dort gesehen. Man hat sie mir zum Kauf angeboten. Der Teufel soll diese Frau holen! Sie hat den Fund des Jahrhunderts gestohlen!«

Es war weit nach Mitternacht. Nirgendwo war mehr Musik zu hören. Kairo schlief.

Elliott ging allein im Innenhof zwischen den beiden Gebäudeflügeln des Shepheard Hotels spazieren. Sein linkes Bein wurde allmählich gefühllos, aber er achtete nicht darauf. Ab und zu sah er zu der Gestalt hinauf, die in der Suite oben auf und ab ging, ein Schatten, der sich hinter den heruntergelassenen Jalousien bewegte. Ramsey.

Samirs Zimmer war dunkel. Julie hatte vor einer Stunde das Licht gelöscht. Alex war schon lange zu Bett gegangen. Er machte sich Sorgen wegen Ramsey und fragte sich, ob Julie sich möglicherweise in einen Irren verliebt hatte.

Die Gestalt blieb stehen. Sie kam zum Fenster. Elliott blieb in der Dunkelheit stehen und rührte sich nicht. Er beobachtete, wie Ramsey zum Himmel aufsah, den Sternen, die sich wie ein Netz über den Dächern spannten.

Dann verschwand die Gestalt.

Elliott drehte sich um und hinkte unbeholfen zur Tür der Halle. Er hatte gerade das Foyer hinter der Rezeption erreicht, als er Ramsey die große Treppe herunterkommen und zur Tür gehen sah – sein dichtes braunes Haar war ungekämmt und verfilzt.

Ich bin verrückt, dachte Elliott. Ich bin verrückter als er es jemals gewesen ist.

Er hielt den Gehstock fester und folgte ihm. Als er zur Tür heraus kam, sah er, wie die dunkle Gestalt weiter vorne über den Platz ging. Die Schmerzen in seinem Knie waren mittlerweile so schlimm, daß er die Zähne zusammenbeißen mußte, aber er ging weiter.

Innerhalb weniger Minuten hatte Ramsey das Museum erreicht. Elliott beobachtete ihn, wie er sich vom Haupteingang abwandte und langsam zur rechten Seite des Gebäudes ging, wo Licht hinter einem Fenster brannte.

Das gelbe Licht drang aus dem kleinen rückwärtigen Alkoven. Der Wachmann hing zusammengesunken auf seinem Stuhl und schnarchte selig. Die Hintertür stand offen.

Elliott betrat das Museum. Rasch ging er durch die leeren Kammern des Erdgeschosses, an großen Göttern und Göttinnen vorbei. Schließlich kam er zur breiten Treppe. Er umklammerte das Geländer und zog sich Stufe für Stufe hinauf, bemüht, das Gewicht nicht auf das verletzte Bein zu verlagern und im düsteren Halbdunkel möglichst wenig Lärm zu machen.

Graues, trübes Licht erhellte den Gang. Das Fenster am anderen Ende war kaum zu erkennen. Und da stand Ramsey neben dem langen, flachen Schaukasten, in dem der Leichnam der toten Frau in ihren versteinerten Lumpen wie schwarze Kohle glänzte. Ramsey neigte den Kopf wie ein Mann beim Gebet.

Es schien, als flüsterte er etwas in der Dunkelheit. Oder weinte er? Sein Profil war deutlich zu erkennen, ebenso wie die Bewegung seiner Hand, als er in den Mantel griff und etwas herausholte, das im Schatten funkelte.

Eine Glasphiole mit einer leuchtenden Flüssigkeit.

Lieber Gott, das kann doch nicht sein Ernst sein. Was ist das für eine Flüssigkeit, daß er es auch nur versuchen will. Fast hätte Elliott geschrien. Beinahe wäre er zu Ramsey gelaufen und hätte ihm die Hand festgehalten. Aber als Ramsey die Phiole öffnete und Elliott das leise Knirschen des Metalldeckels hörte, wich er auf die andere Seite des Flurs zurück und versteckte sich hinter einer hohen Glasvitrine.

Es war unverkennbar, daß die ferne Gestalt litt, während sie mit der offenen Phiole in der einen Hand über dem Schaukasten stand und sich mit der anderen das Haar aus der Stirn strich.

Doch dann drehte Ramsey sich um und ging den Flur entlang auf Elliott zu, ohne ihn jedoch zu sehen. Irgend etwas veränderte sich im Licht. Es waren die ersten zögernden Sonnenstrahlen, eine dumpfe stahlgraue Strahlung. Ein sanfter grauer Schimmer hatte sich jetzt auf sämtliche Glaskästen und Vitrinen in dem langen Flur gelegt.

Ramsey drehte sich um. Elliott hörte ihn seufzen. Er spürte seine Qual. Aber das ist Wahnsinn; unmöglich.

Hilflos mußte er mitansehen, wie sich Ramsey erneut dem Glaskasten näherte und den leichten Holzrahmen des Deckels aufbrach, den er behutsam zurückklappte wie den Einband eines Buches.

Plötzlich holte er die Phiole wieder hervor. Die leuchtende weiße Flüssigkeit perlte in Tropfen an dem Leichnam hinab, während Ramses die Phiole hin- und herschwenkte.

»Es kann nicht sein, es kann unmöglich wirken«, flüsterte Elliott halblaut. Er merkte, daß er sich noch fester an die Wand drückte, während er durch die Glasscheiben der Vitrine sah.

Ein Zischen ertönte in der Dunkelheit. Elliott stieß ein leises Stöhnen aus. Ramsey taumelte rückwärts und drückte sich an die Wand. Die Phiole fiel ihm aus der Hand und rollte über den Steinboden, ein kleiner Rest der Flüssigkeit glänzte noch in ihr. Ramsey starrte auf das Ding vor sich hinab.

Es war, als bewegte sich die dunkle Masse im langen, schmalen Bett des Schaukastens. Elliott sah es. Er vernahm ein leises, rauhes Geräusch, ein Atmen.

Großer Gott, Mann, was hast du getan! Was hast du geweckt!

Das Holz des Sargs quietschte laut, die dünnen Holzbeine schienen zu beben. Das Ding im Inneren regte sich, erhob sich.

Ramsey wich in den Flur zurück. Ein gedämpfter Schrei entrang sich seinen Lippen. Jetzt sah Elliott, wie die Gestalt sich aufrichtete. Das Holzgehäuse barst und fiel auseinander, der Lärm hallte laut durch das Museum. Das Ding stand auf den Füßen! Sein dichtes schwarzes Haar fiel wie dicker Rauch über die Schultern. Die schwarze Haut wurde heller und heller. Das Wesen gab ein gräßliches Stöhnen von sich. Es hob die Skeletthände.

Ramsey wich zurück. Er stieß ein verzweifeltes Gebet aus, voll alter ägyptischer Namen für die Götter. Elliott drückte eine Hand auf den Mund.

Die Gestalt, deren bloße Füße über den Boden schlurften, kam nach vorne, senkte die Arme und streckte sie Ramsey entgegen.

Seine großen, glotzenden Augen leuchteten, die Lider waren weggefressen, das Haar wurde dichter und lockte sich, während es glänzend und schwarz über die knochigen Schultern fiel.

Aber großer Gott, was waren das für weiße Flecken überall an dem Körper? Das waren die Knochen des Dings, die bloßgelegten Knochen. Das Fleisch war weggerissen worden, und das womöglich schon vor Hunderten von Jahren! Bloße Knochen waren im linken Bein zu sehen, bloße Knochen im rechten Fuß, bloße Knochen in den Fingern, die sich jetzt bemühten, Ramsey zu greifen.

Es ist verstümmelt. Du hast ein Ding erweckt, das verstümmelt ist.

Das Licht, das durch das Fenster fiel, wurde heller. Die ersten deutlichen Strahlen drangen durch die aschefarbene Düsternis. Während Ramsey weiter zurückwich und zum Treppengeländer am anderen Ende stolpernd an Elliott vorbei kam, schleppte sich das Ding ebenfalls vorwärts und wurde immer schneller, bis es das Sonnenlicht erreicht hatte.

Und dort streckte es die Arme in die Höhe, als wollte es das Sonnenlicht greifen, und sein stöhnender Atem ging jetzt schnell und verzweifelt.

Das verschrumpelte Fleisch der Hände war jetzt bronzefarben. Auch das Gesicht war bronzefarben, wurde jedoch, je mehr Sonne darauf fiel, heller und menschlicher.

Es drehte sich um und wippte auf den Füßen, als wollte es das Licht trinken. Blut quoll langsam aus den schrecklichen Wunden, aus denen die Knochen herausragten.

Elliott machte die Augen zu. Einen Moment lang war er der Ohnmacht nahe. Von irgendwoher drang Lärm an sein Ohr. Eine Tür wurde irgendwo in dem riesigen Gebäude zugeschlagen.

Er machte die Augen auf und sah, wie das Ding sich immer näher heranschleppte. Als er über die Schulter sah, erblickte er Ramses, der sich am Treppengeländer festklammerte und es mit unverhohlenem Entsetzen anstarrte.

Gott im Himmel, treib es zurück. Elliott spürte das Brennen in der Brust, die vertraute Beklemmung. Die Schmerzen in seinem linken Arm wurden unerträglich, er umklammerte mit aller Kraft den silbernen Gehstock. Er zwang sich, aufrecht stehenzubleiben und langsam und tief durchzuatmen.

Die knöcherne Gestalt wurde fülliger. Die Haut hatte inzwischen dieselbe Farbe wie Elliotts Haut, und das Haar war so dicht, daß es die Schultern völlig bedeckte. Und die Kleidung – selbst die Kleidung hatte sich verändert. An den Stellen, die das Elixier benetzt hatten, sah man wieder weißes Leinen. Die Kreatur stöhnte und fletschte die weißen Zähne. Ihre Brust hob und senkte sich. Brüchiges Leinen fiel von der Gestalt ab und verfing sich zwischen den vorwärts schlurfenden Beinen.

Die Augen waren auf den Mann am Ende des Flurs gerichtet. Es atmete keuchend. Der Mund wurde zur Grimasse.

Wieder hörte er irgendwo Lärm. Den schrillen Ton einer Pfeife. Ein Mann rief etwas auf arabisch.

Ramses wirbelte herum. Sie kamen die Treppe herauf. Ihre Rufe konnten nur bedeuten, daß sie ihn gesehen hatten.

Verzweifelt drehte er sich zu der Gestalt um, die immer näher kam.

Ein krächzender Schrei entrang sich ihren Lippen.

»Ramses!«

Der Earl machte die Augen zu. Dann machte er sie wieder auf und starrte auf die ausgestreckten knochigen Hände, als die Frau an ihm vorbeiging.

Irgend jemand schrie »Halt!«, dann fiel ein Schuß. Die Kreatur schrie und preßte die Hände auf die Ohren. Sie taumelte nach hinten. Ramses war von der Kugel getroffen worden; er drehte sich zu den Männern um, die jetzt die Treppe heraufrannten. Er wandte sich wieder der Frau zu. Eine weitere Salve Schüsse! Der ohrenbetäubende Lärm hallte durch den Flur. Ramses fiel gegen das Marmorgeländer.

Die Frau zitterte, ohne jedoch die Hände von den Ohren zu nehmen. Sie schien das Gleichgewicht zu verlieren und taumelte zwischen die Steinsarkophage am anderen Ende der Halle. Als die Sirene von neuem ertönte, stieß sie einen durchdringenden Schrei aus.

»Ramses!« Es war der Schrei eines verwundeten Tieres.

Wieder verlor Elliott fast das Bewußtsein. Wieder schloß er die Augen und bemühte sich, tief einzuatmen. Seine linke Hand, die den Gehstock umklammert hielt, war mittlerweile vollkommen gefühllos.

Er hörte, wie die Wachmänner Ramses die Treppe hinunterzerrten. Ramses leistete Widerstand. Aber es waren zu viele.

Und die Frau! Sie war verschwunden. Dann hörte er wieder das Schlurfen ihrer Füße auf dem Steinboden. Durch die Glasscheibe sah er, wie sie zum gegenüberliegenden Ende der Halle zurückwich. Sie verschwand wimmernd und immer noch keuchend durch eine Seitentür.

Unten war es jetzt ruhig. Offenbar war Ramses aus dem Museum gebracht worden. Aber er konnte damit rechnen, daß man binnen weniger Minuten das Museum durchsuchte.

Elliott mißachtete die Schmerzen in der Brust und kam gerade noch rechtzeitig zur Seitentür, um die Frau am Ende einer Lieferantentreppe verschwinden zu sehen. Er drehte sich rasch wieder um und sah auf den Boden. Dort lag die Phiole und leuchtete im grauen Licht. Es gelang ihm, sich auf ein Knie hinabzusenken. Er hob sie auf, machte den Deckel zu und steckte sie in die Tasche.

Als er die Treppe hinunterging, um der Frau zu folgen, und mit dem tauben Bein fast gestolpert wäre, mußte er gegen die aufkommende Übelkeit ankämpfen. Auf halbem Weg nach unten sah er sie – verwirrt, stolpernd, eine krallenähnliche Hand erhoben, als tastete sie sich im Halbdunkel weiter.

Plötzlich ging eine Tür auf und gelbes Licht flutete in den Durchgang. Eine Frau, deren Haar und Körper nach Moslemart in ein schwarzes Gewand gehüllt war, trat heraus. In der rechten Hand hielt sie einen Scheuerlappen.

Als sie die skelettartige Gestalt bemerkte, stieß sie einen schrillen Schrei aus und ließ den Lappen fallen. Sie floh in das erleuchtete Gebäude zurück.

Ein leises Zischen entwich der Verstümmelten. Dann, als sie der Dienstmagd mit ausgestreckten Skeletthänden folgte, als wollte sie den gellenden Schrei ersticken, stieß sie wieder ein gräßliches Brüllen aus.

Elliott bewegte sich so schnell er konnte. Die Schreie hörten auf, bevor er die Tür des beleuchteten Zimmers erreicht hatte. Als er eintrat, sah er die Putzfrau mit gebrochenem Genick tot zu Boden sinken. Die glasigen schwarzen Augen starrten ins Leere. Die Verstümmelte stieg über sie hinweg und ging zu einem kleinen Spiegel, der über einem Waschbecken an der Wand hing.

Ein klägliches, gequältes Schluchzen entrann sich ihr, als sie ihr Spiegelbild sah. Stöhnend und zitternd streckte sie die Hand aus und berührte das Glas.

Wieder wäre Elliott fast ohnmächtig geworden. Der Anblick der Leiche und der gräßlichen Kreatur vor dem Spiegel war mehr als er ertragen konnte. Aber eine grausame Faszination hielt ihn bei

Sinnen. Jetzt mußte er seinen Verstand gebrauchen. Zum Teufel mit den Schmerzen in seiner Brust und der Panik, die ihm wie Übelkeit im Hals hochstieg.

Rasch machte er die Tür des Zimmers hinter sich zu. Das Geräusch erschreckte sie. Sie wirbelte herum und hob die Hände wieder zum Angriff. Einen Augenblick war er wie gelähmt vom Grauen, das er empfand. Das Licht der Glühbirne an der Decke war gnadenlos. Ihre Augen quollen aus den halb weggefressenen Höhlen. Weiße Rippen leuchteten aus einer riesigen Wunde an ihrer Seite. Ihr halber Mund war fort. Von einem Teil ihres Kiefers tropfte Blut.

Großer Gott, wie sie leiden mußte! Armes, tragisches Geschöpf!

Mit einem leisen Knurren kam sie auf ihn zu. Aber Elliott sprach sie leise auf griechisch an:

»Freund«, sagte er. »Ich bin ein Freund und biete dir Zuflucht.« Und als er sich beim besten Willen nicht mehr an die alte Sprache erinnern konnte, fuhr er auf lateinisch fort: »Vertraue mir. Ich werde nicht zulassen, daß dir ein Leid geschieht.«

Er wandte seinen Blick nicht ab, als er nach einem von mehreren schwarzen Gewändern tastete, die an der Wand hingen. Genau was er brauchte – eine der unförmigen Roben, wie moslemische Frauen sie in der Öffentlichkeit trugen. Sie war groß genug, ihre Gestalt von Kopf bis Fuß zu bedecken.

Ohne Angst ging er auf sie zu, warf den Mantel über ihren Kopf und legte ihn über ihre Schultern. Ihre Hände halfen sofort und verbargen das Gesicht mit Ausnahme der furchtsamen Augen hinter dem Mantel.

Er schob sie auf den Flur hinaus und schloß die Tür, um die Leiche zu verbergen. Vom oberen Stock erklangen Rufe und Lärm. Er konnte Stimmen hören, die sich von einem Zimmer am gegenüberliegenden Ende der Halle näherten. Er öffnete die Lieferantentür zur Rechten und führte sie auf die sonnenbeschienene Straße hinaus.

Innerhalb weniger Augenblicke war das Gebäude außer Sichtweite. Und sie verschwanden in der großen endlosen Menge von Morgen- und Abendländern, die trotz hupender Autos und Eselskarren in alle Richtungen liefen.

Die Frau erstarrte, als sie die Autohupen hörte. Beim Anblick eines Automobils, das an ihr vorbeifuhr, wich sie zurück und schrie mit zusammengebissenen Zähnen. Wieder sprach Elliott sie auf lateinisch an und versicherte ihr, daß er sich ihrer annehmen, eine Zuflucht für sie finden würde.

Wieviel sie verstand, konnte er unmöglich erraten. Dann vernahm er das lateinische Wort für Essen. Ihre Stimme klang leise und gequält. »Essen und Trinken«, flüsterte sie. Sie murmelte noch etwas, aber das verstand er nicht. Es hörte sich an wie ein Gebet oder ein Fluch.

»Ja«, flüsterte er ihr ins Ohr. Jetzt kamen ihm die lateinischen Wörter besser über die Lippen, da er wußte, daß sie sie verstand. »Ich werde alles bringen, was du verlangst. Ich kümmere mich um dich. Vertraue mir.«

Aber wohin konnte er sie bringen? Nur ein Ort fiel ihm ein. Er mußte in die Altstadt von Kairo. Aber konnte er es wagen, die Kreatur in einem motorisierten Taxi zu befördern? Als er eine Pferdedroschke vorbeifahren sah, hielt er sie an. Sie kletterte bereitwillig auf den Ledersitz. Aber wie sollte es nun weitergehen, wo er kaum atmen konnte und sein linkes Bein fast nicht mehr zu gebrauchen war? Er stützte den rechten Fuß fest auf die Stufen und zog sich mit dem rechten Arm hoch. Dann ließ er sich, dem Zusammenbruch noch nie so nahe wie jetzt, neben die vermummte Gestalt sinken und nannte dem Fahrer mit letzter Kraft das Ziel.

Die Droschke setzte sich in Bewegung, der Fahrer brüllte die Fußgänger an und ließ die Peitsche knallen. Das arme Geschöpf neben ihm wimmerte herzzerreißend und zog den Schleier völlig über das Gesicht.

Er nahm es in die Arme. Er achtete nicht auf die kalten, harten Knochen, die er durch den dünnen schwarzen Stoff spürte. Er hielt es fest, und nachdem er wieder zu Atem gekommen war, versicherte er erneut auf lateinisch, daß er ein Freund war.

Als die Droschke den britischen Teil der Stadt hinter sich gelassen hatte, versuchte er nachzudenken. Aber trotz aller Anstrengung fand er keine rationale Erklärung für das, was er gesehen und getan hatte. Er wußte lediglich, daß er Zeuge eines Wunders und eines Mordes geworden war, und daß ersteres ihm sehr viel mehr bedeutete als letzteres, und daß er nun einen Weg eingeschlagen hatte, bei dem es keine Umkehr gab.

Julie war erst halb wach. Sie hatte den britischen Beamten, der in der Tür stand, doch sicher falsch verstanden.

»Festgenommen? Wegen Einbruchs in das Museum? Das glaube ich nicht.«

»Miss Stratford, er ist schwer verwundet. Die ganze Sache scheint etwas verwirrend zu sein.«

»Verwirrend?«

Der Arzt war wütend. Wenn der Mann schwer verwundet war, gehörte er ins Krankenhaus und nicht in eine Gefängniszelle.

»Platz gemacht«, herrschte er die uniformierten Männer vor sich an. »Herrgott noch mal, ist das etwa ein Erschießungskommando hier?«

Nicht weniger als zwanzig Gewehre waren auf den großen blauäugigen Mann gerichtet, der an der Wand stand. Getrocknetes Blut klebte am Hemd des Mannes. Sein Mantel war zerrissen und ebenfalls blutbefleckt. Er starrte den Arzt mit großen Augen an.

»Kommen Sie nicht näher!« schrie er. »Sie werden mich nicht untersuchen. Sie werden mich mit Ihren Instrumenten nicht berühren. Ich bin unverletzt und will diesen Ort verlassen.«

»Fünf Kugeln«, flüsterte der Beamte dem Arzt ins Ohr. »Ich

habe die Wunden gesehen, glauben Sie mir. Er kann unmöglich unverletzt aus so einem...«

»Ich möchte sie mir ansehen!« Der Arzt versuchte, sich ihm zu nähern.

Die Faust des Mannes schoß ihm sofort entgegen und schlug ihm die schwarze Tasche aus der Hand. Eines der Gewehre ging los, als der Mann auf die Polizisten losstürmte und mehrere davon gegen die Wand schleuderte. Der Arzt sank auf die Knie. Seine Brille fiel vor ihm zu Boden. Er spürte, wie jemand auf seine Hand trat, als die Soldaten die Halle stürmten.

Wieder knallte das Gewehr. Rufe und Flüche auf ägyptisch. Wo war seine Brille! Er mußte seine Brille finden.

Plötzlich half ihm jemand auf die Füße. Die Brille wurde ihm in die Hand gedrückt, und er setzte sie rasch wieder auf.

Er blickte in ein freundliches englisches Gesicht.

»Alles in Ordnung?«

»Verflucht, was ist hier passiert? Wo ist er? Hat man schon wieder auf ihn geschossen?«

»Der Mann hat Bärenkräfte. Er hat die Hintertür samt Gitter und allem herausgebrochen und ist entkommen.«

Gott sei Dank, daß Alex bei ihr war. Niemand wußte, wo Elliott war, Samir hatte sich zum Polizeirevier begeben, um so viel wie möglich zu erkunden. Als sie und Alex in das Büro geleitet wurden, stellte sie mit Erleichterung fest, daß dort Miles Winthrop auf sie wartete, der Assistent des Gouverneurs, und nicht der Gouverneur selbst. Miles war mit Alex zur Schule gegangen. Julie kannte ihn seit ihren Kindertagen.

»Miles, es handelt sich um ein Mißverständnis«, sagte Alex. »Es kann nicht anders sein.«

»Miles«, sagte sie, »glaubst du, du kannst seine Freilassung erreichen?«

»Julie, die Situation ist komplizierter als wir vermutet haben.

Zunächst einmal sind die Ägypter nicht besonders gut auf Leute zu sprechen, die in ihr weltberühmtes Museum einbrechen. Aber jetzt geht es auch noch um einen Diebstahl und einen Mord.«

»Wovon redest du!« flüsterte Julie.

»Miles, Ramsey kann gar niemanden ermorden«, sagte Alex. »Das ist vollkommen absurd.«

»Ich hoffe, du hast recht, Alex. Aber im Museum liegt eine Putzfrau mit gebrochenem Genick, tot. Und eine Mumie ist aus ihrem Schaukasten im zweiten Stock gestohlen worden. Und euer Freund ist aus dem Gefängnis ausgebrochen. Und jetzt sagt einmal, ihr beiden, wie gut kennt ihr diesen Mann eigentlich?«

Er lief so schnell er konnte über das Dach und setzte mit einem Sprung über die Gasse vor ihm. Binnen Sekunden hatte er ein weiteres Dach überquert, war auf das nächste hinuntergesprungen und hatte eine weitere schmale Straße überquert.

Erst jetzt drehte er sich um. Es war ihm gelungen, seine Verfolger abzuhängen. Er konnte das leise, ferne, aber sehr deutliche Knallen eines Schusses hören. Vielleicht erschossen sie sich gegenseitig. Ihm war es einerlei.

Er sprang auf die Straße hinunter und rannte. Schon bald wurde die Straße zur Gasse. Die Häuser hier hatten hohe Fenster mit Holzläden. Er sah keine britischen Geschäfte oder englischsprachigen Schilder mehr. Nur Ägypter und größtenteils alte Frauen in Zweiergruppen mit Schleiern über Gesicht und Haar. Sobald sie ihn mit seinem blutbefleckten Hemd und der zerrissenen Kleidung sahen, wandten sie den Blick ab.

Schließlich trat er in einen Türbogen und ruhte sich aus, dann steckte er langsam die Hand unter den Mantel. Äußerlich war die Wunde verheilt, aber drinnen konnte er das Pochen noch spüren. Er ertastete das breite Band des Geldgürtels. Die Phiolen waren noch unversehrt.

Die verfluchten Phiolen! Hätte er das Elixier doch niemals aus seinem Versteck in London geholt! Hätte er das Pulver doch in einem Tongefäß versiegelt und dieses Gefäß im Meer versenkt!

Was hätten die Soldaten mit der Flüssigkeit gemacht, wenn sie sie in die Finger bekommen hätten? An die Antwort weigerte er sich zu denken.

Noch niemals hatte er ein solches Bedauern empfunden wie jetzt. Aber es war geschehen! Er war der Versuchung erlegen. Er hatte den halb verfaulten Leichnam, der im Schaukasten gelegen hatte, zum Leben erweckt.

Und er mußte das Produkt seiner Torheit finden. Er mußte herausfinden, ob noch ein Funke Verstand darin steckte!

Aber wem wollte er etwas vormachen! *Sie hatte seinen Namen genannt!*

Er drehte sich um und eilte die Gasse hinunter. Er brauchte andere Kleider, wenn er unerkannt bleiben wollte. Aber er hatte keine Zeit, sich welche zu kaufen. Er mußte sie sich auf andere Weise besorgen. Er hatte Wäscheleinen gesehen. Er eilte weiter, bis er wieder eine Leine sah, die sich über einen schmalen Durchgang zur Linken spannte.

Beduinenkleidung – langärmelige Roben und Kopfschmuck. Er riß sie herunter. Er streifte seinen Mantel ab, legte sich die Robe um, nachdem er ein Stück abgeschnitten hatte, das er sich um den Kopf band.

Jetzt sah er, abgesehen von den blauen Augen, wie ein Araber aus. Aber er wußte, wo er eine dunkle Sonnenbrille bekommen konnte. Auf dem Basar hatte er welche gesehen. Und der befand sich auf dem Rückweg zum Museum. Er setzte sich im Laufschritt in Bewegung.

Henry war fast krepiert, nachdem er aus dem Shepheard Hotel zurückgekehrt war. Irgendwie hatte die kurze Unterhaltung mit Elliott eine seltsame Wirkung gehabt, sie hatte ihn aller Kräfte beraubt.

Er versuchte sich einzureden, daß er Elliott Savarell verabscheute und sich auf dem Weg nach Amerika befand, wo er Elliott und seinesgleichen nie wiedersehen würde.

Doch die Begegnung verfolgte ihn. Jedes Mal, wenn er auch nur ein wenig nüchtern wurde, sah er Elliott wieder vor sich, der ihn mit Verachtung ansah. Und er hörte den kalten Haß in Elliotts Stimme.

Elliott hatte Nerven, sich derart gegen ihn zu stellen. Vor Jahren, nach einer kurzen und dummen Affäre, hätte Henry die Möglichkeit gehabt, Elliott zu vernichten, und er hatte es nur aus dem Grund nicht getan, weil es grausam gewesen wäre. Er hatte stets angenommen, Elliott wäre ihm dankbar dafür. Er hatte Elliotts Geduld und Höflichkeit als Ausdruck dieser Dankbarkeit gesehen. Elliott war im Lauf der Jahre stets höflich und zuvorkommend zu ihm gewesen.

Nicht jedoch gestern. Und das Gräßliche war, daß der Haß, den Elliott gezeigt hatte, nur die Kehrseite des Hasses war, den Henry selbst für alle anderen empfand. Das hatte Henry die Laune vergällt und ihn verbittert.

Und es hatte ihm Angst gemacht.

Ich muß weg von ihnen, von allen, sagte er sich. Sie kritisieren mich nur und verkennen mich, und dabei sind sie selbst keinen Pfifferling wert.

Wenn sie Kairo verlassen hatten, würde er aufhören zu trinken, ins Shepheard zurückkehren und ein paar Tage friedlich schlafen. Dann würde er sich mit seinem Vater einigen und mit dem beachtlichen kleinen Vermögen, das er gespart hatte, nach Amerika aufbrechen.

Im Augenblick jedoch hatte er noch nicht die Absicht, sein Leben zu ändern. Heute fand kein Kartenspiel statt. Er würde es lockerer angehen und einfach den Scotch genießen. Er würde lediglich in seinem Rattansessel dösen und das Essen, das Malenka ihm zubereitet hatte, zu sich nehmen, wo und wann es ihm beliebte.

Malenka selbst wurde ein wenig zur Nervensäge. Sie hatte ihm gerade ein englisches Frühstück zubereitet und wollte, daß er zum Tisch kam. Er hatte sie mit dem Handrücken geschlagen und ihr befohlen, ihn in Ruhe zu lassen.

Dennoch fuhr sie mit ihren Vorbereitungen fort. Er konnte den Kessel pfeifen hören. Das Geschirr hatte sie auf den kleinen Rattantisch im Innenhof gestellt.

Der Teufel sollte sie holen. Er hatte drei Flaschen Scotch, das genügte. Vielleicht würde er sie später aussperren, wenn sich die Gelegenheit bot. Die Vorstellung gefiel ihm, ganz allein hier zu sein. Trinken und Rauchen und träumen. Und vielleicht Musik hören. Sogar an den verdammten Papagei gewöhnte er sich langsam.

Während er eindöste, kreischte und gluckste der Papagei in seinem Käfig. Er spazierte an der Decke entlang. Graue Afrikaner machten so etwas gern. Eigentlich fand er, daß das Ding wie ein riesiges Insekt aussah. Vielleicht sollte er den Vogel umbringen, wenn Malenka nicht da war.

Er spürte, wie er entschwebte, eindöste, am Rand eines Traums trieb. Er trank noch einen Schluck des milden Scotchs und ließ den Kopf auf die Seite fallen. Julies Haus, die Bibliothek, das Ding an seiner Schulter, der Schrei, der sich aus tiefer Kehle entwand.

»Herrgott!« Er schnellte aus dem Sessel hoch, das Glas fiel ihm aus der Hand. Wenn nur dieser Traum aufhören würde...

Elliott mußte stehenbleiben und tief Luft holen. Die beiden hervorstehenden Augen sahen ihn über den schwarzen Umhang an. Es schien, als wollten sie im Sonnenlicht blinzeln, aber die halb geschlossenen Lider schlossen sich nicht. Die Hand der Frau zog den Umhang näher an ihr Gesicht, als wollte sie sich vor seinem Blick verstecken.

Er flüsterte leise auf lateinisch und bat um Geduld. Die Droschke konnte nicht ganz bis zum Haus fahren, zu dem sie wollten. Aber es waren nur noch ein paar Schritte.

Er wischte sich mit dem Taschentuch die Stirn ab. Aber Moment mal. Die Hand. Die Hand, die den schwarzen Stoff über den Mund hielt. Er betrachtete sie von neuem. Die Sonne hatte sie verändert. Die Wunde am Knöchel hatte sich fast völlig geschlossen.

Er starrte sie einen Moment an, dann sah er ihr wieder in die Augen. Ja, die Lider waren ein Stück nachgewachsen, und lange, wunderschöne schwarze Wimpern bogen sich nach oben und verbargen das aufgeschundene Fleisch.

Wieder legte er den Arm um sie. Sofort schmiegte sie sich an ihn, ein weiches, zitterndes Ding. Ein leises Seufzen entwich aus ihrem Mund.

Plötzlich bemerkte er den Parfumgeruch, der von ihr ausging, ein aromatisches, süßes und durch und durch wohlriechendes Parfum. Er nahm auch den Geruch von Staub und getrocknetem Flußschlamm wahr – aber nur schwach. Das Parfum war kräftig und moschusartig. Er spürte ihre Wärme durch den schwarzen Stoff.

Großer Gott, was ist das für ein Elixier? Welche Kräfte schlummern in ihm?

»Sachte, sachte, meine Liebe«, sagte er auf englisch. »Wir sind schon da. Die Tür da am Ende.«

Er spürte, wie sie den Arm um ihn legte. Sie stützte ihn mit kräftiger Hand und nahm so die Last von seinem tauben linken Fuß. Die Schmerzen in der linken Hüfte ließen nach. Er lachte kurz und erleichtert auf. Tatsächlich hätte er fast lauthals gelacht. Aber er beherrschte sich. Er ging einfach weiter und ließ sich von ihr helfen, bis sie die Tür erreicht hatten.

Dort ruhte er einen Moment aus, bevor er mit der rechten Faust dagegenhämmerte.

Er hätte keinen Schritt weiter gehen können.

Eine ganze Weile hörte er gar nichts. Er klopfte wieder und wieder. Dann hörte er, wie der Riegel zurückgeschoben wurde, und Henry kam blinzelnd, unrasiert und nur mit einem grünen Morgenmantel aus Seide bekleidet, heraus.

»Zum Teufel, was willst du hier?«

»Laß mich rein.« Er stieß die Tür auf und zog die Frau mit sich hinein. Sie drängte sich verzweifelt an ihn und verbarg das Gesicht.

Aus den Augenwinkeln sah er, daß das Haus luxuriös eingerichtet war – Teppiche, Möbel, Karaffen auf einem Sideboard aus Marmor. Hinter einem Torbogen hatte eine dunkelhäutige Schönheit im Tanzkostüm aus Satin – offensichtlich Malenka – gerade ein Tablett mit dampfenden Speisen abgestellt. Kleine Orangenbäume wuchsen dicht an der weißgetünchten Gartenmauer.

»Wer ist diese Frau!« wollte Henry wissen.

Elliott, der sich immer noch an ihr festhielt, schleppte sich zum Sessel. Aber er konnte sehen, daß Henry die Füße der Frau anstarrte. Er hatte den bloßen Knochen gesehen. Ein Ausdruck des Ekels und der Verwirrung huschte über Henrys Gesicht.

»Wer ist sie! Warum hast du sie hergebracht!«

Von Krämpfen geschüttelt, wich Henry jetzt zurück und prallte dabei gegen die Säule, die den Bogen zum Innenhof teilte und stieß mit dem Kopf an den Stein.

»Was stimmt mit ihr nicht!« wollte er wissen.

»Geduld, ich werde dir alles erzählen«, flüsterte Elliott. Die Schmerzen in seiner Brust waren jetzt so furchtbar, daß er die Worte kaum aussprechen konnte. Er senkte sich auf den Rattansessel und spürte, wie der Griff der Frau nachließ. Er hörte, wie sie ein leises Geräusch von sich gab. Als er aufsah, stellte er fest, daß sie den Schrank auf der anderen Seite des Zimmers gesehen hatte und die Flaschen, die im Licht des Innenhofs funkelten.

Sie ging stöhnend auf die Flaschen zu. Das schwarze Gewand fiel von ihrem Haupt, dann von den Schultern und entblößte die Rippenknochen, die durch das klaffende Loch im Rücken zu sehen waren, sowie Überreste von Bandagen, die kaum ausreichten, ihre Blöße zu bedecken.

»Um Gottes willen, keine Panik!« schrie Elliott.

Aber es war zu spät. Henrys Gesicht wurde weiß, sein Mund zuckte und bebte. Hinter ihm im Innenhof stieß Malenka einen markerschütternden Schrei aus.

Die verwundete Kreatur ließ die Flasche mit einem jämmerlichen Stöhnen fallen.

Henry zog die Hand aus der Tasche. Das Sonnenlicht fiel auf seine kleine silberne Pistole.

»Nein, Henry!« schrie Elliott. Er wollte aufstehen, konnte aber nicht. Die Pistole ging mit demselben nervtötenden Knall los wie die Gewehre im Museum. Der Papagei schrie in seinem Käfig.

Die verwundete Frau schrie auf, als die Kugel in ihre Brust eindrang. Sie taumelte rückwärts, dann lief sie mit einem tiefen Knurren auf Henry zu.

Die Laute, die Henry von sich gab, konnte man nicht mehr menschlich nennen. Er hatte den Verstand verloren. Er wich in den Innenhof zurück und feuerte einen Schuß nach dem anderen ab. Die Frau näherte sich ihm schreiend, schlug ihm die Waffe aus der Hand und packte ihn am Hals. Sie rangen miteinander, Henry krallte verzweifelt nach ihr, während ihre Knochenfinger sich um seinen Hals schlossen. Der Korbtisch fiel um, Geschirr zerschellte auf den Fliesen. Sie taumelten in die Orangenbäume, deren winzige Blätter wie Regen auf sie herabfielen.

Malenka kauerte völlig verstört an der Mauer.

»Elliott, hilf mir!« kreischte Henry. Er wurde nach hinten gedrückt, seine Knie gaben nach, die rudernden Arme griffen vergeblich nach dem Kopf der Kreatur.

Irgendwie gelang es Elliott, zum Torweg zu gelangen. Er hörte jedoch nur noch das Brechen von Knochen. Er zuckte zusammen, als er sah, wie Henrys Körper erschlaffte und inmitten der grünen Seide zu Boden fiel.

Die Kreatur taumelte wimmernd zurück, dann schluchzte sie und fletschte wieder die Zähne. Die zerfetzten Bandagen, die sie bedeckten, waren ihr von einer Schulter gerissen worden. Durch das Leinen waren die dunkelbraunen Brustwarzen zu sehen. Große Blutblasen waren unter den Bandagen zu sehen, die noch an ihrem Körper hafteten. Bei jedem Schritt fielen Stoffetzen von ihr ab. Ihre blutunterlaufenen und tränenden Augen betrachteten die Leiche und dann das verschüttete Essen und den heißen Tee, der im Sonnenschein dampfte.

Langsam sank sie auf die Knie. Sie hob das Brot auf und steckte es in den Mund. Auf allen vieren kriechend schleckte sie den verschütteten Tee auf. Sie steckte die Finger in die Marmelade und leckte diese gierig ab. Den Schinken und die Eier schlang sie hinunter ohne zu kauen.

Elliott sah ihr schweigend zu. Er bemerkte, daß Malenka zu ihm gelaufen kam und hinter ihm kauerte. Er bemühte sich, flach zu atmen, während er dem Pochen seines Herzens lauschte.

Die Kreatur verschlang die Butter, zerdrückte die Eier und schabte sie mit den Zähnen von der Schale.

Schließlich war kein Essen mehr da. Und doch blieb sie auf dem Boden auf den Knien. Sie betrachtete ihre ausgestreckten Hände.

Die Sonne brannte auf den kleinen Innenhof herunter. Sie schien auf ihr schwarzes Haar.

Wie in Trance starrte Elliott sie an. Er konnte das, was er sah, weder begreifen noch beurteilen. Der Schock war zu groß.

Plötzlich drehte sich die Kreatur um und legte sich auf den gefliesten Boden. Dort streckte sie sich aus und weinte und schluchzte und kratzte mit den Händen auf den Lehmfliesen. Dann drehte sie sich auf den Rücken, heraus aus dem Schatten der Bäume ins volle Sonnenlicht.

Einen Moment sah sie zum sengenden Himmel hinauf, dann verdrehte sie die Augen. Nur die weißen Halbmonde der Iris blieben sichtbar.

»Ramses«, flüsterte sie. Ihre Brust hob und senkte sich.

Der Earl drehte sich um und zog Malenka mit sich. Während er zum Sessel ging, mußte er sich auf sie stützen. Er spürte, wie die dunkelhäutige Frau zitterte. Schweigend ließ er sich auf die bestickten Kissen nieder und legte den Kopf an die hohe, runde Lehne aus kratzigem Rattan. Das ist alles ein Alptraum, dachte er. Aber es war kein Alptraum. Er hatte gesehen, wie diese Kreatur von den Toten auferstanden war. Er hatte gesehen, wie sie Henry getötet hatte. Was, in Gottes Namen, sollte er tun?

Malenka blieb an seiner Seite, dann sank sie langsam auf die Knie. Ihre Augen waren groß und leer, ihr Mund stand offen. Sie sah zum Garten hin.

Fliegen umkreisten Henrys Gesicht. Sie ließen sich auf den verschütteten Speisen nieder.

»Sachte, sachte, Ihnen wird kein Leid geschehen«, flüsterte Elliott. Das Brennen in seiner Brust ließ langsam nach. Er spürte ein Kribbeln in seiner linken Hand. »Sie wird Ihnen nichts tun, ich verspreche es Ihnen.« Er benetzte die trockenen Lippen mit der Zunge, bevor es ihm gelang, weiter zu sprechen. »Sie ist krank. Ich muß mich um sie kümmern. Sie wird Ihnen nichts tun, seien Sie gewiß.«

Die Ägypterin umklammerte sein Handgelenk und preßte die Stirn an die Stuhllehne. Nach einer ganzen Weile fing sie an zu sprechen.

»Keine Polizei«, flehte sie mit kaum hörbarer Stimme. »Keine Englischmänner, die mein Haus wegnehmen.«

»Nein«, murmelte Elliott. »Keine Polizei. Polizei wollen wir nicht.«

Er wollte ihr über den Kopf streichen, konnte sich aber nicht bewegen. Benommen sah er hinaus ins Sonnenlicht, zu der Gestalt, deren glänzendes Haar im Sonnenschein ausgebreitet auf dem Boden lag, und zu dem toten Mann.

»Ich kümmere mich um...«, flüsterte die Frau. »Ich bringe meinen Englischmann fort. Keine Polizei kommt.«

Elliott verstand sie nicht. Was sagte sie? Dann dämmerte es ihm langsam.

»Das können Sie?« hauchte er.

»Ja, das kann ich. Freunde kommen. Bringen den Englischmann fort.«

»Ja, sehr gut.« Er seufzte, und die Schmerzen in seiner Brust wurden wieder schlimmer. Er steckte die rechte Hand zögernd in die Innentasche und holte Geld heraus. Er konnte kaum die Finger der Linken bewegen, als er zwei Zehnpfundnoten herausnahm.

»Für Sie«, sagte er. Vor lauter Erschöpfung machte er die Augen wieder zu. Er spürte, wie ihm das Geld aus der Hand genommen wurde. »Aber Sie müssen vorsichtig sein. Sie dürfen niemand erzählen, was Sie gesehen haben.«

»Ich erzähle es keinem. Ich kümmere mich um... Dies ist *mein* Haus. Mein Bruder gegeben.«

»Ich verstehe. Ich werde nur noch eine kurze Weile hier sein. Das verspreche ich Ihnen. Ich werde die Frau mit mir nehmen. Aber vorerst werden Sie Geduld haben und dafür noch mehr Geld bekommen. Viel mehr.« Er sah wieder auf das Geldbündel. Er zog mehrere Geldscheine heraus und drückte sie ihr in die Hand, ohne sie abzuzählen.

Dann lehnte er sich wieder zurück und schloß die Augen. Er hörte, wie sie leichtfüßig über den Teppich schritt. Dann berührte sie ihn wieder mit der Hand.

Als er aufsah, stand sie in Schwarz gehüllt vor ihm und hielt ein zweites schwarzes Gewand in der Hand.

»Du mußt bedecken«, flüsterte sie. Und richtete die Augen zum Innenhof.

»Ich bedecke«, flüsterte er. Und schloß wieder die Augen.

»Du mußt bedecken!« hörte er sie verzweifelt sagen. Und wieder versicherte er, daß er es tun würde.

Er hörte, wie sie erleichtert hinausging und die Tür zur Straße zumachte.

In dem langen, wallenden Beduinengewand schritt Ramses zwischen den Touristen durch das Museum und sah durch die dunkle Brille zu der leeren Stelle am Ende der Halle, wo der Schaukasten gestanden hatte. Jetzt erinnerte nichts mehr daran! Kein zerbrochenes Glas, kein gesplittertes Holz. Und die Phiole, die ihm aus der Hand gefallen war. Fort.

Aber wo konnte sie sein! Was war aus ihr geworden! Wütend dachte er an die Soldaten, die ihn umzingelt hatten. War sie denen in die Hände gefallen?

Er schritt weiter, bog um die Ecke und ließ den Blick über die Statuen und Sarkophage schweifen. Er konnte sich nicht erinnern, daß er jemals ein solches Elend verspürt hatte. Er hatte kein Recht, neben Männern und Frauen zu gehen und dieselbe Luft zu atmen.

Er wußte nicht, wohin er gehen oder was er machen sollte. Wenn ihm nicht bald etwas einfiel, würde er den Verstand verlieren.

Eine Viertelstunde war vergangen, vielleicht weniger. Sie bedekken, ja. Nein, sie aus dem Garten fortschaffen, bevor die Männer kommen. Reglos lag sie jetzt in der Sonne und murmelte ab und zu im Schlaf.

Er umklammerte den Gehstock und stand auf. Er hatte wieder ein Gefühl im linken Bein, und das bedeutete, er hatte Schmerzen.

Er ging ins Schlafzimmer. Ein hohes, altmodisches viktorianisches Bett stand an der gegenüberliegenden Wand. Die Sonne fiel durch die offenen Jalousien der Fenster auf das weiße Moskitonetz.

Gleich links vom Fenster stand ein Toilettentisch. Und in der linken Ecke ein Schrank, hinter dessen offenen Spiegeltüren man eine Reihe Wolljacken und Mäntel erkennen konnte.

Auf dem Toilettentisch stand ein kleines tragbares Grammophon mit Trichter. Daneben ein Set Schallplatten im Schuber. »Englisch lernen« verkündete die Aufschrift. Dazu eine Platte mit Tanzmusik. Ein Aschenbecher. Mehrere Zeitschriften und eine halbvolle Flasche Scotch.

Hinter einer offenen Tür rechts vom Bett konnte er ein richtiges Bad sehen. Kupferbadewanne, Handtücher.

Er machte kehrt und ging durch eine Tür in ein weiteres Zimmer, das an der Nordseite des Innenhofs lag und dessen Jalousien sämtlich heruntergelassen waren. Hier bewahrte die dunkle Schönheit ihre kitschigen Tanzkostüme und den billigen Schmuck auf. Aber einer der Schränke war voll von westlichen Kleidungsstücken, sowie Schuhen nach westlicher Art, Stockschirmen und einigen Hüten mit unmöglich breiten Krempen.

Aber was nützten diese Kleidungsstücke, wenn das arme Ding vor neugierigen Blicken geschützt werden mußte? Er fand die bekannten Moslemgewänder ordentlich zusammengelegt auf einem der unteren Regale. Also konnte er sie in ein frisches Gewand hüllen – das heißt, falls Malenka ihm gestattete, die Kleidungsstücke zu kaufen.

In der Tür blieb er stehen, um tief Luft zu holen. Er betrachtete das königliche Bett im Sonnenschein, das Moskitonetz, das von einer kreisrunden Halterung herabfiel, die ihrerseits wie eine Krone aussah. Der Augenblick schien tranceähnlich, endlos. Bilder von Henrys Tod standen vor seinem inneren Auge. Und doch empfand er nichts. Nichts – außer vielleicht ein kaltes Entsetzen, das ihm den Lebenswillen raubte.

Lebenswille. Er hatte die Phiole in der Tasche. Er besaß einige Tropfen dieser kostbaren Flüssigkeit!

Auch das war ihm gleichgültig und vermochte seine Müdigkeit nicht zu vertreiben. Die tote Putzfrau im Museum, Henry tot im Innenhof, das Ding, das da draußen in der Sonne lag!

Er konnte nicht denken. Warum es überhaupt versuchen? Er mußte mit Ramses sprechen, soviel stand fest. Aber wo war Ramses? Was hatten die Kugeln ihm angetan? Wurde er von den Männern festgehalten, die ihn weggebracht hatten?

Aber zuerst die Frau. Er mußte sie wegbringen und verstecken, damit Henrys Leichnam weggebracht werden konnte.

Es war immerhin möglich, daß sie auch die Männer angriff, die kommen würden, um die Leiche zu holen. Und ein Blick auf sie konnte diesen vielleicht noch mehr Schaden zufügen.

Er hinkte in den Innenhof und versuchte, einen klaren Gedanken zu fassen. Er und Ramses waren keine Feinde. Jetzt waren sie Verbündete. Und vielleicht... Aber er hatte keine Energie mehr für solche Träume und Ambitionen – nur für das, was unbedingt getan werden mußte.

Er ging einige zögerliche Schritte auf die Frau zu, die auf dem gefliesten Boden des Innenhofs lag.

Die Mittagssonne brannte heiß, und plötzlich hatte er Angst um sie. Er kniff die Augen zusammen, als er sie ansah: denn gewiß sah er nicht, was er zu sehen glaubte.

Sie stöhnte, sie litt – aber was für eine außergewöhnlich schöne Frau lag da vor ihm.

Sicher, durch ihr rabenschwarzes Haar schimmerte immer noch ein Knochen, und auch ihr Kiefer war noch nicht ganz heil. Zugegeben, zwei Finger ihrer rechten Hand waren immer noch ohne Fleisch, und von den Gelenken tropfte Blut. Und auch die Brustverletzung war noch nicht verheilt, so daß die weißen Rippenknochen mit der dünnen, von kleinen Äderchen durchzogenen Haut sichtbar waren.

Aber das Gesicht besaß wieder alle menschlichen Konturen! Die wunderschön geformten Wangen hatten eine lebhafte Farbe angenommen. Der Mund war wunderschön geschwungen und rubinrot. Und die Haut hatte eine liebreizende olivenfarbene Färbung.

Ihre Brustwarzen waren dunkelrosa, die Brüste selbst wohlgeformt und fest.

Was ging hier vor sich? Wirkte das Elixier erst nach einer gewissen Zeit?

Vorsichtig näherte er sich der Frau. Die Hitze legte sich drückend auf ihn. Sein Kopf begann sich zu drehen. Er bemühte sich einmal mehr, nicht das Bewußtsein zu verlieren, tastete nach der Säule hinter sich, stützte sich ab und ließ keinen Blick von der Frau, die jetzt ihre haselnußbraunen Augen aufschlug.

Sie räkelte sich, hob die rechte Hand und sah sie wieder an. Gewiß spürte sie, was mit ihr vor sich ging. Es schien, als hätte sie Schmerzen. Als sie das offene Fleisch ihrer Hand berührte, stöhnte sie.

Aber sie ließ nicht erkennen, ob sie begriff, daß der Heilungsprozeß eingesetzt hatte. Sie ließ den Arm schlaff heruntersinken und machte wieder die Augen zu. Sie weinte leise.

»Ramses«, sagte sie wie im Halbschlaf.

»Komm mit mir«, sagte Elliott leise auf lateinisch. »Komm hinein, in ein richtiges Bett.«

Sie sah ihn dumpf an.

»Die warme Sonne scheint auch dorthin«, sagte er. Und kaum hatte er die Worte ausgesprochen, ging ihm ein Licht auf. Die Sonne heilte sie! Er hatte gesehen, wie sich ihre Hand verändert hatte, als sie durch die Straßen gegangen waren. Sie war der einzige entblößte Körperteil gewesen, abgesehen von den Augen, und auch die waren geheilt.

Und die Sonne hatte auch Ramses erweckt. Das also bedeuteten die seltsamen Worte auf dem Sarg, daß keine Sonne in das Grab dringen durfte.

Aber er hatte jetzt keine Zeit, darüber nachzudenken oder Fragen zu stellen. Sie hatte sich aufgerichtet, die Stoffetzen waren völlig von ihren Brüsten abgefallen. Ihr Gesicht, das zu ihm aufsah, war wunderschön und feingeschnitten, die Wangen zart, die Augen leuchtend.

Sie gab ihm ihre Hand, doch als sie die Knochenfinger sah, zog sie sie zischend wieder zurück.

»Komm, vertraue mir«, sagte er. Er half ihr auf die Füße.

Er führte sie durch das kleine Haus ins Schlafzimmer. Sie studierte die Gegenstände um sich herum. Mit dem Fuß untersuchte sie den weichen Perserteppich. Sie starrte auf das kleine Grammophon. Was dachte sie beim Anblick der schwarzen Scheibe?

Er versuchte, sie zum Bett zu führen, aber sie bewegte sich nicht. Sie hatte die Zeitung auf dem Toilettentisch gesehen. Sie riß sie hoch und sah auf die Werbung für die Oper – die grell geschminkte ägyptische Frau und ihren geliebten Krieger, sowie die drei Pyramiden und die ägyptischen Palmen im Hintergrund.

Sie stieß ein leises, aufgeregtes Stöhnen aus. Dann glitt ihr Finger über die englischen Spalten, und sie sah mit großen glänzenden und leicht irren Augen zu Elliott auf.

»Meine Sprache«, sagte er auf lateinisch zu ihr. »Englisch. Werbung für ein Schauspiel mit Musik. Man nennt es Oper.«

»Sprich Englisch«, sagte sie auf lateinisch zu ihm. Ihre Stimme klang scharf und dennoch lieblich. »Ich befehle dir, sprich.«

An der Tür ertönte ein Geräusch. Er ergriff ihren Arm und führte sie außer Sichtweite. »Fremde«, sagte er auf englisch und dann sofort auf lateinisch. Auf diese Weise sprach er beide Sprachen abwechselnd. »Leg dich hin und ruh dich aus, ich werde dir etwas zu essen bringen.«

Sie neigte den Kopf zur Seite und lauschte den Geräuschen aus dem Nebenzimmer. Jetzt zuckte ihr Körper heftig zusammen und sie legte eine Hand auf die Wunde in ihrer Brust. Ja, sie taten ihr weh, diese gräßlichen blutenden Magengeschwüre, denn so sahen sie aus. Aber noch etwas anderes stimmte nicht mit ihr, wie man an ihren plötzlichen Zuckungen und der Angst erkennen konnte, die jedes Geräusch in ihr auslöste.

Er führte sie rasch zum Bett, schob das Netz zurück und bedeutete ihr, sich auf die Spitzenkissen zu legen. Als sie lag, spiegelte sich große Erleichterung in ihrem Gesicht. Wieder zuckte und bebte ihr ganzer Körper. Schatten tanzten über ihre Augen, während sie sich instinktiv zur Sonne drehte. Er hätte sie bedecken sollen, denn nur noch wenige hauchdünne Fetzen klebten an ihr. Aber sie brauchte auch die Sonne.

Er öffnete die Jalousien auf der anderen Seite und ließ die Wärme und das Licht herein.

Dann machte er eilig die Tür zum Wohnzimmer zu und warf einen Blick durch das Fenster zum Innenhof.

Malenka öffnete gerade die Gartentür. Zwei Männer, die einen zusammengerollten Teppich trugen, folgten ihr. Jetzt rollten sie ihn auf dem Boden aus, hoben Henrys Leichnam hoch, ließen ihn auf den Teppich fallen und rollten ihn wieder zusammen.

Der Anblick der baumelnden Gliedmaßen erweckte Übelkeit in Elliott. Er schluckte und wartete darauf, daß der plötzlich zunehmende Druck in seiner Brust nachlassen würde.

Dann vernahm er ein leises Weinen. Er ging zu der Frau zurück und sah auf sie hinab. Er konnte nicht sagen, ob der Heilungsprozeß weiterging. Und dann fiel ihm die Phiole in seiner Tasche ein.

Einen Moment lang zögerte er. Wer hätte das nicht getan? Aber es waren nur noch ein paar Tropfen. Und er konnte den Anblick ihrer Qual nicht mehr ertragen.

Die Todesfälle, die sie verschuldet hatte, sie waren fast Notwehr gewesen. Und wie groß mußten ihre Verwirrung und Qual sein.

Sie sah zu ihm auf und blinzelte, als bereite die Helligkeit ihr Schmerzen. Dann fragte sie leise auf lateinisch nach seinem Namen.

Einen Augenblick konnte er nicht antworten. Ihr schlichter Tonfall ließ auf eine natürliche Intelligenz schließen. Und Intelligenz gewahrte er nun auch in ihren Augen.

Das heißt, sie wirkte nicht mehr irr oder desorientiert. Nur noch leidend.

»Verzeih mir«, sagte er auf lateinisch. »Elliott, Lord Rutherford. In meinem Land bin ich ein Lord.«

Sie sah ihn wißbegierig an, dann richtete sie sich auf, griff nach der am Fußende des Bettes zusammengelegten Decke und deckte sich bis zur Taille zu. Das Sonnenlicht glänzte auf ihrem schwarzen Haar, und wieder sah er, wie die Schatten der Fäden des Moskitonetzes auf ihrem Gesicht tanzten.

Ihre schwarzen Augenbrauen waren wunderbar geformt, hoch und gerade weit genug auseinander. Ihre haselnußbraunen Augen waren unwiderstehlich.

»Darf ich deinen Namen wissen?« sagte er auf lateinisch.

Sie lächelte bitter. »Kleopatra«, sagte sie. »In meinem Land bin ich Königin.«

Plötzlich herrschte tiefes Schweigen. Er spürte, wie eine angenehme Wärme in ihm aufstieg. Er sah ihr in die Augen und konnte nicht antworten. Und dann kam ein Hochgefühl über ihn, das jegliches Bedauern und jede Angst in seiner Seele auslöschte.

»Kleopatra«, flüsterte er ehrfürchtig und respektvoll.

Auf lateinisch sagte sie: »Sprich englisch zu mir, Lord Rutherford. Sprich die Sprache, in der du mit dem Sklavenmädchen gesprochen hast. Sprich die Sprache, wie sie hier in diesem Buch geschrieben steht. Bring mir Speisen und Getränke, denn ich bin ausgezehrt.«

»Ja«, sagte er auf englisch und nickte ihr zu. Er wiederholte die Bekräftigung auf lateinisch. »Speisen und Getränke.«

»Und du mußt mir sagen...«, begann sie, verstummte dann aber. Die Schmerzen quälten sie, und dann legte sich ihre Hand auf die Wunde am Kopf. »Sag mir...«, versuchte sie erneut, aber dann sah sie ihn voller Verwirrung an. Sie bemühte sich eindeutig, sich zu erinnern, doch der Schmerz war stärker. Sie preßte die Hände an den Kopf und fing an zu weinen.

»Hier, warte, ich habe die Medizin«, flüsterte er. Langsam ließ er sich neben dem Bett nieder und zog die Phiole aus der Tasche. Ein Fingerbreit Flüssigkeit befand sich noch darin und glitzerte unnatürlich in der Sonne.

Argwöhnisch betrachtete sie die Phiole. Sie sah ihm zu, wie er sie aufmachte. Er hob sie hoch und berührte zärtlich das Haar der

Frau, doch sie hielt seine Hand fest. Sie deutete auf ihre Lider, und er sah, daß immer noch kleine Stellen zu sehen waren, wo die Haut fehlte. Sie nahm ihm die Phiole ab, tröpfelte einen oder zwei Tropfen auf den Finger und strich sich damit über die Lider.

Elliott kniff die Augen zusammen und beobachtete. Er konnte die Wirkung fast hören, ein schwaches raschelndes, knisterndes Geräusch.

In ihrer Verzweiflung nahm sie jetzt die Phiole und schüttete den restlichen Inhalt in das klaffende Loch in ihrer Brust. Sie verrieb sie mit den Fingern der linken Hand, wimmerte leise, lehnte sich zurück, stöhnte leise, warf den Kopf auf dem Kissen hin und her und lag dann still.

Mehrere Minuten vergingen. Was er sah, faszinierte ihn. Ihre Lider waren jetzt völlig normal, die Wimpern dunkel und dicht. Doch die Wunde in ihrer Brust sah so böse aus wie zuvor.

Erst allmählich begriff er, daß es sich hier *wirklich* um Kleopatra handelte, daß Ramses den Leichnam seiner verlorenen Geliebten gefunden hatte. Und erst allmählich wurde ihm klar, weshalb Ramses getan hatte, was er getan hatte. Er fragte sich, wie es sein mochte, über eine solche Macht zu verfügen. Er hatte von Unsterblichkeit geträumt, aber nicht von der Macht, sie zu gewähren. Und dies war nicht nur die Macht, Unsterblichkeit zu gewähren, sondern ein Sieg über den Tod.

Aber die Auswirkungen... die erschütterten ihn. Diese Kreatur, was ging in ihrem Kopf vor? Und woher kam ihr Geist? Herrgott, er mußte mit Ramsey sprechen.

»Ich bringe noch mehr von dieser Medizin«, sagte er auf englisch und übersetzte unverzüglich ins lateinische. »Ich bringe sie her zu dir, aber du mußt dich jetzt ausruhen. Du mußt hier in der Sonne liegen bleiben.« Er deutete auf das Fenster. In beiden Sprachen erklärte er, daß die Medizin nur in Verbindung mit der Sonne wirkte.

Sie sah ihn schläfrig an. Sie sprach seine englischen Sätze nach, ihre Aussprache war ausgezeichnet. Aber ihre Augen hatten einen glasigen und irren Ausdruck. Sie murmelte auf lateinisch, daß sie sich nicht erinnern konnte, und dann fing sie wieder an zu weinen.

Er konnte den Anblick nicht ertragen. Aber was konnte er noch tun? So schnell er konnte, ging er ins Nebenzimmer und brachte ihr eine Flasche schweren, kräftigen Brandy, den sie ihm unverzüglich abnahm und trank.

Ihre Augen wurden trüb, dann stöhnte sie.

Das Grammophon. Ramsey liebte Musik. Die Musik faszinierte Ramsey. Elliott ging zu der kleinen Maschine und sah die Platten daneben durch. Jede Menge Platten zum Englischlernen. Ah, da war, was er wollte: *Aida*. Caruso sang den Radames.

Er betätigte die Kurbel und legte die Nadel auf die Platte. Als die ersten dünnen Töne des Orchesters einsetzten, richtete sie sich auf dem Bett auf und sah ihn voller Entsetzen an. Er ging zu ihr hin und berührte sie sanft an der Schulter.

»Oper, *Aida*«, sagte er. Er suchte nach lateinischen Worten, um ihr zu erklären, daß es sich um eine Musikmaschine handelte, die durch das Zusammenwirken verschiedener Teile funktionierte. »Ein Mann singt ein Lied für seine ägyptische Geliebte.«

Sie stand vom Bett auf und stolperte an ihm vorbei. Sie war fast völlig nackt. Ihr Körper war herrlich anzusehen: schmale Hüften, wohlproportionierte Beine. Er versuchte, sie nicht anzustarren, nicht auf die Brüste zu starren. Er ging langsam zum Grammophon und hob die Nadel hoch. Sie schrie ihn an. Ein Schwall lateinischer Flüche ergoß sich über ihn. »Mach, daß die Musik weiterspielt.«

»Ja, aber ich möchte dir zeigen wie«, sagte er ihr. Er kurbelte die Maschine wieder an und setzte die Nadel wieder auf der Schallplatte auf. Erst dann verschwand die zügellose Wildheit aus ihren Zügen. Sie stöhnte im Takt der Musik, dann preßte sie die Hände an den Kopf und schloß die Augen.

Sie fing an zu tanzen und wiegte sich hektisch von einer Seite auf die andere. Es entsetzte ihn, sie so zu sehen. Er wußte, er hatte diesen Tanz schon einmal gesehen. Er hatte ihn bei geistig zurückgebliebenen Kindern beobachtet – er war eine primitive Reaktion auf Rhythmus und Klang.

Sie merkte nicht, wie er sich davonstahl, um ihr etwas zu essen zu holen.

Ramses kaufte am britischen Kiosk eine Zeitung und ging langsam weiter durch den überfüllten Basar.

MORD IM MUSEUM
MUMIE GESTOHLEN, PUTZFRAU ERMORDET

Darunter stand in kleineren Lettern:

GEHEIMNISVOLLER ÄGYPTER
WEGEN BRUTALEN MORDES GESUCHT

Er überflog den Artikel, dann knüllte er die Zeitung zusammen und warf sie weg. Er ging mit gesenktem Kopf und gefalteten Händen weiter. Hatte sie diese Frau ermordet? Wenn ja, warum hatte sie es getan? Und wie hatte sie entkommen können?

Natürlich war es möglich, daß die Polizei nicht die Wahrheit sagte, aber das schien unwahrscheinlich. Um einen derart klugen Schachzug vorzubereiten, war nicht genügend Zeit gewesen. Sie hatte entkommen können, weil die Wachen damit beschäftigt waren, ihn wegzubringen.

Er versuchte, sich noch einmal ins Gedächtnis zu rufen, was er in dieser dunklen Halle gesehen hatte – das schreckliche Ungeheuer, das er in dem Sarg erweckt hatte. Er sah das Ding auf sich zustapfen, er hörte die heiseren, fast kehligen Laute. Er sah den Ausdruck des Leids auf dem halb weggefressenen Gesicht!

Was sollte er tun? Heute morgen hatte er zum ersten Mal, seitdem er ein sterblicher Mann gewesen war, an seine Götter gedacht. Als er im Museum über ihrem Leichnam gestanden hatte, waren ihm uralte Gesänge wieder eingefallen, uralte Worte, die er zusammen mit Priestern in verdunkelten Tempeln und vor dem Volk gesprochen hatte.

Und jetzt flüsterte er diese alten Gebete auf der heißen, dichtgedrängten Straße noch einmal.

Julie saß auf dem kleinen weißen Sofa im Wohnzimmer ihrer Hotelsuite. Sie war froh, daß Alex ihre Hand hielt. Samir stand stumm neben dem einzigen freien Stuhl. Zwei britische Beamte saßen ihr gegenüber. Miles Winthrop stand neben der Tür, die Hände hinter dem Rücken verschränkt, und sah kläglich drein. Der ältere der beiden Beamten, ein Mann namens Peterson, hielt ein Telegramm in der Hand.

»Aber Sie müssen doch verstehen, Miss Stratford«, sagte er mit einem unterwürfigen Lächeln, »mit einem Todesfall in London und einem Todesfall hier in Kairo...«

»Woher wollen Sie wissen, daß da ein Zusammenhang besteht?« fragte Samir. »Dieser Mann in London. Sie sagen, er war ein illegaler Geldverleiher.«

»Tommy Sharples, ja, das war sein Beruf.«

»Nun, was hätte Mr. Ramsey mit dem zu tun haben sollen?« fragte Julie. Wie seltsam, daß ich mich so ruhig anhöre, dachte sie, wo ich doch glaube, den Verstand zu verlieren.

»Miss Stratford, die Münze der Kleopatra, die in der Tasche dieses Mannes gefunden wurde, ist die Verbindung zwischen diesen beiden Morden. Sie stammt mit Sicherheit aus Ihrer Sammlung. Sie ist identisch mit den fünf katalogisierten Münzen.«

»Aber es handelt sich nicht um eine dieser fünf Münzen. Das haben Sie mir selbst gesagt.«

»Ja, aber sehen Sie, wir haben hier im Shepheard Hotel noch einige mehr gefunden.«

»Ich kann Ihnen nicht folgen.«

»In Mr. Ramseys Zimmer.«

Schweigen. Samir räusperte sich. »Sie haben sein Zimmer durchsucht?«

Miles antwortete:

»Julie, ich weiß, er ist ein guter Freund, und die ganze Situation ist schmerzlich. Aber Sie müssen verstehen, diese Morde – sie sind verwerflich. Und Sie müssen uns alles erzählen, was uns helfen könnte, diesen Mann zu verstehen.«

»Er hat in London niemanden umgebracht!«

Miles fuhr mit nervtötender Höflichkeit fort, als hätte er gar nicht gehört, was sie gesagt hatte.

»Und der Earl, wir müssen auch mit dem Earl sprechen, aber im Augenblick wissen wir nicht, wo er sich aufhält.« Er sah Alex an.

»Ich weiß nicht, wo mein Vater ist«, sagte Alex hilflos.

»Und Henry Stratford, wo finden wir den?«

Die beiden Ägypter eilten durch die schmalen Straßen der Altstadt von Kairo, den Teppich trugen sie auf dem Rücken. Die Hitze ließ die Leiche noch schwerer erscheinen.

Aber Schweiß und Zeitaufwand lohnten sich, denn der Auftrag brachte ihnen eine Menge Geld ein. In den bevorstehenden Wintermonaten würden ganze Heerscharen von Touristen in Ägypten einfallen. Sie hatten gerade noch rechtzeitig einen guten und ansehnlichen Leichnam gefunden.

Schließlich kamen sie zu Zakis Haus, in ihrer Muttersprache auch »Fabrik« genannt. Sie traten durch das Tor ein und hasteten mit ihrer Trophäe ins erste von zahlreichen spärlich beleuchteten Zimmern. Sie nahmen keine Notiz von den Mumien, die an den Wänden aufgestellt waren, auch nicht von den zahlreichen ledrigen Leichen auf Tischen in dem Zimmer.

Nur der Gestank der Chemikalien machte ihnen zu schaffen. Doch sie warteten ungeduldig auf Zakis Ankunft.

»Guter Leichnam«, sagte einer der Männer zu dem Arbeiter,

der mitten im Zimmer in einem riesigen Topf mit Bitumen rührte. Darunter brannte ein Kohlenfeuer. Das Bitumen verströmte diesen üblen Geruch.

»Gute Knochen?« fragte der Mann.

»Ja, wunderbare englische Knochen.«

Die Verkleidung war gut. Solche Beduinen strömten zu Tausenden durch Kairo. Er war so gut wie unsichtbar, das heißt, wenn er die Brille abnahm, die gelegentlich Blicke auf sich zog.

Als er jetzt den Hof des Shepheard Hotels betrat, steckte er sie in die Tasche des gestreiften Burnus. Die braunen ägyptischen Iwischen, die ein Automobil polierten, sahen nicht einmal von ihrer Arbeit auf, als er vorbeiging.

Er ging hinter den Obstbäumen an der Mauer entlang, bis er an eine schmale, unbeschriftete Tür kam. Dahinter befand sich eine Hintertreppe ohne Teppiche. Putzlappen, Besen und Eimer wurden hier aufbewahrt.

Er nahm den Besen und ging langsam die Treppe hinauf. Ihm graute vor Julies Fragen.

Sie saß auf der Bettkante und aß von dem Tablett, das er im Innenhof vor sie auf den kleinen Korbtisch gestellt hatte. Sie trug ein dünnes Leibchen, die einzige Unterwäsche, die er in Malenkas Schrank gefunden hatte. Er hatte ihr geholfen, es anzuziehen.

Malenka hatte ihm das Essen gerichtet – Obst, Brot, Käse und Wein –, aber sie ging nicht einmal in die Nähe des Zimmers.

Der Appetit der Kreatur war gewaltig und sie hatte fast barbarische Eßmanieren. Den Wein trank sie wie Wasser. Und obwohl sie die ganze Zeit in der Sonne geblieben war, war der Heilungsprozeß zum Stillstand gekommen, dessen war er ziemlich sicher.

Was Malenka betraf, die blieb schlotternd im Salon sitzen. Elliott war nicht sicher, wie lange er sie noch im Zaum halten konnte.

Jetzt stahl er sich davon, um sie zu suchen. Er fand sie zusammengekauert und mit verschränkten Armen, den Kopf an die Wand gedrückt.

»Mein armer Englischmann«, sagte sie, »liegt mittlerweile in einem kochenden Kessel.«

Hatte er sie richtig verstanden?

»In was für einem Kessel?« sagte er. »Was sagen Sie da?«

»Sie machen einen großen Pharao aus meinem Englischmann. Meinem wunderschönen Englischmann. Sie legen ihn in Bitumen und machen eine Mumie aus ihm. Für die Touristen.«

Er war so schockiert, daß er ihr nicht antworten konnte. Er sah weg, und selbst die einfachsten Worte kamen ihm nicht über die Lippen.

»Mein wunderschöner Englischmann, sie wickeln ihn in Leinen, sie machen ihn zu einem König.«

Er wollte Einhalt gebieten, denn er konnte es nicht mehr mitanhören. Aber er saß nur schweigend da, bis ihn schließlich die Klänge des Grammophons überraschten – eine verkniffene Stimme, die im Nebenzimmer englische Worte artikulierte. Die Platten, mit Hilfe derer Malenka Englisch lernte. Sie hatte sie gefunden. Er ging davon aus, daß sie sich einige Zeit damit beschäftigen würde und er Zeit zum Ausruhen hatte.

Aber da ertönte ein gewaltiges Klirren. Der Spiegel. Sie hatte ihn zerschmettert.

Er stand auf und eilte zu ihr. Sie stand auf dem Teppich, wippte hin und her. Scherben lagen auf dem Toilettentisch und auf dem Boden. Die Grammophonstimme plapperte weiter.

»*Regina*«, sagte er. »*Bella Regina Kleopatra.*«

»Lord Rutherford«, schrie sie. »Was ist mit mir geschehen! Was ist dies für ein Ort?« Ein ganzer Schwall von Worten ergoß sich über ihn in einer fremden Sprache, dann wurden die Worte zu hysterischen Schreien, bis sie zuletzt in ein einziges lautes Schluchzen übergingen.

Zaki überwachte den Vorgang. Er sah zu, wie sie den nackten Leichnam des Engländers in die dickflüssige grüne Flüssigkeit tauchten. Gelegentlich balsamierte er die Leichen nach alter überlieferter Prozedur selbst ein. Aber das war längst nicht mehr nötig. Die Engländer waren nicht mehr so versessen darauf, die Mumien bei ihren Parties in London auszuwickeln. Es reichte deshalb aus, sie gründlich mit Bitumen zu tränken und dann die Bandagen aufzutragen.

Er näherte sich dem Kessel und betrachtete das Gesicht des Engländers, das unter der Oberfläche schwamm. Gute Knochen, das stimmte. Das hatten die Touristen gerne – wenn man ein richtiges Gesicht unter dem Leinen sah. Und der hier würde in der Tat gut aussehen.

Ein leises Klopfen an der Tür.

»Ich will niemanden sehen«, sagte Julie. Sie saß auf dem Sofa im Wohnzimmer ihrer Suite neben Samir, der sie in den Armen gehalten hatte, während sie weinte.

Sie konnte nicht begreifen, was geschehen war. Es bestand kein Zweifel daran, daß Ramses im Museum gewesen, schwer verwundet worden war und dann entkommen konnte. Aber eine Putzfrau zu ermorden! Sie konnte sich nicht vorstellen, daß er so etwas tun würde.

»Den Diebstahl der Mumie, das kann ich verstehen«, hatte sie Samir erst vor Augenblicken gesagt. »Er kannte diese Frau, er wußte, wer sie war. Er konnte es nicht mehr ertragen, ihren Leichnam so entweiht zu sehen, darum hat er sie mitgenommen.«

»Aber die Fakten passen nicht zusammen«, sagte Samir. »Wenn er festgenommen wurde, wer hat dann die Mumie gestohlen?« Er wartete, während Rita zur Tür ging.

Julie drehte sich um und sah einen großen Araber in wallendem Burnus draußen stehen. Sie wollte sich gerade abwenden, als sie die leuchtend blauen Augen erkannte.

Es war Ramses. Er drängte sich an Rita vorbei und schloß die Tür. Sie flog ihm unverzüglich in die Arme.

Sie wußte nicht mehr, welche Zweifel sie gehabt hatte – oder welche Ängste. Sie hielt ihn fest und drückte ihn. Sie spürte, wie seine Lippen über ihre Stirn glitten und seine Arme sie umfingen. Er küßte sie fest und doch zärtlich auf den Mund.

Sie hörte Samirs drängendes Flüstern. »Sire, Sie sind in Gefahr. Man sucht überall nach Ihnen.«

Aber sie konnte ihn nicht loslassen. In dem prunkvollen Gewand sah er mehr als überirdisch aus. Die reine, kostbare Liebe, die sie für ihn empfand, hatte den Punkt erreicht, an dem sie schmerzte.

»Weißt du, was passiert ist?« flüsterte sie. »Eine Frau im Museum ist ermordet worden, und man beschuldigt dich des Verbrechens.«

»Ich weiß, meine Teuerste«, sagte er leise. »Ich habe diesen Tod zu verantworten. Und Schlimmeres noch als das.«

Sie sah ihn an und versuchte, seine Worte zu verstehen. Dann flossen die Tränen wieder, und sie bedeckte das Gesicht mit den Händen.

Sie saß auf dem Bett und sah ihn etwas dümmlich an. Begriff sie, daß das Kleid ein teures Kleid war? Sie sprach die Worte des Grammophons in perfektem Englisch nach. »Ich möchte gerne etwas Zucker in meinem Kaffee. Ich hätte gerne etwas Zitrone in meinem Tee.« Dann verstummte sie wieder.

Sie ließ ihn die Perlmuttknöpfe zuknöpfen. Sie sah ihn erstaunt an, als er die Schärpe des rosafarbenen Rockes zuband. Sie stieß ein böses kleines Lachen aus und hob das Bein unter dem schweren Rocksaum.

»Hübsch, hübsch«, sagte sie. Das hatte er ihr auf Englisch beigebracht. »Hübsches Kleid.«

Plötzlich drängte sie sich an ihm vorbei, hob eine Zeitschrift vom Toilettentisch auf und betrachtete die darin abgebildeten Frauen. Dann fragte sie wieder auf lateinisch: Was ist dies für ein Ort?

»Ägypten«, sagte er ihr. Er hatte es ihr immer wieder gesagt. Zuerst kam der leere Gesichtsausdruck, dann der gequälte.

Schüchtern hob er die Bürste und senkte sie auf ihr Haar. Herrliches, schönes Haar. Schwarz, mit einem leichten Blaustich. Sie seufzte und hob die Schultern. Es gefiel ihr, wenn er es bürstete. Ein leises Lachen kam über ihre Lippen.

»Sehr gut, Lord Rutherford«, sagte sie auf englisch. Sie krümmte den Rücken und bewegte träge die Glieder, wie eine Katze, die sich streckt, die Hände anmutig.

»*Bella Regina Kleopatra*«, seufzte er. Konnte er sie nun guten Gewissens alleine lassen? Konnte er es ihr begreiflich machen? Vielleicht wenn Malenka auf der Straße vor der verriegelten Tür Wache stand, bis er wiederkam.

»Ich muß jetzt gehen, Eure Majestät. Ich muß noch mehr von der Medizin holen.«

Sie drehte sich um und sah ihn verständnislos an. Sie hatte keine Ahnung, wovon er sprach! War es möglich, daß sie sich nicht einmal mehr daran erinnern konnte, was erst vor wenigen Augenblicken geschehen war? Sie versuchte sich zu erinnern.

»Von Ramses«, sagte er.

Ein Funkeln in ihren Augen, doch dann senkte sich ein dunkler Schatten über ihr Gesicht. Sie flüsterte etwas, aber er konnte es nicht verstehen. »Gütiger Lord Rutherford«, sagte sie.

Er bürstete fester. Ihr Haar war jetzt ein Meer weicher und wallender Locken. In ihrem Gesicht zeigte sich ein seltsames Leuchten, ihr Mund war entspannt, ihre Wangen gerötet.

Sie drehte sich um und streichelte sein Gesicht. Auf lateinisch sagte sie, daß er das Wissen eines alten Mannes und den Mund eines jungen Mannes besitze.

Er war überrascht und versuchte nachzudenken, während sie ihm in die Augen sah. Ihm schien, als wäre auch seine eigene Wahrnehmung getrübt: eben noch war sie ein leidendes Geschöpf, das seiner Hilfe bedurfte, und im nächsten Augenblick war sie die große Kleopatra. Und dann begriff er.

Köstlich, diese Frau, die Verführerin Cäsars. Sie kam näher. Es schien, als wäre ihre Verschlagenheit zurückgekehrt. Dann schlang sie den Arm um seinen Hals. Ihre Finger streichelten sein Haar.

Ihre Haut war warm. Großer Gott, dieselbe Haut, die verfault und schwarz im Sarg gelegen hatte.

Aber diese Augen, diese unergründlichen haselnußbraunen Augen mit den winzigen gelben Flecken in den Pupillen. Es war unmöglich, daß sie wieder lebendig geworden waren. Vom Tode auferstanden... Plötzlich berührten ihre Lippen die seinen. Sie öffnete ihren Mund und er spürte, wie sie die Zunge zwischen seine Zähne schob.

Sein Geschlecht regte sich auf der Stelle. Aber es war Wahnsinn. Er war unfähig. Sein Herz, die Schmerzen in den Knochen, er konnte unmöglich... Sie drückte ihre Brüste an ihn. Er spürte ihre pulsierende Wärme durch den Stoff. Mit den Spitzen und den Perlmuttknöpfen sah sie nur noch aufregender aus.

Sein Blick verschwamm. Er sah die nackten Knochen ihrer Hand, als sie ihm das Haar aus der Stirn strich, während ihr Kuß fordernder wurde und sie ihm die Zunge tief in den Mund stieß.

Kleopatra, die Geliebte Cäsars, Antonius und Ramses des Verdammten. Er schlang die Arme um ihre Taille. Sie sank auf die Spitzenkissen zurück und zog ihn auf sich.

Er stöhnte laut und knabberte mit dem Mund an ihr. Großer Gott, er und sie. Seine Hand fuhr unter den Spitzenrock und zwischen ihre Beine. Er fühlte das feuchte, heiße Haar, die feuchten Lippen.

»Gut, Lord Rutherford«, sagte sie auf lateinisch. Sie preßte ihren Körper an ihn, an sein hartes Geschlecht, das erlöst werden wollte.

Er machte hastig die wenigen Knöpfe auf. Wie viele Jahre war es her, seit er es zuletzt in solcher Eile getrieben hatte?

»Nimm mich, Lord Rutherford!« flüsterte sie. »Bohr deinen Dolch in meine Seele!«

Und daran werde ich sterben. Nicht wegen der Schrecken, derer ich gewahr wurde. An dem, was über meine Kräfte geht, dem ich aber dennoch nicht widerstehen kann. Er küßte sie fast brutal, und sein Geschlecht pulsierte zwischen ihren feuchten Schenkeln. Süßes, böses Gelächter entrang sich ihr.

Er machte die Augen zu, als er in ihr enges, schmales Geschlecht stieß.

»Sie können nicht hier bleiben, Sire«, sagte Samir. »Das Risiko ist zu groß. Sie bewachen den Eingang. Man folgt uns sicher, wohin wir auch gehen. Und Sire, sie haben Ihr Zimmer durchsucht, sie haben die alten Münzen gefunden. Sie haben vielleicht... noch mehr gefunden.«

»Nein. Sonst konnten sie nichts finden. Aber ich muß mit euch sprechen, mit euch beiden.«

»Eine Art Versteck«, sagte Julie, »wo wir uns treffen können.«

»Das kann ich besorgen«, sagte Samir. »Aber ich brauche ein paar Stunden Zeit. Können wir uns um drei Uhr vor der großen Moschee treffen? Ich werde mich kleiden wie Sie, Sire.«

»Ich komme mit!« beharrte Julie. »Nichts wird mich aufhalten.«

»Julie, du weißt nicht, was ich getan habe«, flüsterte Ramses.

»Dann mußt du es mir sagen«, sagte sie. »Diese Kleidung, Samir kann sie ebenso für mich wie für dich selbst besorgen.«

»Du weißt nicht, wie sehr ich dich liebe«, flüsterte Ramses leise. »Und wie sehr ich dich brauche. Aber um deinetwillen, Julie, tu nichts...«

»Was immer du getan hast, ich halte zu dir.«

»Sire, gehen Sie jetzt. Überall im Hotel sind Polizisten. Sie werden wiederkommen und uns verhören. An der Moschee. Um drei Uhr.«

Die Schmerzen in seiner Brust waren schlimm, aber daran starb er nicht. Er saß zusammengesunken auf einem kleinen Holzstuhl neben dem Bett. Er brauchte einen Drink aus der Flasche im Nebenzimmer, aber er hatte keine Kraft mehr, ihn sich zu holen. Er konnte nur noch langsam das Hemd zuknöpfen.

Er drehte sich um und sah sie wieder an, ihr glattes Gesicht, das im Schlaf wächsern wirkte. Aber jetzt hatte sie die Augen offen. Sie richtete sich auf und streckte ihm die Glasphiole hin.

»Medizin«, sagte er.

»Ja, ich werde sie holen. Aber du mußt hier bleiben. Verstehst du?« Er erklärte es ihr zuerst auf lateinisch. »Du bist hier sicher. Du mußt in diesem Haus bleiben.«

Es schien, als wollte sie das nicht.

»Wohin wirst du gehen?« fragte sie. Sie sah sich um, sah zum Fenster neben dem Bett und zu der dahinterliegenden weißgetünchten Wand. Das Sonnenlicht des Nachmittags fiel in schrägen Strahlen durch das Fenster. »Ägypten. Ich glaube nicht, daß dies Ägypten ist.«

»Doch, doch, meine Liebe. Und ich muß versuchen, Ramses zu finden.«

Wieder das Funkeln, dann die Verwirrung, und plötzlich die Panik.

Er stand auf, er durfte nicht länger zögern. Er konnte nur hoffen und beten, daß Ramses seinen Häschern irgendwie entkommen war. Sicher hatten Julie und Alex die richtigen Anwälte beauftragt. Jetzt mußte er versuchen, ins Hotel zu gelangen.

»Es dauert nicht sehr lange, Eure Majestät«, sagte er zu ihr. »Ich werde so schnell ich kann mit der Medizin zurückkehren.«

Sie schien ihm nicht zu trauen. Als er aus dem Zimmer ging, sah sie ihm argwöhnisch nach.

Malenka saß immer noch zusammengekauert in der Ecke im Wohnzimmer. Sie zitterte und sah ihn mit leeren stumpfen Augen an.

»Meine Güte, hören Sie zu«, sagte er. Er sah seinen Gehstock am Barschrank und holte ihn. »Ich möchte, daß Sie mit mir hinausgehen, die Tür abschließen und Wache stehen.«

Hatte das Mädchen verstanden? Sie starrte an ihm vorbei. Er drehte sich um und erblickte Kleopatra in der Tür, barfuß, mit wallendem Haar, die in dem englischen rosa Spitzenkleid aussah wie eine Wilde. Sie sah Malenka an.

Das Mädchen schrak wimmernd zurück. Ihre Abscheu und Angst waren überdeutlich.

»Nein, nein, Liebste, kommen Sie mit mir«, sagte Elliott. »Haben Sie keine Angst, sie wird Ihnen nichts tun.«

Malenka hatte solche Angst, daß sie weder zuhörte noch gehorchte. Ihre erbärmlichen Schreie wurden lauter. Kleopatras ausdrucksloses Gesicht verzerrte sich vor Wut.

Sie ging auf die hilflose Frau zu, die die Knochen an Händen und Füßen anstarrte.

»Sie ist nur eine Dienerin«, sagte der Earl und griff nach Kleopatras Arm. Sie drehte sich um und stieß ihn so fest, daß er rückwärts gegen den Papageienkäfig stürzte. Als Malenka hysterisch zu schreien anfing, begann der Papagei zu kreischen und wie wild mit den Flügeln zu schlagen.

Elliott versuchte sich aufzurichten. Das Mädchen mußte aufhören zu schreien. Dies war eine Katastrophe. Kleopatra, die von dem kreischenden Mädchen zu dem kreischenden Papagei sah, schien selbst am Rand der Hysterie zu sein. Dann warf sie sich auf die Frau, packte sie am Hals und zwang sie auf die Knie, wie sie es erst vor Stunden mit Henry gemacht hatte.

»Nein, aufhören.« Elliott warf sich auf sie. Dieses Mal durfte er es nicht zulassen. Aber schon spürte er wieder einen kräftigen Schlag, der ihn quer durch das Zimmer schleuderte. Er prallte gegen die Wand und schürfte sich an dem rauhen Verputz die Hand auf. Dann hörte er das Geräusch, das unaussprechliche Geräusch. Das Mädchen war tot. Kleopatra hatte ihr das Genick gebrochen.

Der Vogel hatte zu kreischen aufgehört. Er starrte mit einem runden, leeren Auge ins Zimmer. Malenka lag auf dem Rücken, ihr Kopf verdreht, die braunen Augen halb offen.

Kleopatra starrte auf sie hinab. Mit nachdenklichem Blick sagte sie auf lateinisch:

»Sie ist tot.«

Elliott antwortete nicht. Er umklammerte die Kante des Marmorschränkchens und zog sich hoch. Das Pochen in seiner Brust bedeutete nichts. Nichts konnte der Qual in seiner Seele gleichkommen.

»Warum hast du das getan!« flüsterte er. Aber war es nicht verrückt, einem solchen Wesen eine solche Frage zu stellen? Diesem Ding, dessen Geist zweifellos Schaden genommen hatte, so wie der Körper Schaden genommen hatte, mochte er auch noch so schön aussehen. Fast unschuldig sah sie Elliott an. Dann betrachtete sie wieder die tote Frau.

»Sag mir, Lord Rutherford, wie bin ich hierhergekommen!« Sie kniff die Augen zusammen und kam auf ihn zu. Tatsächlich streckte sie die Hand aus und half ihm mühelos aufzustehen. Sie hob den Gehstock auf und drückte ihn ihm in die linke Hand. »Woher bin ich gekommen?« fragte sie, »Lord Rutherford!« Sie beugte sich nach vorne, ihre Augen waren vor Schreck weit aufgerissen. »Lord Rutherford, war ich tot?«

Sie wartete nicht auf die Antwort. Der Schrei brach stockend aus ihr heraus. Er umarmte sie und legte ihr eine Hand auf den Mund.

»Ramses hat dich hierher gebracht. Ramses! Du hast seinen Namen gerufen. Du hast ihn gesehen.«

»Ja!« Sie stand still, wehrte sich nicht, hielt lediglich sein Handgelenk fest umklammert. »Ramses war da. Und als ich... als ich ihn gerufen habe, ist er vor mir weggelaufen. Wie die Frau ist er vor mir weggelaufen! Mit demselben Ausdruck in den Augen.«

»Er wollte zu dir zurückkommen. Man hat ihn nicht gelassen. Jetzt muß ich zu ihm gehen. Verstehst du? Du mußt hier bleiben. Du mußt hier auf mich warten.« Sie sah an ihm vorbei. »Ramses hat die Medizin«, sagte er. »Ich werde sie herbringen.«

»Wie lange?«

»Ein paar Stunden«, sagte er. »Es ist früher Nachmittag. Ich werde vor Einbruch der Dunkelheit zurück sein.«

Sie stöhnte wieder. Sie preßte den gebogenen Daumen an die Zähne und sah zu Boden. Plötzlich sah sie wie ein Kind aus, wie ein Kind, das versucht, ein schwieriges Rätsel zu lösen. »Ramses«, flüsterte sie. Sie war sich nicht sicher, um wen es sich handelte.

Er tätschelte ihr liebevoll die Schulter, dann ging er, auf den Gehstock gestützt, zu der Leiche des Mädchens. Was, um Himmels willen, sollte er damit machen? Sie hier liegen und verwesen lassen? Wie sollte er sie im Garten begraben, wo er doch kaum gehen konnte? Er machte die Augen zu, sein Lachen klang bitter. Es kam ihm vor wie tausend Jahre, seit er seinen Sohn und Julie und die kultivierte Umgebung des Shepheard Hotels zum letzten Mal gesehen hatte. Es schien tausend Jahre her zu sein, seit er etwas Normales getan oder etwas Normales geliebt hatte oder daran geglaubt oder die Opfer gebracht hatte, die das Normalsein erforderten.

»Geh und hol die Medizin«, sagte sie zu ihm. Sie trat zwischen ihn und die tote Frau, bückte sich und ergriff Malenkas rechten Arm. Mühelos zog sie die Frau über den Teppich, an dem glucksenden Vogel vorbei, der glücklicherweise still war, und warf die Leiche dann wie eine Puppe in den Innenhof hinaus. Sie landete an der gegenüberliegenden Wand mit den Gesicht nach unten.

Jetzt nicht denken. Geh zu Ramses. Geh!

»Drei Stunden«, sagte er wieder in zwei Sprachen zu ihr. »Verriegle die Tür hinter mir. Siehst du den Riegel?«

Sie drehte sich um und sah zur Tür. Sie nickte.

»Gut, Lord Rutherford«, sagte sie auf lateinisch. »Vor Einbruch der Dunkelheit.«

Sie verriegelte die Tür nicht. Sie stand da, Hände auf das Holz gestützt und lauschte, wie er sich entfernte. Es würde lange dauern, bis er außer Sicht war.

Und sie mußte von hier fort! Sie mußte feststellen, wo sie war! Dies konnte nicht Ägypten sein. Und sie konnte nicht verstehen, warum sie hier war, warum sie solchen Hunger hatte, der nicht gestillt werden konnte, und weshalb sie dieses brennende, unstillbare Verlangen verspürte, in den Armen eines Mannes zu liegen. Sie hätte Lord Rutherford noch zu einem zweiten Akt gezwungen, hätte sie nicht gewollt, daß er seinen Botengang erledigte.

Aber der Botengang, plötzlich war er ihr nicht mehr klar. Er wollte die Medizin besorgen, aber was war die Medizin! Wie konnte sie mit ihren großen, klaffenden Wunden leben?

Doch erst vor einem Augenblick war ihr etwas klar geworden, etwas, das mit der toten Frau zu tun hatte, mit dem kreischenden Sklavenmädchen, dem sie das Genick gebrochen hatte.

Aber am wichtigsten war, von hier wegzugehen, so lange Lord Rutherford nicht da war, der sie wie ein Schulmeister maßregelte und ihr sagte, sie solle bleiben.

Wie durch einen Schleier sah sie die Straßen, die sie zuvor gesehen hatte, voll großer, dröhnender Ungeheuer aus Metall, die stinkenden Rauch ausstießen und einen ohrenbetäubenden Lärm machten. Wer waren die Menschen, die sie gesehen hatte? Frauen, die ebenso gekleidet waren wie sie jetzt.

Da hatte sie sich gefürchtet, aber ihr ganzer Körper war wund gewesen und hatte geschmerzt. Jetzt war ihr Körper voller Verlangen. Sie durfte sich nicht fürchten. Sie mußte gehen.

Sie ging ins Schlafzimmer zurück. Sie schlug die »Schrift« *Harper's Weekly* auf und betrachtete die Zeichnungen schöner Frauen in diesen seltsamen Kleidern, die sie in der Mitte einschnürten wie Insekten. Dann betrachtete sie sich selbst im Spiegel in der Schranktür.

Sie brauchte eine Kopfbedeckung und Sandalen. Ja, Sandalen. Rasch durchsuchte sie das Schlafgemach und fand sie in dem Holzschrank – Sandalen mit Goldschmuck und Leder, die ihr paßten. Dazu ein großes, seltsames Ding mit Seidenblumen, wie man es tragen mochte, um sich vor Regen zu schützen.

Als sie es ansah, lachte sie. Dann setzte sie es auf den Kopf und knöpfte die Bänder unter dem Kinn zu. Jetzt sah sie den Frauen auf den Bildern wirklich ähnlich. Abgesehen von den Händen. Was sollte sie bloß mit den Händen machen?

Sie betrachtete den bloßen Knochen des rechten Zeigefingers, der mit einer dünnen Haut bedeckt war. Aber die Haut war wie Seide und fast durchscheinender als das Kleid. Sie sah das Blut unter der Haut, aber es war durchsichtig. Und der Anblick der Knochen reichte aus, sie wieder benommen und verwirrt zu machen.

Eine Erinnerung – jemand stand über ihr. Nein, laß es nicht wieder anfangen. Sie mußte ihre Hand irgendwie bedecken, vielleicht umwickeln. Die linke Hand sah ganz gut aus. Sie drehte sich um und begann den Schrank zu durchsuchen.

Und dann machte sie eine reizende Entdeckung! Da waren zwei kleine Seidenüberzieher für die Hände. Sie waren weiß und Perlen waren darauf genäht! Jeder hatte fünf Finger und war so geschnitten, daß er genau über die Hände paßte. Das war perfekt. Sie zog beide über. Sie verdeckten den freiliegenden Knochen vollkommen.

Ja, die Wunder dieser neuen, modernen Zeit, wie Lord Rutherford sie genannt hatte! Die Zeit der Musikmaschinen und Automobile, diese Dinger, die sie heute morgen überall gesehen hatte und die, gleich großen, dröhnenden Flußpferden vom Nil durch die

Straßen torkelten. Wie würde Lord Rutherford das hier nennen, diese Kleidungsstücke für Hände?

Sie vergeudete ihre Zeit. Sie ging zum Toilettentisch, nahm ein paar Münzen, die dort lagen, und steckte sie in eine tiefe, verborgene Seitentasche des schweren Rocks.

Als sie die Tür des Hauses öffnete, sah sie die tote Frau, die wie ein Bündel an der Wand des Innenhofs lag. Etwas, was war es, sie mußte es verstehen, aber es wurde einfach nicht deutlich. Etwas ...

Sie sah wieder die verschwommene Gestalt, die über ihr stand. Sie hörte wieder die heiligen Worte. Die Gestalt sprach eine Sprache, die sie kannte. *Dies ist die Sprache deiner Vorväter, du mußt sie lernen.* Nein, das war eine andere Zeit gewesen. Sie hatten sich in einem hellen Saal, der mit italienischem Marmor ausgekleidet war, aufgehalten und er hatte sie unterrichtet. Dieses Mal war es dunkel und heiß gewesen, und sie hatte sich nach oben gekämpft wie aus tiefem Wasser, mit schwachen Gliedern, und das Wasser hatte sie zermalmt, ihr Mund war voll Wasser gewesen, so daß sie nicht schreien konnte.

»Dein Herz schlägt wieder, du erwachst zum Leben! Du bist wieder jung und stark, du *bist* jetzt und auf ewig.«

Nein, nicht wieder weinen! Versuch nicht zu begreifen, zu sehen. Die Gestalt entfernt sich, blaue Augen. Sie hatte diese blauen Augen gekannt. *Als ich es getrunken hatte, ist es geschehen. Die Priesterin hat es mir im Spiegel gezeigt ... blaue Augen.* Aber wessen Stimme war das! Diese Stimme hatte die Gebete in der Dunkelheit gesprochen, das alte, heilige Gebet, um den Mund der Mumie zu öffnen.

Sie hatte seinen Namen gerufen! Und hier, in diesem seltsamen kleinen Haus, hatte auch Lord Rutherford den Namen ausgesprochen. Lord Rutherford ging ...

Sei vor Einbruch der Dunkelheit zurück.

Es war vergebens. Sie sah durch den Bogen zu der Leiche. Sie mußte hinaus in dieses seltsame Land. Und sie durfte nicht vergessen, daß es außerordentlich leicht war, sie zu töten, ihre spröden Hälse zu brechen.

Sie eilte hinaus ohne die Tür zuzumachen. Die weißgetünchten Häuser auf beiden Seiten kamen ihr vertraut und gut vor. Sie hatte solche Städte gekannt. Vielleicht war dies Ägypten. Aber nein, das konnte nicht sein.

Sie hastete weiter und hielt die Bänder fest, damit ihr der seltsame Kopfschmuck nicht vom Kopf flog. Es war so leicht, schnell zu gehen. Und die Sonne tat so gut. Die Sonne. Blitzartig sah sie die Sonne durch ein hohes Fenster in einer Höhle scheinen. Ein Holzladen ging auf. Sie hörte das Quietschen einer Kette.

Dann war sie dahin, die Erinnerung, falls es überhaupt eine Erinnerung gewesen war. *Wach auf, Ramses.*

Das war sein Name. Doch im Moment war ihr das gleichgültig. Sie war frei und konnte durch diese fremde Stadt streifen, war frei und konnte entdecken und schauen!

Samir kaufte gleich im ersten Geschäft in der Altstadt von Kairo mehrere Beduinengewänder. Er betrat ein kleines Restaurant, ein stinkendes Loch voll heruntergekommener Franzosen. Dort zog er das weite, wallende Gewand an und klemmte die anderen Kleidungsstücke, die er für Julie gekauft hatte, in das Gewand unter den Arm.

Ihm gefiel dieses weite Bauernkostüm, das viel älter war als die maßgeschneiderten Anzüge und Hüte, die die meisten Ägypter trugen. Wahrscheinlich handelte es sich sogar um die ältesten noch existierenden Kleidungsstücke – die langen, weiten Gewänder der Wüstenbewohner. Er fühlte sich darin frei und vor allen Blicken sicher.

Er eilte durch die gewundenen engen Gassen des Araberviertels zum Haus seines Vetters Zaki. Zaki war ein Mann, mit dem er ungern Geschäfte machte, der ihm aber leichter und problemloser als jeder andere genau das geben konnte, was er haben wollte. Und wer wußte, wie lange sich Ramses in Kairo verstecken mußte? Wer wußte, wie diese Morde aufgeklärt werden konnten?

Als er die Mumienfabrik seines Vetters erreichte – sicher einer der verabscheuungswürdigsten Orte auf der ganzen Welt –, trat er durch eine Seitentür ein. Eine Ladung frisch angelieferter Leichen röstete in der grellen Nachmittagssonne. Drinnen wurden zweifellos weitere im Kessel gekocht.

Ein einsamer Arbeiter hob gerade einen Graben aus, in dem die frischen Mumien dann ein paar Tage lagerten, um im feuchten Erdreich zu »bräunen«.

Samir ekelte sich über alle Maßen, obschon er bereits als Junge in diese kleine Fabrik gekommen war, lange bevor er gewußt hatte, daß es echte Mumien gab, die Leichname der ältesten Vorfahren, die man studieren konnte und die man vor Diebstahl und Verstümmelung schützen und bewahren mußte.

»Sieh es einmal so«, hatte sein Vetter Zaki ihm einmal erklärt. »Wir sind besser als die Diebe, die unsere alten Herrscher Stück für Stück an Ausländer verkaufen. Was wir verkaufen, ist nicht heilig. Es ist gefälscht.«

Der gute alte Zaki. Samir wollte gerade einem der Männer, der gerade einen Leichnam bandagierte, ein Zeichen geben, als Zaki selbst aus dem stinkenden kleinen Haus heraustrat.

»Samir! Es ist immer eine Freude, dich zu sehen, Vetter. Tritt ein und trinke einen Kaffee mit mir, Vetter!«

»Jetzt nicht, Zaki, ich brauche deine Hilfe!«

»Gewiß, andernfalls wärst du nicht hier.«

Samir nahm die Zurechtweisung mit einem knappen, demütigen Lächeln entgegen.

»Zaki, ich brauche einen sicheren Ort, ein kleines Haus mit einer schweren Tür und einem Hinterausgang. Sicher. Ein paar Tage, vielleicht länger. Ich weiß nicht.«

Zaki lachte gutmütig, aber auch ein wenig gönnerhaft.

»So, so, der Gebildete, den alle respektieren, kommt zu mir, weil er ein Versteck braucht?«

»Stell bitte keine Fragen, Zaki.« Samir holte ein Bündel Geldscheine unter dem Gewand hervor. Er hielt sie seinem Vetter hin. »Ein sicheres Haus. Ich bezahle.«

»Gut, ich weiß genau das Richtige«, sagte Zaki. »Komm mit ins Haus und trink einen Kaffee mit mir. Ein Atemzug, und du hast dich an den Geruch gewöhnt.«

Das sagte Zaki schon seit Jahrzehnten. Samir gewöhnte sich nie an den Geruch. Aber jetzt fühlte er sich veranlaßt, dem Wunsch seines Vetters nachzukommen. Er folgte ihm ins »Einbalsamierungszimmer«, einem kläglichen Raum, wo ein Kessel Bitumen und andere Chemikalien kochten und darauf warteten, daß eine frische Leiche hineingeworfen wurde.

Im Vorübergehen sah Samir, daß ein neues Opfer im Kessel schwamm. Er schaute weg, sah aber dennoch das schwarze Haar des Mannes, das an der Oberfläche trieb, während das Gesicht dicht darunter schwamm.

»Wie wäre es mit einer frischen, hübschen Mumie?« ärgerte Zaki ihn. »Direkt aus dem Tal der Könige. Nenn mir eine Dynastie und ich geb sie dir! Männlich, weiblich, was du willst!«

»Das Versteck, Vetter.«

»Ja, ja. Ich habe mehrere solcher Häuser frei. Aber zuerst Kaffee, dann schicke ich dich mit dem Schlüssel los. Sag mir, was du von diesem Einbruch ins Museum weißt! Die Mumie, die gestohlen wurde! War sie echt, was meinst du?«

Wie betäubt betrat Elliott die Halle des Shepheard Hotels. Er wußte, daß er zerlumpt aussah. Schmutz und Sand klebten an der Hose und sogar an seiner Jacke. Sein linkes Bein tat weh, aber er spürte es eigentlich gar nicht mehr. Es kümmerte ihn nicht, daß er unter dem Hemd und der zerknitterten Jacke schweißnaß war. Er wußte, er hätte erleichtert sein sollen, daß er hier war, fern der Schrecken, an denen er Anteil gehabt hatte. Aber dies hier kam ihm unwirklich vor. Er war der Atmosphäre des kleinen Hauses nicht entkommen. Während der ganzen Fahrt von der Altstadt hierher ins Hotel hatte er denken müssen: Malenka ist tot, weil ich diese Frau dorthin gebracht habe. Um Henry konnte er nicht trauern. Aber Malenka würde ihm für alle Zeiten auf der Seele liegen. Und die Mörderin, diese schreckliche wiedererwachte Königin. Was sollte er mit ihr anfangen, wenn er Ramsey nicht fand? Wann würde sie sich gegen ihn stellen?

Am allerwichtigsten war nun, Samir zu finden, denn der mußte wissen, wo sich Ramsey aufhielt.

Er war vollkommen überrascht, als Alex auf ihn zugeeilt kam, ihn umarmte und ihm den Weg zur Rezeption versperrte.

»Vater, Gott sei Dank, daß du da bist.«

»Wo ist Ramsey? Ich muß unverzüglich mit ihm sprechen.«

»Vater, weißt du denn nicht, was passiert ist? Sie suchen in ganz Kairo nach ihm. Er wird wegen Mordes gesucht, Vater, hier und in London. Julie geht es gar nicht gut. Wir haben fast alle den Verstand verloren. Und Henry, wir können Henry nicht finden! Vater, wo bist du gewesen!«

»Du bleibst bei Julie und kümmerst dich um sie«, sagte er. »Laß deine amerikanische Miss Barrington warten.« Er versuchte an ihm vorbei zur Rezeption zu gehen.

»Miss Barrington ist abgereist«, sagte Alex mit einer wegwerfenden Handbewegung. »Die ganze Familie hat heute morgen urplötzlich umdisponiert, nachdem die Polizei hier war und sie wegen Ramsey und uns verhört hat.«

»Das tut mir leid, Junge«, murmelte er. »Aber du mußt mich jetzt gehen lassen. Ich muß Samir finden.«

Alex deutete zum Kassierer. Samir hatte offenbar gerade einen Barscheck gegen Geld eingetauscht. Er zählte es nach und steckte es weg. Er hatte ein Bündel unter dem Arm und schien in Eile.

»Laß mich jetzt allein, mein Junge«, sagte Elliott, während er zu ihm eilte. Samir sah auf, als Elliott gerade an den Marmortisch herantrat. Er zog Samir beiseite.

»Ich muß ihn sehen«, flüsterte Elliott. »Wenn Sie wissen, wo er ist, sagen Sie's mir.«

»Mylord, bitte.« Samir ließ seine Augen langsam und unauffällig durch die ganze Halle streifen. »Die Polizei sucht nach ihm. Wir werden eben in diesem Augenblick beobachtet.«

»Aber Sie wissen, wo er ist. Oder wie man ihm eine Nachricht zukommen lassen kann. Sie wissen alles über ihn.«

Samirs Augen verdunkelten sich. Es war, als hätte er eine Tür zu seiner Seele zugemacht.

»Überbringen Sie ihm diese Nachricht von mir.«

Samir wandte sich zum Gehen.

»Sagen Sie ihm, ich habe *sie*.«

Samir zögerte. »Aber wen?« flüsterte er. »Was meinen Sie?« Elliott hielt ihn grob am Arm fest.

»Er weiß es. Und *sie* weiß auch, wer sie ist! Sagen Sie ihm, ich habe sie aus dem Museum fortgebracht. Und ich habe sie an einen sicheren Ort gebracht. Ich bin den ganzen Tag bei ihr gewesen.«

»Ich verstehe Sie nicht.«

»Aber er wird es verstehen. Und jetzt hören Sie gut zu. Sagen Sie ihm, die Sonne hat ihr geholfen. Sie hat sie geheilt, ebenso die... die Medizin in der Phiole.«

Der Earl holte die jetzt leere Phiole heraus und drückte sie Samir in die Hand. Samir starrte sie an, als hätte er Angst davor, als wollte er nicht damit in Berührung kommen und als wüßte er nicht, was er damit anfangen sollte.

»Sie braucht mehr davon!« sagte Elliott. »Sie ist innerlich wie äußerlich verletzt. Sie ist verrückt.« Er sah aus den Augenwinkeln, wie Alex auf sie zu kam. Diesen bat er mit einer Handbewegung um Geduld und ging noch näher an Samir heran. »Sagen Sie ihm, er soll heute abend um sieben mit mir Kontakt aufnehmen. Im französischen Café Babylon im Araberviertel. Ich werde einzig und allein mit ihm sprechen.«

»Aber warten Sie, Sie müssen erklären...«

»Ich sagte Ihnen doch. Er wird verstehen. Und er darf unter gar keinen Umständen hier mit mir Verbindung aufnehmen. Es wäre zu gefährlich. Ich lasse nicht zu, daß mein Sohn in das alles hineingezogen wird. Um sieben im Babylon. Und sagen Sie ihm noch dies. Sie hat dreimal getötet. Und sie wird wieder töten.«

Er ließ Samir abrupt stehen, drehte sich zu seinem Sohn um und ergriff dessen ausgestreckte, stützende Hand.

»Komm, bring mich nach oben«, sagte er. »Ich muß mich ausruhen. Ich bin einer Ohnmacht nahe.«

»Großer Gott, Vater, was geht hier vor!«

»Das will ich von dir wissen. Was ist passiert, seit ich weggegangen bin? Ach, bitte sag an der Rezeption Bescheid, daß ich für niemanden zu sprechen bin. Ich will keine Anrufe oder Besuche.«

Nur noch ein paar Schritte, dachte er, als die Aufzugtüren aufgingen. Wenn er es nur zu einem sauberen Bett schaffen konnte. Jetzt war ihm schwindlig und furchtbar übel. Er war seinem Sohn dankbar dafür, daß er ihn fest an den Schultern hielt und nicht fallen ließ.

Kaum hatte er sein Zimmer erreicht, verlor er das Gleichgewicht. Aber Walter war da, und Walter und Alex halfen ihm gemeinsam aufs Bett.

»Ich möchte aufrecht sitzen«, sagte er quengelig wie ein alter Hypochonder.

»Ich lasse Ihnen ein Bad ein, Mylord, ein schönes, erholsames heißes Bad.«

»Machen Sie das, Walter, aber vorher bringen Sie mir einen Drink. Scotch, und stellen Sie die Flasche neben das Glas.«

»Vater, so habe ich dich noch nie gesehen. Ich werde den Hotelarzt anrufen.«

»Das wirst du nicht tun!« sagte Elliott. Sein Tonfall erschreckte Alex, was ihm nur recht war. »Hätte ein Arzt Lady Macbeth helfen können? Ich glaube nicht!«

»Vater, was soll das alles?« Alex' Stimme war zu einem Flüstern geworden, wie immer, wenn er durcheinander war. Er sah zu, wie Walter Elliott das Glas in die Hand drückte.

Elliott trank einen Schluck Whisky. »Ah, das tut gut«, stieß er aus. In diesem schrecklichen kleinen Haus, dem Haus des Todes, hatten Dutzende von Henrys Flaschen gestanden, aber er hatte es nicht über sich gebracht, sie anzurühren. Er hatte es auch nicht über sich gebracht, aus einem Glas zu trinken, das Henry gehört hatte, oder auch nur einen Bissen von Henrys Essen anzurühren. Er hatte ihr davon gegeben, aber er selbst hätte es nicht anrühren können. Und nun genoß er die wohlige Wärme des Scotch, die so ganz anders war als das Brennen in seiner Brust.

»Und jetzt, Alex, mußt du mir zuhören«, sagte er und nahm noch einen Schluck. »Du mußt Kairo unverzüglich verlassen. Du wirst sofort packen und den Zug um fünf Uhr nach Port Said nehmen. Ich werde dich persönlich zum Zug bringen.«

Wie hilflos sein Sohn plötzlich aussah. Wie ein kleiner Junge, ein süßer, kleiner Junge. Und dies ist mein Traum von Unsterblichkeit, den ich schon immer geträumt habe, dachte er. Mein Alex, der jetzt nach Hause nach England fahren wird, wo er sich bald in Sicherheit befindet.

»Das kommt überhaupt nicht in Frage, Vater«, sagte Alex unverändert sanft. »Ich kann Julie hier nicht allein lassen.«

»Ich möchte auch nicht, daß du Julie allein läßt. Du wirst Julie mitnehmen. Du mußt jetzt gleich zu ihr gehen. Ihr sagen, daß sie sich fertigmachen soll! Tu, was ich dir sage.«

»Vater, du verstehst nicht. Sie geht nicht, bevor Ramsey nicht in Freiheit ist und auch gehen kann. Und niemand kann Ramsey finden. Und Henry kann auch niemand finden. Vater, ich glaube nicht, daß man überhaupt einen von uns ausreisen läßt, bis diese Angelegenheit nicht geklärt ist.«

»Großer Gott.«

Alex holte sein Taschentuch heraus. Er legte es sorgsam zusammen und tupfte Elliott damit die Stirn ab. Dann legte er es noch einmal zusammen und bot es Elliott an. Elliott nahm es und wischte sich den Mund ab.

»Vater, du glaubst doch nicht, daß Ramsey wirklich diese Greueltaten begangen hat, oder? Ich meine, eigentlich konnte ich Ramsey gut leiden.«

Walter kam zur Tür. »Ihr Bad ist bereit, Mylord.«

»Armer Alex«, flüsterte Elliott. »Armer, anständiger, ehrbarer Alex.«

»Vater, so sag mir doch, was los ist. Ich habe dich noch nie so gesehen. Du bist nicht du selbst.«

»Doch, ich bin ich selbst. Jetzt siehst du mein wahres Selbst. Verzweifelt und verschlagen und von irren Träumen erfüllt, wie immer. Ich bin zu sehr ich selbst. Weißt du, mein Sohn, wenn du den Titel erbst, wirst du wahrscheinlich der erste anständige und ehrbare Lord Rutherford in der Familie sein.«

»Du spielst wieder den Philosophen. Und ich bin ganz und gar nicht anständig und ehrbar. Ich bin lediglich gut erzogen, was hoffentlich ein hinreichender Ersatz ist. Jetzt geh baden. Du wirst dich danach viel besser fühlen. Und trink bitte keinen Scotch mehr.« Er bat Walter Elliott zur Hand zu gehen.

Miles Winthrop starrte das Telegramm an, das ihm der Mann, der vor ihm stand, in die Hand gedrückt hatte.

»Sie festnehmen? Julie Stratford! Wegen Diebstahls einer unersetzlichen Mumie in London? Aber das alles ist Wahnsinn. Alex

Savarell und ich waren zusammen in der Schule! Ich werde persönlich mit dem Britischen Museum Verbindung aufnehmen.«

»Nun gut, dann machen Sie schnell«, sagte der andere. »Der Gouverneur ist wütend. Die kunsthistorische Abteilung befindet sich in Aufruhr. Und suchen Sie Henry Stratford. Spüren Sie seine Geliebte auf, diese Tänzerin Malenka. Stratford ist irgendwo in Kairo und stockbesoffen, darauf können Sie Gift nehmen. Und nehmen Sie bis dahin irgend jemanden fest, sonst explodiert uns der Alte.«

»Das könnte ihm so passen«, flüsterte Miles, während er zum Telefonhörer griff.

Welch ein Basar. Hier gab es alles zu kaufen – kostbare Stoffe, Parfums, Gewürze und seltsame tickende Gegenstände mit römischen Ziffern darauf, Juwelen und Töpferwaren – und Essen! Aber sie hatte kein Geld, um etwas zu kaufen! Der erste Händler hatte ihr auf englisch und mit jahrtausendealten, unmißverständlichen Gesten klar zu verstehen gegeben, daß ihr Geld nichts wert war.

Sie ging weiter. Sie lauschte den Stimmen, die von allen Seiten an ihr Ohr drangen, horchte auf die englischen Wörter, versuchte zu verstehen.

»Soviel werde ich nicht bezahlen. Das ist zuviel, der Mann versucht, uns über's Ohr zu...«

»Nur einen kleinen Drink, jetzt komm schon. Es ist sengend heiß.«

»Schau doch, diese Halsbänder, sind sie nicht hübsch.«

Gelächter und gräßliche Geräusche, laute, knirschende Geräusche! Sie hatte sie schon einmal gehört. Sie drückte unter dem breiten, schlappen Kopfschmuck die Hände auf die Ohren. Sie ging weiter und versuchte, das zu überhören, was ihr weh tat, aber das zu hören, was sie wissen mußte, um zu lernen.

Plötzlich ein entsetzliches Geräusch – ein unvorstellbares Geräusch –, das sie völlig aus der Fassung brachte und nach oben sehen ließ. Es gelang ihr, einen Schrei zu unterdrücken. Ihre Hände konnten sie nicht davor schützen. Sie stolperte weiter und stellte fest, daß die anderen keine Angst hatten! Sie kümmerten sich gar nicht darum.

Sie mußte diesem Geheimnis auf den Grund gehen! Trotz der Tränen ging sie weiter.

Was sie sah, erfüllte sie mit namenlosem Grauen. Sie fand keine Worte, es zu beschreiben. Ein riesiges, schwarzes Ding, das sich auf Rädern aus Metall vorwärts bewegte. Aus einem Kamin darauf quoll Rauch. Der Lärm war so laut, daß er alle anderen Geräusche übertönte. Große hölzerne Wagen folgten, die mit gewaltigen Haken aus schwarzem Eisen aneinander befestigt waren. Die ganze entsetzliche Karawane donnerte auf einem Metallstreifen dahin, der im Boden verlief. Und der Lärm wurde noch lauter, als das Ding an ihr vorbei kam und in einen langen, klaffenden Tunnel einfuhr, in dem sich Hunderte von Menschen drängten, als wollten sie in seine Nähe kommen.

Sie schluchzte laut und starrte das Ding an. Ach, warum hatte sie ihr Versteck nur verlassen? Warum hatte sie Lord Rutherford verlassen, der sie hätte beschützen können? Als es den Anschein hatte, als könnte sie nichts Schlimmeres mehr sehen als diese schreckliche Kette von vorbeiratternden Wagen, fuhr der letzte in den Tunnel ein und sie sah eine große graue Granitstatue des Pharao Ramses, die mit verschränkten Armen und dem Zepter in der Hand hinter dem metallenen Weg stand.

Voller Entsetzen starrte sie den Koloß an. Gestohlen aus dem Land, das sie kannte, das sie beherrscht hatte, stand dieses Ding hier – grotesk, verlassen, lächerlich.

Sie wich zurück. Ein weiteres dieser dämonischen Gefährte kam. Sie hörte sein lautes, schrilles Kreischen, und dann donnerte es an ihr vorbei und verdeckte die Statue.

Sie spürte, wie ihr Geist sich von allem abkehrte und ins dunkle

Wasser zurückkehrte, in die Dunkelheit, aus der sie gekommen war.

Als sie die Augen wieder aufschlug, stand ein junger Engländer über ihr. Er hatte den Arm um sie gelegt und hob sie hoch. Den anderen bedeutete er, weiterzugehen. Sie begriff, daß er sie etwas fragte, daß er wissen wollte, was er machen sollte.

»Kaffee«, flüsterte sie. »Ich hätte gerne etwas Zucker in meinen Kaffee.« Worte der Sprechmaschine, die Lord Rutherford ihr vorgeführt hatte. »Ich hätte gerne etwas Zitrone in meinen Tee.«

Er strahlte. »Aber natürlich, ich werde Ihnen Kaffee besorgen. Ich bringe Sie hin, ins britische Café!«

Er half ihr zu stehen. Was für ein prachtvoller, muskulöser junger Mann er war. Und blaue Augen hatte er, so leuchtend, fast wie der andere...

Sie blickte über die Schulter nach hinten. Es war kein Traum gewesen. Die Statue stand da, hoch über den Metallwegen. Sie konnte das Dröhnen der Gefährte hören, obwohl keines zu sehen war.

Einen Augenblick war ihr wieder schwindlig und sie stolperte. Er half ihr. Er führte sie.

Sie lauschte aufmerksam den Worten, die er sprach.

»Es ist ein hübsches Plätzchen, da können Sie sitzen und ausruhen. Wissen Sie, Sie haben mir einen schönen Schrecken eingejagt. Herrje, Sie sind umgefallen, als hätten Sie eins auf den Kopf bekommen.«

Das Café. Die Stimme aus dem Grammophon hatte gesagt: »Wir treffen uns im Café.« Offenbar ein Ort, um Kaffee zu trinken, um sich zu treffen und zu reden. Und voll von Frauen in solchen Kleidern und jungen Männern, die angezogen waren wie Lord Rutherford und dieses edle Wesen mit den kräftigen Armen und Beinen.

Sie setzte sich an das kleine Marmortischchen. Überall Stimmen. »Nun, offen gesagt, ich finde das hier super, aber du weißt ja,

Mutter, wie sie sich benimmt.« Und »Gräßlich, oder nicht? Sie sagen, man hat ihr das Genick gebrochen.« Und »Dieser Tee ist kalt. Ruf den Kellner.«

Sie sah, wie ein Mann am Nebentisch dem Diener bedrucktes Papier überreichte. War das Geld? Der Diener gab ihm Münzen zurück.

Ein Tablett mit heißem Kaffee war vor sie gestellt worden. Sie war jetzt so durstig, daß sie die Kanne hätte allein leertrinken können, aber sie wußte, es gehörte sich, daß er die Tassen füllte. Das wußte sie von Lord Rutherford. Und der junge Mann tat es auch. Ein hübsches Lächeln hatte er. Wie sollte sie ihm sagen, daß sie gleich sein Lager teilen wollte? Sie mußten ein kleines Gasthaus suchen. Diese Menschen kannten doch sicher Gasthäuser.

Am Tisch gegenüber sagte eine junge Frau:

»Ich kann die Oper nicht ausstehen. Wenn ich in New York wäre, würde ich überhaupt nicht hingehen. Aber da wir in Kairo sind, erwartet man, daß wir in die Oper gehen und daß es uns gefällt. Wie lächerlich.«

»Aber Liebling, es ist *Aida*.«

Aida. »Celeste Aida.« Sie fing an zu summen, und dann zu singen, aber so leise, daß diese Menschen sie nicht hören konnten. Er lächelte sie an, er strahlte wieder. Eine Kleinigkeit, ihn ins Bett zu bekommen. Ein Bett zu finden war vielleicht schwieriger. Sie konnte ihn mit in das kleine Haus nehmen, aber das war zu weit weg. Sie hörte auf zu singen.

»Nein, Sie dürfen nicht aufhören«, sagte er. »Singen Sie weiter.«

Singen Sie weiter, singen Sie weiter. Das Geheimnis bestand darin, einen Moment zu warten, denn dann ergab sich der Sinn meistens von selbst.

Das hatte sie von Ramses gelernt. Am Anfang hörte sich jede Sprache unverständlich an. Man sprach sie, man hörte zu, und allmählich wurde sie klar.

Ramses, Ramses, dessen Statue zwischen den eisernen Wagen stand! Sie drehte sich um und streckte den Hals, um zum Fenster hinaus zu sehen – herrje, das Fenster war mit einem riesigen völlig durchsichtigen Glas bedeckt. Sie konnte den Schmutz darauf sehen. Wie machen sie so etwas nur? »Moderne Zeiten«, wie Lord Rutherford gesagt hatte. Nun, wenn sie in der Lage waren, solch schreckliche Wagen machen zu können, dann konnten sie auch solches Glas machen.

»Sie haben eine hübsche Stimme, sehr hübsch. Gehen Sie zufällig in die Oper? Alle in Kairo gehen hin, so scheint es jedenfalls.«

»Der Ball wird nicht vor Morgen zu Ende sein«, sagte die Frau gegenüber zu ihrer Begleiterin.

»Ich finde das toll. Wir sind einfach zu weit weg von jeder Zivilisation, als daß wir uns beschweren könnten.«

Er lachte. Er hatte die Frauen ebenfalls gehört.

»Der Ball soll das Ereignis der Saison werden. Er findet im Shepheard Hotel statt.« Er trank einen Schluck von seinem Kaffee. Das war das Signal, auf das sie gewartet hatte. Sie stürzte die ganze Tasse hinunter.

Er lächelte. Er schenkte ihr noch eine aus der kleinen Kanne ein.

»Danke«, sagte sie und ahmte sorgsam die Stimme auf der Schallplatte nach.

»Wollten Sie nicht Zucker?«

»Ich glaube, ich ziehe Sahne vor, wenn Sie gestatten.«

»Aber gewiß doch.« Er goß einen Schluck Milch in ihre Tasse. War das Sahne? Ja, Lord Rutherford hatte ihr das bißchen gegeben, das das Sklavenmädchen noch im Haus gehabt hatte.

»Gehen Sie auf den Ball im Shepheard Hotel? Wir wohnen dort, mein Onkel und ich. Mein Onkel ist geschäftlich hier.«

Er verstummte wieder. Was starrte er an? Ihre Augen? Ihr Haar? Er war sehr hübsch, sie liebte die frische, junge Haut seines Gesichtes und Halses. Lord Rutherford war sicher ein gutaussehender Mann, aber der hier besaß die Schönheit der Jugend.

Sie streckte ihre Hand über den Tisch und legte sie auf seine Brust. Durch den Stoff seines Hemds und durch die Seide, die ihre Finger bedeckte, spürte sie ihn. Laß ihn den Knochen nicht fühlen. Wie überrascht er aussah. Ihre Fingerspitzen berührten seine Brustwarze, und sie drückte sie zärtlich mit dem vierten Finger und dem Daumen. Herrje, er errötete wie eine Priesterin der Vesta. Das Blut strömte ihm ins Gesicht. Sie lächelte.

Er drehte sich um und sah zu den beiden Frauen hinüber. Aber die unterhielten sich weiter. »Einfach super!«

»Ich habe dieses Kleid gekauft, weißt du, und ein Vermögen dafür ausgegeben. Ich habe mir gesagt, nun, wenn ich schon hier bin und alle dort sind...«

»Die Oper.« Sie lachte. »In die Oper gehen.«

»Ja«, sagte er, aber er war immer noch verblüfft über das, was sie getan hatte. Sie leerte die Kanne in ihre Tasse und trank diese leer. Dann hob sie das kleine Milchkännchen hoch und trank auch dieses leer. Sie nahm den Zucker und schüttete ihn sich in den Mund. Er schmeckte ihr nicht. Sie stellte die Dose ab, griff mit einer Hand unter den Tisch und drückte sein Bein. Er war bereit für sie! Armer kleiner Junge, armer kleiner Junge mit den großen Augen.

Sie erinnerte sich an die Zeit, als sie und Antonius die jungen Soldaten ins Zelt gebracht und nackt ausgezogen hatten, ehe sie ihre Wahl trafen. Das war ein hübsches Spiel gewesen. Bis Ramses davon erfuhr. Gab es etwas, das er ihr zuletzt nicht vorgeworfen hatte? Aber der hier war so verliebt. Er wollte sie.

Sie stand vom Tisch auf. Sie winkte ihm und ging zur Tür.

Lärm draußen. Die Wagen. Sie achtete nicht darauf. Wenn sie den vielen Menschen keine Angst machten, gab es sicher eine vernünftige Erklärung dafür. Jetzt mußte sie zuerst einen Platz finden. Er war unmittelbar hinter ihr und redete mit ihr.

»Komm«, sagte sie auf englisch. »Komm mit mir.«

Eine Gasse. Sie führte ihn hin, stieg über Pfützen hinweg. Dunkler und ruhiger. Sie drehte sich um und schob die Arme unter die seinen. Er beugte sich herab, um sie zu küssen.

»Nein, nicht hier, doch nicht hier!« sagte er nervös. »Miss, ich glaube nicht...«

»Ich sage hier«, flüsterte sie, küßte ihn und schob eine Hand unter seine Kleider. Seine Haut war heiß, wie sie es wollte. Heiß und süß. Und so bereit war er, der Kleine. Sie hob den Rock ihres Kleides hoch.

Es war zu schnell vorbei. Sie erschauerte, während sie sich an ihn klammerte, ihren Körper an ihn drückte, die Arme um seinen Hals schlang. Sie hörte ihn stöhnen, als er sich in sie ergoß. Er war einen Moment lang ruhig, zu ruhig. Sie wollte mehr, aber sie konnte ihn nicht mehr überreden. Er ließ sie los, lehnte sich an die Wand und sah sie an, als wäre ihm übel.

»Warte, bitte laß mich einen Moment ausruhen«, sagte er, als sie erneut anfing, ihn zu küssen.

Sie sah ihn an. Ganz einfach. Schnapp. Dann hob sie die Arme, ergriff seinen Kopf fest mit beiden Händen und drehte ihn herum, bis das Genick brach.

Er starrte ins Leere, so wie die Frau ins Leere gestarrt hatte, und der Mann ebenfalls. Die Augen leer. Nichts. Dann rutschte er an der Mauer hinunter und blieb mit gespreizten Beinen dort liegen.

Sie sah ihn an. Da war es wieder, dieses nagende Geheimnis, das etwas mit ihr zu tun hatte. Mit dem, was sie gerade getan hatte.

Sie erinnerte sich an die verschwommene Gestalt, die über ihr gestanden hatte. War es ein Traum gewesen? »Steh auf, Kleopatra. Ich, Ramses, rufe dich!«

Nein! Allein der Versuch, sich zu erinnern, verursachte ihr bohrende Kopfschmerzen. Aber es waren dennoch keine körperlichen Schmerzen. Schmerzen der Seele waren es. Sie konnte Frauen weinen hören, Frauen, die sie gekannt hatte. Weinende Frauen. Die ihren Namen aussprachen. Kleopatra. Dann bedeckten sie ihr Gesicht mit einem schwarzen Tuch. Lebte die Schlange noch? Ein seltsamer Gedanke, daß die Schlange sie überlebte. Sie spürte wieder den Biß der Giftzähne in der Brust.

Sie gab ein dumpfes Stöhnen von sich, während sie an der Mauer lehnte und auf den Leichnam hinab sah. Wann war das alles passiert? Wo? Wer war sie gewesen?

Nicht erinnern. »Moderne Zeiten« warten.

Sie bückte sich und holte das Geld aus der Jacke des Jungen. Eine Menge Geld in einem kleinen Lederetui. Sie steckte es in ihre Tasche. Auch andere Sachen waren da. Eine Karte mit englischer Schrift und einem winzigen Porträt des Jungen, wie bemerkenswert. Wunderbare Arbeit. Und dann zwei kleine steife Papiere, auf denen AIDA geschrieben stand. Und OPER. Und dieselbe Zeichnung, die sie in der »Schrift« gesehen hatte, vom Kopf einer ägyptischen Frau.

Sicher lohnte es sich, auch diese mitzunehmen. Das Bild des toten Mannes warf sie weg. Als sie jetzt auch die kleinen Opernpapiere einsteckte, sang sie wieder leise »Celeste Aida« vor sich hin. Dann stieg sie über den toten Jungen und betrat wieder die lärmende Straße.

Hab keine Angst. Mach es wie sie. Wenn sie nahe am Metallweg gehen, mußt du es auch tun. Aber kaum war sie ein paar Schritte gegangen, ertönte erneut das schrille Pfeifen des eisernen Wagens. Sie hielt sich die Ohren zu und schrie, obwohl sie es nicht wollte, und als sie wieder aufsah, stand ein anderer hübscher Mann vor ihr.

»Kann ich Ihnen helfen, kleine Lady? Sie haben sich doch nicht etwa verirrt? Sie sollten nicht hier am Bahnhof stehen und das Geld so aus der Tasche hängen lassen.«

»Bahnhof...«

»Haben Sie keine Handtasche?«

»Nein«, sagte sie unschuldig. Sie duldete, daß er ihren Arm ergriff. »Helfen Sie mir?« sagte sie, als ihr der Ausdruck wieder einfiel, den Lord Rutherford ihr gegenüber mindestens hundert Mal benützt hatte. »Kann ich Ihnen vertrauen?«

»Aber ja, selbstverständlich!« antwortete er. Und es war sein Ernst. Wieder ein junger. Mit glatter, wunderschöner Haut!

Zwei Araber verließen das Shepheard Hotel durch den Hinterausgang, einer war größer als der andere, beide schritten schnell aus.

»Vergessen Sie nicht«, flüsterte Samir, »machen Sie sehr große Schritte. Sie sind ein Mann. Männer machen keine kleinen Schritte, und schwingen Sie die Arme ganz natürlich.«

»Den Trick hätte ich schon vor langer Zeit lernen sollen«, antwortete Julie.

Vor der Großen Moschee drängten sich Gläubige und Touristen, die gekommen waren, um dieses Wunder zu bestaunen und knieende betende Moslems sehen wollten. Julie und Samir schlenderten gemächlich durch den Strom der Touristen. Nach wenigen Minuten hatten sie den großen Araber mit der dunklen Brille im wallenden weißen Gewand erspäht.

Samir drückte Ramses einen Schlüssel in die Hand. Er flüsterte eine Adresse und beschrieb schnell und leise den Weg. Ramses sollte ihm folgen. Es war kein langer Marsch.

Er und Julie gingen voran, Ramses folgte wenige Schritte hinter ihnen.

Diesen mochte sie. Er nannte sich Amerikaner und sprach mit einem seltsamen Akzent. Sie fuhren gemeinsam im »Taxi«, das von Pferden gezogen wurde zwischen den »Automobilen« dahin. Und sie hatte keine Angst mehr.

Bevor sie den »Bahnhof« verlassen hatte, war ihr klargeworden, daß die großen Wagen aus Eisen Menschen transportierten. Nur ein gewöhnliches Transportmittel. Wie seltsam.

Der hier war nicht so elegant wie Lord Rutherford, auf gar keinen Fall, aber er sprach langsamer, und es fiel ihr immer leichter zu verstehen, besonders wenn er beim Sprechen mit der Hand auf die jeweiligen Dinge zeigte. Sie wußte jetzt, was ein Ford und ein Stutz Bearcat war, und auch, was ein kleiner Roadster war. Dieser Mann verkaufte so etwas in Amerika. In Amerika war er ein Händler, der mit Automobilen von Ford handelte. Selbst arme Menschen konnten sich diese fahrenden Maschinen kaufen.

Sie hielt die Stofftasche fest, die er ihr gekauft hatte, in der sie nun das Geld und die Papiere aufbewahrte, auf denen OPER stand.

»Und hier wohnen die Touristen«, sagte er zu ihr, »mehr oder weniger. Ich meine, dies ist der britische Sektor...«

»Englisch«, sagte sie.

»Ja, aber alle Europäer und Amerikaner kommen hierher. Und dieses Gebäude da, dort wohnen alle besseren Leute, die Briten und Amerikaner, das ist das Shepheard, *das* Hotel, wenn Sie verstehen, was ich meine.«

»Shepheard – *das* Hotel?« Sie lachte kurz.

»Dort wird morgen abend der Opernball stattfinden. Dort wohne ich. Ich mag Opern nicht besonders« – er verzog das Gesicht ein wenig –, »habe mich nie dafür interessiert. Aber in Kairo, nun, wissen Sie, da ist es ein besonderes Ereignis.«

»Ein besonderes Ereignis.«

»Wirklich besonders. Daher habe ich mir überlegt, daß es wohl am besten ist, wenn ich hingehe, auch zum Ball hinterher, obwohl ich mir einen Frack leihen mußte.« Er hatte ein freundliches Funkeln in den Augen, als er auf sie herabsah. Er schien sich sehr zu freuen.

Und auch sie freute sich.

»Und *Aida* handelt vom alten Ägypten?«

»Ja, Radames singt.«

»Ja! Sie kennen sich aus. Ich wette, Sie mögen Opern, ich wette, Sie schätzen Opern.« Plötzlich runzelte er ein wenig die Stirn. »Alles in Ordnung, kleine Lady? Vielleicht finden Sie die Altstadt romantischer. Möchten Sie etwas trinken? Wie wär's mit einem kleinen Ausflug in meinem Auto. Es steht direkt hinter dem Shepheard.«

»Automobil?«

»Aber bei mir sind Sie sicher, kleine Lady. Ich bin ein wirklich sicherer Fahrer. Wissen Sie was. Waren Sie schon einmal bei den Pyramiden?«

Pü-rah-mieden.

»Nein«, sagte sie. »In Ihrem Auto fahren, toll!«

Er lachte. Er rief dem Kutscher etwas zu, woraufhin dieser das Pferd nach links lenkte. Sie fuhren um *das* Hotel herum, das Shepheard, ein prunkvolles Gebäude mit hübschen Gärten.

Als er nach oben faßte, um ihr aus der Kutsche zu helfen, berührte er fast die empfindliche Öffnung in ihrer Brust. Sie erschauerte. Aber es war nichts passiert. Doch es hatte sie daran erinnert, daß die Wunde immer noch da war. Wie konnte man mit derart gräßlichen Wunden leben? Was auch immer jetzt geschah, sie mußte am Abend zurückkehren, um Lord Rutherford zu treffen. Lord Rutherford war weggegangen, um mit dem Mann zu sprechen, der alles erklären konnte – der Mann mit den blauen Augen.

Sie trafen gemeinsam im Versteck ein. Julie erklärte sich bereit zu warten, während Samir und Ramses eintraten und die drei leerstehenden Zimmer und den kleinen Garten überprüften. Dann erst winkten sie sie herein. Ramses schloß die Tür.

Drinnen stand ein kleiner Holztisch mit einer Kerze darauf, die in einer alten Weinflasche steckte. Samir zündete die Kerze an, Ramses zog zwei Stühle mit hohen Lehnen heran. Julie brachte einen dritten.

So war es bequem genug. Die Nachmittagssonne fiel durch den alten Garten und die Hintertür herein. Es war heiß in dem Haus, aber nicht unerträglich, obwohl Fenster und Türen lange Zeit verschlossen gewesen waren. Die abgestandene Luft roch nach Gewürzen und Staub.

Julie legte die arabische Kopfbedeckung ab und schüttelte ihr Haar. Wegen der Kopfbedeckung hatte sie es nicht hochgesteckt. Jetzt löste sie das Band, mit dem sie es im Nacken zusammengehalten hatte.

»Ich glaube nicht, daß du diese Frau getötet hast«, sagte sie gleich als erstes und sah Ramses an, der ihr gegenüber saß.

In dem Wüstengewand sah er aus wie ein Scheich. Sein Gesicht lag teilweise im Schatten, das Kerzenlicht spiegelte sich in seinen Augen.

Samir nahm schweigend Platz.

»Ich habe die Frau nicht getötet«, sagte Ramses zu ihr. »Aber ich bin für den Tod der Frau verantwortlich. Und ich brauche deshalb eure Hilfe. Ihr müßt mir helfen. Und ihr müßt mir vergeben. Die Zeit ist gekommen, daß ich euch alles sage.«

»Sire, ich habe eine Nachricht für Sie«, sagte Samir, »die ich Ihnen unverzüglich überbringen muß.«

»Was für eine Nachricht?« fragte Julie. Warum hatte ihr Samir nichts davon gesagt?

»Ist sie von den Göttern, Samir? Rufen sie mich zum Gericht? Für weniger wichtige Botschaften habe ich keine Zeit. Ich muß euch berichten, was geschehen ist, was ich getan habe.«

»Sie ist vom Earl of Rutherford, Sire. Er hat mich im Hotel angesprochen. Er glich einem Wahnsinnigen und hat mich beauftragt, Ihnen zu bestellen, daß er *sie* hat.«

Ramses schien vom Donner gerührt. Er sah Samir fast blutdürstig an.

Julie konnte es nicht ertragen.

Samir holte etwas unter dem Gewand hervor und gab es Ramses. Es war eine Glasphiole, wie sie sie zwischen den Alabastergefäßen der Sammlung gesehen hatte.

Ramses sah sie an, machte aber keine Anstalten, sie Samir abzunehmen. Samir wollte weitersprechen, doch Ramses brachte ihn mit einer Geste zum Schweigen. Er schien kaum noch er selbst.

»Sag mir, was das zu bedeuten hat!« sagte Julie, die nicht länger an sich halten konnte.

»Er ist mir ins Museum gefolgt«, flüsterte Ramses. Er starrte die leere Phiole an.

»Aber wovon sprichst du? Was ist denn im Museum geschehen?«

»Sire, er sagt, die Sonne hat ihr geholfen. Und die Medizin in der Phiole hat ihr geholfen, aber er braucht noch mehr davon. Sie ist innerlich wie äußerlich verletzt. Sie hat dreimal getötet. Sie ist wahnsinnig. Er hält sie an einem sicheren Ort fest und möchte sich mit Ihnen treffen. Er hat mir Zeit und Ort genannt.«

Ramses schwieg. Dann stand er vom Tisch auf und ging zur Tür.

»Nein, halt!« rief Julie und eilte zu ihm.

Samir war ebenfalls aufgestanden.

»Sire, wenn Sie versuchen, ihn früher zu finden, werden Sie vielleicht festgenommen. Das Hotel ist umstellt. Warten Sie, bis er es verläßt und zum Treffpunkt geht. Das ist die einzige sichere Möglichkeit!«

Ramses schien gelähmt. Er kam widerwillig zum Tisch zurück und sah Julie mit stumpfen, irren Augen an. Dann wankte er zum Stuhl und setzte sich wieder.

Julie wischte sich mit dem Taschentuch die Tränen ab und setzte sich ebenfalls wieder hin.

»Wo und wann?« fragte Ramses.

»Heute abend, sieben Uhr. Im Babylon, das ist ein französischer Nachtclub. Ich kenne ihn. Ich kann Sie hinbringen.«

»Bis dahin kann ich nicht warten!«

»Ramses, sag uns, was das alles zu bedeuten hat. Wie sollen wir dir helfen, wenn wir nicht wissen, worum es geht?«

»Sire, Julie hat recht. Ziehen Sie uns jetzt ins Vertrauen. Erlauben Sie uns, Ihnen zu helfen. Wenn Sie wieder von der Polizei gefaßt werden...«

Ramses winkte angewidert ab.

»Ich brauche euch, aber wenn ich es euch erzähle, verliere ich euch vielleicht. Aber so sei es. Denn ich habe euer Leben bereits zerstört.«

»Du wirst mich nie verlieren«, sagte Julie, doch ihre Angst wuchs. Ein großes Grauen vor dem Bevorstehenden beschlich ihre Seele.

Bis vor wenigen Augenblicken hatte sie geglaubt, sie hätte verstanden, was geschehen war. Er hatte den Leichnam seiner Geliebten aus dem Museum gestohlen. Er hatte ihn, wie es sich gehörte, in ein Grab bringen wollen. Aber angesichts der Phiole und der Worte von Elliott kamen ihr andere, weniger schöne Möglichkeiten in den Sinn, die sie sofort verwarf, um sie unverzüglich wieder aufzugreifen.

»Vertrauen Sie uns, Sire. Teilen Sie Ihre Last mit uns.«

Ramses sah Samir an, dann sie.

»Aber die Schuld könnt ihr niemals teilen«, sagte er. »Der Leichnam im Museum. Die unbekannte Frau...«

»Ja«, flüsterte Samir.

»Mir war sie nicht unbekannt, meine Teuersten. Der Geist von Julius Cäsar hätte sie gekannt. Der Schatten von Markus Antonius hätte sie geküßt. Millionen haben dereinst um sie getrauert...«

Julie nickte, Tränen rannen wieder über ihre Wangen.

»Und ich habe das Unaussprechliche getan. Ich habe das Elixier mit ins Museum genommen. Mir war nicht klar, wie schrecklich verunstaltet ihr Körper war: man hatte ihr das Fleisch von den Knochen gerissen. Ich träufelte das Elixier auf sie! Nach zweitausend Jahren regte sich Leben in ihrem geschundenen Leib. Sie erwachte! Blutend und verwundet stand sie da. Sie streckte die Hände nach mir aus. Sie rief meinen Namen!«

Dies war besser als der köstlichste Wein, sogar noch besser als der Liebesakt, die Fahrt in diesem offenen amerikanischen Automobil, über die Straße zu rasen, den Wind heulen zu hören und zu hören, wie der Amerikaner begeistert johlte, wenn er den »Schalthebel« hierhin und dorthin zog.

Die Häuser vorbeifliegen zu sehen. Die Ägypter mit ihren Eseln und Kamelen dahinstapfen zu sehen und sie eingehüllt in einer Staubwolke hinter sich zu lassen.

Sie fand es herrlich. Sie sah zum weiten Himmel auf und ließ ihr Haar im Wind fliegen, während sie den Hut festhielt.

Hin und wieder beobachtete sie, was er tat, um diesen Wagen in Bewegung zu setzen. Die »Pedale« treten, wie er sie immer wieder nannte, den Schalthebel ziehen, das Lenkrad drehen.

Wie aufregend das war. Aber plötzlich hörte sie wieder dieses gräßliche, schrille Geräusch. Das Dröhnen, das sie im »Bahnhof« gehört hatte. Sie schlug die Hände auf die Ohren.

»Keine Angst, kleine Lady, das ist nur ein Zug. Sehen Sie, da kommt der Zug!« Der Wagen kam mit einem Ruck zum Stehen.

Metallwege nebeneinander im Wüstensand vor ihnen. Und dieses Ding, das gewaltige metallene Monster, das von rechts auf sie zubrauste. Eine Glocke läutete. Sie sah ein flackerndes rotes Licht, das an einen Laternenpfahl erinnerte. Konnte sie diesen gräßlichen Dingen denn nirgendwo entkommen?

Er legte einen Arm um sie.

»Schon gut, kleine Lady. Wir müssen warten, bis er vorbei ist.«

Er sprach weiter, aber jetzt wurden seine Worte von dem gewaltigen Rasseln und Dröhnen des Metallungeheuers übertönt. Gräßlich, wie die Räder an ihr vorbeidonnerten, und selbst die lange Reihe der Wagen aus Holz, in denen Menschen auf Holzpritschen saßen, als wäre das die selbstverständlichste Sache der Welt.

Sie versuchte, die Fassung wiederzuerlangen. Es gefiel ihr, seine warmen Hände auf ihrer Haut zu spüren, auch sein Parfüm mochte sie, dessen Geruch von seiner Haut aufstieg. Benommen verfolgte sie, wie die letzten Wagen vorbeirasten. Wieder läutete die Glocke. Das Licht am oberen Ende der Säule blinkte.

Der Amerikaner trat wieder auf die Pedale und zog den Hebel.

Das Auto fing an zu rumpeln, dann fuhren sie über die Metallwege in die Wüste hinaus.

»Bei den meisten Leuten in Hannibal in Missouri ist es so, wenn man denen von Ägypten erzählt, wissen sie nicht einmal, wovon man spricht. Ich habe zu meinem Vater gesagt: Ich fahr da rüber, das mach ich. Ich nehme das Geld, das ich verdient habe und geh da rüber, und dann lasse ich mich hier nieder...«

Sie seufzte. Diese Fahrt bereitete ihr unendlich viel Vergnügen. Dann sah sie in weiter Ferne die Pyramiden von Gizeh! Sie sah die Statue der Sphinx, die langsam sichtbar wurde.

Sie stieß einen leisen Schrei aus. Das war Ägypten. Sie war in Ägypten in der »modernen Zeit«, sie war daheim.

Eine wunderbare Melancholie erfaßte sie. Die Gräber ihrer Vorfahren, und die Sphinx, zu der sie als junges Mädchen gegangen war, um im Tempel zwischen den großen Pfoten zu beten.

»Ein hübscher Anblick, nicht wahr? Ich sage Ihnen, wenn die Leute in Hannibal in Missouri das nicht zu schätzen wissen, ist es ihr Pech.«

Sie lachte. »Ihr Pech«, sagte sie.

Als sie näher kamen, sah sie die Menschenmengen. Viele, viele Automobile und Droschken auf einem großen Feld. Und Frauen in gekräuselten Kleidern, mit eingeschnürten Taillen wie sie selbst. Männer mit Strohhüten, wie der Amerikaner. Und Araber mit ihren Kamelen und Taschen voll billiger Halsketten. Sie lächelte.

Zu ihrer Zeit hatten sie hier den Römern, die zu Besuch kamen, billigen Schmuck verkauft. Gegen Bezahlung konnten die Römer auch auf Kamelen reiten. Genau dasselbe machten sie heute noch!

Aber der Anblick des großen Grabmals von König Kufu, das vor ihr auftragte, raubte ihr den Atem. Wann genau war sie als junges Mädchen hierher gekommen? Später dann mit Ramses, das wußte sie, war sie allein in der kühlen Nacht, in ein gewöhnliches Gewand gehüllt, eine normale Frau – mit ihm auf eben dieser Straße gefahren.

Ramses! Nein, etwas Gräßliches, an das sie sich nicht erinnern wollte. Die dunklen Wasser schlugen über ihr zusammen. Sie war auf ihn zugegangen, und er war geflohen!

Das amerikanische Automobil kam wieder zum Stillstand.

»Kommen Sie, kleine Lady, wir wollen aussteigen und uns umsehen. Das siebte Weltwunder.«

Sie lächelte dem Amerikaner mit dem rosigen Gesicht zu. Er ging so sanft mit ihr um.

»Okaaaay! Super!« sagte sie. Sie sprang von dem hohen offenen Sitz herunter, bevor er ihr helfend die Hand reichen konnte.

Ihr Körper war dem seinen jetzt ganz nahe. Seine Stupsnase sah lustig aus, als er sie anlächelte. Und ebenso sein süßer junger Mund. Plötzlich küßte sie ihn. Sie stellte sich auf die Zehenspitzen und umarmte ihn. Hmmmm. Süß und jung wie der andere. Und so überrascht!

»Nun, Sie sind eindeutig ein leidenschaftliches kleines Ding«, sagte er ihr ins Ohr. Er schien nicht zu wissen, was er jetzt machen sollte. Nun, sie würde es ihm zeigen. Sie nahm seine Hand, dann gingen sie über den gestampften Sand zu den Pyramiden.

»Sehen Sie nur!« rief sie aus und deutete auf den Palast, der zu ihrer rechten stand.

»Das ist das Mena House«, sagte er. »Kein schlechtes Hotel. Nicht das Shepheard, aber okay. Wir können dort später eine Kleinigkeit essen, wenn Sie möchten.«

»Ich habe versucht, sie loszuwerden«, sagte Ramses. »Es war unmöglich. Es waren einfach zu viele. Sie haben mich ins Gefängnis gebracht. Ich brauchte Zeit, um zu heilen. Es muß eine halbe Stunde vergangen sein, bevor mir die Flucht gelang.«

Schweigen.

Julie hatte das Gesicht im Taschentuch vergraben.

»Sire«, sagte Samir leise, »haben Sie gewußt, daß das Elixier eine solche Wirkung hat?«

»Ja, Samir. Ich habe es gewußt, auch wenn ich es noch niemals auf diese Weise ausprobiert habe.«

»Dann war es die menschliche Natur, Sire. Nicht mehr und nicht weniger.«

»Aber Samir, ich habe im Lauf der Jahrhunderte so viele Versuche gemacht. Ich kannte die Gefahren des Elixiers. Und auch ihr sollt sie kennen. Ihr müßt sie kennen, wenn ihr mir helfen sollt. Diese Kreatur – dieses wahnsinnige Ding, das ich ins Leben zurückgeholt habe, kann nicht zerstört werden.«

»Gewiß gibt es eine Methode«, sagte Samir.

»Nein. Das habe ich durch Versuch und Irrtum herausgefunden. Und eure Biologiebücher haben mich darin bestätigt. Sobald die Körperzellen mit dem Elixier durchsetzt sind, erneuern sie sich von selbst. Ob Pflanze, Tier oder Mensch, das spielt keine Rolle.«

»Kein Altern, kein Verfall«, murmelte Julie. Sie war jetzt ruhiger und hatte ihre Stimme wieder in der Gewalt.

»Genau. Ein Glas davon hat mich unsterblich gemacht. Nicht mehr als der Inhalt dieser Phiole. Ich bin für ewige Zeiten im besten Mannesalter. Ich brauche kein Essen, und doch bin ich stets hungrig. Ich brauche keinen Schlaf, und doch kann ich mich daran erfreuen. Ich verspüre ständig das Verlangen nach... körperlicher Liebe.«

»Und diese Frau – sie hat nicht die volle Dosis erhalten.«

»Nein, und sie war schon vorher verletzt! Das war meine Narretei, begreift ihr denn nicht! Der Körper war nicht vollständig erhalten! Aber verletzt oder nicht, nichts kann sie mehr aufhalten. Das wurde mir klar, als sie durch den Flur auf mich zukam! Versteht ihr nicht?«

»Du verstehst die moderne Wissenschaft noch nicht ganz«, sagte Julie. Sie wischte sich langsam die Tränen ab. »Es muß einen Weg geben, diesen Prozeß aufzuhalten.«

»Andererseits, wenn Sie ihr die ganze Dosis geben würden – mehr von der Medizin, wie der Earl es ausgedrückt hat...«

»Das wäre Wahnsinn«, warf Julie ein. »Ihr dürft nicht einmal daran denken. Ihr macht das Ding noch stärker.«

»Hört beide«, sagte Ramses, »was ich zu sagen habe. Kleopatra ist nur ein Teil dieser Tragödie. Der Earl kennt das Geheimnis jetzt mit Sicherheit. Das Elixier selbst ist gefährlich, gefährlicher als ihr glaubt.«

»Die Menschen werden es haben wollen, das stimmt«, sagte Julie, »und sie werden alles tun, um es zu bekommen. Aber mit Elliott kann man vernünftig reden, und Henry ist ein Narr.«

»Es geht um mehr als das. Wir sprechen von einem Stoff, der die Beschaffenheit eines jeden Lebewesens verändert.« Ramses wartete einen Moment, sah beide an. Dann fuhr er fort: »Als ich noch Ramses, Herrscher dieses Landes war, träumte ich einmal davon, dieses Elixier zu nutzen, um für mein Volk Nahrung im Überfluß zu machen. Keine Hungersnöte mehr. Weizen, der nach jeder Ernte sofort nachwächst. Obstbäume, die immer Früchte tragen. Wißt ihr, was passiert ist?«

Sie sahen ihn in stummer Faszination an.

»Mein Volk konnte die unsterbliche Nahrung nicht verdauen. Es hat sich in den Eingeweiden der Menschen nicht zersetzt. Sie starben einen qualvollen Tod, als hätten sie Sand gegessen.«

»Ihr Götter«, flüsterte Julie. »Aber es ist vollkommen logisch. Natürlich!«

»Und als ich die Felder niederbrennen und die unsterblichen Hennen und Milchkühe schlachten ließ, mußte ich mit ansehen, wie der verbrannte Weizen jedesmal neu austrieb, wenn die Sonne darauf schien. Ich sah, wie verbrannte und geköpfte Kadaver wieder aufstanden. Schließlich wurde alles mit Gewichten beschwert und in den Fluß geworfen, wo es sicher bis zum heutigen Tag unversehrt und ganz auf dem Grund liegt.«

Samir zitterte. Er verschränkte die Arme vor der Brust, als wäre ihm kalt.

Julie sah Ramses mit starrem Blick an. »Du willst also sagen...

wenn das Geheimnis in die falschen Hände fiele, könnten ganze Landstriche der Erde unsterblich gemacht werden.«

»Ganze Völker«, antwortete Ramses ernst. »Und wir Unsterblichen kennen Hunger ebenso wie die Lebenden. Wir würden die Lebenden töten, damit wir verzehren könnten, was ihnen gehört hat!«

»Der Rhythmus der Natur selbst wäre gefährdet«, sagte Samir.

»Dieses Geheimnis muß vernichtet werden!« sagte Julie. »Wenn du das Elixier hast, zerstöre es. Sofort.«

»Und wie soll ich das machen, Liebste? Werfe ich das trockene Pulver in den Wind, werden die winzigen Körnchen auf die Erde fallen, wo sie vom ersten Regen aufgelöst und zu den Wurzeln der Bäume geschwemmt werden. Dann werden die Bäume unsterblich sein. Wenn ich die Flüssigkeit in den Sand gieße, entsteht dort eine Pfütze, aus der ein Kamel trinken wird. Gieße ich es in den Fluß, schaffe ich unsterbliche Fische, Schlangen und Krokodile.«

»Hör auf«, flüsterte sie.

»Können Sie es selbst zu sich nehmen, Sire, ohne daß Sie Schaden nehmen?«

»Ich weiß nicht. Es könnte sein. Aber wer weiß?«

»Tu es nicht!« flüsterte Julie.

Er lächelte ihr traurig zu.

»Dir liegt immer noch an meinem Wohlergehen, Julie?«

»Ja«, flüsterte sie. »Du bist nur ein Mensch, der das Geheimnis eines Gottes besitzt.«

»Genau das ist es, Julie«, sagte er. »Ich habe das Geheimnis hier drinnen.« Er klopfte sich auf die Stirn. »Ich weiß, wie man das Elixier herstellt. Was mit den wenigen Phiolen geschieht, die ich bei mir trage, ist letztendlich unwichtig, denn ich kann das Elixier jederzeit herstellen.«

Sie sahen einander an. Es schien unmöglich, das ganze Ausmaß des Grauens zu begreifen. Man mußte sich damit beschäftigen, mußte Abstand gewinnen und dann erneut darüber nachdenken.

»Begreift ihr nun, weshalb ich tausend Jahre lang das Elixier mit keinem geteilt habe. Ich kannte die Gefahr. Und dann habe ich mich – aus der Schwäche eines sterblichen Mannes heraus – um euren modernen Ausdruck zu gebrauchen – verliebt.«

Julies Augen füllten sich wieder mit Tränen. Samir wartete geduldig.

»Ja, ich weiß.« Ramses seufzte. »Ich war ein Narr. Vor zweitausend Jahren habe ich zugesehen, wie meine Geliebte starb, anstatt das Elixier ihrem Liebhaber Markus Antonius zu geben, einem verderbten Mann, der mich bis ans Ende der Welt gejagt hätte, um mir das Geheimnis zu entlocken. Könnt ihr euch diese beiden unsterblichen Herrscher vorstellen? ›Warum können wir nicht eine unsterbliche Armee machen?‹ hat sie mich gefragt, als sein Einfluß auf sie immer stärker wurde. Als sie schließlich sein Werkzeug geworden war. Und jetzt habe ich in diesem modernen Zeitalter ihre letzten Worte an mich in den Wind geschlagen und sie wieder zum Leben erweckt.«

Julie schluckte. Sie weinte lautlos vor sich hin. Sie wischte die Tränen nicht einmal mehr ab. Sie streckte ihre Hand über den Tisch und berührte seinen Handrücken.

»Nein, Ramses, das ist nicht Kleopatra. Begreifst du denn nicht? Du hast einen schrecklichen Fehler gemacht, das stimmt, und wir müssen gemeinsam versuchen, ihn ungeschehen zu machen. Aber das ist nicht Kleopatra. Sie kann es unmöglich sein.«

»Julie, ich habe mich nicht geirrt! Sie hat mich erkannt! Verstehst du nicht? Sie hat meinen Namen gerufen!«

Leise Musik ertönte aus dem Mena House. Blinkende gelbe Lichter in den Fenstern. Winzige Gestalten gingen auf der geräumigen Terrasse hin und her.

Kleopatra und der Amerikaner standen in einem dunklen Gewölbe hoch oben auf der Pyramide, im Begräbnisgewölbe.

Sie umarmte ihn gierig und schob die seidebekleideten Finger unter sein Hemd. Mmh, die Brustwarzen der Männer, so zart, Quelle von Qual und Ekstase. Wie er sich wand, als sie sie zärtlich zusammendrückte, während sie mit der Zunge seinen Mund erforschte.

Großspurigkeit und Überheblichkeit waren dahin. Er war ihr Sklave. Sie riß das Leinenhemd auf und zwängte die Hand durch den Ledergürtel zu seinem Geschlecht.

Er stöhnte. Sie spürte, wie er ihren Rock hochschob. Dann hielt seine Hand plötzlich inne. Sein ganzer Körper versteifte sich. Sie drehte den Kopf. Er starrte auf ihr nacktes Bein hinab, ihren Fuß.

Er starrte auf den großen freiliegenden Knochen in ihrem Bein, auf die Knochen ihres Fußes.

»Großer Gott!« flüsterte er. Er wich vor ihr zurück. »Großer Gott!«

Sie gab ein leises qualvolles und wütendes Knurren von sich. »Wende den Blick ab!« kreischte sie auf lateinisch. »Wende den Blick von mir ab! Du wirst mich nicht voll Ekel ansehen.«

Sie schluchzte, als sie seinen Kopf mit beiden Händen ergriff und ihn gegen die Steinmauer hämmerte. »Dafür wirst du sterben!« spie sie ihm entgegen. Und dann der Ruck, der einfache kleine Ruck, und er war ebenfalls tot.

Mehr war nicht zu tun! Jetzt herrschte wieder gesegnete Stille. Sein Leichnam lag da wie der Leichnam des anderen, dessen Geld unter der weiten Jacke sichtbar gewesen war.

Ihre Wunden konnten sie nicht töten. Der grelle Blitz desjenigen, der Henry genannt wurde, hatte sie nicht töten können und auch nicht der unerträgliche, gräßliche Lärm. Aber sie zu töten war ganz einfach. Sie sah aus dem Gewölbe hinaus und ließ ihren Blick über den dunklen, ockerfarbenen Sand zu den sanften Lichtern des Mena House schweifen.

Nachts war sie immer kühl, die Wüste. Und fast dunkel, oder nicht? Winzige Sterne am azurblauen Himmel. Sie spürte einen seltsamen Frieden in sich. Es wäre schön ganz alleine wegzugehen.

Aber Lord Rutherford. Die Medizin. Fast dunkel.

Sie bückte sich und nahm das Geld des Amerikaners an sich. Sie dachte an das wunderschöne gelbe Automobil. Das würde sie schnell dorthin zurückbringen, woher sie gekommen war. Und jetzt gehörte es ihr ganz allein.

Plötzlich lachte sie, der Gedanke daran erfüllte sie mit freudiger Erregung. Sie eilte von der Pyramide hinunter, sprang mühelos von einem Steinquader zum nächsten. Soviel Kraft hatte sie jetzt. Dann rannte sie zum Automobil.

Einfach. Den elektrischen Starterknopf drücken. Dann das »Gaspedal« treten. Sofort fing das Ding an zu dröhnen. Dann den Hebel nach vorne, wie sie es bei ihm gesehen hatte, während sie gleichzeitig das andere Pedal drückte, und welch ein Wunder, sie raste vorwärts und drehte wie wild am Lenkrad.

Sie fuhr einmal um das Mena House herum. Ein paar ängstliche Araber sprangen aus dem Weg. Sie drückte auf die heulende »Hupe«, wie er das Ding genannt hatte. Das machte ihren Kamelen Angst.

Dann brauste sie zur Straße, zog den Hebel zurück, damit der Wagen noch schneller fuhr. Dann schob sie ihn wieder nach vorne, genau wie sie es bei ihm gesehen hatte.

Als sie an den Metallweg kam, hielt sie an. Mit zitternden Händen umklammerte sie das Lenkrad. Aber kein Laut drang aus der unermeßlich weiten Wüste zu ihrer Rechten und Linken an ihr Ohr. Und vor ihr lagen die Lichter von Kairo. Welch hübscher Anblick im fahlen Sternenlicht.

»Celeste Aida!« sang sie, während sie anfuhr und weiterraste.

»Du hast um unsere Hilfe gebeten«, sagte Julie. »Du hast um Vergebung gebeten. Jetzt möchte ich, daß du mir zuhörst.«

»Ja, das möchte ich«, sagte er mit aufrichtiger Stimme, aber er war verwirrt. »Julie, sie ist es... keine Frage.«

»Der Körper, ja«, entgegnete Julie. »Das war zweifellos ihrer.

Aber das Wesen, das jetzt lebt? Nein, das ist nicht die Frau, die du einmal geliebt hast. Diese Frau, wo immer sie auch sein mag, weiß nicht, was mit ihrem Körper geschieht.«

»Julie, sie kennt mich! Sie hat mich erkannt!«

»Ramses, das Gehirn in diesem Körper hat dich gekannt. Aber bedenke doch, was du sagst. Denk über den tieferen Sinn nach. Der Sinn ist alles, Ramses. Unser Geist – unsere Seele, wenn du so willst – wohnt nicht im Fleisch und schläft während unsere Körper verwesen. Entweder sie begibt sich auf eine höhere Ebene oder sie hört ganz auf zu existieren. Die Kleopatra, die du kennst, hat an dem Tag, an dem sie gestorben ist, aufgehört, in diesem Körper zu existieren.«

Er sah sie an und versuchte zu verstehen.

»Sire, ich glaube, da ist etwas Wahres dran«, sagte Samir. Aber auch er war verwirrt. »Der Earl hat gesagt, daß sie weiß, wer sie ist.«

»Sie weiß, wer sie sein sollte«, sagte Julie. »Die Zellen! Sie sind da, zum Leben erwacht, und möglicherweise sind bestimmte Erinnerungen enthalten. Aber dieses Ding ist ein teuflischer Zwilling deiner einstigen Liebe. Wie *kann* sie mehr als das sein?«

»Das könnte stimmen«, murmelte Samir. »Wenn Sie tun, was der Earl vorschlägt – wenn Sie ihr mehr von der Droge geben, beleben Sie vielleicht nur einen... einen Dämon wieder.«

»Das begreife ich nicht!« gestand Ramses. »Es ist Kleopatra!«

Julie schüttelte den Kopf. »Ramses, mein Vater ist jetzt seit zwei Monaten tot. Sein Leichnam wird von der Hitze und Trockenheit der Wüste konserviert. Er liegt unversehrt in einer Gruft in Ägypten. Aber glaubst du, ich würde dieses Elixier nehmen und ihn damit wieder zum Leben erwecken?«

»Gott im Himmel«, flüsterte Samir.

»Nein!« sagte Julie. »Weil es nicht mehr mein Vater wäre. Die Verbindung ist vom Schicksal unterbrochen worden! Ein Doppelgänger meines Vaters würde auferstehen. Ein Doppelgänger, der möglicherweise alles wüßte, was mein Vater gewußt hat. Aber mein Vater wäre es nicht. Er würde gar nicht wissen, daß ein Doppelgänger existiert. Und was du ins Leben zurückgerufen hast, ist eine Doppelgängerin von Kleopatra! Deine Geliebte ist es nicht.«

Ramses schwieg. Dies schien ihn ebenso zu erschüttern wie alles andere. Er blickte zu Samir.

»Welcher Glaube, Sire, sagt uns, daß die Seele auch nach dem Tod im Fleisch bleibt? Nicht der unserer Vorväter und auch kein anderer.«

»Du bist wirklich unsterblich, Geliebter«, sagte Julie. »Aber Kleopatra ist seit zweitausend Jahren tot. Sie ist immer noch tot. Das Ding, das du ins Leben zurückgerufen hast, muß vernichtet werden.«

»Nein, es tut mir leid, Miles. Mein Vater ist nicht hier. Ja, das werde ich. Unverzüglich.« Alex legte den Hörer auf. Elliott betrachtete ihn vom Schreibtisch aus, der in der Ecke des Zimmers stand.

»Danke, Alex. Man vergißt doch nicht, wie wichtig es ist, daß man lügen kann. Ein kluger Mensch sollte einmal ein Handbuch für das Lügen schreiben. Und dabei alle Gelegenheiten aufzählen, bei denen das Lügen eine barmherzige Tat ist.«

»Vater, ich lasse dich nicht alleine ausgehen.«

Elliott widmete sich wieder der Arbeit, die getan werden mußte. Das Bad und die kurze Ruhepause hatten viel dazu beigetragen, daß er wieder bei Kräften war, obwohl er nicht wirklich tief geschlafen hatte. Er hatte Zeit gehabt zu überlegen, was er tun wollte. Er hatte eine Entscheidung getroffen, obwohl er kaum zu hoffen wagte, daß sein Plan gelingen würde. Dennoch mußte er es versuchen. Wenn Samir nur Ramses gefunden hatte. Aber das Verhalten des Mannes hatte darauf hingedeutet, daß er wußte, wo sich Ramses aufhielt.

Er klebte den letzten der drei Umschläge zu, die er gerade adressiert hatte, und wandte sich an seinen Sohn.

»Du wirst genau das tun, was ich dir gesagt habe«, sagte er nachdrücklich. »Wenn ich bis morgen mittag nicht zurück bin, gibst du diese Briefe auf. An deine Mutter und an Randolph. Und verlasse Kairo so schnell du kannst. Und jetzt gib mir den Gehstock. Meinen Mantel brauche ich auch. Wenn es dunkel ist, ist es so verdammt kalt in dieser Stadt.«

Walter holte unverzüglich den Gehstock. Er trug einen Mantel über dem Arm. Diesen legte er Elliott über die Schultern.

»Vater«, flehte Alex, »beim gütigen...«

»Auf bald, Alex. Vergiß nicht, Julie braucht dich. Sie braucht dich hier.«

»Sire, es ist schon nach sechs«, sagte Samir. »Ich muß Ihnen zeigen, wie Sie diesen Club finden.«

»Ich finde ihn allein, Samir«, antwortete Ramses. »Geht ins Hotel zurück, alle beide. Ich muß mit eigenen Augen sehen, was los ist. Und dann lasse ich euch so schnell ich kann eine Nachricht zukommen.«

»Nein«, sagte Julie. »Laß mich mit dir gehen.«

»Unmöglich«, sagte Ramses. »Das ist viel zu gefährlich. Und außerdem ist das allein meine Sache.«

»Ramses, ich verlasse dich nicht«, beharrte Julie.

»Julie, wir müssen jetzt gehen«, sagte Samir. »Wir müssen im Hotel sein, bevor sie anfangen, nach uns zu suchen.«

Ramses erhob sich langsam. Er wandte sich vom flackernden

Licht der Kerze ab, die mittlerweile die einzige Lichtquelle in dem dunklen Raum war. Jetzt hob er die Hände wie zum Gebet. Wie er so da stand, mit einem kleinen Lichtschein in seinen Augen, sah er aus wie ein Moslem in der Moschee.

»Julie«, sagte er, während er sich mit einem tiefen Seufzer zu ihr umdrehte. »Wenn du jetzt nach England zurückkehrst, kannst du immer noch dein altes Leben wieder aufnehmen.«

»Nein, bitte nicht, du tust mir weh, Ramses!« sagte sie. »Du kränkst mich. Liebst du sie, Ramses? Liebst du dieses Ding, das du aus dem Grab geholt hast?«

Das hatte sie nicht sagen wollen. Sie verstummte, und jetzt war sie es, die sich abwandte.

»Du weißt, daß ich dich liebe, Julie Stratford«, flüsterte er. »Ich habe dich vom ersten Augenblick an geliebt. Ich habe riskiert entdeckt zu werden, um dich zu retten. Und ich will deine Liebe jetzt.«

»Dann sprich nicht davon, daß ich dich verlassen soll«, sagte sie mit brechender Stimme. »Ramses, wenn ich dich verlieren würde, wäre mein Leben ruiniert.«

»Bei meiner Ehre, du wirst mich wiedersehen.«

Er nahm sie in die Arme.

»Meine Geliebte, meine tapfere Geliebte«, flüsterte er und liebkoste sie. »Ich brauche euch mehr, als ich euch sagen kann.«

»Mögen die alten Götter mit Ihnen sein, Sire«, flüsterte Samir. »Wir werden die Minuten zählen, bis wir eine Nachricht von Ihnen erhalten.«

Nur ein schwaches Licht erleuchtete Winthrops Büro. Der Bericht auf seinem Schreibtisch war niederschmetternd. Der junge Beamte, der vor ihm stand, wartete auf seine Befehle.

»Und Sie sagen, sein Kopf war zerschmettert?«

»Und das Genick gebrochen. Wie bei der Putzfrau im Museum. Sein ganzes Geld war fort, aber der Paß lag im Sand.«

»Verdoppeln Sie die Wachen im Shepheard«, sagte Winthrop. »Und bringen Sie unverzüglich den Earl of Rutherford her. Wir wissen, daß er da ist. Es ist mir gleich, was sein Sohn sagt. Wir haben ihn reingehen sehen.«

Elliott stahl sich rasch durch die Hintertür hinaus und machte das linke Bein steif, um das Knie zu entlasten. Er überquerte den dunklen Parkplatz und ging in Richtung Altstadt. Erst als er zwei Straßen vom Shepheard entfernt war, hielt er ein vorbeifahrendes Taxi an.

Julie schlüpfte in ihre Suite und verriegelte die Tür. Das Beduinengewand, das sie im Taxi ausgezogen hatte, versteckte sie jetzt unten im Schrank hinter ihrem Koffer.

Sie ging ins Schlafzimmer und holte den kleinen Koffer vom obersten Schrankfach. Was brauchte sie? So vieles von dem, was sie besaß, bedeutete ihr gar nichts. Nur die Freiheit war jetzt wichtig, die Freiheit mit Ramses – irgendwie mußten sie diesen teuflischen Ereignissen entkommen.

Doch was, wenn sie ihn nie wiedersah, den Mann, der ihr ganzes früheres Leben unwichtig erscheinen ließ? Welchen Sinn hatte es, den Koffer zu packen, bevor sie genau wußte, was geschehen war?

Plötzlich fühlte sie sich schwach und hilflos. Das Herz tat ihr weh, als sie sich aufs Bett legte.

Sie weinte leise, als Rita hereinkam.

Das Babylon. Er konnte die Klänge der Trommeln und Becken hören, als er die gewundene kleine Kopfsteinpflasterstraße entlang eilte. Wie seltsam, daß er in diesem Augenblick Lawrence so deutlich spürte, seinen geliebten Lawrence.

Plötzlich ließ ihn ein Geräusch hinter sich stehen bleiben. Jemand war von einem Dach heruntergesprungen! Er drehte sich um.

»Gehen Sie weiter«, sagte der große Araber. Es war Ramsey!

»Um die Ecke ist eine Bar, die mir für unser Gespräch als geeignet erscheint. Sie ist ruhig. Gehen Sie hin und setzen Sie sich.«

Elliott war mehr als erleichtert. Er gehorchte unverzüglich. Was immer auch geschah, jetzt war er nicht mehr allein in diesem Alptraum. Ramsey würde wissen, was zu tun war. Er drängte sich weiter zu der kleinen Bar und trat ein.

Perlenvorhänge, flackernde Petroleumlampen, Holztische, die üblichen zwielichtigen Europäer. Ein gleichgültiger jugendlicher Kellner wischte mit einem schmutzigen Lappen einen Tisch ab.

Ein großer gutgekleideter Araber mit blauen Augen saß mit dem Rücken zur Wand am letzten Tisch. Ramsey. Er mußte durch den Hintereingang hereingekommen sein.

Mehrere Gäste sahen Elliott argwöhnisch an, als er nach hinten ging. In seiner ordentlichen Kleidung war er verdächtig. Seine geringste Sorge.

Er setzte sich auf den Stuhl rechts von Ramsey, mit dem Rücken zur Hintertür.

Die prasselnde kleine Lampe vor ihnen auf dem Tisch roch nach parfümiertem Petroleum. Ramses hielt ein Glas in der Hand. Auf dem Tisch standen eine Flasche ohne Etikett und ein sauberes Glas.

»Wo ist sie?« fragte Ramsey.

»Ich habe nicht die Absicht, Ihnen das zu sagen«, sagte Elliott.

»So? Wie lauten denn die Regeln dieses Spiels? Oder soll ich gewissermaßen im Nachteil bleiben?«

Elliott schwieg einen Augenblick lang. Er dachte noch einmal über seine Entscheidungen nach. Lohnte sich. Die Schande des Augenblicks lohnte sich. Er räusperte sich.

»Sie wissen, was ich will«, sagte er zu Ramsey. »Sie haben es von Anfang an gewußt. Ich habe diese Reise nach Ägypten nicht unternommen, um die Jungfräulichkeit meiner zukünftigen Schwiegertochter zu beschützen. Das ist absurd.«

»Ich habe gedacht, Sie wären ein Ehrenmann.«

»Das bin ich, aber heute habe ich Dinge gesehen, vor denen sich ein Ungeheuer ekeln würde.«

»Sie hätten mir niemals ins Museum folgen dürfen.«

Elliott nickte. Er griff nach der Flasche, entkorkte sie und füllte das Glas. Whisky. Gut. Er nahm einen kräftigen Schluck.

»Ich weiß, ich hätte Ihnen nicht folgen sollen«, sagte er. »Es war die Torheit eines jungen Mannes. Und vielleicht wäre ich ja wieder jung geworden... für immer.«

Er sah Ramsey an. Der Mann in diesem weißen Gewand sah mehr als königlich aus. Er wirkte majestätisch und fast göttlich. Aber seine blauen Augen waren blutunterlaufen. Und er war müde und mitgenommen. Das konnte man sehen.

»Ich will das Elixier«, sagte Elliott höflich. »Wenn Sie es mir gegeben haben und ich es getrunken habe, sage ich Ihnen, wo sie ist. Und dann sind Sie für sie verantwortlich. Glauben Sie mir, ich beneide Sie nicht. Obwohl ich getan habe, was ich tun konnte.«

»In welcher Verfassung ist sie? Ich will es ganz genau wissen.«

»Geheilt, aber noch nicht ganz. Sie ist wunderschön und sie ist tödlich. Sie hat Henry und Malenka, seine ägyptische Geliebte, getötet.«

Ramsey schwieg einen Moment und sagte dann:

»Nun, der junge Stratford hat bekommen, was er verdient hat, um Ihren modernen Ausdruck zu gebrauchen. Er hat seinen Onkel ermordet. Er hat versucht, seine Cousine zu ermorden. Ich bin aus dem Grabe auferstanden, um ihn daran zu hindern. Die Geschichte, die er erzählt hat, daß ich ihn erwürgen wollte, ist wahr.«

Elliott seufzte. Er spürte eine große Erleichterung, aber auch Bitterkeit, große Bitterkeit. »Ich habe es gewußt... das mit Lawrence. Das mit Julie hätte ich nicht einmal geahnt.«

»Mit meinen Giften«, seufzte Ramses.

»Ich habe Lawrence Stratford geliebt«, flüsterte Elliott. »Er war... war einmal mein Geliebter, und stets mein Freund.«

Ramses nickte knapp.

»Das Töten, ist es ihr leicht gefallen? Wie kam es dazu?«

»Sie verfügt über ungeheuerliche Kräfte. Ich weiß nicht, ob sie begreift, was der Tod bedeutet. Sie hat Henry getötet, weil das Mädchen Angst hatte und zu schreien anfing. Beiden hat sie das Genick gebrochen. Genau wie bei der Putzfrau im Museum.«

»Sie spricht?«

»Klar und deutlich. Sie hat das Englisch, das ich ihr beigebracht habe, geradezu aufgesaugt. Sie hat mir gesagt, wer sie war. Aber irgend etwas stimmt nicht mit ihr, soviel ist sicher. Sie weiß nicht genau, wo sie ist und was mit ihr geschieht. Und sie leidet. Sie leidet unvorstellbar wegen der großen Wunden an ihrem Körper, in denen man die Knochen sehen kann. Sie leidet Seelenqualen und körperliche Schmerzen.« Elliott trank noch einen Schluck Whisky. »Die Verletzungen an ihrem Körper – ganz sicher weist das Gehirn ähnliche Verletzungen auf.«

»Sie müssen mich unverzüglich zu ihr bringen!«

»Ich habe ihr den Rest aus der Phiole gegeben, die Sie so achtlos im Museum haben fallenlassen. Ich habe es auf ihrem Gesicht und den Händen verrieben. Aber sie braucht noch viel mehr.«

»Sie haben also gesehen, wie es wirkte? Hat es die Wunden verkleinert?«

»Ja. Aber das Sonnenlicht hatte ihr schon sehr geholfen.« Elliott machte eine Pause. Er studierte Ramseys scheinbar gleichgültiges Gesicht, die kalten blauen Augen. »Aber das ist doch sicher kein Geheimnis für Sie!«

»Sie irren sich.«

Ganz mechanisch hob Ramsey das Glas und trank.

»Ein Viertel der Phiole, mehr war nicht übrig«, sagte Elliott. »Hätte es für mich gereicht, wenn ich es an ihrer Stelle getrunken hätte?«

»Ich weiß nicht.«

Elliott lächelte bitter.

»Ich bin kein Wissenschaftler. Nur ein König.«

»Nun, Sie haben meinen Vorschlag gehört, Königliche Hoheit. Sie geben mir das Elixier. Und zwar in ausreichender Menge. Und ich gebe Ihnen Kleopatra, Königin von Ägypten, mit der Sie danach tun und lassen können, was Sie wollen.«

Ramses sah ihn unverwandt an. »Und wenn ich Ihnen sagen würde, daß ich Sie töten werde, wenn Sie mir nicht sagen, wo sie ist?«

»Mich töten. Ohne das Elixier werde ich sowieso sterben. Nur daran kann ich momentan noch denken: an den Tod und an das Elixier. Ich bin nicht sicher, ob ich noch den Unterschied weiß.« Noch ein Glas Whisky, mehr würde er nicht mehr vertragen. Er stürzte es hinunter und verzog leicht verbittert das Gesicht. »Hören Sie, ich will ganz offen mit Ihnen sein. Ich habe nicht die Kraft für das, was ich heute gesehen habe. Aber ich will dieses Mittel. Ich kenne nur noch dieses Verlangen.«

»Ja, daran kann ich mich gut erinnern. Nur bei ihr war es anders. Sie hat den Tod gewählt, um bei ihrem geliebten Markus Antonius zu sein. Ich habe es ihr angeboten, aber sie hat es abgelehnt.«

»Dann hat sie nicht gewußt, was der Tod war.«

Ramses lächelte.

»Auf jeden Fall bin ich mir sicher, daß sie sich nicht erinnern kann. Und wenn doch, glaube ich nicht, daß es sie kümmert. Sie lebt wieder, sie leidet, sie ringt mit ihren Wunden, ihrem Verlangen...« Er verstummte.

Ramses beugte sich vor. »Wo ist sie!«

»Geben Sie es mir. Dann werde ich Ihnen helfen. Ich werde alles tun, was ich kann. Wir werden keine Feinde sein, Sie und ich. Wir sind auch jetzt keine Feinde, oder doch?«

»Nein, keine Feinde!« flüsterte Ramses. Seine Stimme war sanft, aber seine Augen funkelten wütend. »Aber ich kann es Ihnen nicht geben. Es wäre viel zu gefährlich. Sie verstehen das nicht.«

»Aber Sie haben sie zum Leben erweckt, oder nicht!« sagte Elliott erbost. »Und Sie werden es Julie Stratford geben, und Ihrem treuen Freund Samir?«

Ramses antwortete nicht. Er lehnte mit dem Rücken an der Wand und sah wieder geradeaus.

Elliott stand auf.

»Ich bin im Shepheard Hotel. Wenn Sie das Elixier gebraut haben, rufen Sie mich dort an. Ich werde Sie an der Stimme erkennen, wenn Sie anrufen. Aber seien Sie vorsichtig. Wir machen dann ein zweites Treffen aus.«

Er nahm seinen Gehstock und ging zur Tür. Er drehte sich nicht um. Sein Gesicht brannte vor Scham. Aber dies war seine einzige kleine Chance, und er spielte sie aus, auch wenn er sich dabei noch so erbärmlich vorkam.

Angst kroch in ihm hoch, als er allein durch die dunkle Gasse ging. Er spürte nicht nur die vertrauten Schmerzen, sondern auch jenes Schwächegefühl, das ihn wie ein Fluch des Alters heimsuchte. Dann wurde ihm klar, daß Ramses ihm folgen würde!

Er blieb stehen und horchte. Kein Laut in der Dunkelheit. Er ging weiter.

Sie stand im vorderen Zimmer. Sie hatte sich noch nicht entschieden, ob sie diesem schreienden Vogel den Hals umdrehen sollte. Im Augenblick war er still, gluckste und tanzte auf seinem Käfig. Er war wunderschön. Solange er nicht schrie, würde sie ihn am Leben lassen. Das war ein faires Angebot.

Am Leichnam der Tänzerin hatte bereits die Verwesung eingesetzt. Sie hatte ihn in die entfernteste Ecke des Gartens gezerrt und dort ein großes Tuch darüber geworfen. Aber sie konnte ihn immer noch riechen.

Selbst hinten in der Küche konnte sie ihn riechen. Aber das hatte sie nicht daran gehindert, sämtliche Nahrungsmittel im Haus zu verzehren. Ein paar Zitronen, sehr süß, einen Laib altbackenes Brot.

Danach hatte sie ein anderes Sommerkleid angezogen. Dieses war weiß. Es gefiel ihr, weil ihre Haut darin makellos und leicht golden wirkte und es einen noch weiteren Rock mit größeren Rüschen hatte, der ihre Füße verbarg.

Die Schmerzen in ihren Füßen waren schlimm. Ebenso die Schmerzen in der Brust. Wenn Lord Rutherford nicht bald kam, würde sie wieder ausgehen. Aber sie hatte keine Ahnung, wie sie ihn finden sollte. Es war schwer genug gewesen, das Haus wiederzufinden. Sie hatte das amerikanische Automobil zum Rand dieses eigentümlichen Stadtteils gefahren, wo die Häuser alt und schmucklos waren, und dann war sie durch die schmalen Straßen geirrt, bis sie die offene Tür gesehen hatte. Jetzt war sie ungeduldig.

Plötzlich hörte sie ein Klopfen.

»Name?« sagte sie auf Englisch.

»Elliott, Lord Rutherford. Mach auf.«

Sogleich öffnete sie die Tür.

»Ich habe lange auf dich gewartet, Lord Rutherford. Hast du mir das Elixier mitgebracht? Weißt du, wo der Mann mit den blauen Augen ist?«

Ihr Englisch versetzte Lord Rutherford in Erstaunen. Sie hob kurz die Schultern, als sie die Tür zumachte. »Ja, ja, deine Sprache ist kein Geheimnis mehr für mich«, sagte sie. »Heute auf der Straße habe ich sie oft gehört, und auch andere Sprachen. Ich habe viele Dinge gelernt. Die Vergangenheit ist das Rätsel, die Welt, an die ich mich nicht erinnern kann!« Plötzlich wurde sie wütend. Warum starrte er sie so an! »Wo ist Ramses!« verlangte sie zu wissen. Sie war sicher, daß das der Name des Mannes mit den blauen Augen war.

»Ich habe mit ihm gesprochen. Ich habe ihm gesagt, was du brauchst.«

»Ja, Lord Rutherford.« Sie ging auf ihn zu. Er wich zurück. »Hast du Angst vor mir?«

»Ich weiß nicht. Ich will dich beschützen«, flüsterte er.

»Stimmt. Und Ramses, der Blauäugige? Warum kommt er nicht?« Etwas Unerfreuliches, etwas sehr Unerfreuliches. Ein verschwommenes Bild von Ramses, der vor ihr zurückwich. Von Ramses, der weit weg von ihr stand, während sie schrie. Etwas mit Schlangengift und... sie schrie und niemand konnte sie hören! Und dann zogen sie ihr das schwarze Tuch übers Gesicht. Sie wandte sich von Lord Rutherford ab. »Wenn ich mich an nichts erinnern würde, wäre es leichter«, flüsterte sie. »Aber ich sehe es, und dann sehe ich es nicht mehr.« Sie drehte sich zu ihm um.

»Du mußt Geduld haben«, sagte Lord Rutherford. »Er wird kommen.«

»Geduld! Ich will keine Geduld haben. Ich will ihn finden. Sag mir, wo er ist. Ich gehe zu ihm!«

»Ich kann nicht. Das ist unmöglich.«

»Wirklich?« Ihre Stimme wurde zum schrillen Kreischen. Sie sah die Angst in ihm, sah die... was war es? Er war nicht abstoßend, so wie die anderen. Nein, etwas anderes lag in seinem Blick, als er sie anstarrte. »Sag mir, wo ich ihn finden kann!« kreischte sie. Sie machte noch einen Schritt auf ihn zu, drängte ihn an die Wand. »Ich werde dir ein Geheimnis verraten, Lord Rutherford. Ihr seid schwach, ihr alle. Seltsame Wesen! Und es macht mir Spaß, euch zu töten. Es lindert meine Schmerzen, wenn ich euch sterben sehe.«

Sie warf sich auf ihn und packte ihn am Hals. Sie würde die Wahrheit aus ihm herausschütteln und ihn dann töten, wenn er sie ihr nicht sagte. Aber plötzlich wurde sie von kräftigen Händen von ihm weggezogen. Einen Moment lang wußte sie nicht, was geschah. Sie schrie und schlug um sich, dann sah sie den blauäugigen Mann vor sich. Wer war das! Sie wußte es, aber es wollte ihr im Moment nicht einfallen. Und doch brach der Name aus ihr heraus: »Ramses!« Ja, das war Ramses, der Blauäugige... Sie lief mit ausgestreckten Armen auf ihn zu.

»Hinaus«, rief er dem anderen zu. »Gehen Sie weg von hier. Schnell.«

Sein Hals war wie Marmor. Sie konnte ihm das Genick nicht brechen! Aber auch er konnte sie nicht überwältigen, so sehr er es versuchte. Sie merkte, daß Elliott, Lord Rutherford, das Haus verließ und die Tür hinter sich zuschlug. Jetzt war sie allein und kämpfte gegen Ramses, der sich dereinst von ihr abgewandt hatte, der ihr wehgetan hatte. Es spielte keine Rolle, daß sie sich nicht erinnern konnte. Es war wie mit dem Namen. Sie wußte es!

Kämpfend stolperten sie von einem Zimmer ins nächste. Sie konnte ihm ihre rechte Hand gerade lange genug entwinden, um ihn mit den bloßen Knochen zu kratzen, bevor er ihr Handgelenk wieder zu fassen bekam. Sie kämpfte mit aller Kraft gegen ihn und schäumte vor Wut. Dann sah sie seine Hand hochschnellen. Sie versuchte sich zu ducken, aber er erwischte sie und sie fiel aufs Bett. Sie drehte sich schluchzend um und drückte das Gesicht ins Kissen. Sie konnte ihn nicht töten! Sie konnte ihm das Genick nicht brechen!

»Sei verflucht!« brüllte sie, aber nicht in der neuen Sprache, sondern in der alten. »Böser Ramses!« Sie spie es ihm entgegen, während sie dalag, zu ihm aufsah und sich wünschte, sie könnte wie eine Katze hochspringen und ihm die Augen auskratzen.

Warum sah er sie so an? Warum weinte er?

»Kleopatra!« flüsterte er.

Einen Augenblick lang war ihr schwindlig. Furchtbare Erinnerungen drängten sich in ihr Bewußtsein und würden die Gegenwart auslöschen, sollte sie ihnen nachgeben. Dunkle, schreckliche Erinnerungen, Erinnerungen an ein Leid, das sie nie wieder erfahren wollte.

Sie richtete sich auf, sah ihn an und rätselte über seinen betroffenen, verletzten Gesichtsausdruck.

Ein stattliches Mannsbild war er, wunderschön. Haut wie die jungen, fester, sinnlicher Mund. Und die Augen, die großen durchscheinenden blauen Augen. Als sie jetzt aus dem Abgrund emporstieg, sah sie ihn an einem anderen Ort, an einem dunklen Ort. Er hatte sich über sie gebeugt und das uralte ägyptische Gebet gesprochen. *Du bist, jetzt und für immer.*

»Das hast du mir angetan«, flüsterte sie. Sie hörte das Glas zerbrechen, das Holz splittern, spürte die Steinplatten unter den Füßen. Ihre Arme waren schwarz und verdorrt gewesen! »Du hast mich hierher gebracht in diese ›modernen Zeiten‹, und als ich die Hände nach dir ausgestreckt habe, bist du weggelaufen!«

Er biß sich auf die Lippen wie ein Knabe. Er zitterte, und Tränen liefen ihm über die Wangen. Sollte sie ihn in seinem Leid bedauern!

»Nein, ich schwöre es«, sagte er im vertrauten Latein. »Andere sind zwischen uns gekommen. Ich hätte dich niemals verlassen.«

Das war eine Lüge. Eine schreckliche Lüge. Sie hatte versucht, vom Diwan aufzustehen. Das Gift der Schlange hatte sie gelähmt. Ramses! hatte sie verzweifelt gerufen. Sie hörte ihre eigene Stimme. Aber er hatte sich nicht vom Fenster weggedreht. Und die Frauen um sie herum hatten ihn angefleht. Ramses!

»Lügner!« zischte sie. »Du hättest es mir geben können! Du hast mich sterben lassen!«

»Nein.« Er schüttelte den Kopf. »Niemals!«

Aber warte. Sie verwechselte zwei verschiedene entscheidende Ereignisse. Diese Frauen. Sie waren nicht dabei gewesen, als er seine Gebete gesprochen hatte. Sie waren allein gewesen... für immer und ewig. »Ich habe an einem dunklen Ort geschlafen. Und dann bist du gekommen. Und ich habe wieder die Schmerzen gespürt. Schmerzen und Hunger, und ich kannte dich. Ich wußte, wer du warst. Und ich haßte dich!«

»Kleopatra!« Er kam auf sie zu.

»Nein, bleib weg. Ich weiß, was du getan hast! Ich habe es schon vorher gewußt. Du hast mich von den Toten zurückgeholt. Vom Grabe hast du mich auferstehen lassen. Und dies ist der Beweis dafür, diese Wunden!« Die Worte waren ihr vor schierer Verbitterung fast im Hals stecken geblieben. Dann spürte sie den Schrei kommen. Sie keuchte und konnte ihn nicht zurückhalten.

Er packte sie und schüttelte sie.

»Laß mich los!« rief sie. Ruhig jetzt. Kein Schrei.

Einen Augenblick hielt er sie noch und sie wehrte sich nicht. Schließlich war es vergebens, gegen ihn zu kämpfen. Aber dann lächelte sie langsam. Es kam darauf an, ihren Verstand zu gebrauchen. Dies alles ein für allemal zu verstehen.

»Aber du siehst sehr gut aus, stimmt's?« sagte sie. »Bist du immer so schön gewesen? Als ich dich früher gekannt habe, haben wir uns geliebt, nicht wahr?« Sie hob die Finger und berührte seine Lippen. »Ich mag deinen Mund. Ich mag die Münder von Männern. Frauenmünder sind zu weich. Ich mag deine seidige Haut.«

Sie küßte ihn langsam. Das war schon früher geschehen. Früher war ihr Verlangen so groß gewesen, daß ihr alle anderen Männer nichts bedeutet hatten. Wenn er ihr nur die Freiheit gegeben hätte, die Geduld, dann wäre sie immer zu ihm zurückgekehrt. Warum hatte er nicht begriffen? Sie mußte als Königin von Ägypten leben und atmen. Hmmmmmm, die Küsse waren so heiß wie damals.

»Hör nicht auf«, stöhnte sie.

»Bist du es?« fragte er. Diese Qual in seiner Stimme. »Bist du es wirklich?«

Sie lächelte wieder. Das war das Schreckliche, richtig? Sie kannte die Antwort selbst nicht! Sie lachte. Es war so komisch. Lachend warf sie den Kopf zurück und spürte seine Lippen an ihrem Hals.

»Ja, küß mich, nimm mich«, sagte sie. Sein Mund glitt an ihrem Hals hinab, seine Finger öffneten ihr Kleid, sein Mund schloß sich über ihrer Brustwarze. »Aaahh!« Sie konnte sie kaum ertragen, die verzehrende Lust. Plötzlich hielt er sie umklammert, sein Mund preßte sich auf sie, seine Zunge liebkoste ihre Brustwarze, an der er jetzt wie ein Kind saugte.

Dich lieben? Ich habe dich immer geliebt. Aber wie kann ich meine Welt verlassen? Wie kann ich all das zurücklassen, was mir etwas bedeutet? Du sprichst von Unsterblichkeit. Das kann ich nicht begreifen. Ich weiß nur, daß ich hier Königin bin, und du gehst von mir fort und drohst, mich für immer zu verlassen...

Sie wand sich aus seinen Armen. »Bitte«, flehte sie ihn an. Wo und wann hatte sie diese Worte gesprochen?

»Was ist?« sagte er.

»Ich weiß nicht... ich kann nicht... ich sehe Dinge, und dann verschwinden sie!«

»Soviel muß ich dir erzählen, soviel dir sagen. Wenn du nur versuchtest zu verstehen.«

Sie erhob sich mühsam und ging von ihm weg. Dann sah sie hinunter, riß sich das Kleid vom Leib und zerriß den Rock bis zum Saum. Sie zog ihn zurück, drehte sich um und sah ihn wieder an.

»Ja! Schau mit deinen blauen Augen, was du getan hast! Das hier verstehe ich!« Sie berührte die Wunde in der Brust. »Ich war eine Königin. Und jetzt bin ich dieses Zerrbild! Was ist das, das du mit deinem geheimnisvollen Elixier ins Leben zurückgeholt hast! Mit deiner Medizin!«

Sie senkte langsam den Kopf und drückte die Hände wieder an die Schläfen. Tausend Mal hatte sie das schon gemacht, aber die Schmerzen in ihrem Kopf wurden nicht besser. Stöhnend wiegte sie sich hin und her. Ihr Stöhnen glich einem Gesang. Linderte das die Schmerzen? Mit zusammengepreßten Lippen summte sie das seltsame, sanfte Lied »Celeste Aida«.

Dann spürte sie seine Hand auf ihrer Schulter. Er drehte sie herum. Zu ihm aufzusehen kam einem Erwachen gleich. Der schöne Ramses.

Langsam senkte sie den Blick und sah die leuchtende Phiole in seiner Hand.

»Ja!« Sie ergriff sie und wollte den Inhalt in die Handfläche schütten.

»Nein, trink es!«

Sie zögerte. Aber sie erinnerte sich, er hatte es ihr in den Mund geträufelt. Ja, in den Hals hinab.

Mit der linken Hand packte er ihren Hinterkopf und mit der rechten führte er die Phiole an ihre Lippen.

»Trink.«

Sie gehorchte. Schluck für Schluck, bis die Phiole leer war. Das Licht in dem Zimmer wurde heller. Ein herrliches Vibrieren erfaßte ihren ganzen Körper. Das Kribbeln in ihren Augen war fast unerträglich. Sie machte die Augen zu, schlug sie wieder auf und sah, wie er sie erstaunt ansah. Er flüsterte das Wort »blau«.

Aber die Wunden, heilten sie? Sie hielt die Finger hoch. Das juckende, kribbelnde Gefühl war eine Qual. Fleisch überzog die Knochen. Und ihre Brust wuchs zu.

»Ihr Götter, habt Dank. Dank den Göttern!« schluchzte sie. »Ich bin geheilt, Ramses, ich bin geheilt.«

Wieder fuhren seine Hände sanft über ihren Körper, was einen Schauer durch ihren Körper jagte. Sie ließ zu, daß er sie küßte, daß er ihre zerfetzte Kleidung herunterriß. »Küß mich, halt mich«, flüsterte sie. Das kribbelnde Fleisch, wo die Wunde gewesen war, küßte er, mit offenem Mund, leckte sie mit der Zunge. Als er das feuchte Haar zwischen ihren Beinen küßte, zog sie ihn hoch. »Nein, in mich hinein! Komm in mich hinein!« schrie sie. »Ich bin geheilt!«

Sein Geschlecht preßte gegen sie. Er hob sie hoch und spießte sie damit auf. Ja, keine Erinnerungen mehr, nur noch die fleischliche Lust. Die Ekstase ließ sie erzittern und dann erschlaffen. Sie warf den Kopf zurück und machte die Augen zu.

Vollkommen niedergeschlagen zog er den linken Fuß wie ein Krüppel nach. Er war auf dem Weg zum Hotel. War er ein Feigling, weil er gegangen war? Hätte er bleiben sollen, um bei diesem Zweikampf der Titanen zu helfen? Mit boshaftem Funkeln in den

Augen hatte Ramsey gesagt: Gehen Sie. Und Ramsey hatte ihm durch sein Eingreifen das Leben gerettet, indem er ihm gefolgt war und damit seinen letzten verzweifelten Versuch, das Elixier des Lebens zu bekommen, zunichte gemacht hatte.

Aber was spielte das jetzt noch für eine Rolle? Irgendwie mußte er Alex aus Ägypten fortbringen und sich selbst aus Ägypten fortschaffen. Ein für allemal und vollständig aus diesem Alptraum erwachen. Nur das allein blieb ihm noch zu tun.

Mit gesenktem Blick näherte er sich dem Shepheard.

Er sah die beiden Männer erst, als sie ihm den Weg versperrten.

»Lord Rutherford?«

»Lassen Sie mich in Ruhe.«

»Bitte um Vergebung, Mylord, ich wünschte, ich könnte Ihrem Wunsch nachkommen. Wir kommen vom Gouverneur. Wir müssen Ihnen ein paar Fragen stellen.«

Ja, die letzte Demütigung. Aber er wehrte sich nicht.

»Dann helfen Sie mir die Treppe hinauf, junger Mann«, sagte er.

Sie stieg aus der Kupferbadewanne, schlang das lange, grobe weiße Handtuch um sich. Ihr Haar war feucht und wurde im Dampf lockig. Das Bad war eines Palastes würdig, dieses Zimmer mit den bemalten Kacheln und dem heißen Wasser, das durch ein kleines Rohr floß. Und die Parfums, die sie gefunden hatte, welch lieblicher Geruch, gleich Lilien.

Sie ging ins Schlafzimmer zurück und betrachtete sich wieder im Spiegel. Geheilt. Perfekt. Ihre Beine besaßen die vollendeten Konturen. Selbst die Schmerzen in ihrem Inneren, wo der Böse namens Henry sie verwundet hatte, waren verschwunden.

Blaue Augen! Wie dieser Anblick sie schockierte.

War sie so schön gewesen, als sie noch gelebt hatte? Wußte er es? Männer hatten immer gesagt, daß sie wunderschön war. Sie vollführte einen kurzen Tanz, genoß ihre eigene Nacktheit, genoß das weiche Haar, das auf die Oberarme fiel.

Ramses beobachtete sie stumm aus der Ecke. Nun, das war nichts Neues, oder? Ramses, der heimliche Beobachter. Ramses der Richter.

Sie griff nach der Weinflasche auf dem Toilettentisch. Leer. Sie zerschmetterte sie auf der Marmorplatte. Die Scherben fielen zu Boden.

Keine Reaktion seinerseits. Nur dieses harte, unerbittliche Starren.

Aber was machte das schon? Warum nicht weiter tanzen? Sie wußte, sie war wunderschön. Die Männer würden sie lieben. Die beiden Männer, die sie heute nachmittag getötet hatte, waren von ihr bezaubert gewesen, und jetzt mußte sie keine gräßlichen, sichtbaren Spuren des Todes an sich verbergen.

Sie drehte sich im Kreis, ließ das Haar fliegen und rief aus: »Geheilt! Am Leben und geheilt!«

Aus dem anderen Zimmer ertönte plötzlich der hektische Schrei des Papageis, des bösen Vogels. Jetzt war es an der Zeit, ihn zu töten, ein Opfer zu bringen für ihre Glückseligkeit. Es war, als würde man eine weiße Taube auf dem Mark kaufen und ihr als Dank an die Götter die Freiheit geben.

Sie ging zum Käfig, machte die kleine Tür auf, streckte die Hand hinein und erwischte das kreischende, flatternde Ding mit dem ersten Griff.

Sie tötete es, indem sie einfach die Finger zusammendrückte. Als sie dann die Hand ausschüttelte, sah sie, wie es auf den Käfigboden fiel.

Sie drehte sich um und blickte Ramses an. Ein so trauriges Gesicht, so voll Mißbilligung! Armer Liebster!

»Ich kann jetzt nicht mehr sterben. Stimmt das?«

Keine Antwort. Aber sie wußte es. Sie überlegte die ganze Zeit... seit alles angefangen hatte. Wenn sie die anderen ansah, war dies die Erkenntnis gewesen, die auf sie gewartet hatte. Er hatte sie dem Tode entrissen. Jetzt konnte sie nicht mehr sterben.

»Wie bestürzt du aussiehst. Bist du nicht zufrieden mit deiner Magie?« Sie kam zu ihm und lachte. »Bin ich nicht wunderschön? Und jetzt weinst du. Was bist du doch für ein Narr. Es war doch dein Plan, oder nicht? Du bist in mein Grab gekommen, du hast mich zurückgeholt. Nun weinst du, als wäre ich tot. Ja, du hast dich von mir abgewandt, als ich im Sterben lag! Du hast sie das Leichentuch über mein Gesicht ziehen lassen!«

Er seufzte. »Nein. Das habe ich nie getan. Du erinnerst dich nicht an das, was geschehen ist.«

»Warum hast du es getan? Warum hast du mich zurückgeholt? Was waren wir füreinander, du und ich?« Wie paßten diese vielen vagen Erinnerungsfetzen zusammen? Wann würden sie ein zusammenhängendes Ganzes ergeben?

Sie kam näher, betrachtete seine Haut, berührte sie wieder. So straff die Haut.

»Kennst du die Antwort nicht?« fragte er. »Ist sie nicht tief in dir?«

»Ich weiß nur, daß du dabei warst, als ich gestorben bin. Du warst jemand, den ich geliebt habe. Daran erinnere ich mich. Du warst da und ich hatte Angst. Das Gift der Schlange hatte mich gelähmt und ich wollte nach dir rufen, aber ich konnte nicht. Ich bemühte mich. Ich habe deinen Namen ausgesprochen. Du hast mir den Rücken zugekehrt.«

»Nein! Nein, das kann nicht passiert sein! Ich stand da und habe dich angesehen.«

Die Frauen weinten, sie hörte es wieder. Geh weg von diesem Zimmer des Todes, dem Zimmer, wo Antonius gestorben war, der geliebte Antonius. Sie duldete nicht, daß sie den Diwan entfernten, obschon sein Blut die Seide getränkt hatte.

»Du hast mich sterben lassen.«

Etwas grob packte er sie an den Armen. War das seine Art?

»Ich wollte, daß du bei mir bist, so wie jetzt.«

»So wie jetzt. Und wie ist das? Was ist diese Welt? Ist sie die Unterwelt? Werden wir andere treffen, werden wir...« Aber vor einem Moment war es doch noch da gewesen. »Antonius begegnen!« sagte sie. »Wo ist Antonius!« Oh... aber sie wußte es.

Sie wandte sich ab. Antonius war tot und vergessen, er lag im Grab. Und er gab Antonius das Zaubermittel nicht. Es war alles wieder da.

Er trat hinter sie und umarmte sie.

»Als du nach mir gerufen hast«, sagte er, »was hast du da gewollt? Sag es mir jetzt.«

»Daß du leidest!« Sie lachte. Sie konnte ihn in der Spiegeltür des Schranks sehen und lachte über den Schmerz in seinem Gesicht. »Ich weiß nicht, warum ich dich gerufen habe! Ich weiß nicht einmal mehr, wer du bist!« Plötzlich schlug sie ihn. Keine Wirkung. Als würde man auf Marmor schlagen.

Sie ging ins Ankleidezimmer. Sie wollte etwas Schönes. Welches war das schönste Kleid, das diese armselige Frau besessen hatte? Ja, das hier aus rosa Seide mit feinen Stickereien am Saum. Sie nahm es, schlüpfte hinein und machte rasch die kleinen Haken vorne zu. Ihre Brüste kamen darin wunderbar zur Geltung und der Rock war bauschig und so wunderschön, obwohl sie ihre Füße nicht mehr verstecken mußte.

Wieder zog sie die Sandalen an.

»Wohin gehst du?«

»In die Stadt. Dies ist Kairo. Warum sollte ich nicht in die Stadt gehen?«

»Ich muß mit dir reden...«

»Mußt du?« Sie hob die Stofftasche auf. Aus dem Augenwinkel sah sie eine große Glasscherbe auf dem marmornen Toilettentisch. Eine Scherbe der Flasche, die sie zerschmettert hatte.

Lässig ging sie darauf zu. Ihre Hände spielten mit den Perlen. Die mußte sie auch nehmen. Natürlich würde er ihr folgen.

»Kleopatra, sieh mich an«, sagte er.

Sie drehte sich unvermittelt um und küßte ihn. Konnte man ihn

403

so leicht zum Narren halten? Aber ja, seine Lippen verrieten es ihr, oh, so köstlich. Wie sehr er litt! Sie tastete blind nach der Scherbe, fand sie, nahm sie und schnitt ihm die Kehle durch.

Sie wich zurück. Er stand da und starrte sie an. Blut strömte an seinem weißen Gewand hinab. Aber er hatte keine Angst. Er traf keine Anstalten, die Blutung zu stillen. Sein Gesicht drückte nur Traurigkeit aus, keine Angst.

»Ich kann auch nicht sterben«, flüsterte er leise.

»Ah!« Sie lächelte. »Hat dich auch jemand von den Toten auferweckt?«

Wieder stürzte sie auf ihn, trat nach ihm, krallte nach seinen Augen.

»Hör auf, ich flehe dich an.«

Sie hob ein Knie und rammte es fest zwischen seine Beine. Die Schmerzen spürte er, ja. Er brach zusammen, und sie trat ihm so fest sie konnte an den Kopf.

Dann raste sie durch den Innenhof. Während sie mit der linken Hand die Stofftasche umklammerte, griff sie mit der rechten nach dem oberen Rand der Mauer. Und schon war sie drüben und rannte durch die schmale, unbeleuchtete Gasse.

Binnen weniger Minuten hatte sie das Automobil erreicht. Sie ließ sofort den Motor an, trat auf das Pedal, das ihn mit Treibstoff versorgte und sauste durch die schmale Gasse der Hauptstraße entgegen.

Wieder dieser Wind im Gesicht, die Freiheit und die Macht dieser großen eisernen Bestie, die zu ihrer Verfügung stand.

»Bring mich zu den hellen Lichtern von Britisch Kairo«, sagte sie, »liebes, süßes kleines Biest. Bitte!«

6

Die Eingangshalle des Shepheard Hotels. Guter Gin aus der Bar, mit viel Eis und einem Spritzer Zitrone. Er war dankbar, daß sie ihm das gestatteten. Was für ein Trinker er geworden war. Eine herrliche Erkenntnis senkte sich über ihn. Wenn er nach England zurückkehrte, würde er sich zu Tode trinken.

Aber würden sie nie locker lassen? Ihnen mußte doch inzwischen klar geworden sein, daß er ihnen nichts erzählen würde. Für ihn sahen sie aus wie Marionetten, ihre Münder bewegten sich so ruckartig als hingen sie an Fäden. Jede Geste wirkte künstlich. Selbst der hübsche kleine Junge, der ihm Gin und Eis brachte, schien zu schauspielern. Alles unecht. Grotesk die Gestalten, die in der Halle auf und abgingen. Und die Musik, die aus der Bar und dem Ballsaal zu ihm herüberdrang, die hörte sich an wie das, was sie heute abend vielleicht in der Hölle spielten.

Manchmal ergaben die Worte, die sie sprachen, keinen Sinn. Er kannte die Definition eines jeden Wortes, aber was war der Sinn? Tote Menschen mit gebrochenen Hälsen. Hatte sie das alles in der kurzen Zeit getan, während er fort gewesen war?

»Ich bin müde, Gentlemen«, sagte er schließlich. »Die Hitze hier bekommt mir nicht. Ich bin heute schwer gestürzt. Sie müssen mir gestatten, auf mein Zimmer zu gehen.«

Die beiden Männer sahen einander an. Gespielte Frustration. Nichts hier war echt. Was war echt? Kleopatras Hände, die sich um seinen Hals gelegt hatten, die weißgekleidete Gestalt hinter ihr, die sie weggezerrt hatte?

»Lord Rutherford, wir haben es inzwischen mit mehreren Morden zu tun! Der Mord in London war eindeutig erst der Anfang. Wir müssen Sie um Ihre volle Unterstützung bitten. Diese beiden jungen Männer, die heute nachmittag ermordet wurden...«

»Ich habe Ihnen doch schon gesagt. Ich weiß nichts davon! Was wollen Sie von mir, junger Mann? Daß ich mir eine Geschichte für Sie ausdenke? Das ist absurd.«

»Henry Stratford. Wissen Sie, wo wir ihn finden können? Er war vor zwei Tagen hier im Shepheard und hat Sie besucht.«

»Henry Stratford treibt sich in den übelsten Vierteln von Kairo herum. Er geht nachts allein durch dunkle Straßen. Ich habe keine Ahnung, wo er steckt. Gott helfe ihm. Aber jetzt muß ich gehen.«

Er stand vom Sessel auf. Wo war bloß der verdammte Gehstock schon wieder?

»Versuchen Sie nicht, Kairo zu verlassen, Sir«, sagte der Junge, der Arrogante, der mit der platten Nase. »Wir haben Ihren Paß.«

»Was! Das ist eine Ungeheuerlichkeit«, flüsterte Elliott.

»Ich fürchte, dasselbe gilt auch für Ihren Sohn. Und Miss Stratford ebenfalls. Ich habe mir an der Rezeption auch ihre Pässe geben lassen. Lord Rutherford, wir müssen dieser Sache auf den Grund gehen.«

»Sie Idiot«, sagte Elliott. »Ich bin britischer Staatsbürger! Sie wagen es, mir das anzutun!«

Jetzt mischte sich der andere Mann ein.

»Mylord, ich will offen mit Ihnen sprechen! Ich kenne Ihre enge Beziehung zur Familie Stratford, aber glauben Sie, Henry Stratford könnte etwas mit diesen Morden zu tun haben? Er kannte den Mann in London, der erstochen wurde. Und was den Amerikaner angeht, der bei den Pyramiden gefunden wurde, ihm wurde eine ansehnliche Geldsumme gestohlen. Wir wissen, daß Stratford in Geldschwierigkeiten steckte.«

Elliott hielt dem Blick wortlos stand. Henry alles anzukreiden. Darauf war er noch gar nicht gekommen. Und dabei lag das so nahe! Natürlich, Henry alles ankreiden. Henry hatte diesen Mann in London gekannt. Welch ein Glück! Welch außerordentliches Glück. Er betrachtete die beiden Männer, die jetzt linkisch vor ihm standen. Wenn das funktionierte!

»Mylord, es geht noch um mehr. Wir haben es darüber hinaus mit zwei geheimnisvollen Diebstählen zu tun. Es wurde nicht nur eine Mumie aus dem Museum von Kairo gestohlen, sondern auch eine aus Miss Stratfords Haus in Mayfair.«

»Tatsächlich.«

»Und ein überaus wertvolles ägyptisches Schmuckstück wurde bei Henry Stratfords Geliebter Daisy Banker gefunden, einer Barsängerin...«

»Ja...« Elliott ließ sich wieder auf den Sessel sinken.

»Ich will Ihnen sagen, worauf ich hinaus will, Mylord. Vielleicht war Stratford in etwas verwickelt, vielleicht Schmuggel... Juwelen, die Münzen, die Mumien...«

»Mumien... Henry und Mumien...« Es war zu schön. Henry, der arme Henry, der Lawrence ermordet hatte, schwamm in diesem Augenblick in Bitumen. Es war durchaus möglich, daß er zu lachen anfangen würde, wenn er eingehender darüber nachdachte.

»Sehen Sie, Lord Rutherford, wir suchen vielleicht nach dem falschen Mann.«

»Aber was hatte dann dieser Ramsey im Museum zu suchen?« sagte der Jüngere ein wenig ungeduldig.

»Er könnte versucht haben, Henry aufzuhalten«, murmelte Elliott. »Er muß ihm gefolgt sein. Er wollte unbedingt mit Henry reden, Julie zuliebe. Natürlich.«

»Aber wie erklären Sie sich die Münzen!« fragte der junge Mann, der jetzt in Fahrt kam. »Wir haben mehrere Kleopatra-Goldmünzen in Ramseys Zimmer gefunden.«

»Aber das liegt doch auf der Hand«, sagte Elliott, dem gerade ein Licht aufgegangen war. »Er muß sie Henry im Streit abgenommen haben. Er wußte, was Henry im Schilde führte. Er muß versucht haben, ihn aufzuhalten. Natürlich.«

»Aber das ergibt doch alles gar keinen Sinn!« sagte der jüngere Mann.

»Auf jeden Fall mehr Sinn als vorher«, sagte Elliott. »Armer Henry, armer, unglücklicher Henry.«

»Ja, langsam sehe ich die Zusammenhänge«, sagte der ältere Mann.

»Wirklich?« sagte Elliott. »Aber natürlich. Wenn Sie jetzt gestatten, möchte ich gerne einen Anwalt hinzuziehen. Ich möchte meinen Paß wiederhaben! Ich habe doch das Recht, einen Anwalt einzuschalten? Dieses Recht eines jeden britischen Bürgers ist noch nicht beschnitten worden?«

»Um Himmels willen, Lord Rutherford«, sagte der ältere Mann. »Was könnte den jungen Stratford veranlaßt haben, derart Amok zu laufen?«

»Glücksspiel, alter Mann. Es hat sein Leben zerstört.«

Genesen, am Leben und eine Wahnsinnige! Wahnsinniger als vorher, bevor er es ihr gegeben hatte. Das hatte sein Elixier bewerkstelligt. Die Früchte seines Geistes. Und wie konnte dieser Alptraum enden?

Er durchkämmte jede Straße und jeden Winkel der Altstadt von Kairo. Sie war verschwunden. Wie sollte er sie jemals finden, wenn sie ihm keinen Hinweis gab?

Hätte er nicht die dunklen, abgelegenen Gänge des Museums von Kairo betreten, hätte er ihre vergessenen Überreste niemals gesehen und hätte einen anderen Weg in die Zukunft beschreiten können. Mit Julie Stratford an seiner Seite hätte die ganze Welt ihm gehört.

Aber nun war er für alle Zeiten an das Monster gekettet, das er geschaffen hatte, mußte sich im Leid, das er hatte beenden wollen, mit ihr durch die Zeit schleppen, mit einer wahnsinnigen Frau, die sich nur an den Haß erinnerte, den sie einst für ihn empfunden hatte, und nicht an die Liebe. Aber was hatte er erwartet? Daß in diesem neuen und strahlenden Zeitalter ihre uralte Seele eine spirituelle Wandlung erfahren würde?

Und wenn Julie Stratford recht hatte, und ihre Seele nicht einmal die Seele der Kleopatra war? Was, wenn dieses Ding eine schreckliche Doppelgängerin war!

Er wußte es einfach nicht. Als er sie in den Armen gehalten hatte, hatte er nur gewußt, daß dies das Fleisch war, das er einmal angebetet hatte, daß dies die Stimme war, die in Wut und Liebe zu ihm gesprochen hatte, daß dies die Frau war, die ihn schließlich vernichtet hatte, die Frau, die sich das Leben genommen hatte, anstatt das Elixier zu nehmen – die ihn nun mit der bruchstückhaften Erinnerung quälte. Sie glaubte, daß sie im Augenblick ihres Todes vor Jahrhunderten nach ihm gerufen hatte oder es versucht hatte und daß er nicht auf ihr letztes Flehen gehört hatte. Aber er liebte sie, so wie er Julie Stratford liebt. Er liebte sie beide!

Er ging weiter, schneller und schneller, aus der seltsamen, unheimlichen Stille der Altstadt zurück zum geschäftigen Summen der neuen Viertel. Er mußte die Suche fortsetzen. Und welchen Hinweis würde sie ihm schließlich geben? Noch einen sinnlosen Mord! Auch diesen Mord würde man dem Mann zuschreiben, der als Reginald Ramsey bekannt war, und damit Julie einen weiteren Dolchstoß versetzen.

Aber es bestanden wenig Chancen, daß Julie ihm jemals vergeben würde. Er hatte seiner Torheit nur noch weiter nachgegeben, wo sie doch Weisheit und Mut von ihm erwartet hatte. Und in diesem kleinen Haus war er ein Mann gewesen, ein Mann, der das leidende Abbild seiner verlorenen Liebe gesehen hatte.

Und deshalb hatte er eine reinere, größere Liebe für eine Leidenschaft geopfert, deren Sklave er vor Jahrhunderten gewesen war. Er hatte diese edlere Geliebte nicht mehr verdient, das wußte er. Und doch wollte er sie, begehrte er sie, ebenso wie er die Verfluchte begehrte, die er irgendwie beherrschen oder vernichten mußte.

Aber er wußte nicht, wo er hätte Trost finden können.

Das waren nun einmal traumhafte Kleider, Kleider, die sie lieben konnte, denn sie besaßen die alte Weichheit und Schlichtheit und waren durch und durch mit Silber und Gold gewirkt.

Sie kam zu dem hell erleuchteten Fenster und legte die Hand darauf. Sie las die englische Aufschrift auf dem Schild:

NUR DAS BESTE FÜR DEN OPERNBALL

Ja, sie verlangte das Beste. Und in dieser Tasche befand sich genügend Geld. Sie brauchte solche Schuhe, hohe Schuhe mit spitzen Absätzen. Und Juwelen.

Sie ging zur Tür und klopfte. Eine große Frau mit silbernem Haar kam zur Tür.

»Wir schließen gleich, meine Teuerste. Es tut mir leid, wenn Sie ein andermal wieder...«

»Bitte, dieses Kleid!« sagte sie. Sie machte die Tasche auf und zog eine große Handvoll Geld heraus. Ein paar Scheine flatterten zu Boden.

»Meine Güte, Sie dürfen um diese Zeit nicht soviel Geld herumzeigen«, sagte die Frau zu ihr. Sie bückte sich und sammelte die heruntergefallenen Scheine ein. »Treten Sie ein. Sind Sie ganz alleine?«

Es war so hübsch hier drinnen. Sie berührte den feinen Stoff des kleinen vergoldeten Stuhls. Und siehe da, noch mehr Statuen, wie die im Fenster und diese waren nicht nur mit wallender Seide bedeckt, sondern auch mit Pelzen. Ein langer weißer Pelz gefiel ihr besonders gut.

»Das will ich«, sagte sie.

»Selbstverständlich, meine Teuerste, selbstverständlich«, sagte die Händlerin.

Sie schenkte der fassungslosen Frau ihr hübschestes Lächeln. »Ist das... ist das... für den Opernball?« fragte sie.

»Das wäre geradezu perfekt! Ich werde es für Sie einpacken.«

»Aber ich brauche ein Kleid, und diese Schuhe, und ich brauche Perlen und Rubine, falls Sie das haben. Sie müssen wissen, ich habe meine gesamten Kleider verloren und meinen ganzen Schmuck.«

»Wir kümmern uns um Sie! Bitte setzen Sie sich. Was möchten Sie gern sehen?«

Er war sicher, es würde funktionieren. Eine absurde Geschichte zwar: Henry ins Museum antiker Kunstgegenstände eingebrochen, um eine Mumie zu stehlen, damit er seine Schulden bezahlen konnte. Aber Tatsache war – und das durfte er nicht vergessen –, daß die Wahrheit noch absurder war! Kein Mensch würde die Wahrheit glauben.

Kaum war er in der Suite, rief er seinen alten Freund Pitfield an.

»Sagen Sie ihm, Elliott Rutherford möchte ihn sprechen. Ich bleibe dran. Hallo, Gerald, tut mir leid, daß ich dich beim Abendessen störe. Es hat den Anschein, als stecke ich hier in rechtlichen Schwierigkeiten. Ich glaube, Henry Stratford hängt auch mit drin. Ja, ja, heute abend noch, wenn du kannst. Ich bin selbstverständlich im Shepeard Hotel. Gut, wunderbar, Gerald. Ich wußte, daß ich mich auf dich verlassen kann. In zwanzig Minuten. In der Bar.«

Als er gerade den Hörer weglegte und aufsah, erblickte er Alex, der eben zur Tür hereinkam.

»Vater, Gott sei Dank, daß du wieder da bist. Sie haben unsere Pässe beschlagnahmt! Julie ist außer sich. Und Miles ist gerade mit einer neuen wilden Geschichte bei ihr gewesen. Ein armer Amerikaner ist bei den Pyramiden ermordet worden, und ein Engländer wurde vor dem International Café getötet.«

»Alex, pack deine Koffer«, sagte er. »Ich habe die ganze Geschichte schon gehört. Gerald Pitfield ist auf dem Weg hierher. Ich verspreche dir, wir werden unsere Pässe vor Morgengrauen wieder haben, und dann müßt ihr, daß heißt du und Julie den Zug nehmen.«

»Das mußt du ihr sagen, Vater.«

»Werde ich, aber vorher muß ich Pitfield sprechen. Gib mir deinen Arm und hilf mir zum Fahrstuhl.«

»Aber Vater, wer ist verantwortlich...?«

»Mein Junge, ich will nicht derjenige sein, der es dir erzählt, und schon gar nicht derjenige, der es Julie erzählt. Aber es sieht so aus, als steckte Henry bis über beide Ohren in der Sache.«

Still hier oben. Man konnte kaum die Musik von unten hören. Sie war ganz allein die Treppe heraufgekommen, weil sie nichts weiter als die Sterne sehen wollte und kein lästiges Klopfen und kein lästiges Telefon mehr ertragen konnte.

Aber dort stand Samir, am Dachrand, und sah über die Minaretts und Kuppeln und Millionen kleiner Dächer von Kairo. Samir, der wie im Gebet zum Himmel hinauf sah.

Als sie neben ihm stand, legte er den Arm um sie.

»Samir, wo ist er?« flüsterte sie.

»Er wird uns eine Nachricht zukommen lassen, Julie. Er wird sein Versprechen halten.«

Sie hatte ausgezeichnet gewählt: hellgrüner »Satin« mit Reihen von »Perlmuttknöpfen« und mehreren Lagen »Brüsseler Spitze«. Und der lose Pelzstreifen sah ganz allerliebst aus, sagte die Frau, und die Frau mußte es ja wissen!

»Ihr Haar ist so wunderschön, meine Teuerste, es ist fast eine Sünde, es hochzustecken, aber das sollten Sie dennoch tun, wissen Sie, Teuerste. Es sieht ziemlich... Vielleicht kann ich morgen einen Termin beim Friseur für Sie vereinbaren.«

Natürlich hatte sie recht. Alle anderen Frauen trugen das Haar hochgesteckt, weg vom Hals, fast so, wie sie ihres früher immer getragen hatte, nur waren ihre Frisuren anders, mehr wie ein großes Herz mit Löckchen. Ja, sie würde gerne zu diesem Friseur gehen.

»Im besonderen für den Opernball!« Wahrhaftig. Und auch das

Kleid für den Opernball war hinreißend, aber jetzt zur Sicherheit in steifes, glänzendes Papier gepackt. Ebenso wie alle anderen Sachen – die hübschen »Spitzenhöschen« und die feinen »Unterröcke« und die zahllosen Kleider und Schuhe und Hüte und verschiedenen anderen Dinge, an die sie sich schon gar nicht mehr erinnern konnte. Spitzentaschentücher, Schals und ein weißer Schirm, den man benutzte, wenn die Sonne schien! Was für ein entzückender Unsinn. Es war, als hätte man einen riesigen Kleiderschrank betreten. Komisch auch, diese modernen Zeiten, in denen man alles und überall fertig haben konnte?

Die Besitzerin hatte die Summe, wie sie es nannte, fast addiert. Sie hatte viele »Noten« des Geldes abgezählt. Und jetzt machte sie die Schublade einer großen Bronzemaschine auf, der »Registrierkasse«, und darin war noch mehr Geld, viel mehr Geld als Kleopatra besaß.

»Ich muß sagen, Sie sehen in dieser Farbe atemberaubend aus!« sagte die Frau. »Ihre Augen wirken dann nicht mehr blau, sondern grün.«

Kleopatra lachte. Ganze Haufen Geld.

Sie stand vom Stuhl auf und bewegte sich elegant auf die Frau zu. Das Klicken der hohen Absätze auf dem Marmorboden gefiel ihr.

Sie packte die Frau am Hals, noch bevor das arme Geschöpf aufsah. Sie faßte fest zu und drückte den Daumen auf den empfindlichen Knochen in der Mitte. Die Frau schien verblüfft. Sie gab ein leises Hicksen von sich. Dann drehte Kleopatra mit beiden Händen den Kopf der Frau ruckartig zur Seite. Schnapp. Tot.

Es bestand keine Veranlassung, jetzt darüber nachzudenken, jetzt über den großen Abgrund zwischen ihr und diesem armen, traurigen Wesen zu sinnieren, das nun auf dem Boden hinter dem kleinen Tisch lag und zu der goldverzierten Decke hinaufsah. Diese Kreaturen konnte man allesamt töten, wenn man es für erforderlich hielt, denn was konnten sie ihr schon tun?

Sie raffte das Geld zusammen und steckte es in die neue Abendtasche aus Satin, die sie hier gefunden hatte. Was nicht hineinpaßte, steckte sie in die alte Stofftasche. Dazu nahm sie alle Juwelen mit, die im Schaukasten unter der »Registrierkasse« aufbewahrt wurden. Dann stapelte sie die Schachteln übereinander und trug den ganzen Berg hinaus auf den Rücksitz des Autos.

Los jetzt, ins nächste Abenteuer. Sie warf die langen, dicken Stränge des weißen Pelzes über die Schultern und ließ die Bestie wieder an.

Und fuhr zu dem Haus, wo »die besseren Leute absteigen, Briten und Amerikaner, das ist das Shepheard, *das* Hotel, wenn Sie verstehen, was ich meine.«

Sie mußte lachen, als sie an den Amerikaner dachte und die seltsame Art, wie er mit ihr gesprochen hatte, als wäre sie eine Schwachsinnige. Bei dieser Ladenbesitzerin war es genauso gewesen. Vielleicht würde sie im Shepheard Hotel jemand mit Charme und guten Manieren treffen, einen interessanteren Menschen als diese armen erbärmlichen Seelen, die sie in die dunklen Wasser zurückgeschickt hatte, aus denen sie gekommen war.

»Um Gottes willen, was ist hier geschehen?« flüsterte der ältere der beiden Beamten. Er stand in der Tür von Malenkas Haus, zögerte aber, ohne Durchsuchungsbefehl oder Erlaubnis der Bewohner einzutreten. Niemand hatte auf das Klopfen reagiert, niemand geantwortet, als er Henry Stratfords Namen gerufen hatte.

Er sah die Glasscherben auf dem Toilettentisch im erleuchteten Schlafzimmer. Und das auf dem Boden sah aus wie Blut.

Der jüngere Mann, der wie immer ungeduldig und eigenwillig war, war mit der elektrischen Fackel in den Innenhof gegangen. Umgestürzte Stühle. Zerbrochenes Porzellan.

»Großer Gott, Davis. Hier draußen liegt eine tote Frau!«

Einen Augenblick lang regte sich der ältere Mann nicht von der Stelle. Er betrachtete den toten Papagei auf dem Boden seines Käfigs. Und die leeren Flaschen, die die ganze Bar säumten. Und den Anzug, der in der Ecke auf dem Ständer hing.

Dann zwang er sich, in den kleinen dunklen Garten hinauszugehen und sich die Leiche anzusehen.

»Das ist die Frau«, sagte er. »Das ist Malenka aus dem Babylon.«

»Also, ich glaube, unter diesen Umständen brauchen wir keinen Durchsuchungsbefehl mehr.«

Der ältere Mann ging ins Wohnzimmer zurück. Dann betrat er vorsichtig das Schlafzimmer.

Er betrachtete das zerrissene Kleid, das auf dem Boden lag, und die seltsamen Fetzen, die an der Wand zu einem Haufen zusammengeschichtet waren. Den jungen Mann, der an ihm vorbei ging, den jungen Mann, der umherspazierte, suchte, Notizen machte und offenbar von den Spuren der Katastrophe hier in gelinde Aufregung versetzt worden war, beachtete er gar nicht.

Diese Fetzen – herrje, sie sahen wie Mumienbandagen aus, doch ein Teil der Leinen schien neu zu sein. Er sah auf, als der junge Mann ihm einen Paß hinhielt.

»Stratford«, sagte der junge Mann. »Seine ganzen Papiere sind hier in diesem Mantel.«

Elliott stützte sich, als sie aus dem gläsernen Fahrstuhl ausstiegen, auf Alex' Arm.

»Und was ist, wenn Pitfield nicht alles in Ordnung bringen kann?« fragte Alex.

»Wir werden uns, solange wir hier sind, wie zivilisierte Menschen benehmen«, sagte Elliott. »Du gehst morgen abend wie geplant mit Julie in die Oper. Und danach wirst du sie zu dem Ball begleiten. Und du wirst zur Abreise bereit sein, sobald du deinen Paß zurückbekommst.«

»Sie ist nicht in der Stimmung dafür, Vater. Und wenn du die Wahrheit wissen willst, wäre es ihr lieber, Samir würde sie begleiten. Seit dies alles angefangen hat, vertraut sie sich Samir an. Er weicht nicht von ihrer Seite.«

»Dennoch wirst du in ihrer Nähe bleiben. Man wird uns morgen zusammen sehen. Alles bestens und in Ordnung. Warum gehst du jetzt nicht auf die Veranda und nimmst einen Schlummertrunk und überläßt die rechtlichen Dinge mir?«

Ja, das Shepheard Hotel gefiel ihr, das wußte sie bereits. Es hatte ihr schon heute nachmittag gefallen, als sie die lange Reihe der Automobile davor gesehen hatte, aus denen wunderbar gekleidete Männer und Frauen ausgestiegen und die Treppe hinaufgegangen waren.

Jetzt waren nur sehr wenig Automobile da. Es gelang ihr, direkt vor dem Eingang zu halten. Ein charmanter junger Bediensteter kam und hielt ihr die Tür auf. Die Stofftasche und die Satintasche hielt sie in der Hand, als sie gelassen die teppichbelegte Treppe hinaufstieg, während andere Diener ihre vielen Pakete hinter ihr hertrugen.

Die Halle versetzte sie auf der Stelle in Entzücken. Sie hatte ja keine Ahnung gehabt, daß die Zimmer dieses palastähnlichen Gebäudes so luxuriös sein würden. Und die Menschen, die hier umhergingen – wohlproportionierte Frauen und gut gekleidete Männer –, aufregend. Es war eine elegante Welt, diese »moderne Zeit«. Man mußte einen Ort wie diesen gesehen haben, um alle Möglichkeiten zu begreifen.

»Kann ich Ihnen helfen, Miss?« Ein weiterer unterwürfiger Mann hatte sich ihr genähert. Wie seltsam seine Kleidung war, besonders sein Hut. Wenn sie etwas an der »modernen Zeit« nicht mochte, dann diese Hüte!

»Ja, wenn Sie so freundlich sein wollen!« sagte sie vorsichtig. »Ich möchte gern hier wohnen. Ist dies das Shepheard Hotel? *Das* Hotel?«

»Ganz richtig, Miss. Ich bringe Sie zur Rezeption.«

»Halt«, flüsterte sie. Wenige Schritte entfernt stand Lord Rutherford! Irrtum ausgeschlossen. Er war es. Und ein prachtvoller junger Mann war bei ihm, groß, schlank mit feinen Zügen wie aus Porzellan. Im Vergleich zu ihm waren ihre bisherigen Begleiter allesamt derb gewesen.

Sie kniff die Augen zusammen, konzentrierte sich und versuchte zu hören, was der junge Mann sagte. Aber die beiden waren zu weit weg. Und die beiden schritten hinter einer Reihe Topfpflanzen und waren ab und zu nicht zu sehen. Dann schüttelte der junge Mann Lord Rutherford die Hand und entfernte sich in Richtung Eingangstür. Lord Rutherford begab sich in einen großen, halbdunklen Raum.

»Das ist Lord Rutherford, Miss«, sagte der hilfsbereite junge Mann neben ihr.

»Ja, ich weiß«, sagte sie. »Aber der wunderschöne neben ihm, wer ist das?«

»Das ist sein Sohn, Alex, Miss, der junge Vicomte Summerfield. Sie sind häufig Gäste im Shepheard. Freunde der Stratfords, Miss.«

Sie sah ihn fragend an.

»Lawrence Stratford, Miss«, erklärte er, während er ihren Arm nahm und sie behutsam weiterführte. »Der große Archäologe, der gerade das Grab von Ramses entdeckt hat.«

»Was haben Sie da gesagt!« flüsterte sie. »Sprechen Sie langsamer.«

»Derjenige, der die Mumie ausgegraben hat, Miss, von Ramses dem Verdammten.«

»Ramses dem Verdammten!«

»Ja, Miss, was für eine Geschichte.« Er deutete jetzt auf einen langen, verzierten Tisch vor ihr, der eigentlich wie ein Altar aussah. »Da ist die Rezeption, Miss. Kann ich noch etwas für Sie tun?«

Sie lachte kurz und voller Erstaunen. »Nein«, sagte sie. »Sie waren einfach super. Wunderbar!«

Er schenkte ihr einen süßen, hingebungsvollen Blick, den Blick, den ihr alle Männer zuwarfen. Und dann bedeutete er ihr durch Gesten, zur »Rezeption« zu gehen.

Elliott kam gleich zur Sache, als Pitfield ihm gegenüber Platz genommen hatte. Er merkte, daß er zu schnell redete und wahrscheinlich seltsame Dinge sagte, aber er konnte seinen Eifer nicht bremsen. Alex muß hier weg. Julie muß hier weg. Das waren die einzigen Gedanken, die ihm durch den Kopf gingen. Wegen Randolph konnte er sich später Gedanken machen.

»Keiner von uns hat auch nur das Geringste damit zu tun«, sagte er. »Man muß ihnen die Heimreise gestatten. Ich bleibe hier, wenn es unbedingt erforderlich ist, aber mein Sohn muß die Erlaubnis zur Abreise bekommen.«

Gerald, zehn Jahre älter als er, weißhaarig und beleibt, hörte aufmerksam zu. Er war ein Mann, der nicht viel vom Trinken hielt, ein Mann, der rund um die Uhr arbeitete, um seiner Familie jede Annehmlichkeit des kolonialen Lebens angedeihen zu lassen.

»Sicher nicht«, sagte er jetzt verständnisvoll. »Aber Moment mal, da steht Winthrop an der Tür. Er hat zwei Männer bei sich.«

»Ich kann nicht mit ihm reden!« sagte Elliott. »Jetzt nicht, beim gütigen Himmel.«

»Überlaß alles mir.«

Wie verblüfft sie waren, als sie im voraus mit Bündeln dieses seltsamen Geldes bezahlte, das sie »Pfundnoten« nannten, obwohl es fast nichts wog. Die jungen Diener würden ihre zahlreichen Gepäckstücke in die Suite bringen, sagten sie. Und die Küche war noch besetzt und würde die Speisen bereitstellen, die sie zu haben wünschte. Da rechts lag der Speisesaal, sie konnte aber auch in ihrem Zimmer dinieren, wenn sie das wünschte. Was den Friseur anbetraf, auf den sie sich so freute, die Dame würde leider erst morgen wieder zur Verfügung stehen. Sehr schön. Danke!

Sie ließ den Schlüssel in ihre Satintasche fallen. Die Suite 201 würde sie später finden. Sie eilte zur Tür des dunklen Zimmers, in dem Lord Rutherford verschwunden war, und beobachtete, wie er dort alleine trank. Er sah sie nicht.

Draußen, auf der geräumigen Terrasse, sah sie seinen Sohn Alex stehen, der an einer weißen Säule lehnte – so ein hübscher junger Mann – und in eine angeregte Unterhaltung mit einem dunkelhäutigen Ägypter verstrickt war. Der Ägypter ging ins Hotel hinein. Der junge Mann schien ratlos.

Sie ging sofort zu ihm. Sie schlich sich an ihn heran, stellte sich neben ihn und studierte sein feines Gesicht – ja, wirklich eine Schönheit. Natürlich war Lord Rutherford ein Mann mit beachtlichem Charme, aber sein Sohn war so jung, seine Haut noch so sanft wie ein Blütenblatt, gleichzeitig aber groß, mit kräftigen, breiten Schultern und einem klaren, selbstbewußten Blick, der in den braunen Augen stand, als er sich zu ihr umdrehte.

»Der junge Vicomte Summerfield«, sagte sie. »Sohn von Lord Rutherford, hat man mir gesagt?«

Ein breites, strahlendes Lächeln. »Ich bin Alex Savarell, ja. Verzeihen Sie mir, ich glaube, ich hatte noch nicht das Vergnügen.«

»Ich bin hungrig, Vicomte Summerfield. Könnten Sie mir nicht den Speisesaal *des* Hotels zeigen? Ich möchte gerne etwas essen.«

»Ich bin entzückt! Welch unerwartetes Vergnügen.«

Er bot ihr seinen Arm an. Sie mochte ihn sehr. Er war ohne jede Arglist. Er führte sie in die überfüllte Haupthalle zurück, an dem dunklen Raum vorbei, wo sein Vater trank, und weiter in einen großen weiten Saal mit hoher goldverzierter Decke.

Entlang der Wände des riesigen Saals standen Tische mit Leinendecken. In der Mitte des Saals tanzten Männer und Frauen. Die Röcke der Frauen sahen wie große, leicht gekräuselte Blumen aus. Und die Musik, so lieblich, obwohl sie ihr fast in den Ohren weh tat. Sie war viel schriller als die des Musikkastens. Und so herrlich traurig!

Unverzüglich bat er einen herrisch aussehenden alten Mann, ihnen einen »Tisch« zu geben. Was für ein häßlicher Mensch, dieser herrisch aussehende Mann, der ebenso gut gekleidet war wie alle im Saal. Aber er sagte »Ja, Lord Summerfield« mit großem Respekt. Und der Tisch war wahrlich prachtvoll – wunderhübsches Geschirr und duftende Blumen.

»Was ist das für eine Musik?« fragte sie.

»Aus Amerika«, sagte er. »Von Sigmund Romberg.«

Sie wiegte sich ein wenig vor und zurück.

»Möchten Sie gerne tanzen?« fragte er.

»Das wäre super!«

Wie warm seine Hand war, als er ihre nahm und sie zur Tanzfläche führte. Wie eigentümlich, daß jedes Paar nur für sich tanzte, wie in ein intimes Ritual vertieft. Der melancholische Rhythmus riß sie sofort mit. Und dieser bewundernswerte junge Mann, wie zärtlich er sie ansah. Er war wirklich ein hübsches junges Mannsbild, dieser Alex, Lord Summerfield.

»Wie bezaubernd das alles ist«, sagte sie. »Ein richtiger Palast. Und die Musik, so intensiv, aber wunderschön. Sie tut meinen Ohren weh, und ich mag keine lauten Geräusche – kreischende Vögel, Gewehre!«

»Selbstverständlich nicht«, sagte er überrascht. »Sie sind so ein zierliches Geschöpf. Und Ihr Haar, darf ich Ihnen sagen, daß Ihr Haar wunderbar ist? Man sieht heutzutage selten Frauen, die ihr Haar offen und natürlich tragen. Sie sehen wie eine Göttin aus.«

»Ja, das ist sehr okay. Danke Ihnen.«

Er hatte ein reizendes Lachen. So aufrichtig. Keine Angst in seinen Augen, kein Ekel. Er war wie ein Prinz, der von gütigen Ammen in einem Palast großgezogen worden war. Alles in allem zu sanft für die Welt.

»Würde es Ihnen schrecklich viel ausmachen, mir Ihren Namen zu sagen?« fragte er. »Da wir einander nicht vorgestellt worden sind, müssen wir uns wohl selbst bekanntmachen.«

»Mein Name ist Kleopatra, Königin von Ägypten.« Wie sie dieses Tanzen liebte, geschwungen und herumgewirbelt zu werden. Der Boden unter ihr schimmerte wie Wasser.

»Ich könnte Ihnen fast glauben«, sagte er. »Sie sehen wie eine Königin aus. Darf ich Sie Eure Hoheit nennen?«

Sie lachte. »Eure Ho-heit. Ist das die angemessene Anrede für eine Königin! Ja, Sie dürfen mich Eure Ho-heit nennen. Und ich nenne Sie Lord Summerfield. Diese Männer hier, sind sie alle... Lords?«

Im dunklen Spiegel an der getäfelten Wand sah Elliott, wie Winthrop und seine Gehilfen abzogen. Pitfield kam ohne Umschweife zurück und setzte sich wieder auf den Stuhl ihm gegenüber. Er winkte dem Kellner und bedeutete ihm, neue Drinks zu bringen.

»Noch mehr Verwirrung«, sagte er. »Um Gottes willen, was ist denn in den jungen Stratford gefahren!«

»Erzähl.«

»Erstaunlich! Eine Bauchtänzerin, Henry Stratfords Geliebte. Man hat sie mit gebrochenem Genick in dem Haus gefunden, das sie mit Henry bewohnt hat. Henrys Sachen waren alle noch dort. Paß, Geld, alles.«

Elliott schluckte. Er brauchte unbedingt noch einen Drink. Es kam ihm in den Sinn, daß er etwas essen mußte, wenn er weiter trinken wollte, ohne umzukippen.

»Dasselbe; gebrochenes Genick wie heute nachmittag bei dem Studenten aus Oxford, bei dem jungen Amerikaner bei den Pyramiden draußen, und bei der Putzfrau im Museum. Ich frage mich, warum er sich bei Sharples die Mühe mit dem Messer gemacht hat! Du solltest mir lieber alles erzählen, was du weißt.«

Der Kellner stellte Scotch und Gin ab. Elliott nahm seinen Drink und nippte nachdenklich daran.

»Wie ich befürchtet habe, die ganze Sache. Er hat vor lauter Schuldgefühlen den Verstand verloren.«

»Wegen seiner Spielsucht.«

»Nein, wegen Lawrence. Weißt du, es war Henry, die Gifte im Grab.«

»Großer Gott, Mann, ist das dein Ernst?«

»Gerald, so hat ja alles angefangen. Er hatte Papiere bei sich, die Lawrence unterschreiben sollte. Wahrscheinlich hat er sie gefälscht. Aber darum geht es nicht. Er hat den Mord gestanden.«

»Dir.«

»Nein, jemand anderem.« Er verstummte, mußte das alles durchdenken, hatte aber keine Zeit. »Ramsey.«

»Den Ramsey, den sie suchen.«

»Ja. Ramsey hat versucht, mit ihm zu reden, heute morgen in aller Frühe, bevor Henry den Verstand verloren und ins Museum eingebrochen ist. Übrigens... du hast gesagt, daß man das Haus der Bauchtänzerin durchsucht hat. Hat man dort Spuren einer Mumie gefunden, irgendwelche Bandagen? Das würde sicher einiges beweisen. Dann könnte die Polizei endlich aufhören, den armen Ramsey zu jagen. Weißt du, Ramsey ist völlig unschuldig. Er ist ins Museum gegangen, um ein vernünftiges Wort mit Henry zu reden.«

»Weißt du das ganz sicher?«

»Es war alles meine Schuld. Ich kann in letzter Zeit nicht schlafen, die Schmerzen in meinen Gelenken halten mich wach. Heute morgen um fünf bin ich von einem Spaziergang nach Hause gekommen. Ich habe Henry stockbetrunken in der Nähe des Museums gesehen, wie ich dir schon gesagt habe. Ich dachte, er machte eine Kneipentour. Dann habe ich den Fehler begangen und Ramsey davon erzählt, der gerade zum Frühstück heruntergekommen war. Ramsey hatte schon früher versucht, Henry ins Gewissen zu reden. Und dann machte er sich auf die Suche – wegen Julie.«

»Julie und dieser Ramsey, sie sind...«

»Ja. Die Verlobung mit Alex ist gelöst. Alles in Ordnung. Alex und Ramsey sind Freunde. Und die ganze Sache muß aus der Welt geschafft werden.«

»Gewiß, gewiß.«

»Ramsey hat versucht, den Diebstahl zu verhindern, als die Polizei ihn festgenommen hat. Er ist ein seltsamer Mann. Er hat die Fassung verloren. Aber das kannst du doch sicher hinbiegen.«

»Nun, ich werde mir größte Mühe geben. Aber warum, um alles in der Welt, sollte Stratford in das Museum einbrechen und eine Mumie stehlen?«

»Dieser Teil ist mir auch nicht ganz klar.« Untertreibung des Jahres, dachte er. »Ich weiß nur, daß die Mumie von Ramses dem Verdammten in London ebenfalls fehlt, und er darüber hinaus offenbar auch Münzen und Juwelen gestohlen hat. Ich denke, jemand hat ihn unter Druck gesetzt. Stiehl ein paar wertvolle Kunstgegenstände oder bring Bargeld, so in der Art.«

»Und dann bricht er ins berühmteste Museum der Welt ein?«

»Die Sicherheitsvorkehrungen in Ägypten sind nicht die besten, alter Junge. Und du hast Henry in den letzten Monaten nicht gesehen, stimmt's? Er ist ziemlich tief gesunken, mein Freund. Es könnte sich um einen Fall von Wahnsinn handeln. Weißt du, ich kann Alex und Julie nicht in Kairo lassen. Und sie wollen erst gehen, wenn Ramsey rehabilitiert ist, und Ramsey hat nicht das Geringste getan.«

Er trank den Gin leer.

»Gerald, hol uns aus der Sache raus, uns alle. Ich werde eine Erklärung abgeben, wenn du es für ratsam hältst. Ich werde versuchen, Ramsey zu kontaktieren. Wenn man ihm Immunität gewährt, wird er meine Geschichte bestimmt bestätigen. Du kannst das machen, Gerald, du kennst doch diese Kolonialidioten! Du schlägst dich seit Jahren mit ihnen herum.«

»Ja, das auf jeden Fall. Man muß behutsam und schnell handeln. Tatsache ist, daß sie schon hinter Stratford her sind. Es geht darum, Ramsey zu entlasten.«

»Ja, und Regeln und Anstand und Bürokratie und dieser ganze

Kolonialmist. Kümmere dich darum, Gerald. Mir ist es gleich, was du tust, ich muß dafür sorgen, daß mein Sohn nach Hause kommt. Ich habe meinen Sohn in dieser ganzen Sache schlimm...«

»Was?«

»Nichts. Kannst du etwas machen?«

»Ja, aber Henry selbst... Hast du eine Ahnung, wo er stecken könnte?«

In einem Kessel mit Bitumen. Elliott zitterte. »Nein«, sagte er. »Keine Ahnung. Aber er hat viele Feinde da draußen, Leute, denen er Geld schuldet. Ich brauche noch einen Drink. Winkst du diesem hübschen kleinen Schwachkopf da, bitte?«

»Junger Lord Summerfield«, sagte sie und betrachtete seinen wunderschönen Mund, »lassen Sie uns in meinem Zimmer speisen. Kehren wir diesem Ort hier den Rücken.«

»Wenn Sie es wünschen.« Die unvermeidliche Röte der Wangen. Wie würde erst der Rest seines jugendlichen Körpers aussehen? Sie betete, daß er über ein Geschlecht verfügte, das seinen sonstigen Vorzügen ebenbürtig war!

»Ja, sehr, aber wünschen *Sie* es?« fragte sie ihn. Sie strich mit den Fingern über seine Wange. Dann glitt sie mit den Fingern unter seinen steifen Rock.

»Ja, ich auch«, flüsterte er.

Sie führte ihn von der Tanzfläche und holte ihre beiden Handtaschen. Dann kehrten sie der schwimmenden Musik und den Lichtern den Rücken und gingen wieder in die überfüllte Halle hinaus.

»Suite Zwo-null-eins«, sagte sie und holte den Schlüssel heraus. »Wie finden wir die?«

»Nun, wir nehmen einfach den Lift zum zweiten Stock«, sagte er strahlend. »Und gehen zur Vorderseite des Gebäudes.«

»Fahrstuhl?« Er führte sie zu einer Doppeltür aus Messing. Er drückte auf einen kleinen Knopf in der Wand.

Ein riesiges Gemälde stand zwischen den beiden Türen: *Aida*, die Oper. Dieselben ägyptischen Gestalten, die sie schon einmal gesehen hatte. »Ah, die Oper«, sagte sie.

»Ja, das Großereignis«, sagte er. Das Messingtor war aufgegangen. Ein Mann in der engen Kammer schien auf sie zu warten. Sie trat ein. Es war wie in einem Käfig. Und sie bekam plötzlich Angst. Die Türen fielen ins Schloß. Eine Falle, und plötzlich fing die Kammer an zu steigen.

»Lord Summerfield«, schrie sie.

»Schon gut, Eure Hoheit«, sagte er. Er schlang die Arme um sie, sie drehte sich um und legte den Kopf an seine Brust. Ja, er war so viel süßer als alle anderen, und wenn ein starker Mann süß ist, werfen selbst Göttinnen vom Berg Olymp einen Blick herab.

Schließlich ging die Tür wieder auf. Er führte sie in einen stillen Durchgang. Sie gingen auf ein fernes Fenster zu.

»Was hat Ihnen solche Angst gemacht?« fragte er. Aber in seiner Stimme schwang weder Spott noch Mißfallen. Eher Beschwichtigung. Er nahm ihr den Schlüssel ab und steckte ihn ins Schloß.

»Die Kammer hat sich bewegt«, seufzte sie. »Sind das nicht die richtigen englischen Worte?«

»Ja, das sind sie«, sagte er. Er blieb stehen, als sie das lange Wohnzimmer mit den schweren Vorhängen und Sesseln betreten hatten, die wie gigantische Polsterkissen aussahen. »Sie sind ein seltsames Geschöpf. Nicht von dieser Welt.«

Sie liebkoste sein Gesicht und küßte ihn ganz langsam. Plötzlich schien er betrübt. Aber dann erwiderte er den Kuß, und sein loderndes Feuer überraschte und erregte sie.

»Heute nacht, Lord Summerfield«, sagte sie, »ist dies mein Palast. Und jetzt wird es Zeit, daß wir das königliche Schlafgemach aufsuchen.«

Elliott ging mit Pitfield zur Tür der Bar. »Ich kann dir gar nicht genug dafür danken, daß du gleich gekommen bist.«

»Sei zuversichtlich und sieh zu, daß du mit deinem Freund sprechen kannst. Ich kann dir selbstverständlich nicht raten zu...«

»Ich weiß, ich weiß. Laß mich das erledigen.« Elliott ging in die Bar zurück, setzte sich auf den Ledersessel und griff nach dem Gin. Ja, er war entschlossen, sich langsam zu Tode zu trinken, sobald dies alles vorbei war.

Er würde aufs Land gehen, den feinsten Sherry und Portwein und Scotch und Gin lagern und tagein tagaus trinken, bis er tot war. Es würde schlicht und einfach herrlich werden. Er sah sich schon vor dem großen Kaminfeuer, einen Fuß auf der Lederottomane. Das Bild flimmerte und verblaßte; Übelkeit stieg in ihm hoch. Er spürte, daß er dem Zusammenbruch nahe war.

»Bring Alex nach Hause, bring ihn wohlbehalten nach Hause«, flüsterte er, und dann fing er an, heftig zu zittern. Er sah sie wieder, wie sie mit ausgestreckten Armen durchs Museum ging. Und dann im Bett, wie sie zu ihm aufsah: er spürte ihre Liebkosungen, und die freiliegenden Knochen, als sie sich an ihn gedrückt hatte. Er sah den irren Ausdruck in Ramseys Augen, als er mit ihr kämpfte.

Das Zittern wurde schlimmer. Viel schlimmer. In der dunklen Bar bemerkte es niemand. Ein Pianist hatte sich ans Klavier gesetzt – ein junger Mann, der einen langsamen Ragtime spielte.

Er hatte ihr mit dem hübschen Kleid aus grünem Satin geholfen. Er hatte es über einen Sessel gelegt. Als die Lichter ausgingen, sah sie die Stadt durch die hellen Vorhänge. Sie sah den Fluß.

»Der Nil«, flüsterte sie. Sie wollte sagen, wie wunderschön er war, dieser funkelnde Streifen Wasser, der sich zwischen den Häusern der Stadt wand, aber ein Schatten fiel auf ihre Seele. Ein Bild stieg vor ihr auf, hüllte sie völlig ein und entschwand wieder. Dieses Bild war schnell entschwunden. Eine Katakombe, ein Priester, der vor ihr herging.

»Was ist, Eure Hoheit?«

Sie hob langsam den Kopf. Sie hatte gestöhnt und das hatte ihm angst gemacht.

»Sie sind so lieb zu mir, junger Lord Summerfield«, sagte sie. Wo war die unvermeidliche Unhöflichkeit dieses Jungen? Der unausweichliche Drang zu verletzen, den alle Männer früher oder später auslebten?

Sie sah auf und stellte fest, daß er jetzt ebenfalls nackt war, und der Anblick seines straffen jugendlichen Körpers bereitete ihr große Freude. Sie legte die Hand auf seinen flachen Bauch und dann zärtlich auf die Brust. Es war stets die Härte der Männer, die sie erregte, selbst die Härte ihrer Münder; ihr gefiel, wenn sie den Mund strafften, wenn sie küßten, es gefiel ihr sogar, die Zähne hinter den Lippen zu spüren. Sie küßte ihn grob und drückte sich an ihn. Er konnte sich kaum noch beherrschen. Er wollte sie zum Bett tragen und bemühte sich, zärtlich zu sein.

»Was bist du für ein überirdisches Geschöpf«, flüsterte er. »Woher kommst du nur?«

»Aus Dunkelheit und Kälte. Küß mich. Mir wird nur wieder warm, wenn ich geküßt werde. Entfache ein Feuer, Lord Summerfield, das uns beide verbrennt.«

Sie sank in die Kissen zurück und zog ihn an sich. Ihre Hand fuhr nach unten, griff nach seinem Geschlecht, streichelte es und drückte die Spitze. Als er stöhnte, öffnete sie seine Lippen mit ihren und leckte seine Zunge, seine Zähne.

»Jetzt«, sagte sie. »Komm zu mir. Beim zweiten Mal lassen wir uns Zeit.«

Julies Suite. Samir legte die Zeitungen auf den Tisch. Julie trank eine zweite Tasse süßen ägyptischen Kaffee.

»Heute abend dürfen Sie mich nicht allein lassen, Samir. Erst wenn wir von ihm gehört haben«, sagte sie. Sie stand auf. »Ich werde mein Kleid anziehen. Versprechen Sie mir, daß Sie mich nicht alleine lassen.«

»Ich bin hier, Julie«, sagte er. »Aber vielleicht sollten Sie schlafen. Ich wecke Sie, sobald ich etwas höre.«

»Nein, das kann ich nicht. Ich möchte nur diese Kleider anziehen. Es wird nur einen Augenblick dauern.«

Sie ging in ihr Schlafzimmer. Rita hatte sie für heute entlassen. Gott sei Dank. Sie wollte nur Samir um sich haben. Ihre Nerven waren zum Zerreißen gespannt. Sie wußte, Elliott war im Hotel, brachte es aber nicht über sich, ihn anzurufen. Sie wollte ihn weder sehen noch mit ihm reden. Erst wenn sie wußte, was Ramses getan hatte. Sie konnte ihre bösen Vorahnungen nicht abschütteln.

Langsam zog sie die Haarnadeln aus dem Haar, während sie geistesabwesend in den Spiegel sah. Es dauerte, bis sie den großen Araber im weißen Gewand in der Ecke des Zimmers bemerkte. Dort stand er, still wie ein Schatten, der sie beobachtete. Ihr Araber, Ramses.

Sie wirbelte herum, das Haar fiel ihr über die Schultern. Das Herz wollte ihr zerspringen.

Hätte er sie nicht gehalten, sie wäre vielleicht zum zweiten Mal in ihrem Leben ohnmächtig geworden. Dann sah sie die Blutflecken auf seiner Kleidung und wurde wieder von Schwäche übermannt. Dunkelheit umfing sie.

Ohne Worte umarmte er sie, drückte sie an sich.

»Meine Julie«, sagte er mit untröstlicher Stimme.

»Wie lange bist du schon hier?«

»Kurze Zeit erst«, sagte er. »Ich möchte jetzt nicht sprechen, ich möchte dich nur umarmen.«

»Wo ist sie?«

Er ließ sie los, wich zurück. »Ich weiß nicht«, sagte er mit niedergeschlagener Stimme. »Ich habe sie verloren.«

Julie sah, wie er auf und ab ging, sich umdrehte und sie aus einiger Entfernung ebenfalls ansah. Sie war sich bewußt, daß sie ihn liebte und auch weiterhin lieben würde, was auch geschehen war. Aber das konnte sie ihm nicht sagen, solange sie nicht wußte...

»Laß mich Samir rufen«, sagte sie. »Er ist hier, im Wohnzimmer.«

»Zuerst möchte ich eine Weile mit dir allein sein«, sagte er. Und zum ersten Mal schien er ein klein wenig Angst vor ihr zu haben. Es war ein leises Gefühl, das sie beschlich.

»Du mußt mir erzählen, was geschehen ist.«

Er blieb stumm, sah sie nur an. In den Beduinengewändern sah er einfach unwiderstehlich aus. Und dann sah sie sein Gesicht und ihr Herz tat weh. Es hatte keinen Sinn zu leugnen.

Mit bebender Stimme sagte sie: »Du hast ihr mehr davon gegeben.«

»Du hast sie nicht gesehen«, sagte er langsam und leise. In seinen Augen spiegelte sich die Qual. »Du hast ihre Stimme nicht gehört! Du hast sie nicht weinen hören. Richte nicht über mich. Sie ist am Leben, so wie ich! Ich habe sie zurückgeholt. Laß mich mein eigener Richter sein.«

Sie vergrub die Hände ineinander, bis ihre Finger schmerzten.

»Was meinst du damit, du weißt nicht, wo sie ist?«

»Ich meine, sie ist mir entkommen. Sie hat mich angegriffen und versucht, mich zu töten. Und sie ist wahnsinnig. Lord Rutherford hat recht gehabt. Vollkommen wahnsinnig. Sie hätte ihn umgebracht, wenn ich sie nicht daran gehindert hätte. Daran hat das Elixier nichts geändert. Es hat lediglich ihren Körper geheilt.«

Er kam einen Schritt auf sie zu, und sie drehte ihm den Rücken zu. Sie würde wieder weinen müssen, so viele Tränen. Und sie wollte gar nicht weinen.

»Bete zu deinen Göttern«, sagte sie und sah ihn im Spiegel an. »Frag sie, was zu tun ist. Mein Gott würde dich nur verfluchen. Aber was immer mit diesem Geschöpf geschieht, eines ist sicher.« Sie drehte sich um und sah ihm in die Augen. »Du darfst dieses Elixier nie, nie wieder herstellen. Was noch da ist – trink du es. Jetzt, in meiner Gegenwart. Und dann tilge die Formel aus deinem Gedächtnis.«

Keine Antwort. Langsam nahm er den Kopfschmuck ab und strich sich mit einer Hand durch das Haar. Er sah dadurch noch stattlicher und verführerischer aus. Eine biblische Gestalt mit wallendem Haar und wallenden Gewändern. Sie ärgerte sich ein wenig und die Tränen waren um so näher.

»Ist dir klar, was du sagst?«

»Wenn es zu gefährlich ist, es zu trinken, dann such einen Ort weit draußen in der Wüste, grab einen tiefen Schacht und schütte es hinein! Aber schaff es weg.«

»Ich will dir eine Frage stellen.«

»Nein.« Sie drehte ihm wieder den Rücken zu. Sie hielt sich die Ohren zu. Als sie aufschaute, sah sie im Spiegel, daß er direkt hinter ihr stand. Wieder das Bewußtsein, daß ihre eigene Welt zerstört war, daß ein strahlendes Licht alles andere in hoffnungslose Schatten getaucht hatte.

Er nahm sanft ihre Hände und zog sie von den Ohren weg. Ihre Augen trafen sich im Spiegel und er drückte seinen warmen Körper dicht an sie.

»Julie, gestern nacht. Wenn ich das Elixier nicht mit ins Museum genommen hätte, wenn ich es nicht über Kleopatras sterbliche Überreste gegossen hätte – wenn ich es statt dessen dir angeboten hätte, hättest du es dann nicht genommen?«

Sie gab keine Antwort. Er packte sie jetzt grob am Handgelenk und drehte sie herum.

»Antworte mir! Hätte ich sie nie dort in diesem Glaskasten liegen sehen...«

»Aber du hast sie gesehen.«

Sie wollte standhaft bleiben, aber er überraschte sie mit seinem Kuß, mit seiner groben und verzweifelten Umarmung, mit seinen Händen, die gar nicht zärtlich über ihr Gesicht und ihre Wangen strichen. Wie ein Gebet klang ihr Name aus seinem Mund. Er murmelte etwas in der alten ägyptischen Sprache und sie wußte nicht, was er sagte. Und dann sagte er leise auf lateinisch, daß er sie liebte. Er liebte sie. Das schien irgendwie Erklärung und Entschuldigung zu sein, der Grund für all dieses Leiden. Er liebte sie. Er sagte es, als wäre es ihm gerade eben bewußt geworden. Jetzt flossen die Tränen wieder, dumm. Es machte sie wütend.

Sie trat zurück, dann küßte sie ihn und ließ sich wieder von ihm küssen, sank an seine Brust und ließ sich nur von ihm halten.

Dann sagte sie leise: »Wie sieht sie aus?«

Er seufzte.

»Ist sie schön?«

»Sie war immer schön und ist auch jetzt schön. Sie ist die Frau, die Cäsar verführt hat, und Markus Antonius, und die ganze Welt.«

Sie versteifte sich, wich zurück.

»Sie ist so schön wie du«, sagte er. »Aber du hattest recht. Sie ist nicht Kleopatra. Sie ist eine Fremde in Kleopatras Körper. Ein Ungeheuer, das durch Kleopatras Auge blickt. Das sich bemüht, Kleopatras Verstand für seine eigenen sinnlosen Vorteile auszunutzen.«

Was gab es noch zu sagen? Was konnte sie tun? Es lag an ihm, wie es das von Anfang an getan hatte. Sie wand sich aus seinen Armen, setzte sich, stützte den Ellbogen auf die Sessellehne und legte die Stirn auf die Hand.

»Ich werde sie finden«, sagte er. »Und ich werde diesen schrecklichen Fehler ungeschehen machen. Ich werde sie in die Dunkelheit zurückschicken, aus der ich sie geholt habe. Und sie wird nur kurze Zeit leiden. Und dann wird sie schlafen.«

»Aber das ist furchtbar! Es muß einen anderen Weg geben...!« Sie fing an zu schluchzen.

»Was habe ich dir getan, Julie Stratford?« sagte er. »Was habe ich aus deinem Leben gemacht, deinen zarten Träumen und Wünschen?«

Sie holte das Taschentuch aus der Tasche und drückte es auf den Mund. Sie mußte mit diesem albernen Weinen aufhören. Sie schneuzte sich die Nase, dann sah sie ihn an – dieser große, schöne, traumhafte Mann, der mit tragischem Gesichtsausdruck vor ihr stand. Ein Mann, nur ein Mann. Unsterblich, ja, dereinst Herrscher, immer ein Lehrmeister, vielleicht, aber menschlich wie wir alle. Fehlbar wie wir alle. Liebenswert wie wir alle.

»Ich kann ohne dich nicht leben, Ramses«, sagte sie. »Vielleicht könnte ich es. Aber ich will nicht.« Jetzt Tränen in seinen Augen. Wenn sie nicht wegsah, würde sie wieder weinen. »Mit Vernunft ist hier gar nichts mehr auszurichten«, fuhr sie fort. »Aber diesem Geschöpf hast du Unrecht getan. Dieses Ding, das du von den Toten erweckt hast, muß leiden. Du sprichst davon, sie lebendig zu begraben. Ich kann nicht... kann nicht...«

»Glaube mir, daß ich eine schmerzlose Methode finden werde«, flüsterte er.

Sie konnte nicht sprechen. Sie konnte ihn nicht ansehen.

»Und noch etwas mußt du wissen, denn später könnte es zu Verwirrungen führen. Dein Cousin Henry ist tot. Kleopatra hat ihn getötet.«

»Was!«

»In Henrys Liebesnest in der Altstadt von Kairo hat Elliott sie gebracht. Er ist mir ins Museum gefolgt. Und als die Soldaten mich weggebracht haben, hat Elliott die Kreatur beschützt, die ich zum Leben erweckt hatte. Er hat sie zu Henry gebracht, und dort hat sie Henry und diese Frau Malenka getötet.«

Sie schüttelte den Kopf, und wieder drückte sie die Hände auf die Ohren. Alles, was sie über Henry wußte, über den Tod ihres Vaters, über den Anschlag auf ihr eigenes Leben, konnte ihr jetzt nicht helfen. Nichts zählte mehr. Sie spürte nur das Staunen.

»Vertraue mir, wenn ich sage, daß ich einen schmerzlosen Weg finden werde. Denn das muß ich tun, bevor noch mehr Blut Unschuldiger vergossen wird. Ich kann mich nicht abwenden, ehe es vollbracht ist.«

»Hat mein Sohn mir eine Nachricht hinterlassen?« Elliott hatte dem Ledersessel und dem Gin nicht entsagt und hatte auch nicht die Absicht, es zu tun. Aber er wußte, er mußte Alex anrufen, bevor er sich noch mehr betrank. Und er hatte sich das Telefon bringen lassen. »Aber er würde niemals weggehen, ohne es mir zu sagen. Nun gut, Samir Ibrahaim, wo ist der? Können Sie für mich in seinem Zimmer anrufen?«

»Er hält sich in Miss Stratfords Suite auf, Sir. Zwo-null-drei. Er bittet, daß Nachrichten dorthin übermittelt werden. Soll ich anläuten? Es ist elf Uhr, Sir.«

»Nein, ich gehe hinauf, danke.«

Sie beugte sich über das Waschbecken aus Marmor und benetzte ihr Gesicht mit kaltem Wasser. Sie wollte nicht in den Spiegel sehen. Dann wischte sie sich langsam mit dem Handtuch die Augen ab. Als sie sich umdrehte, sah sie ihn im Wohnzimmer stehen. Sie hörte Samirs leise, tröstliche Stimme.

»Selbstverständlich werde ich Ihnen helfen, Sire, aber wo sollen wir anfangen?«

Es klopfte laut an die Flurtür.

Ramses kam ins Schlafzimmer zurück. Samir ging aufmachen. Es war Elliott. Ihre Blicke begegneten sich nur kurz, dann wandte sie sich ab. Sie konnte ihn weder verurteilen noch ihn begrüßen. Sie dachte nur: Er hat seine Hand im Spiel gehabt. Er weiß alles, weiß mehr als ich. Und plötzlich war ihr Ekel vor dem ganzen Alptraum unerträglich. Sie ging ins Wohnzimmer und setzte sich in der entlegensten Ecke in einen Sessel.

»Ich will ohne Umschweife zur Sache kommen«, sagte Elliott und sah Ramses direkt an. »Ich habe einen Plan und brauche Ihre Mitarbeit. Aber bevor ich anfange, möchte ich Sie daran erinnern, daß Sie hier nicht sicher sind.«

»Wenn sie mich finden, fliehe ich wieder«, sagte Ramses achselzuckend. »Was ist das für ein Plan?«

»Ein Plan, Julie und meinen Sohn von hier wegzubringen«, sagte Elliott. »Aber was ist geschehen, nachdem ich gegangen bin? Möchten Sie es mir erzählen?«

»Sie ist, wie Sie sie beschrieben haben. Wahnsinnig, unberechenbar stark und gefährlich. Nur jetzt ist sie genesen. Ohne Wunden. Und ihre Augen haben die Farbe des blauen Himmels, wie meine.«

»Ah.«

Elliott verstummte. Anscheinend hatte er starke Schmerzen. Plötzlich wurde Julie klar, daß er betrunken war, wirklich betrunken. Möglicherweise sah sie ihn zum ersten Mal betrunken. Er war würdevoll, beherrscht und betrunken. Er griff nach Samirs Glas, das noch halb voll mit Brandy war, und nippte zerstreut daran.

Leise ging Samir zur kleinen Rattanhausbar in der Ecke und holte ihm eine Flasche.

»Sie haben mir das Leben gerettet«, sagte Elliott zu Ramses. »Dafür danke ich Ihnen.«

Ramses zuckte mit den Schultern. Aber der Ton dieses Gespräches erschien Julie eigentümlich. Er war persönlich, als würden diese beiden Männer einander gut kennen. Es herrschte keine Abneigung.

»Was für ein Plan?« sagte Ramses.

»Sie müssen kooperieren. Sie müssen Lügen erzählen. Sie müssen glaubwürdig sein. Und dann wird man nach einem anderen Täter für die Verbrechen suchen, derer Sie verdächtigt werden, und Julie und Alex wird es freistehen, nach Hause zu fahren. Auch Samir wird man nicht mehr verdächtigen. Dann kann man sich um andere kümmern...«

»Ich gehe hier nicht weg, Elliott«, sagte Julie müde. »Aber Alex muß so schnell es geht von hier weg.«

Samir schenkte Elliott noch einen Brandy ein, den Elliott zum Mund führte und trank. »Gin, Samir? Ich ziehe Gin vor, wenn ich mich betrinke«, sagte er.

»Kommen Sie zur Sache, Mylord«, sagte Ramses. »Ich muß gehen. Die letzte Königin von Ägypten zieht allein durch diese Stadt und hat Gefallen am Töten gefunden. Ich muß sie finden.«

»Es wird viel Schneid erfordern«, sagte Elliott, »aber es gibt einen Weg, wie wir das alles Henry in die Schuhe schieben können. Er hat selbst den Boden dafür bereitet. Aber, Ramsey, Sie müssen lügen, wie ich gesagt habe...«

Die Stille der Nacht. Alex Savarell lag nackt und schlafend auf dem schneeweißen Laken des weichen Federbetts. Die dünne Wolldecke bedeckte ihn nur bis zur Taille. Sein Gesicht wirkte im Mondschein glatt und wächsern.

In der süßen Stille hatte sie leise ihre zahlreichen Pakete ausgepackt und die schönen Kleider, Nachthemden und Schuhe bewundert. Sie hatte die gestohlenen rechteckigen kleinen Opernpapiere, auf denen stand »Einlaß 1 Person«, auf den Toilettentisch gelegt.

Der Mond schien auf die glänzende Seide. Die Perlenkette, die zusammengerollt wie eine Schlange auf dem Tisch lag, funkelte. Und hinter den fein gesponnenen Vorhängen am Fenster schien der Mond auf den Nil, der zwischen all den runden Dächern und Türmen von Kairo langsam dahinfloß.

Kleopatra stand am Fenster und hatte dem gottgleichen jungen Mann auf dem Bett den Rücken zugedreht. Göttlich hatte er ihr Lust bereitet, göttlich hatte sie ihm Lust bereitet. Seine Unschuld und schlichte männliche Kraft waren kostbare Schätze für sie. Ihr Geheimnis und ihr Geschick hatten ihn überwältigt. Niemals hatte er sich so in die Hände einer Frau begeben, hatte er gesagt. Niemals hatte er alle seine Begierden so vorbehaltlos ausgelebt.

Und nun schlief er den Schlaf des Gerechten, während sie am Fenster stand...

...Während Träume zu ihr kamen und sich als Erinnerungen ausgaben. Sie mußte daran denken, daß sie seit ihrem Erwachen die Nacht nicht mehr gekannt hatte. Sie hatte das kühle Mysterium der Nacht nicht mehr gekannt, wenn die Gedanken dazu neigen, sich ganz von selbst zu vertiefen. Und nun fielen ihr Bilder anderer Nächte ein, Bilder von richtigen Palästen, mit Marmorböden und Säulen und Tischen voll Obst und Braten und Wein in silbernen Kelchen. Von Ramses, der zu ihr sprach, während sie im Dunkeln lagen.

»Ich liebe dich wie ich noch nie eine Frau geliebt habe. Ohne dich zu leben... das wäre kein Leben.«

»Mein König, mein einziger König«, hatte sie gesagt. »Was sind die anderen mehr als Soldaten auf dem Schlachtfeld eines Kindes? Kleine Kaiser aus Holz, die vom Zufall von Ort zu Ort geführt werden.«

Es wurde trüber, es entglitt ihr. Sie verlor es, wie sie die anderen Erinnerungen verloren hatte. Wirklich war nur die Stimme von Alex, der sich im Schlaf bewegte.

»Eure Hoheit, wo bist du?«

Die Trübsal hatte sich wie ein Schleier über sie gesenkt, und er konnte den Schleier nicht durchdringen. Es war zu schwer, zu dunkel. Sie sang vor sich hin, das liebliche Lied aus dem Musikkasten, »Celeste Aida«. Und als sie sich umdrehte und sein Gesicht, die geschlossenen Augen, die offenen Hände auf der Decke im Mondenschein sah, da verspürte sie aus tiefster Seele ein Sehnen. Sie summte das Lied mit geschlossenen Lippen, während sie zum Bett ging und auf ihn hinab sah.

Sie strich ihm zärtlich über das Haar. Zärtlich berührten ihre Finger seine Lider. Ah, schlafender Gott, mein süßer Endymion. Ihre Hand glitt gemächlich nach unten, berührte seinen Hals, die empfindlichen Knochen, die sie bei den anderen gebrochen hatte.

Zerbrechliches und sterbliches Geschöpf, trotz deiner Kraft, deiner muskulösen Arme, deiner glatten, flachen Brust, deiner kräftigen Hände, die mir Lust bereitet haben.

Sie wollte nicht, daß er den Tod kennenlernte! Sie wollte nicht, daß er leiden mußte. Ein übermächtiger Schutzinstinkt stieg in ihr empor. Sie hob die weiße Decke und kuschelte sich neben ihn ins warme Bett. Diesem würde sie nie etwas zuleide tun, niemals, das wußte sie. Und plötzlich schien der Tod selbst etwas Furchteinflößendes und Ungerechtes zu sein.

Aber warum bin ich unsterblich und er nicht? Ihr Götter. Einen Augenblick schien es, als würde sich ein großes Portal mit einem unermeßlich leuchtenden Licht auftun und alle Antworten offenbaren. Ihre Vergangenheit, wer sie war, was geschehen war, das alles war klar. Aber es war dunkel und still in diesem Raum. Es gab hier kein solches Licht.

»Mein Liebster, mein hübscher junger Liebster«, sagte sie und küßte ihn wieder. Sofort regte er sich. Breitete die Arme für sie aus.

»Hoheit.«

Sie spürte erneut die Härte zwischen seinen Beinen und wollte, daß er sie nahm, daß er sie ausfüllte. Sie lächelte leise. Wenn man nicht unsterblich sein kann, sollte man wenigstens jung sein, dachte sie wehmütig.

Ramses hörte lange Zeit schweigend zu, bevor er etwas sagte.

»Sie wollen also sagen, wir müssen den Behörden diese komplizierte Geschichte erzählen, daß ich mich mit ihm gestritten habe, ihm ins Innere gefolgt bin, gesehen habe, wie er die Mumie aus dem Kasten holte, und dann haben die Soldaten mich fortgeschleppt.«

»Als König haben Sie für Ägypten gelogen, oder nicht? Sie haben Ihr Volk belogen, als Sie ihm gesagt haben, Sie wären ein lebender Gott.«

»Aber Elliott«, wandte Julie ein, »wenn dieses Morden weitergeht?«

»Was durchaus der Fall sein könnte«, sagte Ramses ungeduldig, »wenn ich nicht bald hier wegkomme und sie finde.«

»Es gibt keinen Beweis dafür, daß Henry tot ist«, sagte Elliott, »und es wird auch keiner einen finden. Es ist völlig plausibel, daß Henry mordend durch Kairo zieht. Und was plausibel ist, wird akzeptiert. Pitfield ist auf diesen Unsinn hereingefallen. Die anderen werden es auch. Und sie können nach Henry suchen, während Sie nach ihr suchen. Nur werden Alex und Julie bis dahin an einem sicheren Ort sein.«

»Nein, ich habe es dir schon gesagt«, meinte Julie. »Ich werde Alex zureden, daß er geht...«

»Julie, ich kann später nachkommen«, sagte Ramses. »Lord Rutherford ist ein kluger Mann. Er wäre ein guter König gewesen oder der weise Ratgeber eines Königs.«

Elliott lächelte bitter und stürzte den dritten Gin hinunter.

»Ich werde diese Lügengeschichte so überzeugend vortragen, wie ich nur kann. Worüber müssen wir sonst noch sprechen?« sagte Ramses.

»Alles ist vorbereitet. Um zehn Uhr müssen Sie mich anrufen. Bis dahin habe ich für Sie eine Immunitätsgarantie vom Gouverneur selbst. Dann müssen Sie zum Palast des Gouverneurs kommen und Ihre Aussage machen. Und wir gehen nicht ohne unsere Pässe.«

»Nun gut«, sagte Ramses. »Ich verlasse euch jetzt. Wünscht mir Glück.«

»Aber wo wirst du mit deiner Suche anfangen?« fragte Julie. »Und wann wirst du schlafen?«

»Du vergißt, meine Schönheit, ich brauche keinen Schlaf. Ich suche nach ihr, bis wir uns vor zehn Uhr wieder hier treffen. Lord Rutherford, wenn das nicht funktioniert...«

»Es wird funktionieren. Und wir werden morgen abend in die Oper gehen, und anschließend zum Ball.«

»Das ist absurd!« sagte Julie.

»Nein, mein Kind. Tu es für mich. Es ist das Letzte, was ich von dir verlangen werde. Ich möchte, daß wir unsere gesellschaftliche

Stellung wiedererlangen. Ich möchte, daß mein Sohn mit seinem Vater und seinen Freunden gesehen wird, mit Ramsey, dessen Name wieder ohne Makel sein wird. Ich möchte, daß man uns alle zusammen sieht. Ich möchte keine Schatten auf Alex' Zukunft. Und was die Zukunft auch immer für dich bereithalten mag, schlag die Tür zu deinem früheren Leben nicht ganz zu. Eine Nacht ist ein angemessener Preis dafür, daß dieses Tor offen bleibt.«

»Ja, Lord Rutherford, Sie amüsieren mich immer wieder«, sagte Ramses. »In einer anderen Welt und einem anderen Leben habe ich selbst so alberne Dinge zu denen um mich herum gesagt. Paläste und Titel sind dafür verantwortlich. Aber ich bin lange genug hier geblieben. Samir, komm mit mir, wenn du willst. Andernfalls gehe ich jetzt allein.«

»Ich bin bei Ihnen, Sire«, sagte Samir. Er stand auf und verneigte sich vor Elliott. »Bis morgen, Mylord.«

Ramses ging zuerst hinaus, Samir folgte ihm. Einen Augenblick lang stand Julie regungslos da, doch dann sprang sie vom Sessel auf und lief Ramses nach, zur Tür hinaus. Sie erwischte ihn auf der dunklen Treppe im hinteren Flügel und lag wieder in seinen Armen.

»Bitte liebe mich, Julie Stratford«, flüsterte er. »Ich bin nicht immer so ein Narr, ich schwöre es.« Er hielt ihr Gesicht in den Händen. »Du gehst nach London, wo du in Sicherheit bist, und ich werde nachkommen, wenn hier alles überstanden ist.«

Sie wollte widersprechen.

»Ich lüge dich nicht an. Dafür liebe ich dich zu sehr. Ich habe dir alles gesagt.«

Sie sah ihm nach, wie er die Treppe hinuntereilte. Er setzte wieder seine Kopfbedeckung auf und wurde zum Scheich. Dann hob er eine Hand zu einem anmutigen Abschiedsgruß und trat in die Dunkelheit hinaus.

Sie wollte nicht in ihre Zimmer zurückkehren. Sie wollte Elliott nicht sehen.

Sie wußte jetzt, warum er diese Reise unternommen hatte. Sie hatte es die ganze Zeit gespürt, aber jetzt wußte sie es. Ramses ins Museum zu folgen. Daß er zu solchen Mitteln gegriffen hatte, erstaunte sie. Aber wenn sie genauer darüber nachdachte, bestand kein Grund, warum sie darüber erstaunt sein sollte? Schließlich hatte er es geglaubt, als einziger außer Samir. Und das Geheimnis und die Verheißung hatten ihn gefesselt.

Während sie zu ihrer Suite zurückging, betete sie, daß er das ganze Ausmaß des Bösen begriffen hatte, das sich ihnen darbot. Und als sie daran dachte, daß ein Geschöpf – wie böse oder gefährlich oder grausam es auch immer sein mochte – in der Dunkelheit eingesperrt war und nicht erwachen konnte, zitterte sie und fing wieder an zu weinen.

Er war immer noch da, saß in dem Plüschsessel und trank den letzten Gin. Er hatte keine Kraft zu gehen. Sie machte die Tür zu und sah ihn an.

Dann sprudelten die Worte nur so aus ihr heraus. Aber sie machte ihm keine Vorwürfe. Sie erzählte ihm nur alles, was Ramses gesagt hatte. Sie erzählte die Geschichte von der Nahrung, die ungenießbar war, vom Vieh, das nicht geschlachtet werden konnte. Sie erzählte ihm die Geschichte vom unstillbaren Hunger und Verlangen des Fleisches, die Geschichte von Einsamkeit und Alleinsein. Wie ein Schwall brach es aus ihr heraus, während sie hin und her ging, ihn nicht ansah, seinem Blick auswich.

Schließlich war sie fertig und es war still im Zimmer.

»Als wir jung waren«, sagte er, »haben dein Vater und ich viele Monate in Ägypten verbracht. Wir haben über unseren Büchern gesessen, haben in uralten Gräbern studiert, haben Texte übersetzt, sind Tag und Nacht durch den Sand gestreift. Das alte Ägypten. Es wurde unsere Muse, unsere Religion. Wir träumten von einem geheimen Wissen, das in der Lage sein würde, uns all das zu ersparen, was zu Langeweile und schließlich Hoffnungslosigkeit führt.

Enthielten die Pyramiden tatsächlich ein noch unentdecktes Geheimnis? Kannten die Ägypter eine geheime Sprache, auf die die Götter hörten? Welche unentdeckten Gräber lagen in diesen Hügeln? Welche Philosophie war noch zu entdecken? Welche Magie?

Oder gab sich diese Kultur lediglich den Anschein von Bildung, täuschte sie ein wahres Geheimnis vor? Wir fragten uns manchmal, ob sie tatsächlich weise und geheimnisvoll gewesen waren oder einfach nüchtern und brutal.

Wir haben es nie erfahren. Ich weiß es heute noch nicht. Nur heute ist mir klar, daß die Suche die Leidenschaft war! Die Suche, verstehst du?«

Sie antwortete nicht. Als sie ihn ansah, wirkte er sehr alt. Seine Augen waren bleischwer. Er erhob sich aus dem Sessel, kam auf sie zu und küßte sie auf die Wange. Seine Bewegungen waren auch jetzt noch anmutig. Wieder kam ihr der seltsame Gedanke in den Sinn, den sie früher so oft gehabt hatte. Sie hätte ihn lieben und heiraten können, wenn Alex und Edith nicht gewesen wären.

Und kein Ramses.

»Ich habe Angst um dich, Liebes«, sagte er. Und dann verließ er sie.

Die Nacht, die leere, stille Nacht, nur vom leisen Echo der Musik erfüllt, lag unter ihr. Und all die früheren seligen und traumlosen Nächte waren wie der verlorene Trost und die Täuschungen der Kindheit.

Dämmerung. Der gewaltige, endlose rosafarbene Himmel wölbte sich über den unendlichen Schatten der Pyramiden und der rauhen, nur mehr unvollständigen Sphinx, deren Pfoten vor ihm auf den gelben Sand gebettet waren. Die düsteren Umrisse des Mena House zeichneten sich still und verlassen gegen den Himmel ab, nur wenige Lichter brannten in den hinteren Zimmern.

Nur ein einsamer Mann in Schwarz ritt mit seinem häßlichen Kamel am Horizont entlang. Irgendwo stieß eine Dampflokomotive ein schrilles, abgehacktes Pfeifen aus.

Ramses stapfte durch den Sand, bis er zu der gigantischen Sphinx kam, wo er sich zwischen ihre Pfoten stellte und zum verwüsteten Gesicht aufsah, das zu seiner Zeit noch wunderschön gewesen und mit einer feinen Schicht glänzenden Kalksteins überzogen war.

»Aber du stehst immer noch hier«, flüsterte er in der alten Sprache und betrachtete die Ruine.

In der kühlen, stillen Morgenluft ließ er seine Gedanken zu einer Zeit zurückwandern, als ihm alle Antworten einfach erschienen waren, als er, der tapfere König, ein Leben mit einem raschen Hieb seines Schwerts oder der Streitaxt genommen hatte. Als er die Priesterin in der Höhle erschlagen hatte, damit niemand sonst das große Geheimnis erfuhr.

Tausend Mal hatte er sich gefragt, ob das nicht seine erste und schrecklichste Sünde gewesen war – das unschuldige alte Weib zu töten, deren Gelächter ihm noch in den Ohren hallte.

Ich bin nicht närrisch genug, das zu trinken.

War er deswegen verdammt? Ein Wanderer auf der Erde wie der biblische Kain, erfüllt von einer großen, ewigen Lebenskraft, die ihn für alle Zeiten von anderen Menschen unterschied?

Er wußte es nicht. Er wußte nur, daß er es nicht mehr ertrug, der einzige zu sein. Er hatte einen Fehler gemacht und er würde wieder einen machen. Das war jetzt eine Gewißheit.

Aber was, wenn seine Isolation beabsichtigt war? Und jeder Versuch, ihr zu entkommen, mit einer derartigen Katastrophe enden würde?

Er legte eine Hand auf den rauhen Stein der Sphinxpfote. Der Wind wirbelte den Sand, der hier tief und weich war, empor, zerrte an Ramses Gewand und schmerzte ihn in den Augen.

Wieder sah er zu dem verunstalteten Gesicht hinauf. Er dachte an die Zeit zurück, als er anläßlich von Pilgerfahrten und Prozessionen hierher gekommen war. Er hörte die Flöten, die Trommeln. Er roch wieder den Weihrauch und hörte die leisen, rhythmischen Beschwörungen.

Jetzt sprach er sein eigenes Gebet, aber in der Sprache und Weise jener Zeit, was ihm einen süßen, kindlichen Trost spendete.

»Gott meiner Väter, meines Landes. Schau voll Vergebung auf mich herab. Zeig mir den Weg, zeig mir, was ich tun muß, um der Natur zurückzugeben, was ich genommen habe. Oder muß ich in aller Demut fortgehen, weinen und bekennen, daß ich genug gefehlt habe? Ich bin kein Gott. Ich weiß nichts von der Schöpfung. Und wenig von Gerechtigkeit.

Aber eines ist sicher. Diejenigen, die uns alle geschaffen haben, wissen auch wenig von Gerechtigkeit. Und was sie wissen, mächtige Sphinx, ist wie deine Weisheit. Ein großes Geheimnis.«

Das große, graue Shepheard Hotel schien im zunehmenden Licht, als Samir und Ramses daraufzugingen, noch dunkler und kompakter – zwei Gestalten in wallenden Gewändern, die sich schnell und lautlos bewegten.

Ein schwerfälliger schwarzer Lastwagen fuhr vor ihnen in die Einfahrt. Fest geschnürte Zeitungsbündel wurden auf den Boden geworfen.

Samir nahm rasch eine aus dem ersten Bündel, bevor Bedienstete des Hotels die anderen hineintrugen. Er tastete in der Tasche nach einer Münze und gab sie einem der Jungen, der kaum darauf achtete.

EINBRUCH UND MORD IN DAMENBEKLEIDUNGSGESCHÄFT

Ramses sah die Schlagzeile.

Die beiden Männer sahen einander an.

Dann entfernten sie sich von dem schlafenden Hotel und machten sich auf die Suche nach einem Café, wo sie zu so früher Morgenstunde sitzen und über diese schlimme Neuigkeit nachdenken und überlegen konnten, was zu tun war.

Sie schlug die Augen auf, als die ersten Sonnenstrahlen durch die dünnen Vorhänge drangen. Wie wunderschön sie aussahen, die Arme der Gottheit, die nach ihr griffen.

Wie dumm die Griechen gewesen waren, die gewaltige Scheibe für den Streitwagen eines Gottes zu halten, der wild über den Himmel raste.

Ihre Vorfahren hatten es gewußt: die Sonne war der Gott Ra. Der Lebensbringer. Der einzige und wahre Gott vor allen anderen Göttern, ohne den alle anderen Götter nichts waren.

Die Sonne fiel auf den Spiegel, und ein gewaltiger goldener Glanz erfüllte das Zimmer und blendete sie einen Augenblick. Sie setzte sich im Bett auf und legte ihre Hand zärtlich auf die Schulter ihres Geliebten. Ein Schwindelgefühl überkam sie. Ihr war, als taumelte sie.

»Ramses!« flüsterte sie.

Die warme Sonne schien auf ihr Gesicht, auf ihre Brauen und ihre tief geschlossenen Lider. Sie spürte sie auf den Brüsten und auf den ausgestreckten Armen.

Kribbeln, Wärme, ein plötzliches gewaltiges Wohlbefinden.

Sie stand vom Bett auf und ging rasch über den weichen grünen

Teppich. Weicher als Gras war er, er verschlang das Geräusch ihrer Füße vollkommen.

Sie stand am Fenster, sah über den Platz, sah wieder zum breiten silbernen Band des Flusses. Mit dem Handrücken berührte sie ihre eigene warme Wange.

Plötzlich spürte sie ihren Körper ganz deutlich. Es war, als hätte ein Windhauch ihr Haar ergriffen und es leicht von den Schultern gehoben, ein heißer Wüstenwind, der über den Sand wehte, durch die Palastsäle, über sie, irgendwie in sie und durch sie hindurch.

Ihr Haar gab ein leises summendes Geräusch von sich.

In den Katakomben hatte es angefangen! Der alte Priester hatte die Geschichte erzählt, und beim Essen hatten sie alle darüber gelacht. Ein Unsterblicher, der in der tiefen Felsenkammer schlummerte, Ramses der Verdammte, Ratgeber früherer Könige, der sich zur Zeit ihrer Ur-ur-Großväter im Dunkeln zum Schlafen niedergelegt hatte.

Und als sie erwacht war, hatte sie nach ihm gerufen.

»Es ist eine alte Legende. Der Vater meines Vaters hat sie ihm erzählt, doch der hat sie nicht geglaubt. Aber ich habe ihn mit eigenen Augen gesehen, den schlafenden König. Ihr müßt Euch jedoch der Gefahren bewußt sein.«

Dreizehn Jahre alt. Sie glaubte nicht an so etwas wie Gefahren, nicht im gewöhnlichen Sinne. Es hatte immer schon Gefahren gegeben.

Sie gingen gemeinsam durch den grobbehauenen Steingang. Staub rieselte von der brüchigen Decke herab. Der Priester trug eine Fackel vor sich her.

»Was für eine Gefahr? Diese Katakomben sind die Gefahr. Sie könnten über uns zusammenstürzen!«

Mehrere Felsbrocken waren ihr vor die Füße gefallen.

»Ich sage dir, das gefällt mir nicht, alter Mann.«

Der Priester hatte weiter gedrängt. Ein dünner, kahler Mann mit hängenden Schultern.

»Es heißt, wenn er erst einmal geweckt ist, kann man ihn nicht einfach wieder loswerden. Er ist kein hirnloses Geschöpf, sondern ein unsterblicher Mensch mit einem eigenen Willen. Er wird dem König oder der Königin von Ägypten als Ratgeber zur Seite stehen, wie früher. Aber er wird auch tun, was ihm gefällt.«

»Hat dein Vater das gewußt?«

»Man hat es ihm gesagt. Er glaubte es nicht. Auch der Vater eures Vaters nicht, oder dessen Vater. Aber König Ptolemäus zur Zeit Alexanders, der wußte es und rief Ramses mit den Worten: ›Stehe auf, Ramses der Große, ein König Ägyptens braucht deinen Rat.‹«

»Und dieser Ramses ist in seine dunkle Kammer zurückgekehrt? Und hat nur den Priestern sein Geheimnis anvertraut?«

»So hat man es mir gesagt, und meinem Vater. Man hat mir gesagt, daß ich zu meiner Herrscherin gehen und ihr die Geschichte erzählen müsse.«

Es war heiß und stickig an diesem Ort. Die wohltuende Kühle der Erde fehlte. Sie wollte nicht weiter gehen. Das Flackern der Fackel gefiel ihr nicht, ebensowenig das fahle Licht an der runden Decke. Hier und da waren Zeichen an den Wänden, Krakel in der uralten Bildersprache. Sie konnte sie nicht lesen. Wer konnte das schon? Sie machten ihr Angst, und sie mochte es nicht, wenn sie Angst hatte.

Und sie waren um so viele Biegungen und Weggabelungen gegangen, daß sie allein nie mehr den Weg nach draußen gefunden hätte.

»Ja, erzähl der Königin deiner Zeit die Geschichte«, sagte sie, »so lange sie noch jung und dumm genug ist, sie zu glauben.«

»Jung genug, Glauben zu haben. Das habt Ihr: Glauben und Träume. Weisheit ist nicht immer das Geschenk des hohen Alters, Majestät. Manchmal gar der Fluch.«

»Und warum gehen wir dann zu diesem uralten Mann?« Sie hatte gelacht.

»Mut, Majestät. Er liegt dort, hinter jener Tür.«

Sie hatte nach vorne gesehen. Dort *war* eine Tür – eine Tür mit zwei gewaltigen Flügeln! Mit Staub bedeckt, und unter dem Staub Inschriften. Ihr Herz hatte schneller geschlagen.

»Führe mich hinein.«

»Ja, Majestät. Aber bedenkt die Warnung. Ist er erst einmal geweckt, kann er nicht wieder weggeschickt werden. Er ist ein mächtiger Unsterblicher.«

»Mir egal! Ich will ihn sehen!«

Sie war vor dem alten Mann eingetreten. Im tanzenden Schein seiner Fackel hatte sie die griechischen Worte laut gelesen:

»Hier liegt Ramses der Unsterbliche. Er nennt sich selbst Ramses der Verdammte, denn er kann nicht sterben. Er schläft ewig und wartet auf den Ruf eines Königs oder einer Königin von Ägypten.«

Sie war zurückgewichen.

»Mach die Türen auf! Rasch!«

Hinter ihr hatte er eine geheime Stelle in der Wand berührt. Mit einem lauten Knirschen waren die Türen langsam zurückgeglitten und hatten den Blick auf eine große, schmucklose Kammer freigegeben.

Der Priester hatte die Fackel hochgehalten, als er neben ihr eingetreten war. Staub, der reine gelbe Staub einer Höhle, die die wilden Tiere oder arme Wanderer und Jäger der Hügel und Höhlen und Gräber nicht kannten.

Und dort auf dem Altar ein hageres, verschrumpeltes Wesen, das die verdorrten Arme über der Brust verschränkt hatte. Brauner Haarflaum zierte seinen Kopf.

»Du armer Narr. Er ist tot. Die trockene Luft erhält ihn.«

»Nein, Majestät. Seht Ihr die Klappe da oben und die Kette, die daran hängt? Diese muß jetzt geöffnet werden.«

Er hatte ihr die Fackel gegeben und mit beiden Händen an der Kette gezogen. Wieder das Knirschen, das Quietschen. Staub wirbelte durch die Luft und brannte ihr in den Augen, aber dann war hoch oben eine große eisenbeschlagene Luke aufgegangen. Wie ein Auge zum blauen Himmel hinauf.

Die heiße Sommersonne schien herab auf den schlafenden Mann. Sie hatte die Augen aufgerissen. Welche Worte gab es, zu beschreiben, was sie gesehen hatte. Der Körper war fülliger geworden, war zum Leben erwacht. Das braune Haar wurde dichter, die Lider hatten gezittert, die Wimpern gebebt.

»Er lebt. Wahrhaftig.«

Sie hatte die Fackel beiseite geworfen und war zu dem Altar gelaufen. Sie hatte sich über ihn gebeugt, ohne ihn vor der Sonne abzuschirmen.

Und er hatte die leuchtend blauen Augen aufgeschlagen!

»Ramses der Große, stehe auf! Eine Königin von Ägypten braucht deinen Rat.«

Reglos und stumm schaute er zu ihr auf.

»So wunderschön«, hatte er geflüstert.

Sie sah über den Platz vor dem Shepheard Hotel. Sie sah, wie die Stadt Kairo zum Leben erwachte. Die Karren und Automobile fuhren lärmend durch die sauberen, gepflasterten Straßen. Vögel sangen auf den gestutzten Bäumen. Barken fuhren auf dem glatten Wasser des Flusses.

Die Worte von Elliott Rutherford fielen ihr wieder ein. »Viele Jahrhunderte sind vergangen... moderne Zeiten... Ägypten hat viele Eroberer gesehen... Wunder, wie du sie dir nicht vorstellen kannst.«

Ramses stand in der Beduinenkleidung vor ihr, weinte, flehte sie an, ihm zuzuhören.

An dem dunklen Ort mit dem glänzenden Glas, den vielen Statuen und Särgen ohne Ende war sie unter Schmerzen auferstanden und hatte seinen Namen gerufen!

Blut war an seinem Hemd zu sehen gewesen, wo sie ihn verletzt hatten. Und dennoch war er auf sie zugetaumelt. Dann hatte der zweite Schuß seinen Arm getroffen. Dieselben bösen Schmerzen, die derjenige namens Henry ihr bereitet hatte, dasselbe Blut, dieselben Schmerzen, und im düsteren Morgenlicht hatte sie gesehen, wie sie ihn fortgeschleppt hatten.

Ich kann jetzt nicht mehr sterben. Nicht wahr?

Ramses hatte in der Tür ihres Schlafgemachs gestanden. Sie hatte geweint, eine junge Königin, die Qualen litt. »Aber wie viele Jahre?«

»Ich weiß nicht. Ich weiß nur, daß du das alles jetzt nicht aufgeben kannst. Du begreifst die Bedeutung dessen nicht, was ich dir anbiete. Darum laß mich gehen. Wende das Wissen an, das ich dir gegeben habe. Ich werde wiederkommen. Sei gewiß. Ich werde wiederkehren, wenn du mich am notwendigsten brauchst. Dann hast du vielleicht deine Liebhaber und deine Kriege und deinen Kummer gehabt und wirst mich willkommen heißen.«

»Aber ich liebe dich.«

Das Schlafzimmer im Shepheard lag jetzt in grellem Licht. Die weichen Vorhänge berührten ihr Gesicht, als sie an ihr vorbeiwehten. Sie beugte sich benommen über den Fenstersims.

»Ramses, ich erinnere mich!«

Im Kleidergeschäft, der Gesichtsausdruck der Frau! Das schreiende Dienstmädchen. Und der junge Mann, der arme junge Mann, der nach unten gesehen und den Knochen erblickt hatte!

Ihr Götter, was habt ihr mir angetan!

Sie drehte sich um und taumelte von dem Licht weg, aber es war überall. Der Spiegel glänzte. Sie sank auf die Knie und preßte die Hände auf den warmen grünen Teppich. Sie warf sich zu Boden, wälzte sich und versuchte, die grausame Macht zu verdrängen, die von ihrem Geist Besitz ergriffen hatte und von ihrem Herzen. Ein gewaltiges Vibrieren hatte sie erfaßt. Sie schwebte im Weltraum. Und schließlich ergab sie sich in die große Schwingung. Das heiße Licht hüllte sie vollkommen ein und sie gewahrte ein orangefarbenes Licht hinter ihren Lidern.

Elliott saß allein auf der großen Veranda. Die leere Flasche funkelte im Licht der Morgensonne. Er saß bequem in seinem gepolsterten Stuhl und döste und hing seinen Gedanken nach. Fasten, Trinken, die lange, schlaflose Nacht, das alles hatte ihm zugesetzt und ihn an den Rand des Wahnsinns getrieben. Ihm war, als wäre selbst das Licht am Himmel ein Wunder, als wäre das große silberne Auto, das die Einfahrt herauffuhr eine Halluzination, ebenso wie der komische grauhaarige Mann, der vom hohen Sitz herunterstieg und jetzt auf ihn zukam.

»Ich war die ganze Nacht bei Winthrop.«

»Mein Beileid.«

»Nun komm, ich habe ein Treffen arrangiert, um halb elf, um alles ins Reine zu bringen. Schaffst du das?«

»Ja, das schaffe ich. Du kannst dich auf mich verlassen. Und Ramsey wird auch dort sein, sofern du... sofern du ihm Immunität zusichern kannst.«

»Vollständig und vollkommen, wenn er eine eidesstattliche Erklärung gegen Stratford unterschreibt. Du weißt natürlich, daß er letzte Nacht wieder zugeschlagen und ein Geschäft ausgeraubt hat – die Kasse war voller Bargeld. Er hat alles mitgenommen.«

»Hmmmmm. Dreckskerl«, flüsterte Elliott.

»Also, es ist sehr wichtig, daß du von diesem Sessel aufstehst, ein Bad nimmst, dich rasierst und da bist...«

»Gerald, mein Wort darauf. Ich werde da sein. Halb elf im Büro des Gouverneurs.«

Friedliche Stille. Das häßliche Auto war weggefahren. Der Junge kam wieder. »Frühstück, Mylord?«

»Bring mir etwas zu essen und Orangensaft dazu. Und ruf gleich im Zimmer meines Sohnes an. Und frag an der Rezeption. Er hat doch sicher eine Nachricht hinterlassen!«

Es war spät am Morgen, als ihr junger Lord schließlich erwachte.

Rom war gefallen. Und zweitausend Jahre waren vergangen.

Sie hatte stundenlang am Fenster gesessen, in ein »feines blaues Spitzenkleid« gehüllt, und hatte die moderne Stadt betrachtet. Alle Mosaiksteinchen, die sie gesehen hatte, hatten sich jetzt zu einem Gesamtbild zusammengefügt. Und doch gab es noch so vieles, was sie wissen und verstehen mußte.

Sie hatte gegessen und dafür gesorgt, daß die Diener die Spuren beseitigten. Sie wollte nicht, daß jemand sah, auf welch bestialische Weise sie Unmengen von Nahrungsmitteln verschlungen hatte.

Auf sie wartete jetzt ein schön gedeckter Tisch. Und als er aus dem Schlafzimmer zu ihr kam, flüsterte sie: »So wunderschön.«

»Was ist, Eure Hoheit?« Er bückte sich und küßte sie. Sie schlang die Arme um seine Taille und küßte seine nackte Brust.

»Iß dein Frühstück, mein junger Lord«, sagte sie. »Ich muß so vieles entdecken. So vieles sehen.«

Er setzte sich an den kleinen gedeckten Tisch. Er zündete die Kerzen mit den »Streichhölzern« an.

»Leistest du mir nicht Gesellschaft?«

»Ich habe schon gegessen, mein Geliebter. Kannst du mir die moderne Stadt zeigen? Und kannst du mir die Paläste der Briten zeigen, die dieses Land regieren?«

»Ich werde dir alles zeigen, Eure Hoheit«, sagte er mit demselben offenen Sanftmut.

Sie setzte sich ihm gegenüber.

»Du bist einfach die seltsamste Frau, die ich je gesehen habe«, sagte er wieder ohne Spott und Niedertracht. »Du erinnerst mich ein wenig an jemand, den ich kenne, einen sehr rätselhaften Mann... aber das ist nicht wichtig. Warum lächelst du mich so an? Was denkst du?«

»So wunderschön«, flüsterte sie wieder. »Du und das Leben, mein junger Lord. Es ist alles und nichts. So wunderschön.«

Er errötete wie ein Mädchen, legte das silberne Besteck weg, beugte sich über den Tisch und küßte sie wieder.

»Du weinst«, sagte er.

»Ja. Aber ich bin glücklich. Bleib bei mir, junger Lord. Verlaß mich jetzt nicht.«

Er wirkte verblüfft, dann fasziniert. Sie versuchte sich zu erinnern. Hatte sie jemals einen Menschen gekannt, der so zärtlich war? Vielleicht in der Kindheit, als sie die Bedeutung wohl nicht begriff.

»Um nichts in der Welt möchte ich dich verlassen, Hoheit«, sagte er. Wieder schien er einen Moment lang traurig und fast ungläubig. Dann ratlos.

»Und die Oper heute abend, Mylord, sollen wir gemeinsam hingehen? Sollen wir beim Opernball tanzen?«

Ein Leuchten erfüllte seine Augen. »Das wäre wunderbar«, flüsterte er.

Sie deutete auf den Teller vor ihm. »Dein Essen, Mylord.«

Er stocherte nach Art der Sterblichen darin herum. Dann hob er ein Bündel neben dem Teller auf. Er riß die Binde ab und schlug es auf. Es sah aus wie ein dickes Manuskript, das eng beschrieben war.

»Sag mir, was das ist.«

»Nun, eine Zeitung«, sagte er halb lachend. Er warf einen Blick darauf. »Schreckliche Neuigkeiten.«

»Lies laut.«

»Das möchtest du sicher nicht hören. Eine arme Frau in einem Bekleidungsgeschäft mit gebrochenem Genick. Und ein Bild von Ramsey mit Julie. Was für eine Katastrophe!«

Ramses?

»Man spricht von nichts anderem in Kairo, Hoheit. Ich will es dir lieber jetzt gleich sagen. Meine Freunde sind in eine unangenehme Sache verwickelt, aber mehr auch nicht. Sie haben nichts damit zu tun. Sie sind nur darin verwickelt. Hier... siehst du diesen Mann?«

Ramses. *Sie sind Freunde von Lawrence Stratford, des Archäologen, der die Mumie von Ramses dem Verdammten ausgegraben hat.*

»Er ist ein guter Freund meines Vaters und auch mein Freund. Sie suchen nach ihm. Es geht um den Raub einer Mumie aus dem Museum von Kairo. Alles Geschwätz. Man wird bald eine Erklärung finden.« Er verstummte. »Eure Hoheit? Laß dir von dieser Geschichte keine Angst machen. Es ist wirklich nichts dran.«

Sie betrachtete dieses »Bild«, keine Zeichnung, wie die anderen, sondern ein Bild, mehr wie ein Gemälde, und doch war es zweifellos mit Tinte gemacht. Die Tinte färbte sogar auf ihre Finger ab. Und da stand er. Ramses, neben einem Kamel und einem Kamelhirten, in die schwere Kleidung dieser Zeit gekleidet. Darunter stand: »Tal der Könige.«

Fast hätte sie laut gelacht, aber sie bewegte sich nicht und sprach kein Wort. Es schien, als dehnte sich der Augenblick zur Ewigkeit. Der junge Lord redete, aber sie hörte ihn nicht.

Sie sah, wie er sich von ihr entfernte. Er hatte die Zeitung weggelegt. Das Bild. Sie sah ihn an. Er hob ein seltsames Instrument vom Tisch auf. Er sprach hinein. Fragte nach Lord Rutherford.

Sofort war sie auf den Beinen. Sanft nahm sie ihm das Ding ab und legte es weg.

»Verlaß mich jetzt nicht, junger Lord«, sagte sie. »Dein Vater kann warten. Ich brauche dich jetzt.«

Verblüfft sah er sie an. Er wehrte sie nicht ab, als sie ihn umarmte.

»Laß die Welt noch nicht zu uns herein«, flüsterte sie ihm ins Ohr und küßte ihn. »Laß uns noch etwas Zeit zusammen.«

So willig gab er sich hin. So rasch entbrannte das Feuer.

»Sei nicht schüchtern«, flüsterte sie. »Liebkose mich. Laß deine Hände über mich gleiten, so wie gestern nacht.«

Wieder gehörte er ihr, wieder gab sie sich seinen Küssen hin, wieder streichelte er ihre Brüste durch die blauen Spitzen.

»Bist du durch Zauberei zu mir gekommen?« fragte er. »Gerade als ich geglaubt habe ... geglaubt habe ...« Und dann küßte er sie wieder, und sie führte ihn zum Bett.

Auf dem Weg ins Schlafzimmer hob sie die Zeitung auf. Als sie zusammen auf das Bett sanken, zeigte sie sie ihm, während er noch den Morgenmantel auszog.

»Sag mir«, bat sie und deutete auf die kleine Gruppe, die neben dem Kamel in der Sonne stand. »Wer ist diese Frau neben ihm?«

»Julie Stratford«, sagte er.

Dann keine Worte mehr, nur noch ihre gierigen und köstlichen Umarmungen. Seine Hüften, die sich mit ihren wiegten und sein Geschlecht, das er wieder in sie hineinstieß.

Als es vorbei war und er reglos da lag, strich sie ihm mit den Fingern durch das Haar.

»Diese Frau, bedeutet sie ihm etwas?«

»Ja«, sagte er schläfrig. »Und sie liebt ihn. Aber das ist jetzt nicht mehr wichtig.«

»Warum sagst du das?«

»Weil ich dich habe«, sagte er.

Ramsey war in Höchstform. Seinem natürlichen Charme, der schon auf der Reise hierher bezaubert hatte, konnte sich niemand entziehen. Wie er so da saß, in seinem weißen makellosen Leinenanzug, mit zerzaustem Haar, wirkte er sowohl weltmännisch wie spitzbübisch heiter.

»Ich habe versucht, vernünftig mit ihm zu reden. Als er den Schaukasten aufbrach und die Mumie herausholte, wurde mir klar, daß das unmöglich war. Dann habe ich versucht, das Gebäude wieder zu verlassen, aber die Wachen... Sie kennen ja die Geschichte.«

»Aber die Wachen haben gesagt, sie hätten auf Sie geschossen, sie...«

»Sir, diese Männer sind nicht die Soldaten des alten Ägypten. Sie sind Söldner, die kaum wissen, wie man ein Gewehr hält. Sie hätten die Hethiter niemals geschlagen.«

Winthrop mußte unwillkürlich lachen. Selbst Gerald war bezaubert. Elliott sah zu Samir, der nicht das kleinste Lächeln riskierte.

»Wenn wir nur Henry finden könnten«, sagte Miles.

»Zweifellos suchen seine Gläubiger auch nach ihm«, sagte Ramsey rasch.

»Nun, kommen wir wieder zur Frage des Gefängnisaufenthalts. Es scheint, als wäre ein Arzt anwesend gewesen, als Sie...«

An dieser Stelle schaltete sich Gerald ein:

»Winthrop«, sagte er, »Sie wissen genau, daß dieser Mann unschuldig ist. Es ist Henry. Es war die ganze Zeit Henry. Alles deutet darauf hin. Er ist ins Museum von Kairo eingebrochen, hat die Mumie gestohlen, hat sie für Geld verkauft und hat dann mit dem Geld eine Zechtour gemacht. Sie haben die Bandagen im Haus der Bauchtänzerin gefunden. Henrys Name stand im Notizbuch des Kreditihais in London.«

»Aber die ganze Geschichte ist so...«

Elliott bat um Ruhe.

»Ramsey hat genug durchgemacht, und wir auch. Er hat bereits zu Protokoll gegeben, daß Henry den Mord an seinem Onkel gestanden hat.«

»Das hat er mir eindeutig gestanden«, bemerkte Ramsey trokken.

»Ich möchte, daß wir auf der Stelle unsere Pässe zurückbekommen«, sagte Elliott.

»Aber das Britische Museum...«

»Junger Mann«, begann Gerald.

»Lawrence Stratford hat dem Britischen Museum ein Vermögen gegeben«, verkündet Elliott. Er konnte es nicht mehr ertragen. Er war mit seiner Geduld am Ende. »Hören Sie, Miles«, sagte er und beugte sich nach vorne, »Sie werden die Sache jetzt in Ordnung bringen, und zwar sofort, wenn Sie weiterhin zur Londoner Gesellschaft gehören wollen. Denn ich versichere Ihnen, wenn ich und meine Begleiter, Ramsey eingeschlossen, nicht morgen nachmittag im Zug nach Port Said sitzen, werde ich dafür sorgen, daß Sie weder in Kairo noch in London jemals wieder von einer Familie empfangen werden, die den siebzehnten Earl of Rutherford zu Gast haben möchte. Habe ich mich klar ausgedrückt?«

Schweigen im Büro. Der junge Mann erbleichte. Das war grausam.

»Ja, Mylord«, antwortete er fast unhörbar. Er machte unverzüglich die Schreibtischschublade auf und holte die Pässe heraus, die er dann einen nach dem anderen auf die Schreibtischunterlage legte.

Es gelang Elliott, sie mit einer raschen Geste an sich zu nehmen, bevor Gerald es tun konnte.

»Ich finde das ebenso ungebührlich wie Sie«, sagte er. »Ich habe in meinem ganzen Leben noch nie solche Worte zu einem Menschen gesagt, aber ich möchte, daß mein Sohn nach England zurückkehren kann. Ich bin bereit, so lange in diesem Loch zu bleiben wie notwendig. Ich werde alle Fragen beantworten.«

»Ja, Mylord, wenn ich dem Gouverneur sagen kann, daß Sie bleiben...«

»Das habe ich Ihnen doch gerade gesagt, oder? Möchten Sie, daß ich die Worte mit meinem Blut bekräftige?«

Genug gesagt. Er spürte Geralds Hand auf dem Arm. Er hatte, was er wollte.

Samir half ihm hoch. Sie führten die Gruppe aus dem Nebenzimmer hinaus, den Flur entlang auf die Veranda.

»Gut gemacht, Gerald«, sagte er. »Ich ruf dich an, wenn ich dich wieder brauche. Es wäre mir recht, wenn du Randolph über die Lage der Dinge in Kenntnis setzen würdest. Das ist momentan etwas zu viel für mich. Aber ich schreibe ihm bald einen langen Brief...«

»Ich werde es ihm leichter machen. Er muß nicht alle Einzelheiten erfahren. Wenn Henry festgenommen wird, wird es schlimm genug werden.«

»Darüber wollen wir uns Gedanken machen, wenn es soweit ist.«

Ramsey war offensichtlich ungeduldig. Er war bereits auf dem Weg zu dem Auto, das unten an der Treppe auf ihn wartete. Elliott schüttelte Gerald die Hand und folgte ihm.

»Sind wir mit diesem kleinen Schauspiel fertig?« fragte Ramsey. »Ich vergeude hier nur meine Zeit!«

»Aber, Sie haben doch jede Menge Zeit, oder nicht?« erwiderte Elliott mit einem höflichen Lächeln. Plötzlich war ihm ein wenig schwindlig. Sie hatten gewonnen. Die Kinder konnten nach Hause. »Es ist unbedingt notwendig, daß Sie jetzt mit ins Hotel kommen«, sagte er, »daß man Sie dort sieht.«

»Unfug! Und der Vorschlag, heute abend in die Oper zu gehen, ist durch und durch lächerlich.«

»Aber ratsam!« sagte Elliott, der als erster auf dem Rücksitz des Autos Platz nahm. »Steigen Sie ein«, sagte er.

Ramsey sah ihn wütend an.

»Sire, was sollen wir tun, solange wir keine weitere Spur von ihr haben?« fragte Samir. »Ohne Hilfe werden wir sie nie finden.«

Dieses Mal machte ihr die kleine Kammer, die sich bewegte, keine Angst. Sie wußte, daß sie den Menschen dieser Zeit diente, so wie es die Eisenbahn und die Automobile und alle anderen seltsamen Erfindungen taten, die ihr zuvor wie Instrumente des Schreckens vorgekommen waren, die Leiden und Tod mit sich brachten.

Die Menschen wurden nicht gefoltert, indem man sie in diese kleine Kammer sperrte und zwang, auf und ab zu fahren. Die großen Lokomotiven rasten nicht in marschierende Armeen. Wie seltsam, daß sie alles nach seinen schlimmsten Verwendungsmöglichkeiten eingestuft hatte.

Und jetzt erklärte er ihr so vieles – tatsächlich redete er schon stundenlang. Es war nicht notwendig, ihm gezielte Fragen zu stellen, höchstens ab und zu. Er erzählte ihr freiwillig alles über die

Mumie von Ramses dem Verdammten und davon, daß Julie Stratford eine moderne Frau war. Er erzählte ihr, wie Britannien sein großes Weltreich verwaltete, und so weiter. Daß er Julie Stratford geliebt hatte, war offensichtlich. Ramsey hatte sie ihm »gestohlen«, aber auch das spielte keine Rolle. Was er für Liebe gehalten hatte, war keine Liebe, sondern etwas Blasses, etwas Bequemes, und alles in allem etwas zu Einfaches gewesen. Aber wollte sie wirklich etwas über seine Familie erfahren? Nein, erzähl lieber von der Geschichte, von Kairo und Ägypten und von der Welt...

Es war eine gewaltige Aufgabe gewesen, ihn daran zu hindern, seinen Vater anzurufen. Er fühlte sich schuldig. Aber sie hatte ihre ganze Überredungskunst und ihre sämtlichen Verführungskünste eingesetzt. Er brauchte keine frische Kleidung. Sein Hemd und das Jackett sahen so gut aus wie gestern abend.

Und so schritten sie durch die überfüllte Halle des Shepheard Hotels, um in seinem Rolls-Royce zu den Mameluckengräbern zu fahren und um die »Geschichte« zu sehen, nach der sie gefragt hatte. Immer mehr Mosaiksteinchen fügten sich ein.

Aber er wies mehr als einmal darauf hin, wie sehr sie sich im Vergleich zu gestern abend verändert hatte, als sie fast verspielt gewirkt hatte. Und das machte ihr ein wenig Angst. Wie stark ihre Zuneigung zu ihm war.

»Und gefällt dir das?« fragte sie, während sie zu den Eingangstüren gingen.

Er hielt inne. Es war, als sähe er sie zum ersten Mal. Es war so einfach, ihn anzulächeln. Er hatte das zärtlichste Lächeln verdient. »Du bist das reizendste, liebenswürdigste Geschöpf, das jemals in mein Leben getreten ist«, sagte er. »Ich wünschte, ich könnte in Worte fassen, was du in mir auslöst. Du bist...«

Sie standen zwischen all den vielen Menschen in der Halle und versanken in den Augen des anderen.

»Wie ein Geist?« schlug sie vor. »Ein Reisender aus einer anderen Zeit?«

»Nein, dafür bist du viel... viel zu echt!« Er lachte leise. »Du bist so lebendig und warm!«

Gemeinsam gingen sie über die Veranda. Sein Automobil wartete, ganz wie er gesagt hatte. Eine lange schwarze Limousine, hatte er es genannt, mit weichen Samtsitzen und einem Dach. Dennoch spürten sie den Wind durch die Fenster.

»Warte bitte, ich möchte noch eine Nachricht für meinen Vater hinterlassen. Ich möchte ihm sagen, daß wir ihn heute abend sehen.«

»Das kann ich für Sie erledigen, Mylord«, sagte der Bursche, der ihnen die Tür aufhielt.

»Danke, das ist wirklich sehr freundlich«, sagte Alex höflich – dieselbe Großzügigkeit gegenüber den nichtswürdigsten Untertanen. Als er dem Mann ein kleines Trinkgeld gab, sah er ihm direkt in die Augen. »Bitte richten Sie ihm aus, wir sehen uns in der Oper. Danke.«

Sie bewunderte die Anmut, mit der er die kleinsten Kleinigkeiten erledigte. Sie nahm seinen Arm, als sie die Treppe hinuntergingen.

»Und erzähl mir«, sagte sie, während er ihr auf den Sitz half, »von dieser Julie Stratford. Was ist eine moderne Frau?«

Ramsey machte seinem Ärger immer noch Luft, als das Auto in die Einfahrt des Shepheard einbog.

»Wir werden alles tun, was sich gehört«, sagte Elliott. »Sie haben die ganze Ewigkeit, nach Ihrer verschollenen Königin zu suchen.«

»Aber eines verwirrt mich doch«, beharrte Ramsey. Er stieß die Tür achtlos auf und hätte fast die Tür aus den Angeln gehoben. »Wenn Julies Cousin wegen eines Schwerverbrechens gesucht wird, wie kann sie dann auf einem Ball tanzen, als wäre gar nichts geschehen?«

»Nach englischem Recht, mein Freund, ist ein Mensch solange

unschuldig, bis seine Schuld bewiesen ist«, erklärte Elliott, der sich auf Ramseys Hand stützte. »Und in der Öffentlichkeit werden wir so tun, als wäre Henry unschuldig. Wir wissen nichts von diesen Scheußlichkeiten, und als treue Untertanen der Krone sind wir unserer Pflicht nachgekommen.«

»Ja, Sie hätten Ratgeber eines Königs sein sollen«, sagte Ramsey.

»Großer Gott, sehen Sie sich das an.«

»Was?«

»Mein Sohn fährt mit einer Frau weg. Ausgerechnet in so einem Augenblick.«

»Aber vielleicht tut er genau das, was man von ihm erwartet!« sagte Ramsey verächtlich und ging voraus die Treppe hinaus.

»Lord Rutherford, bitte entschuldigen Sie – Ihr Sohn läßt Ihnen ausrichten, daß er Sie heute abend in der Oper trifft.«

»Danke«, sagte Elliott mit einem kurzen, ironischen Lachen.

Elliott wollte nichts als schlafen, als er seine Suite betrat. Einen schönen Trinker würde er abgeben. Schon jetzt fand er es geradezu langweilig, ständig nur berauscht zu sein. Er wollte einen klaren Kopf haben, obwohl er die Gefahren kannte.

Ramsey half ihm zu einem Sessel.

Plötzlich wurde ihm klar, daß sie allein waren. Samir war auf sein eigenes Zimmer gegangen und Walter war ebenfalls nicht zugegen.

Elliott setzte sich und versuchte, Kräfte zu sammeln.

»Und was wollen Sie jetzt tun, Mylord?« fragte Ramsey. Er stand mitten im Zimmer und betrachtete Elliott. »Sie kehren nach Ihrem ach so wunderbaren Opernball nach London zurück, als wäre nichts geschehen?«

»Ihr Geheimnis ist bei mir sicher aufgehoben. Das war es immer. Niemand würde glauben, was ich gesehen habe. Ich wünschte nur, ich könnte es vergessen. Aber das ist unmöglich.«

»Und der Wunsch nach Unsterblichkeit ist verflogen?«

Elliott dachte einen Moment nach. Dann antwortete er langsam und bedächtig und war selbst erleichtert ob der Resignation in seiner Stimme.

»Vielleicht finde ich im Tod das, was ich suche, anstatt das, was ich verdiene. Die Möglichkeit besteht immer.« Er lächelte zu Ramsey auf, den die Antwort offenbar völlig überrascht hatte. »Hin und wieder«, fuhr Elliott fort, »stelle ich mir den Himmel als eine riesige Bibliothek mit zahllosen Büchern vor, die man alle lesen kann, und mit Gemälden und Statuen, die man bewundern kann. Ich stelle ihn mir als die Schwelle zur Weisheit vor. Glauben Sie, das Jenseits könnte so sein? Oder ist es nichts als eine große langweilige Antwort auf all unsere Fragen?«

Ramsey schenkte ihm ein trauriges fragendes Lächeln.

»Ein Himmel mit Dingen, die von Menschenhand geschaffen sind. Wie unser alter ägyptischer Himmel.«

»Ja. Wahrscheinlich. Ein großes Museum. Ohne viel Phantasie.«

»Das glaube ich nicht.«

»Ich wollte mich über so vieles mit Ihnen unterhalten, wollte so vieles wissen.«

Ramsey antwortete nicht. Der Mann stand nur da und sah ihn an, und Elliott hatte das unheimliche Gefühl, als würde ihm jemand zuhören, als würde ihn jemand studieren. Es machte ihm bewußt, wie unaufmerksam die meisten Menschen im allgemeinen waren.

»Aber dafür ist es zu spät.« Elliott seufzte. »Mein Sohn Alex ist jetzt das einzig Unsterbliche, das noch zählt.«

»Sie sind ein weiser Mann. Das habe ich erkannt, als ich Ihnen zum ersten Mal in die Augen gesehen habe. Und übrigens sind Sie ein schlechter Lügner. Sie haben mir verraten, wo Sie Kleopatra versteckt hatten, als Sie mir erzählten, daß sie Henry und seine Geliebte getötet hatte. Es mußte im Haus der Bauchtänzerin geschehen sein. Ich habe Ihr Spiel mitgespielt. Ich wollte wissen, wie weit Sie gehen würden. Aber Sie haben die Chance vertan. Das ist nicht Ihre Stärke.«

»Ja, meine kurze Laufbahn als Erpresser ist auch vorbei. Es sei denn, Sie möchten, daß ich bleibe, wenn die Kinder nach Hause fahren. Aber ich begreife nicht, wie ein verkrüppelter Mann Ihnen helfen könnte. Sie?«

Ramsey schien verwirrt. »Warum haben Sie keine Angst vor ihr gehabt, als Sie sie im Museum gesehen haben?« fragte er.

»Ich hatte Angst. Ich war entsetzt.«

»Aber Sie haben sie beschützt. Das kann nicht nur zu Ihrem eigenen Vorteil gewesen sein.«

»Vorteil? Nein. Wohl kaum. Ich fand sie so unwiderstehlich wie ich Sie unwiderstehlich finde. Es war das Geheimnis. Ich wollte es ergreifen. Es ergründen. Außerdem...«

»Ja.«

»War sie ein lebendiges Wesen, das gelitten hat.«

Ramsey dachte einen Augenblick darüber nach.

»Sie *werden* Julie doch überreden, nach London zurückzukehren – bis hier alles vorbei ist«, fragte Elliott.

»Ja, das werde ich«, sagte Ramsey.

Er ging leise hinaus und machte die Tür hinter sich zu.

Sie schritten durch die Stadt der Toten, den »Ort der Erhabenen«, wie man auf arabisch sagt. Sie hatten die Mausoleen der Mamelukkensultane gesehen und die Festung von Babylon gesehen. Sie waren durch die Basare geschlendert. Jetzt machte die Nachmittagshitze Alex zu schaffen. Ihre Seele war betroffen über die Dinge, die sie erfahren hatte, über die lange Geschichte, die sich durch die Jahrhunderte, von diesem strahlenden Nachmittag bis zu der Zeit, als sie noch am Leben gewesen war, zog.

Sie wollte keine alten Ruinen mehr sehen. Sie wollte nur bei ihm sein.

»Ich mag dich, junger Lord«, sagte sie zu ihm. »Du tröstest

mich. Bei dir vergesse ich meinen Schmerz. Und die Rechnungen, die ich begleichen muß.«

»Was meinst du damit, Darling?«

Wieder überkam sie das Wissen um seine Zerbrechlichkeit. Dieser sterbliche Mann. Sie legte die Finger an seinen Hals. Die Erinnerungen stiegen empor und drohten sie zu ertränken, gleich den schwarzen Wellen, denen sie entstiegen war, als wäre der Tod das Wasser.

War es für jedes Wesen anders? War Antonius in schwarzen Wellen versunken? Nichts trennte sie von dieser Erinnerung, wie Ramses sich abwandte und sich weigerte, Antonius das Elixier zu geben. Sie sah, wie sie selbst auf den Knien lag und flehte: »Laß ihn nicht sterben.«

»So zerbrechlich, ihr alle...«, flüsterte sie.

»Ich verstehe nicht, Liebste.«

Also werde ich allein sein! In dieser Wildnis derer, die sterben können! O Ramses, ich verfluche dich! Aber als sie das alte Schlafgemach wiedersah, als sie den sterbenden Mann auf dem Diwan sah, und den anderen, den Unsterblichen, der ihr den Rücken zudrehte, da sah sie etwas, das sie in jenen tragischen Augenblicken nicht gesehen hatte. Sie sah die Traurigkeit in Ramses' Augen.

Später, als sie nach der Bestattung von Antonius selbst wie tot dagelegen und sich geweigert hatte, sich zu bewegen oder zu sprechen, hatte Ramses zu ihr gesagt: »Du warst die Beste von allen. Du warst die einzige. Du hattest den Mut eines Mannes und das Herz einer Frau. Du hattest den Verstand eines Königs und die List einer Königin. Du warst die Beste. Ich habe geglaubt, deine Liebhaber wären deine Schule, nicht dein Untergang.«

Was würde sie jetzt sagen, könnte sie dieses Gemach noch einmal aufsuchen? Ich weiß. Ich verstehe? Doch die Bitterkeit holte sie ein, der dunkle, unkontrollierbare Haß, als sie den jungen Lord Summerfield, diesen hübschen und zerbrechlichen Mann-Knaben, betrachtete, der neben ihr ging.

»Liebste, kann ich dir das anvertrauen? Ich kenne dich erst seit kurzer Zeit, aber...«

»Was möchtest du sagen, Alex?«

»Es hört sich albern an.«

»Sag es.«

»Daß ich dich liebe.«

Sie hob die Hand und strich zärtlich über seine Wange.

»Aber wer bist du? Woher kommst du?« flüsterte er. Er nahm ihre Hand und küßte sie, seine Daumen strichen über ihre Handfläche. Eine sanfte Woge der Leidenschaft erfaßte sie und ließ ihr Verlangen wieder erwachen.

»Ich werde dir nie weh tun, Lord Alex.«

»Hoheit, sag mir deinen Namen.«

»Erfinde einen Namen für mich, Lord Alex. Nenn mich wie du willst, wenn du den Namen nicht glauben kannst, den ich dir genannt habe.«

Seine dunkelbraunen Augen so traurig. Wenn er sich jetzt über sie beugte, um sie zu küssen, würde sie ihn hier auf die Steine ziehen und ihn lieben, bis er wieder erschöpft war.

»*Regina*«, flüsterte er. »Meine Königin.«

Julie Stratford hatte ihn also verlassen. Die moderne Frau, die allein überall hin ging und tat, was ihr gefiel. Aber schließlich hatte ein großer König sie verführt. Und jetzt hatte Alex seine Königin.

Sie sah Antonius wieder tot auf dem Diwan. *Eure Majestät, wir müssen ihn jetzt wegbringen.*

Ramses hatte sich zu ihr umgedreht und geflüstert: »Komm mit mir!«

Lord Summerfield entfachte diese Hitze in ihr, drückte seinen Mund auf den ihren und achtete nicht auf die Touristen um sie herum. Lord Summerfield, der sterben würde, wie Antonius gestorben war.

Würde Julie Stratford sterben dürfen?

»Bring mich zurück ins Schlafgemach«, flüsterte sie. »Ich verzehre mich nach dir, Lord Alex. Ich werde dir hier die Kleider vom Leib reißen, wenn wir nicht gehen.«

»Für immer dein Sklave«, antwortete er.

Im Automobil klammerte sie sich an ihn.

»Was ist, Hoheit, sag es mir?«

Sie betrachtete die Scharen der Sterblichen, die vorüber gingen, die Tausende dieser uralten Stadt in ihrer zeitlosen Bauernkleidung.

Warum hatte er sie zum Leben erweckt? Welchen Grund hatte er gehabt? Sie sah wieder sein tränenüberströmtes Gesicht. Sie sah das Bild vor sich, auf dem er in die Kamera lächelte, während er die Arme um Julie Stratford gelegt hatte, deren Augen dunkel waren.

»Halt mich, Lord Alex. Wärme mich.«

Ramses schritt allein durch die Straßen der Altstadt von Kairo.

Wie konnte er Julie dazu bringen, in den Zug zu steigen? Wie konnte er sie nach London zurückkehren lassen? Aber war das nicht das Beste für sie und sollte er nicht in erster Linie daran denken? Hatte er nicht schon genug Unheil angerichtet?

Und was war mit seiner Schuld gegenüber dem Earl of Rutherford? Soviel schuldete er dem Mann, der Kleopatra beschützt hatte, dem Mann, den er mochte und in seiner Nähe haben wollte, dem Mann, dessen Rat stets der richtige für ihn gewesen war, dem Mann, für den er eine tiefe Zuneigung empfand, die man fast Liebe nennen konnte.

Julie in den Zug setzen. Wie konnte er das? Seine Gedanken verschwommen. Er sah immer wieder ihr Gesicht. *Vernichte das Elixier. Stelle das Elixier nie wieder her.*

Er dachte an die Schlagzeile in der Zeitung. Frau auf dem Boden des Bekleidungsgeschäfts. *Ich töte gern. Es lindert meine Schmerzen.*

Elliott schlief in dem altmodischen viktorianischen Bett in seiner Suite. Er träumte von Lawrence. Sie unterhielten sich im Babylon, und Malenka tanzte, und Lawrence sagte: Es ist fast Zeit für dich zu kommen.

Aber ich muß nach Hause zu Edith. Ich muß mich um Alex kümmern, hatte er gesagt. Ich möchte mich in der Heimat zu Tode trinken. Das habe ich schon geplant.

Ich weiß, sagte Lawrence, das habe ich gemeint. Es wird nicht mehr lange dauern.

Miles Winthrop wußte nicht, was er von all dem halten sollte. Sie hatten einen Haftbefehl gegen Henry erlassen, aber im Augenblick deutete offen gesagt alles darauf hin, daß der Dreckskerl tot war. Kleidung, Geld, Ausweis, alles dort, wo Malenka ermordet worden war. Und es war unmöglich zu sagen, wann die Ladenbesitzerin getötet worden war.

Er hatte so eine Ahnung, daß dieser Fall vielleicht niemals aufgeklärt werden würde.

Er konnte nur dankbar dafür sein, daß Lord Rutherford nicht sein erklärter Feind geworden war. Ein solches Stigma hätte sich nie wieder abschütteln lassen.

Wenigstens war der heutige Tag bisher friedlich verlaufen. Keine gräßlichen Leichen, die mit gebrochenem Genick auf der Bahre lagen und ins Leere starrten und zu sagen schienen: Möchtest du den nicht finden, der mir das angetan hat?

Ihm graute vor der Oper heute abend, vor den endlosen Fragen, die er von den britischen Bürgern zu hören bekommen würde. Und er wußte, er konnte sich nicht hinter Lord Rutherford verstecken. Im Gegenteil, ihm graute vor einem neuerlichen Zusammentreffen. Er würde für sich bleiben.

Sieben Uhr.

Julie stand vor dem Spiegel im Wohnzimmer. Sie hatte das

Kleid mit dem tiefen Ausschnitt angezogen, das, das Ramses so sehr aus der Fassung gebracht hatte. Aber sie hatte kein anderes für diesen sinnlosen Ball. Sie beobachtete im Spiegel, wie Elliott ihre Perlenkette im Nacken zuknöpfte.

Elliott sah fast immer besser aus als die anderen um ihn herum. Schlank und mit fünfundfünfzig immer noch stattlich, trug er die weiße Fliege und den Frack so natürlich, als wäre er damit auf die Welt gekommen.

Irgendwie fand sie es schrecklich, daß sie alle so tun konnten, als wäre nichts geschehen. Sie hätten ebenso gut in London sein können. Ägypten war plötzlich zum Alptraum geworden, aber Julie war noch nicht bereit, aufzuwachen.

»Und jetzt haben wir uns herausgeputzt«, sagte sie, »und sind gerüstet für unseren rituellen Tanz.«

»Vergiß nicht, bis er gefaßt wird, was nie geschieht, haben wir das Recht, von seiner Unschuld überzeugt zu sein. Wir können so tun, als wäre nichts geschehen.«

»Das ist schrecklich, und das weißt du sehr genau.«

»Es muß sein.«

»Für Alex, ja. Und Alex hat es den ganzen Tag nicht für nötig gehalten, uns anzurufen. Was mich betrifft, mir ist das einerlei.«

»Du mußt nach London zurückkehren«, sagte er. »Ich möchte, daß du nach London zurückkehrst.«

»Ich habe dich immer geliebt«, sagte sie. »Du bist immer wie mein eigen Fleisch und Blut gewesen. Aber mir ist es gleichgültig, was du willst.« Sie drehte sich zu ihm um.

Aus der Nähe sah sie, daß nicht alles spurlos an ihm vorbeigegangen war. Er war plötzlich gealtert, wie Randolph, als er von Lawrences Tod erfahren hatte. Er war schön wie immer, aber jetzt hatte er etwas Tragisches an sich. Das alte Funkeln in seinen Augen war einer Traurigkeit gewichen.

»Ich kann nicht nach London zurückfahren«, sagte sie. »Aber ich sorge dafür, daß Alex in den Zug steigt.«

Vernichte das Elixier. Er stand vor dem Spiegel. Er war fast fertig angezogen, hatte die Kleidungsstücke aus dem Überseekoffer von Lawrence Stratford angelegt – die glänzenden schwarzen Hosen, Schuhe, Gürtel. Von der Taille aufwärts war er nackt, als er sein Spiegelbild betrachtete. Den Geldgürtel hatte er seit der Abreise aus London umgeschnallt. Und die Phiolen leuchteten in ihren Stoffflaschen.

Vernichte das Elixier. Benütze es nie wieder.

Er hob das steife weiße Hemd hoch, zog es an und machte mühsam die unmöglichen Knöpfe zu. Er sah Elliott Savarells abgespanntes und müdes Gesicht. *Sie werden Julie überreden, nach London zu gehen – bis hier alles vorbei ist.*

Vor dem Fenster tobte der Lärm der Stadt Kairo, der gewaltige Lärm moderner Städte, den er in alten Zeiten nie gehört hatte.

Wo war sie, die dunkelhaarige Königin mit den brutalen blauen Augen? Er sah sie wieder vor sich, wie sie unter ihm gestöhnt hatte, den Kopf ins Kissen gedrückt, *ein Fleisch.* »Küß mich!« hatte sie geschrien, wie vor so langer Zeit, und an ihn geschmiegt hatte sie sich wie eine Katze. Und dann das Lächeln auf ihrem Gesicht, das Lächeln einer Fremden.

»Ja, Master Alex«, sagte Walter ins Telefon, »Suite zwo-null-eins, ich bringe Ihre Kleidung unverzüglich dorthin. Aber rufen Sie Ihren Vater in Miss Stratfords Suite an. Er möchte unbedingt mit Ihnen sprechen. Er ist besorgt, weil er Sie den ganzen Tag nicht gesehen hat. Soviel ist geschehen, Master Alex...« Aber die Verbindung war bereits unterbrochen. Er rief rasch bei Miss Stratford an. Keine Antwort. Er hatte keine Zeit mehr. Er mußte sich mit den Kleidern sputen.

Kleopatra stand am Fenster. Sie hatte das prunkvolle Gewand aus reinem Silber angelegt, das sie der armen Frau in dem kleinen Laden weggenommen hatte. Perlenketten fielen über die Rundungen ihrer Brüste. Sie hatte sich doch nicht das Haar machen lassen, es umfing sie wie ein blauschwarzer Schleier, noch feucht vom Bad und wohlriechend. So gefiel es ihr. Ein bitteres Lächeln umspielte ihren Mund, denn es schien ihr, als sei sie wieder ein junges Mädchen.

Sie lief durch den Palastgarten. Ihr Haar war ihr Mantel.

»Ich mag deine Welt, Lord Alex«, sagte sie, während sie die funkelnden Lichter der Stadt unter dem fahlen Abendhimmel betrachtete. Die Sterne wirkten so verloren über dieser gleißenden Pracht. Selbst die Scheinwerfer, die durch die Straßen glitten, besaßen eine beruhigende Schönheit. »Ja, ich mag deine Welt. Ich mag alles daran. Ich möchte Geld und Macht in ihr haben, und ich möchte, daß du an meiner Seite bist.«

Sie drehte sich um. Er sah sie an, als hätte sie ihm weh getan. Sie achtete nicht auf das Klopfen an der Tür.

»Liebste, in meiner Welt gibt es diese Dinge nicht immer zusammen«, sagte er. »Länder, Titel, Bildung – das habe ich, aber kein Geld.«

»Keine Sorge«, sagte sie erleichtert darüber, daß es nur das war, was ihm fehlte. »Ich werde den Reichtum beschaffen, mein Lord, das ist kein Problem. Nicht wenn man unverwundbar ist. Aber vorher muß ich ein paar Rechnungen begleichen. Ich muß jemandem weh tun, der mir weh getan hat. Ich muß ihm nehmen... was er mir genommen hat.«

Es klopfte wieder. Als würde er aus einem Traum erwachen, wandte er den Blick von ihr ab und ging zur Tür. Ein Diener. Walter brachte seine Kleider.

»Ihr Vater ist schon gegangen, Sir. Ihre Karten sind unter seinem Namen im Theater hinterlegt.«

»Danke, Walter.«

Ihm blieb kaum Zeit sich anzuziehen. Als er die Tür zumachte, sah er sie wieder mit diesem Ausdruck von Traurigkeit an.

»Nicht jetzt«, sagte sie und küßte ihn rasch. »Wir können doch diese Karten nehmen, oder nicht?« Sie nahm sie vom Toilettentisch, die, die sie dem armen toten Jungen in der Gasse abgenommen hatte, die kleinen Papierstücke, auf denen stand »Einlaß 1 Person«.

»Aber ich möchte, daß du meinen Vater kennenlernst, ich möchte, daß du alle kennenlernst. Ich möchte, daß sie dich sehen.«

»Selbstverständlich, und das wird bald geschehen. Aber laß uns heute allein in der Menge sein, damit nur wir zusammen sind. Wir wollen dann mit ihnen reden, wenn es uns paßt. Bitte?«

Er wollte protestieren, aber sie küßte ihn und strich ihm wieder übers Haar. »Gib mir die Möglichkeit, deine verlorene Liebe Julie Stratford zuerst von weitem zu sehen.«

»Aber das ist jetzt alles gar nicht mehr wichtig«, sagte er.

Wieder ein moderner Palast – das Opernhaus. Frauen, die mit Juwelen geschmückt waren und Kleider trugen, die in allen Farben des Regenbogens schimmerten und Männer, die in ihren schwarzweißen Anzügen sehr elegant aussahen, flanierten durch die Halle. Wie seltsam, daß nur die Frauen farbige Kleider trugen. Die Männer trugen Uniformen, so schien es, jede identisch mit der anderen. Sie machte die Augen fast ganz zu, so daß das Rot und Blau vor ihrem Blick verschwommen.

Sie beobachtete, wie jetzt alle die breite Treppe hinaufschritten. Sie spürte die bewundernden Blicke der anderen; der sanfte Schimmer der Bewunderung war wie ein Leuchten auf ihrer Haut.

Lord Summerfield strahlte sie voll Stolz und Zuneigung an. »Du bist die Königin hier«, flüsterte er, und seine Wangen erröteten wieder für einen Augenblick. Er drehte sich zu einem der Händler um, der seltsame kleine Instrumente verkaufte, deren Zweck sie nicht erraten konnte.

»Operngläser«, sagte er und gab ihr eines. »Und das Programm, bitte.«

»Aber was ist das?« fragte sie.

Er lachte kurz und verblüfft. »Du bist tatsächlich vom Himmel gefallen, stimmt's?« Seine Lippen berührten ihren Hals, dann ihre Wange. »Halt es an die Augen und drehe daran, bis alles scharf ist. Ja, so. Siehst du?«

Sie erschrak. Sie wich zurück, weil die Menschen auf der oberen Galerie plötzlich ganz nahe schienen.

»Welch seltsames Gerät. Wie funktioniert es?«

»Vergrößerung«, sagte er. »Glasstücke.« Wie entzückt er schien, daß sie noch nie davon gehört hatte. Sie fragte sich, wie Ramses all diese kleinen Geheimnisse gemeistert hatte. Ramses, dessen »geheimnisvolles Grab« der arme Lawrence, der jetzt tot war, erst vor einem Monat entdeckt hatte. Ramses, der »in den Schriftrollen« seine Liebe zu Kleopatra gestanden hatte. War es wirklich möglich, daß Alex nicht wußte, daß diese Mumie und seine Heimsuchung ein und dieselbe waren?

Aber wie hätte er es wissen sollen? Es gab nur die schwachsinnige Geschichte vom ehrlosen Cousin, der die beiden verband! Hatte sie es geglaubt, als der alte Priester sie in die Höhle geführt hatte?

Klingeln tönten. »Die Oper fängt gleich an.«

Sie gingen gemeinsam die Treppe hinauf. Ihr schien, als wären sie beide von einem gleißenden Licht umgeben, das sie von allen anderen unterschied. Auch die anderen konnten dieses Licht sehen, sie senkten die Blicke demütig und wußten, es war Liebe. Liebe. Sie liebte ihn. Nicht mit dieser Liebe, die sie für Antonius empfunden hatte. Es war kein Taumel durch Dunkelheit und Zerstörung, weil man dem anderen nicht widerstehen kann, nicht mit ihm und nicht ohne ihn leben kann, und man trotzdem weiter macht und genau weiß, daß man daran zugrunde geht.

Nein, dies war eine neugeborene Liebe, neu und zärtlich wie Alex selbst, aber es war Liebe. Julie Stratford war eine Närrin, ihn nicht zu lieben. Aber Ramses hätte die Göttin Isis verführen können. Wäre Antonius nicht gewesen, hätte sie nie einen anderen als Ramses geliebt. Das hatte er immer gewußt. Ramses der Vater, der Richter, der Lehrmeister. Antonius, der böse Bube, mit dem sie durchgebrannt war. Wie Kinder hatten sie im königlichen Schlafgemach gespielt, betrunken, verrückt, für niemanden zu sprechen, bis Ramses nach vielen Jahren zurückgekommen war.

Das hast du also mit deiner Freiheit gemacht? Mit deinem Leben?

Sie fragte sich, was sie jetzt mit ihrer Freiheit machen würde. Warum verkrüppelte der Schmerz sie nicht? Weil diese neugeborene Welt zu wunderbar war. Weil sie hatte, wovon sie in den letzten Monaten vor dem Einzug der römischen Armeen in Ägypten, als Antonius verzweifelt und voller Selbsttäuschung gewesen war, geträumt hatte: *eine zweite Chance.* Eine zweite Chance ohne die Last einer Liebe, die sie für ewig in diese dunklen Wellen hinabzog, eine zweite Chance ohne Haß auf Ramses, der ihren zum Tode verdammten Geliebten nicht gerettet hatte, der ihr nicht verziehen hatte, daß sie selbst verdammt gewesen war.

»Hoheit, ich verliere dich wieder«, sagte er zärtlich.

»Nein«, sagte sie. Die Lichter um sie herum verschwammen. »Ich bin bei dir, Lord Alex.« In den hohen kristallenen Lichtern über ihnen tanzten Regenbogen. Sie vernahm das leise Klirren von Glas, das sich in der Brise, die von den offenen Türen herwehte, bewegte.

»Da, sieh doch, da sind sie ja!« rief Alex plötzlich und deutete nach oben.

Der Lärm um sie herum verstummte. Die Lichter, die Menschen, die verhaltene gemeinsame Erregung. Da stand Ramses.

Ramses in moderner Kleidung, und neben ihm eine Frau von beachtlicher Schönheit, jung und zerbrechlich wie Alex. Sie hatte ihr kastanienfarbenes Haar aus dem Gesicht gekämmt. Sie sah das Aufblitzen dunkler Augen, als sie über sie hinweg sah, ohne sie zu sehen. Und Lord Rutherford, der gute alte Lord Rutherford, der sich auf seinen silbernen Gehstock stützte. Hielt Ramsey die Sterblichen um sich herum wirklich zum Narren? Dieser Hüne von einem Mann, in dessen Gesicht unsterbliche Lebenskraft leuchtete! Und die Frau – sie hatte es nicht bekommen. Sie war noch sterblich. Sie klammerte sich verzweifelt und ängstlich an Ramses' Arm.

»Darling, nicht jetzt«, flehte sie.

Weiter ging die Gruppe, die Menge verschluckte sie.

»Aber Liebste, nur um ihnen zu sagen, daß wir hier sind. Es scheint doch alles prima gelaufen zu sein. Ramsey muß entlastet sein. Alles ist wieder normal. Pitfield hat ein Wunder vollbracht.«

»Laß mir noch Zeit, Alex, ich flehe dich an!« War ihr Tonfall anmaßend geworden?

»Na gut, Hoheit«, sagte er mit verzeihendem Lächeln.

Weg von ihnen! Sie fühlte sich verzweifelt, als würde sie ersticken. Als sie das obere Ende der Treppe erreicht hatten, drehte sie sich um. Sie waren durch eine samtverkleidete Tür auf der anderen Seite gegangen. Und Alex führte sie in die andere Richtung. Den Göttern sei Dank.

»Sieht so aus, als wären wir am anderen Ende des Prunkbaus«, sagte er zu ihr und lächelte. »Aber wie kannst du so schüchtern sein, wo du doch so schön bist? Schöner als jede andere Frau, die ich jemals gesehen habe.«

»Ich bin eifersüchtig auf dich und die Stunden, die wir zusammen verbracht haben. Glaub mir, die Welt wird alles kaputt machen, Lord Alex.«

»Aber das ist unmöglich«, sagte er vollkommen unschuldig.

Elliott stand an der Tür. »Wo, um alles in der Welt, kann Alex sein? Was ist in ihn gefahren, einfach wegzulaufen? Das alles übersteigt meine Geduld!«

»Elliott, ich glaube, um Alex müssen wir uns keine Sorgen machen!« sagte Julie. »Wahrscheinlich hat er wieder eine amerikanische Erbin kennengelernt. Die dritte große Liebe seines Lebens innerhalb einer Woche.«

Elliott lächelte bitter, als sie die Loge betraten. Die Frau im Auto hatte nur aus Hut, Stola und wehendem Haar bestanden. Vielleicht war sie das große Glück, das sein Sohn brauchte.

Eine gebogene Tribüne, ein gigantisches überdachtes Amphitheater, das heißt die Hälfte davon. An der gegenüberliegenden Seite befand sich offensichtlich die Bühne hinter einer Mauer aus sanft schimmernden Vorhängen. Und davor, in einer Mulde, eine Gruppe Männer und Frauen, die mit Saiten- und Blasinstrumenten gräßliche Geräusche erzeugten. Sie hielt sich die Ohren zu.

Alex führte sie die kleine Stufe hinunter zur ersten Reihe dieses kleinen Abschnitts. Die weichen roten Sessel am Geländer waren ihre. Sie drehte sich nach links um. Über den spärlich erleuchteten Abgrund hinweg sah sie Ramses! Sie sah die blasse Frau mit den großen, traurigen Augen. Lord Rutherford hatte unmittelbar hinter ihnen Platz genommen. An seiner Seite saß ein dunkelhäutiger Ägypter, der so prachtvoll wie alle anderen Männer gekleidet war.

Sie versuchte, den Blick von ihnen abzuwenden, was ihr jedoch nicht gelang. Der Aufruhr in ihrem Innern wollte ihr nicht ganz einleuchten. Dann legte Ramses seinen Arm um die Frau. Er umarmte sie, als wolle er sie trösten, und die Frau senkte den Blick, und plötzlich glitzerten Tränen auf ihren Wangen! Ramses küßte diese Frau, und die Frau erwiderte den Kuß!

Es war, als würde ihr ein Dolch ins Herz gestoßen! Es war, als würde der Dolch über ihr Gesicht gleiten und sie aufschlitzen.

Sie drehte den Kopf nach vorn und starrte in die Dunkelheit vor sich.

Sie hätte laut geschrien, wenn sie gekonnt hätte. Aber warum? Was empfand sie? Sie spürte den Haß auf die Frau, der sie verbrannte. *Gib Antonius das Elixier.*

Plötzlich wurde es dunkel in dem großen Theater. Ein Mann trat vor das Publikum. Die Menschen um sie herum klatschten laut, und das Klatschen schwoll zu einem ohrenbetäubenden Lärm an. Wie so vieles in dieser modernen Zeit, war auch das überwältigend und dennoch seltsam beherrscht.

Der Mann verbeugte sich, hob die Hände, dann drehte er sich zu den Musikern um, die ruhig und still geworden waren. Auf sein Zeichen fingen sie an zu spielen, die Töne schwollen an, wurden gewaltig und ergreifend und wunderschön.

Diese Musik rührte sie. Sie spürte, wie Alex eine Hand auf ihre legte. Die Musik hob sie auf und trug sie fort von ihrem Leid.

»Moderne Zeiten«, flüsterte sie. Weinte sie auch? Sie wollte nicht hassen! Sie wollte diese Schmerzen nicht! In der Erinnerung sah sie wieder Ramses, der sich in der Dunkelheit über sie beugte. War es ein Grab gewesen? Sie spürte, wie er ihr das Elixier in den Mund träufelte. Und dann wich er voller Entsetzen von ihr zurück. *Ramses.* Aber tat es ihr leid, daß er es getan hatte? Konnte sie ihn wirklich verfluchen?

Sie war am Leben!

Elliott trat durch den Vorhang ins erleuchtete Foyer, um im elektrischen Licht die Nachricht zu lesen.

»Sie wurde an der Rezeption des Shepheard Hotels hinterlegt, Sir«, sagte der Junge, der darauf wartete, daß Elliott eine Münze aus der Tasche fischte.

Vater, wir sehen uns in der Oper oder anschließend beim Ball. Tut mir leid, daß ich so geheimnisvoll klinge,

> *aber ich habe die bezauberndste Dame kennengelernt,*
> *die man sich vorstellen kann. Alex.*

Zum Verrücktwerden. Aber nicht zu ändern! Er ging in die dunkle Loge zurück.

Ramses hatte es nicht für möglich gehalten, daß ihm diese Vorstellung gefallen konnte. Er war immer noch wütend auf Elliott, weil der ihn gegen seinen Willen hergeschleppt hatte. Die Oper selbst wäre wirklich lächerlich gewesen, wenn sie nicht so wunderschön gewesen wäre – die dicken »Ägypter« da unten, die vor den gemalten Tempeln und Statuen im Hintergrund auf italienisch sangen. Es war grotesk. Aber die Melodien überwältigten ihn, obwohl sie Julies Schmerzen verschlimmerten. Julie lehnte in der abgeschiedenen Dunkelheit an seiner Schulter. Die liebreizenden Stimmen, die im Halbdunkel ertönten, rührten sein Herz. Diese Stunden würden nicht zur Qual werden, wie er sich dies vorgestellt hatte. Seine feige Seele kam sogar auf den Gedanken, daß Kleopatra vielleicht aus Kairo geflohen war, daß sie sich jetzt in der modernen Welt verirrt hatte und daß keine Hoffnung mehr bestand, sie zu finden. Das befreite und entsetzte ihn gleichermaßen. Was würde sie in ihrer Einsamkeit der kommenden Wochen und Monate tun? Was würde ihr Zorn verlangen?

Sie hob das magische Opernglas. Sie beobachtete Ramses und Julie und war verblüfft über die Nähe. Die Frau weinte, kein Zweifel. Ihre dunklen Augen waren auf die Bühne gerichtet, wo der häßliche kleine Mann das wunderbare Lied »Celeste Aida« sang – seine Stimme war gewaltig und die Melodie herzzerreißend.

Sie wollte das Glas gerade absetzen, als Julie Stratford ihrem Partner plötzlich etwas zuflüsterte. Sie standen gemeinsam auf. Julie Stratford eilte durch den Vorhang, Ramses folgte ihr.

Rasch berührte Kleopatra Alex' Hand.

»Bleib du hier«, flüsterte sie ihm ins Ohr.

Er schien es für etwas ganz Normales zu halten. Er versuchte nicht, sie aufzuhalten. Sie eilte durch den Alkoven hinter ihrem kleinen Teil des Theaters und trat langsam und vorsichtig in den großen Flur des ersten Stocks hinaus.

Sie sah niemanden, außer ein paar Bedienstete, die hinter einer Marmortheke standen und mehreren älteren Männern Gläser einschenkten. Die Männer sahen in ihren schwarzweißen Uniformen kläglich aus. Einer von ihnen zerrte erzürnt an seinem Kragen.

An einem entlegenen Tisch vor einem hohen Bogenfenster mit gemustertem Vorhang unterhielten sich Julie Stratford und Ramses so leise, daß sie es unmöglich hören konnte. Sie stellte sich hinter einen großen Blumentopf, wo sie das Opernglas hob und die Gesichter näher heranholte. Die Worte hörte sie nicht.

Julie Stratford schüttelte den Kopf und wich zurück. Ramses hielt ihre Hand und wollte sie nicht gehen lassen. Was sagte sie jetzt mit solcher Leidenschaft? Und wie er sie anflehte! Sie kannte diese Bestimmtheit, diese Beharrlichkeit, aber Julie Stratford war ebenso stark wie sie es gewesen war.

Plötzlich erhob sich Julie Stratford, umklammerte einen kleinen Beutel mit der Hand und ging mit gesenktem Kopf davon. Ramses war verzweifelt. Er stützte den Kopf auf die Hände.

Geschwind folgte sie Julie Stratford, drückte sich an der Wand entlang und hoffte, Ramses würde nicht aufschauen.

Julie Stratford ging durch eine Holztür.

DAMENTOILETTE

Sie war verwirrt, unsicher. Plötzlich vernahm sie eine Stimme hinter sich; es war eine junge Dienerin.

»Suchen Sie die Damentoilette, Miss? Die ist hier.«

»Danke«, sagte sie und ging darauf zu. Es handelte sich eindeutig um einen öffentlichen Raum.

Gott sei Dank war sie allein. Julie setzte sich auf den letzten Samthocker vor dem langen Toilettentisch, ruhte sich einen Moment lang aus und bedeckte die Augen mit den Händen.

Das Ding war da draußen, das Monster, die Schöpfung, wie immer man ein solches Wesen auch nennen mochte. Und sie waren hier in diesem dummen Theater gefangen und lauschten der Musik, als wären nicht Greueltaten geschehen, die auch in Zukunft geschehen würden.

Aber das Schlimmste war, daß Ramses ihre Hand hielt und ihr sagte, daß er es nicht ertragen konnte, sie zu verlieren.

Und sie war damit herausgeplatzt: »Ich wünschte, ich hätte dich nie zu Gesicht bekommen. Ich wünschte, du hättest Henry sein Vorhaben ausführen lassen.«

War das ihr Ernst gewesen? Ihr Handgelenk hatte weh getan, als er sie festgehalten hatte. Es tat ihr jetzt noch weh, während sie leise in dem stillen Raum weinte, wo auch das leiseste Geräusch an den gekachelten Wänden widerhallte.

»Julie«, hatte er gesagt, »ich habe etwas Schreckliches getan, ja, ich weiß. Aber ich spreche jetzt von dir und mir. Du bist am Leben, du bist heil und wunderschön, Körper und Seele vereint...«

»Nein, sag es nicht«, hatte sie gefleht.

»Nimm das Elixier und komm für immer mit mir.«

Sie hatte nicht dort bleiben können. Sie war weggegangen und geflohen. Und nun weinte sie allein in diesem Raum. Sie versuchte, ihre Seele zu beschwichtigen. Sie versuchte nachzudenken, aber sie konnte nicht. Sie sagte sich, daß ihr all das in vielen Jahren wie ein dunkles Abenteuer erscheinen würde, das sie nur denen erzählen würde, die sie wirklich von Herzen liebte. Sie würde von dem geheimnisvollen Mann erzählen, der in ihr Leben getreten war... aber der Gedanke war unerträglich.

Als die Tür aufging, bedeckte sie das Gesicht mit dem Taschentuch, hielt den Kopf gesenkt und versuchte ruhig zu sein, ruhig zu atmen.

Wie gräßlich, so gesehen zu werden, wo sie nur alleinsein und ins Hotel zurückkehren wollte. Und diese andere Frau, die hereingekommen war, warum um alles in der Welt kam sie ihr so nahe und setzte sich direkt neben sie? Sie drehte den Kopf auf die andere Seite. Sie mußte sich zusammennehmen. Diesen Abend irgendwie für Elliott überstehen, auch wenn sie den Glauben an den Sinn ihres vorgeblichen Tuns verloren hatte. Sie legte das Taschentuch zusammen, den kläglichen kleinen Fetzen aus Spitzen und Leinen, der jetzt tränendurchtränkt war, und tupfte die Augen ab.

Fast zufällig sah sie dabei in den Spiegel. Verlor sie den Verstand! Die Frau direkt neben ihr sah sie mit großen, leuchtend blauen Augen an. Herrje, die Frau war ganz dicht an sie herangekommen, und was für eine Frau, mit einer schwarzen Lockenpracht, die ihr über die bloßen Schultern auf den Rücken fiel.

Sie wandte sich um, um die Frau anzusehen. Dabei lehnte sie sich soweit sie konnte auf dem Hocker zurück und stützte sich mit der Hand auf den Toilettentisch.

»Großer Gott!« Sie zitterte so heftig, daß sie ihre Hand nicht mehr ruhig halten konnte.

»Oh, Sie sind reizend, wirklich«, sagte die Frau mit leiser Stimme und mit perfektem britischen Akzent. »Aber er hat Ihnen sein kostbares Elixier nicht gegeben. Sie sind sterblich. Daran kann kein Zweifel bestehen.«

»Wer sind Sie!« keuchte sie. *Aber sie wußte es.*

»Hast du einen anderen Namen dafür?« fragte die Frau, die jetzt noch näher kam, bis ihr starkes, wunderschön geschnittenes Gesicht über ihr aufragte. Ihr lockiges schwarzes Haar schien das Licht in dem Raum zu verschlucken. »Warum hat er mich aus meinem Schlaf gerissen und das Zaubermittel nicht Ihnen gegeben?«

»Lassen Sie mich in Ruhe!« flüsterte Julie. Ein heftiger Schauder überfiel sie. Sie wollte aufstehen, aber die Frau hatte sie in die Enge gedrängt. Sie schrie fast in ihrer Panik.

»Aber am Leben sind Sie dennoch«, flüsterte die Frau. »Jung, zerbrechlich, wie eine Blume, so leicht zu pflücken.«

Julie ließ sich gegen die Spiegelwand zurücksinken. Konnte sie die Frau mit einem Schubs aus dem Gleichgewicht bringen? Es schien unmöglich. Wieder spürte sie, wie damals, als Ramses aus dem Sarg gestiegen war, daß sie ohnmächtig werden würde.

»Es scheint schrecklich, nicht wahr?« fuhr die Frau mit demselben reinen britischen Akzent fort. »Daß ich diese Blume pflücke, weil der sterben mußte, den ich geliebt habe. Was haben Sie mit dem Verlust zu tun, den ich vor so langer Zeit erlitten habe? Julie Stratford für Antonius. Es scheint ungerecht.«

»Gott steh mir bei!« stöhnte Julie. »Gott stehe uns beiden bei, Ihnen und mir. Oh, bitte, lassen Sie mich gehen.«

Die Hände der Frau streckten sich ihr entgegen und packten sie am Hals. Sie konnte es nicht aufhalten, die Finger nahmen ihr die Luft zum Atmen. Ihr Kopf schlug gegen den Spiegel, einmal, zweimal. Sie verlor das Bewußtsein.

»Warum sollte ich Sie nicht töten! Sagen *Sie* mir einen Grund!« sagte die giftige Stimme in ihr Ohr.

Plötzlich ließ die Hand sie los. Sie kippte keuchend nach vorne über den Toilettentisch.

»Ramses!« schrie sie mit letzter Kraft. »Ramses!«

Die Tür ging auf. Zwei Frauen blieben wie angewurzelt stehen. Neben ihr erhob sich Kleopatra, die jetzt an den Frauen vorbeiraste und eine davon zur Seite stieß. Das wallende schwarze Haar und das glitzernde Abendkleid waren alles, was noch zu sehen war, bevor sie verschwunden war.

Julie fiel schluchzend zu Boden.

Sie hörte Schreie und hastige Schritte. Eine alte Frau mit weichen, runzligen Händen half ihr auf die Beine.

»Ich muß zu Ramses«, sagte sie. Sie kämpfte sich zur Tür. Die anderen Frauen versuchten, sie aufzuhalten. Sie sollte sich setzen. »Hier, ein Glas Wasser!«

»Nein, lassen Sie mich gehen!«

Schließlich gelangte sie zur Tür und drängte sich durch die kleine Gruppe der versammelten Schaulustigen. Ramses kam auf sie zugeeilt. In seinen Armen brach sie zusammen.

»Sie war hier«, keuchte sie ihm ins Ohr. »Sie hat mit mir gesprochen. Mich berührt.« Sie griff mit der Hand zum schmerzenden Hals. »Sie ist weggelaufen, als wir gestört wurden.«

»Was ist denn, Miss?«

»Miss Stratford, was ist geschehen?«

»Nein, mir geht es gut.« Er hob sie fast von den Füßen und brachte sie weg.

»Ja, ich habe nur eine andere Frau bei ihr gesehen, ja, eine große Frau mit schwarzem Haar.«

In eine Loge führte er sie, in ein stilles, abgeschiedenes Plätzchen. Sie versuchte wieder klar zu sehen. Elliott und Samir standen plötzlich da. Die Musik klang abscheulich durch die Vorhänge. Samir schenkte ihr ein Glas Champagner ein. Wie absurd! Champagner.

»Hier irgendwo im Theater. Großer Gott, sie war wie eine Furie! Eine Göttin! Ramses, sie hat mich gekannt, meinen Namen. Sie hat mich gekannt. Sie sprach von Rache für Antonius. Ramses, sie weiß, wer ich bin!«

Sein Gesicht war wutverzerrt. Er wollte zur Tür hinaus, sie packte ihn und stieß dabei das Champagnerglas um. »Nein, geh nicht! Weich nicht von meiner Seite!« flüsterte sie. »Sie hätte mich umbringen können. Das wollte sie. Aber sie konnte es nicht. Ramses! Sie ist ein lebendes, fühlendes Geschöpf! O Gott, was hast du getan, was habe *ich* getan!«

Eine Klingel ertönte. Die Menschen strömten in die Halle. Und Alex würde nach ihr suchen, und vielleicht würde er die anderen treffen.

Sie konnte nicht klar denken. Sie konnte sich nicht bewegen.

Sie stand auf dem hohen Eisenbalkon über der Eisentreppe, die in eine dunkle, verlassene Gasse hinabführte. Die offene Tür zu ihrer Rechten gab den Blick frei auf Lichter und Lärm. Die Stadt war ein Irrgarten voller Lichter und Dächer, voller glänzender Kuppeln und Türme, die sich in den dunkelblauen Himmel bohrten. Von hier aus konnte sie den Nil nicht sehen, aber das bedeutete ihr nichts. Die Luft war kühl und mild, erfüllt vom Duft der grünen Bäume.

Plötzlich hörte sie seine Stimme.

»Eure Hoheit, ich habe überall nach dir gesucht.«

»Halt mich fest, Alex«, flüsterte sie. »Halt mich in deinen Armen.« Sie holte tief Luft, als sie ihn in ihrer Nähe spürte, seine warmen Hände auf ihr. Sanft zog er sie zurück und auf die Eisenstufen.

»Du bist krank«, sagte er. »Ich muß dir etwas zu trinken holen.«

»Nein, bleib in meiner Nähe«, sagte sie. Sie wußte, ihre Stimme war kaum hörbar. Fast verzweifelt sah sie zu den Lichtern der Stadt hinaus. Irgendwie wollte sie sich an dieses Bild der modernen Stadt klammern, wollte sich im Geiste auf sie zu bewegen, heraus aus ihrer Qual. Es war ihre einzige Fluchtmöglichkeit. Das und der Junge neben ihr, der saubere, unschuldige Mann, der sie hielt und küßte.

»Was mache ich nur?« fragte sie auf lateinisch. »Verspüre ich Trauer oder Wut? Ich weiß nur, daß ich leide.«

Sie quälte ihn, obwohl es ihr leid tat. Hatte er ihre Worte verstanden?

»Öffne mir dein Herz«, sagte er ernst. »Ich liebe dich, Hoheit. Sag mir, was dich beschäftigt. Ich lasse nicht zu, daß du leidest. Nicht, wenn es in meiner Macht steht, es zu ändern.«

»Ich glaube dir, junger Lord«, sagte sie. »Auch ich empfinde Liebe für dich.«

Aber was wollte sie? Würde Rache die Wut lindern, die sie zerriß? Oder sollte sie jetzt gehen, den jungen Lord Alex mitnehmen und so weit sie konnte von ihrem Mentor, ihrem Schöpfer davonlaufen? Einen Augenblick schien es, als würde der Schmerz in ihr alles verzehren – Denken, Hoffen, Wille. Aber dann war da ein Begreifen, und es war wie die Sonne, wie die warme Sonne.

So heftig zu lieben und zu hassen, das war der Sinn des Lebens. Und sie besaß das Leben wieder, mit alle seinen Freuden und seinem ganzen Leid.

Der letzte Akt ging zu Ende. Elliott sah gelangweilt auf die wunderschöne Bühne, auf die dem Untergang geweihten Liebenden, die in ihrem Grab erstickten und auf Prinzessin Amneris, die oben betete.

Gott sei Dank, daß es fast vorbei war! Unter diesen Umständen schien selbst der begnadete Verdi lächerlich. Was den Ball betraf, so würden sie sich höchstens eine oder zwei Minuten dort sehen lassen und Julie dann auf ihr Zimmer bringen.

Julie war am Rande eines Nervenzusammenbruchs. Sie saß stumm in der Loge hinter ihm, zitterte und klammerte sich an Ramses.

Sie hatte darauf bestanden, daß Ramses nicht von ihrer Seite wich, daher hatten er und Samir in den Pausen nach Kleopatra gesucht. Sie waren die Treppen hinauf und hinunter gegangen und hatten nach der Frau gesucht, die nur Elliott sicher erkennen, die Samir aber an ihrem wallenden Haar und dem silbernen Kleid identifizieren konnte.

Sie war nirgendwo zu finden. Aber das überraschte sie nicht. Nach dem kurzen Angriff hatte sie das Opernhaus möglicherweise verlassen. Überraschend war, daß sie Julie kannte! Wie hatte sie Julie hier gefunden!

Ein weiterer irritierender Aspekt war, daß sie auch Alex nicht gefunden hatten! Aber vielleicht war das ja ein Segen. Alex blieb auf wundersame Weise unberührt von allen Geschehnissen. Vielleicht konnte er ohne weitere Erklärungen nach Hause verfrachtet werden, obwohl das fast zuviel verlangt war.

Elliott hatte nun keine Zweifel mehr, daß Julie morgen zusammen mit Alex im Nachmittagszug sitzen würde. Er selbst würde in Kairo bleiben, bis die ganze Sache ausgestanden war. Samir würde mit Julie nach London zurückkehren, das war bereits beschlossen worden. Alex konnte sie jetzt nicht beschützen oder trösten, da er nicht wußte, was hier geschah, und es auch nie erfahren durfte.

Samir würde bis zu Ramses' Rückkehr bei Julie in Mayfair bleiben. Was und wem Elliott hier nützen konnte, war nicht sicher. Aber er würde bleiben. Er mußte. Und Julie mußte weit, weit weggebracht werden.

Das letzte herzzerreißende Duett der Oper hatte seinen Höhepunkt erreicht. Er würde es nicht mehr lange ertragen können. Er hob das Opernglas und suchte den Saal ab. Alex, zum Teufel, wo bist du! Langsam ließ er das Glas über die linke Seite gleiten, dann wandte er sich nach rechts.

Graue Köpfe, funkelnde Diamanten, halb schlafende Männer, offene Münder unter weißen Schnurrbärten. Und eine atemberaubend schöne Frau mit wallenden schwarzen Locken, die langsam dahinschritt und dabei die Hand von Alex hielt.

Er erstarrte.

Er drehte das kleine Rädchen an dem Glas und holte das Bild noch näher. Die Frau hatte links von Alex Platz genommen, aber er konnte beide deutlich sehen! Bloß jetzt keinen Herzanfall haben, Elliott, nicht nach allem, was du durchgemacht hast! Alex beugte sich hinüber und küßte die Frau auf die Wange, während diese zur Bühne sah – auf das Grab und die todgeweihten Liebenden – und sich dann zu Alex umdrehte, ihn mit steinerweichendem Blick ansah und an seine Schulter lehnte.

»Ramsey«, flüsterte er. Irgend jemand machte pssst. Aber Ramsey hatte ihn gehört, kam durch den Vorhang und kniete an seiner Seite nieder.

»Da, sehen Sie! Bei Alex. Sie ist es.« Das Flüstern war ein Stöhnen. Er drückte Ramsey das Opernglas in die Hand und sah zu den beiden fernen Gestalten. Er brauchte das Opernglas nicht, um zu sehen, daß Kleopatra ihr eigenes hochgehoben hatte und zu ihnen herübersah!

Er hörte Ramseys leises Stöhnen.

Alex hatte sich umgedreht. Alex machte eine knappe, fröhliche Geste zu ihnen, ein diskretes, kurzes Winken mit der linken Hand.

Die letzten Töne des Duetts waren zu hören. Der Beifall wollte kein Ende nehmen. Die unvermeidlichen »Bravos!« ertönten aus allen Richtungen. Die Saallichter gingen an. Die Menschen standen auf.

Julie und Samir standen in der offenen Tür.

»Was ist los?« verlangte Julie zu wissen.

»Sie gehen. Ich folge ihnen!« sagte Ramses.

»Nein!« schrie Julie.

»Julie, sie ist mit Alex Savarell zusammen«, sagte Ramsey. »Sie hat den Sohn des Earl verführt. Ihr beiden bleibt bei Julie. Bringt Julie ins Hotel zurück.«

Er wußte, er kam zu spät in die Loge. Sie waren fort. Es gab mindestens drei Ausgänge, die über Eisentreppen aus dem Gebäude hinausführten. Und benützt wurden sie alle. Er rannte an der Galerie entlang und ließ seinen Blick über die Köpfe derer streifen, die die breite Haupttreppe hinuntergingen. Keine Chance mehr, sie jetzt noch zu finden.

Er war am Eingang, als Elliott, Samir und Julie die Treppe herunterkamen. Julie sah wie ein Gespenst aus. Sie klammerte sich an Samir. Elliott bemühte sich durchzuhalten, aber sein Gesicht war totenblaß geworden.

»Zu spät«, sagte Ramses. »Sie sind wieder entkommen.«

»Dann bleibt uns nur noch der Ball«, sagte Elliott. »Es ist ein Spiel, begreift ihr denn nicht! Alex versteht nicht, was los ist. Er hat geschrieben, er würde sich hier mit uns treffen, oder auf dem Ball.«

9

Sie waren dem Strom der Besucher gefolgt, der sich aus dem Opernhaus ergossen hatte und jetzt über den großen Platz zum Hotel ging.

Sie zweifelte nicht daran, daß Ramses ihnen folgen würde. Gewiß würde auch Lord Rutherford kommen, weil er hoffte, seinen Sohn zu retten.

Sie traf keine Entscheidung über ihr weiteres Vorgehen. Die Begegnung war unvermeidlich. Worte mußten gesprochen werden, und dann? Sie sah nur die Freiheit, aber sie wußte auch, wohin sie gehen und was sie tun mußte, um frei zu sein.

Die andere zu töten, das war keine Lösung. Ein großer Ekel überkam sie angesichts der Leben, die sie sinnlos ausgelöscht hatte – sogar das des Mannes, der die Pistole auf sie abgefeuert hatte, wer immer er auch gewesen sein mochte.

Sie mußte herausfinden, warum Ramses sie geweckt hatte, und wie er sie geweckt hatte. Aber vielleicht wäre sie besser weggelaufen, vor ihm weggelaufen.

Sie betrachtete die Automobile, die in die halbkreisförmige Einfahrt vor dem Shepheard Hotel einbogen. Warum konnten sie nicht weglaufen, sie und Alex, jetzt gleich? Sie hatte noch Zeit genug, noch soviel Zeit, ihren alten Lehrmeister zu suchen, den Mann, der sie ihr ganzes sterbliches Leben lang beherrscht hatte und der sie nun aus Gründen, die sie nicht verstehen konnte, wieder zum Leben erweckt hatte?

Einen Augenblick lang wurde sie von einer grausigen Vorahnung heimgesucht. Sie umklammerte Alex' Hand noch fester. Da war wieder sein beruhigendes Lächeln. Sie sagte nichts. Sie war verwirrt, als sie die hell erleuchtete Hotelhalle betraten und hinter der Menge eine weitere Treppe hinaufschritten.

Der Ballsaal lag im ersten Stock. Er war viel größer als der Ballsaal, den sie gestern abend unten gesehen hatte. Weißgedeckte Tische säumten die Wände des Saals, der unendlich groß schien. Ein Orchester, das hinter der wogenden Menge verborgen war, spielte Musik.

Goldgirlanden hingen von der hohen Decke. Wie diese Menschen Gipsornamente liebten, mit denen sie Türen und Fenster schmückten. Schon hatten sich einige Paare auf die Tanzfläche begeben. Das Licht schien von den großen funkelnden Glasleuchten zu tropfen. Junge Diener schritten herum und boten Weißwein in schönen Gläsern auf silbernen Tabletts an.

»Wie sollen wir sie nur finden?« sagte Alex. »Ich brenne darauf, dich ihnen vorzustellen.«

»Wirklich?« flüsterte sie. »Und wenn sie deine Wahl mißbilligen, Lord Alex, was wirst du dann machen?«

»Wie seltsam, so etwas zu sagen«, meinte er mit seiner ihm eigenen Unschuld. »Sie werden sie nicht mißbilligen und außerdem können sie sie gar nicht mißbilligen.«

»Ich liebe dich, Lord Alex. Ich hielt es nicht für möglich, als ich dich zum ersten Mal gesehen habe. Ich dachte, du bist hübsch und jung und es müßte schön sein, dich in den Armen zu halten. Aber ich liebe dich.«

»Ich weiß genau, was du damit sagen willst«, flüsterte er mit einem seltsamen Ausdruck in den Augen. »Überrascht dich das?« Es schien, als wollte er etwas anderes zu ihr sagen, für das er aber nicht die Worte fand. Die Traurigkeit kam, ein schwacher Schatten von Traurigkeit, die sie von Anfang an in ihm bemerkt hatte, und zum ersten Mal wurde ihr klar, daß sie es war, die diese Traurigkeit hervorrief. Sie war die Reaktion auf das, was er in ihrem Gesicht sah.

Jemand rief seinen Namen. Sein Vater rief. Sie erkannte die Stimme, bevor sie sich umdrehte, um sich zu vergewissern. »Vergiß nicht, Alex, ich liebe dich«, sagte sie wieder. Sie hatte das seltsame Gefühl, daß sie Lebewohl sagte. Zu unschuldig, das waren die einzigen Worte, die ihr in den Sinn kamen.

Sie drehte sich um und sah, wie sie alle von der offenen Tür auf sie zu kamen.

»Vater und Ramsey! Ramsey, alter Junge«, sagte Alex. »Ich bin froh, Sie zu sehen.«

Wie im Traum sah sie sie an, Alex, der Ramses' Hand schüttelte, und Ramses, der jetzt sie ansah.

»Mein Darling.« Alex versuchte mit seiner Stimme zu ihr durchzudringen. »Darf ich dir meinen Vater und meine besten Freunde vorstellen. Hoheit...« Er verstummte plötzlich, flüsterte ihr leise zu: »Ich kenne nicht einmal deinen richtigen Namen.«

»Doch, den kennst du, mein Geliebter«, sagte sie. »Ich habe ihn dir bei unserer ersten Begegnung gesagt. Er lautet Kleopatra. Dein Vater kennt mich und dein guter Freund Ramsey, wie du ihn nennst, ebenfalls. Und deine Freundin Julie Stratford habe ich auch schon kennengelernt.«

Sie richtete den Blick auf Lord Rutherford. Die Musik und der Lärm der Menge waren zu einem Dröhnen in ihren Ohren geworden.

»Erlauben Sie mir, Lord Rutherford, daß ich mich für Ihre kürzlich erwiesene Freundlichkeit mir gegenüber bedanke. Was hätte ich nur ohne Sie getan? Und als Gegenleistung war ich so unfreundlich zu Ihnen.«

Das Gefühl der Vorahnung wurde stärker. Sie war verdammt, wenn sie in diesem Saal blieb. Und doch blieb sie stehen, mit zitternden Händen, und hielt Alex fest, der mit zunehmender Verwirrung von ihr zu seinem Vater sah. »Ich verstehe nicht. Du meinst, ihr habt euch schon kennengelernt?«

Plötzlich trat Ramses nach vorne. Er packte sie grob am Arm und zerrte sie von Alex fort.

»Ich muß mit dir sprechen«, sagte er und sah böse auf sie hinab. »Jetzt. Allein.«

»Ramsey, um alles in der Welt, was machen Sie da?«

Andere drehten sich um und starrten sie an.

»Alex, bleib hier!« sagte sein Vater.

Ramses zerrte sie weiter weg. Sie knickte in dem hohen Schuh den Knöchel um. »Laß mich los!« flüsterte sie.

Verschwommen sah sie, wie die blasse Julie Stratford sich verzweifelt zu dem dunkelhäutigen Ägypter umdrehte und der alte Lord Rutherford seinen Sohn unter Aufbietung aller Kräfte festhielt.

Wütend riß sie sich von Ramses los. All die seltsamen modernen Menschen sahen zu ihnen her und taten doch so, als täten sie dies nicht. Um sie herum war es jetzt ganz still, nur die Musik dröhnte weiter.

»Wir werden sprechen, wenn ich es sage, mein geliebter Lehrmeister! Du störst mich momentan gerade bei meinem Vergnügen, wie es auch früher schon deine Art war.«

Alex eilte an ihre Seite. Sie schlang einen Arm um ihn, während Ramses wieder näher kam.

»Um Gottes willen, was ist nur los mit Ihnen, Ramsey!« protestierte Alex.

»Ich sage dir, wir werden jetzt miteinander reden, allein«, sagte Ramses zu ihr und achtete gar nicht auf ihren Geliebten.

Ihre Wut war schneller als ihre Worte und ihre Worte waren schneller als ihre Gedanken.

»Du glaubst, du kannst mir deinen Willen aufzwingen! Du wirst für das bezahlen, was du mir angetan hast! Ich werde es dir mit gleicher Münze heimzahlen!«

Er packte sie und drehte sie weg von Alex, dessen Vater herbeigeeilt kam und ihn am Arm festhielt. Sie drehte sich um und sah, wie Alex aus ihrem Blickfeld verschwand, als sich die Menge vor ihn schob und Ramses sie weiter zerrte und sie nicht mehr losließ, obwohl sie sich wehrte. Mit der rechten Hand hielt er ihr linkes Handgelenk umklammert, mit der linken ihre Taille.

Um sie herum wirbelten die tanzenden Paare zu der ohrenbetäubenden Musik und dem gleichmäßigen Rhythmus. Er zwang sie zu tanzen, riß sie von den Füßen und wirbelte sie herum.

»Laß mich los!« zischte sie. »Du denkst, ich bin immer noch das wahnsinnige Geschöpf, das du in der Hütte in der Altstadt zurückgelassen hast. Du denkst, ich bin deine Sklavin!«

»Nein, nein, ich kann sehen, daß du anders bist«, sagte er wieder auf lateinisch: »Aber wer bist du wirklich?«

»Deine Magie hat meinen Verstand und meine Erinnerung wiederhergestellt. Was ich erlitten habe – alles ist da, und ich hasse dich jetzt mehr als jemals zuvor.«

Wie fassungslos er war, wie er litt. Sollte sie ihn etwa bedauern?

»Im Leiden bist du schon immer groß gewesen!« Sie spie ihm die Worte entgegen. »Und mit deinen Urteilen! Aber ich bin nicht deine Sklavin und nicht dein Eigentum. Was du ins Leben zurückgeholt hast, möchte dieses Leben in Freiheit genießen.«

»Bist du es«, flüsterte er. »Die Königin, die so weise und so impulsiv gewesen ist? Die bedingungslos liebte, aber immer wußte, wie man erobert und herrscht?«

»Ja, genau. Die Königin, die dich angefleht hat, deine Gabe mit einem einzigen sterblichen Mann zu teilen. Aber du hast es ihr verweigert. Egoistisch, gemein und kleingeistig.«

»O nein, du weißt, daß das nicht stimmt.« Der alte Charme, die alte Überzeugungskraft. Und derselbe eiserne, unbeugsame Wille. »Es wäre ein gräßlicher Fehler gewesen!«

»Und ich? Bin ich etwa kein Fehler!«

Sie wollte sich befreien. Sie konnte nicht. Wieder drehte er sie zum Rhythmus der Musik im Kreis herum. Sie streiften andere Tänzer, die nichts von ihrem Kampf zu merken schienen.

»Gestern abend hast du mir erzählt, daß du, als du gestorben bist, versucht hättest, nach mir zu rufen«, sagte er. »Das Gift der Schlange hatte dich aber gelähmt. Hast du die Wahrheit gesagt?«

Wieder versuchte sie sich loszureißen. »Sag diese Dinge nicht zu mir!« sagte sie. Sie entriß ihm den linken Arm, aber er bekam ihn wieder zu fassen. Jetzt sahen auch die anderen, was los war. Man sah in ihre Richtung. Ein Tanzpaar blieb erschrocken stehen.

»Antworte mir«, herrschte er sie an. »Hast du versucht, nach mir zu rufen? Stimmt das?«

»Glaubst du, das rechtfertigt, was du getan hast!« Sie zwang ihn, stehen zu bleiben. Sie würde sich nicht weiter von ihm herumzerren lassen. »Ich hatte Angst. Ich stand an der Pforte des Todes!« gestand sie. »Es war Angst, nicht Liebe! Glaubst du, ich könnte dir je verzeihen, daß du Antonius sterben ließest?«

»Du bist es«, sagte er leise. Sie standen sich reglos gegenüber. »Du bist es wirklich. Meine Kleopatra, mit all ihrer Doppelzüngigkeit und Leidenschaft. Du bist es.«

»Ja, und ich sage die Wahrheit, wenn ich sage, daß ich dich hasse«, schrie sie, und Tränen schossen ihr in die Augen. »Ramses der Verdammte! Ich verfluche den Tag, an dem ich das Licht der Sonne in dein Grab gelassen habe! Wenn deine reizende Julie Stratford tot zu deinen Füßen liegt, wie Antonius tot zu meinen gelegen hat, wirst du die Bedeutung von Weisheit erfahren, von Liebe, von der Macht der Frau, die immer erobert und herrscht. Deine Julie Stratford ist sterblich. Ihr Genick ist so leicht zu brechen wie ein trockener Zweig.«

Sprach sie diese Worte im Ernst? Sie wußte es nicht. Sie kannte den Haß und die große Liebe, die ihn gestärkt hatte. Wütend wich sie vor ihm zurück, endlich frei. Sie wollte fliehen.

»Nein, du wirst ihr nicht weh tun, und du wirst Alex nicht weh tun«, rief er auf lateinisch. »Und auch sonst niemandem!«

Sie stieß Tänzer aus ihrem Weg. Eine Frau schrie. Ein Mann stolperte gegen seine Partnerin. Die anderen gingen ihr bereitwillig aus dem Weg. Sie drehte sich um und sah, wie er ihr nachsetzte und dabei ihren Namen rief.

»Ich werde dich ins Grab zurückbringen, ehe ich das zulasse. In die Dunkelheit.«

Voller Entsetzen rannte sie durch die Menge. Überall ertönten Schreie. Aber die Tür lag vor ihr, und die Freiheit, und sie lief so schnell sie konnte darauf zu.

»Warte, bleib stehen, hör mich an!« brüllte Ramses.

Als sie sich an der Tür umsah, sah sie, daß Alex ihn festhielt. »Aufhören, Ramsey, lassen Sie sie los!« Ramses wurde umringt.

Sie rannte weiter zur Treppe. Jetzt war es die Stimme von Alex, die sie anflehte zu warten, stehenzubleiben, keine Angst zu haben. Aber Ramses würde seinen Häschern entkommen. Sie konnten ihn nicht halten, und seine Drohung hallte noch in ihren Ohren.

Sie rannte die Stufen hinunter und hielt sich am Geländer fest, da die hochhackigen Schuhe sie behinderten.

»Hoheit«, schrie Alex.

Sie eilte zur Halle durch die Eingangstür. Ein Automobil war gerade vor die Tür gefahren. Der Mann und die Frau waren schon ausgestiegen, der Diener hielt aber noch die Tür auf.

Sie drehte sich um. Alex kam die Treppe herunter, Ramses folgte ihm dicht auf den Fersen.

»Hoheit! Warte!«

Sie raste um das Auto herum und stieß den fassungslosen Diener beiseite. Sie rutschte hinter das Lenkrad und trat mit dem Fuß auf das Pedal. Als sie anfuhr, sprang Alex herein und fiel auf den Sitz neben ihr. Sie bemühte sich, das Lenkrad festzuhalten, kam gerade noch am Garten vorbei und raste dann die Einfahrt hinunter zur Straße.

»Gott im Himmel«, brüllte Alex in den Wind. »Er hat das Auto hinter uns genommen. Er folgt uns.«

Sie trat das Pedal bis auf den Boden durch, scherte gefährlich aus, um einem Auto vor ihnen auszuweichen, und raste dann die gerade Straße entlang.

»Hoheit, du bringst uns um!«

Die kalte Luft wehte ihr ins Gesicht, während sie das Lenkrad hin und her drehte, um langsamere Autos zu überholen, die keinen Platz machen wollten. Alex flehte sie an. Aber sie hörte nur Ramses Stimme in den Ohren: »Ich werde dich ins Grab zurückbringen... in die Dunkelheit.« Entkommen, sie mußte ihm entkommen.

»Ich lasse nicht zu, daß er dir weh tut.«

Endlich waren sie auf der offenen Landstraße. Jetzt verperrte ihnen nichts mehr den Weg. Dennoch nahm sie den Fuß nicht vom Pedal.

Irgendwo da draußen lagen die Pyramiden, und dann die Wüste, die freie Wüste. Aber wie konnte sie sich dort verstecken, wo konnte sie hin?

»Ist er immer noch hinter uns?« schrie sie.

»Ja, aber ich lasse nicht zu, daß er dir weht tut, das habe ich gesagt! Hör mir zu.«

»Nein«, kreischte sie. »Versuch nicht, mich aufzuhalten.«

Sie stieß ihn weg, als er sie umarmen wollte. Das Auto scherte aus und kam von der geteerten Straße ab. Es raste über den Sand in die Dunkelheit hinein, die Scheinwerfer schienen düster in die freie Wüste.

Von rechts sah sie ein funkelndes Licht auf sie zukommen. Dann vernahm sie das Geräusch, dieses gräßliche Geräusch: das Kreischen der Dampflokomotive! Ihr Götter, wo war sie!

Panik ergriff sie. Sie konnte das dumpfe Dröhnen der Eisenräder hören!

»Wo ist sie!« schrie sie.

»Stop, du mußt anhalten, versuch nicht, davonzufahren!«

Licht fiel auf den kleinen Spiegel über ihr und blendete sie. Sie riß einen Moment die Hände hoch, um jedoch sofort wieder das Lenkrad zu ergreifen. Dann sah sie den Schrecken aller Schrecken, das riesige brüllende Monster, das sie mehr als alles andere erschreckt hatte. Die riesige schwarze Lokomotive, die jetzt zu ihrer Rechten aufragte.

»Die Bremsen!« kreischte Alex.

Das Automobil holperte, schnellte in die Luft und blieb ruckartig stehen. Die Lokomotive raste nur wenige Zentimeter vor ihnen vorbei, die riesigen zermalmenden Eisenräder direkt vor ihren Augen.

»Wir stecken in den Schienen fest, verdammt, komm schon, steig aus!« schrie Alex.

Das Pfeifen erklang erneut und übertönte das eiserne Dröhnen. Ein zweites Monster kam von links auf sie zu! Sie sah sein rundes gelbes Auge, den Lichtstrahl, der über sie glitt, den gewaltigen Rock aus Eisen, der über die Schienen donnerte.

Diese Ungeheuer hatten sie besiegt. Wie konnte sie ihnen jetzt noch entkommen? Und Ramses war hinter ihr, Ramses rief ihren Namen. Sie spürte, wie Alex ihre Hand ergriff und versuchte, sie vom Sitz zu ziehen. Die böse Lokomotive war über ihr. Als sie das Auto erfaßte, schrie sie.

Ihr Körper wurde in die Luft geschleudert. Einen gleißenden Augenblick lang schwebte sie, flog hoch über der Wüste, wie eine Puppe im Wind. Unter ihr fuhren die gewaltigen Eisenmonster auf dem Weg durch den endlosen Sand aneinander vorbei. Dann loderten hohe orangefarbene Flammen zum Himmel. Eine unerträgliche Hitze und ein ohrenbetäubender Lärm, wie sie ihn noch niemals zuvor gehört hatte, hüllten sie vollkommen ein.

Ramses wurde von der Explosion nach hinten geschleudert. Er landete im Sand. Eben noch hatte er ihren Körper gesehen, der aus dem Auto in die Höhe geschleudert worden war. Im nächsten Augenblick war das Auto explodiert und sie war hoch in der Luft von einem orangefarbenen Feuerball verschlungen worden. Wieder erschütterte eine gewaltige Explosion die Erde und das Feuer loderte noch höher. Einen Augenblick lang konnte er überhaupt nichts sehen.

Als er wieder auf die Beine kam, versuchte die große Lokomotive, die Richtung Norden fuhr, anzuhalten, doch kreischend und Funken sprühend raste sie noch ein Stück weiter. Das brennende Wrack des Autos war zur Seite geschleudert worden. Der Zug nach Süden, dessen rasselnde Güterwaggons den furchtbaren Lärm nur noch verstärkten, raste unbekümmert weiter.

Er lief zu dem brennenden Auto. Der verbogene Rahmen sah im lodernden Feuer wie schwarze Schlacke aus.

Kein Leben, keine Bewegung, keine Spur von ihr! Er wollte sich gerade selbst ins Feuer stürzen, als Samir ihn packte und Julie laut zu schreien anfing.

Wie in Trance drehte er sich zu ihnen um. Alex Savarell bemühte sich aufzustehen; sein Gesicht war schwarz, seine Kleider verkohlt. Sein Vater stand neben ihm und hielt ein verbranntes Kleidungsstück in der Hand. Er würde überleben, der junge Mann. Das war klar.

Aber sie! Wo war sie! Betroffen sah er die gewaltigen Züge an – einer fuhr davon, der andere war zum Stillstand gekommen. Hatte die Welt jemals eine solche Urgewalt gekannt? Und die Explosion. Sie war wie ein Vulkan gewesen.

»Kleopatra!« brüllte er. Dann spürte er, wie er trotz seiner unsterblichen Kräfte langsam in sich zusammensank. Julie Stratford hielt ihn in den Armen.

Die Dämmerung kündigte sich durch ein feuriges Leuchten am Horizont an. Die Sonne schien weniger eine Scheibe als vielmehr ein dickes Bündel voll sengender Hitze zu sein. Die Sterne verblaßten.

Wieder schritt er dasselbe Stück der Schienen ab. Samir beobachtete ihn mit einer Engelsgeduld. Julie Stratford hatte sich auf dem Rücksitz des Autos schlafen gelegt.

Elliott und sein Sohn waren ins Hotel zurückgekehrt.

Allein der getreue Samir war bei ihm, als er noch einmal das verbrannte Auto durchsuchte. Schrecklich das Skelett des Dings.

Schrecklich das verbrannte Leder, das noch an den Sprungfedern klebte.

»Sire«, sagte Samir geduldig, »nichts und niemand überlebt eine solche Explosion. In alten Zeiten, Sire, war so eine Hitze unbekannt.«

Sie *war* bekannt, dachte er. Man kannte sie, die feuerspeienden Berge – das Bild, das ihm gestern nacht eingefallen war.

»Aber es muß eine Spur geben, Samir. Etwas muß übriggeblieben sein.«

Aber warum bestrafte er diesen Sterblichen, der nie etwas anderes getan als ihm Trost gespendet hatte? Und Julie, seine arme Julie. Er mußte sie ins Hotel zurückbringen, wo sie in Sicherheit war und sich ausruhen konnte. Sie hatte seit es geschehen war kein Wort mehr gesprochen. Sie hatte neben ihm gestanden, ihn festgehalten, aber sie hatte nicht gesprochen.

»Sire, seien Sie dankbar für das, was geschehen ist«, sagte Samir zögernd. »Der Tod hat sie wieder geholt. Sicher hat sie jetzt ihren Frieden.«

»Ach ja?« flüsterte er. »Samir, warum habe ich ihr Angst gemacht! Warum habe ich sie in die Nacht hinausgejagt? Samir, wir haben uns gestritten wie wir immer gestritten haben. Wir haben versucht, einander weh zu tun! Es gab plötzlich keine Zeit mehr. Wir standen außerhalb der Zeit und haben miteinander gestritten.« Er verstummte, weil er nicht mehr weitersprechen konnte.

»Kommen Sie jetzt, Sire, ruhen Sie sich aus. Selbst Unsterbliche müssen sich ausruhen.«

10

Sie standen alle am Bahnhof. Für Ramses war es ein Augenblick schlimmster Qual und Pein. Aber er fand keine Worte mehr, sie zu überzeugen. Als er ihr in die Augen sah, erblickte er keine Kälte mehr, sondern nur einen tiefen, unheilbaren Schmerz.

Und Alex, der hatte sich in einen anderen Menschen verwandelt, nur der Körper war der gleiche geblieben. Empört und ärgerlich hatte er sich angehört, was man ihm aufgetischt hatte. Eine Frau, die Ramsey gekannt hatte, verrückt, gefährlich. Dann hatte er sich eingeschlossen. Er wollte nichts mehr hören.

Sie waren jetzt älter, dieser junge Mann und diese junge Frau. Julies Gesichtsausdruck war düster. Alex schien, als er an ihrer Seite stand, verschlossen und abweisend.

»Sie werden mich nicht länger als ein paar Tage hier behalten«, sagte Elliott zu seinem Sohn. »Ich werde vielleicht eine Woche nach dir zu Hause sein. Kümmere dich um Julie. Wenn du dich um Julie kümmerst...«

»Ich weiß, Vater. Wird es das Beste für mich sein.«

Eisig das Lächeln, das einst so herzlich gewesen war.

Der Schaffner rief. Der Zug war abfahrbereit. Ramses wollte ihn nicht abfahren sehen, wollte das Rollen der Räder nicht hören. Er wollte fliehen, wußte aber, daß er bis zum Ende bleiben würde.

»Du wirst deine Meinung nicht ändern«, flüsterte er.

Sie sah weiter weg.

»Ich werde dich immer lieben«, flüsterte sie. Er mußte sich bücken, damit er es hören konnte, so daß ihre Lippen ihn beinahe berührten. »Bis zu meinem Tode werde ich dich lieben. Aber ich kann meine Meinung nicht ändern.«

Plötzlich ergriff Alex seine Hand. »Leben Sie wohl, Ramsey. Ich hoffe, wir sehen uns in England wieder.«

Das Ritual war fast überstanden. Er drehte sich um, um Julie zu küssen, aber sie war bereits weg. Sie stand auf der Metalltreppe zum Passagierwagen. Einen Augenblick lang trafen sich ihre Augen.

Es war kein Vorwurf, keine Zurechtweisung, aber sie konnte nicht anders. Sie hatte es ihm tausendmal mit denselben knappen Worten erklärt.

Schließlich wieder der schreckliche, alles übertönende Lärm. In unregelmäßigen Schüben setzte sich die Reihe der Waggons in Bewegung. Er sah ihr Gesicht am Fenster. Sie drückte die Hände an das Glas und sah wieder auf ihn hinab, und wieder versuchte er, den Ausdruck in ihren Augen zu deuten. War das ein Augenblick des Bedauerns?

Düster und kläglich hörte er Kleopatras Stimme: *Ich habe im letzten Augenblick nach dir gerufen.*

Der Zug fuhr ab. Die Fensterscheibe wurde, als der Zug ins Sonnenlicht fuhr, plötzlich silbern. Er konnte sie nicht mehr sehen.

Es schien, als führte ihn der Earl of Rutherford zum Bahnhof hinaus zu den Automobilen, an deren offenen Schlägen die uniformierten Chauffeure warteten.

»Wohin werden Sie gehen?« fragte der Earl.

Ramses sah dem abfahrenden Zug nach. Der letzte Waggon mit seinem Gittertor immer kleiner und kleiner, das Geräusch des Zuges kaum noch zu hören.

»Spielt das eine Rolle?« antwortete er. Dann, als erwachte er aus einem Traum, sah er Elliott an. Elliotts Gesichtsausdruck überraschte ihn fast so sehr wie der von Julie. Kein Vorwurf; nur nachdenkliche Traurigkeit. »Was haben Sie aus alledem gelernt, Mylord?« fragte er plötzlich.

»Es wird einige Zeit dauern, bis ich das weiß, Ramses. Zeit, die ich vielleicht nicht habe.«

Ramses schüttelte den Kopf. »Nach allem, was Sie gesehen haben«, sagte er und senkte die Stimme, so daß nur Elliott ihn hören konnte, »möchten Sie das Elixier immer noch? Oder würden Sie es ablehnen, so wie Julie es abgelehnt hat?«

Der Zug war jetzt fort. In dem verlassenen Bahnhof war es jetzt still, abgesehen von den leisen Unterhaltungen, die hier und da geführt wurden.

»Ist das wirklich noch wichtig, Ramses?« fragte Elliott, und zum ersten Mal sah Ramses einen Anflug von Bitterkeit und Vorwurf.

Er nahm Elliotts Hand. »Wir werden uns wiedersehen«, sagte er. »Jetzt muß ich gehen, sonst komme ich zu spät.«

»Aber wohin gehen Sie?« fragte Elliott wieder.

Er antwortete nicht. Er drehte sich um und winkte, als er über den Platz ging. Elliott antwortete mit einem knappen, höflichen Lächeln und einer kaum wahrnehmbaren Handbewegung, dann stieg er in sein wartendes Auto ein.

Spätnachmittag. Elliott schlug die Augen auf. Die Sonne fiel schräg durch die Holzjalousien. Über ihm drehte sich langsam ein Ventilator. Er sah auf die goldene Taschenuhr auf dem Nachttisch. Nach drei. Ihr Schiff hatte abgelegt. Er genoß die Erleichterung, ehe er an die Dinge dachte, die er erledigen mußte.

Dann hörte er, wie Walter die Tür aufmachte.

»Haben diese verfluchten Idioten vom Büro des Gouverneurs schon angerufen?« fragte Elliott.

»Ja, Mylord. Zweimal. Ich habe ihnen gesagt, daß Sie schlafen und ich nicht die geringste Absicht hätte, Sie zu stören.«

»Sie sind ein guter Mann, Walter. Und mögen sie in der Hölle schmoren.«

»Sir?«

»Unwichtig, Walter.«

»Euer Lordschaft, der Ägypter ist hier gewesen.«

»Samir?«

»Hat eine Flasche Medizin von Ramsey gebracht. Sie steht da, Mylord. Er hat gesagt, Sie wüßten, was es ist.«

»Was?« Elliott stützte sich auf die Ellbogen. Dann wandte er den Blick langsam von Walter ab und sah zum Tisch.

Die flache Flasche war nichts besonderes. Durchsichtiges Glas und flach. Und sie war bis zum Rand mit einer milchigen Flüssigkeit gefüllt, die im Licht seltsam leuchtete.

»Ich wäre vorsichtig damit, Mylord«, sagte Walter und machte die Tür auf. »Wenn es sich um ein ägyptisches Hausmittel handelt, würde ich auf der Hut sein.«

Elliott lachte fast laut auf. Neben der Flasche lag ein Umschlag, auf dem sein Name stand. Er richtete sich auf und blieb reglos sitzen, bis Walter gegangen war. Dann griff er nach dem Umschlag.

Die Nachricht war in Druckbuchstaben geschrieben, römischen Buchstaben nicht unähnlich, eckig und klar.

Lord Rutherford, jetzt ist es Ihre Entscheidung. Möge Ihre Weisheit Ihnen helfen. Mögen Sie die richtige Wahl treffen.

Er konnte es nicht fassen. Nein, er konnte es einfach nicht glauben. Er sah die Nachricht lange Zeit an, dann betrachtete er die Flasche.

Sie lag im Halbschlaf auf dem Kissen. Als sie die Augen aufschlug, wurde ihr klar, daß sie an ihrer eigenen Stimme erwacht war. Sie hatte Ramses gerufen. Sie stand langsam vom Bett auf und streifte den Morgenmantel über. Spielte es eine Rolle, ob jemand sie im Morgenmantel an Deck sah? Aber es war doch Dinnerzeit, oder? Sie mußte sich anziehen. Alex brauchte sie. Wenn sie doch nur klar denken könnte. Sie ging zum Schrank und holte Sachen zum Anziehen heraus. Wo waren sie? Wie viele Stunden waren sie schon auf See?

Als sie an den Tisch kam, saß er da und starrte geradeaus. Er begrüßte sie nicht und stand auch nicht auf, um ihr den Stuhl zurechtzurücken. Als wäre das wichtig. Er fing an zu reden.

»Ich verstehe es immer noch nicht. Verstehe es überhaupt nicht. Sie hat nicht den Eindruck einer Wahnsinnigen gemacht.«

Es war schmerzhaft, aber sie zwang sich, ihm zuzuhören.

»Ich meine, sie hatte etwas Ernstes und Trauriges an sich«, fuhr er fort. »Ich weiß nur, daß ich sie geliebt habe. Und daß sie mich geliebt hat.« Er wandte sich an Julie. »Glaubst du, was ich sage?«

»Ja«, sagte sie.

»Weißt du, sie hat so seltsame Dinge gesagt. Sie sagte, sie hätte nicht vorgehabt, mich zu lieben! Aber es ist passiert, und weißt du, ich habe ihr gesagt, ich wüßte genau, was sie meinte. Ich hätte nie gedacht... ich meine, es war ganz anders. Als hätte man sein Leben lang geglaubt, rosa Rosen wären roten Rosen!«

»Ja, ich weiß.«

»Als wäre lauwarmes Wasser heiß.«

»Ja.«

»Hast du sie dir gut ansehen können? Hast du gesehen, wie wunderschön sie war?«

»Es nützt nichts, darüber zu grübeln. Du kannst sie nicht zurückholen.«

»Ich wußte, daß ich sie verlieren würde. Ich wußte es von Anfang an. Ich weiß nicht, warum. Ich wußte es einfach. Sie war nicht von dieser Welt, verstehst du? Und doch war sie mehr von dieser Welt als alle, die ich jemals...«

»Ich weiß.«

Er starrte wieder geradeaus; vielleicht sah er die anderen Gäste an, die schwarzgekleideten Kellner, die hin und her gingen, vielleicht hörte er die gedämpften Stimmen. Fast ausschließlich Briten an Bord des Schiffes. Plötzlich schien ihr dieser Umstand abstoßend.

»Man kann vergessen!« sagte sie plötzlich. »Es ist möglich, ich weiß es.«

»Ja, vergessen«, sagte er und lächelte kalt, obwohl das Lächeln nicht ihr galt. »Vergessen«, wiederholte er. »Das werden wir machen. Du wirst Ramsey vergessen, da ganz eindeutig etwas geschehen ist, das euch entzweit hat. Und ich werde sie vergessen. Und wir werden unser Leben leben, so tun, als ob, als hätten wir niemals so geliebt, wir beide. Du Ramsey und ich sie.«

Julie sah ihn empört an. Sie kniff die Augen zusammen.

»So tun, als ob«, sagte sie. »Wie abscheulich!«

Er hatte sie nicht einmal gehört. Er griff zur Gabel und fing an zu essen, oder besser gesagt, er fing an, das Essen aufzuspießen.

Sie saß zitternd da und sah auf ihren Teller hinab.

Es war dunkel draußen. Blaues Licht fiel durch die Jalousien. Walter war wieder gekommen und hatte ihn gefragt, ob er etwas essen wollte. Er hatte nein gesagt. Nur allein wollte er sein.

Er saß in Morgenmantel und Hausschuhen da und betrachtete die Flasche auf dem Tisch. Sie leuchtete in der Dunkelheit. Die Nachricht lag neben der Flasche, wo er sie hingelegt hatte.

Schließlich stand er auf und zog sich an. Er brauchte eine ganze Weile, weil jedes Kleidungsstück andere Fertigkeiten erforderte, aber schließlich war er fertig. Er hatte den grauen Wollanzug an, etwas zu warm für die Tage hier, aber perfekt für die Nächte.

Dann ging er zum Tisch, wobei er sich mit der linken Hand auf den Gehstock stützte. Dann hob er mit der rechten Hand die Flasche hoch. Er steckte die Flasche in die Innentasche, die gerade groß genug war. Die Wölbung war deutlich sichtbar.

Dann ging er hinaus. Nachdem er sich ein kurzes Stück vom Shepheard entfernt hatte, wurden die Schmerzen in seinem Bein schlimmer. Aber er ging weiter, wechselte nur ab und zu den Stock von einer Seite auf die andere. Wenn nötig, blieb er stehen. Sobald er wieder konnte, ging er weiter.

Nach etwa einer Stunde hatte er die Altstadt von Kairo erreicht. Er ging ziellos durch die Straßen. Er suchte nicht nach Malenkas Haus. Er schlenderte einfach umher. Und schlenderte. Um Mitternacht war sein linker Fuß wieder taub, aber das spielte keine Rolle.

Alles, was er sah, betrachtete er eindringlich. Er betrachtete Wände und Türen und die Gesichter der Menschen. Er blieb vor Bars und Nachtclubs stehen und lauschte der Musik. Hin und wieder erblickte er eine Bauchtänzerin, die ihr verführerisches kleines Ritual ausführte. Einmal blieb er stehen und hörte einem Mann zu, der Flöte spielte.

Nirgends blieb er lange, außer wenn er sehr erschöpft war. Dann setzte er sich und döste manchmal sogar. Die Nacht war still und friedlich. Sie schien frei von jeglicher Gefahr.

Als es zwei Uhr war, schlenderte er immer noch. Er hatte die alte Stadt durchstreift und näherte sich wieder den neueren Bezirken.

Julie stand an der Reling und hielt die Enden des Schals umklammert. Sie sah in das dunkle Wasser hinab und merkte, daß es bitter kalt war und ihre Hände langsam steif wurden. Aber das war nicht wichtig. Und plötzlich schien es herrlich, daß es nichts mehr ausmachte. Daß es ihr einerlei war.

Sie war überhaupt nicht hier. Sie war daheim in London. Sie stand im Wintergarten, und der war voller Blumen. Ramses stand da in seinen Leinenbandagen. Vor ihren Augen hob er die Hände und riß die Bandagen vom Gesicht. Die blauen Augen sahen sie direkt an und waren sofort voller Liebe.

»Nein, das stimmt nicht«, flüsterte sie. Aber mit wem redete sie? Niemand konnte hören, was sie sagte. Das ganze Schiff schlief, alle britischen Bürger kehrten nach ihrem kurzen Ausflug nach Hause zurück. Wie schön, daß man die Pyramiden gesehen hatte, die Tempel. *Vernichte das Elixier. Jeden Tropfen.*

Sie sah auf das aufgewühlte Meer. Plötzlich zerrte der Wind an ihrem Haar und an ihrem Schal. Sie umklammerte das Geländer. Dabei wurde der Schal von ihren Schultern gerissen und zu einem Ball zusammengerollt, der dann in die Dunkelheit verschwand.

Der Nebel verschluckte ihn. Sie sah nicht, wie er im Wasser landete. Und plötzlich vereinigte sich der Lärm der Motoren mit dem Lärm des Windes und letztendlich auch mit dem Nebel.

Ihre Welt war zerbrochen. Ihre Welt der verblaßten Farben und gedämpften Geräusche, zerbrochen. Sie hörte seine Stimme, die zu ihr sprach. »Ich liebe dich, Julie Stratford.« Sie hörte sich sagen: »Ich wünschte, ich hätte dich niemals gesehen. Ich wünschte, du hättest Henry sein Vorhaben ausführen lassen.«

Plötzlich lächelte sie. War ihr schon jemals in ihrem Leben so kalt gewesen? Sie sah nach unten. Sie trug nur ein dünnes Nachthemd. Kein Wunder. Und die Wahrheit war, sie hätte jetzt tot sein sollen. Tot wie ihr Vater. Henry hatte das Gift in ihre Tasse geschüttet. Sie machte die Augen zu und drehte das Gesicht im Wind hierhin und dorthin.

»Ich liebe dich, Julie Stratford«, hörte sie ihn wieder sagen, und dieses Mal hörte sie sich mit den uralten und doch so wunderbaren Worten antworten: »Ich werde dich lieben bis ich sterbe.«

Es hatte keinen Sinn, nach Hause zu fahren. Es hatte keinen Sinn, überhaupt nichts hatte Sinn. Die tägliche Routine des Lebens. Das Abenteuer war zu Ende. Der Alptraum war zu Ende. Und jetzt würde die normale Welt der Alptraum sein, sofern sie nicht bei ihrem Vater sein konnte, oder allein und abgeschieden von der Wirklichkeit, an einem Ort, an dem sie nur an die wunderbaren Augenblicke denken konnte, die gewesen waren.

Im Zelt mit ihm, beim Liebesakt mit ihm, endlich sein. Im Tempel unter den Sternen.

Sie würde im hohen Alter keinen Kindern erklären, warum sie nie geheiratet hatte. Sie würde keinem jungen Mann die Geschichte ihrer Reise nach Kairo erzählen. Sie würde nicht diese Frau werden, die ihr ganzes Leben lang ein schreckliches Wissen mit sich trug, ein schreckliches Bedauern.

Aber dies war zu grausam, alles. Keine Notwendigkeit für solch förmliche Gedanken. Die dunklen Wasser warteten. Sie würde innerhalb von Augenblicken weit, weit vom Schiff sein. Die Möglichkeit einer Rettung war ausgeschlossen. Und plötzlich erschien ihr der Gedanke unbeschreiblich schön. Sie mußte nur hochklettern, was sie jetzt tat, und sich in den kalten Wind werfen.

Der Wind würde sie sogar ein Stück tragen. Er hatte ihr Nachthemd ergriffen und ließ es flattern. Sie streckte die Arme aus und neigte sich nach vorne. Es schien, als würde der Wind lauter werden und als würde sie dem Wasser entgegenfliegen. *Es war vollbracht.*

Im Bruchteil einer Sekunde wußte sie, daß nichts sie retten konnte. Während sie fiel, wollte sie den Namen ihres Vaters aussprechen. Aber nur Ramses Name kam ihr in den Sinn. Ah, wie wunderbar, wie wunderbar das alles.

Da fingen zwei kräftige Arme sie auf. Sie hing über dem Meer und bemühte sich, durch den Nebel zu sehen.

»Nein, Julie.« Es war Ramses, der sie anflehte. Ramses, der sie wieder über die Reling hob und in die Arme schloß. Ramses, der an Deck stand und sie in den Armen hielt. »Laß den Tod nicht über das Leben triumphieren, Julie.«

Das Schluchzen brach aus ihr heraus. Sie zerbarst gleich Eis, als die warmen Tränen über ihre Wangen rollten, als sie ihn umarmte und das Gesicht an seine Brust drückte.

Sie wiederholte immer wieder seinen Namen. Sie spürte, wie seine Arme sie vor dem bitterkalten Wind schützten.

Kairo erwachte mit aufgehender Sonne. Die Hitze schien von den Lehmstraßen aufzusteigen, als der Basar zum Leben erwachte, die gestreiften Markisen ausgerollt und die Rufe von Kamelen und Eseln laut wurden.

Elliott war jetzt müde und erschöpft. Er wußte, daß er dem Schlaf nicht mehr lange würde widerstehen können, aber dennoch ging er weiter. Benommen schlenderte er an den Händlern vorbei; die einen handelten mit Messing, die anderen mit Teppichen und wieder andere mit *gellebiyyas* und gefälschten Antiquitäten – billige ägyptische »Schätze« für wenig Geld. Er kam an Mumienhändlern vorbei, die für ein Almosen die Leichname von Königen feilboten.

Mumien. Sie standen an einer weißgetünchten Wand im sengenden Sonnenlicht. Mumien, verdreckt, zerlumpt, in zerfetzten Bandagen, und doch waren ihre Gesichter unter den Stoff- und Schmutzschichten deutlich zu erkennen.

Er blieb stehen. Alle Gedanken, mit denen er die ganze Nacht lang gerungen hatte, schienen ihn zu verlassen. Die Bilder seiner Lieben, die ihm so nahe standen, verblaßten plötzlich. Er stand auf dem Basar, die Sonne brannte auf ihn herab und er betrachtete eine Reihe von Leichen an der Mauer.

Malenkas Worte fielen ihm ein.

»Sie machen einen großen Pharao aus meinem Englischmann. Meinem wunderschönen Englischmann. Sie legen ihn in Bitumen und machen eine Mumie aus ihm, die die Touristen kaufen können... Mein wunderschöner Englischmann, sie wickeln ihn in Leinen und machen ihn zum König.«

Er ging näher hin, unwiderstehlich angezogen von dem, was er sah, obwohl es ihn abstieß. Er verspürte, wie die Übelkeit in ihm aufstieg, als er die erste Mumie ansah, die größte und dünnste von allen, die am Ende der Wand stand. Die Übelkeit verschlimmerte sich, als der Händler nach vorne kam – mit vorgestrecktem dicken Bauch und hinter dem Rücken verschränkten Händen.

»Erlaubt mir, Euch ein gutes Geschäft anzubieten!« sagte der Kaufmann. »Der hier ist nicht wie die anderen. Seht Ihr? Wenn Ihr genau hinseht, könnt Ihr seinen feinen Knochenbau erkennen, denn er war ein großer König. Kommt! Kommt näher. Seht ihn Euch genau an.«

Elliott gehorchte widerwillig. Die Bandagen waren dick und schimmelig, sie sahen wirklich alt aus! Und der Gestank, der von dem Ding ausging, der verfaulende Geruch von Erde und Bitumen. Jetzt sah er unter dem dicken Verband das Gesicht, die Nase und die breite Stirn, sah deutlich die eingefallenen Augen und den dünnen Mund! Er sah das Gesicht von Henry Stratford vor sich, daran bestand nicht der geringste Zweifel.

Die Morgensonne schien mit ihren wunderbaren Strahlen durch das runde Bullauge und drang durch die weißen Vorhänge des schmalen Messingbetts.

Sie saßen nebeneinander im Bett. Ihre Körper waren warm vom Liebesakt und warm vom Wein, den sie getrunken hatten.

Jetzt sah sie ihm zu, wie er den Inhalt der Phiole in den Cognacschwenker füllte. Winzige Lichter tanzten in der seltsamen Flüssigkeit. Er hielt ihr das Glas hin.

Sie nahm es entgegen und sah ihm in die Augen. Einen Augenblick lang hatte sie wieder Angst. Und plötzlich schien ihr, als wäre sie nicht in diesem Zimmer. Sie war im Nebel an Deck und es war kalt. Das Meer wartete. Dann zitterte sie, und die warme Sonne taute ihre Haut auf, und sie sah auch in seinen Augen die Angst.

Nur menschlich, nur ein Mann, dachte sie. Er weiß ebenso wenig, was geschehen wird, wie ich! Und sie lächelte.

Sie trank das Glas leer.

»Der Leichnam eines Königs, ich sage es Euch«, sagte der Händler und beugte sich anbiedernd und vertraulich nach vorne. »Ich gebe ihn Euch umsonst! Weil ich Euch mag. Ich sehe, Ihr seid ein Gentleman. Ihr habt Geschmack. Diese Mumie, ihr könnt sie aus Ägypten fortschaffen, eine Kleinigkeit für Euch. Ich bezahle das Schmiergeld für Euch...« Weiter und weiter ging die Litanei der Lügen, das Lied der Geschäftemacherei, die idiotische Nachahmung von Aufrichtigkeit.

Henry unter dem Stoff! Henry für alle Zeiten in schmutzige Bandagen gewickelt! Henry, den er vor einem ganzen Leben in jenem Hotelzimmer in Paris liebkoste hatte.

»Kommt jetzt, Sir, kehrt den Geheimnissen Ägyptens nicht den

Rücken, Sir, den Geheimnissen des ältesten dunkelsten Ägypten. Dem Land der Magie...«

Die Stimme wurde leiser, hallte einen Moment, als er ein paar Schritte weiter ins Licht der Sonne taumelte.

Als große, brennende Scheibe hing sie über den Dächern. Sie blendete ihn, als er zu ihr aufsah.

Er ließ die Flasche nicht aus den Augen, als er den Gehstock fest umklammerte und sie aus der Innentasche holte. Dann ließ er den Gehstock fallen und trank den Inhalt bis zum allerletzten Tropfen in großen Zügen. Er erschauerte und ließ die Flasche versteinert fallen. Er spürte, wie die Hitze in ihm hochstieg. Er spürte, wie sein taubes Bein zu kribbeln anfing. Das große Gewicht, das auf seiner Brust lag, wurde leichter. Als er die Glieder mit der Wohligkeit eines Tieres streckte, sah er mit aufgerissenen Augen zum brennenden Himmel, zu der goldenen Scheibe.

Vor ihm pulsierte die Welt, sie flimmerte und wurde dann wieder fest. Seit der Mitte seines Lebens, als sein Sehvermögen nachgelassen hatte, hatte er solches nicht mehr gesehen. Er sah die Erdkörnchen zu seinen Füßen.

Er schritt über den silbernen Gehstock hinweg, hörte nicht auf die Schreie des Händlers hinter ihm, der ihm nachrief, daß er den Stock verloren hatte und warten sollte. Er verließ den Basar mit großen, ausgreifenden Schritten.

Die Sonne stand hoch am Mittagshimmel, als er Kairo verließ und auf der schmalen Straße nach Osten ging. Er wußte nicht, wohin er ging, aber es war auch nicht wichtig. Es gab Denkmäler und Wunder und Städte genug zu bestaunen. Er machte zügige Schritte, und die Wüste, dieser gewaltige, monotone Ozean aus Sand, war ihm noch niemals so schön erschienen.

Er hatte es getan! Und jetzt gab es kein Zurück mehr. Den Blick auf die weite, azurblaue Leere über sich gerichtet, stieß er einen leisen Schrei aus, der niemandem galt, sondern lediglich der kleinste, spontanste Ausdruck seiner Freude war.

Sie standen an Deck, die warme Sonne war ihre Decke, während sie sich umarmten. Sie spürte den Zauber auf ihrer Haut und ihrem Haar. Sie spürte die Liebkosung seiner Lippen, und plötzlich küßten sie sich wie sie sich noch niemals vorher geküßt hatten. Es war dieselbe Leidenschaft, ja, aber jetzt war die Stärke ihres Verlangens der seinen ebenbürtig.

Er hob sie auf und trug sie in die kleine Schlafkammer und legte sie aufs Bett. Der Schleier senkte sich sanft über sie, dämpfte das Licht und hüllte sie ein.

»Du gehörst mir, Julie Stratford«, flüsterte er. »Meine Königin für immer. Und ich bin dein. Immer dein.«

»Schöne Worte«, flüsterte sie und lächelte fast traurig zu ihm auf. Sie wollte sich immer an diesen Augenblick erinnern, wollte immer den Ausdruck in seinen blauen Augen sehen.

Dann liebten sie sich langsam und leidenschaftlich.

Der junge Arzt packte seine Tasche und lief zur Notaufnahme, der junge Soldat lief neben ihm her.

»Ganz schrecklich, Sir, völlig verbrannt, Sir, und unter den Kisten ganz unten im Güterwaggon eingeklemmt. Ich verstehe nicht, daß sie überhaupt überlebt hat.«

Was um alles in der Welt sollte er für sie tun können, hier in diesem gottverlassenen Nest im Dschungel des Sudan?

Endlich im Zimmer angekommen, stützte er sich auf den Türrahmen.

Die Krankenschwester, die auf ihn zu kam, schüttelte den Kopf.

»Ich verstehe das nicht«, sagte sie flüsternd und warf einen vielsagenden Blick zum Bett.

»Ich will sie sehen.« Er zog das Moskitonetz zurück. »Aber diese Frau hat doch gar keine Verbrennungen.«

Sie lag schlafend auf dem weißen Kissen, ihr dichtes schwarzes Haar bewegte sich auf dem Kissen, als wehte tatsächlich ein Lufthauch durch diesen infernalisch heißen Raum.

Es tat fast weh, sie anzusehen, so schön war sie. Es war jedoch nicht die Schönheit einer Porzellanpuppe. Ihre Züge waren stark und doch fein. Ihr lockiges, in der Mitte gescheiteltes Haar hatte sich wie eine dunkle Pyramide unter ihren Kopf gelegt.

Als er an das Bett herantrat, schlug sie die Augen auf. Die Augen waren von einem außergewöhnlichen Blau. Dann das Wunder aller Wunder. Sie lächelte. Er wurde schwach, als er auf sie hinabsah. Worte wie »Schicksal« und »Vorsehung« kamen ihm in den Sinn. Wer, um alles in der Welt, konnte sie sein?

»Was sind Sie für ein schöner junger Mann«, flüsterte sie. Perfekter britischer Akzent. Eine von uns, dachte er und haßte sich sofort für diesen snobistischen Gedanken. Aber ihre Stimme hatte einen reinen, aristokratischen Klang.

Die Schwester murmelte etwas. Hinter seinem Rücken wurde getuschelt. Er setzte sich neben ihr Bett. So beiläufig wie er nur konnte, hob er das Laken über ihre halbnackten Brüste.

»Bringen Sie dieser Frau etwas zum Anziehen«, sagte er, ohne die Krankenschwester anzusehen. »Wissen Sie, Sie haben uns allen einen schönen Schrecken eingejagt. Man hat gedacht, Sie wären verbrannt.«

»Wirklich?« flüsterte sie. »Es war nett, daß Sie mir geholfen haben. Ich war an einem Ort, wo ich kaum atmen konnte. Ich war in der Dunkelheit.«

Sie blinzelte zum Sonnenlicht hinauf, das durchs Fenster fiel. »Sie müssen mir hinaus ins Sonnenlicht helfen«, sagte sie.

»Oh, dafür ist es viel zu früh.«

Aber sie richtete sich tatsächlich unbeschwert auf und wickelte die Decke wie ein Gewand um sich. Die feinen dunklen Augenbrauen ließen sie stark und entschlossen aussehen. Er fühlte sich dadurch auf eine sehr direkte körperliche Weise angesprochen.

Wie eine Göttin sah sie aus mit diesem Ding, das sie beim Aufstehen über eine Schulter schlang. Wieder strahlte sie ihn mit diesem Lächeln an, das ihn vollständig unterwarf und bezwang.

»Hören Sie, Sie müssen mir sagen, wer Sie sind. Ihre Familie, Ihre Freunde, wir werden sie benachrichtigen.«

»Gehen Sie mit mir hinaus«, sagte sie.

Sie ging über den staubigen Hof und führte ihn durch das Tor in den kleinen Garten, der eigentlich nur seiner war, und unmittelbar vor seinem Schlafzimmer und der Bürotür lag.

Sie setzte sich auf die Holzbank, er setzte sich neben sie. Sie warf das Haar zurück, als sie zum heißen Himmel emporsah.

»Aber es ist sinnlos, hier draußen in dieser schrecklichen Hitze zu sitzen«, sagte er ihr. »Besonders wenn Sie Verbrennungen erlitten haben.« Aber das war dumm. Ihre Haut war makellos und rein, ihre Wangen herrlich gerötet. Er hatte in seinem ganzen Leben keinen gesünderen Menschen gesehen.

»Soll ich mit jemandem Verbindung aufnehmen?« versuchte er es wieder. »Wir haben inzwischen ein Telefon und einen Telegrafen hier.«

»Machen Sie sich deswegen keine Sorgen«, sagte sie, hob seine linke Hand und spielte mit seinen Fingern. Plötzlich schämte er sich, weil ihn das so sehr erregte. Er mußte sie anstarren, ihre Augen und dann ihren Mund. Er konnte die Brustwarzen unter dem Laken sehen.

»Ich habe Freunde, ja«, sagte sie fast verträumt. »Und muß Verabredungen einhalten. Und Rechnungen begleichen. Aber erzählten Sie mir von sich, Doktor. Und von diesem Ort hier.«

Wollte sie, daß er sie küßte? Er konnte es kaum glauben, aber er hatte nicht die Absicht, die Gelegenheit ungenutzt verstreichen zu lassen. Er bückte sich, um ihre Lippen zu berühren. Es war ihm einerlei, wer zusah. Er schlang die Arme um sie und zog sie an sich.

»Die Benachrichtigungen sind nicht eilig«, sagte sie, während sie mit der Hand in sein Hemd glitt. Sie standen auf und gingen gemeinsam zum Schlafzimmer. Sie blieb stehen, als könnte sie nicht einmal so lange warten. Er hob sie hoch und trug sie.

Sündig, böse, aber er konnte nicht anders. Sie küßte ihn, und er stolperte fast. Er ließ sie auf die Matratze sinken und machte die Holzjalousien zu. Zum Teufel mit den anderen.

»Bist du sicher, daß du...« Er verstummte. Er riß sich das Hemd vom Leib.

»Ich mag Männer, die erröten«, flüsterte sie. »Ja, ich bin sicher. Ich möchte vorbereitet sein, wenn ich meine Freunde wiedertreffe.« Sie wickelte das Tuch auf. »Sehr gut vorbereitet.«

»Was?« Er legte sich neben sie, küßte ihren Hals, streichelte ihre Brüste. Sie drängte ihm mit den Hüften entgegen und er legte sich auf sie. Sie wand sich wie eine Schlange, aber sie war warm und duftend und bereit, ihn in sich aufzunehmen.

»Meine Freunde...«, flüsterte sie und sah leicht benommen zur Decke hinauf. Ein kleiner Funke von Unbehagen tanzte dabei in ihren Augen. Aber dann sah sie ihn an, ganz Verlangen, und ihre Stimme wurde zu einem Gurren, als sie ihm mit den Nägeln über seine Schultern fuhr. »Meine Freunde können warten. Wir brauchen uns nicht zu beeilen. Wir haben alle Zeit der Welt!«

Er hatte nicht die leiseste Ahnung, was sie meinte. Und es war ihm auch einerlei.